insel taschenbuch 5042
Malin Hedin
Mittsommerlüge

AF238823

# MALIN HEDIN

# MITTSOMMERLÜGEN

## KRIMINALROMAN

Aus dem Schwedischen von Stefanie Werner

Insel Verlag

Die Originalausgabe erschien 2023 unter dem Titel *Dimdans* bei Norstedts, Stockholm.

Die Arbeit der Übersetzerin am vorliegenden Text wurde vom Deutschen Übersetzerfonds gefördert.

2. Auflage 2024

Erste Auflage 2024
insel taschenbuch 5042
Deutsche Erstausgabe
© der deutschsprachigen Ausgabe Insel Verlag
Anton Kippenberg GmbH & Co. KG, Berlin, 2024
© Malin Hedin, 2023
Umschlaggestaltung: zero-media.net, München
Umschlagabbildungen: Silas Manhood/Trevillion Images, Brighton; FinePic®, München
Satz: Satz-Offizin Hümmer GmbH, Waldbüttelbrunn
Druck: CPI books GmbH, Leck
Printed in Germany
ISBN 978-3-458-68342-1

www.insel-verlag.de

Zur Erinnerung an SaraLisa

*Mutter! Wo bist du? Es wird dunkel im Wald.*
*Nur Schatten, nur Bäume. Ich find nicht mehr heim.*
*Der Weg und das Licht verhallen wie ein Schrei.*
*Gott! Wo bist du? Bitte komm, führ mich heim.*

*Jetzt hör ich dich, Mutter. Deine Stimme klingt in mir.*
*Die Schatten, die Bäume machen mich nicht mehr bang.*
*Das Licht und der Weg sind immer da, wo du bist.*
*Gott! Ich seh dich! Jetzt holst du mich heim.*

(Psalm 850, Maria Küchen)

I

# Prolog

SIE SELBST BESASS keinerlei Erinnerung mehr an die Ereignisse von damals. Schließlich war sie da noch ein Kind. Aber nach diesem Vorfall im Jahre 1983 war das Dorf schlagartig in aller Munde gewesen, er schlug Wellen weit über die Region hinaus, und so hatte sie es immer wieder zu hören bekommen. Selbst heute noch, nach so vielen Jahren, hielten die Leute inne, wenn der Ortsname fiel.

Hm? War das nicht das Dorf, wo ...?

Unablässig wurde sie an ihre Herkunft und ihre eigene Geschichte erinnert, es spielte gar keine Rolle, ob sie sich selbst daran erinnern konnte oder nicht, immer war da wer, der die Gerüchte irgendwo aufgeschnappt hatte.

Leute, die in die Gegend um Dalshyttan zogen, erfuhren gleich am ersten Tag, was hier geschehen war.

Heute kamen meist Auswärtige in den Ort, die ein Ferienhaus in schön ländlicher Idylle suchten. Hier waren die Preise wesentlich erschwinglicher als im Einzugsbereich der Großstadt oder noch etwas weiter nördlich im ganz traditionellen Teil von Dalarna. Als Erstes wurde ihnen mitgeteilt, dass sie für ihr Häuschen viel zu viel auf den Tisch gelegt hatten. Dann bekamen sie zu hören, was sich in diesem Dorf abgespielt hatte. Ein bösartiger Tumor im üppigen Grün.

So viele Jahre später hatte man fast den Eindruck, dass eine Art Stolz mitschwang. Gewalt gab es auf dem Lande auch, doch hier funkelte sie, ganz anders als in den Städten. Es klingt anders, wenn Blut in Moos und Schwarzhumus sickert, als wenn es über Asphalt und Betonboden fließt. Als versuche die Natur, die Abgründe der Menschen zu verbergen.

Man konnte den Ort des Geschehens aufsuchen. Früher hatte es einen Trampelpfad zum Tatort gegeben, wie ein schmaler Wildwechsel zur Wasserquelle. Doch nicht Tiere hatten ihn ausgetreten, sondern Polizisten, Journalisten und andere Leute, die einfach ihrer Neugierde gefolgt waren.

Die alten Wanderwege waren jetzt zugewuchert und schmal. Vor langer Zeit, als man noch die Kohle aus dem Wald geholt hatte, war da eine richtige Straße gewesen, breit und schlammig, von nackten Baumstümpfen gesäumt und im prallen Sonnenlicht, das früher noch hohe Kiefern geschluckt hatten. Damals war im Wald viel los gewesen, brennende Kohlenmeiler und Pferde, die Kohle und Erz zur Schmelzhütte hinunterzogen, wo der Lärm durch die rußverdreckte Gegend dröhnte, das Schnauben der Pferde und das Hufgetrampel, das Brüllen der Arbeiter, das Rauschen des Flusses und die Hammerklänge auf dem Roheisen. Der Wald, der kurz und klein geschlagen wurde. Was beim Bergbau als Abfall übrig blieb, hinterließ man am Seeufer, einen immer größer anwachsenden Haufen Schlackespäne, und was nicht auf der Schlackenhalde landete, verarbeitete man später zu Schlackestein. Im ganzen Dorf standen kleine und große Häuser, deren Steinwände kobaltblau und grünlich glänzten, wie eine Erinnerung an alte Zeiten, in denen es verboten war, Holzhäuser zu bauen, um die Kohle für die Eisenproduktion zu sparen.

Inzwischen war die Halde von Buschwerk und Bäumen überwuchert, und nur, wenn man darüber wanderte, fielen einem noch die leuchtenden Steine ins Auge, und neben der alten Ausfuhrstraße waren die Bäume auch wieder hochgewachsen. Doch der Wald war nicht mehr derselbe.

Als das schreckliche Verbrechen geschah, war die Mine längst stillgelegt. Sie stand nur noch verlassen da am Fluss, der nun nicht mehr als Kraftwerk diente, sondern sich einfach wie eine freigelegte Ader durchs Dorf zog, und die Menschen, die hier lebten, arbeiteten jetzt im Walzwerk in Smedjebacken, wo man Stahl auf moderne Art und Weise produzierte. Weil man in den Achtzigerjahren noch an die Zukunft glaubte und die Neunzigerjahre von der Sparpolitik bestimmt waren, konnten die Bäume neue Jahresringe bilden, und ihre Stämme wurden dicker. Von der Durchforstung wurde der Wald milde und moosig. Mancher machte sich Sorgen, dass bald die Forstmaschinen anrollen und den Urwald in scharfkantige Stoppelfelder verwandeln würden. Andere wiederum sahen in den abgeholzten Waldparzellen Arbeitsplätze und Wohlstand, und als die Nadelbäume einmal gefällt waren, konnte sich gar keiner mehr so recht erinnern, wie es früher einmal ausgesehen hatte.

Von der mit Frostschäden übersäten Landstraße nach Borlänge ging ein Waldweg ab und führte zu einer kleinen Siedlung rund um den Biskensee, in den ein namenloser Fluss mündete. Ein paar Häuser waren aus der Blütezeit des Bergbaus noch erhalten, und sie alle trugen einen Hausnamen, der von Generation zu Generation weitergegeben worden war. Ihre Geschichten ging verloren, doch die Namen nicht. Die meisten, die raus nach Dalshyttan zogen, stammten gebürtig aus Smedjebacken, andere waren schon im Dorf aufgewachsen. An diesem Ort lebte man, weil man die Nähe zum Wald oder den Abstand zur Stadt suchte, und hier wurde eine Tochter jäh aus dem Leben gerissen.

Und eine andere Tochter blieb alleine zurück.

Sie war damals noch zu klein gewesen, um die Dinge zu verstehen. Alle hatten versucht, es vor ihr zu verheimlichen. So was war doch viel zu schrecklich für ein kleines Kind, viel zu gewaltig, um es zu begreifen.

Lange Zeit war sie bitterböse darüber gewesen, wie man sie behandelt hatte. Sie meinte, sich an das große Schweigen in ihrer Kindheit noch erinnern zu können, wie ein dichter Nebel, sie fand sich nicht zurecht. Ausweichendes Kopfschütteln, den Zeigefinger schweigend vor dem Mund, die Erwachsenen meinten, sie solle sich ihr kleines Köpfchen nicht über so etwas zerbrechen.

Wie sie es schließlich erfahren hatte?

Andere Kinder hatten es ihr erzählt, in einer der vielen Pflegefamilien. Kinder, die sich klein und unsichtbar machten, wenn am Esstisch über andere geredet wurde, die aber die Informationen, die sie dabei aufschnappten, wie einen kostbaren Edelstein hüteten und sie, sobald sich eine gute Gelegenheit bot, bei einem Streit oder wenn einer etwas ausgefressen hatte, eiskalt servierten, wie einen Messerstich in den Rücken. Dieses Geheimnis, von dem alle wussten, nur sie nicht.

Heute hatte sie eine Erklärung dafür, warum die Erwachsenen ihr nichts davon erzählt hatten. Was hätten sie auch sagen sollen? Vielleicht war dieses zähe, dickflüssige Totschweigen für sie sogar besser gewesen, denn so ließen sich die Geschichten, die die anderen Kinder ihr auftischten, als Lügenmärchen abtun. Der Zweifel daran bot ihr einen Rückzugsort, an dem sie sich verstecken konnte, wenn es Nacht wurde und sie wach lag.

Denn hätten die Erwachsenen ihr die Wahrheit gesagt, wären sie nicht umhingekommen zuzugeben, dass der Mörder noch frei herumlief und sich keineswegs hinter Schloss und Riegel befand, so wie am Ende eines jeden Märchens. Man konnte sich nicht damit trösten, dass die Gerechtigkeit gesiegt hatte, es war und blieb eine böse Geschichte, mit der man kein kleines Kind zu Bett schicken wollte.

# 1.

*Juni 1983*

ES WAR IHR zweites Mittsommerfest im Dorf, und einmal mehr feierten sie in Marias Garten. Genau wie letztes Jahr, als Sylvia noch Kjells neue Freundin gewesen war und nur vorübergehend zu Besuch. Doch etwas war in diesem Jahr anders. In diesem Jahr gehörte sie dazu.

Sylvia kniete vor Terese, Marias Tochter, und drückte dem Mädchen den Kranz auf den Kopf. Ein bisschen klein war er geworden, doch er war der schönste von allen. In Tereses Kranz hatte sie Zierlauch und Acker-Witwenblumen hineingebunden, die hatte kein anderes Kind in seinem Haarschmuck. An der Stirn noch das wilde Veilchen, das sie am Wegrand gefunden hatte. Terese, mit ihrem schönen goldbraunen Haar, trug einen ausgefransten Pony, der schräg abgeschnitten und viel zu lang war. Mit Haarklemmen versuchte Sylvia, die Haarsträhnen unter dem Kranz zu bändigen, damit man mehr von Tereses Gesicht sehen konnte.

»Na, wird aus dem kleinen Trollkind doch noch ein richtiges Mittsommermädchen.«

Die Milchzähnchen bissen sich auf die Lippe, die Augen wanderten den Garten ab.

»Mama!«, rief Terese, als sie Maria entdeckte. »Schau mal, mein schöner Kranz!«

Die Kleine rannte los, lief auf ihre blutjunge Mama zu, die auf der langen Festtafel unter den hohen Ahornbäumen Vasen mit Himbeerzweigen verteilte. Maria fuhr herum und hockte sich vor ihre Tochter hin, sodass ihr das lange, blonde Haar wie ein Vorhang vors Gesicht fiel. Sylvia konnte nicht verstehen, was sie sagte, doch sie sah, wie Marias Fingerkuppen sanft über Tereses Wangen strichen. Das Mädchen strahlte, und Maria warf Sylvia eine Kusshand zu. Sylvia lachte, dann legte sie den Kopf in den Nacken und hielt ihr Gesicht in die Sonne, schloss die Augen und atmete ganz tief ein. Der Junitag roch herrlich, ein Duft wie nach frischem Regen. Hier draußen zu wohnen war ein Traum. Sie liebte diese Düfte. Die Klänge. Das Vogelgezwitscher, so klar und deutlich in dieser Stille. Morgens saß Sylvia lange auf dem Balkon, ließ ihren Blick schweifen, hinunter zur Kreuzung und weiter zu Marias Haus, und dann lauschte sie einfach nur – ließ die Töne in ihren Kopf und ihre Gedanken ganz von ihnen einnehmen.

Maria schimpfte gern auf die Vögel, sie gingen ihr auf die Nerven, weckten sie viel zu früh und hielten sie davon ab, wieder einzuschlafen. Doch kurz darauf lachte sie, als hätte sie gemerkt, dass es ja völlig verrückt war, sich über so etwas zu beschweren.

Sylvia glaubte kaum, dass ihr das Vogelgezwitscher jemals auf die Nerven gehen würde. Es war wohl etwas anderes, wenn man damit groß geworden war. Maria war richtiggehend verwöhnt. Als Sylvia im Herbst hierher ins Dorf, zu Kjell ins Haus, gezogen war, um ein neues Kapitel in ihrem Leben aufzuschlagen, da hatte Kjell ein Vogelhäuschen geschreinert und auf dem Balkongeländer befestigt. Er hatte Sonnenblumenkerne hineingeschüttet, und Sylvia hatte aus altem Schweineschmalz Meisenknödel geknetet und sie aufgehängt. Fortan hatte sie dort gesessen und die Vögel beobachtet und unterdessen in Kjells altem Vogelbestimmungsbuch geblättert, das sie im Bücherregal gefunden hatte. Nach kurzer Zeit gelang es ihr, die verschiedenen Arten zu unterscheiden. Kohlmeisen, Blaumeisen und Dompfaff kannte sie ja, aber Feldspatz, Seidenschwanz und Grünfink waren ihr neu. Als schließlich das Frühjahr kam, gesellten sich die anderen Vögel dazu. Erst der Buchfink und der Star. Dann die Waldschnepfe. Wenn schließlich auch die Kraniche zurückkehrten, war der Frühling nicht mehr aufzuhalten. Dann füllte sich der Wald mit Leben, mit Vögeln, die sich tief in ihr Herz sangen, und so kam sie vollends zur Ruhe.

Wie gern hätte sie mit Maria getauscht, die die Stirn in grimmige Falten legte und behauptete, das Trällern der Singvögel störe sie. Dann wäre sie auch mit Vogelgesang groß geworden, wohlbehütet. So sollten ihre Kinder aufwachsen, umgeben von Vogelgezwitscher, das war ihr innigster Wunsch.

Dieser Gedanke stimmte sie melancholisch, denn er erinnerte sie daran, dass sie ihre Periode noch genauso pünktlich bekam wie in der Zeit, bevor sie mit Kjell zusammen war. Ihr Blick huschte zu ihm hinüber, er stand zwischen den Torpfosten und befestigte die frischen Birkenzweige mit Eisendraht am Zaun. Der Schirm seiner Kappe warf einen Schatten über sein Gesicht und verbarg seinen breiten Mund. Womöglich lag es wirklich an ihm. Manchmal entfuhren ihm solche Bemerkungen, schulterzuckend stand er dann da, es schien ihm gar nichts auszumachen.

Genau das machte sie wütend. Zum einen, weil es ihn so wenig berührte, zum anderen, weil in seiner schnoddrigen Art auch die Annahme mitschwang, dass es genauso gut an ihr liegen könne. Vermutlich meinte er es gar nicht so, doch es war naiv zu glauben, dass es nur die eine Möglichkeit gab und bei ihm etwas nicht stimmte. Und das ärgerte sie. Es gefiel ihr nicht, dass er sich dumm stellte oder – und das war schlimmer – unterstellte, dass der Fehler bei ihr lag.

*Was ist nur los mit dir?*, hatte ihre Mutter sie früher angefahren. Immer wieder gingen Sylvia diese Worte durch den Kopf, und jetzt bekamen sie eine ganz neue Bedeutung. Doch das konnte ihre Mutter damals wohl kaum gemeint haben.

Sylvia erhob sich vom Rasen und ging hinüber zu Kjell. Sie streichelte ihm über die braunen Haare, die sich unter der Kappe kringelten. Im nächsten Moment legte er den Arm um sie.

»Hast ihn wirklich schön geschmückt.« Dabei nickte er zum Maibaum hinüber, beugte sich zu ihr und küsste sie.

»Du auch«, erwiderte sie und spürte die Wärme, die seine Lippen hinterließen. Sie streichelte ihn am Hals, unter der Kappe drangen feine Schweißperlen hervor und liefen ihm auf die Stirn.

Da stiegen Ernst und Ingegärd, die älteren Nachbarn, durch das Loch im Zaun und kamen in den Garten spaziert. Die gut sechzigjährige Ingegärd trug eine geblümte Bluse, und ihre grauen, wallenden Locken waren frisch frisiert. Auf einem Tablett hatte sie Schälchen und Töpfe fürs Buffet mitgebracht, die sie erst auf der Erde abstellte, um sie dann eins nach dem anderen auf dem Tisch zu platzieren. Ernst, der auf die siebzig zuging, war in seiner Alltagsjeans gekommen, mit Dreckflecken an den Knien, und in einem weißen T-Shirt, auf dem das Logo des Walzwerks *Smedjebacken AG* prangte. Sylvia musste an ihr erstes Mittsommerfest im Dorf denken, als sie Kjell nicht von der Seite gewichen war und unentwegt versucht hatte, alle neugierigen Fragen über ihre Beziehung zu unterbinden, sie hatte doch selbst noch keine Antworten. Beim Essen war sie dann am Tisch neben Ernst gelandet, der ihr in breitestem Dialekt die Geschichte dieses Hofs erzählt hatte, der ihm gehörte und den er nun an Maria und ihre kleine Tochter vermietete. Den guten alten Berghof. Es hatte Tradition, Mittsommer hier auf dem Hof zu feiern, zu dem das kupferrote Holzhaus und drei weitere Gebäude gehörten: der Geräteschuppen, das Backhaus und die Jagdhütte. Völlig wurscht, wer hier unten haust, hier im Gärtchen wird gefeiert, Schluss, aus, hatte der Alte ihr erklärt. Kaum hatte Maria das Kind bekommen, war sie eingezogen, das hatte er auch berichtet.

Wer der Vater des Mädchens war, wusste Sylvia nicht.

Maria war ein offener Mensch, der mitunter auch sehr direkt sein konnte, aber sie umgab sich mit einer Aura von Integrität, an der jeder Versuch, dieser delikaten Frage auf die Spur zu kommen, abprallte. Sylvia hatte es nie gewagt.

Es wurde viel geredet, das wusste sie.

Maria war gerade einmal zwanzig Jahre alt und hatte bereits eine dreijährige Tochter. War mit sechzehn schon schwanger geworden. War siebzehn, als die Kleine zur Welt kam. Doch es machte ihr überhaupt nichts aus, dass in der Geburtsurkunde der Eintrag *Vater unbekannt* stand. Sylvia wusste nicht, worum sie Maria mehr beneidete, um diese Schamlosigkeit oder um die Tochter selbst. Sie hingegen war schon fünfundzwanzig, und womöglich stimmte doch mit ihr etwas nicht. Ihre Freundinnen hatten fast alle Kinder.

Göran, der ein paar Jährchen älter war als sie und ein paar Straßen weiter wohnte, kam auf sie zu und begann zu plaudern. Es war offensichtlich, dass er sich zu Hause schon am

Schnaps zu schaffen gemacht hatte, denn er torkelte leicht, als er an seinem bauschigen Schnurrbart zog und Ausschau über den Hof hielt. Seine Frau Thorhild, die gebürtig aus Norwegen kam, stand neben den Kindern, aber Görans Blick ging nicht zu ihr. Er klebte an Maria. Es war auch wirklich schwer, die Augen von ihr zu lassen, das musste sogar Sylvia zugeben. Marias türkisfarbenes Kleid war über und über mit Blümchen bedruckt und verlieh ihrem Teint einen schönen, sonnengebräunten Glanz. Der leichte Stoff hatte mehr als einen Schlitz, und die kleinste Bewegung legte ihre Schenkel frei.

Alle Mädchen trugen die gelben Trachtenkleider, nur Terese nicht. Marias Tochter stand da in Latzhose, roten Holzclogs und langärmeligem Ringelshirt. Sylvia wusste, dass Terese auch so ein Trachtenkleid besaß. Beim letzten Mittsommerfest hatte Greta, Marias Mutter, es ihr feierlich überreicht, hübsch in Geschenkpapier verpackt, mit Band versehen. Sylvia konnte sich noch gut daran erinnern, wie aufgeregt das Kind gewesen war, als alle das Kleid so entzückend fanden, obwohl sie selbst noch nicht viel davon begriff. Dann waren sie ins Haus hineingegangen, um es anzuprobieren, doch Maria war wieder herausgekommen und hatte verkündet, es sei noch zu groß. Sylvia erinnerte sich, dass Greta nachgehakt hatte, sie wollte es mit eigenen Augen sehen, doch Maria hatte sie nur angeblafft, meine Güte, soll sie dem Kind denn so was Unbequemes anziehen, nur um was zu beweisen?

Doch dieses Jahr würde es ihr vielleicht passen. Wenn es nicht doch eine Ausrede gewesen war. Sylvia löste sich aus Kjells Arm und ging zu Maria und Terese hinüber, die noch an der Festtafel standen.

»Hast du das Kleid eigentlich noch?«, fragte sie Maria.

»Welches Kleid?«

»Das Trachtenkleid. Das sie letztes Jahr geschenkt bekommen hat.« Sie ließ lieber unerwähnt, dass es ein Geschenk von Greta gewesen war. »Aber da war es ihr noch zu groß.«

Maria runzelte die Stirn.

»Vielleicht ist es oben im Kleiderschrank, in irgendeiner Kiste.«

Sylvia streckte die Hand zu Terese aus, ihr Blick fiel auf das gestreifte T-Shirt, das jetzt schon dreckig war. Aber vielleicht hatte sie es am Morgen auch gar nicht frisch aus dem Schrank genommen.

»Wollen wir zwei beide mal nachsehen? Ob wir dein schönes gelbes Kleid finden, was du letztes Jahr bekommen hast?«

Terese griff nach ihrer Hand und hüpfte auf der Stelle. Marias Gesicht verzog sich zu einem schiefen Grinsen, und sie zwinkerte ihr mit einem Auge zu.

»Soll sie jetzt was extra Hübsches anhaben, wo du ihr den schönen Kranz gemacht hast?«

Sylvia lachte. Maria hatte sie sofort durchschaut, das konnte sie gut.

»Ja, soll sie denn nicht genauso schön sein wie du?«, erwiderte sie und blickte demonstrativ auf Marias Kleid.

Da musste Maria lachen. Auch Sylvia kannte ihre Freundin nicht schlecht.

»Geh mal hoch und schau nach. Vielleicht hab ich es auch weggeworfen. Wenn es noch da ist, muss es irgendwo im Kleiderschrank im Schlafzimmer sein.«

Sylvia ging mit Terese ins Haus und stieg die steile Wendeltreppe hinauf.

Das große Zimmer unter dem Dach war mit seinen Fenstern in drei Himmelsrichtungen lichtdurchflutet, nur zum Norden hinaus gab es keines. Sylvia hielt inne und blickte hinab auf die Pferdekoppel, wo die Butterblumen und Glockenblumen gelbe und violette Streifen ins Gras malten. Als sie die Wiese vor dem Berghof zum allerersten Mal im Juni gesehen hatte, hatte sie spontan Lust bekommen, sie in ihren Bildern zu verewigen, obwohl sie Naturmotive sonst immer banal fand. Sie hatte sie mit Aquarellfarbe gemalt, und Kjell war begeistert gewesen. Jetzt meinte sie, in Öl käme sie besser zur Geltung. Sie stellte sich vor, was für ein Gesicht er machen würde, und da ging ihr das Herz auf.

Ob das der Grund war, warum sie inzwischen auch gern Gegenständliches abbildete, anstelle von abstrakten Gefühlen? Wenn sie die verfallene Schmiede, die Hütte oder das Wäldchen unterhalb des Hofs als Motiv gewählt hatte, hatte er ihr mit seinem Lächeln ein Stück Seele geschenkt. Als hätte sie etwas gemalt, das zu ihm gehörte. Vielleicht empfand er es ja genau so.

Im Kamin lagen auf einem Ascheberg die Skelette niedergebrannter Holzscheite, und auf dem Sims waren Porzellanfiguren aufgereiht. Die meisten von ihnen stellten Tiere dar und sahen eher nach Kinderspielzeug aus. Normalerweise bewegte Sylvia sich nicht hier im ersten Stock. In der Regel saßen sie unten in der Stube zusammen, rauchten, tranken Wein und grillten rote Würste im Kamin. Genau hier, in diesem Haus, war sie in die Dorfgemeinschaft aufgenommen worden. Hier hielten die Frauen Kurse über die Verwendung von Pflanzenfarben ab und färbten Kleidung mit Steinflechten, Rainfarn und den Wurzeln des nordischen Labkrauts. Sie hatten Sylvia darum gebeten, ihnen das Malen beizubringen, und so war sie in die Gemeinschaft aufgenommen worden. Die älteren Leute im Dorf hatten sicher hin und wieder die Nase gerümpft, sie sei doch ein bisschen sehr romantisch und naiv, aber mitunter hatten sie auch den Kopf durch die Tür gesteckt. Ins obere Geschoss ging man nur, wenn man die Toilette benutzen wollte, die Zimmer betrat man nicht. Genau dieses Gefühl beschlich sie nun, als sie sich über die breiten Dielen bewegte; dieser Bereich hier war privat. Neben dem Mauerblock befand sich die Tür zum Schlafzimmer. Ein Riss lief durch den Türrahmen, und auf dem Spiegel an der Tür waren kleine, rosafarbene Striche von einem Filzstift.

Im Schlafzimmer wurde dieses Gefühl, sich auf verbotenem Terrain zu bewegen, noch stärker. Das Kopfteil des Bettgestells war mit einem Stoff bezogen, auf dem Pferde bei der Fuchsjagd abgebildet waren, wahrscheinlich hatten sie es in irgendeiner Rumpelkammer aufgetrieben, das Bett musste steinalt sein.

Am Fußende des Bettes lag die Decke zu einem Haufen zusammengeknüllt. Das Kinderbettchen stand direkt daneben, das Bettlaken fehlte. Die Schaumstoffmatratze hatte Flecken und die Wattierung kleine Löchlein. Sylvia war entsetzt.

Sie öffnete den Kleiderschrank und ging die Kleidung auf den Bügeln Stück für Stück durch. Da hingen nur Marias Kleider, sie waren aufreizend und schrecklich altmodisch, das Sommerkleid, das sie heute trug, war die Ausnahme. Die aktuellen Modetrends waren hier einfach noch nicht angekommen, im Dorf trugen die Leute immer noch Schlaghosen und ausgeblichene Baumwollshirts. Sylvia stellte sich auf die Zehenspitzen und holte die Kisten aus dem Schrank. Darin befanden sich ein paar zusammengerollte Bettlaken und Babykleidung. Weit und breit kein süßes Kleidchen mit Schürze und geblümtem Schultertuch und Haube. Auch wenn man für Trachten nichts übrighatte, so etwas warf man doch nicht einfach weg?

Auf dem Apothekerschrank lagen Tereses Kleider, aber da war kein Trachtenkleid dabei, nicht mal ein ganz normales, hübsches Sommerkleidchen.

Terese hatte angefangen, mit ihren Puppen zu spielen, und vergessen, weshalb sie gekommen waren. Sylvia ging noch einmal ins große Zimmer hinüber und suchte in den Schubladen der Kommode. Körbeweise Kassetten fand sie in der ersten, schlampig zusammengelegte Betttücher in der zweiten. Die dritte war fast leer, bis auf ein paar schwarze Notizbücher mit einem roten, verstärkten Rücken.

Sylvia nahm eines in die Hand, blätterte ein bisschen und erkannte sofort Marias Handschrift, klein und hübsch ordentlich. Maria hatte geschrieben? Für sie war Maria gar kein Mensch, der schrieb, sondern der sprach und dabei Unmengen Energie und Freude versprühte.

Erst als sie genauer hinsah, wurde Sylvia klar, dass das Tagebücher waren und sie gerade etwas sehr Privates in der Hand hielt. Ganz oben das Datum. Nicht in der ersten Zeile, sondern außen, in der Ecke. Als wolle Maria es verschleiern, damit neugierige Augen es nicht gleich erkannten und das Buch wieder zurücklegten, diese dicht beschriebenen Seiten Geschwätz. Eine Anrede gab es auch keine. Maria schien nicht oft zu schreiben, das verrieten die Datumseinträge, aber wenn sie es tat, schrieb sie viel.

Instinktiv warf Sylvia auch einen Blick in die anderen Bücher. Insgesamt waren es vier. Auf der ersten Seite stand immer das Jahr. Schnell legte sie die Bücher zurück in die Schublade, obwohl sie gar nichts gelesen hatte, hatte sie schon ein schlechtes Gewissen. Hier kramte sie in Marias ganz privaten Dingen, und sie wunderte sich, dass Maria sie hierhergeschickt hatte. Sie hatte Sylvia selbst aufgefordert, rüberzugehen und zu suchen. Ob sie dabei im Sinn gehabt hatte, dass Sylvia etwas ganz Bestimmtes in die Hände fallen sollte?

Da kam Terese aus dem Schlafzimmer. »Will wieder runter«, sagte sie.

Rasch schob Sylvia die Schublade wieder zu.

»Ja«, sagte sie seufzend. »Wahrscheinlich hat die Mama das Kleid weggeschmissen.«

Terese sah sie stutzig an. »Oder verschenkt«, schob Sylvia hinterher, denn das klang weniger verboten.

Sie hob Terese hoch und setzte sie sich auf die Hüfte, dann stieg sie die steile Treppe wieder hinab und hielt sich am Geländer gut fest. An dem alten, abgegriffenen Geländer, an das sich schon seit Jahrzehnten unzählige Hände geklammert hatten, um sicher ins Erdgeschoss zu gelangen.

Draußen waren die Vorbereitungen fürs Fest fast erledigt. Auf der Wiese stand jetzt der Maibaum, die aneinandergeschobenen Tische waren mit Tischdecken, Tellern und Schnapsflaschen gedeckt, und neben der langen Tafel war ein runder Tisch fürs Buffet aufgebaut.

Nettan, die eigentlich Anette hieß, die aber niemand so nannte, kam mit ihren Zwillingstöchtern und ihrem Sohn im Schlepptau. Sie wohnten ganz am Rande des Dorfes, im Kaufmannshaus, wie die Alten es nannten. Die Zwillinge und Nettan, sie alle trugen Trachtenkleider, und Nettans langes Haar fiel in einem Zopf auf den Rücken. Sie war ähnlich alt wie Sylvia, um die fünfundzwanzig, doch sie wirkte wesentlich älter. Das war vermutlich ihrem Stil geschuldet, denn sie trug immer einen Häkelschal um die Schultern, und dann diesen Zopf, wie aus einer anderen Zeit.

»Wo hast du denn deinen Mann gelassen?«, fragte Kjell, und Nettan schüttelte verzweifelt den Kopf.

»Ach, er hat natürlich keinen Flug mehr gekriegt, mit dem er es rechtzeitig geschafft hätte. Bin also wieder mal allein mit den Kindern da.«

Sie schüttelte noch einmal den Kopf und seufzte, doch Sylvia bemerkte ein ganz zufriedenes Zwinkern in ihren Augen. Rolf arbeitete im Vertrieb eines Stoffherstellers, daher war er beruflich viel unterwegs. Nettan ließ keine Gelegenheit aus, herauszustellen, dass ihr Mann Geschäftsreisen unternahm, auch wenn sie darüber lamentierte. Kurz darauf erschienen Hasse und Greta in ihrem blauen Citroën, sie bogen vor der Pferdekoppel ab, parkten neben der Scheune und stiegen aus.

»Mama, Papa!«, rief Maria, als hätten sie gerade eine lange Reise hinter sich und kamen nicht von der anderen Seite des Biskensees.

»Habt ihr das schön geschmückt!«, lobte Hasse seine Tochter. Er nahm die Schirmmütze ab und rieb sich die Stirn, dann machte er sich daran, alles auszupacken, was sie mitgebracht hatten.

Greta sah blass aus. Sie war still, trug in jeder Hand eine Einkaufstasche, so ging sie durchs Gartentor und begann, alles auszupacken und auf den Tisch zu stellen. Einen großen Topf Kartoffeln, kleingeschnippelten Schnittlauch, Heringssalat und Cocktailwürstchen. Maria ließ ihren Blick darüber schweifen und klatschte in die Hände.

»Jetzt aber, ihr Lieben! Marsch, marsch, das Essen ist da!«

Sylvia griff instinktiv nach Kjells Hand. Die Gefühle vom letzten Mittsommer kamen wieder hoch, die Angst, neben jemand Fremdes zu landen, obwohl sie doch inzwischen alle im Dorf gut kannte. Damals hatte sie noch gedacht, dass sie sich mit Thorhild oder Nettan anfreunden würde, schließlich waren sie im selben Alter, hatten beide Mann und Kinder, doch stattdessen war Maria ihre Freundin geworden.

»Aber zum Essen wirst du doch wohl bleiben, musst doch wenigstens was in den Magen kriegen?« Hasse streckte die Hand nach Greta aus und strich ihr kurz über den Oberarm.

»Nee, nee, ich geh wieder heim.«

Da kam Maria zu ihr und nahm Greta in den Arm.

»Nix da, kleine Mama, du bleibst schön hier und isst was. Mit leerem Magen marschierst du mir nicht wieder nach Hause!«

Und das sagte sie so laut, dass die anderen es hörten und in den Protest einfielen.

Sylvia bemerkte Gretas Blick. Wie vorwurfsvoll sie ihre Tochter ansah. Maria entging er vermutlich, oder sie wich ihm bewusst aus.

»Ach, Mama, jetzt setz dich doch mal zu uns.« Sie fasste Greta an den Schultern und schob sie vor sich her bis zu dem freien Stuhl neben Sylvia, und dann klatschte sie noch einmal in die Hände. »Guten Appetit, lasst es euch alle schmecken!«

Kjell sorgte für volle Gläser, und das erste Trinklied erklang schon, bevor überhaupt jeder saß. Wie versteinert hockte Greta am Tisch.

Sylvia hätte ihr gern etwas Mitfühlendes gesagt, in der Art, jetzt geht es wieder los, aber sie war ja noch so neu. Das letzte Mittsommerfest hatte sie noch bestens in Erinnerung, und die Jahre davor war es bei ihnen zu Hause nicht anders gewesen. Sie wusste genau, wie solche Abende abliefen. Sah noch deutlich vor sich, wie ihre eigene Mutter den Vater fast huckepack nahm und nach Hause schleifte, ihr verzerrtes Gesicht vom Gewicht seines Körpers und seiner vielen Probleme.

Sylvia blickte zu Kjell, und sein Lächeln beruhigte sie wieder. Er war ganz anders als ihr Vater. Und mit ihm hier im Dorf war es auch ein ganz anderes Leben. Sylvia hielt ihr Gesicht in die Sonne. Unglaublich, dass sie gerade an diesem Tag Sonnenschein hatten. Sie konnte sich nicht an einen einzigen Mittsommerabend erinnern, an dem es nicht zu regnen drohte.

Später würde sie das als einen hämischen Vorboten betrachten. Diese brennende Sonne, kurz bevor sich die Dunkelheit ihre Leben einverleibte, und das im allerhellsten Monat des Jahres.

Greta wedelte abwehrend mit der Hand, als Maria ihr Schnapsglas füllen wollte. Die Tochter überging diese Geste. Dann kam das nächste Lied. Sylvia nippte nur an ihrem Glas, doch die meisten leerten ihres in einem Zuge. Marias Vater gehörte auch dazu. Im Gesicht war er bald knallrot, und er grinste breit wie ein Honigkuchenpferd.

Jetzt machte sich vieles Luft, was sich aufgestaut hatte. Das sah sie in den Gesichtern, das befreite Lachen, die Erleichterung im Blick; sie alle hatten auf diesen Abend gewartet. Sylvia selbst konnte diese Wärme spüren, die sich langsam in ihr ausbreitete, auch ihre Schultern durften endlich nachgeben und ganz entspannt niedersinken.

Als der Tanz begann, erhob Greta sich von ihrem Stuhl. Sie legte Ingegärd eine Hand auf die Schulter, und Ingegärds Hand fuhr hoch und drückte sie. Ein stilles Einverständnis zwischen den beiden älteren Frauen, die das schon so oft mitgemacht hatten. Dann winkte Greta den anderen unauffällig zu, die noch am Tisch saßen, und machte sich auf den Weg runter zur Brücke.

»Sie fühlt sich nicht so«, erklärte Hasse, der inzwischen schon verwaschen sprach, seine Schirmmütze lag auf dem Tisch, darin prangte ein Schweißfleck. Sylvia merkte auch, dass ihre Bluse unter den Armen und am Rücken an der Haut klebte.

Thorhild und Nettan zogen ihre Kinder zum Mittsommerbaum und riefen den anderen zu, hinüberzukommen.

Sylvia stand auf, nahm Tereses kleine Hand, Maria an die andere, und so tanzten sie im Kreis und sangen. *Die Fröschelein, Der Fuchs rennt übers Eis, Drei kleine Weiber* und *Des Pfarrers kleine Krähe.*

Das Lachen der Kinder erhob sich über den Hof und flog weiter über die Äcker wie ausgelassener Vogelgesang, unwillkürlich musste Sylvia an die Kraniche denken, die mit ihrem Rufen den Frühling einläuteten. Dieses Kinderlachen, so klang für sie der Sommer.

Sie blickte hinüber zu Kjell, der am Tisch sitzen geblieben war, stellte sich vor, wie es sein würde, wenn er der Vater ihrer Kinder war. Mit ihnen würde er bestimmt um den Mittsommerbaum tanzen.

Sie winkte ihm zu, er solle zu ihnen kommen, doch er lächelte nur und schüttelte den Kopf. Dieses Lächeln. So warmherzig und charmant. Wahrscheinlich hatte er keine Ahnung, wie tief sie sein Lächeln berührte. Sie hatte sich zuerst in sein Lächeln verliebt, doch das hatte sie ihm nie verraten. Aus Angst, er würde sich dessen bewusst werden und möglicherweise unbewusst etwas daran verändern.

Dann wollten sie ein Foto von den Kindern machen, auf der Treppe vor dem Backhaus. Festhalten, wie schön sie aussahen, in ihren Trachtenkleidern und mit den Kränzen im Haar. Nur Terese stand da in ihrer braunen Hose und den Holzclogs, wie ein Schandfleck auf dem schönen Mittsommerbild. Sylvia war es peinlich. Auf dem Foto würde nicht mal auffallen, dass Terese den schönsten Kranz von allen trug.

Da überkam sie die Lust, ein Bild zu malen. Das Mädchen in der braunen Hose in den Vordergrund zu stellen, die Kinder in den Trachten zu einem blassgelben Hintergrundbrei verschwimmen zu lassen, ihre Gesichter undeutlich, das Mädchen davor gestochen scharf.

Sylvia fiel auf, dass Thorhild und Nettan ein einziges Foto machten, auf dem alle Kinder waren. Dann wollten sie nur noch ihre eigenen Kinder fotografieren. Vielleicht dachten sie, dass es keiner merkte, wie sie eilig ihre eigenen Kinder auf der Treppe zusammenschoben, während Terese einem Schmetterling nachjagte. Sylvia sah zu Maria hinüber, doch die hatte sich zwischen Kjell und Göran gesetzt und bog sich vor Lachen über deren Witze.

Sylvia rief Terese zu sich, die auch gleich angerannt kam, den Kranz windschief auf dem Kopf. Sylvia setzte die Kleine mitten auf die Treppe, bat die anderen Kinder, Platz zu machen, und dann schoss sie Bilder von ihr. Das Zählwerk des Fotoapparats stand am Ende bei zweiundzwanzig.

Diesen Film würde sie erst wesentlich später zum Entwickeln bringen, denn so schnell würde es keine Anlässe zum Fotografieren mehr geben. Ein kleines Mädchen in brauner Latzhose, die Hosenträger verdreht, kleine Milchschneidezähne mitten im breiten Kindergrinsen, schräg strahlende Mandelaugen, denn es war ein echtes Lachen, Sylvia hatte ihr ganzes Repertoire an lustigen Geräuschen und Grimassen aufgefahren. Und dann noch der schöne Kranz mit den gelben und lila-farbenen Blümchen. Nur das Veilchen fehlte, das musste wohl schon abgefallen sein, als sie die Aufnahme machte.

# 2.

GRETA LAG IM Gästezimmer und konnte nicht einschlafen. Sie hatte sich Ohrstöpsel ins Ohr gesteckt, obwohl es erst neun Uhr war und noch lange dauern konnte, bis Hasse ins Haus gestolpert käme. Doch sie wollte von der anderen Seeseite keinen Ton mehr hören. Das grelle Lachen, das durchs Fliegengitter vor dem Fenster hindurchdrang, die Stimmen, die im Laufe des Abends immer lauter und derber wurden, möglicherweise in Streitereien endeten. Die gelben Schaumstoffstöpsel saßen zwar tief in ihren Gehörgängen, doch völlig ausblenden konnten sie das Geschehen nicht.

Sie hatte es schon am Vormittag beschlossen, während sie die Gerichte fürs Mittsommerbuffet zubereitet hatte. Maria hätte eigentlich zum Helfen kommen sollen, doch sie war erst aufgetaucht, als Greta schon fast fertig gewesen war. Eine Entschuldigung hatte sie nicht zu bieten gehabt. Ein Dankeschön auch nicht. Und da hatte Greta ihre Entscheidung getroffen. Dieses Jahr konnten die anderen auf sie verzichten.

Und so lag sie jetzt hier im Gästebett und versuchte krampfhaft zu lesen. Doch auf den aufgeschlagenen Seiten ihres Buches tanzten die Bilder, es war schier unmöglich, aus den Buchstaben einzelne Worte zu bilden.

Sie hatte die Mädchen vor Augen. Ihr eigenes, das inzwischen erwachsen war, und das andere.

Beide hüpften über den Text wie flüchtige Schatten. Die kleine Maria mit Trachtenkleid und langen Zöpfen, wie sie brav an der Hand ihrer Mama in der Dämmerung heimgegangen war, lange bevor die Feste ausgeartet waren. Unterwegs hatten sie sieben verschiedene Blumen gepflückt. Klee, Wiesen-Wachtelweizen, Rote Waldnelke, Butterblume, Wiesenglockenblume. Wald-Storchschnabel, wenn er noch nicht verblüht war, manchmal auch irgendein Gras, wenn sie noch nicht genügend Blumen zusammenhatten.

Maria war immer auf der Stelle eingeschlafen, nachdem sie

sich vergewissert hatte, dass auch wirklich sieben verschiedene Blumen unter ihrem Kopfkissen lagen. Greta hatte ihr nie erzählt, dass der Brauch auch verlangte, man solle für jede Blume über einen Holzzaun springen, denn nur so könne man ganz sicher sein, dass sich im Traum der Zukünftige zeigen werde, das wäre zu kompliziert geworden.

Als Maria noch klein gewesen war, hatte sie davon geträumt, zu heiraten. Und jetzt saß sie da, ohne Mann, dafür mit Kind. Nicht einmal in der Geburtsurkunde stand der Name des Vaters. Wenn das Greta passiert wäre. Was für eine Schande.

Am Ende der Schwangerschaft hatte Greta schließlich den Namen des Schuldigen aus ihr herausbekommen. Ein Ex-Freund. Dan. Greta hatte den Namen gar nicht zuordnen können, erst als Maria ihr sagte, wie die Eltern hießen, hatte sie sich dunkel an den Kerl erinnert. Ein ungewaschenes Kindergesicht auf der Schaukel auf dem Schulhof. Ein Junge, der Maria an den Haaren gezogen und sie im Winter eingeseift hatte. Sie musste ihn schon seit der Schulzeit gehasst haben. Und trotzdem war sie mit ihm gegangen. Und er hatte sie weiter schikaniert, soviel Greta wusste. Mit dem Unterschied, dass er längst kein kleiner Junge mehr war, sondern ein ausgewachsener Mann mit groben Händen und massigem Körper.

»Er ist nicht mehr in Smebacken«, hatte Maria gesagt. »Er ist weg.«

»Weil du schwanger bist?«

Darauf hatte Maria keine Antwort gegeben, aber Greta nahm ihr Schweigen als ein Ja.

Sie war überzeugt, dass Maria keinem anderen Menschen verraten hatte, wer der Vater des Kindes war. Vielleicht konnten die, die sie gut kannten und wussten, dass Dan ihr Freund gewesen war, es sich denken. Nur ihrer Mutter hatte sie es gestanden. Was etwas heißen wollte. Und dennoch.

Es war so offensichtlich. Das Trachtenkleid, das sie letztes Jahr verschmäht hatte. Alles, was Greta für Maria getan hatte, wollte Maria anders machen, während Greta doch nur versuchte, ihr eine Hilfe zu sein. Vor Kurzem hatte sie ihr die Neuauflage von Anna Wahlgrens *Kinderbuch* gekauft, in der Hoffnung, dass es ihr bei Tereses Erziehung helfen würde. Die Kleine schien ja alles zu dürfen. Doch Maria hatte nur kurz darin geblättert und die Nase gerümpft. Warum wohl? Greta konnte es einfach nicht verstehen. Allein dieser Name. Terese. So unmelodisch und hart. Genau den Namen, den Greta nicht leiden konnte, hatte Maria für ihre Tochter ausgewählt. Denn das hatte sie gewusst.

Greta konnte nicht schlafen. Sie konnte nicht lesen. Als es zehn Uhr schlug, kroch sie wieder aus dem Bett, zog sich das Nachthemd über den Kopf und stieg in ihre Kleider. Dann ging sie wieder raus in die Mittsommernacht.

Die Luft war inzwischen kühl geworden, und Nebelschwaden zogen über die Weiden. Das erinnerte sie an den Elfentanz, vor dem man sich in Acht nehmen sollte, denn man sagte, er mache alt. Genau wie die Mittsommerfeierei. Man genoss das Fest, solange es andauerte, aber am nächsten Tag war man sichtlich gealtert.

Schon hörte sie die Stimmen vom anderen Seeufer. Jetzt wollte sie nur noch dafür sorgen, dass das Kind ins Bett kam. Dass es nicht auf einer Bank liegen blieb, auf dem Schoß eines Stockbetrunkenen, und von den Mücken zerstochen wurde. Die Zuckmückenschwärme waren noch nicht in Sicht, aber die Waldmücken konnten einen auch ordentlich plagen. Greta wollte morgen nicht in ein Kindergesicht schauen, das von großen, entzündeten Stellen übersät war. Terese würde dann daran kratzen, und schlimmstenfalls konnte es den ganzen Sommer dauern, bis die Stiche wieder verheilt waren, manchmal blieben sogar Narben zurück. Sie war nicht so verschossen in ihr Enkelkind, wie eine Großmutter es eigentlich sein sollte, aber ihr Verantwortungsgefühl funktionierte einwandfrei.

Jemand hatte die Teller abgeräumt. Auf der langen Tafel waren nur noch Flaschen und Bierdosen und Gläser. Auf der Tischdecke überall Flecken, wo das Essen gestanden hatte. So schnell schon war alles schmuddelig. Verdreckt und verloddert. Wie sehr man auch schrubbte und scheuerte, die Verderbtheit des Menschen hinterließ immer ihre Spuren.

Greta überflog das Hofgelände mit einem Blick. Einige tanzten noch um den Mittsommerbaum. Natürlich war ihre Tochter dabei. Ausgelassen und albern, wie immer, wenn sie getrunken hatte. Ihr Kleid war in diesem Jahr noch unmöglicher. Der Stoff klein geblümt, dabei nahezu durchsichtig, der Ausschnitt ging fast bis zum Bauchnabel. Und dann dieses überfrachtete Make-up mit so unnatürlich starkem Lidschatten und rosaroten Lippen. Sylvia tanzte neben ihr, auch sie war betrunken und fiel einfach um. Blieb auf der Wiese liegen, lachte laut und gekünstelt. Sogar Sylvia, die beim Alkohol normalerweise zurückhaltend war. Greta fragte sich, wo Göran war, er schwänzelte doch sonst immer um Maria herum, das entging niemandem. Schon gar nicht seiner eigenen Frau.

Aber jetzt saß Thorhild am Tisch, ganz mit Sylvias Kjell ins Gespräch vertieft. Vielleicht konnte sie gerade entspannt sein, weil sie wusste, dass er sich nicht in Marias Nähe befand. Greta beobachtete, wie Kjells Hand hochfuhr und Thorhilds Gesicht streifte, er nahm ihr die Brille ab und legte das große Kunststoffgestell aufs Tischtuch. Sylvia lag immer noch auf der Wiese und bekam davon nichts mit. Die Waldmücken schwirrten durch die Luft, Greta konnte das Mädchen nicht entdecken. Sie wurde wütend, in ihren Wangen zwickte es. Wann hatte wohl jemand das Kind zuletzt gesehen, wie viel Zeit mochte vergangen sein? Die anderen Kinder hüpften umeinander, waren mit irgendeinem Spiel beschäftigt, aber von ihrem Enkelkind fehlte jede Spur.

Ihren Ehemann entdeckte sie erst eine ganze Weile später. Er hockte am Rande auf einem Gartenstuhl, saß da mit Ernst, der sich wichtigmachte und darüber ausließ, dass die Sozis neuerdings bürgerliche Interessen vertraten. Hasse schien nicht ganz mitzukommen. Aber da war ja das Mädchen! Sie hockte unter dem Tisch und bohrte Löcher ins Moos. Über Hasses Gesicht ging ein Strahlen, als er Greta erblickte, doch er sah nur unscharf, sein Pullover von Flecken übersät. Sie ignorierte ihn einfach und hoffte, er würde ihr keine Szene machen, sie ging in die Knie, bis sie auf Höhe von Tereses Kindergesicht war.

»Komm mit, wir gehen jetzt nach Hause, es ist Zeit für die Heia.«

Das Mädchen freute sich, sie zu sehen. Greta hoffte, sie würde sie so in Erinnerung behalten, als einen Hort der Geborgenheit. Vielleicht würden sie auf diese Weise zueinanderfinden. Wie gut, dass sie noch einmal hergekommen war. Sie streckte den Arm aus. Die Hand des Mädchens war kalt.

Drinnen in der Küche stand bergeweise dreckiges Geschirr auf der Spüle, ein Teller war runtergefallen und zu Bruch gegangen. Hier hatte niemand auch nur den Versuch unternommen, aufzuräumen. Wahrscheinlich hatten sie erst spät abgeräumt. Wäre Greta auf dem Fest geblieben, wäre sie diejenige gewesen, die jetzt hier gestanden und gespült hätte. Vermutlich mit Ingegärd. So lief das nämlich. Die Jungen und die alten Säcke durften sich amüsieren und sich volllaufen lassen, während die alten Weiber in der Küche standen und die Hände ins dreckige Abwaschwasser tauchten. Aber Ingegärd war nicht mehr in Sicht, was wohl bedeutete, sie hatte auch die Nase voll gehabt und war heimgegangen.

Greta zog das Kind die Treppe hinauf. Das Fenster zum Hof stand sperrangelweit offen, alle Geräusche und alle Mücken hatten freien Eintritt. Greta verriegelte es auf der Stelle.

Die anderen Laute hörte sie erst, als sie schon vor der Schlafzimmertür standen. Da wurde sie rot, zuerst aus Scham, dann vor Wut. Terese zog an ihrer Hand, entweder hörte sie es nicht oder wusste nicht, was das zu bedeuten hatte, sie wollte einfach nur in ihr Kinderbett. In Gedanken suchte Greta den Garten ab. Maria konnte es keinesfalls sein, sie hatte sich ja da draußen vergnügt. Mit Terese an der Hand stand Greta unschlüssig da, doch schließlich überwog die Wut, und sie öffnete die Tür mit einem Ruck.

Ein nackter Frauenrücken, ein schaukelndes Gesäß, Görans Kopf mit dem bauschigen Schnurrbart auf dem Kopfkissen, verschwommener Blick. Aber seine Frau hockte doch draußen, da am Tisch bei Kjell. Nein, die Frau, die auf Göran ritt, war klein und schmächtig, sie hatte lange Haare, ihr geflochtener Zopf auf dem Rücken löste sich schon auf. Auf dem Boden vor dem Bett lag ein Haufen Stoff, ein zerknittertes Trachtenkleid.

Nettan bemerkte Greta zuerst, sie musste die Blicke in ihrem Rücken gespürt haben, und da drehte sie sich um. Der Entsetzensschrei und ihre verzweifelten Hände, die am Laken zerrten, um sich zu bedecken. Greta wusste gar nicht, was sie ihr zuerst ins Gesicht schreien sollte. Dass Nettan so etwas tat, während ihr Mann auf Geschäftsreise war. Dass Göran so etwas tat, während seine Ehefrau draußen im Garten saß. Dass sie Marias Bett beschmutzten, wo eigentlich jetzt das Kind schlafen sollte. Unverschämtes Pack! Doch sie brachte nichts heraus, stand nur da und starrte sie an, während ihre Lippen die Worte im Zaum hielten. Das Mädchen stand neben ihr und machte große Augen. Jetzt hatte endlich auch Göran gemerkt, dass sie nicht mehr unter sich waren. Es fiel ihm schwer, den Kopf anzuheben, er grinste blöd hinter seinem Schnurrbart, die dicke Goldkette baumelte auf seinem feuchten Brusthaar. Er war so besoffen, dass er kaum zu wissen schien, wer da auf ihm saß. Nettan hingegen wirkte einigermaßen nüchtern, als sie Greta im Bettelton hinterher jammerte, doch die knallte nur die Tür zu, dass der Rahmen bebte.

»Greta, bitte! Bitte, bitte, verrat uns nicht!«

Greta drückte Tereses Hand fester.

»Du kommst besser mit der Oma mit.«

Der Buggy stand unter dem Dach des Vorratshauses. Sie hatte zu tun, dass sie die kleinen Räder über die Holzschwelle brachte, dann hob sie das Kind hinein. Blickte sich um. Kjell und Thorhild saßen immer noch da am Tisch, ihre Köpfe nun noch dichter beieinander. Geschah ihm ganz recht, wenn Thorhild was mit Kjell anfinge. Ihrem Schürzenjäger, der sich nach Maria die Augen ausguckte, seit sie in die Pubertät gekommen war, aber ganz offensichtlich mit jeder ins Bett ging.

Greta konnte Maria nicht entdecken, aber jetzt brachte sie auch die Energie nicht mehr auf, sie hatte genug. Hasse hatte schließlich mitbekommen, dass sie das Mädchen mitgenommen hatte, er konnte es weitersagen. Und wenn sie sich irgendwann Sorgen machten, dann geschah es ihnen recht. Greta fragte sich, wie lange das arme Kind da unter dem Tisch gehockt haben mochte.

»Mama«, sagte Terese und zeigte rüber zum Berghof.

»Nein, nicht Mama, du schläfst heute bei der Oma«, sagte Greta.

Erst als sie über die Brücke gekommen waren und Greta für die Kleine noch ein paar Blumen gepflückt hatte, die sie unters Kopfkissen legen konnte, hörte Terese auf, das Wort ständig zu wiederholen. *Mama.* Mit den vier Blümchen in ihrer kleinen Hand, die schon den Kopf hängen ließen, sah sie ganz glücklich aus. Butterblume, Wald-Storchschnabel, Wiesen-Kerbel und Grindkraut.

Ein paar Monate später würde Greta sie unter dem Kopfkissen wiederfinden, einen vertrockneten, braunen Zunderschwamm aus der Mittsommernacht 1983.

# 3.

KJELL ERWACHTE vom Regen, der auf das Blechdach prasselte. Er wusste nicht auf Anhieb, wo er sich befand, erkannte weder die blau lasierte Kommode noch das Kiefernschränkchen neben dem Bett. Auch nicht die Laterne draußen vor dem Fenster. Sie leuchtete noch, obwohl schon helllichter Tag war. Nach und nach kam die Erinnerung zurück. Das Haus seiner Tante. Hier hatte er als kleiner Junge jeden Sommer verbracht. Dann war sie gestorben, und er hatte das Haus geerbt, und hier wohnte er inzwischen seit acht Jahren.

Mit der Erinnerung kam auch der Kopfschmerz. Er war unerträglich, wie ein bremsender Zug direkt vor ihm säbelte er durch seine Stirn.

Kjell streckte einen Arm aus, schwerfällig und zitternd, tastete nach ihrem Körper, doch der Platz neben ihm war leer. Langsam drehte er den Kopf und schlug die Augen auf, doch seine Hand hatte ihn nicht belogen.

Sie war nicht da. Er überlegte angestrengt. Das Mittsommerfest. Unten am Berghof, wie jedes Jahr. Sylvia hatte den Mittsommerbaum geschmückt und allen Kindern schöne Kränze gebunden, ihre Künstlerhände konnten Birkenzweige und Blumen zusammenfügen, wie es noch nie jemand vor ihr vermocht hatte. Ihr zweites gemeinsames Mittsommerfest. In diesem Jahr war sie entspannter gewesen, nicht so verhuscht und still wie noch im letzten Jahr. Sie hatte auch mehr getrunken als üblich.

Waren sie denn danach gemeinsam heimgegangen? Vage Erinnerungen kamen hoch, Gestrüpp am Straßenrand, die hohen Kiefernkronen vor dem Himmel, wieder spürte er das nachtfeuchte Gras an Händen und Gesicht. Er hob die Decke hoch und blickte nach unten. Er lag voll bekleidet im Bett. Am Hosenstoff haftete etwas. Dicke, gelbe Halme. Er griff danach und betrachtete einen genauer. Stroh. Wo war das denn her?

Die nächste Gedächtnislücke. Er hatte Sylvia vor Augen, in ihrer auffälligen Kleidung, mit der weißen Bluse und einem breiten, weißen Ledergürtel, der ihr eine unnatürliche Wespentaille schnürte, schwere, viereckige Ohrringe, die an ihren Ohrläppchen zerrten. Dann der blaue Lidschatten. Der ihm nicht so gefallen hatte, doch das hatte er natürlich für sich behalten. Schließlich hatte sie in Stockholm gelebt, sie wusste, was modern war. Und damit fiel sie hier natürlich auf.

Thorhild hatte einen lilafarbenen Volantrock getragen, und Marias Kleid war fast durchsichtig gewesen, aber was ihren Stil anging, konnte keine von ihnen Sylvia das Wasser reichen, das erkannte sogar Kjell. Und dann? Der Schnaps war ihm offenbar schnell in den Kopf gestiegen, denn bald darauf war bei ihm der Vorhang runtergegangen.

Die Übelkeit überkam ihn, kaum, dass er sich aufgesetzt hatte, und es war unmöglich, dagegen anzugehen. Der Druck vom Magen und der Speichel in seinem Mund ließen ihn hochschnellen und gekrümmt zur Toilette rennen. Im Augenwinkel sah Kjell Füße vom Küchensofa ragen. Warum schlief sie dort?, dachte er noch, bevor er sich auf die Kloschüssel stürzte und seinen Mageninhalt erbrach.

Als er sich anschließend langsam zurück an die Wand lehnte, keuchend und mit brennendem Hals und Magen, setzte sich das Gedankenkarussell wieder in Gang. Hatten sie sich gestritten? War es möglich, dass er sie irgendwie verärgert hatte?

Der nächste Schwall kam hoch, und er hing wieder über der Schüssel. Unter dem Erbrochenen lag noch ein Geruch von altem Urin. Mit dem Putzen hatte sie es nicht so. Seit sie bei ihm wohnte, war es im Haus kaum sauberer als vorher, obwohl das jeder prophezeit hatte. Wie oft hatte er sich anhören müssen, ihm fehle eine Frau im Haus, die endlich Ordnung schaffte.

Aber was, wenn das gar nicht sie war, dort auf dem Sofa?

Ihm fiel Thorhilds Hand unter der Tischplatte wieder ein, wie er sie gedrückt hatte. Görans Ehefrau konnte einem wirklich leidtun, sie schien die Letzte zu sein, für die Göran sich interessierte. Ihre feuchtglänzenden, traurigen Augen. Doch hatte er in ihnen nicht auch noch etwas anderes entdeckt?

Vielleicht war es auch nur seine Einbildung gewesen. Sylvia wies ihn ja auch darauf hin, dass sich manches nur in seinem Kopf abspielte. Aber jetzt musste er nachsehen, wer da auf dem Sofa lag.

Das Radio war noch an, es lief *Radio Ellen*. Ein Frauenprogramm, das Sylvia gerne anhörte. Und auf dem Sofa lag wirklich sie. Ihre Füße ragten hervor, in roten, handgestrickten Socken. Wie er ihre Füße liebte. Nirgendwo Hornhaut, vom Zeh bis zur Ferse alles ganz weich. Ihre Hände sahen nicht anders aus als seine, mit Schwielen und kurz geschnittenen Nägeln, mit Dreck bis unter die Nagelhaut, Falten an Knöcheln und Gelenken. Das lag an ihrer Malerei. Doch ihre Füße erinnerten ihn an ein kleines Kind.

In die Wolldecke eingewickelt, kamen nur ihre Hosenbeine zum Vorschein. Die Haare hingen ihr übers Gesicht, die eckigen Modeschmuckohrringe hatte sie auf dem Tisch abgelegt. Er konnte sich nicht mehr erinnern, ob sie gemeinsam heimgegangen waren. Er hatte noch nach irgendwas gesucht. Oder nach irgendwem.

Schabende Krallen auf dem Boden, Moss machte sich bemerkbar. Der Hund kam auf ihn zu und wedelte mit dem Schwanz, strich ihm schnüffelnd um die Füße. Kjell schenkte sich ein Glas Wasser ein und leerte es in einem Zug, dann schielte er zum Sofa hinüber, müsste sie nicht langsam aufwachen. Das tat sie nicht. Dabei war sie ungewöhnlich still. Kein Schnarchen, kein tiefes Atmen. Ob sie sich vielleicht nur schlafend stellte? Er warf einen Blick auf die Uhr über der Tür. Gleich zehn.

Er brachte Moss raus und sperrte ihn in den Zwinger. Die regennasse Luft tat gut auf der Haut, aber das helle Junilicht stach ihm in die Augen. Moss bellte ihn an, als er zurück ins Haus ging. Das war nicht zu ändern. Ein Hund war nun mal ein Hund. Und nach einem Hund hatten sie gestern nicht gesucht.

Er ging zurück in die Küche. Ließ noch mal Wasser ins Glas, kramte im Schrank nach einer Kopfschmerztablette. Warf immer wieder einen Blick zum Sofa. Er sah ihr gern beim Schlafen zu, schon immer, er liebte es, ihr Gesicht und ihren Körper anzusehen, ohne dass sie davon wusste. Darüber nachzusinnen, wer sie wohl war, was da in ihrem Kopf vor sich ging. Jetzt bereitete ihm dieses schlafende Gesicht ein mulmiges Gefühl. Es hatte etwas Vorwurfsvolles. Kjell ging zum Fenster und sah runter zur Kreuzung. Die große Festtafel auf Marias Wiese stand noch unter den Ahornbäumen, eine Tischdecke war weggeflattert, ein paar Stühle waren umgekippt. Erinnerungen tauchten auf. Marias Kleid, die Rundungen ihres Hinterns unter dem dünnen Stoff, unwillkürlich hatten sie seinen Blick auf sich gezogen, da konnte er gar nichts machen, war an ihnen hängen geblieben, ob sie keinen Slip trug? Kjell schüttelte sich, blinzelte runter zum Hof.

Die Birken hinter Ernsts Hundegehege verdeckten zum Teil die Sicht auf den Hof. Kjell wusste, dass da Flaschen und Kippen auf dem moosbewachsenen Rasen lagen, auch wenn er sie nicht sehen konnte. Nachher geh ich runter und helf beim Aufräumen, nahm er sich vor.

Noch war da niemand zu sehen, der Garten lag friedlich und still im Regen. Gestern hatten sie wirklich Glück mit dem Wetter gehabt.

Kein Tropfen Regen, die ganze Mittsommernacht über.

Der Kopfschmerz zwang ihn zurück in die dustere Küche, er blickte Sylvia an, sah sie atmen, allerdings lautlos. Der Eindruck, dass sie sich nur schlafend stellte, machte ihn gleichgültig. Worüber sie wohl gestritten hatten? Ob es was Ernstes gewesen war? Er musste wieder an Marias Kleid denken, ob Sylvia gesehen hatte, wie Marias Körper seinen Blick auf sich gezogen hatte? Dabei war Sylvia doch gar nicht so. Er hätte nie gedacht, dass sie sich ausgerechnet mit Maria so eng anfreunden würde, als sie zu ihm zog.

Es wäre viel naheliegender gewesen, wenn sie sich mit Thorhild oder Nettan abgegeben hätte, die waren im selben Alter. Und trotzdem hatte Maria ihr Herz erobert. Das hatte ihn mehr als erstaunt. Er hätte vermutet, dass eher die Männer auf Maria standen, dass Frauen sie als Gefahr betrachteten. Sie war kokett, und so, wie sie sich kleidete, konnte man davon ausgehen, dass es ihr gefiel, wie die Männer sie ansahen. Er hatte immer geglaubt, dass alle Frauen auf Maria neidisch wären, doch als er das einmal geäußert hatte, hatte Sylvia ihn fast ausgelacht. »Sobald wir Frauen ein bisschen nett sind, denken Männer immer gleich, wir flirten!« Ihr herablassender Tonfall hatte ihn verärgert. Meinte sie etwa, Maria würde einen wie ihn gar nicht anschauen? Einen einfachen Werksarbeiter, der die dreißig überschritten hatte und der noch nie freiwillig ein ganzes Buch von Anfang bis Ende gelesen hatte? Wollte Sylvia damit sagen, dass Maria auf ihn herabsah? Aber warum sollte sie? Maria war doch keinen Deut besser. Vielleicht war die Wahrheit eher, dass Sylvia auf ihn herabsah? Sie, die Künstlerin, die Bilder malte, die er nicht verstand. Er fand ihre Gemälde sehr schön, und es rührte ihn, dass sie die Natur vor dem Haus malte, doch sie selbst fand Naturmotive irgendwie billig, wenn man nicht das gewisse Extra besaß, was ihrer Meinung nach bei ihr nicht der Fall war. Sie wolle Gefühle abbilden, erklärte sie, doch er tat sich schwer, in diesen abstrakten Bildern, in denen die Farben verliefen und die jedes Kind zustandegebracht hätte, irgendwelche Emotionen zu erkennen. Was er ihr selbstverständlich niemals sagen würde.

Er nahm sein Wasserglas, ging zurück ins Schlafzimmer und ließ sich aufs Bett fallen. Jetzt brauchte er erst mal ein Nickerchen. Er hatte sicherlich noch Restalkohol im Blut.

Das zweite Mal erwachte er vom Telefonklingeln. Der Kopfschmerz war noch da, und sein Herz pochte gegen seinen Brustkorb, doch es ging ihm schon besser. Er hoffte, dass Sylvia rangehen würde, aber das tat sie nicht. Er schloss die Augen, wartete ab, bis das Signal verklungen war. Kaum hatte es aufgehört, begann es von Neuem. Hartnäckige, giftige kleine Klingeltöne. Er rappelte sich hoch und schleppte sich zur Spiegelkommode, auf der der Telefonapparat stand.

Greta war dran. Ihre Stimme angespannt.

»Ist sie bei euch?«

»Wer?«

»Maria. Sie ist nicht zu Hause. Terese hat bei uns geschlafen, letzte Nacht.«

Terese? Hatten sie gestern nicht nach ihr gesucht? Er erinnerte sich vage. Sie hatten ihren Namen gerufen. *Terese! Terese!* Er hörte die Frauenstimmen, ein paar ganz in der Nähe, andere weiter entfernt. Dann kamen die Bilder dazu. Durch das hohe, nasse Gras war er auf die unbewirtschaftete Pferdekoppel gerannt, hatte in Ingegärds Stall nachgesehen, das verschlafene Blinzeln der Pferde im grellen Leuchtstoffröhrenlicht, ein Schmerz im Oberarm, war er dort im Stall über irgendwas gestolpert? Und anschließend eingenickt?

»Hallo?«, rief Greta. »Sie ist bei euch, oder?«

»Nein, hier ist sie nicht«, antwortete er. »Hast du denn irgendwem gesagt, dass du Terese mitnimmst?«

Als Greta schnaubte, spürte er fast die Spucke im Gesicht.

»Als hätte man mit einem von euch noch ein vernünftiges Wort reden können! Wenn ihr was von Maria hört, dann sagt ihr bitte, sie soll rüberkommen und ihr Kind bei mir abholen.«

Sylvia hatte Kaffee gekocht und saß vor einer Tasse, als Kjell in die Küche kam. Ihre Haare waren am Hinterkopf verstrubbelt, und ihr Pony lag platt und leicht gescheitelt auf der Stirn, im Regenwetterlicht sah er stumpf aus. Der blaue Lidschatten war verschmiert und über eine Schläfe verlaufen. Das Radio war immer noch an. Inzwischen lief die nächste Sendung.

»Warum bist du nicht rangegangen?«, fragte er. »Ich hab gedacht, du schläfst.«

Mit einem müden, zugleich traurigen Lächeln blickte sie ihn an. Er war überzeugt, dass er etwas angestellt hatte, an das sie sich noch gut erinnerte, er selbst hingegen gar nicht. Seine Angst war diffus. Er stellte sich sein Haus ohne sie vor. Jetzt wohnte sie noch kein ganzes Jahr bei ihm, doch er wusste nicht mehr, wie es ohne sie gewesen war. Ihre Kleider über dem Sprossenstuhl im Schlafzimmer, ihr Kaffee, den sie immer so stark kochte, der Geruch von Farbe und Aceton, ihre Gula-Blend-Zigarettenschachtel auf dem Küchentisch. Wie sie Moss rief, wenn sie mit ihm spazieren gehen wollte und mit dem Hund herumalberte, als wäre er ein kleines Kind.

Sie wies auf die Kaffeekanne. »Da ist noch was drin.«

Er wollte keinen Kaffee. Ihm war sowieso nicht gut, jetzt kämpfte er mit den Tränen, aber das lag bestimmt an seiner Katerstimmung.

»Weißt du, wo Maria ist?«

Sylvia sah ihn mit leerem Blick an, und wieder packte ihn die Angst. Er wird doch wohl mit Maria nichts angestellt haben? Auf einmal sind die Bilder wieder da, ihre Brüste unter seinen Händen, ihre Beine um seine Hüfte geschlungen, ihr Lachen und ihr Atem an seinem Hals. Doch das sind die alten Bilder. Die trägt er schon lange mit sich herum.

»Ist sie nicht zu Hause?« Sylvia zündete sich eine Zigarette an und schleuderte das Feuerzeug quer über den Tisch.

»Nein. Der Anruf eben, das war Greta. Terese hat bei ihr übernachtet.«

Das Stroh an seiner Hose. Hatte er vielleicht auf dem Heuboden nach ihr gesucht?

»Ja, weiß ich schon.« So verächtlich die Worte aus ihrem Mund. Sie aschte in die Topfblume. Kjell riss sich zusammen, verkniff sich jedes Wort. Er konnte nicht verstehen, wie man so was tun konnte, in Blumentöpfe aschen. Sie sagte immer, Asche habe viele gute Inhaltsstoffe. Was er ganz und gar nicht glaubte. Er war es ja gewohnt, in der rußigen Hitze im Walzwerk in Smedjebacken zu schuften, Asche war doch nichts Gutes.

»Aber Maria war nicht zu Hause, als Greta Terese heute zurückbringen wollte.«

Sylvia wandte den Blick ab. Ihr unglücklicher Gesichtsausdruck blieb.

»Vielleicht ist sie mit jemandem mit.«

»Hast du gemerkt, dass Terese verschwunden war?«

»Ja, meine Güte, wir haben doch die halbe Nacht nach ihr gesucht. Weißt du das nicht mehr?«

Er wollte nicht zugeben, dass er Gedächtnislücken hatte. Weiblicher Hohn war das Allerschlimmste.

»Natürlich weiß ich das noch, aber wann genau ist sie denn verschwunden?«

Jetzt begannen Sylvias Augen zu glänzen.

»Aber das ist ja gerade der Punkt. Sie ist so lange weg gewesen. Nettan ist dann auf die Idee gekommen, dass Greta sie bestimmt geholt hat. Sonst hätten wir wahrscheinlich die ganze Nacht lang gesucht. Ich hab gedacht, sie ist in den Bach gefallen.«

Mit dem Hemdsärmel rieb sie sich über die Augen. Sie hatte sich umgezogen, trug nicht mehr die weiße Bluse von gestern, sondern sein altes Nachthemd, hatte die Ärmel hochgekrempelt. Dann war sie also nicht einfach in ihren Klamotten eingeschlafen. Sie war nach Hause gekommen und noch so klar im Kopf gewesen, dass sie sich umgezogen hatte, bis auf die Hose. War in die roten Stricksocken geschlüpft. Aber dann hatte sie sich aufs Sofa gelegt und nicht zu ihm ins Bett. Irgendwas musste er also angestellt haben.

Sie vergrub das Gesicht in den Händen, doch er konnte sehen, wie sich ihr Mund verzerrte.

»Ich hab gedacht, sie ist ertrunken.«

»Aber du bist doch für das Mädchen nicht verantwortlich«, setzte er an.

»Das ist doch wohl egal.« Sie nahm die Hände wieder vom Gesicht und zog intensiv an ihrer Zigarette, ohne sich die Tränen von den Wangen zu wischen. Am liebsten hätte Kjell sie in die Arme genommen, doch das traute er sich nicht.

»Und Maria?«, fragte er. »Hat sie auch mit gesucht?«

Sylvia betrachtete ihn eingehend, ihr Lidschatten war jetzt über die ganze Wange verschmiert. Dann schüttelte sie den Kopf und seufzte, sodass sich der Rauch im Raum verteilte. Von dem Geruch wurde ihm richtig schlecht. Er erkannte sie gar nicht wieder. So ein Verhalten war ihm zwar schon begegnet, so manche Frau hatte über ihn den Kopf geschüttelt, aber Sylvia doch nicht. Wütend konnte sie werden. Sogar mit Dingen um sich schmeißen. Aber diese Häme, die war neu. Er musste etwas verbrochen haben, etwas richtig Schlimmes. Etwas, an das er sich nicht erinnern konnte, und er machte sich wirklich lächerlich, wenn er hier rumstand und nichts kapierte. Er blickte sie an, aber traute sich nicht, sie zu fragen. Sie trank einen Schluck Kaffee, sah weg. Er ging in die Stube, legte sich erschöpft aufs Cordsofa und war in Minutenschnelle eingenickt.

Das Telefon klingelte wieder. Da wollte er zu ihr rüberrufen, jetzt solle sie mal rangehen. Doch das Klingeln hörte nicht auf. Wütend schmiss er ein Kissen hin und stand auf.

Wieder Greta. Ihr Tonfall war jetzt anders, sie klang laut und schrill.

»Wir können sie nirgendwo finden. Jetzt haben wir schon alle angerufen!«

»Wer?«, fragte er und kam sich blöd vor, er wusste es doch.

»Sie ist weg! Sie ist einfach weg!«

Das war die Panik einer Mutter, nicht unähnlich Sylvias Angst, als sie gestern gedacht hatte, Terese sei im Bach ertrunken.

»Ach was, das kann nicht sein, sie ist nicht weg, Greta.«

Er musste an Sylvias Worte denken, dass sie sich bestimmt irgendwo verkrochen habe. Vielleicht wusste Sylvia sogar mehr. Dass sie bei einem verheirateten Mann war. Und wollte es Greta nicht auf die Nase binden.

»Wir haben jetzt alle angerufen! Warum weiß denn dann keiner, wo sie ist?«

»Vielleicht ist sie irgendwo im Freien eingenickt. Am besten laufen wir mal die Gärten ab.«

Er hatte den Eindruck, dass sich ihr Atem langsam beruhigte.

»Wir gehen sie suchen, Greta, beruhig dich. Wo soll sie denn hin sein?«

Die Kopfschmerzen hielten sich hartnäckig, aber trotzdem ging es ihm besser. Jetzt hatte er eine Aufgabe. Er sah schon Gretas dankbares Gesicht vor sich, wie sie mit einer verkaterten, verfrorenen Maria wieder auftauchten, die einfach in irgendeinem Gartenstuhl eingepennt war. Wie sich Gretas Verzweiflung in Wut über die Verantwortungslosigkeit ihrer Tochter verwandelte. Kjell ging in die Küche, um Sylvia zu fragen, ob sie mitkommen wolle, doch sie war nicht mehr da.

»Sylvia!«, rief er, aber es kam keine Antwort. Er versuchte

es noch einmal, nur Moss kam angewedelt. Sie musste ihn ins Haus gelassen haben. Er warf einen Blick ins Schlafzimmer, auf dem Bett waren nur ihre zerknitterten Decken. Er stieg die Treppe hoch ins Obergeschoss, rief dabei zum dritten Mal ihren Namen.

Ihr Webstuhl in der Ecke, die Staffelei vor dem Fenster so positioniert, dass das Licht darauf fiel, auf dem Fußboden breit ausgefaltet eine Ausgabe des *Svenska Dagbladet*, um den Boden vor Farbklecksen zu schützen, die hatte sie wohl von Nettan und Rolf bekommen, denn diese Tageszeitung kaufte er ganz sicher nicht. Das Großformat dieses Blatts gefiel ihr. Er konnte nur hoffen, dass das der einzige Grund war. Rundherum war noch eine Menge Gerümpel, das ihm seine Tante auch hinterlassen hatte. Als Sylvia eingezogen war, hatte er ihr versprochen, dass sie hier oben ein richtiges Atelier bekäme. Und später auch ein Kinderzimmer, wenn es sein sollte. Er blickte sich um, ihre Farbtuben lagen auf der Fensterbank, die Pinsel in ein Glas mit einer beißend stinkenden Flüssigkeit getunkt. Wie oft stand sie hier mit konzentriertem Blick, im Gesicht das helle Licht von der Außenbeleuchtung, doch jetzt war sie nicht da.

Als er die Augen niederschlug, bemerkte er Lehmspuren auf den Holzdielen. Er beugte sich hinab, ja, das waren Fußabdrücke. Abdrücke von dreckigen Schuhen. Jemand war hier oben gewesen. Zwischen all dem Gerümpel. Mit Straßenschuhen. Er sah sich die Spuren noch einmal an, bohrte mit dem Finger prüfend darin herum. Sie waren angetrocknet, also keine frischen Spuren mehr. Hier oben hielt sich eigentlich nur Sylvia auf, wenn sie malte oder webte, aber da trug sie doch keine Straßenschuhe?

Moss stand mit den Vorderbeinen auf der untersten Treppenstufe und sah durchs Fenster auf den Hof. War Sylvia rausgegangen? In den Regen? Und hatte den Hund nicht mitgenommen?

Er spürte, wie ihn wieder die Angst übermannte und versuchte, sich zu beruhigen. Hielt sich vor Augen, dass er noch verkatert war und sein Herz deswegen gleich wieder höherschlug. Noch dazu das Telefonat mit Greta, ihre panische Stimme. Panik war ansteckend, das wusste er. Sylvia war vermutlich einfach nur eine Runde spazieren gegangen. Ihr war nichts zugestoßen. Und Maria auch nicht. Doch sein Puls wollte sich nicht beruhigen, er rannte durch den Flur und griff nach seinen Kleidern, er wollte jetzt raus und suchen. Aber wen genau? War sie jetzt die dritte Person, die verschwand? Erst Terese, dann Maria und Sylvia?

Ihm fielen die Trolle wieder ein, die Elfen und Waldnymphen. Sein Stiefonkel hatte ihn früher in den Wald mitgenommen, sie waren über ganz kleine, versteckte Trampelpfade gewandert, die man nur finden konnte, wenn man sie kannte. Und da hatte er ihm die alten Geschichten erzählt. Er wusste noch alle Namen der Sümpfe, der Gewässer, der Meilerplätze und Moore, doch eine Karte lesen konnte er nicht. Er orientierte sich mithilfe all dieser Orte, die einen Namen besaßen, und dieses Wissen nahm er wohl mit ins Grab. Wenn man sich im Wald verlief, konnten die Waldnymphen einem helfen, man musste nur freundlich sein, sagte man.

Kjell blieb stehen, er hatte vergessen, was er gerade vorhatte. Als ihm wieder einfiel, dass er die Stiefel anziehen wollte, nahm er eine Bewegung zwischen den Bäumen wahr. Er ging näher ans Fenster, und hinter dem Regentropfenmuster auf der Scheibe erkannte er eine hagere Gestalt, die den kleinen Trampelpfad zwischen den Tannen heruntergelaufen kam. Es hämmerte an seinen Schläfen, bis er erkannte, dass sie es war.

Seine Riesenerleichterung war übertrieben. Er presste sich die Hände auf den Mund und atmete heftig in die Handflächen, um sich zu beruhigen, wenn sie zur Tür hineinkam, er benahm sich ja wie ein Idiot. Angst vor den Waldgeistern, die Menschen raubten. Als wäre er ein kleiner Junge.

Von ihrem Regenmantel lief das Wasser, und ihre Stiefel hinterließen nasse Abdrücke auf dem Boden.

»Wo warst du denn?«

Er bemerkte das Zittern in seiner Stimme, doch ihr fiel es wahrscheinlich gar nicht auf. Sie sah ihn nicht an.

»Nur eine Runde im Wald. Kurz den Kopf durchpusten lassen.«

Sie war wütend auf ihn, aber warum? Er fragte nicht nach, warum sie Moss nicht mitgenommen hatte, wollte sie nicht schon wieder verärgern.

Sie ging ins Badezimmer.

»Greta hat noch mal angerufen«, sagte er zu der verschlossenen Tür.

Drinnen lief jetzt der Wasserhahn, und sie gab keine Antwort, also hob er die Stimme.

»Sie hat noch mal angerufen. Also, Greta.«

Die Tür sprang auf, und Sylvia kam heraus, ihre Augenbrauen zusammengezogen, und sie schob ihn unsanft zur Seite.

»Mein Gott, kann man nicht mal in Ruhe auf die Toilette gehen?«

Er wich zurück, doch folgte ihr in die Küche. Sie schenkte sich eine Tasse Kaffee aus der Thermoskanne ein und steckte sich eine Zigarette an.

»Und was hat sie gesagt? Können sie sie nicht finden?«

»Sie hat schon bei allen angerufen. Sieht ganz so aus, als wär sie nirgendwo aufzutreiben. Ich hab ihr gesagt, ich geh raus und helf suchen.«

»Bist du sicher, dass sie nicht vielleicht hier im Haus ist?«

Ein gehässiges Funkeln in ihren Augen, fast bösartig.

Er stand da wie angewurzelt. Dann war gestern doch was mit Maria gewesen? Oder wollte sie ihm nur eine Falle stellen?

»Vielleicht sollten wir vorher noch mal nach oben gehen und nachschauen?«, fuhr sie fort.

»Hab ich schon«, sagte er. »Ich wollte wissen, wo du bist.«

»Du hast geschlafen.« Sylvia drückte die Zigarette in der Blumenerde aus. »Ich dachte, so wichtig kann es ja wohl nicht sein, wenn ich einen Spaziergang mache, dass ich dich dafür wecke.«

Er spielte kurz mit dem Gedanken, sie nach den Lehmspuren zu fragen. Ob die von ihr waren, oder ob sie vielleicht einen Kerl mitgenommen hatte, doch er ließ es lieber sein. Das

Gelände um sie herum war vermint, und schon die kleinste falsche Bewegung konnte den Weltuntergang bedeuten. Oder hatte er Angst, dass er selbst da oben gewesen war? Mit einer Frau? Da waren die Bilder wieder, die Laute, so erwachsen, dabei war sie doch blutjung gewesen. Gewesen, dachte er. Wie lange das her war.

Er seufzte.»Willst du mitkommen und suchen?«

Da seufzte sie auch, und dann nickte sie.»Ja, ja, ich komm mit.«

»Und das Schlafzimmer willst du vorher nicht kontrollieren?«, fragte er, inzwischen etwas forscher.

Sie warf ihm einen kurzen Blick zu, ein Augenlid zuckte leicht, und er hatte den Eindruck, das war nur die gute alte Eifersucht. Allerdings völlig grundlos. Eigentlich hatte er solche Gefühle bei ihr immer vermisst, hatte gedacht, sie wusste gar nicht, was sie an ihm hatte. Jetzt kam er sich blöd vor. Diese unterschwelligen Vorwürfe, dabei war ihm gar nicht wohl.

Sie zog ihre Stiefel wieder an und schlüpfte in den Regenmantel, ihr Gesicht verschwand unter der großen Kapuze. Er hatte ihr den Mantel zum Einzug geschenkt, zusammen mit den Gummistiefeln.

»Willkommen auf dem Land«, hatte er schmunzelnd dazugesagt.

Sie hatte ihn in die Arme geschlossen und nicht mehr loslassen wollen. Er hatte über den wasserabweisenden Stoff gestrichen, als wäre er Seide, und ihm hatten Tränen in den Augen gestanden.

Eigentlich war sein Geschenk gar nicht symbolisch gedacht gewesen, doch sie hatte es so verstanden. Zum Geburtstag hatte er ihr dann eine Thermohose und Skier gekauft. Breite Holzski, mit denen sie leichter durch den Wald kam. Sie hatte sich über sein Geschenk gefreut, aber er hatte eigentlich mehr erwartet. Einen Kuss und ein Lächeln hatte er bekommen, aber keine Tränen.

Inzwischen war es für sie normal geworden, hier zu wohnen. Sie noch einmal willkommen zu heißen, hätte sie wohl nur darauf hingewiesen, dass sie noch relativ neu im Dorf war.

Sie liefen die Straße hinunter zum Berghof.

»Lass uns erst mal bei ihr nachschauen«, sagte Sylvia. »Ich geh rein ins Haus, und du suchst den Hof ab.«

»Sie haben aber drinnen schon gesucht.«

»Ja, nur zur Sicherheit.«

Er wanderte durch den Garten, hob ein paar Bierdosen auf und trug sie zum Backhaus, rief laut Hallo, ging rein und sah sich um. Doch da waren nur alte Gartenmöbel, an ihnen blätterte schon die Farbe ab, daneben ein paar verhedderte Fischernetze und ein umgekippter Sack Bierflaschen. Lauter Gerümpel. Da sollte mal wer aufräumen. Vielleicht konnte er Maria dabei helfen.

Dann ging er wieder raus und lief um das Gebäude herum, watete durch hohes, nasses Gras und Brennnesselstängel runter zu den Fliederhecken, rief dabei immer wieder Marias Namen. Ein komisches Gefühl im Mund.

Als er zurückkam, stand Sylvia auf der Treppe.

»Keiner da.« Sie zuckte mit den Schultern, runzelte die Stirn.

»Vielleicht ist sie bei Göran und Thorhild?«, sagte er.

»Wir gehen einfach rüber und schauen nach.«

Sie kamen an Ingegärds und Ernsts Haus vorbei, das Sylvia immer das Alteleutehaus nannte. Kjell hatte nie den Gedanken gehabt, dass sie alt waren, sie verkehrten hier ja alle miteinander, als gäbe es kein Jung und kein Alt, aber Ernst ging auf die siebzig zu, und Ingegärd war auch schon über sechzig. Der wilde Wein kletterte an der Ostseite ihres Hauses über die ganze Fassade, die Fensterrahmen waren komplett zugewuchert von rankenden Blättern, die im Jahresverlauf dunkler wurden und im Herbst grellrot leuchteten.

»Na, da wird sie ja wohl kaum sein«, sagte Sylvia ganz überzeugt. »Der Ernst ist bestimmt sogar ihr zu alt.«

Kjell ignorierte ihren fiesen Tonfall. Sonst hatte sie Maria immer in Schutz genommen. Wieder bemühte er sein Gedächtnis, doch er konnte sich nicht mal erinnern, dass er sich mit Maria gestern unterhalten hätte. Aber das war vielleicht später passiert, als er schon richtig abgefüllt war? Und sich deswegen an nichts mehr erinnerte? Und was konnte er da

Schlimmes gesagt haben? Was dann auch Sylvia gehört haben musste. Der Regen ließ nach, Kjell zog die Kapuze vom Kopf und schauderte.

Thorhild öffnete ihnen die Tür. Sie machte ein erschrecktes Gesicht, als sie sie sah. Ihr Gesicht war blass und wirkte irgendwie ausgehöhlt, ihre markante Nase glänzte. Hinter ihrer großen Brille blinzelten ihre Augen.

»Ist ihm was passiert?«, fragte sie, und jetzt schlug ihr norwegischer Dialekt mehr durch als sonst. Die Kinder hinter ihr steckten die Köpfe durch die Tür, wie kleine Geistergesichter.

»Ihm?«, fragte Kjell.

»Warum, ist Göran verschwunden?«, fragte Sylvia, die schnell durchschaute, was los war.

Die blasse Farbe in Thorhilds Gesicht wich einem kräftigen Rotton.

»Er hat woanders übernachtet. Als ich heute Nacht heimgekommen bin, war er nicht da.«

Kjell bemerkte Sylvias raschen Seitenblick, doch erwiderte ihn nicht. Die Situation war mit einem Mal schrecklich peinlich. Thorhild forderte die Kinder auf, nach oben in ihre Zimmer zu gehen.

Kjell holte tief Luft, wartete darauf, dass Sylvia wieder etwas sagte, doch das tat sie nicht.

»Dann hast du wohl ... Maria auch nicht gesehen?«

Wie blöd. Logisch. An seiner Stimme war sofort zu hören, was er dachte. Thorhilds Wangen wurden jetzt blutrot und ihre Augen ganz schwarz.

»Nein, hab ich Greta am Telefon schon gesagt. Aber ich hab gedacht, sie würden sie finden. Ist er denn mit ihr unterwegs?«

»Wir wissen gar nichts«, sagte Sylvia. »Wir sind einfach losgegangen und wollten sie suchen, falls sie irgendwo eingenickt ist in ... in einem Gartenstuhl, oder so.« Sie verstummte.

Thorhild blickte zwischen ihnen hindurch in den Regen.

»Du willst sagen, bei diesem Wetter liegt sie irgendwo draußen und pennt? Dann muss sie wohl bewusstlos sein. Von wegen! Ich würde eher sagen, die liegt in einer Scheune und vögelt mit meinem Mann.«

Sylvia griff sie am Unterarm.

»Das wissen wir doch gar nicht. Sie tauchen bestimmt bald wieder auf. Jetzt lass uns keine voreiligen Schlüsse ziehen.«

»Voreilig? Seit sie in diese Bruchbude eingezogen ist, guckt er sich die Augen nach ihr aus.«

Jetzt klang Thorhild hämisch, doch ihr stand die Verzweiflung ins Gesicht geschrieben. Kjell tätschelte ihr die Schulter. Es schien, als wolle sie sich ihm wieder in die Arme werfen, wie am Abend zuvor. Aber jetzt waren sie nüchtern, jetzt war das unmöglich.

Wieder dachte er an Sylvias unterkühlte Art.

»Das wird sich schon aufklären«, sagte er, genau wie gestern Abend. Das war albern, auch wenn ihr das am vergangenen Abend gutgetan hatte. Eine Stimme, die tröstete, die ihr Halt gab. Jetzt sah sie nur noch bedröppelter aus.

»Wir halten uns auf dem Laufenden, wenn einer wieder auftaucht«, sagte Sylvia.

Es war eine Erleichterung, die Haustür zuzuziehen. Und als sie wieder auf die Straße stießen, bogen sie ab und traten den Heimweg an.

Die Suche war abgeschlossen.

»Das hätt ich nie gedacht.« Sylvia schüttelte den Kopf. »Natürlich hab ich mitgekriegt, dass es ihr gefallen hat, wie er hinter ihr her war, aber ich hätt nie gedacht, dass sie ... was mit ihm anfängt.«

Kjell sah auf den Garten. Kein Pflänzchen Unkraut im ganzen Beet, kein einziger Grashalm im Kiesweg. Thorhild, die immer draußen war, wenn er mit dem Hund vorbeikam, die Finger immer in der Erde.

»Arme Thorhild«, sagte er.

»Ja. Bald sind sie wieder da, und dann müssen sie die Schmach ertragen.«

Da spürte er Sylvias Hand in seiner, ein bisschen kalt und feucht, doch ihm wurde trotzdem warm ums Herz.

# 4.

GEGEN DREI UHR klingelte das Telefon. Sylvia ließ sofort von ihrer Malerei ab und war als Erste am Apparat. Es war Thorhild. Sylvia konnte ihr die Enttäuschung anhören, sie hatte gehofft, Kjell würde abnehmen. Natürlich war ihr das gestern nicht entgangen, die zwei Köpfe mit jedem Glas ein bisschen dichter beieinander. Thorhild hätte bestimmt nichts dagegen gehabt, diese erbärmliche Person.

Göran war ein Stück Scheiße, und Thorhild konnte einem wirklich leidtun, doch sie sollte es eigentlich besser wissen. Sich mit Männern einzulassen, die vergeben waren. Wenn eine wusste, wie weh das tat, dann doch sie.

Thorhild hatte etwas an sich, was Sylvia schon vom ersten Moment an unsympathisch gewesen war. Lange Zeit hatte sie geglaubt, dass das an ihrem ästhetischen Empfinden lag, vielleicht hatte es ihr einen Streich gespielt. Thorhild war mannsgroß, über ihrer unproportionierten Nase saßen eng stehende Augen, und ihr Mund war nicht mehr als ein Strich.

Nun allerdings begriff Sylvia, dass ihre Antipathie daher rührte, dass Thorhild einfach nicht ehrlich war. Mit ihrem strahlenden Lächeln imitierte sie nur etwas. Womöglich wurde man einfach so, wenn man schon viele Jahre mit einem Mann verbracht hatte, der seine Finger nicht unter Kontrolle halten konnte.

»Er ist wieder zu Hause«, verkündete Thorhild. »Ist einfach bei Nettan und Rolf im Keller eingeschlafen. Er war gar nicht mit Maria unterwegs.«

Sie klang erleichtert. Das war nicht schwer vorherzusagen. Sylvia fragte sich, ob sie wirklich so dumm war oder ob sie glaubte, Sylvia sei es.

»Was hatte er denn bei denen im Keller zu suchen?«

Thorhild kicherte ein bisschen, sie war nervös.

»Er war besoffen. Hat Nettan begleitet, damit sie nicht alleine nach Hause gehen musste.«

»Ach so. Na, wie gut, dass er nichts angestellt hat.«

Sie wusste, dass Thorhild ihren Sarkasmus gelinde überhören würde. Jetzt war alles wieder gut. Bis zum nächsten Mal, wenn er sich volllaufen ließ.

»Göran ist zu Hause«, rief sie hinüber zum Schlafzimmer, als sie das Telefonat beendet hatte.

Kjell kam in den Flur. Mit ganz kleinen Augen und zerzaustem Haar.

»Und Maria?«

»Nichts Neues«, sagte sie. »Göran sagt, er war nicht bei ihr, und Thorhild nimmt ihm das ab, die Arme. Ich rufe jetzt mal bei Maria an.«

Sie griff zum Hörer, ihre Fingerkuppen fuhren geschmeidig in die Wählscheibe. Der vertraute Klang: Zweimal lang, zweimal kurz, einmal lang. Die erste Telefonnummer im Dorf, die sie auswendig gekonnt hatte. Maria nahm immer sofort ab. Höchstens zwei Klingeltöne, dann war sie am Apparat. Jetzt vibrierte ein Signalton nach dem anderen in Sylvias Gehörgängen. Sie hätte längst auflegen können, doch sie ließ es klingeln.

»Verdammt«, sagte Kjell. »Wo kann sie bloß sein?«

Sylvia legte den Hörer auf. Ihre Gedanken wanderten zurück. Wie fürchterlich dieser Mittsommerabend gewesen war. Sie musste ans letzte Jahr denken. Ihr harmonisches Miteinander, die Lieder, das frische Grün und dann das viele Lob für ihre schönen Kränze. Natürlich hatten sich da auch alle volllaufen lassen, aber die Stimmung war so gut gewesen. Anders als in ihrer Kindheit, als die Mittsommerfeste jedes Jahr ausgeartet waren und es am Ende nur Geschrei, Gewalt und großes Geheule gegeben hatte. Göran hatte bis in die frühen Morgenstunden mit den Kindern getanzt, sie hatten so lachen müssen, dass ihnen fast die Luft weggeblieben war. Maria hatte sich lange mit ihr unterhalten, sie dabei völlig in ihren Bann gezogen und so getan, als wären sie Sandkastenfreundinnen.

Und so hatte es sich tatsächlich angefühlt, auch noch am nächsten Tag. Als sie morgens auf den Balkon gekommen war, um ihre erste Zigarette zu rauchen, hatte Maria unten auf der Steintreppe gehockt und zu ihr hochgewunken.

Sylvia mochte das Landleben. Die Dramatik der Ereignisse, die sie in der Stadt gar nicht bemerkt hätte: einen Baum, der auf die Straße gestürzt war, die ungewöhnlich vielen Hummeln oder Walderdbeeren in diesem Jahr, ein Auto mit fremdem Kennzeichen, das durch den Ort fuhr. Wie aufmerksam sie hier auf dem Land alle kleinen Dinge beobachtete, sogar Gräser und Steine, und sie dann in ihrer Erinnerung bewahrte. Sylvias Beziehung zu Maria war fast wie eine Verliebtheit gewesen. Marias unbekümmerte Art, ihr Schulterzucken über Dinge, die Sylvia für wichtig hielt, schließlich hatte ihre Mutter ihr schon früh eingebläut, dass sie wichtig waren.

»Wär es nicht besser, sie zieht eine Jacke über?«, hatte sie Maria gefragt, als Terese an einem kühlen Herbsttag ohne Jacke oder Mütze einfach hinausgerannt war, doch Maria hatte nur mit den Schultern gezuckt und gelacht.

»Sie wird sich schon eine holen, wenn sie friert.«

Das war so befreiend. Dreckige Kleider und spätes Zu-Bett-Gehen. Alles kein Problem. Ihre eigene Mutter hatte immer darauf geachtet, dass sie hübsch ordentlich angezogen war. Man durfte ihr nicht ansehen, wie es zu Hause wirklich aussah. Wenn Sylvia hingefallen und mit einem Loch in der Hose nach Hause gekommen war, war die Mutter in Tränen ausgebrochen. Geflickte Kleider und Kleider mit Flicken waren die Sprache der Armut, und die sprach man nicht unter fremden Leuten. Maria war so etwas völlig egal. Ihre Unbekümmertheit darüber, was die Leute sagten, fand Sylvia faszinierend.

Allerdings nur bis zum gestrigen Tag. Sylvia konnte sich nicht mehr erinnern, wer es zuerst gemerkt hatte, dass Terese verschwunden war. Maria war es jedenfalls nicht gewesen. Maria war auch nicht in Panik geraten. Sondern sie selbst. Sie merkte immer noch, dass sie sich noch nicht vollständig beruhigt hatte, dieses flaue Gefühl im Magen war noch da.

So war es auch Sylvia gewesen, die gestern runter zum Fluss gerannt war.

Wie oft waren sie auf ihren Spaziergängen über die Brücke gegangen. Sie mit Moss an der Leine, Maria mit dem Buggy. Terese, die immer allein laufen wollte, neben dem Hund. Sylvia, die besorgt nach ihrer Hand griff, wenn es auf die Brücke zuging, diese Angst, die sie allein bei dem Gedanken daran, dass der kleine Körper hinunterfallen und auf die Steine schlagen könnte, überkam. Terese, die unbedingt Steine ins Wasser werfen wollte, Sylvia, die darauf drängte, schnell hinüberzugehen. Der kleine Kinderkörper, der mal hierhin und dorthin schlenkerte, wie schnell war Terese gestolpert oder hatte sich zu weit vorgebeugt über die Querstange unter dem Handlauf.

Dort auf der Brücke hatte Sylvia manches Mal gedacht, dass mit Maria etwas nicht stimmen konnte, denn sie stand einfach nur da und hielt das Gesicht in die Sonne, hatte nur ihre Bräune im Sinn. Ob sie genauso gedankenlos war, wenn Sylvia sie nicht begleitete?

»Du wirst mal so eine richtige Gluckenmama«, sagte Maria dann immer, und zwar auf diese herzliche Art, sodass Sylvia ihr nicht böse sein konnte. Maria mochte sie wirklich, das war einfach so. So etwas war Sylvia überhaupt nicht gewohnt.

Maria hatte sie angeschwindelt. Manipuliert.

Dann diese Horrorbilder vor ihrem inneren Auge, während sie runter zur Brücke gerannt war, wie eine Diashow auf einer Leinwand. Tereses Körper, das Gesicht im Wasser, der Rücken zum Himmel, auf den scharfen Steinen zerschmettert, Luft dringt aus ihrem Shirt, blubbert langsam hoch an die Oberfläche. Sie sieht das Unglück in Zeitlupe geschehen, die Panik im Kindergesicht, während es ausrutscht und fällt, sie kann es schon hören, wie Tereses Körper aufs Wasser klatscht. Viel Wasser führte der Fluss gerade nicht, die Dammschleusen waren geöffnet, es plätscherte nur gemächlich über die Kante. Sylvia war gerannt, das Herz flatternd wie ein Wildvogel, und hatte sich über sich selbst so geärgert, wie hatte sie die Kleine nur aus den Augen lassen können, das hätte sie nicht tun dürfen, sie, die doch sonst immer auf das Kind achtgab.

Mehrmals hatte sie schon ans Jugendamt gedacht, doch war am Ende zu dem Schluss gekommen, dass sie einfach selbst auf das Kind aufpassen könnte. Die Glucke spielen, die Maria nicht sein wollte. Sie mochte Maria, und es wäre ein Ding der

Unmöglichkeit, im Dorf zu bleiben, wenn man etwas so Unverzeihliches getan hatte. Das Jugendamt zu verständigen. Als Sylvia ein Kind gewesen war, hatte auch niemand das Jugendamt eingeschaltet. In der Zeit hatte man bei Kindern noch nicht so genau hingesehen.

Auf den Festen, wenn Maria trank, als gäbe es kein Morgen, hatte Sylvia immer ein Auge auf Terese, sie machte ihr ein Bett auf dem Sofa neben ihr und hielt ihre kleine Hand, bis sie eingeschlafen war.

Warum hatte sie es nicht auch diesmal getan? Schuld war natürlich der Alkohol. So wie ihr Vater komplett die Kontrolle verloren hatte, wenn er soff, so wie alle die Kontrolle verloren, wenn sie soffen. Das erste Glas war rasch geleert, und danach vergaß man jedes weitere. Aber die Panik hatte sie aus ihrem Rausch gerissen, wie ein Eimer kaltes Wasser über den Kopf.

Kein Mädchen auf der Brücke. Das Adrenalin hatte ihren Körper bereits geflutet. Sie wurde langsamer und beugte sich übers Brückengeländer, blinzelte, um besser sehen zu können, doch das Wasser rieselte vor sich hin, und sein Lauf wurde nur von Steinen behindert, da lag kein Kinderkörper.

Auch kein Näck in Sicht, der nackte Mann aus den Sagen, der so traurig schön auf seiner Geige fidelt und verführerisch lächelt. Sylvia ging zur anderen Seite und reckte sich auch dort über die Brüstung, wo das Wasser tiefer war. Doch auch hier lag kein Kind. Dann ging sie um die Brücke herum und lief hinunter zum Bach, wo sie ausrutschte, auf dem Hintern landete und mit den Beinen voraus ins Wasser geriet, es war kalt, und ihre Füße wirbelten Schlamm auf, den die schnelle Strömung mit sich riss. Sylvia watete weiter flussabwärts und rief Tereses Namen, vielleicht hatte das Kind ja hier nach Walderdbeeren gesucht.

Sylvia hatte ihr einmal die kleinen roten Früchte am Flussufer gezeigt, bei dem Gedanken lief ihr ein kalter Schauer über den Rücken. Der heimliche Platz mit den Walderdbeeren, natürlich kauerte dort der Näck und lockte sie mit seinen langen, filigranen Fingern.

Doch das Gras war unberührt, keinerlei Spuren von Kinderfußgetrampel, die Walderdbeeren waren grün, nur hin und wieder leuchtete eine hellrot. Gegen die Kälte des Wassers kam das Adrenalin nun nicht mehr an, und Sylvia stakste zurück zum Ufer und setzte dort ihren Weg fort bis zu der Stelle, wo der Fluss eine Biegung machte. Buschwerk und umgefallene Bäume umgaben das Gewässer, und langsam kam sie zu der Einsicht, dass hier niemand unterwegs gewesen war. Hier würde sie Terese nicht finden, und hier war sie auch nicht gewesen.

Als Sylvia wieder hoch zum Berghof kam, war das Mädchen wieder aufgetaucht. Sie war zu Hause, bei ihrer Großmutter. In einem ordentlich gemachten Bett, bei einer Frau, die Verantwortung übernahm. Nettan war auf die Idee gekommen, bei Greta anzurufen und nachzufragen.

Maria hatte mit einer Zigarette auf der Treppe gehockt, die Wimpern tiefschwarz getuscht. Nettan saß neben ihr, hielt sie im Arm, ihr Zopf schlängelte sich über die Schulter wie eine Schlange.

Sylvia atmete angestrengt. Ihre Füße waren eiskalt, die Hosenbeine klitschnass bis zu den Knien. Hatte Maria sich überhaupt vom Hof wegbewegt? Geweint hatte sie jedenfalls, sich wieder mal in den Mittelpunkt gestellt, sich trösten lassen. Sylvia ging zu ihr hin. Maria zog kurz und energisch an ihrer Kippe, dann schleuderte sie die Worte heraus.

»Was denkt die sich eigentlich? Einfach kommen und die Kleine mitnehmen, ohne ein Wort zu sagen!«

Maria blickte auf. Sylvia war vermutlich anzusehen, wie sie darüber dachte, denn Maria verstummte augenblicklich, hielt ihr nur die Zigarettenschachtel hin. Sylvia winkte ab.

Nettan schenkte Maria Wein nach und sich selbst auch.

»Aber jetzt ist ja alles wieder gut«, sagte sie. »Alles ist gut.«

Nein, hatte Sylvia gedacht. Nichts ist gut. Sie fühlte sich schuldig. Sie hatte gar nicht gemerkt, dass Greta gekommen war und das Mädchen zu sich mitgenommen hatte. Sie hatte genauso wild gefeiert wie die anderen. Das hätte ein kleines Kind das Leben kosten können.

Jetzt sah Kjell sie an. Er saß ihr an dem rustikalen Esstisch gegenüber.»Was denkst du?«, fragte er.

Sie zuckte mit den Schultern.

»Sie wird schon auftauchen. Wahrscheinlich hält sie den Ball flach und sieht zu, dass sie nicht gerade gleichzeitig wieder auflaufen, Göran und sie.«

Kjell schnalzte.

»Das ist doch total unwahrscheinlich. Soll ich Greta anrufen?«

»Nein, lass sein. Sie taucht bestimmt bald wieder auf.« Dann blickte sie Kjell an.»Soll ich dir was sagen? Es war ein Segen, dass Greta sie gestern geholt hat. Terese hätte im Fluss ertrinken können. Und jetzt will ich nichts mehr von Maria hören.«

Er schielte sie an.

»Die wird schon durchkommen«, fuhr Sylvia fort.»Irgendwer hilft ihr immer, Maria kommt immer straflos davon.«

Ich hab ihr ja auch immer geholfen, dachte sie. Wenn ich mich um die Dinge gekümmert habe, die eigentlich Marias Sache gewesen wären, wenn ich hinter ihr hergeräumt habe und großzügig über ihre Fehler hinweggegangen bin. Aber andere Menschen in ihrem Umfeld, die bleiben auf der Strecke.

# 5.

GRETA RIEF HENRIK Sandgren an, der nicht nur Polizeibeamter war, sondern auch ein Jagdkamerad von ihrem Mann Hasse. Hasse fand, man könne noch abwarten, Mittsommer sei doch Grund genug. Aber Greta war voller Unruhe, sie hielt es nicht länger aus. Als sich die erste Wut gelegt hatte, war an ihre Stelle eine Art Alarmstimmung getreten, die sie fest im Griff hatte.

Terese hatte Fleischwurst und Kartoffelbrei bekommen, und jetzt hockte Hasse mit ihr auf dem Wohnzimmerboden, und sie spielten. Greta hatte nicht die Nerven. Ihr Blick hing wie festgenagelt am Küchenfenster, ihr Kopf spulte die Erinnerung an den gestrigen Tag ab, wie Maria angeschlendert gekommen war, in ihren knappen Shorts, und ständig stehen blieb und auf Terese wartete. Wie Greta sich geärgert hatte, dass sie so bummelte, Maria ließ Terese an jedem Grasbüschel anhalten, dabei wusste sie doch ganz genau, dass Greta auf sie wartete.

Doch jetzt wollte Greta einfach nur, dass ihre Tochter wieder auftauchte, sie sehnte sich geradezu danach, fuchsteufelswild zu werden, ihrer Tochter, die so bodenlos verantwortungslos war, alle Schimpfworte an den Kopf zu knallen, die sie sich jahrelang verkniffen hatte, ja, wahrscheinlich wäre ihr sogar die Hand ausgerutscht.

Als sie Henrik Sandgren anrief, war er gar nicht verärgert gewesen, obwohl er nicht im Dienst war. Seine tiefe Stimme klang unaufgeregt und ruhig. Er sagte, sie brauche sich wirklich keine Sorgen zu machen. In der Regel wartete man die ersten achtundvierzig Stunden ab, bevor man etwas unternahm. Die meisten Menschen verschwanden aus freien Stücken und waren keinem Gewaltverbrechen zum Opfer gefallen.

Ob Greta bemerkt habe, dass Maria persönliche Dinge mitgenommen habe? Waren denn ihre Handtasche und Jacke noch im Haus? Seine Worte konnten sie beruhigen. Schließlich war er ja Polizist.

Es konnte gut sein, dass Maria auf die Idee gekommen war, nach Smedjebacken rüberzufahren und sich eine Weile fernzuhalten. Vielleicht war sie sauer gewesen, weil Greta die Kleine einfach zu sich geholt hatte, und aus Rache war sie dann abgehauen? Als Maria das Kind bekommen hatte, war sie dort untergeschlüpft, in einer Wohnung in Smedjebacken. Es war keine große Stadt, nur ein paar Tausend Einwohner scharten sich rund um die hohen Schornsteine des Walzwerks, doch auch dort gab es bessere und schlechtere Ecken. Maria hatte es natürlich in die schlechteren gezogen, da hausten ihre Freunde. Es wäre nichts Besonderes gewesen, wenn einer von denen eine Party geschmissen hätte und die knapp zehn Kilometer hergefahren wäre, um sie abzuholen.

Und trotzdem stimmte etwas nicht. Dieses Gefühl, als wachse in ihr ein Hohlraum, immer mehr. Weil Maria nicht mehr da war. Ihr kleines Mädchen war spurlos verschwunden.

Nach dem Gespräch mit Sandgren ging Greta rüber zum Berghof. Sie versuchte, die Unordnung im Garten und in der Küche auszublenden. Sie ging Marias Garderobe durch, sah sich an, was an den Haken unter der Hutablage hing, versuchte, sich in Erinnerung zu rufen, welche Jacke Maria am häufigsten getragen hatte. Auf den Bügeln hingen zwei Fleecepullis, ein Regenmantel, ein hellgrüner Parka und eine blaue Winterjacke. Aber der beigefarbene Mantel, den Maria manchmal überzog, wenn sie sich hübsch machte, der fehlte. Die Ledertasche im Patchwork-Style, die Greta so abgrundtief hässlich fand, stand an der Garderobe auf dem Boden. Als sie sie öffnete und darin kramte, fand sie jedoch kein Portemonnaie. Sie durchsuchte alle Jackentaschen, da kamen nur halb leere Zigarettenschachteln, Feuerzeuge und alte Bons zum Vorschein, doch immer noch kein Portemonnaie. Sie ging raus auf die Veranda, und da stand Marias Koffer, in der Lücke zwischen Gefrierschrank und gelben Kisten mit Leergut. Im Badezimmer lag Marias Kulturbeutel auf dem Boden. War es möglich, dass sie mit einem leichten Mantel bekleidet fortgegangen war, nur das Portemonnaie in der Tasche?

»Siehst du.« Hasse stellte ihr eine Tasse Tee hin, als sie wieder zu Hause war. »Hat sie sich wieder nur irgendwelchen Blödsinn ausgedacht.«

»Aber sie würde doch anrufen. Wenn sie wirklich in Smebacken ist, warum ruft sie nicht an?«

Greta war die Erste, die ihr Kind für fehlendes Pflichtbewusstsein an den Pranger stellte, doch sie wusste genau, dass auch Marias Ignoranz Grenzen kannte. Was ihre Tochter und deren Pünktlichkeit anging, war sie wirklich unzuverlässig, allerdings dauerten ihre Eskapaden keinen ganzen Tag. Terese fragte nach ihrer Mama, egal, mit wie viel *tut, tut* und *brumm, brumm* Hasse die Spielzeugautos über den Boden bewegte. Das Mädchen wusste es auch. Maria hätte angerufen und sie wenigstens beruhigt, hätte zu Terese gesagt, dass sie bald wieder zu Hause wäre. Vielleicht war sie ja nach Smedjebacken gefahren, als das Mittsommerfest hier zu Ende gewesen war, Maria konnte ohne Probleme die Nächte durchmachen. Das war nicht der Punkt. Doch dann hätte sie sich gemeldet.

Aber Greta war offenbar die Einzige, die sich Sorgen machte. Sylvia hatte erwähnt, dass Göran auch vermisst wurde, dass er am nächsten Morgen bei Nettan und Rolf im Keller aufgewacht sei und dass Maria vielleicht noch nicht gleich wieder heimkäme, um keinen Verdacht zu erregen. Greta verzog das Gesicht, als die Bilder von Nettans nacktem Rücken und Görans knallrotem Gesicht wieder hochkamen. Nein, dachte sie gleich. Er war doch gar nicht mit Maria im Keller. Nettans flehende Stimme, als sie in der Nacht noch angerufen und nach Terese gefragt hatte. Greta hatte nie vorgehabt zu petzen, sie war nicht der Mensch, der sich für die Privatangelegenheiten anderer Leute interessierte. Aber das musste sie Nettan ja nicht auf die Nase binden, ein paar Stunden in Angst und Sorge, die hatte sie wirklich verdient. Dass ausgerechnet sie angerufen hatte. Dass es ihr nicht peinlich gewesen war. Nettan hatte sie doch mit der Kleinen gesehen, trotzdem waren die anderen losgezogen und hatten nach ihr gesucht, bevor Nettan so getan hatte, als falle es ihr jetzt erst ein, wo das Kind sein könnte. Und dann hatte auch sie selbst angerufen, damit Greta nichts verraten konnte. Und war so zur Heldin des Tages geworden.

Das Pendel bewegte sich seufzend über die alte Wanduhr. Maria hatte das schon immer beanstandet, doch erst jetzt nahm Greta wahr, wie laut dieses Ticken war.

Sie hatte alle im Dorf ein zweites Mal angerufen und genau nachgefragt, wann sie ihre Tochter zuletzt gesehen hatten. Ob jemandem ein Auto aufgefallen sei? Klar, natürlich hatten sie Wagen vorbeifahren sehen, doch keiner hatte angehalten. Die Angaben, wann man Maria wo gesehen hatte, waren nicht deckungsgleich. Jeder äußerte etwas anderes, und keiner schien sich wirklich sicher zu sein.

»Ich geh sie jetzt suchen«, sagte Greta zu Hasse.

»Wohin willst du?«

»Ich lauf um den See.«

»Sie wird kaum noch im Dorf sein«, sagte Hasse.

Wenn sie am Leben ist, nicht, dachte Greta, und dieser Gedanke bohrte sich ihr ins Fleisch. Die Kinder, die man geboren hat, fühlt man immer noch im eigenen Leib. Wenn ihnen etwas zustößt, spürt man es. Hasse sagte sie das nicht, schließlich hatte er keine Kinder geboren, und er tat so etwas immer als esoterisches Gerede ab, für ihn war das Spinnerei. Doch Greta war überhaupt nicht abergläubisch. Es war schlichtweg die Natur, so was konnten Männer nicht verstehen.

»Vielleicht ist sie auf die Idee gekommen, nach Smebacken zu fahren. Oder sonst wohin.«

Sie schlug die Haustür hinter sich zu, bevor Hasse noch mehr einwenden konnte.

Die Nässe stand in der Luft, doch der Regen hatte nachgelassen. Die Dekoration vom Mittsommerfest auf dem Hof sah traurig aus, hing regenschwer hinunter. Die Tischdecken lagen immer noch da, eine war vom Wind hochgewirbelt worden und entblößte nun das vergraute Holz, umgekippte Flaschen lagen dicht an dicht auf dem Tisch, einige auch im Gras. Noch keiner hatte sich bequemt, hier aufzuräumen. Zum Feiern waren sie alle gekommen, hatten gebechert und ihren Spaß gehabt, doch wenn's ans Aufräumen ging, waren sie alle Drückeberger.

Greta fand, dass das Haus verkommen aussah. Als hätte hier

lange schon keiner mehr gewohnt. In den Beeten wiegte sich die Akelei über den Löwenzahnblättern und der Kriech-Quecke. Das Seifenkraut, das Ingegärd vor langen Jahren einmal gepflanzt hatte, schoss überall aus dem Boden. Greta hatte sich angeboten, beim Unkrautzupfen zu helfen, doch Maria hatte abgelehnt. Es tat Greta in der Seele weh, dass Ingegärd zusehen musste, wie ihr schöner Garten verwilderte. Schließlich hatte sie viel Zeit darauf verwendet. Ernst hatte das Haus verkaufen wollen, als sie in das neue umgezogen waren, doch Ingegärd war dagegen gewesen. Es lag ihr so am Herzen. Also wurde es vermietet. Für einen Apfel und ein Ei, damit man sich gut ums Haus kümmerte. Das war die Bedingung gewesen.

Ingegärd und Ernst hätten es natürlich auch ablehnen können, als Hasse bei ihnen anfragte, ob Maria das Haus mieten könnte, jetzt, mit dem Kind. Und Hasse kümmerte sich auch ums Haus, er entrußte den Heizkessel, mähte den Rasen, harkte das Laub zusammen, machte Holz und brachte es mit der Schubkarre zum Haus, damit Maria Feuer machen konnte, wenn die Kälte hereinbrach. Maria putzte, doch für den Garten hatte sie nicht viel übrig.

»Ich finde es schöner, wenn die Natur sich richtig ausbreiten darf«, so hatte Maria sich ausgedrückt. »Beete haben so was Künstliches.«

Als sie mit ihrer Suche im Haus fertig war, ging Greta zu Kjell und Sylvia. Vielleicht konnte sie sich von ihnen den Hund ausleihen. Da war so ein schleichendes Unbehagen, die Vorstellung, ganz allein unterwegs zu sein, jagte ihr Angst ein, obwohl die Juniabende lang waren und die Dunkelheit bis spät am Abend noch fernhielten. Der Hund konnte aber auch Spuren erschnüffeln, wenn es denn welche gab.

Kjell wirkte müde, als er die Tür öffnete, und Greta wusste nicht, ob das die Reaktion auf ihren Besuch war oder die Erschöpfung nach dem Fest. Seine Haare waren im Nacken herausgewachsen und sahen leicht fettig aus. Unter Sylvias Augen waren bläuliche Schatten, ein feinmaschiges Faltennetz machte sich von den Augenwinkeln bis an die Schläfen deutlich bemerkbar, sie hatte sich das Make-up nicht ordentlich abgewaschen.

»Gleich ist es sechs. Sie hätte sich längst gemeldet.«

Greta sah Sylvia ins Gesicht, sie wusste doch, wie gern Sylvia ihre Tochter hatte und wie schnell sie Freundinnen geworden waren. Jetzt waren Sylvias Züge verhärtet, als ob sie auf Maria böse sei. Was Greta nur allzu gut verstehen konnte. Insgeheim hatte sie nur auf diesen Moment gewartet, trotzdem tat es jetzt weh.

»So lange würde sie uns nicht auf die Folter spannen, das weiß ich genau.« Ihre Stimme brach und wurde leise. »Kann ich vielleicht Moss mitnehmen?«

Sie nickte zum Zwinger, wo der Hund schwanzwedelnd dastand und ein bisschen bellte.

»Ja, klar kannst du das. Aber ich komme mit, Greta«, sagte Kjell.

Er stieg in die Gummistiefel und nahm die Leine vom Brett über der Tür. Moss' Kläffen wurde zu lautem Bellen da draußen im Zwinger. Greta standen die Tränen in den Augen.

»Danke dir. Ich kenn sie doch. Und ich weiß genau, dass sie angerufen hätte.«

Sie konnte ihre weinerliche, unterwürfige Stimme selbst nicht ausstehen, doch eine andere hatte sie nicht mehr.

»Ich kann auch mitkommen«, sagte Sylvia und lächelte mitfühlend. »Du hast recht, Greta. Maria hätte angerufen.«

Greta rieb sich über die Wangen, eine Welle der Dankbarkeit überkam sie, und selbst das Gefühl war ihr unangenehm.

Sie gingen auf beiden Seiten der Straße um den Biskensee herum, durch das feuchte Gestrüpp am Wegesrand, sahen runter in die Gräben, über die Felder und in den Wald. Dicke Stechmücken surrten um ihre Köpfe, sobald sie stehen blieben, doch Greta wollte anhalten und ganz genau nachsehen. Sie ließ sich von ihrem Gefühl der Leere leiten, wenn es stärker wurde, blieb sie stehen und konzentrierte sich, dann suchte sie die Landschaft systematisch ab, verließ die Straße für eine Weile, trat hier und da prüfend ins Gras.

»Vielleicht war sie auf dem Weg irgendwohin und ist angefahren worden«, murmelte sie, und fast hätte sie den Arm nach Sylvias Zigarette ausgestreckt und sie gebeten, mal einen Zug nehmen zu dürfen, obwohl sie noch nie in ihrem Leben geraucht hatte. »Vielleicht hat einer Fahrerflucht begangen.«

Sie klopften an einigen Häusern in Mårtesbo an, doch niemand hatte Maria gesehen. Sie hatten von ihr gehört, das sah Greta ihren Gesichtern an, sie hatten gehört, was für eine sie war. Da wurde Greta wütend, sie wollte ihre Tochter und sich in Schutz nehmen, doch die Worte blieben ihr im Halse stecken.

Sie machten sich wieder auf den Weg, wanderten die Mörttjärnshügel hinauf und bogen nicht auf den Kiesweg ab, der sie wieder zum Dorf zurückgeführt hätte, sondern liefen weiter in Richtung Smedjebacken.

»Wäre es nicht besser, wir holen das Auto?«, fragte Kjell. Er sah müde aus. An jedem anderen Tag hätte Greta gesagt, er könne nach Hause gehen. Aber jetzt wollte sie die beiden nicht gehen lassen, verflucht noch mal, verstanden sie denn nicht, wie ernst die Lage war?

»Wenn sie da langgelaufen ist, müssen wir den Weg auch zu Fuß ablaufen. Falls sie überfahren worden ist.«

Schließlich war Sylvia diejenige, die widersprach.

»Nein, Greta«, sagte sie. »Wir drehen um. Dann fahren wir mit dem Wagen noch mal her.«

»Geht ruhig nach Hause«, erwiderte sie. »Ich gehe auf der einen Seite hin und auf der anderen zurück.«

Sylvias Schultern zuckten hoch und wieder runter, während sie einen Seufzer ausstieß und die Lippen aufeinanderpresste. Greta wandte den Blick ab, sie hatte Angst, etwas Dummes zu sagen. Sie lief weiter bergab. Hörte die zwei hinter sich schnaufen, dachte, sie würden ihr noch folgen, doch als sie sich kurz darauf umdrehte, sah sie, dass sie kehrtgemacht hatten.

Trotz der Bewölkung war es hell. Die Waldmücken schwirrten um sie herum, und sie riss sich einen Birkenzweig ab und wedelte durch die Luft. Sie war schon schweißnass, der Stoff ihres Pullovers klebte ihr am Rücken. Ihr Blick wanderte vom Straßengraben zum Waldrand, suchte nach einem Bündel, einem türkisfarbenen, klein geblümten Kleid, das jetzt dreckig war. Sie hatte Blut vor Augen. Schwere Glieder. Greta wusste, wie Tote aussahen. An ihre Mutter konnte sie sich noch gut erinnern. Als sie diese graue, wachsartige Haut und die schlaffen Gesichtszüge gesehen hatte, war das für sie der Beweis gewesen, dass Menschen eine Seele haben mussten. Dieser Körper war nur noch der Rest gewesen, er besaß kaum noch Ähnlichkeit mit ihrer Mutter, denn ihre Seele hatte sich schon auf den Weg gemacht.

Jetzt wollte sie Maria endlich finden. Sie stellte sich vor, dass sie irgendwo hier lag. Vielleicht noch ein Stückchen in den Wald hinein. Jemand hatte Fahrerflucht begangen, so dachte sie es sich. Dieses Schwein. Sollte er in der Hölle schmoren. Greta würde ihre Tochter im Graben finden, sie umdrehen, anschauen und merken, dass ihre Seele noch da war, dass da noch Leben in ihr war. Sie würde sich an die Straße stellen und mit beiden Armen wild winken und das erste Auto anhalten, das vorbeikam. Und dann würden sie sie ins Krankenhaus bringen. Maria würde wieder gesund werden. Greta würde den Fahrer, der sie erwischt hatte, ihr Leben lang hassen, und Maria würde sie anschnauzen, sie solle endlich Ruhe geben. Warum sie nicht einfach mal loslassen und das Leben ein bisschen genießen könne?

Ihr Blick wie der Lichtkegel einer Taschenlampe, vor und zurück, sie traute sich kaum zu zwinkern. Suchte besonders konzentriert da, wo das Gras hochstand, aber in den flachen Gräben war meist nur Moos. Sie hatte jetzt schon den halben Weg nach Smedjebacken hinter sich, da kam ein Auto von hinten und hielt neben ihr. Erst bekam sie es mit der Angst zu tun, doch dann erkannte sie ihren blauen Citroën.

Da wurde sie wütend. Hielten sie jetzt alle für ein geistesgestörtes altes Weib? Das durch die Gegend lief und manisch nach einer jungen Frau suchte, die eigentlich nur ihren Spaß wollte und ein paar Tage Party machte?

Sie war schon darauf eingestellt, sich zu verteidigen, als die Wagentür aufsprang.

»Komm«, sagte Hasse einfach nur. »Wir fahren lieber. Wir fahren einfach ein paar Mal hin und her. Das geht besser.«

Ihr taten die Beine weh, sie war es nicht gewohnt, so weite Strecken zu laufen. Also warf sie den Birkenzweig ins Gebüsch und stieg in den Wagen. Der Rücksitz war leer.

»Wo ist das Mädchen?«

»Ich hab sie zu Sylvia und Kjell hochgebracht.«

Greta blickte auf die Straße.

»Ich hab die rechte Seite abgesucht. Aber ich glaub, es wär gut, wenn wir da noch mal langfahren.«

Am liebsten hätte sie den Kopf an die Nackenstütze gelehnt und die Augen geschlossen, sie schmerzten schon, so konzentriert hatte sie gesucht. Trotzdem konnte sie es nicht lassen und blickte wieder auf den Straßenrand. Sie bat Hasse, etwas langsamer zu fahren. Es ging nicht anders. Sie fuhren hin und her, die Hügel hoch und runter, doch dann ging ihnen das Benzin aus, und sie mussten zur Tankstelle fahren.

Als der Abend verging und es dämmerte und Nacht wurde, sagte Hasse: »Jetzt sieht man nichts mehr, Greta.«

Sie blickte ihn nicht an, obwohl sie wusste, dass er recht hatte, und dann fuhren sie nach Hause, ohne dass die Tochter gefunden war.

# 6.

AM MONTAG PARKTE ein Streifenwagen auf der Kreuzung vor dem Berghof, Kjell kam gerade vom Walzwerk nach Hause. Der Anblick jagte ihm Angst ein. Greta und Hasse standen mit zwei Männern in Uniform an der Treppe auf dem Kiesweg. Kjell fuhr langsamer, versuchte, mehr zu erkennen, seine Augen suchten fieberhaft den Hof ab. Was war da los? Anhalten wollte er lieber nicht.

Ein Polizeibeamter war groß und kräftig, der andere rothaarig und eher schmächtig. Gretas Gesicht war angespannt. Hasse stand neben ihr, scharrte mit dem Fuß im Kies. Die Tische standen immer noch da, doch die Flaschen und das Geschirr waren aufgeräumt. Ein Haufen Tischdecken lag auf der Wiese. Irgendwer hatte angefangen aufzuräumen. Wenn jetzt Polizei da war, bedeutete das, es gab Neuigkeiten?

Dann sah Kjell, dass der große Beamte Henrik Sandgren war.

Der war oft mit ihnen auf die Jagd gegangen. Ein angenehmer Typ, zurückhaltend und besonnen, das sah man ihm gar nicht an. Er war mit Hasse gut bekannt. Vermutlich war es eine rein freundschaftliche Geste, dass er vorbeikam, er wollte wohl Greta beruhigen. Den anderen Polizisten kannte er nicht. Er musste Mitte dreißig sein und trug einen buschigen Schnurrbart, der seinen Mund verbarg und ihm ein recht markantes Äußeres verlieh. Er war relativ klein, sah neben Sandgren zumindest klein aus. Wahrscheinlich war er neu, sonst hätte man ihn hier schon mal gesehen.

Kjells Gedanken gingen wieder zurück zum Samstag. Mit welcher Sturheit Greta die Straße abgewandert war. Er kannte sie eigentlich als eine Person, die eher zurückhaltend war und anderen nicht zur Last fallen wollte. Das war ein ganz anderer Mensch gewesen, der vorgestern regelrecht darauf bestanden hatte, die Straße abzusuchen, der sie fast gezwungen hatte mitzukommen. Sie hatten sie lange begleitet und auch gesucht, was weiß Gott nicht jeder getan hätte, und trotzdem hatte sie hinterher nicht mal ein Dankeschön für sie übrig gehabt.

Kjell warf einen letzten Blick auf die Szenerie auf dem Hof, bevor er abbog und zu seinem Haus hinauffuhr. Polizeiuniformen im Dorf, das war unheimlich.

Sylvia und Terese spielten Ball auf der Wiese. Seit Samstag war die Kleine jetzt bei ihnen. Kjell hatte aufs Sofa in der Stube umziehen müssen, denn Sylvia hatte Terese mit ins Schlafzimmer genommen, damit sie neben ihr liegen konnte. Hatte Kjell nicht mal gefragt, wie er das fand.

»Hallo zusammen!«, rief er.

Sie winkten nur kurz und spielten weiter. Der Ball flog hin und her. Moss bellte in seinem Zwinger, und der Schwanz schlug gegen den Maschendraht. Kjell ging ins Haus und holte sich ein Bier aus dem Kühlschrank, setzte sich dann auf der Veranda in den Gartenstuhl und zündete sich eine Zigarette an. Er beobachtete Sylvia, wie sie lachte, wenn Terese den Ball fallen ließ und begeistert jubelte, wenn sie ihn fing. Die Handflächen klatschten, dass es über den ganzen Hof schallte. Sylvia lachte normalerweise nicht so viel, zumindest tat sie das nicht laut, sie hatte eher so ein leises Lachen, mehr ein Funkeln in den Augen. Das mochte er genauso gern, aber natürlich ging ihm das Herz auf, wenn sie so ausgelassen lachte wie jetzt. Als ob sich etwas in ihr Luft machte.

Als Terese zum Waldrand hinsprang, kam Sylvia zu ihm rüber und gab ihm einen Kuss auf die Stirn.

»Die Polizei ist da.« Er zeigte runter zum Hof.

Sylvia nickte.

»Ja, ich hab's gesehen. Ich wollte nicht mit Terese runtergehen, gerade scheint sie die Mama mal für einen Moment vergessen zu haben. Die arme Kleine.«

Ihr Blick verfinsterte sich, und sie wandte sich ab.

»Sie haben einen Brief gefunden«, sagte sie schließlich und griff nach seiner Bierflasche und nahm einen Schluck.

»Was?«

»Ja, Greta war da und hat es mir erzählt. Sie hat irgendwas geschrieben, dass ihr alles zu viel ist. Dass sie nicht mehr kann. Irgend so was stand da. Greta wollte hören, was ich dazu sage.«

Kjell trank einen Schluck. Das Bier war kalt und schmeckte. Noch zwei Wochen, dann würden die Betriebsferien im Werk beginnen.

»Und was glaubst du?«

Sylvias Blick wanderte hinüber zu Terese.

»Es sieht ganz so aus, als hätte sie ihr Kind verlassen.«

»Aber doch nicht endgültig, oder? Das sieht Maria überhaupt nicht ähnlich.«

Terese kam wieder zu ihnen gerannt, und das Gespräch brach ab. Sylvia griff nach ihrer Hand und zog die Kleine rasch an sich, dann streichelte sie ihr liebevoll übers Haar. Ganz natürlich, auf so eine mütterliche Art.

Kjell hingegen kam mit Kindern nicht so gut klar. An Terese hatte er sich zwar inzwischen gewöhnt, doch sie war ja auch noch nicht in dem Alter, in dem Kinder unangenehme Fragen stellten oder ihn anstarrten. Meist summte sie vor sich hin, nicht unähnlich ihrer Mutter, dachte er bei sich. Lebte unbekümmert in den Tag hinein, hielt sich von allem, was keinen Spaß machte, fern, scherte sich einen feuchten Kehricht darum, was sie tun oder lassen sollte, und lachte, sobald jemand einen Witz machte.

Sollte Maria sie wirklich allein gelassen haben, weil es ihr zu viel geworden war? Eher wäre sie fortgegangen, weil etwas anderes verlockend war und mehr Spaß versprach. Aber weil ihr das Leben hier zu anstrengend wurde? Darüber konnte er nur den Kopf schütteln, dann trank er seine Bierflasche leer und drückte die Zigarette im Aschenbecher aus.

»Ich lauf mal eine Runde mit Moss.« Er sah hinüber zum Zwinger. »Er ist noch nicht draußen gewesen, oder?«

»Nein«, sagte Sylvia, ohne ihn anzusehen. Kjell griff sich die Leine, die neben dem Zwinger lag, und leinte den Hund an. Moss sprang ihnen aufgeregt um die Beine, hätte Terese beinahe vor Freude umgerannt, sodass Sylvia mit ihm schimpfte. Terese jedoch lachte nur.

»Ich koche uns was, dann können wir essen, wenn du zurückkommst«, sagte Sylvia und drückte ihm einen Kuss auf die Stirn. Weswegen sie auch immer am Mittsommertag auf ihn böse gewesen war, es schien jetzt vergessen und vorbei.

Kjell ging nicht hoch zum Waldweg, wie er es sonst bei seinen Nachmittagsrunden tat, sondern runter ins Dorf. Die Jämthunde in Ernsts Gehege bellten und rannten am Gitter entlang, die Hündin sprang so hoch, dass man meinen konnte, gleich springe sie über die Absperrung. Moss riss an der Leine, und Kjell zog ihn schimpfend zurück.

Der Streifenwagen war nicht mehr da. Der Garten war leer. Kjell bemerkte auch, dass jemand den Berg Tischwäsche aufgeräumt hatte. Wahrscheinlich hatte Greta alles zum Waschen mit nach Hause genommen. Die frischen Birkenzweige standen immer noch an den Zaunpfählen, dass ihre Blätter jetzt schrumplig vertrocknet waren. Um die sollte er sich mal kümmern. Das nahm er sich für später vor.

An der Kreuzung bog er links ab, aber erst, als er in den kleinen Stichweg abbog, der zu Gretas und Hasses Haus führte, wurde ihm klar, dass das eigentlich von Anfang an sein Ziel gewesen war.

Greta öffnete die Tür. Sie sah müde aus, hatte sicherlich kein Auge zugemacht. Hasse kam und bot ihm einen Kaffee an.

»Wenn ihr welchen dahabt, nehme ich gern eine Tasse. Aber ihr müsst nicht extra für mich welchen kochen.«

Hasse nahm eine Tasse aus dem Regal und schenkte Kaffee aus einer Thermoskanne ein. Auf dem Tisch lagen überall Krümel, und benutzte Teller und Tassen stapelten sich. Kjell setzte sich gegenüber von Hasse an den Küchentisch. Greta kam schließlich aus dem Flur in die Küche, aber stellte sich gleich ans Fenster neben der Spüle und blickte hinaus auf die Straße. Ihr Schweigen war bedrückend, und Kjell dachte gleich, er hätte besser nicht herkommen sollen.

»Haben sie was gefunden?«, fragte er dann.

»Es gibt einen Brief, den wir ihnen zeigen wollten«, sagte Hasse. »Den haben wir gestern übersehen.«

»Brief«, schnaubte Greta.

Kjell trank einen Schluck Kaffee. Er schmeckte bitter und war nur lauwarm.

»Und was stand drin?«

Greta ging vom Fenster rüber zur Kommode neben dem Kamin. Sie zog eine Schublade heraus und nahm ein Stück Papier in die Hand, dann knallte sie es vor Kjell auf den Tisch, als wäre sie auf ihn wütend. Danach stellte sie sich wieder ans Fenster.

Kjell nahm den Zettel in die Hand. Er sah aus, als wäre er auf die Schnelle irgendwo herausgerissen worden, es war eigentlich kaum mehr als ein Fetzen Papier. Die Handschrift war mickrig und schräg.

*Manchmal ist mir alles einfach viel zu viel. Ich kann nicht mehr, ich bin doch viel zu jung für ein Kind, ich will doch noch leben!*

Wie frustriert und traurig das klang, kaum zu glauben, dass Maria diese Worte geschrieben hatte. Er sah sie immer noch ganz klar vor sich, wie ein Lächeln über ihr Gesicht ging, wie ihr Lachen durchs ganze Dorf flog.

»Und das hat wirklich sie geschrieben?«

Hasse rührte mit seinem Löffel in der Kaffeetasse herum.

»Ist eindeutig ihre Handschrift.«

Kjell fand das sonderbar. Schließlich kannte er Maria seit Jahren. Vielleicht hatte Sylvia doch recht, die immer sagte, wie viel weiß man schon von einem Menschen?

»Das ist nicht wahr«, sagte Greta. »Es sieht nur so aus wie ihre Handschrift, aber ich glaub es einfach nicht.«

Sie starrte immer noch aus dem Fenster.

»Was glaubst du nicht?«, fragte Kjell.

Greta gab keine Antwort. Die Abendsonne schien ihr direkt ins Gesicht und tauchte ihr aschblondes Haar und das Nasenbein in helles Licht. Eigentlich musste es sie blenden, doch es schien ihr nichts auszumachen. Zum allerersten Mal meinte Kjell, in ihrem Gesicht einen Anflug von Marias Zügen zu erkennen. Dieses Wilde und Ungezähmte, das immer aus dem Rahmen fiel.

»Ich glaube nicht, dass Maria das geschrieben hat«, sagte Hasse am Ende. Beim Seufzen hoben seine Schultern leicht ab, um dann noch tiefer zu sacken. »Obwohl das natürlich ihre Handschrift ist. Das seh ich ja schon.«

Da fuhr Greta herum. Das Sonnenlicht legte sich ihr wie ein Heiligenschein auf den Scheitel.

»Und wie kommt es bitte schön, dass wir den Zettel erst jetzt gefunden haben? Warum haben wir ihn nicht gleich gesehen, als wir zum ersten Mal im Haus waren?«

Hasse saß wie ein Häufchen Elend da, mit traurigem Blick.

Als er seiner Frau antwortete, sah er Kjell an, auf der Suche nach jemandem, der ihn verstand.

»Du weißt doch selbst, wie es da drinnen aussah. Ein heilloses Durcheinander. Da haben wir doch nicht nach einem Brief gesucht, Greta.«

»All ihre Kleider sind noch im Schrank. Ihr Kulturbeutel ist da. Soll sie denn weg sein, ohne irgendwas eingepackt zu haben?«

Hasse atmete durch die Nase aus.

»Vielleicht konnte sie nicht klar denken, Greta.« Seine Stimme war dünn, rasselte. »Wenn sie mit irgendwem mit ist zum Feiern … dann hat sie vielleicht wirklich nur an ihren Geldbeutel und den Mantel gedacht.«

Greta schüttelte den Kopf, ohne ihn anzusehen.

»Und mit wem soll sie bitte schön mitgefahren sein? Und was hat der mit ihr angestellt?«

»Ach komm schon, du weißt doch, was für Gesocks sie gekannt hat. Die müssen doch auch nix mit ihr angestellt haben, nur weil die sie auf irgendein Fest geholt haben.«

Kjell kam sich blöd vor, weil er gerade Zeuge von etwas wurde, was sehr privat war. Er überlegte, wie er jetzt aufstehen und gehen konnte, ohne dass es noch peinlicher wurde.

»Sie wird schon heimkommen, Greta«, sagte Hasse. »Wahrscheinlich hat sie einen Verehrer angerufen, und der hat sie mitgenommen. Wieder so eine Schnapsidee von ihr, aber heimkommen wird sie doch.«

»Das klingt vernünftig«, sagte Kjell.

Greta schüttelte so heftig den Kopf, dass die Haare flogen. Dann stapfte sie aus der Küche. Ihr Getrampel hörte man auf jeder Treppenstufe. Hasse lächelte Kjell unbeholfen an.

»Ich weiß einfach nicht, wie ich mit ihr reden soll. Es ist zum Verrücktwerden. Ich weiß einfach nicht, was sie von mir will.« Kjell erhob sich vom Tisch und stellte die Kaffeetasse in die Spüle. Kameradschaftlich legte er Hasse die Hand auf die Schulter.

»Wart's ab, das wird sich regeln. Bald ist sie wieder da.« Hasses Unterlippe verschwand im Mund. Einen Augenblick lang dachte Kjell, er würde anfangen zu weinen, doch dann riss Hasse sich zusammen und holte tief Luft.

»Ja. Je früher, desto besser.«

»Ja. Sie wird sich bestimmt bald melden.«

Einstimmiges Nicken. Hasse begleitete ihn in den Flur, wo Moss vor der Tür lag. Kjell nahm die Hundeleine vom Hutregal und legte sie Moss an.

»Und vielen Dank, dass ihr euch um Terese kümmert«, sagte Hasse.

Kjell lächelte. »Schon gut.«

Hasse kratzte sich in seinem schütteren Haar.

»Wir hätten sie jetzt wirklich nicht nehmen können. Greta ist ... wie ausgewechselt. Aber bestimmt ist Maria bald wieder da. Wie du schon sagst.«

»Ja«, sagte Kjell und klopfte ihm noch mal auf die Schulter.

»Ich bin euch wirklich dankbar, dass die Kleine bis dahin bei euch sein kann.«

Kjell hielt auf der Treppe an. Bis dahin? Er runzelte die Stirn, wollte schon nachfragen. Das könnte dauern. Man wusste es ja nicht. Aber beim Anblick von Hasse, der immer kleiner wurde, verkniff er sich jeden Kommentar. Das musste er mit Sylvia besprechen.

Er hob die Hand.

»Wart's ab, alles wird sich regeln.«

Hasse nickte wieder, die Lippen zusammengepresst. Da stand er zwischen den Petunienampeln und sah mit einem Mal schrecklich klein aus. Wie ein Junge, der etwas angestellt hatte und jetzt auf die Standpauke wartete. Als Kjell um die Kurve zum Gutshof ging, warf er einen Blick zurück. Hasse stand immer noch da.

# 7.

SYLVIA HATTE für drei gekocht und gedeckt, aber Kjells Portion stand immer noch unangetastet auf dem Tisch, während Tereses Teller bereits blitzeblank leergeputzt war.

»Und, war's lecker?«

Terese grinste über beide Backen, und Sylvia holte ein Stück Küchenpapier und wischte ihr Mund und Hände sauber. Dann nahm sie den Löffel, kratzte den restlichen Kartoffelbrei zusammen und hielt ihn dem Mädchen hin.

»Nur noch einen Löffel.«

»Einen für Mama«, sagte Terese und machte den Mund auf. Sylvia schnürte sich der Hals zu. Und sie hatte geglaubt, es sei ihr gelungen, die Kleine auf andere Gedanken zu bringen. Immerhin schien sie im Moment nicht allzu traurig zu sein. Zum Glück hatte sie jetzt nicht Greta um sich, die so in Angst war, das übertrug sich schnell auf ein kleines Kind. Seit Sylvia Greta kannte, hatte sie nie das Gefühl gehabt, dass Greta sich sonderlich für Terese interessiere. Nur selten hatte sie das Kind mal gehütet. Dass Greta die Kleine am Mittsommerabend zu sich geholt hatte, war eher die Ausnahme gewesen. Über Tereses Aufzug und ihre schlechte Erziehung beklagte Greta sich andauernd, aber die größeren Sorgen machten sich die Großeltern um das Haus, das Maria gemietet hatte und das sie einfach nicht in Ordnung hielt. Am Enkelkind hatten sie bislang eher wenig Interesse gezeigt.

»Jetzt darfst du spielen gehen«, sagte Sylvia, streichelte Terese über die Schulter und sah ihr hinterher, wie sie durch das Mückengitter hinaus auf den Hof hüpfte. Sie hörte Moss draußen bellen und schaltete den Ofen an, um Kjells Essen aufzuwärmen.

Als er ins Haus kam, roch er nach altem und frischem Schweiß, er warf seine Kappe aufs Sofa im Flur und strich sich die Haare aus dem Gesicht. Unter den Armen kamen runde Schweißflecke zum Vorschein, und auch auf seinem Rücken war der blaue Stoff von nassen Stellen übersät. Sylvia ging raus auf die Veranda und ließ sich nieder. Er kam und setzte sich zu ihr.

»Ich war bei Greta und Hasse«, begann er und schlug nach einer Mücke, die ihm um den Kopf schwirrte. Sein Blick ging zu Terese, dann sagte er es. »Ich hab den Zettel gesehen.«

»Und was glaubst du?«

»Hasse sagt, es ist ihre Handschrift. Aber Greta will nicht glauben, dass Maria so was geschrieben hat.«

Das machte Sylvia traurig, sie dachte an die Kleine. Auch wenn sie es noch nicht verstehen konnte.

»Ich hab den Ofen schon eingeschaltet, falls du dir dein Essen aufwärmen magst«, sagte Sylvia zu Kjell, um auf andere Gedanken zu kommen. »Fischstäbchen und Kartoffelbrei. Das isst du doch gern.«

Sie lächelte ihn an, aber er reagierte nicht.

»Du scheinst Greta und Hasse gesagt zu haben, dass wir uns um Terese kümmern, bis Maria wieder da ist.«

Er war wütend, und da blitzte es in seinen Augen wieder auf, das kannte sie schon, dabei diese Schärfe in seinem Tonfall. Manchmal war das der Auftakt zu richtig heftigem Streit. Doch das musste sie jetzt verhindern, jetzt war ja Terese da.

Sie musste an die Auseinandersetzungen zwischen ihren Eltern denken, laute Stimmen, die ihr unter die Haut gingen, sie hatte selbst dann noch Angst gehabt, wenn der Streit längst vorüber gewesen war. Das grelle Klirren des Porzellans, das an die Wand schlug, das Geknirsche unter den Hausschuhen ihrer Mutter am darauffolgenden Tag, wenn sie mit dem Besen auf die Scherben trat und das Chaos beseitigte. Geräusche, die nie wirklich verschwinden wollten, die zeitweilig irgendwo schlummerten, doch hin und wieder wachgerufen wurden und anfingen herumzuspuken.

Sylvia hatte auf der schmalen Fensterbank gehockt und sich gewünscht, dass jemand käme, der sie dort rausholen würde, und dieses Gefühl von Leere endlich verging. Der Bleistift in ihrer Hand gab etwas Trost, ein bisschen von der Sinnlosigkeit verschwand durch die scharfe Spitze ihres Stifts, wenn sie ganz konzentriert versuchte, das abzuzeichnen, was sie draußen vor ihrem Zuhause in Smedjebacken sah: das graue Gebäude des Supermarkts, die Ecken und Kanten der Container und ihre offenen Schlünde, die braunen Baumstämme auf der Allégatan und der aufgeplatzte Asphalt. Sie zeichnete und malte wieder neue Motive darüber, Bild für Bild, bis am Ende daraus eine dicke, schwarze Schicht auf dem Papier entstand, das schließlich Risse bekam und das Grau aufs nächste Blatt durchfärbte. Obwohl sie knapp bei Kasse waren, hatte die Mutter ihr immer wieder neue Zeichenblöcke gekauft. Sie hatte Sylvias Zeichnerei, die mit kleinen – ärgerlichen – Krakeleien an den Wänden begonnen hatte, immer schon eigenartig gefunden, doch instinktiv irgendwie verstanden, dass sie ihrer Tochter damit half.

Von Sylvias Kindheit wusste Kjell so gut wie nichts. Seine Mutter, eine einfache Werksarbeiterin, und sein schwacher Vater hatten sich nie so in die Wolle bekommen, das hatte sie gleich gespürt, als sie zum ersten Mal ihren Fuß in deren Küche gesetzt hatte. Da wehte ein anderer Wind, das merkte sie sofort. Kjell war in einem Zuhause, in dem es Geborgenheit gab, groß geworden. Genau wie Maria.

Kjell davon zu erzählen, wäre witzlos gewesen. Vermutlich würde er meinen, sie sei überempfindlich, wer kannte das nicht, dass die Eltern betrunken waren? Und auch Streit, das gehörte zum Leben dazu. Vielleicht hätte er sie sogar verstanden und in die Arme genommen, sie ein bisschen gewiegt und ihr versprochen, dass es ihre eigenen Kinder besser haben würden. Doch sie wollte kein Risiko eingehen.

Er hatte sie mal gefragt, wie es kam, dass sie so gut malen konnte, da war es ihr einfach herausgerutscht.

»Mama hat immer gesagt, dass ich ein seltsames Kind bin, weil ich immer nur male.«

Daraufhin hatte er gelacht, weil sie in so einem kindlichen Tonfall geantwortet hatte, und dann hatte er sie geküsst.

»Wer sagt denn so was zu einem Kind? Du malst doch großartig.«

Womöglich war das der Augenblick gewesen, in dem sie

sich für ihn entschieden hatte, für ihn als Mann und als den Vater ihrer Kinder. Der Himmel hatte ihn gesandt, er war derjenige, der sie da rausholte. Aber jetzt sah er sie ganz streng an.

»Du hast Hasse und Greta versprochen, dass wir uns um Terese kümmern, bis Maria wieder nach Hause kommt«, wiederholte Kjell, als sie immer noch keine Antwort gab.

Seine Stimme klang vorwurfsvoll und scharf. Meist bekam sie ja ihren Willen, aber mitunter regte er sich über Kleinigkeiten auf, und dann konnte er sich daran festbeißen. Sylvia hoffte inständig, dass er das jetzt nicht tat. Denn diese Sache war für sie sehr wichtig.

»Ja, ich dachte, es wäre das Beste«, erwiderte sie und strich ihm beiläufig über den Oberarm. Er wich zurück, beinahe unmerklich, doch sie registrierte es.

»Wir wohnen hier zusammen, oder? Du kannst das doch nicht einfach so beschließen.«

»Es geht um Marias Tochter. Sie ist ein kleines Kind.« Sylvia senkte die Stimme und warf kurz einen Blick zum Zwinger, wo eine lachende Terese umherrannte, einen bellenden Moss im Schlepptau. »Du hast selbst gesehen, in welchem Zustand Greta ist. Sie ist vollkommen außer sich. Das ist doch keine gute Umgebung für ein Kind.«

Kjell fummelte aus der Zigarettenschachtel vom kleinen Gartentisch eine Kippe.

»Wer weiß denn, wann sie zurückkommen wird? Und wenn es Jahre dauert?«

Er beugte sich über die Zigarette und zündete sie an, der Rauch stieg ihm ins Gesicht, und er legte den Kopf in den Nacken, um ihm auszuweichen. Auch Sylvia griff nach einer Zigarette, wollte ihn nicht alleine rauchen lassen, sondern dasselbe tun wie er, um dann die andere Sache auch gemeinsam anzugehen. Sich um ein verlorenes Kind kümmern.

»Du kennst sie doch, Kjell. Sie wird nicht lange weg sein.«

»Ich hab geglaubt, ich kenn sie«, sagte er, und sein Blick wanderte hinüber zum Hundezwinger. »Aber als ich jetzt gelesen hab, was sie geschrieben hat ... Ich hab immer gedacht, sie ist so glücklich.«

Noch einmal streckte Sylvia die Hand nach ihm aus, und dieses Mal entzog er sich nicht.

»Eine Woche«, sagte sie. »Wenn sie dann nicht wieder da ist, soll Greta Terese abholen.«

Er presste die Lippen aufeinander, als sei schon eine lächerliche Woche zu viel. Aus seinen Nasenlöchern drang der Rauch.

»Eine Woche«, wiederholte sie. »Versprochen.«

»Länger nicht«, sagte er.

»Versprochen. Und jetzt geh rein und iss was.« Sie strich ihm über die Nackenhaare, beugte sich vor und schürzte die Lippen.

Der Kuss war flüchtig, aber es war ein Kuss. Als er aufstand und in die Küche ging, atmete sie auf und lief rüber zu Terese.

»Wollen wir mal nachsehen, ob die Walderdbeeren jetzt reif sind?«, fragte sie, und Terese drehte sich zu ihr um und kam angerannt. Ihre Nase war sommersprossig, und in ihrem Lachen glitzerten die weißen Milchzähne.

»Dann können wir auch gleich deine Zahnbürste holen«, sagte Sylvia. »Du darfst ein paar Nächte bei Tante Sylvia und Onkel Kjell schlafen.«

Das schien der Kleinen zu gefallen.

Es roch stark nach Holz und nach Maria, als Sylvia den Berghof betrat. Jemand hatte angefangen, den Abwasch zu machen, doch auf der Arbeitsfläche stand immer noch dreckiges Geschirr. Während Terese in die Stube rannte, wo ihre Spielzeugkiste stand, krempelte Sylvia die Ärmel hoch und ließ heißes Wasser in die Spüle laufen.

In der Küche hing noch der Geruch von abgestandenem Zigarettenrauch und gammligem Essen. Sylvia legte die Gläser ins Spülwasser, begann, die Essensreste von den Tellern abzukratzen, und warf Kronkorken und Servietten in den Abfall. Beim Anblick der zusammengematschten Kartoffelreste zwischen Heringssoße und festgetrocknetem Schnittlauch, der nur zur Hälfte verspeisten Erdbeeren und der gelbrandigen, sauer gewordenen Sahne, um die dicke, fette Fliegen summten, wurde ihr ganz schlecht. Daneben die schönen Mittsommerservietten, achtlos zusammengeknüllt. Wie lange hatten sie am Tisch gestanden und überlegt, wie sie gefaltet am schönsten aussähen.

Welch vergebene Liebesmüh, dachte Sylvia jetzt, als sie die labberigen Servietten mit spitzen Fingern hochzog und sie in den Mülleimer beförderte. Keiner von den Gästen hatte bemerkt, wie hübsch sie den Tisch gedeckt hatten, mit den kleinen Väschen mit Wiesenglockenblumen, die so gut zu den lilafarbenen Servietten gepasst hatten. Nicht einmal Kjell war es aufgefallen.

Sylvia spitzte die Ohren, als sie die Gläser abtrocknete und zurück in den Schrank stellte. Terese unterhielt sich mit ihren Stofftieren und klang so, als wäre sie gerade dabei, sich ein Spiel auszudenken. Ob sie glaubte, dass ihre Mama sie verlassen hatte? Vielleicht war sie für solche Gedanken auch noch viel zu klein, aber sie fühlte sich doch bestimmt verlassen? Kinder waren Meister darin, es nicht zu zeigen, wenn sie unglücklich waren, damit kannte sie sich selbst bestens aus.

Einmal hatte Sylvia wirklich geglaubt, die Mutter sei jetzt endgültig weg, und an dieses Gefühl erinnerte sie sich nur allzu gut. Es war klarer, eindeutiger und tat noch viel mehr weh als sonst, wenn die Eltern einfach nur stritten. Es vergingen Stunden der Verzweiflung auf dem Fensterbrett, nicht einmal mit dem Zeichnen konnte sie die Angst fernhalten, und schließlich war sie rausgerannt, war die Allégatan hoch- und runtergelaufen, dann den Uvberg hoch, mit hämmerndem Puls in den Ohren. Als sie nicht mehr konnte, hatte sie sich auf einen Stein am Wegrand gesetzt und geweint. Etwa eine Stunde später war sie zurück in ihre Wohnung gegangen, und da war die Mutter wieder da gewesen. Das geschwollene Auge wurde schon blau, doch sie war wieder zurück. Die Dankbarkeit, die Terese überkam, war unbeschreiblich. Ihr Zeichenblock füllte sich mit wild wuchernden Kletterpflanzen und Blumen in den buntesten Farben. Als sie vierzehn war, hatte der Vater die Familie verlassen und war niemals wiedergekommen. Da empfand sie nur große Erleichterung, gemischt mit einer unterschwelligen Angst, dass er eines Tages wieder vor der Tür stehen könnte. Mit einer Mutter war es etwas anderes. Ganz egal, wie sie war.

Maria war Sylvias erste richtige Freundin gewesen. Eine, die sie erst im Erwachsenenleben gefunden hatte. Sylvia hatte nie zu den Mädchen gehört, die kichernd miteinander umherzogen, Arm in Arm, und Zigarette, Schminke und Geheimnisse miteinander teilten. Sie hatte die anderen immer darum beneidet, und erst, als sie Maria kennenlernte, wusste sie, wie es sich anfühlte, wenn man eine Freundin hatte, die einem so nahe kam, dass man ihren Atem riechen konnte, die in Lachen ausbrach, wenn man Witze riss, und die einen vielsagend ansah und freundschaftlich knuffte, wenn sie eine Schallplatte auflegte, von der sie wusste, dass Sylvia sie toll finden würde.

Die kleinen Wanderungen waren Sylvias Idee gewesen. Als sie raus aufs Land gezogen war, hatte sie damit begonnen. Und bald konnte sie gar nicht mehr damit aufhören, es war fast schon zwanghaft.

Dieses Gefühl, der Wald sei ihrer, er erkannte ihre Schritte, so wie sie seine Pfade. Als sie ein Stück Wald zum Flugfeld hin abholzen mussten, weinte sie. Natürlich tat sie das heimlich. Kjell hatte für romantische Vorstellungen vom Wald nichts übrig, schließlich war der Wald der Broterwerb der Menschen im Dorf. Kjell hätte sie nur für einen blasierten Stadtmenschen gehalten. Wenn der Wald so schön ist, dass man sich gern in ihm aufhält, dann kann man mit ihm auch Geld verdienen, so sagte er immer, und trotzdem hatte sie sich auf einen Baumstumpf gehockt und geweint, als die Forstmaschinen das viele Holz abtransportiert hatten, hatte getrauert, weil sie die Natur wie mit schweren Schützenpanzern einfach plattgewalzt hatten.

Doch sie wanderte weiter, fand neue Wege, neue Bäche und neue Felsen, auf die sie klettern konnte. Scharrte mit dem Fuß auf dem Platz, den sie Brännvinsplatz nannten, wo früher ein Kohlenmeiler gestanden hatte, herum, bis das Schwarze zum Vorschein kam, sie inspizierte die Höhlen, die der Schwarzspecht in den Fichten gebaut hatte, warf Steine in die Grube oberhalb des Slaggsjöhügels, sie pflückte Sumpfporst und trocknete ihn, sammelte Vogelbeeren und band Kränze. Der Wald war für sie ein Ort, an dem sie zur Ruhe kam.

»Kein Wunder, dass du so eine Bohnenstange bist«, pflegte Kjell zu sagen. Was sie gar nicht leiden konnte.

Als Maria sie schließlich begleitete, konnte sie nicht mehr so große Runden drehen, denn der Kinderwagen musste ja mit. Aber ein paar Male waren sie zu dem riesigen Trollstein auf dem Bondeberg gegangen, da hatten sie sogar Proviant dabeigehabt. Maria war mit Terese ganz nach oben geklettert, und Sylvia hatte eine Heidenangst gehabt, dass sie runterfallen würde, doch Maria hatte sie beruhigt und gesagt, dass sie schon tausend Mal als Kind da oben gewesen sei, mit Hasse und Greta zusammen.

Sylvia mochte Marias widersprüchliche Art. Einen ihrer Ausflüge hatte sie noch ganz deutlich in Erinnerung. Sie waren im März über die schneematschbedeckten Pfade gestapft, als plötzlich die Kraniche kamen und ihnen über die Köpfe flogen. Ihr Trompeten beeindruckte Sylvia sehr, es klang traurig und fast ein bisschen unheimlich, doch Maria breitete die Arme aus, hob den Kopf zum Himmel und rief: »Herzlich willkommen! Wenn ihr wüsstet, wie sehr ihr willkommen seid!«

Als sie Sylvias fragenden Gesichtsausdruck bemerkte, erklärte sie: »Die Kraniche. Die kommen immer, wenn es Frühling wird.«

Maria war vielleicht erst zwanzig Jahre alt, sprach einen derben Dialekt und nahm obszöne Worte in den Mund, doch manchmal schien es, als wohne in ihr eine uralte Frau. Womöglich wiederholte sie auch nur die Dinge, die sie von Hasse und Greta gehört hatte. Sylvias Eltern hätten so etwas niemals gesagt. Die wussten mit Sicherheit nicht einmal, wie der Ruf der Kraniche klang, wenn sie im Frühjahr über die Wälder zogen. Womöglich wussten sie nicht einmal, was Kraniche eigentlich sind.

Doch Maria wusste es. Sie wusste alles über die Wälder und erzählte gefühlstriefend von der Zeit, als die Hütte noch in Betrieb war, von den Kohlenmeilern, und wie sie damals umgesiedelt wurden, von ihrem Haus am Bondeberg dorthin, wo es jetzt stand. Stockwerk für Stockwerk hatten sie abgetragen und mit Pferd und Wagen an den neuen Ort transportiert, um das Haus dort von Grund auf neu aufzubauen. Die Stimme, die Maria plötzlich beim Erzählen hatte, war die Stimme einer uralten Märchenerzählerin, mit ausgeprägtem Dialekt, immer mehr Endungen gingen verloren. Und im nächsten Moment konnte sie sich eine Zigarette anzünden, die Haare nach hinten werfen und sich wie ein Teenager aufführen. Sylvia gefiel das.

Sylvia hatte Maria vieles anvertraut, das sie nie jemand anderem erzählt hatte. Jetzt begriff sie, dass Maria das nicht getan hatte. Diese bitteren Worte auf dem Zettel, die Zeilen, die ihr in den Tagebüchern flüchtig begegnet waren. Sie sprachen eine andere Sprache als Marias ständiges Lächeln. Offenbar hatte Sylvia die körperliche Nähe mit der seelischen verwechselt, und jetzt beschämte sie das, wie hatte sie so eine dumme Nuss sein können, dass sie sich wie ein Kind nach einer besten Freundin gesehnt hatte.

Sie musste einsehen, dass Maria nie etwas Persönliches von sich preisgegeben hatte. Über Greta hatte sie sich beschwert, wenn ihre Mutter gerade etwas Gemeines zu ihr gesagt und sie sich geärgert hatte. Das war aber auch schon alles gewesen. Sylvia hatte es so gedeutet, dass Maria eben ein Mensch war, der in der Gegenwart lebte.

Sylvia stellte die Teller wieder in den Schrank, hielt einen Putzlappen unters Wasser und wischte über die verschmuddelten Oberflächen. Auf dem Tisch stand eine Vase ohne Wasser, die Butterblumen hatten alle Kronblätter verloren und fielen schon auseinander. Sie hatte alle gepflückt. Schweren Herzens schmiss sie sie in den Mülleimer, dachte dabei daran, wie sie auf die Weide gegangen war und extra nur die gelben gepflückt hatte. Sie hatte sich vorgestellt, wie schön sie in Marias Küche aussehen würden, mit den hellblauen Fünfzigerjahre-Schränken und den alten Schnabelbeschlägen. Sie waren zum Trocknen gedacht gewesen, genau wie die Katzenpfötchen, die sie gepflückt und über dem Kamin aufgehängt hatte, doch Maria hatte sie ihr aus der Hand genommen und in eine Vase gestopft, bevor sie ein Wort dazu sagen konnte. Da hatte sie schmunzeln müssen. Dass gerade sie, das Stadtkind, mehr über Pflanzen wusste als Maria. Jetzt schmunzelte sie nicht mehr, und sie spürte, dass ihr gleich die Tränen in die Augen schossen. Schnell zwinkerte sie sie weg, Terese sollte das nicht sehen.

Sie wischte die Pflanzenreste von der Wachstischdecke auf dem Tisch und warf einen Blick in die Stube. Terese war ganz in ihr Spiel vertieft, die Haare hingen ihr wie zwei Vorhänge vor dem Gesicht. Man konnte jedenfalls nicht behaupten, dass sie ein anstrengendes Kind war, dachte Sylvia. Die meiste Zeit war sie fröhlich, und sie konnte sich stundenlang allein beschäftigen und mit ihren Puppen oder den Plastiktieren spielen.

Im oberen Stock war ein ziemlicher Mief, und Sylvia hätte gern gelüftet, doch sie wollte hinterher kein offenes Fenster vergessen. Schnell nahm sie ein paar Kleider aus der Schublade. Hosen, Pullis, saubere Unterwäsche. Bei den Socken fand sie keine zwei gleichen, daher nahm sie einfach ein paar von denen mit, die keine Löcher hatten.

Auf dem Waschbecken in dem kleinen Bad lag das türkisfarbene Täschchen mit der Kompaktmascara und dem Bürstchen immer noch offen. Sylvia machte es zu und legte es in den Spiegelschrank. In einem Glas stand eine Zahnbürste für Erwachsene, aber sie konnte keine Kinderzahnbürste finden. Im Spiegel fiel ihr Blick auf ihr Gesicht, sie betrachtete sich hinter einem gepunkteten Muster aus weißen Zahnpastaflecken und Fliegendreck. Von einem Wangenknochen bis zur Nasenwurzel verlief ein dunkler Rand. Sie fragte sich, wie lange sie schon so herumlief. Seit Terese bei ihnen war, hatte sie fast keine ruhige Minute gehabt. Vielleicht hatte Maria sich deswegen so eingeengt gefühlt, keine Luft mehr bekommen, aber sie selbst war einfach nur glücklich. Glücklich darüber, dass sie nicht zum Nachdenken kam oder Zeit hatte, in den Spiegel zu gucken, sondern dass sie alles daransetzte, das arme Mädchen bei Laune zu halten, damit sie die Mama nicht allzu sehr vermisste.

Weder im Spiegelschrank noch im Waschbeckenunterschrank

fand sie eine Kinderzahnbürste. Sie nahm an, dass sie vielleicht einfach dieselbe benutzt hatten. Also packte sie Marias Zahnbürste und die Zahncreme in eine Tüte. Sie wollte dem Mädchen eine Zahnpasta hinlegen, die nach Zuhause schmeckte.

# 8.

GRETA SASS IM GÄSTEZIMMER auf dem Bett und beäugte das Stück Papier. Als sie mit den Polizisten im Garten des Berghofs gestanden hatten, hatte sie darum gebeten, es behalten zu dürfen. Sie wollte es sich ganz genau ansehen. Da stimmt was nicht, war ihre erste Reaktion gewesen. Doch sie hatten nur den Kopf geschüttelt. Henrik Sandgren mit besonders mitleidigem Blick, doch das half ihnen auch nicht weiter.

»Wir haben wirklich keinen Grund, anzunehmen, dass es sich hier um ein Verbrechen handelt«, hatte Sandgren gesagt. »Dieser Zettel, und dass Portemonnaie und Mantel im Haus fehlen … Bestimmt ist sie bald wieder zu Hause.«

Da hatte Greta die Wut gepackt, und sie musste die Fäuste ballen, um nicht ganz die Beherrschung zu verlieren. Sie sah Mårten Torstensson, den neuen Polizeikollegen, an. Obwohl er noch recht jung war, haftete ihm mit seinem buschigen Schnurrbart etwas auffallend Derbes, Strenges an. Vielleicht war er weniger naiv als sein Kollege Sandgren, der glaubte, dass hier bei ihnen doch nichts Schlimmes passierte. Schließlich waren sie von der Stadt und deren Kriminalität meilenweit entfernt.

»Aber ich sag doch, sie hat diesen Zettel nicht geschrieben«, sagte Greta deshalb noch mal ausdrücklich zu ihm. »Wenn da nur die Sache mit dem Geldbeutel und dem Mantel wär, gut, aber der Zettel. Das passt einfach nicht zusammen.«

Mårten Torstensson fuhr sich über seinen rötlichen Schnurrbart und schwieg. Irgendetwas irritierte sie, sie konnte nur noch nicht sagen, was, es lauerte in ihrem Unterbewusstsein.

Sandgren war beklommen, lächelte. Er machte Anstalten, Greta die Hand auf den Unterarm zu legen, doch sie wehrte die Geste ab. Da war ihr der Torstensson lieber, dem tat sie wenigstens nicht auch noch leid.

»Hasse hat doch gesagt, dass das Marias Handschrift ist«, erwiderte Sandgren. »Siehst du das anders?«

Greta konnte Hasse nicht mal ins Gesicht sehen. Er stand einfach da, mit hängenden Schultern, und sah dämlich aus, so wie immer.

»Das sieht schon nach ihrer Handschrift aus«, sagte sie. »Aber ich kenn meine Tochter, ich weiß, dass sie das nicht geschrieben hat. Das ist völliger Quatsch.«

»Aber in der gegenwärtigen Situation können wir einfach nichts tun«, sagte Torstensson. »Wenn es etwas Neues gibt, dann werden wir uns natürlich damit befassen, aber so, wie es jetzt aussieht ... sind uns die Hände gebunden.«

Das war zu viel für Greta gewesen, wutschnaubend war sie hinter die Buschrose gerannt und hatte ein Weilchen tief durchgeatmet. Als sie wieder hervorkam, waren die anderen auf dem Weg zum Streifenwagen. Hasse sah sie bekümmert an, aber er wusste, dass er seine Hände jetzt besser bei sich behielt.

Dann hatte sie sich strikt geweigert, sich mit Hasse ins selbe Auto zu setzen, und ging nun allein vom Berghof nach Hause. Lief mit energischen Schritten den Hang hinunter zur Brücke, wo er an ihr vorbeifuhr, die Scheibe heruntergekurbelt. Er wurde langsamer. Dieses widerwärtige Gesicht.

»Steig ein, Greta«, sagte er.

»Ich darf doch wohl zu Fuß nach Hause gehen, wenn ich will, Hasse? Oder? Darf ich das nicht?«

Ihre Stimme versagte. Sie wollte nicht mit ihm reden. Sie würde nur in Tränen ausbrechen, und dabei war sie gar nicht traurig, sie war wütend.

Er fuhr davon, und sie blickte dem Wagen hinterher, verfolgte die Scheinwerfer im Straßenstaub, bis er beim Gutshof um die Ecke bog. Da blieb sie an der Brücke stehen und blickte in das schwarze Wasser hinab, das in einem Tunnel aus wildwucherndem Grün verschwand, versuchte, beim Rauschen des Wassers zur Ruhe zu kommen. Wie oft hatte sie schon hier auf der Brücke gestanden und versucht, sich abzuregen, wenn sie von Maria kam. Dafür musste es gar nicht Sommer sein, das brausende Wasser zwischen den wintervereisten Dammschleusen hatte denselben Effekt, doch diesmal half es nicht.

Am liebsten hätte sie laut losgebrüllt, doch das war nicht ihre Art, so ein Mensch war sie nicht.

Maria hatte diesen Ort nicht freiwillig verlassen. Da war sich Greta ganz sicher. Und das jagte ihr so eine Angst ein, dass sich ihr der Magen umdrehte und jeder Bissen, den sie sich in den Mund schob, so groß wurde, dass sie ihn nicht hinunterbrachte. Aber an ihrer Mordswut waren die Reaktionen der anderen schuld. Dass sie ihr einfach nicht glauben wollten. Nicht dem untrüglichen Bauchgefühl einer Mutter trauten, wenn es um ihr Kind ging. Nicht einmal ihr Ehemann, der vom ersten Tag an dabei gewesen war, der sie gesehen hatte, wie sie da im Krankenhausbett gelegen hatte, das neugeborene, kleine Bündel an der Brust, der gesehen hatte, wie Gretas Blick sich mit einem Mal von ihm wegbewegte und sich an diesen Säugling heftete, dessen winzige Hände ihren Daumen umklammerten und dessen Mund nuckelnd nach ihrer Brust suchte, nicht einmal er wollte ihr glauben.

Neun Monate hatte sie dieses Kind in ihrem Körper getragen, hatte bereits Leben in sich gespürt, als Hasse noch gar nicht mitbekommen hatte, dass er Vater werden würde, sie hatte den süßen Duft des Babyköpfchens inhaliert, jedes Wimmern der Kleinen wie einen Messerstich im eigenen Körper wahrgenommen, war bei der kleinsten Bewegung in der Wiege schon aufgewacht und hatte tröstend die Hand ausgestreckt, während Hasse einfach im Bett neben ihr lag und seelenruhig weiterschlief.

Und trotzdem stellte er ihr Bauchgefühl infrage. Trotzdem taten das alle.

Sylvia und Kjell, die mit ihr losspaziert waren, bis sie nicht mehr konnten, natürlich hatte sie ihre Blicke bemerkt, ist sie jetzt vollkommen übergeschnappt, hatten sie gedacht. Und dann Hasses bekümmerte Miene, wie er sie angesehen hatte, als sei das etwas, was sie doch akzeptieren müsse.

Jetzt hockte sie im Gästezimmer, mit geschlossener Tür. Sie hatte sie nicht abgeschlossen, das war nicht nötig. Er würde sowieso nicht ins Zimmer kommen. Dafür war er viel zu feige.

Die Schrift auf dem Stück Papier sah unfraglich nach Marias

Handschrift aus. Greta ließ ihren Blick über die Zeilen wandern.

*Manchmal ist mir einfach alles zu viel. Ich kann nicht mehr, ich bin doch viel zu jung für ein Kind, ich will doch noch leben!*

Ihre hübsche kleine Handschrift. Damals war sie noch fleißig gewesen, die Lehrerin hatte ihr in die Schreibfibel sogar Sternchen geklebt, zur Belohnung. Bei der Erinnerung kniff Greta die Augen zu, ihr Mund verzog sich gequält. Wie stolz Maria damals gewesen war, als sie ihr die kleinen Goldsternchen ganz unten auf der Seite gezeigt hatte. Das war auch das einzige Mal, dass es bei Maria in der Schule richtig gut lief.

Die Handschrift war dieselbe, da musste Greta ihnen recht geben. Der Rest hingegen stimmte nicht. Sie bezeichneten es als eine Art Brief, doch die Anrede fehlte. Das waren einfach nur drei Sätze auf einem Stück Papier. An den Kanten abgerissen. Wenn sie in der Mittsommernacht wirklich übereilt ein Stück Papier irgendwo herausgerissen hätte, hätte sie dann noch so ordentlich schreiben können? Müsste ihre Schrift nicht viel krakeliger sein, wenn sie das in betrunkenem Zustand geschrieben hätte? Das hatte Greta auch zu Mårten Torstensson gesagt, und er hatte auf den Fersen gewippt und die Unterlippe vorgeschoben, fast hatte sie einen Funken Hoffnung verspürt. Doch damit war's das auch schon gewesen.

Ein behutsames Klopfen riss sie aus ihren Gedanken.

»Greta?«, hörte sie von draußen. Sie gab keine Antwort.

»Ich hab was zu essen gemacht, Greta. Möchtest du was?«

Seine schüchterne Stimme regte sie auf. Als hätte sie den Verstand verloren.

»Ich will nichts«, rief sie durch die geschlossene Tür.

»Bitte, du hast den ganzen Tag noch nichts gegessen.«

Am liebsten hätte sie geantwortet, dass sein Essen ungenießbar war, auch für jeden anderen, der nicht so was durchmachte, doch sie hielt den Mund.

»Lass mich einfach in Frieden. Könntest du bitte so nett sein?«

Seine Schritte verklangen in Richtung Küche, und da erhob sie sich vom Bett. Es war so offensichtlich, alle wollten nur still dahocken und abwarten, bis Maria von allein wieder auftauchte. Wenn etwas geschehen sollte, musste sie es selbst in die Hand nehmen.

Greta ging in den Flur, und als ihr der Essensgeruch in die Nase fuhr, wurde ihr schlagartig übel. Vielleicht hatte er sich etwas in der Mikrowelle aufgewärmt, die er ihr mal mitgebracht hatte. Sie hatte sich nie getraut, dieses Ding zu benutzen. Sie warf sich eine Strickjacke über und hastete aus dem Haus, bevor Hasse nachfragen konnte, was sie vorhatte. Als sie auf der Straße stand, hörte sie, wie hinter ihr die Tür aufging und er ihren Namen rief, doch sie lief einfach schnurgerade weiter.

Sie wollte Göran und Thorhild einen Besuch abstatten. Göran war in der Mittsommernacht nicht zu Hause gewesen. Es hieß, er habe in Nettans Keller geschlafen.

Möglicherweise hatten sie, nachdem Greta ihnen auf die Schliche gekommen war, ihr unanständiges Gegrabsche da unten im Keller fortgesetzt, aber es gab auch noch andere Möglichkeiten. Greta kannte sich mit Männern aus, wusste genau, was geschah, wenn sie zu tief ins Glas geblickt hatten. Göran, mit seinem aufgeschwemmten Gesicht, dem schweinchenrosafarbenen Teint und dem strähnigen, blonden Haar, das in Greta sofort den Impuls auslöste, ihn unter den Wasserhahn zu zerren. Verfilzt und fettig. Es überstieg ihre Vorstellungskraft, wie jemand freiwillig mit so einem Mann ins Bett steigen konnte. Wahrscheinlich lag es an diesem lächerlichen Schnurrbart?

Der Volvo und der Fiat standen vor dem Haus, also mussten sie da sein. Greta ging durchs Gartentor und warf wie immer einen Blick auf die Beete. Zwischen den Mauerglockenblümchen und der Akelei sah die Erde immer frisch geharkt und feucht aus. Kleine, blaue Schlackensteine lagen auf dem Kiesweg wie Schmuckstücke, die jemand verloren hatte. Greta hatte Thorhilds Garten, in dem man zu jeder Jahreszeit die prächtigsten Blüten bestaunen konnte, schon immer bewundert, und einmal hatte sie das auch kundgetan. Von da an brachte Thorhild ihr immer wieder Briefumschläge mit Samen und junge Setzlinge vorbei.

Nun klopfte Greta an die ockergelbe Tür, und drinnen schlug

der Hund an. Sie bemerkte, dass sich hinter der Gardine etwas rührte, doch konnte nicht erkennen, wer das war. Nach einer Weile ging die Haustür auf. Es war Thorhild. Eine mehlbestäubte Schürze saß über einem kurzärmeligen, langen Kleid, das ihr offensichtlich zu eng geworden war. Ihr Busen quoll oben über den Saum. Als sie Greta erblickte, bekam sie hektische Flecken im Gesicht, und Greta fragte sich, aus welchem Grund. Ob sie womöglich etwas wusste?

»Ist Göran da?«

Thorhild fuhr sich mit dem Handrücken über die Stirn, jetzt klebte Mehl an ihrem Pony. Dann drehte sie sich langsam um, als wolle sie nachschauen, aber Greta hatte den Eindruck, dass sie einfach nur Zeit gewinnen wollte.

»Ja, er ist da«, erwiderte Thorhild, als hätte der leere Flur ihr eine Antwort gegeben. »Gibt es Neuigkeiten von Maria?«

Irgendwas an ihrer Stimme war komisch, irgendwas klang falsch, oder lag das doch nur an ihrem leichten norwegischen Akzent?

»Ich möchte mit Göran sprechen«, sagte Greta.

Da war Farbe auf Thorhilds Wangen. Ihre Augen wurden fahler hinter ihrer Brille und hatten jetzt etwas Flehendes. Sie senkte die Stimme.

»Darf ich fragen, worüber?«

»Du kannst dabei sein, wenn ich mit ihm rede.«

»Ja, gut, dann komm erst mal rein«, sagte Thorhild und war plötzlich ganz rege. »Möchtest du eine Tasse Kaffee? Ich backe auch gerade Hefeschnecken, die sind gleich fertig.«

»Nein danke«, sagte Greta und machte einen Schritt in den Flur. Sie zog ihre Schuhe aus und stellte sie ordentlich aufs Regal, obwohl Thorhild beteuerte, dass das wirklich nicht nötig sei, es sei doch sowieso dreckig im Haus. Was absolut nicht stimmte, denn innen war alles so piksauber wie draußen vor der Haustür.

Auf dem Kaminsims stand Kupfergeschirr aufgereiht, das blitzeblank war, und dazwischen lagen kleine Schlackesteine und glänzten wie Edelsteine, und an der Wand hingen Wandbehänge mit Sommermotiven. Der Boden war rein, die Flickenteppiche sahen neu aus, und auf der Tischdecke war kein einziger Fleck zu beanstanden. Die Tageszeitung *Dala-Demokraten* lag ordentlich zusammengefaltet neben einer Zuckerdose aus Weidengeflecht.

Greta setzte sich auf das Küchensofa, und Thorhild ging zur Treppe und rief Göran. Aus dem Nebenzimmer waren Geräusche eines Fernsehprogramms zu hören. Greta erkannte die Stimmen aus dem Film *Bernard und Bianca* sofort, denn Maria legte ihrer Kleinen das Video auch immer ein. Jetzt in die Glotze schauen, mitten im Sommer. Thorhild erkundigte sich noch einmal, ob sie ganz sicher keinen Kaffee wolle.

»Nein«, antwortete Greta. »Aber sag doch mal deinen Kindern, dass sie lieber rausgehen sollen.« Kopfschüttelnd blickte sie zum Nebenzimmer, in dem Moment kam Göran die Treppe hinuntergerannt. Er trug enge, kurze Jeansshorts und ein weißes T-Shirt, auf dem in verschnörkelter, schwarzer Schrift *Dalshyttan* auf Brusthöhe stand. Die goldene Halskette, die er trug, wirkte fehlplatziert. Als er Greta erblickte, verzog sich sein Mund unter dem bauschigen Schnurrbart erschrocken zu einem Kreis, und aus seinem Gesicht verschwand alle Farbe. Das musste jetzt gar nichts zu bedeuten haben, so viel war ihr klar. Vielleicht befürchtete er nur, dass sie gekommen war, um zu petzen, was sie in Marias Schlafzimmer zu Gesicht bekommen hatte. Die schwitzenden Körper, die Geräusche. Körper und Fleisch. Die Bilder, die in ihrer Erinnerung auftauchten, hatten etwas Animalisches, weshalb sie jetzt eher peinlich berührt war als wütend.

»Greta will dich sprechen«, sagte Thorhild betreten.

»Aha!« Er stemmte die Hände in die Seiten, und sein Brustkorb hob sich deutlich sichtbar von seinen Atemzügen. »Worum geht es denn?«

»Setz dich doch mal hin, dann sprechen wir in Ruhe.« Greta wies auf den Stuhl auf der anderen Tischseite.

Thorhild grinste verlegen und hob ein Geschirrtuch an, unter dem ein Blech mit rohen Hefeschnecken zum Vorschein kam. »Ich lass euch in Ruhe. Die Schnecken müssen frühestens in einer Viertelstunde in den Ofen.«

Sie rief die Kinder und ging gemeinsam mit ihnen aus dem Haus.

Sie will lieber nichts davon wissen, dachte Greta. Oder wollte sie sie heimlich belauschen? Göran setzte sich auf den Stuhl und hob auf übertrieben dramatische Weise die Augenbrauen.

»Und? Was hast du auf dem Herzen?« Er atmete immer noch flach in die Brust.

Sie inspizierte ihn genauso kritisch, wie sie die Seitenstreifen der Straße inspiziert hatte. Jeder noch so kleine Hinweis konnte wichtig sein.

»Wann hast du Maria am Mittsommerabend zuletzt gesehen?«

Göran runzelte die Stirn, die Brauen wanderten hinauf, sein Atemrhythmus geriet durcheinander und wirkte unnatürlich. Kleine, glänzende Tröpfchen traten ihm auf die Stirn.

»Ja, wann hab ich sie zuletzt gesehen?«, sagte er beim Einatmen, und seine Hand griff ans Goldkettchen. »Wahrscheinlich, bevor ich nach Hause gegangen bin. Da muss es so grob ein Uhr gewesen sein.«

»Dann bist du nach Hause gegangen?«

»Ja, oder nein, ich bin ja zu Nettan gegangen. Hab sie heimgebracht, damit sie nicht allein gehen musste. Bin dann bei ihr im Keller eingepennt.«

Inzwischen war sein Gesicht knallrot.

»Und das war ungefähr um eins?«

Jetzt entlud sich all die eingeatmete Luft in einem kräftigen Ausatmungsstoß.

»Ja, ich glaube schon.«

»Denn als du mit Nettan in Marias Schlafzimmer zugange warst, war es zehn Uhr. Habt ihr weitergemacht, als ich weg war?«

Ihre Stimme knochentrocken und schonungslos. Es war ihr nicht peinlich. Und er tat ihr auch nicht leid, wie er da mit Schweißflecken an den Achseln vor ihr saß und ängstliche Blicke zur Tür warf, durch die seine Frau soeben verschwunden war. Hockte sie jetzt im Flur und hörte jedes einzelne Wort mit, oder war ihr Selbsterhaltungstrieb so stark, dass sie sich außer Reichweite befand? Greta war es vollkommen egal.

Göran senkte die Stimme und beugte sich vor.

»Greta, das war nur ein einziges Mal. Im Suff. Das wird nicht wieder vorkommen.«

»Erzähl das, wem du willst. Mich interessiert es auch überhaupt nicht, was für Schweinereien ihr da treibt. Ich will wissen, was du mit Maria gemacht hast!«

»Ich hab nichts mit Maria gemacht!«

Kam diese Antwort nicht ein wenig vorschnell? Greta schwieg, betrachtete ihn, wie er nun anfing, mit den Fingern seinen Schnurrbart zu zwirbeln.

»Wirklich nicht, Greta.«

»War Nettan da im Keller bei dir?«

Jetzt allerdings zierte er sich mit der Antwort. Eine ganze Weile hockte er nur da und schwieg.

»Nur kurz«, sagte er schließlich. »Dann ist ja Rolf nach Hause gekommen, mitten in der Nacht, von dieser Geschäftsreise. Also ist sie hoch zu ihm.«

»Aber du bist da unten im Keller geblieben?«

Er nickte, auffallend heftig, stellte sie fest.

»Muss da eingepennt sein.« Seine Zungenspitze fuhr über die Lippen. Seine Pupillen wurden von dem hellen Licht, das durchs Fenster fiel, immer winziger. Maria fand, er bekam Ähnlichkeit mit einer Schlange.

»Du hast Maria nicht mehr getroffen?«

Er begann, sich die Hände zu reiben.

»Nein, ich hab sie nicht mehr gesehen.«

Die Gefühle, die in ihr aufkamen, blieben stumm. Sie sah bildlich vor sich, wie er am Zaun vor dem Berghof lungerte und mit ihrer Tochter plauderte, wie seine gierigen Augen dabei leuchteten, wie sie Marias Körper abtasteten, sobald Greta ihm den Rücken kehrte, wie sie das getan hatten, seit ihre Tochter im Teenageralter war.

Als Göran und Thorhild hierhergezogen waren, hatte sie ihn eigentlich ganz sympathisch gefunden, er hatte ihnen geholfen, das Wasser umzuleiten, wenn vor ihrem Grundstück wieder Überschwemmung war, und er fragte Hasse immer, ob er zum Angeln mitkommen wolle.

Doch als Maria etwa dreizehn war, fiel ihr auf, wie lüstern er sie angaffte, und das würde sie ihm nie verzeihen. Und als Maria auf dem Berghof eingezogen und in einem Alter war, dass man es nicht mehr als illegal betrachten konnte, machte er nicht einmal mehr einen Hehl daraus. Nie wurde er auf eine Tasse Kaffee eingeladen, trotzdem stand er so lange wie möglich da, obwohl sein Hund an der Leine zerrte und zog.

Hätte er sie in angetrunkenem Zustand in Ruhe gelassen? Das konnte sich Greta kaum vorstellen. Hatte er sie von den anderen weggelockt und war über sie hergefallen? Hatte Maria so viel Widerstand geleistet, dass er sie womöglich zum Schweigen bringen musste?

Bei der Vorstellung schossen ihr die Tränen in die Augen, aber sie wusste, dass sie die Einzige war, die solche Gedanken zuließ. Hasse hockte noch immer da und tat so, als würde er glauben, dass Maria irgendwann von allein wieder auftauchen würde. Nicht einmal die Polizeibeamten schienen etwas in der Richtung zu denken. So etwas Schreckliches in ihrem kleinen Ort, nein, das wollten sie sich nicht vorstellen.

Greta erhob sich vom Tisch, ohne Göran eines Blickes zu würdigen, sie spürte, wie er sie beobachtete, aber er sagte kein Wort. Sie war wütend. Diese Fragen wären eigentlich Sache der Polizei gewesen. Möglicherweise hatte sie jetzt etwas angerichtet und die falschen Dinge gefragt, ihn darauf gebracht, seine Version noch einmal zu überdenken und plausibler zu machen.

Im Flur lag der große Schäferhund. Als Greta zur Tür hinaus kam, hob er den Kopf. Von Thorhild keine Spur, wahrscheinlich war sie im Obergeschoss und schrubbte die Zimmer und tat so, als führte sie eine glückliche Ehe.

Greta verspürte einen Anflug von Mitgefühl, doch dann streckte sie den Rücken durch. Thorhild musste einem nicht leidtun. Die hatte schließlich all ihre Kinder im Haus. Jetzt würde Greta sich Nettan vorknöpfen. So hätte ein Kommissar das doch wohl gemacht? Görans Aussagen überprüft, bevor er sich mit Nettan absprechen konnte.

Mit geschlossenen Augen saß Nettan gemütlich zurückgelehnt in einem Gartenstuhl, als Greta den Hof des Kaufmannshauses betrat. Über den Schultern hatte sie ein schwarzgrundiges Tuch mit grün und rot gesticktem Blumenmuster. Überrascht blickte sie auf, als Greta vor ihr stand. Von Rolf und den Kindern keine Spur.

»Du lässt es dir ja gut gehen.« Greta zeigte auf das Glas Wein, das vor ihr stand.

Nettan versuchte ein Lächeln, doch ihr war anzusehen, wie sehr sie sich schämte. Hier saß sie ganz entspannt und trank Wein, während Greta nach ihrem einzigen Kind suchte.

»Hast du was von ihr gehört?«

Sie zog für Greta einen Stuhl vom Tisch, und Greta setzte sich. Ihre Waden taten weh, und ihr Kopf war schwer.

»Nein. Das werd ich auch nicht.«

Über Nettans Nase bildeten sich kleine Runzeln.

»Warum sagst du das?«

»Eine Mutter weiß so was.«

Das sagte sie mit energischem Ton, obwohl ihr klar war, dass Nettan es nicht kapieren würde. Nettan nahm einen Schluck Wein, und Greta erkannte an ihren Bewegungen, dass es nicht das erste Glas war.

»Sie kommt wieder zurück. Ich würde es spüren, wenn ihr etwas zugestoßen wäre.«

»Spüren?«

Nettan lehnte sich zurück und strich ein paar Samen vom Tisch, die von den Birken nebendran herübergeweht waren.

»Wenn etwas passiert ist, hab ich's immer gleich gespürt. Ich krieg Schmerzen in den Knien. Das klingt vielleicht komisch, aber weißt du noch, vor ein paar Jahren, als dieses schlimme Zugunglück in Borlänge war, da hab ich es in den Knien spüren können, bevor ich davon gehört hab, was los war.«

Greta schnaubte, doch Nettan schien keine Notiz davon zu nehmen. Sie hob nur wieder das Glas zum Mund und nahm einen großen Schluck, dann fuhr sie fort.

»Das war genauso, als meine Großmutter gestorben ist. Ich

hab tagelang Schmerzen gehabt, und dann ist sie gestorben. Hab's erst danach erfahren.«

Sie beugte sich vor und wollte Greta die Hand streicheln. Greta dachte, wie unnatürlich lang Nettans Zähne aussahen, und zog ihre Hand reflexartig zurück. Sie wollte Nettan mit ihrem abergläubischen Gefasel nicht noch bestärken. Eigentlich mochte sie sie ja. Schon von Anfang an, seit ihr Umzugswagen vor der Tür gehalten hatte und sie mit ihren Zwillingsbabys ausgestiegen waren. Den großgewachsenen, lauten Rolf, der dienstlich oft ins Ausland reisen musste, der im Auto ein Telefon hatte. Das war ein großer orangefarbener Kasten, den er abends immer ins Haus trug. Alle im Dorf hatten gestaunt und waren schwer beeindruckt gewesen. Und trotzdem war Rolf gesellig und unkompliziert, über seine Witze konnte sogar Greta laut lachen. Und Nettan, die Lehrerin, die etwas von einer grauen Maus hatte und immer herumwuselte, zu viel redete und keinen Alkohol vertrug, was nicht weiter schlimm war. Sie fing zwar schnell an zu kichern und brachte die Vokale nicht mehr sauber heraus, aber in der Regel ging sie dann bald ins Bett, sie stellte nichts an, wie manch anderer. Dieses Mal war es natürlich etwas anderes gewesen. Manchmal täuschte man sich in den Menschen.

»Ist Göran am Mittsommerabend hier gewesen?«

Nettan schüttelte lange den Kopf, und Greta wurde misstrauisch. Hatte Göran es doch noch geschafft, mit ihr Kontakt aufzunehmen?

»Was da passiert ist in der Mittsommernacht. Das war ein Fehler. Ich war betrunken. Und ...« Jetzt flüsterte sie nur noch. »Du weißt doch, Rolf ... er ist so viel weg.«

»Willst du damit sagen, dass Göran in der Nacht nicht hier bei dir im Keller war?«

»Es wird nicht wieder vorkommen, Greta.«

Greta sprang von ihrem Stuhl auf und packte Nettan an den Handgelenken.

»Aber war er denn hier? Mehr will ich von dir doch gar nicht wissen. Kannst du mir bitte mal antworten!«

Nettan war erschrocken. Vorsichtig versuchte sie, sich aus

Gretas Griff zu befreien, und Greta ließ los, atmete auf und setzte sich zurück auf den Stuhl. In ihrem Kopf drehte sich alles. Langsam verlor sie die Kontrolle über sich selbst.

»Er ist gekommen, als ich die Kinder ins Bett gebracht hatte.« Sie blies sich eine Locke aus dem Gesicht. »Und dann war Rolf plötzlich viel früher zu Hause. Hat noch den letzten Platz in diesem Flieger gekriegt. Da bin ich dann hoch zu ihm.«

»Bist du danach noch mal runter?«

Nettan schüttelte den Kopf, ihre Stimme war mickrig. »Nein. Bin ich nicht. Wie hätte das ausgesehen? Rolf war ja da.«

»Göran hat mir gesagt, er hat auf dich gewartet.«

»Ach ja? Ich bin trotzdem nicht noch mal runter.«

Greta ballte im Schoß die Fäuste.

»Hast du ihn dann am nächsten Morgen gesehen?«

»Nee«, sagte Nettan. »Ich hab gedacht, er ist heimgegangen.«

»Aber du hast ihn nicht weggehen sehen?«

Nettan holte tief Luft und starrte auf den Kies, als könnte sie Greta nicht in die Augen sehen. Dann trank sie ihr Weinglas aus.

»Nee. Ich hatte keine Ahnung, dass er noch da war. Ich hab gedacht, er wär heimgegangen, als ich nach oben bin.«

Greta stand auf und schob ihren Stuhl an den Tisch.

»Aber Greta«, sagte Nettan. »Ich spür diesen Schmerz nicht. Sie wird zurückkommen.«

»So ein Blödsinn«, sagte sie. »Du weißt gar nichts.«

Dann ging sie, lief den anderen Weg runter, überquerte die Straße, rüber zur Weide, von wo man zum Schlackenhügel kam. Die hohen Gräser schlangen sich ihr um die Beine, und schwallartig flogen aus den Grasbüscheln Insekten auf.

Ihr war klar, dass Nettan sie von oben beobachtete und dass die Telefonleitungen gleich heißlaufen würden und das Gerücht, Greta sei völlig übergeschnappt, innerhalb einer Stunde bei allen Nachbarn die Runde gemacht hätte. Doch das war ihr egal. Ihr hoher Puls vertrieb alle Angst vor Schlangen, und sie pflügte sich vorwärts durchs Gestrüpp, dachte an die sieben verschiedenen Wildblumen, die sie gepflückt hatten, Maria und sie, als Maria noch klein war, dachte an ihr niedliches, kleines Kindergesicht auf dem Kopfkissen und dann an Görans rotes, aufgedunsenes Gesicht und das speckige Haar auf demselben Kissen, während Nettan auf ihm ritt und keuchte. Jahrelang hatte er Maria hinterhergelechzt. An jenem Abend wurde er zweimal beim Beischlaf gestört. Zwei Mal hatten Nettan und er die Sache nicht zu Ende bringen können. Vielleicht hatte ihn da die Lust übermannt, als er ganz allein unten im Keller lag, vielleicht hatte er da seine Lust auf Maria nicht mehr beherrschen können? Und war dann zurück aufs Fest gekommen und hatte sie in eine Falle gelockt?

Greta bestieg die Schlackenhalde, und während sie versuchte, auf dem steinigen Gelände entlangzubalancieren, dachte sie: Hier ist er langgegangen. Damit er keinem über den Weg läuft. Dann hat er sie hergerufen. Vielleicht hat sie sich von drinnen noch den Mantel geholt, weil es inzwischen kühl geworden war. Vielleicht lag ihr Portemonnaie noch rein zufällig in der Manteltasche. Vielleicht waren alle schon nach Hause gegangen, und sie hat gerade ihre letzte Zigarette geraucht, da ist er aufgetaucht. Und als er von ihr nicht bekommen hat, was er wollte, hat er sie hier niedergeschlagen, genau hier.

Im Zickzack lief Greta die Halde ab, zog immer engere Kreise, je näher sie dem Hof kam, sah das von ihren eigenen Füßen zertrampelte Gras, während sie weiter vor- und zurückmarschierte.

Als sie die Rückseite des roten Holzhauses erblickte, klopfte ihr Herz noch heftiger. Das Vogelgezwitscher und das Surren von den Bäumen und den Insekten verklang, und ein dumpfes Pfeifen in den Ohren blockierte ihre Wahrnehmung. Ihr wurde schwarz vor Augen, und sie musste stehen bleiben und sich hinhocken, um nicht umzukippen. Nach einer Weile setzte sie ihren Weg fort. Das Bild war so glasklar vor ihren Augen erschienen, unfassbar, dass sie es nicht in Wirklichkeit gesehen hatte.

Ihre Maria auf dem Boden, im Gras, das hier die Steine überwucherte. Die Beine unnatürlich abgespreizt, im einen Mundwinkel Blut, der Mantel halbseitig aufgerissen, das türkisfarbene Kleid zerfetzt und ihre Brüste entblößt, geronnene

Blutspuren an den Innenseiten ihrer Schenkel, die Augen weit aufgerissen, glasartig.

Erst als sie die Tür zum Heizungskeller erreicht hatte, wo die Schlackenhalde endete, hielt sie keuchend an und begann zu schluchzen. Sie ließ sich auf der Holztreppe nieder, die Hasse für Maria geschreinert hatte, damit sie besser an den Heizkessel kam, und vergrub den Kopf in den Händen, während ihr die Tränen übers Gesicht liefen. Keine Maria auf der Halde. Keine vergewaltigte, ermordete Maria zwischen den grünblauen Schlackesteinen, die immer schwärzer wurden, und dem wilden Wiesengras.

Das war eine Erleichterung, aber gleichzeitig eine herbe Enttäuschung.

Denn Göran hatte kein Alibi. Und diese Leere, die sie in sich spürte, schrie mit jeder Sekunde lauter.

Maria war nicht freiwillig fortgegangen.

Ihr war etwas zugestoßen. Jemand hatte ihr etwas angetan.

# 9.

MEHR ALS EINE WOCHE war inzwischen vergangen. Maria war immer noch fort.

Kjell hatte schon drei Tage verstreichen lassen, ohne ein Wort. Hatte zugesehen, wie Sylvia am Herd stand und Fleischwurst briet und Nudeln abkochte, Eierpfannkuchen im Ofen zubereitete und Fischstäbchen aufwärmte. Wie sie Eis servierte und Popcorn herstellte, dass der Herd voll von Ölspritzern war. Wie sie Spaziergänge unternahm und Walderdbeeren pflückte, die es dann mit Milch zu essen gab. Mitunter Videokassetten von Nettan und Thorhild auslieh und die ganze Zeit neben der Kleinen saß. Wie sie das Kind abtrocknete und die kleinen Finger wusch. Gute-Nacht-Geschichten vorlas und sie zudeckte. Wie sie Moss völlig darüber vergaß. Er stand im Hundezwinger und wedelte mit dem Schwanz und bellte, doch sie nahm gar keine Notiz von ihm. Kjell musste ihn abends nach der Arbeit selbst ausführen, noch die große Runde mit ihm drehen, wenn er aus dem Gestank und der Hitze des Walzwerks von Smedjebacken heimkam und sich lieber erst einmal mit einem kühlen Bier auf den Balkon gesetzt hätte.

Er hatte die Frist im Auge, wollte sie das aber nicht spüren lassen, nicht dass sie ihn für kleinlich hielt. Also ließ er die Tage verstreichen und hielt den Mund. Er wollte auch wissen, ob sie selbst noch an ihr Versprechen dachte. Eine Woche. Doch die Tage vergingen, und sie sprach es nicht an.

Am Samstagabend hockte er allein auf dem Balkon, mit seiner Zigarette und seinem Bier in der Hand, und Sylvia spielte mit Terese in der Küche. Der andere Stuhl an ihrem kleinen Bistrotisch war leer. Er vermisste sie. Heute Abend musste er mit ihr reden. Sobald das Kind schlief. Maria hatte es sattgehabt, sich um ein Kind zu kümmern. Hatte ihr Leben genießen wollen. Natürlich konnte die Kleine einem leidtun. Und Sylvia tat, was sie konnte, um die Sehnsucht des Kindes nach der Mutter nicht zu befeuern. Doch die Fragen, die Terese beim Essen immer wieder stellte, versetzten auch ihm einen Stich.

»Wann ist Mama wieder da?«

»Bald«, sagte Sylvia, und dann kamen die Süßigkeiten auf den Tisch, um sie abzulenken. »Sie ist nur für eine Weile verreist.«

Kjell drückte seine Zigarette aus und sah in die Küche. Sylvia und Terese waren nicht da. Wahrscheinlich brachte sie die Kleine gerade ins Bett.

Er stand auf und lehnte sich übers Balkongeländer. Sein Blick fiel auf das Vogelhäuschen, das ein Stück weiter auf einem Brett befestigt war. Er hatte es extra für sie gebaut, nach ihrer Zeichnung. Nur ein paar Kleinigkeiten hatte er ändern müssen, damit es auch stabil war. Er schmunzelte, als er daran dachte, wie sie immer auf dem Küchensofa gekniet hatte, sein Bestimmungsbuch aufgeschlagen vor ihr, wie ihr Blick zwischen Vogelhäuschen und Buch hin- und hergesprungen war, und dann ihr Freudenschrei, wenn sie fündig geworden war. Die dazugehörigen Vogelstimmen kannte sie von der Kassette, und sie hatte sogar gelernt, den Gesang von Drosseln und Grasmücken zu unterscheiden. Inzwischen kannte sie bei den kleineren Arten mehr Vögel als er. Auch die Namen der Seen und Gewässer in der Gegend hatte sie alle gelernt, und daher bog sie ohne mit der Wimper zu zucken im Wald vom Weg ab, verließ die Pfade und wanderte querfeldein. Sie schien einen inneren Kompass zu besitzen, der sie immer ans Ziel führte.

Stundenlang konnte sie unterwegs sein, und in der ersten Zeit hatte er sich noch Sorgen gemacht, doch das legte sich bald. Ihm gefiel es, wie sie das tat. Sie hatte seine Welt so lieb gewonnen, wie er es niemals erwartet hätte, als er sie kennengelernt hatte. Die Künstlerin, immer modisch gestylt. Er musste grinsen, wenn sie in ihren Markenklamotten in den Wald ging, mit Gummistiefeln, in denen noch Farbkleckse waren. Aber sie schien im Wald eine bessere Orientierung zu haben als er, sogar in der Dunkelheit fand sie sich zurecht.

Als sie sich in einer Kneipe in Smedjebacken an einem warmen Frühlingsabend im Jahr 1982 begegnet waren, hatte sie ihn angelächelt, als wären sie alte Freunde. Sie fiel auf. Ihr war anzusehen, dass sie herumgekommen war. Sie trug eine rote Umhängetasche und eine lange gewebte Weste mit Fransen. Als er sich zu ihr an den Tisch gesetzt hatte, hatte sie sich vorgebeugt und sich von ihm Feuer geben lassen, als seien sie bereits ein eingespieltes Team.

Er wollte vom ersten Augenblick an, dass das mit ihnen was Ernstes wird.

An jenem Abend war er mit ihr nach Hause gegangen, und jede Berührung war neu und unbeholfen gewesen, er war sich wie ein Loser vorgekommen. Aber schon am nächsten Tag klingelte sein Telefon, und am Apparat war sie. Es dauerte nur ein paar Monate, dann zog sie bei ihm ein. Seine Mutter hatte die Sache kritisch beäugt, so wie das ihre Art war, doch mit der Zeit hatte sie sich daran gewöhnt. Er schmunzelte über die Erinnerungen aus ihrer Anfangszeit.

Schon früh begann Sylvia von Kindern zu reden, und er hätte ihr vermutlich jeden Wunsch erfüllt, um sie glücklich zu machen. Jetzt wurde ihm klar, dass das seiner romantischen Verklärtheit zuzuschreiben war, denn damals sah er noch ganz durch die rosarote Brille. *Du bist genauso eigensinnig wie deine Tante, deshalb gefällt es dir so gut, da draußen bei den Zwergen zu leben*, hatte seine Mutter mal gesagt. Möglicherweise hatte sie recht.

Denn so, wie es jetzt war – das war nicht richtig, und er hatte nicht vor, sie damit durchkommen zu lassen.

Es war ihm ein Dorn im Auge, wie sie sich von dem Kind vereinnahmen ließ. Wäre es um ihr eigenes Kind gegangen, wäre es etwas anderes gewesen. Aber dieses Kind war fremd. Das war einfach nicht normal.

Jetzt sah er sie in die Küche kommen, sie begann in der Spüle zu hantieren. Er öffnete die Balkontür.

»Kommst du? Hier steht schon ein Bier für dich.«

Sie lächelte, mit leichter Verzögerung.

»Gleich. Ich will nur noch kurz Ordnung schaffen.«

Er lehnte die Tür wieder an und lauschte ihrem Geschirrgeklapper und dem Wasserrauschen in der Spüle. Sie schob immer alles auf. Zuerst die Dinge, die Spaß machten, alles Unbequeme kam zum Schluss. Aber nicht heute.

Schließlich erschien sie. Er öffnete ihr die Bierflasche, und sie pustete sich den Pony aus der Stirn und griff nach der Zigarettenschachtel, dann lehnte sie sich zurück und setzte die Flasche an die Lippen. Sie lächelte ihn an, mit wachen, klaren Augen.

»Was für ein Tag! Ich bin total fertig.«

Das war die Gelegenheit, den Stier bei den Hörnern zu packen.

»Jetzt ist es wirklich an der Zeit, dass Greta die Kleine wieder übernimmt, bis Maria auftaucht«, sagte er.

Sylvia schloss die Augen und ließ den Rauch langsam durch die geöffneten Lippen entweichen.

»Es ist schon mehr als eine Woche vergangen. Jetzt ist es wirklich genug«, fuhr er fort.

Sie schlug die Augen wieder auf und blickte ihn an, ein amüsiertes Glitzern in den Augen, das ihn provozierte. Vermutlich dachte sie, sie hätte ein leichtes Spiel.

»Du musst doch überhaupt nichts tun. Ich kümmere mich um alles, Kjell. Warum kann sie nicht einfach hierbleiben?«

Sie legte ihre Hand auf seinen Arm, und er musste an sich halten, ihn nicht wegzuziehen.

»Weil es nicht richtig ist«, sagte er und trank den letzten Schluck Bier aus, dann saß er da mit der leeren Flasche zwischen den Knien. Es wusste, dass es um mehr ging, als was richtig oder falsch war, denn er selbst wurde gerade vergessen, ein fremdes Kind stahl ihre Aufmerksamkeit, die ihm zugestanden hätte. Ihrem Wunsch, eigene Kinder zu bekommen.

Ein Schatten auf ihrem Gesicht, der Blick gesenkt zur Bierflasche. So konnte er ihre Augen nicht sehen.

»Es ist nicht richtig, dass ihre Mama sie Knall auf Fall verlassen hat.«

»Aber das ist doch wirklich nicht unsere Schuld. Und auch nicht unsere Verantwortung. Sie ist nicht dein Kind, Sylvia.«

»Sie hat keine Mama.«

»Doch, klar hat sie eine. Und eine Großmutter. Und einen Großvater.«

Sylvia zog intensiv an ihrer Zigarette, sie wurde ganz weich zwischen ihren Fingern. »Eine Mutter, die auf und davon ist, und eine Großmutter, der sie egal ist.«

»Greta ist sie nicht egal. Jetzt wirst du ungerecht.«

»Hat sie ein einziges Mal hier angerufen und sich erkundigt, wie es der Kleinen geht?«

Kjell holte tief Luft und versuchte, mit der Atmung sein Gemüt zu beruhigen. Er kannte diesen Tonfall. Dieses Irrationale. In anderen Angelegenheiten ließ er ihr gern ihren Willen, weil er es hasste, wenn sie auf ihn böse war, doch jetzt war es etwas anderes.

»Das Mädchen kann einem leidtun, sie braucht uns.« Sylvia sprach übertrieben langsam, als wäre er schwer von Begriff. »Oder besser gesagt, sie braucht mich. Du hast dich diese Woche ja nicht viel mit ihr abgegeben.«

»Bald eineinhalb Wochen, Sylvia. Du hast gesagt: eine Woche. Du hast es versprochen.«

»Hast du wirklich so wenig für sie übrig? Sie ist doch nur ein armes, kleines Kind!«

Er ließ seinen Blick über den Hundezwinger wandern und versuchte, sich zu beruhigen, einer der Jämthunde da draußen schnüffelte in den hohen Brennnesseln herum, die nie gedroschen wurden. Das rote Holzhaus unten an der Kreuzung sah leer und verlassen aus. Das war ihre Masche. Sie provozierte ihn bis aufs Blut, und dann explodierte er. Da bekam sie Angst vor ihm, und er konnte anschließend Tage damit zubringen, sich bei ihr zu entschuldigen. Er hatte sie noch nie geschlagen. Aber wenn er nur einmal mit der Faust auf den Tisch schlug, dann führte sie sich auf, als hätte er sie gegen die Wand geknallt. Sie gab ihm das Gefühl, einer zu sein, der Frauen schlecht behandelt. Dann nuschelte sie etwas von ihrer Kindheit, und er bekam ein noch schlechteres Gewissen, weil er ausgerastet war. Er siebte die Luft durch die Nase ganz langsam ein und wieder aus.

»Du weißt, dass ich sie mag. Aber der Punkt ist: Wir haben nicht die Verantwortung für sie.«

»Maria ist eine Freundin. Ich finde, Freunden muss man helfen.«

Jetzt war es mit seiner Beherrschung vorbei. Er knallte die Bierflasche auf den Tisch und sprang auf, obwohl er schon sah, wie sie zusammenzuckte.

»Eine Freundin? Sie ist auf und davon und hat ihr Kind einfach dagelassen, und du findest, dass wir ihr helfen müssen? Was ist das für eine Freundin?«

Sylvia hob die Hände und versuchte, ihn zu beschwichtigen, ihre Augen bereits nassglänzend, und er ärgerte sich über sich selbst, doch er konnte sich nicht zurückhalten.

»Psst, Kjell, nicht so laut, nicht dass sie aufwacht. Sie kann nichts dafür.«

Er drehte den Kopf weg, sein Brustkorb bebte, so aufgebracht atmete er, er schloss die Augen, versuchte, die Stimme unter Kontrolle zu halten, doch stattdessen hörte sie sich wie ein Fauchen an.

»Stimmt, aber wir können genauso wenig etwas dafür!«

Jetzt liefen ihr die Tränen über die Wangen, er meinte, ihre Haarfarbe und ihr Gesicht wurden eins, machten ein blasses, verschwommenes Wesen aus ihr, und es dauerte einen Moment, bis er merkte, dass auch er zu weinen begonnen hatte.

»Ich dachte, du willst eigene Kinder«, sagte sie leise, und ihre Finger klammerten sich aneinander, da auf ihrem Schoß.

»Ja«, sagte er. »Ich möchte Kinder. Ich möchte Kinder mit dir. Ich will mich nicht um ein fremdes Kind kümmern, bis die Mutter irgendwann Lust hat zurückzukommen. Das ist verkehrt, Sylvia. Wir tun ihr damit keinen Gefallen.«

Sylvia schlug sich die Hände vors Gesicht und wischte sich mit dem Handrücken über die Wangen.

»Ich versteh dich nicht«, sage sie. »Sie kann einem doch leidtun. Warum können wir ihr nicht ein Zuhause geben? Bis Maria wieder da ist?«

Sie dachte keinen Schritt weiter. Was würde morgen sein? Seine Stimme wurde wieder laut.

»Meine liebe Sylvia, wir haben doch wirklich keine Ahnung, wann das sein wird! Vielleicht kommt sie nie mehr zurück. Wann bringen wir das Kind wieder zu Greta? Oder hast du dir gedacht, dass wir jetzt ihre neuen Eltern werden, bis Maria sich bequemt, wieder aufzutauchen? Vielleicht in ein, zwei Jahren? Das weiß doch kein Mensch!«

»Dann sollten sie vielleicht mal einen Blick in ihre Tagebücher werfen«, sagte sie und sah ihn an, da war wieder dieser finstere Blick. Er erschauerte.

»Welche Tagebücher? Wovon sprichst du?«

Sylvia gestikulierte wild.

»Sie hat Tagebuch geschrieben! Ich hab die Bücher gesehen. Da steht vielleicht was drin.«

Er spürte, wie der Boden unter ihm nachgab und es vor seinen Augen zu flimmern begann.

»Hast du sie gelesen?«

»Nein, natürlich nicht.« Ihr Blick war scharf und finster.

»Hast du Greta und Hasse davon erzählt?«

Sie schüttelte den Kopf. Diese Frau, immer schwieg sie.

»Aber warum denn nicht?« Er brüllte.

»Das sind Tagebücher«, murmelte sie. »Ich glaube nicht, dass Maria gewollt hätte, dass Greta sie liest.«

»Stimmt, aber daran hätte sie vielleicht früher denken können, bevor sie abgehauen ist und ihr Kind dagelassen hat!«

Sylvia hielt sich schützend die Hände vors Gesicht und schüttelte fast unmerklich den Kopf. Er sah es trotzdem. Sie glaubte, er sei nicht ganz bei Trost. Was ihn noch wütender machte. Denn sie war hier diejenige, die nicht ganz bei Trost war.

»Ich will doch nur, dass es der Kleinen gut geht«, wisperte sie zwischen ihren Fingern hindurch.

Er schnappte sich eine Zigarette und stellte sich ans Balkongeländer, zündete sie mit adrenalinzittrigen Fingern an und rang um seine Beherrschung. Er hörte, wie sie die Worte mantraartig vor sich hin brabbelte.

»Ich will doch nur, dass es der Kleinen gut geht, sie soll sich nicht so allein fühlen.«

Er wischte sich die Tränen fort und versuchte, sich zu beruhigen, bewegte sich noch etwas weiter weg von ihr, um diese monotone, dünne Stimme nicht mehr hören zu müssen. Die Waldmücken schwirrten um ihn herum, er sah zu, wie eine auf seinem Unterarm landete, und er ließ sie machen, spürte den brennenden Stich, sah sein Blut in den Mückenkörper fließen. Schließlich fuhr er herum, ging vor ihr in die Hocke und nahm ihre Hände.

»Wir werden Kinder bekommen, Sylvia«, sagte er. »Aber nicht auf die Art. Das ist nicht richtig. Du musst doch einsehen, dass es so nicht richtig ist.«

Da blickte sie ihn an, und ihre Augen waren vollkommen schwarz, erst wunderte er sich, und dann jagte es ihm Angst ein, denn sie sah aus, als empfände sie Hass für ihn. Sie zog ihre Hände weg und stand auf.

»Ich werde morgen mit Greta sprechen«, sagte sie. »Ich werde ihr sagen, dass du dich weigerst, dich um die Kleine zu kümmern.«

»Sylvia ...« Er streckte sich nach ihr, fing ihre Hand, doch sie riss sich los, heftiger als nötig. Als hätte er sie festgehalten. Dann ging sie hinein und zog die Tür so energisch zu, dass das Glas im Rahmen klirrte.

Er sank auf seinen Stuhl, nahm ihre halb leer getrunkene Bierflasche in die Hand, spürte, wie der Mückenstich am Unterarm juckte.

Womöglich hatte Sylvia recht damit, dass es für das Mädchen das Beste wäre, bei ihnen zu bleiben. Aber er wollte sich nicht in diese Familie verstricken, nicht so viele Gefühle für ein Kind entwickeln, das er am Ende wieder hergeben musste.

Er trank seinen Rest Bier aus und blieb noch sitzen, er starrte in die Landschaft, die düster und grau war, ihm fuhr der Tabakgeruch in die Nase, und da wusste er, dass sie auf der Rückseite vom Haus hockte, auf der Treppe saß und rauchte. Bestimmt weinte sie.

Sie wird schon zur Besinnung kommen, dachte er sich. Wenn sie erst eigene Kinder hätten, würde sie verstehen, warum er dagegen gewesen war. Sie war nicht vorausschauend, das lag ihr nicht. Es war eine traurige Geschichte, und er wollte verhindern, dass es ihre Geschichte wurde. Er saß da, bis auf der anderen Hausseite die Tür zuschlug. Im Zwinger begann Moss zu bellen. Auch diesmal hatte sie ihn nicht mitgenommen.

# 10.

SYLVIA HOCKTE JAPSEND IM Badezimmer, mit dem Rücken an der Tür, den Kopf tief im Nacken, um wenigstens ein bisschen Luft zu bekommen, gleichzeitig war da dieser Schmerz, der vom Brustkorb in den ganzen Körper ausstrahlte. Immer wieder wurde ihr schwarz vor Augen, doch die Tränen wollten nicht kommen, sie sprengten die Augenwinkel, aber die liefen nicht über. Ihr Körper überspannt wie ein Bogen, in der panischen Angst zu sterben.

Sie hatte so was schon mal erlebt, auch wenn es lange her war. Sie wusste noch, dass es sich nur so anfühlte, als würde sie sterben. Ihr Körper machte ihr etwas vor, sie musste es nur aushalten und versuchen weiterzuatmen.

Das erste Mal war es passiert, als sie in der Allégatan in ihrem Bett lag. Ihr Vater hatte die Familie gerade verlassen, und ihre Mutter saß seit Tagen heulend am Küchentisch, zumindest kam ihr das so vor. Sylvia hatte das intensive Gefühl gehabt, als wäre sie innen hohl, ihr Rücken klaffend, darunter nur Leere. Dann diese Angst, weil die Mutter ununterbrochen weinte, die Panik, auch sie könne sie verlassen. Als es Abend wurde, spürte sie erst dieses Stechen in den Fingern, dann den Schmerz im Brustkorb, und schließlich kam diese Atemnot hinzu.

Sylvia auf dem Boden liegen zu sehen, hatte die Mutter aus ihrem Weinkrampf gerissen. Sie musste erst ihren Bruder anrufen, der konnte sie ins Krankenhaus fahren.

Der Arzt hatte ihnen nach einigen Untersuchungen mitgeteilt, dass er bei Sylvia keine organische Ursache finden könne, und hatte sie mitleidsvoll angesehen, als denke sie sich das alles nur aus.

Danach hatte es sich noch ein paarmal wiederholt. Dieses Gefühl, innen ganz hohl zu sein, das Stechen und dann der Schmerz im Brustkorb. Anfangs wurde ihre Mutter böse, dann bekam sie es mit der Angst zu tun, und am Ende setzte sie sich neben sie und versuchte, sie mit leisem Summen wieder zu beruhigen. Und als das Ganze vorüber war, hatte sie Sylvia nur angesehen und gesagt: »Wahrscheinlich ist was mit deinem Kopf nicht in Ordnung. Irgendwas kann ja nicht stimmen.«

Sylvia konnte sich noch genau erinnern, wie ihre Mutter sie angesehen hatte, mit so einem eigenen Blick, aus dem sie damals schon nicht schlau geworden war, und das hatte sich heute, im Erwachsenenalter, nicht geändert. Eine Mischung aus Verachtung und Mitleid? Ob es womöglich Liebe war?

Jetzt tauchte Sylvia ganz in die sanfte Mutterstimme ein, die so mild war wie sonst nie. *Ist ja gut, mein kleines Trollkind, schön weiteratmen.*

Diese Stimme erfüllte ihren Kopf so sehr, dass sie es nicht gleich merkte, als Kjell an die Badezimmertür klopfte.

»Ich muss pinkeln«, rief er. Dann klopfte er heftiger, und ihr Schmerz in der Brust wurde schlimmer. »Bist du bald fertig?«

Sie versuchte zu sagen, er solle sie in Ruhe lassen, doch sie brachte die Worte nicht heraus. Stattdessen verlor sie die Kontrolle über ihren Körper und schlug aus ihrer sitzenden Position auf den Boden. Die Fliesen waren kalt an ihrer Wange, sie versuchte, das Klopfen an der Tür auszublenden, bald hatte sie es überstanden, brauchte nur noch ein bisschen die Stimme ihrer Mutter im Ohr. Die Panik nahm wieder zu, als ihr einfiel, er könnte die Tür aufbrechen, sie sah schon bildlich vor sich, wie der Riegel weggerissen wurde, denn man brauchte gar nicht besonders viel Kraft, um die kleine Krampe aus dem Türrahmen zu ziehen.

Da hörte sie, wie sich seine Schritte von der Tür wegbewegten. Wahrscheinlich ging er einfach raus zum Pinkeln.

Die Mutterstimme kam wieder, ganz, ganz ruhig, ihre harten, schwieligen Hände so weich auf Sylvias Gesicht.

*Ist ja gut, kleines Trollkind, schön weiteratmen.*

Einige Stunden später erwachte sie auf den kalten Badezimmerfliesen, und da hatte sie ihren Körper zurück. Ihre Glieder waren steif vom harten Boden, doch sie stand auf und atmete frische Luft ein. Das Morgenlicht fiel durch das kleine Fenster, und sie konnte draußen die Vögel singen hören, sie suchte krampfhaft nach den Namen für die Melodien, doch er fiel ihr nicht ein.

Sie ließ kaltes Wasser über ihr Gesicht laufen und schrubbte sich den scharfen Geschmack im Mund mit Marias Zahnpasta fort, dabei vermied sie es, in den Spiegel zu sehen. Ein Gefühl von Scham war geblieben, und das wollte sie nicht in ihren Augen sehen.

Sie hob den Riegel am Türschloss an und dachte, was wohl passiert wäre, wenn Kjell aus Sorge die Tür gewaltsam geöffnet und sie auf dem Boden vorgefunden hätte. Wahrscheinlich hätte er sie ins Krankenhaus gefahren. Sie hätte ihm tausendmal versichern können, dass das nichts Schlimmes war, dass es manchmal einfach vorkam, dass es vorüberging. Er hätte sie auf jeden Fall ins Krankenhaus gebracht, denn er sorgte sich sehr um sie. Kjell war ein feiner Mann.

Am Anfang hatte sie gedacht, er sei schwach, und sie bekäme bei ihm immer ihren Willen. Das war ein Trugschluss gewesen. Tatsächlich war er einer der stursten Menschen, die ihr je begegnet waren. Wenn er sich etwas in den Kopf gesetzt hatte, dann boxte er es auch durch.

Das galt auch bei Terese. Er würde nicht lockerlassen, obwohl er im Unrecht war. Als sie miteinander auf dem Balkon gesessen hatten und er anfing zu schreien und sich so hineinzusteigern, da hatte sie immer wieder gedacht: Jetzt verlasse ich ihn. Jetzt ist es mit diesem Leben hier vorbei.

Sie hatte sich vorgestellt, wie es wäre, Schluss zu machen und mit Terese auf dem Berghof zu leben. Die Bruchbude stand sowieso leer, jemand musste sich dringend um das Haus kümmern. Greta und Hasse wären sicher einverstanden, wahrscheinlich würden sie sogar die Miete übernehmen.

Dann war sie hineingegangen, hatte sich ein Glas Schnaps eingeschenkt und sich mit der Zigarette in der Hand auf die Treppe vor dem Haus gehockt, bis die Kippe von allein ausgegangen und sie zu der Erkenntnis gekommen war, dass sie es nicht schaffen würde. Ihr Mut war nur aus der Wut geboren.

Sie würde es nicht fertigbringen, in diesem Haus zu wohnen, Marias Platz einzunehmen, jeden neuen Tag so zu beginnen, wie Maria es immer getan hatte, zum Haus hinauf zu schauen und nicht zum Berghof hinunter.

Eine Wohnung in Smedjebacken mieten und mit der Kleinen dorthin gehen? Sich einen Job suchen? Nein, auch das würde sie nicht schaffen. Sie musste sich geschlagen geben. Und als ihr diese Erkenntnis gekommen war, hatte die Panikattacke eingesetzt.

Wann war es ihr das letzte Mal so schlecht gegangen? Es musste Jahre her sein. Sie hatte eigentlich geglaubt, das gehöre der Vergangenheit an. Die komische Sylvia, die auf dem Boden lag, keuchte und sich die Arme auf die Brust presste, obwohl der Arzt sagte, sie sei kerngesund.

Sylvia ging in die Küche, öffnete die Balkontür und atmete mit geschlossenen Augen die frische Morgenluft ein, nahm die Düfte tief in sich auf, spürte nach, wie sie in sie drangen und alle Ängste vertrieben. Nichts war vergleichbar damit, wie herrlich ein früher Sommermorgen duftete. Würde sie darauf verzichten wollen? Auf ihre große Liebe und ihr einziges, echtes Zuhause, das sie jemals gehabt hatte?

Sie erinnerte sich an die ersten Besuche hier im Haus. Wie sich ihre Finger nun schmerzvoll nach den Pinseln streckten. Wie sie gedacht hatte, dass sie ihren Platz im Leben endlich gefunden hatte. Wie Kjell ihre Staffelei hinaufgetragen, sie ans Fenster gestellt und sie gefragt hatte, ob das auch wirklich der beste Platz sei. Wie er ihr den Webstuhl aufgestellt und sich Mühe gegeben hatte, seine Funktionsweise zu verstehen. Wie er jedes Mal strahlte, wenn sie anmerkte, sie brauche neue Farbe. Hier draußen malte sie ganz andere Bilder. Sie wollte in den Wald hinaus, ins tiefgrüne Moos, in den milchigen Nebel, um die dornigen, toten Zweige im Wald vor dem Durchforsten, das Schimmern in den Ameisenhaufen im Frühjahr einzufangen, die Sonne im Flussgeplätscher. In Stockholm hatte sie nur abstrakt gemalt, und sie war noch immer der Meinung, dass darin ihr Talent lag, aber hier draußen fesselte sie das Gegenständliche, hier war es so mächtig und so groß, und immer, wenn sie eine längere Wanderung unternahm, fiel es ihr auf, wie gewaltig es war. Größer als alles Abstrakte, aber viel schwieriger abzubilden. Das war verwirrend. Es war banal und antiquiert. Schon immer hatten Künstler versucht, die Natur zu malen, und sie war nicht so selbstsicher, dass sie meinte, dem Genre neue Impulse geben zu können. Sie hatte auch früh erkannt, dass man die Macht der Natur hier draußen nicht ignorieren durfte. Diejenigen, die hier groß geworden waren, hatten ein eher abgeklärtes und sachliches Verhältnis zum Wald. Sie betrachteten ihn als ihre Lebensgrundlage, und sie versuchten, ihn zu beherrschen, wo es ging, und wo es nicht ging, begegneten sie ihm mit Respekt. Aber nicht mit Ehrfurcht. Nicht mit diesem romantisch verklärten Blick.

Jetzt noch ins Bett zu gehen war sinnlos. Gleich war es fünf Uhr. Sylvia stellte die Kaffeemaschine an und ging ins Schlafzimmer. Terese lag auf der Seite, ihr Körper so klein in dem großen Bett, ihr Mund war leicht geöffnet, und ein feuchter Fleck zeichnete sich auf dem Kopfkissen unter ihrem Köpfchen ab. Sylvia ging zu ihr, setzte sich auf die Bettkante, strich ihr ein paar Haarsträhnen aus dem Gesicht.

Die arme Kleine.

Am liebsten hätte sie sie in den Arm genommen, den kleinen Kinderkörper an sich gedrückt. So ein fröhliches Kind. Wie sehr sie sich freute und gleich losrannte, wenn die alte Ingegärd mit ihrem Fahrrad zum Stall fuhr, jeden Morgen, zu jeder Jahreszeit. Mit dieser Art war sie ganz die Mutter. Ob das so bleiben würde? Würde sie ihr Leben lang so ein unbeschwertes, lachendes Mädchen bleiben?

Da fiel Sylvia ein, dass Maria ja gar nicht so unbeschwert gewesen war, wie alle gedacht hatten. Dass auch sie sich mit großen Sorgen geplagt hatte, von denen nur die anderen nichts wussten.

Ob ihre Tochter das gemerkt hatte? Maria, die immer am lautesten gelacht hatte. Doch unter der Oberfläche hatte es wild gestürmt, da wurden Bäume entwurzelt. Den Windwurf fand man überall im Wald, an ihm konnte man die enorme Kraft der Stürme erkennen. Gefährlich war er auch, hatte Kjell ihr erzählt, als sie sich einmal einem Wurzelwerk genähert hatte. Ehe man sich's versah, kippte es um, und wenn man darunter eingeklemmt wurde, saß man hilflos fest. Die Kraft des Wurzelwerks war eine Urkraft, und sie war verräterisch, genau wie die Wucht der Stürme.

Sylvia hörte die Kaffeemaschine in der Küche zischen, und sie ließ ihre Finger ein letztes Mal über das Gesicht der Kleinen streicheln.

In der Stube schlief Kjell auf dem Sofa unter einer Wolldecke. Moss lag zusammengerollt auf dem Boden davor, sein Blick folgte ihr, als sie vorbeilief, doch er kam nicht zu ihr in die Küche, um zu sehen, ob sein Fressnapf gefüllt war.

Sie trank ihren Kaffee draußen auf dem Balkon und rauchte eine Zigarette, dann saß sie eine Weile lang mucksmäuschenstill, damit die Vögel sich trauten näher zu kommen. Die Stunden auf den Badezimmerfliesen bekam sie jetzt zu spüren, denn langsam wurde sie immer müder. Trotzdem wollte sie sich nicht schlafen legen. Erst musste sie nachdenken.

Heute musste sie zu Greta gehen und ihr mitteilen, dass Kjell nicht länger mitspielte. Normalerweise hätte Greta sie auch niemals gebeten, sich um ihr Enkelkind zu kümmern. Es war vollkommen klar, wer in dieser Situation die Verantwortung trug, und Greta war kein Mensch, der Dinge, die ihre Sache waren, auf andere abwälzte. Jetzt wusste Sylvia überhaupt nicht, wie sie auf diese Nachricht reagieren würde.

Auf dem Heimweg zu den Großeltern entdeckte das Kind überall Walderdbeeren. Geduldig blieb Sylvia jedes Mal stehen und wartete, bedankte sich freudig, wenn Terese zu ihr sprang, um ihr eine zermatschte Erdbeere zu schenken. Sie schob sie sich in den Mund, doch konnte ihren Geschmack nicht genießen, das ungute Gefühl hing klebrig in ihrer Mundhöhle.

Jeden Morgen, kaum war sie wach, hatte Terese nach Maria gefragt, aber an diesem Morgen hatte sie es nicht getan. Sylvia tröstete sich damit, dass sie bei ihnen eine schöne Zeit gehabt und nicht oft nach der Mama gefragt hatte. Sie hatte Gretas nervöses Gesicht schon vor Augen, und selbst wenn Greta ganz gefasst und stabil gewesen wäre, hätte sie ihr Terese nicht gern überlassen. Schließlich wusste sie ja, dass Maria dagegen gewesen wäre.

Sie war zwiegespalten, in einem Augenblick verachtete sie Maria zutiefst, diese Maria, die dort auf der Steintreppe zum Vorschein gekommen war, während sie selbst durchs kalte Flusswasser gewatet war und voller Panik nach Marias Tochter gesucht hatte. Und dann war da die andere Maria, Maria, wie sie sie kannte, bevor es passiert war. Maria mit ihrem Lachen und ihrer sympathischen Art, Maria, die sich einhakte, ihr über die Wange streichelte, das Gesicht manchmal so nah, dass Sylvia instinktiv zurückwich. Da war eine Maria, die sie verachtete, und eine andere, der sie ihre Loyalität beweisen und in deren Sinne sie handeln wollte.

Hinter der Kurve tauchte das Haus auf, und Sylvia sah gleich, dass Hasse draußen war, er beugte sich über den Kartoffelacker mit einer eisernen Harke in der Hand.

»Opa!«, schrie Terese und rannte auf ihn zu.

»Na, wer kommt denn da, hoher Besuch«, sagte Hasse, und ihm war anzusehen, wie er sich freute. Er streckte die Hand aus und tätschelte ihr den Kopf.

Terese jagte einem kleinen Fuchs hinterher, der übers Blumenbeet flatterte und weiter hinaus auf die Kuhweide. Hasse blickte Sylvia an, und sie konnte an seinem Gesicht ablesen, dass er wusste, warum sie kam. Sein Mund schrumpfte zusammen, sein Gesicht verzerrte sich.

»Ach so«, sagte er und blickte Terese hinterher. Mehr sagte er nicht.

Hinter der Gardine im ersten Stock bewegte sich etwas, Sylvia blickte hinauf. Das war am Fenster von Marias Kinderzimmer. Sie musste die Augen mit der Hand abschirmen, und dann konnte sie Greta erkennen, unbeweglich und blass im stockdusteren Zimmer. Sylvia hob zur Begrüßung die Hand, doch es kam keine Reaktion. Hasse seufzte.

»Das ist alles zu viel für sie.«

»Verstehe.« Sylvia hätte ihm gern die Hand auf die Schulter gelegt, aber brachte es nicht fertig.

Hasse streifte die Gartenhandschuhe ab und warf sie auf den Rasen.

»Lass uns reingehen«, sagte er. »Besser, das Mädchen bleibt draußen.«

Im Haus stank es muffig, keiner hatte gelüftet, und in der Küche stapelte sich das dreckige Geschirr im Spülbecken. Hasse holte eine Tüte Hefeschnecken aus dem Schrank, nahm drei heraus und legte sie auf einen Teller, der von Fettspuren glänzte. Sylvia beobachtete, wie er drei Tassen aus der Spüle notdürftig abspülte und mit dem Geschirrtuch schnell darüberfuhr. Sie tat so, als sehe sie die schmalen Ränder vom eingetrockneten Kaffee auf dem Tassenboden nicht, und ließ ihn den Kaffee aus der Thermoskanne einschenken.

»Wie geht es Greta?«

Hasse seufzte und schüttelte behäbig den Kopf. Sylvia warf einen Blick aus dem Fenster, wollte nachsehen, wo Terese abgeblieben war. Sie war gerade dabei, unreife Johannisbeeren zu essen.

»Ich weiß einfach nicht, wie ich ihr helfen kann.« Er schob Sylvia den Teller mit den Schnecken rüber, und sie griff zu. Sie waren knochentrocken, aber immerhin nicht schimmelig. Selbst dann hätte sie sie nicht ablehnen können.

Sie musste es sagen. Kjell hatte sie es ja auch gesagt. Beim Gedanken an seinen Wutausbruch spürte sie Stiche in den Fingern.

»Sie hat ja Tagebuch geschrieben, soviel ich weiß. Habt ihr da mal reingeschaut?«

Hasse sah sie entgeistert an.

»Vielleicht findet man da irgendwelche Anhaltspunkte, wo sie hingegangen ist.«

Da begriff er, was sie meinte, und nickte.

»Ich werd mit Greta reden«, sagte er. »Ich glaub nicht, dass wir Tagebücher gesehen haben, als wir bei ihr waren.«

»Nein, vielleicht hat sie sie mitgenommen«, sagte Sylvia. »Man will ja nicht, dass jemand das eigene Tagebuch liest.«

Seine Augen wurden nass, und dann schüttelte er den Kopf. »Es gibt einiges, was man da nicht versteht.«

»Nein, wir können nur hoffen, dass sie bald wieder nach Hause kommt.«

»Aber wir übernehmen Terese jetzt«, sagte er. »Danke für eure Hilfe.«

Die Hefeschnecke wurde in ihrem Mund immer mehr, Sylvia trank einen Schluck Kaffee, um sie aufzuweichen. Sie schluckte und schluckte, wollte es sagen, ohne zu weinen. »Kjell war dagegen«, sagte sie schließlich. »Wenn es nach mir gegangen wäre, hätten wir sie behalten.«

Sie dachte an Greta im ersten Stock, die nicht einmal hinunterkam, um ihr Enkelkind zu begrüßen, ihr Blick fiel auf die Berge von dreckigem Geschirr, würde Hasse sich um alles allein kümmern müssen, auch um Terese? Es sah ja fast so aus, als sei er nicht mal imstande, den Abwasch zu machen.

»Sie kommt bestimmt bald nach Hause.« Mit niedergeschlagenem Blick fingerte Hasse an seiner Schnecke. Sylvia bemerkte die schwarzen Trauerränder unter seinen Nägeln.

»Ich kann euch natürlich weiterhin helfen«, sagte sie. »Tagsüber kann Terese auch bei mir sein, wenn Kjell wieder arbeitet. Ich kann auch rüberkommen und für euch kochen. Wenn Greta nicht …«

Energisch winkte Hasse ab.

»Nichts da. Ihr habt schon genug getan. Greta braucht wohl eine Aufgabe. Das wird dann schon klappen.«

Er versuchte ein Lächeln und schlug sich mit den Handflächen auf die Oberschenkel.

»Wir sind um die Ecke«, sagte Sylvia. »Ich helfe gern.«

»Ist wirklich nicht nötig.« Er nahm seine Tasse und trug sie zur Spüle, obwohl er noch nicht einmal die Hälfte getrunken hatte. Vor der Spüle blieb er stehen, die Schultern hochgezogen bis zu den Ohren, die grauen Haarsträhnen über dem Kragenrand. Sylvia wollte zu ihm hingehen, ihn irgendwie berühren, doch der Abstand war zu groß. Hier sollte Terese nicht bleiben müssen, in dieser dicken Luft von so vielem Ungeklärten. Sie ließ ihre Tasse auf dem Tisch stehen.

»Ihr wisst, wo ihr mich findet, Hasse.«

Er drehte sich um, lächelte mit feuchten Augen, sein Brustkorb war gefüllt mit Luft, die er nicht hergeben wollte. Sylvia sah zu, dass sie aus dem Haus kam, um diese unangenehme Situation nicht noch mehr in die Länge zu ziehen.

Terese stand immer noch vor dem Johannisbeerstrauch. Sylvia ging zu ihr hin.

»Sind die nicht ziemlich sauer, die Beeren?«

Terese schüttelte fröhlich den Kopf.

»Ich geh jetzt nach Hause. Du darfst bei Oma und Opa bleiben.«

»Okay«, sagte Terese und schien kein bisschen traurig zu sein. Sylvia hockte sich neben sie und nahm ihre kleine Hand zwischen ihre Hände.

»Du kommst mich aber bald besuchen?«

»Wenn Mama wieder da ist?«

»Auch schon vorher, wenn du magst.«

»Wann kommt Mama denn wieder?«

Sylvia ließ die Kinderhand los und stand auf, strich ihr beiläufig übers Haar.

»Bald, Terese, Mama kommt bald.«

# 11.

GRETA BEOBACHTETE DIE schmächtige Gestalt auf der Dorfstraße. Jetzt war sie wieder allein unterwegs.

Mit hängenden Schultern schleppte sie sich vorwärts, am
liebsten hätte ihr Greta zwei Finger zwischen die Schulterblät-
ter gedrückt und sie gezwungen, den Rücken durchzustrecken,
so wie ihre Mutter es bei ihr immer getan hatte. Wie hatte Greta
das gehasst, doch heute war sie ihr dafür dankbar. Einen Wit-
wenbuckel hätte sie nicht gern bekommen.

Sylvia würde nicht mehr drum herumkommen. Schon in
den Vierzigern begann sich die Brustwirbelsäule zu krümmen,
und da war es zu spät, mit den Übungen anzufangen, wie zwischen den Schulterblättern zu drücken. Von da an ging es nur
noch bergab.

Greta wusste, wer Sylvias Mutter war, sie hatte sie schon gekannt, lange bevor Kjell sich mit der Tochter eingelassen hatte.
Die Frau konnte einem wirklich leidtun. Sie lief mit fürchterlich dünnen Haaren herum, kam nicht mal auf die Idee, sich
eine Perücke zuzulegen, ihr Dreckskerl war ein Säufer, der immer wieder bei den ganz verkrachten Existenzen auf der Parkbank auftauchte. Eines Tages hatte er sich eine jüngere Flamme
angelacht und die Familie mir nichts, dir nichts sitzen lassen,
seitdem hingen die Mundwinkel der Alten noch mehr, und die
Stirnfalte bohrte sich tiefer. Dabei hätte sie sich doch freuen
können, dass sie den Kerl endlich los war, denn wenn er so seine Phasen hatte, tauchte sie im Supermarkt mit dem Schal
über den Haaren und so einer zu großen Sonnenbrille auf,
und die Tratschweiber von Smedjebacken konnten sich wieder mal das Maul zerreißen.

Aber aus Sylvia war immerhin was geworden.

Ihr kleiner Bruder hockte inzwischen auch auf der Parkbank,
so viel hatte sie mitbekommen, und bei ihm war anscheinend
nicht nur Alkohol im Spiel, aber Sylvia war fortgegangen und
hatte sich irgendwo anders zur Künstlerin ausbilden lassen,

und darauf hatte sie sich nie etwas eingebildet. Greta konnte sich noch daran erinnern, dass Sylvia, gerade frisch umgezogen nach Dalshyttan, ihre Bilder im Folkets Hus ausgestellt hatte. Greta hatte Hasse und Maria ins Auto verfrachtet und war mit ihnen hingefahren. Und da stand sie dann vor ihnen, in einer weißen, traditionellen Bluse, das Haar zu einem Knoten hochgesteckt, inmitten dieser Farbpracht. Bei einigen Bildern musste Greta denken, das hätte jedes Kind malen können, doch dann hatte sie das Bild von der Weide vor Marias Haus entdeckt. Eine Wiese voller Butterblumen und Glockenblumen, unterteilt von den Gräsern des Rotschwingels. Der leicht erhabene Schlackenhügel, darüber das lichte, grüne Gras. Seit Greta vor diesem Bild gestanden und gestaunt hatte, hatte sie Sylvia mit anderen Augen gesehen.

Jetzt hatte Sylvia sich bald zwei Wochen um ihr Enkelkind gekümmert, ohne viel Aufhebens darum zu machen. Das war ihr wirklich hoch anzurechnen.

Aber nun war es damit vorbei, das wusste sie gleich, als sie Sylvia allein auf dem Heimweg sah. Greta sah vom Fenster auf den Scheitel der Kleinen, sie stand am Johannisbeerstrauch und zupfte die unreifen Beeren ab, völlig ungeniert. Niemand hatte ihr beigebracht, dass man erst einmal fragte.

Greta stieg die Treppe hinab. Machte einen großen Bogen um die Küche. Konnte das Elend nicht mit ansehen. Wenn sie vor Hasse sterben würde, wie käme er dann wohl zurecht? Die Essensvorräte aus dem Gefrierschrank waren inzwischen aufgebraucht, die leeren Plastikdosen stapelten sich in der Spüle. Wann würde er wohl auf die Idee kommen, eins ihrer Kochbücher aufzuschlagen und sich ein Rezept durchzulesen? Nicht einmal Eier kochen konnte er.

»Greta?«

Als sie keine Antwort gab, erschien er im Flur.

»Sylvia war hier und hat das Mädchen gebracht. Sie hat gesagt, Maria hat Tagebuch geschrieben.«

Greta schnaubte. »Das hat sie schon immer getan, falls du es nicht bemerkt hast.«

»Ja, aber ... vielleicht steht da drin, wo sie hin ist.«

Greta zog die dünne Windjacke vom Haken und stieg in die Gummistiefel. »Du kannst ja rübergehen und nachschauen, ob du irgendein Tagebuch findest. Ich geh jetzt los und such meine Tochter.«

Er stand nur da und wippte auf den Fersen und schien nicht zu kapieren, ob das ironisch gemeint war oder nicht.

Heute würde sie in den Wald gehen, da oben bei Gulåsen. Sie war schon rund um den Hinttjärnweiher gewandert, die alte Militärstraße hinauf bis zum verwilderten Flugplatz, auf dem Weg oberhalb des Schlackensees und einmal um den Blåkullberg herum.

Ihr war vollkommen bewusst, dass sie im Grunde nach der Nadel im Heuhaufen suchte und dass sie die Gebiete, die sie bislang abgelaufen war, keinesfalls gründlich durchforstet hatte. Sie hatte versucht, sich in ihn hineinzuversetzen. Hatte sich vorgestellt, wie er sie zum Auto geschleift und dann eine geeignete Stelle gesucht hatte, um die Leiche zu entsorgen. Sie kannte Göran, er war ein fauler Sack und vermutlich stockbesoffen oder zu dem Zeitpunkt noch mit einem satten Kater unterwegs gewesen, der hatte sich bestimmt nicht die Mühe gemacht, von der Straße noch richtig in den Wald hineinzulaufen.

»Wir müssen was kochen. Das Kind braucht was zu essen.« Greta zuckte zusammen, sie hatte vergessen, dass Hasse da war. Da merkte sie, dass sie noch immer dastand, die Hand an der Klinke, und das vermutlich schon eine ganze Weile, dann hatten die anderen womöglich recht, langsam verlor sie den Verstand.

»Du kannst doch wohl was aus dem Gefrierschrank nehmen? Oder Eierpfannkuchen machen. Das mögen Kinder. Im Vorratsschrank, da wo das Mehl ist, da ist das Rezept.«

Sie spürte schon, wie sich in ihrem Kopf alles drehte. Langsam sollte sie etwas in den Magen bekommen.

An Oberschenkeln und Taille rutschte ihr inzwischen die Hose, und es regte sie auf, dass sie ständig stehen bleiben und sie hochziehen musste. Kaum zwei Wochen waren verstrichen, und sie schien ein Kilo nach dem anderen zu verlieren.

Heutzutage war das ja modern, aber Greta hatte nie viel davon gehalten, mager zu sein. Auch wenn andere das schön fanden. Und seit dem Mittsommertag hatte sie auch nicht mehr in den Spiegel geschaut, hatte sich lediglich gewaschen und die Zähne geputzt und sich die Haare gekämmt. Das Haus verkam gerade zu einem richtigen Schweinestall, doch das war ihr im Moment ziemlich egal. Hauptsache, sie selbst war sauber und ordentlich. Sonst kamen sie womöglich und holten sie.

Greta atmete tief durch, spielte kurz mit dem Gedanken, sich noch eine Flasche Wasser abzufüllen, doch ließ es und ging stattdessen gleich los, sah das Mädchen um die Johannisbeersträucher hüpfen und hoffte, sie würde sie nicht bemerken. Sie lief die Dorfstraße bis zur Kreuzung und bog dann ab nach Gulåsen. Auf beiden Seiten der Straße weite Felder, mit Stacheldrahtzaun abgesperrt. Unmöglich, hier eine Leiche abzuladen.

Sie ging zügig los, versuchte, das Schwindelgefühl zu ignorieren, manchmal musste sie kurz anhalten und sich hinhocken, wenn ihr schwarz vor Augen wurde, und beim Aufstehen zog sie sich die Hose wieder hoch. Als sie zu dem Steinhaus mit dem gelben Putz ganz oben auf dem Bergrücken kam, lief sie einmal um das inzwischen leerstehende Häuschen herum und drehte mit Blick auf ihre Spuren im Gestrüpp noch ein paar Runden immer einen halben Meter versetzt. Dann drückte Greta die Klinke hinunter. Es war abgeschlossen. Sie fragte sich, wer wohl einen Hausschlüssel besaß. Ob es überhaupt jemanden gab?

Auf der Vorderseite linste sie durch die Fenster. Sie sah einen Tisch mit ein paar Stühlen. Auf dem Fensterbrett einen Leuchter mit Kerzen, von der Sonne gebogen, daneben jede Menge tote Stubenfliegen. Sie konnte sich vorstellen, wie dreckig der Boden sein musste, und ließ ihren Blick über die breiten Holzdielen schweifen, ob da Fußabdrücke waren. Oder Schleifspuren. Doch der Staub mehrerer Jahre schien makellos.

An der Ostseite des Häuschens befand sich eine Fliederlaube, und von ein paar Wurzelausläufern abgesehen, war sie eigentlich noch schön. Greta inspizierte sie genauer, doch da waren nur das Rondell aus Meeressteinplatten, inzwischen von Gras und Moos überwuchert, und ein verrosteter Gartenstuhl.

Da war keine Tochter.

Es ging nicht mehr, japsend setzte sie sich auf den Stuhl, jetzt ärgerte sie sich richtig, dass sie nicht wenigstens versucht hatte, etwas in den Magen zu bekommen. Langsam geriet ihr Körper an seine Grenzen. Plötzlich brach sie in Tränen aus, dabei hatte sie nicht einmal an Maria gedacht. Es kam von ganz allein. Der Schlafmangel und die fehlende Nahrung machten sich schlagartig bemerkbar. Ein kleines Päuschen gestattete sie sich, sie blieb sitzen und ruhte ein wenig aus, dann stand sie wieder auf und ging zur Brücke. Es war derselbe Fluss wie drüben an der Hütte, doch hier war er schmaler. Die Brücke besaß kein Geländer.

Jetzt war sie wirklich durstig, und sie schlitterte in dem losen Geröll zum Bach hinab. Sie machte eine hohle Hand und beugte sich vor, trank immer wieder von diesem Wasser, obwohl es stark nach Fisch und Algen schmeckte.

Da kam ihr plötzlich ein Gedanke, und dabei schlug es sie nach hinten, die Steinchen knirschten unter ihren Füßen, als sie versuchte, wieder hochzukommen. Zurück auf der Brücke, stand sie keuchend da, Wasser lief ihr das Kinn hinab.

Ob sie dieses Flusswasser geschluckt hatte ...?

Sie konnte den Gedanken nicht zu Ende denken, ihr Magen rebellierte. Mit Mühe und Not gelang es ihr, ihn wieder unter Kontrolle zu bringen. Einmal tief durchatmen. Konzentration, schließlich hatte sie eine Aufgabe.

Der Fluss.

Ob er den Wagen hier geparkt hatte?

Sie noch ein Stückchen weiter geschleift und dort ins Wasser geworfen hatte, weil er vermutete, die Fische würden sie auffressen, bevor sie jemand fand. Das Gras stand an beiden Seiten des Baches hoch, und es sah unberührt aus. Doch innerhalb zweier Wochen konnte es sich längst wieder aufgestellt und alle Spuren verwischt haben.

Überall dasselbe. Die Natur hatte in der Zwischenzeit alle Spuren beseitigt, hatte sich eine scheinbare Unberührtheit zurückerobert, als sei nie ein Mensch dort gewesen. Hätte Greta doch gleich an den richtigen Stellen gesucht.

Der Fluss war nicht breit und das Wasser ganz klar, von der Brücke aus konnte sie bis auf den schlammigen Boden sehen. Wenn da jemand läge, würde sie es erkennen.

Sie musste tiefer ins Dickicht. Auf der einen Seite stieg sie von der Brücke hinunter, kämpfte sich vorwärts durch Gestrüpp und Unterholz, ratschte sich an überwucherten Himbeertrieben, trat in Kuhlen und blieb mit den Gummistiefeln unter Baumwurzeln hängen. Als sie wieder zur Brücke zurückkam, war sie schweißnass und riss sich die Windjacke vom Leib, die sie zum Schutz gegen die Insekten übergezogen hatte. Sie schmiss sie einfach hin, dann ging sie auf die andere Flussseite.

Hier war es nicht ganz so zugewuchert, doch zum Wasser hinunter fiel das Gelände steil ab, dass sie weiter oben auf dem Feld laufen musste. Hier schien der Fluss auch tiefer zu sein, sie konnte nicht mehr viel sehen. Gleich unter der Wasseroberfläche war es stockdunkel.

Die Müdigkeit übermannte sie. Sie musste näher ran. Sie glitt hinab und starrte ins Wasser, doch da war alles nur schwarz. Dass es hier so tief wurde, das hatte sie gar nicht gewusst.

Hatte Göran das gewusst? Hatte er Maria Steine um Hand- und Fußgelenke gebunden, damit sie auf den Grund sank? Und so für immer vom Tageslicht verschwand?

Sie konnten mit dem Boot herfahren und mithilfe ihres kleinen Ankers den Flussboden absuchen.

Doch Hasse würde da sicher nicht mitmachen. Der klammerte sich ja an diesen lächerlichen, unechten Zettel.

Sie kletterte die Böschung hinauf und ging zurück zur Straße. Lief weiter auf der Westseite, wo Birkenwälder standen, hob Reisig an und ließ den Blick immer wieder über den unebenen Boden wandern.

Dann teilte sich der Weg. Das hatte sie ganz vergessen. Wie

hatte sie das vergessen können? Bis hoch zum Blåkullberg waren es mindestens fünf Kilometer Schotterweg, fünf Kilometer und rechts und links dichter, hoher Nadelwald. Die Tränen kamen.

Das musste sie auf den morgigen Tag verschieben.

Jetzt würde sie zum See hochlaufen und wieder umkehren. Doch sie schaffte es nur ein paar Meter weiter, da wurde ihr schwarz vor Augen, und sie plumpste auf den Schotter.

Als sie wieder zu Bewusstsein kam, lag sie auf dem Rücken und blickte hoch in den blauen Himmel. In ihrem Mund schmeckte es nach Blättern, nach alten, vertrockneten Blättern vom letzten Herbst. Sie versuchte zu schnalzen, ihre Mundhöhle war trocken und brannte. Die Mundwinkel waren eingerissen.

Mit letzter Kraft schaffte sie es, sich hinzusetzen, aber sie wollte nicht auf die Beine kommen. Schon wieder diese Tränen. Die Erschöpfung zwang sie zu Boden, unerbittlich erhoben sich die Bäume vor ihr in die Höhe, das Espenlaub zitterte, trotzdem waren sie unbeeindruckt von ihr, die da mitten auf der Straße lag und nicht mehr auf die Füße kam.

Sie kroch an den Straßenrand und ließ dort den Kopf ins Gras fallen. Es roch nach Sommer, und sie musste daran denken, wie sie mit Maria hier spazieren gegangen war und Blumen gepflückt hatte.

Die Heide-Nelke war Marias Lieblingsblume gewesen. So typisch, die Blume mit dem intensivsten Rosaton hatte sie sich ausgesucht.

Greta selbst fand das wilde Vergissmeinnicht am niedlichsten, und die Vogel-Wicke machte sich in Sträußen gut. Maria hatte immer Vogel-Zwicke dazu gesagt, und Greta hatte sie nie korrigiert.

Jetzt tanzten Vogel-Wicken auf ihren dünnen Stängeln vor ihren Augen, und sie meinte, das sei vielleicht ein Zeichen. Vielleicht war sie ja doch noch am Leben. Ihre Tochter.

Graue Abenddämmerung und grelle Scheinwerfer schwenkten über ihr Gesicht. Erst geriet sie in Panik, doch dann hörte sie das Quietschen der Bremsen und wusste, dass es Hasse war. Eine Wagentür wurde zugeschlagen, dann seine schnellen Schritte über den Schotter.

»Greta!« Er ging neben ihr auf die Knie und rüttelte an ihr. Es tat weh, wo er sie an den Armen packte. »Was ist passiert?«

»Bin nur ohnmächtig geworden.« Sie stützte sich auf dem Boden ab und klammerte sich an seinen Armen fest, um endlich hochzukommen.

»Nur ohnmächtig? Du bist stundenlang fort gewesen.«

»Ja, dann bin ich eingenickt.«

»Ach Greta …« Seine Stimme so wie früher, wenn Maria etwas angestellt hatte. Gesenkt und mahnend, aber herzlich. Kein Vergleich zu ihrer eigenen schrillen Tonlage.

Maria hatte Hasse schon leidgetan, noch bevor ihre Unterlippe zu flattern begonnen hatte und die Mundwinkel nach unten gingen. Er hatte sie in die Arme genommen und getröstet, bevor ihr in den Sinn gekommen war, sich wenigstens ordentlich zu schämen. Greta hatte da immer mit ihm geschimpft. Es war nicht verkehrt, wenn sie sich schämte. Das gehörte zur Erziehung dazu. Doch jetzt tat es ihr gut, diese Stimme zu hören.

»Ich muss nur dringend was essen«, sagte sie. »Das ist das Problem.«

»Nur was essen …«, sagte er und legte den Arm um ihre Taille, dass sie sich auf ihn stützen konnte. Wieder geriet sie ins Wanken, wieder hatte sie schwarze Schleier vor Augen, wahrscheinlich hatte sie das letzte Quäntchen Kraft in ihrem Körper vollständig aufgebraucht.

»Oma!« Terese saß auf dem Rücksitz und sah völlig verängstigt aus. »Oma! Hast du dir wehgetan?«

Greta konnte sie nicht einmal mehr tröstend anlächeln, sie ließ nur den Kopf auf die Nackenstütze fallen.

»Oma hat zu wenig gegessen«, erklärte ihr Hasse, mit dieser ruhigen, zuversichtlichen Stimme.

»Sie kann meinen Pfannkuchen haben.«

»Ja«, sagte Hasse lachend. »Sie kann deinen Pfannkuchen essen.«

Als sie ins Haus kamen, roch es angebrannt. In der Küche lagen angekohlte und zerfledderte Pfannkuchen auf einem Teller, das Marmeladenglas war halb leer. Hasse sah sie verlegen an.

»Die meisten konnte man nicht mehr essen«, erklärte er.

Sie setzte sich aufs Küchensofa, und er schenkte ihr ein Glas Saft ein. Sie leerte es in einem Zug, und er füllte sofort nach.

Dann machte sie sich auf dem Sofa lang.

Es war Jahre her, dass sie sich erlaubt hatte, hier zu liegen und auszuruhen, meist war es Hasse, der sich nach dem Essen so ein Päuschen genehmigte. Das Sofa war hart und unbequem, sie mussten es dringend neu polstern lassen. Trotzdem hatte er nie einen Ton gesagt. Vielleicht wusste er nicht, dass so was ging?

»Soll ich dich füttern, Oma?«

Greta versuchte, Hasse ein Zeichen zu machen, er solle dafür sorgen, dass das Kind sie in Ruhe ließ, sie konnte einfach nicht mehr, doch er legte Pfannkuchen auf einen Teller und schob ihn ihr hin.

»Jetzt iss mal«, sagte er.

Schon beim Anblick dieses Stapels dicker Pfannkuchen drehte sich ihr der Magen um. Innen klebrig und außen angebrannt. Sie fing trotzdem an zu essen. Zwang sich dazu, obwohl es sie mehrfach würgte.

Hasse hockte ihr gegenüber. Die Küchenlampe warf ein sanftes Licht auf sein Gesicht. Schüchtern, als hätte er Angst, zurückgewiesen zu werden, legte er seine Hand über ihre.

Sie wehrte sich nicht.

»Hast du ein Tagebuch gefunden?«, fragte sie.

Er schloss die Augen. »Nein, hab ich nicht.«

»Hast du denn richtig gesucht?«

»Ja, überall. Sie muss wohl ...«

Er stockte, doch sie wusste, was er hatte sagen wollen. Sie muss es wohl mitgenommen haben. Der Speichel sammelte sich in ihrer Mundhöhle, und unter den Achseln brannte der Schweiß. Sie stand auf und flitzte zum Spülbecken. Stand da und keuchte, bis der Brechreiz nachließ.

Da spürte sie seine Hand auf ihrer Schulter.

»Was meinst du, Greta?«, fragte er. »Du kochst und isst ordentlich, und dann suchen wir zwei zusammen weiter. Ich geh mit dir mit, wenn ich von der Arbeit zurück bin. Terese kann am Tag auch bei Sylvia und Kjell sein. Hat Sylvia angeboten.«

Sie sah ihn an. Er lächelte mild, als redete er mit einem Kind. Mit derselben Stimme hatte er mit Maria gesprochen, als sie klein war.

Aber sie spürte schon, wie die Kraft langsam zurückkehrte, und sie betrachtete das dreckige Geschirr, das das Spülbecken fast bis zum Rand füllte, die Rührschüssel mit dem Pfannkuchenteig und den völlig verklebten Herd. Früher oder später würde sie sich darum kümmern müssen, denn wenn sie in der Verfassung sein wollte, ihre Suche fortzusetzen, dann musste sie etwas in den Magen bekommen. Und wenn sie etwas Essbares wollte, dann musste sie wohl oder übel selber kochen.

»Wir machen es so«, sagte sie. »Aber abends musst du das Kind übernehmen.«

Er drückte ihre Hand ganz fest.

»So machen wir es«, sagte er.

# 12.

*Oktober, 1983*

ES WAR DER ZWEITE Montag im Oktober, und Kjell war um sechs Uhr morgens hellwach.

Der erste Tag der Elchjagd.

Er hatte sich die ganze Woche freigenommen.

Draußen war es noch dunkel, und als er aus dem Bett stieg, konnte er sein Spiegelbild in der Fensterscheibe sehen. Sylvia schlief neben ihm, ihr Haar floss wie glänzender Stoff übers Kopfkissen. Er war versucht, sich herüberzubeugen und es sanft zur Seite zu streichen, doch er konnte es nicht. Er wollte sie ja nicht wecken, sagte er sich, aber insgeheim wusste er, dass das nicht der einzige Grund war.

In seinem Bauch rumorte es, und sein erster Weg ging zur Toilette. Dann kochte er Kaffee und schmierte sich ein paar Wurstbrote für den langen Tag im Wald. Moss strich ihm schwanzwedelnd um die Beine, er schien zu spüren, was in der Luft lag. Kjell beugte sich hinunter und kraulte ihm das Fell.

»Ja, ja, du weißt, dass es jetzt auf die Jagd geht. Aber heute darfst du nicht mit.«

Kjell goss sich Kaffee in eine Tasse und trug sie raus auf den Balkon, er wollte noch eine Morgenzigarette rauchen. Sein Blick fiel auf die Kreuzung. In der Nacht war eine feine Schicht Schnee gefallen, und so früh am Morgen leuchteten die Dächer der Häuser noch weiß. Bis zum Mittagessen würde der Schnee längst getaut sein.

Aus dem Schornstein vom Berghof stieg kein Rauch auf. Noch immer gab es von Maria nichts Neues. Kein einziger Anruf, keine Postkarte, auch kein Brief.

Als dieser außergewöhnlich heiße Sommer zu Ende ging, fand es wohl jeder im Dorf äußerst sonderbar. Jetzt waren schon Monate vergangen.

Die Polizeibeamten zogen daraus keine Schlüsse. Der Mantel, das Portemonnaie und die verschwundenen Tagebücher deuteten darauf hin, dass sie freiwillig gegangen war. So etwas kam vor. Gar nicht so selten, wie sie sagten. Manche Menschen verschwinden einfach und fangen woanders neu an.

Was sie nicht ausgesprochen hatten: Maria war doch noch blutjung und hatte das kleine Kind am Hals. Aber gedacht hatten sie es insgeheim sicher, wie wohl die meisten.

Greta und Hasse suchten noch immer nach ihrer Tochter. Fast jeden Nachmittag brachten sie Terese zu Sylvia, die sie mit offenen Armen empfing, und dann zogen sie los. Sie waren sogar mit dem Boot zum Fluss bei Gulåsen gefahren und hatten den Grund mit langen Stäben abgesucht, zudem an jeder Straße den Waldrand durchforstet, und dies in einem Umkreis von bald dreißig Kilometern.

Und noch immer hatten sie nichts gefunden. Keinen einzigen Hinweis darauf, dass sie lebte oder tot war.

Terese fragte inzwischen nicht mehr nach der Mama. Sie war immer noch ein fröhliches Kind. Kjell sagte nichts dazu. Kinder lebten im Hier und Jetzt, sie vergaßen schnell.

Immer abends, wenn sich die Dämmerung über die Wälder legte, kam Hasse und holte Terese wieder ab. Sylvia schien ganz zufrieden zu sein. Nach ihrem Streit hatte sie über eine Woche kein Wort mit Kjell gesprochen. Doch mit der Zeit war sie wieder aufgetaut. Jetzt konnte sie Greta und Hasse immerhin helfen. Oder auch Maria, je nachdem, wie man es sah.

Jeden Abend schliefen sie miteinander. Sie wollte schwanger werden, das spürte er, das war der Grund, warum sie sich an ihn schmiegte, sobald er ins Bett kam. Inzwischen hoffte er eher, dass es nicht klappte. Warum, wusste er selbst nicht so genau.

Das Thermometer im Küchenfenster zeigte minus zwei Grad. Unten bei Ernst und Ingegärd bellten die Hunde in ihrem Gehege, sie spürten es wohl, dass die Elchsaison angebrochen war. Kjell ging noch einmal in die Küche, um die letzten Dinge einzupacken. Bevor er das Haus verließ, blieb er vor der angelehnten Schlafzimmertür stehen und lauschte. Ihre Atemzüge waren immer noch tief und schwer. Bestimmt würde sie noch bis weit in den Vormittag schlafen, während er draußen in der Kälte hockte und hoffte, etwas schießen zu können, damit er später die Gefriertruhe im Keller wieder füllen konnte. Elchfleisch aß sie besonders gern.

Die anderen standen schon an der Kreuzung und warteten, als er runtergelaufen kam.

Als er die Männer sah, fiel ihm auf, dass sie seit dem Mittsommerabend nicht mehr zusammengekommen waren. Es hatte keine Feste mehr gegeben, nicht mal ein gemeinsames Abendessen. Eigentlich gab es dafür keinen Grund. Davon abgesehen, dass niemand darüber reden wollte, über den Mittsommerabend und über Maria.

Rolf stand breitbeinig da, die Hände in die Seiten gestemmt, Göran hatte eine Zigarette im Mund, an der er zog, ohne sie in die Hand zu nehmen, und Ernst beugte sich über eine Karte, die er auf dem Dach von Rolfs Wagen ausgebreitet hatte. Ein paar ältere Männer aus Mårtesbo waren auch dabei.

Hinter ihnen lag das rote Holzhaus, in dem die Fenster dunkel waren und wo aus dem Schornstein kein Rauch mehr kam. Dieses Jahr keine Maria, die ihnen zuwinkte und Görans Augen zum Leuchten und die Glut seiner Zigarette zum Lodern brachte.

Hasse fehlte. Doch Kjell fragte nicht nach, und die anderen taten das auch nicht.

Nachdem Ernst den Ablauf des ersten Jagdtags erklärt hatte, fuhr er am Slaggsee hinauf, und die anderen zogen los, um ihre Ansitze aufzusuchen. Kjell lief auf dem Weg zwischen seinem Haus und dem Wald und bog dann ab, um seine Stellung einzunehmen. Dieselbe wie letztes Jahr.

Die dünne Schicht Schnee knirschte unter seinen Stiefeln, obwohl er versuchte, leise zu gehen. Kaum war er da, verspürte er ein dringendes Bedürfnis, und so grub er hinter einer Fichte ein Loch, in das er sich entleerte. Er bedeckte es wieder mit Moos und Schnee und hoffte, dass er tief genug gegraben hatte.

Dann holte er seine Sitzunterlage heraus und platzierte sie auf dem Baumstumpf, der sein Ansitz war. Er nahm Platz, holte die Thermoskanne aus dem Rucksack und schraubte den Deckel ab. Ernsts Stimme knisterte im Funkgerät. Er teilte mit, dass er Lajka losgelassen habe und dass er sich im Moment vom See nach unten bewege. Schon jetzt war er außer Atem.

Dann war die Stille zurück, und als Kjell sich daran gewöhnt hatte, konnte er all die Geräusche des Waldes hören: Schnee, der bei den steigenden Temperaturen von den Bäumen fiel, Vögel, die sich in den Büschen bewegten, ein paar Zweige, die knacksten. Kjell trank einen Schluck Kaffee, und der schmeckte heute genauso gut wie immer am ersten Jagdtag der Saison.

Eine gute Stunde später, die Sonne stand nun über den Tannenwipfeln, schallte Hundegebell durch den Wald. Sie bewegten sich also in seine Richtung. Kjell riss sich zusammen, streckte den Rücken durch und machte sich bereit, das Gewehr am Anschlag, sein Puls stieg, im Magen ein flaues Gefühl. Erst nur vereinzeltes Bellen. Dann immer häufiger. Kjell spürte, wie ihm das Blut in Kopf und Ohren schoss. Im Funkgerät knisterte es.

»Kjell«, erklang Ernsts keuchende Stimme. »Jetzt rennt sie in deine Richtung, kommen.«

In seinen Ohren schlug der Puls laut, er hörte die Äste knacksen und sprang auf, legte das Gewehr an und entsicherte es. Da sprang eine stattliche Elchkuh aus dem Gebüsch, fünfzig Meter entfernt, und er nahm sie ins Visier, sein Blick flimmerte vor Adrenalin.

Und dann drückte er ab. Er hob den Kopf und sah das große braune Tier weiterrennen.

Verfluchter Mist. Er hob das Gewehr erneut, lud nach, sah das Hinterteil der Elchkuh noch verschwinden.

»Ich hab auf sie geschossen«, sprach er ins Funkgerät, völlig außer Atem. »Ich weiß nicht, ob ich sie erwischt habe. Sie ist weggerannt, kommen.«

Es knisterte in der Leitung, bevor Ernsts aufgeregte Stimme erklang.

»Ist Lajka auch da? Kommen.«

»Sie war gar nicht bei der Elchkuh. Kommen.«

Da hörte er Gebell, das wieder verklang, dann noch einmal dasselbe. Nun hatte er wieder Hoffnung. Vielleicht lag das Tier gar nicht weit von ihm auf dem Boden.

»Geh hin und sieh nach. Kommen«, sagte Ernst.

Kjell setzte sich in nördlicher Richtung in Bewegung, ließ den Blick den Hang hinauf schweifen, sah die Elchfährte in den Schneeverwehungen, doch kein Blut. Er fluchte. Hörte jetzt Lajka links von sich bellen, sie musste direkt hinter dem Bondeberg sein.

Die Elchspuren führten auch in diese Richtung.

»Kjell.« Ernsts Stimme knatterte durchs Funkgerät.

Kjell nahm das Funkgerät dicht an den Mund, sein Atem war warm und feucht.

»Ja, kommen.«

»Kannst du herkommen?« Seine Stimme immer noch atemlos, doch jetzt weit oben in der Kehle, sie klang schrill. Diesmal sagte er gar nicht »kommen« am Ende seines Funkspruchs.

»Wohin? Kommen.«

»Ein paar Hundert Meter nördlich von deiner Position. Hinter dem Bondeberg. Vor dem Brännvinsplatz.«

Kjell ging davon aus, dass die Elchkuh dort lag, und er beeilte sich, doch an die Stelle eines erwartungsvollen Kribbelns war schon ein unterschwelliges Unbehagen getreten.

Wie schlimm es wohl um den Elch stand? Ernst hatte so düster geklungen.

Aber in der Fährte fand er kein Blut.

Später, als er in eine Wolldecke eingewickelt in Ingegärds Küche saß, wusste er, dass er es da schon geahnt hatte. Schon als Ernst vergaß, am Ende seines Funkspruchs »kommen« zu sagen.

Und dann stieg die Gewissheit mit jedem Schritt, den er in Richtung Norden machte; er ging über die moosbewachsenen Steine und machte einen Bogen um umgestürzte Bäume und Windwurf und hörte zwischendrin immer wieder Lajkas Bellen, und kurz darauf sah er den Hund zwischen den Bäumen, dann Ernst, der ihn festhielt, Lajkas Rute schlug hin und her, die rosa Zunge hing ihr aus dem Maul. Kjell ging auf ihn zu.

Ernst war ganz bleich, die Ohrenschützer seiner Mütze waren hochgeklappt, und vor dem Mund stand sein dampfender Atem. Er zeigte in die Richtung, in die Lajka bellte.

»Geh mal hin und schau nach«, sagte er.

Kjell schlug das Herz bis zum Hals, und das Adrenalin schoss dröhnend durch seinen Kopf.

»Was ist denn da?«, fragte er. Obwohl er es bereits wusste.

Ernst schüttelte den Kopf.

»Ich glaube, da liegt sie.«

Er hätte auch Nein sagen und ihn auffordern können, die Polizei zu rufen, es gab gar keinen Grund für ihn, selbst hinzugehen und nachzusehen, das war ja nicht seine Aufgabe.

Doch er ging.

Würde sich noch Jahre später an das Knirschen seiner Schritte übers gefrorene Moos erinnern, das schon angetaut war, würde es in seinen Albträumen hören, dazwischen buntes Vogelgezwitscher im Sonnenschein, als hätten sie Frühling und nicht finstersten Oktober.

Zuerst sah er den Felsstein, er war riesig, über zwei Meter hoch, und hatte eine scharfkantige, stark abfallende Seite. An den Oberflächen und in den Spalten war er voller Etagenmoos und Grauer Kragenflechte, und Kjell legte seine Hand auf eine Seite und bekam kalte Finger, als er sie übers Moos gleiten ließ. Irgendwann musste er die Handschuhe ausgezogen haben, er konnte sich daran gar nicht erinnern.

Unter der steilen Felswand befand sich eine Kuhle, davor zeichneten sich die Hundespuren im Schnee ab, und als sein Blick ihnen folgte, da sah er es.

Erst wusste er überhaupt nicht, was das war. Eine Art faseriges Stück Stoff, das jemand da hingeworfen hatte und das später wohl wieder ausgegraben worden war, dreckig gelb und grünlich, zwischen Zweigen und Tannennadeln. Erst als sich seine Augen über den Gegenstand vorwärts tasteten und er den Schädel erkannte, merkte er, dass es Haare sein mussten.

Dann war es, als ob plötzlich Licht auf den Boden fiele und seine Augen begriffen, was das war, was sie eben gesehen hatten, ohne es gleich zu erfassen.

Knochen. Vergilbt und verdreckt.

Als er den Brustkorb entdeckte, zertrümmert und von irgendeinem Tier beiseitegeschafft und unter einem umgestürzten Baum eingeklemmt, fuhr er herum und rannte zurück zu Ernst. Er trat in ein Loch und schlug der Länge nach hin, und als er wieder auf die Knie kam, musste er sich übergeben. Die breiige Masse floss übers Moos, und er meinte zu bemerken, wie gierig der Boden die Flüssigkeit schluckte, um sich dieser menschlichen Schwäche so schnell wie möglich zu entledigen.

Er keuchte und wischte sich den Mund trocken, blickte auf zu Ernst, der noch da stand, den Hund fest im Griff neben sich, und er war jetzt noch blasser.

»Ist sie's?«, fragte er, und seine Augen waren große, tief liegende Höhlen.

Kjell spürte die Nässe an den Knien durch den Stoff seiner Hose bis auf die Haut.

»Ich weiß nicht. Aber da liegt eine Leiche. Wir müssen die Polizei rufen.«

Ernst war so geistesgegenwärtig, die Jagd übers Funkgerät abzubrechen, ohne einen Grund zu nennen. Kjell und er gingen wieder bergab, Lajka zog unentwegt an der Leine, und Ernst brüllte sie so laut an, dass sie sich auf den Rücken warf. Die Tannenzweige schlugen Kjell ins Gesicht, und der schmelzende Schnee tropfte ihm in den Nacken.

Als sie zu dem Loch im Zaun vor dem kupferroten Haus kamen, musste er sich wieder übergeben. Ernst sah ihn mitleidig an, und Kjell dachte, dass Ernst selbst nicht hatte vorgehen wollen, er hatte nur einen Verdacht gehabt, als Lajka dagestanden und die Fährte aufgenommen hatte, und dann hatte er Kjell einfach vorgeschickt.

Kjell war sich ziemlich sicher, dass Ernst von seiner Position aus nicht hatte feststellen können, ob das da drüben Tier- oder Menschenknochen waren, aber vermutlich hatte er es geahnt, doch sich nicht getraut, selbst nachzusehen.

Das hatte er Kjell machen lassen.

Und Kjell würde ihm das ein Leben lang nicht verzeihen.

Ingegärd saß mit einer Tasse Kaffee, daneben Kekskrümel,

am Küchentisch, als er hineinkam. Erstaunt rief sie Hallo, und ihr Mund verzog sich, und ihre Augen wurden größer, dann registrierte sie, dass es Kjell war und nicht Ernst. In Stiefeln kam er in die Küche gestapft, das bemerkte er erst, als er auf die nassen Pfützen auf dem Fußboden blickte.

»Ist was passiert?«, fragte sie.

Er nickte, aber brachte kein Wort heraus, die Bilder jagten durch seinen Kopf, der nassfeuchte Waldduft, das tannenbaumartige Moos auf der Steinplatte. Das Haar, das kaum mehr nach Haar aussah. Ein verfilztes, dreckiges Garnknäuel. Er schloss die Augen und versuchte krampfhaft, das Bild loszuwerden.

Ingegärd war aufgesprungen und sah nun besorgt aus dem Fenster, als sie keine Antwort bekam. Die Augen weit aufgerissen, die Stimme schrill.

»Wo ist Ernst? Was ist denn passiert?«

Da fasste sie Kjell und zog ihn zum nächsten Stuhl. Er sank nieder, fröstelte und schwitzte gleichzeitig. In dem Moment sahen sie beide durchs Fenster, wie Ernst die Hündin in den Zwinger ließ und über den Hof aufs Haus zukam.

Kjell schnappte nach Luft. Er wollte es aussprechen, bevor Ernst im Zimmer stand. Hinterher konnte er auch nicht mehr sagen, warum.

»Wir haben sie gefunden.«

Ingegärd blinzelte, als verstehe sie nicht.

»Da liegt eine Leiche. Im Wald.«

Sie riss die Hände hoch und presste sie sich auf die Ohren, als sei das zu viel für sie, dann wanderten sie weiter zu ihrem weit aufgesperrten Mund.

»Seid ihr sicher?«

»Es sind nur noch Knochen«, sagte Kjell, und seine Stimme brach, und seine Lippen brannten. »Und Haare.«

Innerlich weinte er, doch er zeigte es nicht. Ernst kam in die Küche und legte ihm mitfühlend die Hand auf die Schulter. Dann griff er zum Telefon, und Kjell konnte am Geräusch von der Wählscheibe erkennen, dass er den Notruf gewählt hatte.

# 13.

SYLVIA SASS AM Küchentisch, und im Radio lief schon zum zweiten Mal an diesem Morgen *What a feeling* von Irene Cara. Durchs Fenster beobachtete sie, dass die Autos bereits gegen zehn Uhr von der Kreuzung wieder heimfuhren. Ihr war sofort klar, dass etwas passiert sein musste. Sie rief Moss zu sich und bohrte ihre Nase in sein Fell.

Ihre Gedanken wanderten zu Greta. Und zu Terese. Sie verschmolzen mit Irene Caras Stimme, sodass sie später fast zwanghaft, immer wenn dieses Lied lief, an Greta und Terese denken musste.

Als der Nachrichtensprecher die Meldung von der großen Demonstration gegen den Arbeitnehmerfonds verlas, riss sie sich zusammen und machte sich daran, das Frühstücksgeschirr abzuräumen. Das musste noch gar nichts heißen. Es kam vor, dass die Jagd vorzeitig abgebrochen wurde.

Sie behielt die Tür im Auge, doch nichts tat sich. Als sie unten bei Ernst und Ingegärd die Hunde anschlagen hörte, rannte sie zum Fenster. Seit die letzten Blätter gefallen waren, hatte man eine weite Sicht, und zwischen den ausladenden, braunen Zweigen der Fliedersträucher erkannte sie Ernst und Kjell. Die beiden kamen über den Hof gelaufen.

Was tat er da? Warum kam er nicht nach Hause?

Sie zündete sich eine Zigarette an und rauchte hektisch, während ihr Blick wie festgenagelt an diesem Haus hing, obwohl die geschlossene Haustür nichts preisgab.

Von ihren Atemzügen beschlug die Fensterscheibe. Sie wählte Ernsts Nummer, doch es war ständig besetzt.

Eine halbe Stunde später bog ein Streifenwagen auf den Hof. Der Lack glänzte auffällig inmitten der dumpfen Herbstfarben. Da warf sie die Jacke über, stieg in die Gummistiefel und ging hinaus.

Die dünne Schneedecke vom frühen Morgen war schon weggeschmolzen, und das Gras unter den Gummisohlen war glitschig. Auf der Böschung rutschte sie aus und wäre beinahe auf dem Hintern gelandet, doch sie konnte sich gerade noch abfangen und schlitterte dann den Rest des Weges.

Lajka tigerte im Gehege hin und her und bellte sie an. Doch Sylvia nahm sich nicht die Zeit, den Hund zu begrüßen, damit er damit aufhörte.

Sie klopfte und wartete kurz, meinte dann ein leises »komm rein« zu hören und öffnete die Tür. Ingegärd stand direkt dahinter und fasste sie gleich am Arm. Der Flur war dunkel, wenn man vom helllichten Tag draußen kam, ihre Augen brauchten einen Moment, um sich ans schummrige Licht zu gewöhnen.

Dann konnte Sylvia sehen, dass Ingegärds Augen nass glänzten und dass ihr kurz geschnittenes, graues Haar abstand, als hätte sie sich mit den Händen darin verheddert.

Aus der Küche waren derbe Männerstimmen zu hören. Sylvia erkannte Kjells Stimme zwischendrin, doch sie klang schrill und verängstigt.

»Sie haben eine Leiche gefunden«, flüsterte Ingegärd, und ihre Finger gruben sich in Sylvias Arm. »Oben an dem großen Felsen am Bondeberg. Das wird wohl ...«

Mehr musste sie nicht aussprechen. Ihr Name lag wie ein eisiger Nebel zwischen den beiden.

»Wissen sie schon, ob sie es ist?«

Ingegärds Gesicht gefror zu einer Grimasse, und sie ließ von Sylvias Arm ab.

»Weißt du, da sind nur noch Knochen ...« Sie kniff die Augen zusammen, als ob sie die Szenerie bildlich vor sich hatte und versuchte, die schrecklichen Bilder wieder loszuwerden.

Sylvia schluckte. »Wie – nur Knochen?«

»Nur Knochen. Und Haare. Da waren wohl die Tiere zugange.«

Sylvia musste an Greta denken. An die vielen Nachmittage, an denen sie sich auf die Suche gemacht hatte. Ihre felsenfeste Überzeugung, dass ihre Tochter irgendwo hier draußen sein musste. Jetzt musste sie nicht länger suchen.

Und Sylvia würde künftig keinem fröhlichen Kind mehr die Haustür öffnen und sich mit ihm lustige Spiele ausdenken.

Sie musste an Maria an diesem Mittsommerabend denken, an ihr türkisfarbenes, dünnes Kleidchen, fast durchsichtig. An ihr langes, blondes Haar. Terese hatte dasselbe Haar, nur der Farbton war anders.

In ihr zog ein Sturm auf, vor ihrem inneren Auge erschienen lauter Bilder, die sie malen musste. Ein manisches, beklemmendes Gefühl, das sich in Farbe entladen würde. Derbe Pinselstriche, die tief in die Leinwand kratzten, dunkle, kräftige Farben, die über den Grund liefen, die explodierten, keine Motive, keine Details, niemand würde es deuten können, was die Farben und die Bewegungen auf dem Bild darstellen sollten.

»Dann sind sie gar nicht sicher, dass sie es ist?«, stammelte sie.

Ingegärd schüttelte den Kopf und setzte sich auf das Sofa im Flur, wäre um ein Haar mit dem Kopf an das Elchgeweih darüber gestoßen, doch merkte es gar nicht. Ihr Gesicht in Richtung Küche, und auch Sylvia versuchte zu verstehen, was da drinnen gesprochen wurde, aber sie hörte nur leises Gemurmel.

Dann erschienen die Polizeibeamten im Flur. Der eine war sehr groß und musste sich ducken, um sich nicht den Kopf am Türrahmen anzuschlagen. Er grüßte, indem er sich an die Kappe fasste. Der andere grüßte nicht, doch sein Schnurrbart verzog sich ein wenig, als würde er ihnen zulächeln. Hinter ihnen kam Ernst mit zugekniffenem Mund und ging auf die Haustür zu.

Sie hörten, wie der Motor des Streifenwagens angelassen wurde und der Kies unter den Reifen knirschte.

»Er führt sie zu der Stelle, wo sie liegt«, sagte Kjell, der nun auch in den Flur gekommen war und unter den Geweihen der Elche stand, die Ernst in seinen besten Tagen geschossen hatte. Im Licht der Deckenlampe sah Kjell unnatürlich bleich aus.

»Vielleicht ist sie es ja gar nicht«, sagte Sylvia und fasste seine Hand.

Kjell griff sich ans Kinn. »Wer soll es sonst sein?«

Sie schloss die Augen. In den nächsten Minuten würden sie

Greta die Nachricht überbringen. Terese war bei ihnen. Sylvia musste sie auf der Stelle zu sich holen. Für Greta und Hasse war das jetzt ganz sicher zu viel.

# 14.

GRETA HATTE GEGLAUBT, dass es eine Erleichterung sein würde. Wenn eines Tages diese leiernde Stimme in ihrem Kopf, die sie unablässig dazu antrieb weiterzusuchen, bis ihre Tochter zur Vernunft gekommen war, endlich verstummen würde. Doch als der Streifenwagen vor dem Haus hielt und Sandgren ausstieg, konnte sie an seinem Gesicht sofort ablesen, was er ihr übermitteln würde, und da überkamen sie augenblicklich Panik und Wut.

Sie wollte das nicht. Sie schaffte das nicht. Sie wollte am nächsten Morgen wieder aufstehen und eine Aufgabe haben, etwas tun müssen. Suchen. Weiter nach ihrer Tochter suchen.

Hasse war zu Hause. Er hatte sich ursprünglich für die Elchjagd freigenommen, dann aber spontan beschlossen, nicht mitzugehen. Greta war überzeugt, dass er sie nicht allein lassen wollte. Wofür sie ihm wirklich dankbar war.

Er hatte den Streifenwagen auch gehört und die grellen Farben gesehen, als das Auto vor dem Küchenfenster vorbeigefahren war, und da hatte er wohl begriffen, dass sie recht gehabt hatte, vom ersten Tag an.

Jetzt konnte sie zusehen, wie er kreidebleich wurde. An manches konnte sie sich im Nachhinein ganz deutlich erinnern, sah jedes kleine Detail vor sich, anderes war wie ausradiert, sodass die Bilder, die übrig blieben, eine Kette unzusammenhängender Erinnerungen bildeten.

Sandgren hatte seine Polizeimütze abgenommen und hielt sie vor seiner Brust, als Greta die Tür öffnete. An seiner Stirn stand eine kleine Haarsträhne ab, da hatte er einen Wirbel. Sie konnte sich an den Türrahmen erinnern, der ihn wie ein Foto einrahmte, mit jedem Astloch im Kiefernholz, den dunklen See hinter ihm und die schwarzen Umrisse der drei Vögel, die genau in dem Moment über den Himmel flogen. Doch sie hatte keinerlei Erinnerung mehr an seine Worte.

Dann der Küchentisch. Eine durchsichtige, verschlossene

Tüte. Darin ein Stück Stoff, von Feuchtigkeit und Dreck dunkel verfärbt. Der Stoff war zusammengelegt, aber sie konnte erkennen, dass er zerrissen war, einzelne Fasern stachen heraus. Vor ihrem inneren Auge hatte sie das so oft gesehen, aber da war er nie so massiv gewesen, nicht so dick verkrustet vom Dreck. In ihrer Fantasie hatte der Kleiderstoff seine helle Farbe behalten und war so federleicht gewesen wie an dem Tag, als Maria über den Rasen anspaziert gekommen war, Greta den Arm um die Schulter gelegt und sie genötigt hatte, sich noch ein Weilchen zu ihnen zu setzen.

Greta wusste, dass Sandgren sie gefragt hatte, ob sie den Stoff wiedererkenne, aber sie hatte seine Stimme nicht mehr im Ohr, wusste nicht mehr, wie er es formuliert hatte, konnte seine Worte nicht wiedergeben. Erst hatte sie den Kopf geschüttelt, aber da hatte Sandgren die Tüte zu ihr rübergeschoben, und da hatte sie die Blümchen wiedererkannt.

Der Schrei hatte sich durch ihren Körper gerammt, und sie konnte sich an das Gefühl erinnern, dass ihre Haut so überdehnt wurde, dass sie fast platzte, und sie spürte ihren Schrei im Schädel vibrieren, doch konnte sich an den Laut selbst nicht erinnern.

Das Schluchzen der Kleinen hörte sie nicht mehr, aber an das Bild des Kinderkörpers, an Hasses Oberkörper geklammert, das braune Haar über den Schultern, die verschlissene Rückseite der roten Cordhose, seine Hand mitsamt Ehering an ihrem Oberschenkel, seine fahlweißen Knöchel, daran erinnerte sie sich.

Ebenso daran, wie sie allein auf dem Fußboden saß und spürte, wie etwas sich in ihr aufblies und immer größer wurde, keiner von den anderen schien es zu begreifen oder sich darum zu scheren, dass ihre Haut jeden Moment aufplatzen konnte und dann alle Organe und sämtliches Gewebe auf den Boden klatschen würden.

Hasse antwortete ihr später auf ihre Frage, wie er sie da ganz allein auf dem Boden hatte sitzen lassen können, allein mit dieser Panik, dass Sandgren neben ihr gesessen und sie in den Armen gehalten habe.

Daran konnte sie sich überhaupt nicht mehr erinnern.

Hasse sagte, Greta habe dermaßen laut geschrien, dass er Te-rese raus auf den Hof tragen musste, weil das Mädchen so gro-ße Angst bekommen habe. Er sagte, dass er in seinem ganzen Leben noch nie solch einen entsetzlichen Schrei gehört habe.

»Und trotzdem hast du mich einfach da sitzen lassen.«

»Das stimmt nicht«, sagte er. »Aber einer musste sich doch um die Kleine kümmern.«

»Ich hab eine Mutter verloren und ein Kind«, sagte sie. »Ich kann dir sagen, was schlimmer ist.«

»Sie ist noch ein Kind. Sie versteht das nicht. Die arme Klei-ne hat sich zu Tode erschreckt.«

Ingegärd und Sylvia kamen rüber, als Sandgren noch da war. Greta hatte sein Gesicht noch deutlich vor Augen, diese Er-leichterung, dass er nun endlich gehen konnte. Dafür würde sie ihn zeitlebens hassen.

Sylvia nahm Terese zu sich, und Ingegärd holte eine Eisver-packung, in der angetaute Brokkoli-Quiche war, aus einer Pa-piertüte und schaltete den Ofen ein. Sie kochte Kaffee und stellte ihnen die vollen Tassen hin. Als keiner einen Schluck trank, schenkte sie jedem stattdessen Schnaps ein.

Greta wedelte abwehrend mit beiden Händen, doch Inge-gärd hob die Tasse an und knallte sie wieder auf den Tisch. Dann sagte sie streng: »Das wird jetzt getrunken!«

Da gehorchte sie.

Hasse musste nicht überredet werden.

Als Greta die Tasse geleert hatte, schenkte Ingegärd nach. Der Geschmack von Erbrochenem brannte ihr im Hals, oder war es der Schnaps, der so schmeckte, sie hatte ja noch nie Schnaps getrunken. Der Schwindel konnte den Schmerz nicht stillen, aber das Gefühl von der aufplatzenden Haut war im-merhin weg.

Dann nahm Ingegärd sie am Arm und führte sie die Treppe hinauf. Brachte sie zu ihrem Bett und schlug die Bettdecke auf. Greta spürte die Tränen, sie verzerrten ihr Gesicht, und es tropf-te ihr aus Augen, aus Nase und Mund. Ingegärd tupfte ihr mit feuchten Servietten das Gesicht ab, sie klebten an der Haut fest, dann wog sie sie sanft in den Schlaf und streichelte ihr übers Haar. Greta erinnerte sich, dass Ingegärd bei ihr saß, als sie einschlief, und immer noch da war, als sie aufwachte. Hasse hatte im Gästezimmer geschlafen. Greta fragte sich, ob Ingegärd sich auch um ihn gekümmert hatte. An Hasses Gesicht konnte sie sich überhaupt nicht mehr erinnern. Dafür an die Haare an seinem Unterarm, sein Pullover war hochgerutscht, als er Terese trug, den Ehering, der im Lampenlicht glänzte, sie wusste noch, dass sein Pullover braun gewesen war, der Pullover, den sie ihm vor langen Jahren einmal gestrickt hatte. Doch sein Gesicht, diese Erinnerung war weg.

Später dachte sie immer wieder, dass es anders gekommen wäre, hätte sie sein Gesicht noch vor Augen, dann hätte sie sich mit dem Anblick seines Entsetzens und seiner Fassungslosigkeit trösten können, denn etwas musste an diesem Tag doch im Gesicht ihres Mannes zu lesen gewesen sein. Als sie so unter Schock gestanden hatten und es unmöglich gewesen war, irgendein Gefühl zu kaschieren.

Denn danach gab es nichts mehr, an dem sie sich hätte festhalten können, nur noch den Schatten ihres Ehemannes und eine Tochter, die für immer verloren war.

# 15.

EIN PAAR TAGE SPÄTER hörte Kjell einen Wagen auf den Hof fahren. Sylvia warf einen Blick hinunter und fuhr erschrocken herum.

»Das Auto kenne ich gar nicht«, stammelte sie, als ob ihr das die größte Angst einjagte.

Kjell schob den Vorhang zur Seite und sah einen Mann aus dem Wagen steigen. Es war der andere Polizist, Mårten Torstensson. Er kam in Zivil, aber Kjell erkannte ihn sofort an seinem roten Haar. Der Tag war grau vom Nieselregen. Der Schnee war geschmolzen, und der hohe Nadelwald rund ums Haus tauchte den Hof ins Dunkel. Blitzartig schossen die Bilder in Kjell hoch. Das Gefühl des gefrorenen Mooses unter seiner Handfläche war das Gefühl des grünlichen, wollartigen Haares, das sich in seinen Fingern verfing. Er hatte es gar nicht berührt, doch das Bild lag ihm schwer im Magen, wie eine echte Erinnerung. Ständig sah er auf seine Hände hinab, um sich zu vergewissern, dass sie wirklich sauber waren.

Kjell öffnete die Tür, noch bevor Torstensson anklopfen konnte.

»Ich möchte mit Ihnen reden«, sagte er.

Kjell verspürte eine lähmende Müdigkeit. Er hatte doch schon alles erzählt, Polizeibeamte in Uniform hatten seine Aussagen notiert. An ihre Gesichter hatte er keine Erinnerung mehr, war völlig benommen gewesen von dem Gefühl von gefrorenem Moos an der Hand und von Haaren, die sich um sein Handgelenk wanden.

Torstensson nickte Sylvia, die Terese an der Hand hielt, zu.

»Und danach möchte ich mit Ihnen sprechen. Jeder im Dorf kommt dran.«

Kjell konnte ja verstehen, dass sie Sandgren nicht schickten, dennoch ärgerte es ihn, dass sie jetzt von diesem Grünschnabel vernommen wurden.

»Möchten Sie einen Kaffee?«, fragte Sylvia, und Torstensson nickte. Er ließ die Schuhe an und folgte ihnen in die Küche.

»Wie schön Sie hier oben wohnen«, sagte er.

»Ja«, sagte Sylvia und goss Wasser in die Kaffeemaschine. »Das stimmt.«

Torstensson drehte sich zu Terese um.

»Und das ist die kleine Tochter?«, sagte er.

»Ja«, antwortete Sylvia. »Also, natürlich nicht unsere.«

»Nein, ich meine Marias Kind«, sagte Torstensson, und er wirkte ein bisschen abwesend.

»Meine Mama heißt Maria«, sagte Terese und griff nach dem Zipfel von Sylvias Pullover. Kjell wandte seinen Blick ab. Es war kaum auszuhalten, dass dieses Kind jetzt wieder da war. Sylvia hatte sie noch am selben Abend, als Greta und Hasse die Todesnachricht überbracht worden war, zu ihnen geholt. Als sie mit der Kleinen an der Hand nach Hause gekommen war, hatte ihn ihr Gesicht richtig angeekelt. Er selbst hockte hilflos da und konnte die Bilder von fauligen Menschenknochen nicht loswerden, und sie rannte los, um sich um jemand anderes zu kümmern. Hatte sie sich überhaupt schon mal erkundigt, wie es ihm ging?

Torstensson lächelte Terese an. »Ja, ich weiß.«

»Sie weiß noch nichts … davon«, flüsterte Sylvia.

Torstensson sah dem Kind hinterher.

»Lebt sie jetzt bei Ihnen?«

»Nein«, sagte Kjell. »Das ist nur für den Übergang. Bis sich alles beruhigt hat. Dann geht sie zurück zu ihren Großeltern.«

Sylvia stellte Kaffeetassen und eine Dose Kekse auf den Tisch. Kjell fiel auf, dass sie das gute Geschirr nahm, ein Geschenk ihrer Mutter, das nur bei besonderen Anlässen zum Einsatz kam. Das regte ihn auf.

»Ich gehe mit Terese mal raus, dann können Sie sich ungestört unterhalten«, sagte sie, und er wollte schon protestieren, wollte mit dem Polizisten nicht allein gelassen werden, er ertrug nicht noch mehr Fragen über Haare, Knochen, das zerrissene, dreckige Stück Stoff, das einst so federleicht um Marias Körper geflattert war.

Torstensson beobachtete Sylvia und Terese, wie sie im Flur ihre Jacken anzogen, und Kjell meinte in seinen Augen so ein lüsternes Blitzen zu erkennen, so einen Blick, den er von Hunden kannte, wenn ein Fremder vor dem Zwinger auftauchte, solche Hunde, die man nie mit einem Kind alleine lassen würde.

Erst als beide zur Haustür hinaus waren, wandte sich der Beamte an Kjell und zog einen Notizblock aus der Tasche. Kjell hatte jetzt schon einen ganz trockenen Mund.

»Wann haben Sie den Berghof an dem Abend, als Maria Andersson verschwunden ist, verlassen?«

Kjell verschlug es die Sprache. Da war sie wieder, die Mittsommernacht, die Bäume voller Laub, in sattem Grün, die leichten Kleider, das Festessen auf dem Tisch. Er konnte sich kaum vorstellen, dass einmal Sommer gewesen war. Bilder, die nichts mit dem zu tun hatten, was er im Wald gesehen hatte, an einem Tag, der sonst der Höhepunkt eines jeden Jahres war, der erste Tag der Elchjagd.

»Um Mitternacht, glaub ich«, sagte er. Seine Stimme klang trocken und knirschte.

»Sind Sie sicher?«

Kjell schluckte, ein Gefühl wie damals, als sein Vater ihn mit der Pfeife erwischt hatte. Der Blick des Vaters, hart wie Stahl, registrierte jede noch so kleine Veränderung in seinem Kindergesicht, bis Kjells Wangen knallrot wurden und er alles und jedes gestanden hätte, Hauptsache, der Vater ließe von ihm ab.

»Ich war ziemlich gut dabei, deshalb kann ich mich nicht genau erinnern«, räumte er ein und raufte sich die Haare.

Torstensson machte eine Notiz. »Sie wissen es also nicht?«

»Na ja, so ungefähr halt.«

»Wann haben Sie Maria zuletzt gesehen?«

Kjell runzelte die Stirn. Das wusste er wirklich nicht.

»Haben Sie irgendetwas Auffälliges bemerkt?« Torstensson sah Kjell prüfend an. »Egal was, hat sie möglicherweise erwähnt, dass sie wegwollte?«

Kjell konnte sich nicht erinnern, wann er Maria zum letzten Mal gesehen hatte. Da waren wohl Bilder in seinem Kopf, wie sie in ihrem türkisgeblümten Kleid auf der Wiese herumgetänzelt war, dann ihr schallendes Lachen weit über den Hof, doch weder konnte er sagen, aus welcher Richtung ihr Lachen erklungen war, noch wann genau er es gehört hatte.

»Terese«, sagte er schließlich. »Die Sache mit Terese.«

»Was denn?« Torstenssons Augen blitzten auf, das war ein Raubtierblick.

Kjell versuchte, seine Erinnerung festzuhalten wie einen Traum, der ihm beim Aufwachen entglitt.

»Sie war verschwunden«, sagte er.

Torstenssons rote Augenbrauen schossen nach oben.

»Verschwunden?«

»Nein, dachten wir zuerst. Aber Greta hatte sie mitgenommen. Und nix gesagt. Irgendwann haben wir gemerkt, dass die Kleine weg war. Dann sind wir sie suchen gegangen.«

Der Stall. Er war im Stall gewesen. Er erinnerte sich vage, dass er da plötzlich vergessen hatte, wen sie eigentlich suchten, ganz vereinnahmt von den malenden Kiefern der Pferde und dem Getrampel in den Boxen. Er erinnerte sich daran, dass er beim Aufwachen Strohhalme an seiner Hose gefunden hatte. Doch das erzählte er Torstensson lieber nicht.

Er erinnerte sich, dass sich alles wieder beruhigt hatte, als er zum Berghof zurückgekommen war. Das Mädchen war gefunden, war in Sicherheit, und so füllten sie die Gläser wieder, doch die Anspannung in den hohen Ahornbäumen blieb, ließ ihr Blattwerk noch lange zittern.

Er hatte die Straße zu seinem Haus vor Augen, wie er torkelte, von einer Seite zur anderen wankte, er erinnerte sich an einen sanftgrauen Himmel und sich wiegende Baumwipfel, Birke, Espe, Erle und Fichte, wahrscheinlich war er hingefallen. Trotzdem hatte er es irgendwie geschafft, den Hügel hinaufzukommen, denn am darauffolgenden Tag war er in seinem Bett aufgewacht.

»Wissen Sie, wie spät es da war?«

Kjell schüttelte den Kopf, dachte an seine Erinnerungsfetzen vom Himmel, die genauso gut von jedem anderen feuchtfröhlichen Abend stammen konnten.

»Es war noch ziemlich hell«, sagte er.

Torstensson spitzte die Lippen, die großen Poren seiner fleischigen Nase kamen zum Vorschein.

»Das ist in den Juniwochen doch fast rund um die Uhr so.« Kjell warf einen Blick zum Fenster, durch das bereits jetzt ein graues Dämmerlicht hereinsickerte, dabei war es gerade drei Uhr. Im Winterhalbjahr geschah es so leicht, dass man das Tageslicht einfach vergaß.

»Ja, stimmt.«

»Und Sie sind allein nach Hause gegangen, sind Sie da sicher?«

Kjell fuhr sich durchs Haar, als könne er seinem Gedächtnis mit der Handbewegung eine Information entlocken. Er erinnerte sich an Sylvia, als er aufgewacht war, hatte noch das Bild von ihren roten Socken vor Augen.

Er war allein nach Hause gegangen. War es nicht so gewesen?

Sylvia war am nächsten Tag so böse auf ihn, das hätte er beinahe vergessen. Diese permanente Angst, dass er etwas Dummes angestellt haben könnte.

Sie hatte ihn nie zur Rede gestellt. Vielleicht hatte sie ihn mit Thorhild gesehen, ihr inniges Gespräch, die Köpfe ganz dicht beieinander? Etwas anderes hatte er doch wohl kaum verbrochen?

»Haben Sie solche Gedächtnislücken öfter?«

Kjell zuckte mit den Schultern. Wenn er nachdachte, musste er zugeben, dass so was von Zeit zu Zeit vorkam, wenn er sturzbetrunken war. Da konnten sich Stunden einfach in Luft auflösen. Aber meist passierte nichts Besonderes, und er wachte hinterher in seinem Bett auf, und Sylvia war wie immer, und er dachte nicht einmal drüber nach, dass der vergangene Abend in seiner Erinnerung viel kürzer war, als er eigentlich gewesen sein musste.

Dieser Abend war für ihn längst Vergangenheit. Seine Gedächtnislücken hatten ihm nur so lange zu schaffen gemacht, wie Sylvia auf ihn böse gewesen war. Danach hatte er nicht mehr darüber nachgedacht, sie hatte sich über neue Dinge geärgert, und der Mittsommerabend und der Tag danach waren in Vergessenheit geraten. Er hatte nicht erwartet, dass er noch einmal hier sitzen und sich aus den Fingern saugen müsste, was in den Stunden geschehen sein könnte, an die er sich nicht erinnerte.

Jetzt kam er sich blöd vor, weil er das gedacht hatte. Sie hatten doch alle Gretas hellgrüne Fjällräven-Jacke gesehen, wie sie die Straßen und die Wälder jenseits der Straßen abgelaufen war. Wie sie gekämpft hatte. Ganz nach Plan, methodisch. Sie hatte sich überlegt, wie weit jemand eine Leiche vom Weg in den Wald hineinschleppen könnte, und genau so weit war sie gegangen. Doch sie hatte sich verschätzt.

Derjenige, der Maria umgebracht hatte, musste viel stärker gewesen sein. Oder er war mehrmals losgegangen und hatte sie woanders hingeschleppt. Hatte es vielleicht mit der Angst zu tun bekommen, weil Greta so stur weiterwanderte und suchte, und war in der Nacht losgezogen und hatte die Leiche immer tiefer in den Wald geschleift, bis zu dem Spalt unter dem großen Felsen.

Bilder von dem Felsstein, den das Inlandeis vor Zehntausenden von Jahren vor sich hergeschoben hatte, vom Schädel blassgelb auf dem schneebedeckten Boden, vom Haar.

Da war auch viel Gehölz gewesen, Tannenzweige, überzogen von Blasenflechte, mit ausgetrockneten, braunen Nadeln. Sicherlich hatte der Mörder versucht, sie darunter zu verstecken. Hatte Zweige abgerissen und sie über die Leiche gelegt. Ein Mörder, der keine Ahnung hatte, auf welch brachiale Art und Weise der Wald mit dem Tod umging. Der Gestank der Leiche lockte Raubtiere an, Vögel mussten über ihrem halbverwesten Körper gekreist sein, dann die Würmer, die Insekten. Kjell schloss die Augen, er wollte nur noch fort.

»Wer war noch da, als Sie nach Hause gegangen sind? Wissen Sie das noch?«, fragte Torstensson und klang jetzt richtig streng.

»Nein, weiß ich nicht mehr.« Auf einmal spürte Kjell Kopfschmerzen, die wie aus dem Nichts kamen, Bilder von Knochen im Wald schnitten wie scharfe Glasscherben Kerben in seine Hornhaut, die hatten da gelegen wie die Überbleibsel irgendeines alten Kadavers, wie sollte er die nur zusammenbringen mit diesem Mittsommerabend, mit ihrem Lachen und diesem fast durchsichtigen Kleid.

»Ich würde sagen, die meisten«, erwiderte er. »Als ich ging, war das Fest noch voll im Gange.«

Erst in dem Moment fiel bei ihm der Groschen, und da sah er auf zu Torstensson, ihm wurde eiskalt.

»Sie glauben also, dass es einer ... aus dem Dorf war? Einer von uns?«

Torstensson rieb sich mit Daumen und Zeigefinger die Nase.

»Wir glauben gar nichts«, sagte er.

»Aber vielleicht jemand aus Smebacken, der sie hier abgeholt hat? Ihr Geldbeutel und der Mantel waren ja weg.«

»Wir versuchen nachzuvollziehen, wo sich jeder Einzelne aufgehalten hat und wer der Letzte war, der Maria lebend gesehen hat. Ihre Leiche wurde jedenfalls hier in der Nähe gefunden.«

Er nickte zur Tür, als ob ihre sterblichen Überreste hier auf Kjells Grundstück gelegen hätten. Kjell starrte in seine Kaffeetasse, in der Kaffeesatz schwamm.

»Es macht die Sache leider nicht einfacher, wenn sich die Leute so volllaufen lassen, dass sie sich nicht mal mehr daran erinnern können, wann oder wie sie nach Hause gekommen sind.«

Kjell spürte die Hitze in die Wangen steigen und ärgerte sich. Schließlich gab es keinen Grund, sich zu schämen. Am Mittsommerabend wurde nun mal getrunken. Das war überhaupt nichts Besonderes.

»Ich hab aber niemanden umgebracht, nur weil ich besoffen war.«

»Wer hat denn behauptet, dass sie umgebracht worden ist?«, sagte Torstensson, und seine Augen funkelten hinterhältig.

»Ist sie nicht ermordet worden? Haben Sie das nicht gerade gesagt?«

Vom Hof draußen erklangen Hundegebell und eine fröhliche Kinderstimme. Kjell war erleichtert. Torstensson schob seine Kaffeetasse beiseite.

»Wir warten noch auf den Bericht aus der Gerichtsmedizin«, sagte er und griff sich in sein rotblondes Haar. »Wenn von einem Menschen nur noch die Knochen übrig sind, ist es nicht ganz so leicht, die Todesursache festzustellen.« Wieder warf er Kjell einen kritischen Blick zu. »Sie ist mit Portemonnaie und Mantel aus dem Haus gegangen, aber gefunden haben wir nur das Kleid.«

Am liebsten hätte Kjell sofort widersprochen, da war ein stiller Verdacht in Torstenssons Augen, doch er hielt den Mund.

»Wissen Sie vielleicht noch, ob sie eine Jacke anhatte, als Sie das Fest verlassen haben?«

Kjell schüttelte den Kopf. Er konnte sich an die Rundungen ihres Hinterns unter dem Kleid noch erinnern, als sie sich vor ihm herbewegte, sie trug keine Jacke.

»Erinnern Sie sich nicht, oder trug sie keine?«

»Ich weiß nicht genau. Da hab ich nicht drauf geachtet.«

Torstensson seufzte und klopfte mit dem Stift auf seinen Block. »Sie haben sie gefunden«, sagte er dann und zwinkerte ihm zu, als wolle er in seinen Kopf hineinschauen und ihn entlarven.

»Der Hund hat sie gefunden«, sagte Kjell. »Und Ernst.«

Torstensson notierte etwas auf seinem kleinen Block.

»Ernst Hellberg sagt etwas anderes. Er sagt aus, dass Sie sie gefunden haben.«

Ernsts Gesichtsausdruck, da oben im Wald, die Nässe in seinem Haar. Kjell hatte gleich kapiert, dass Ernst sich nicht traute, selber nachzusehen.

»Er war es«, sagte Kjell, nun völlig unter Adrenalin.

Torstenssons Blick bohrte sich in ihn, so wie früher der Blick seines Vaters.

»Er sagt, Sie waren es.«

»Ich bin hingegangen. Aber Ernst hat mich aufgefordert, das zu tun, verdammt noch mal.«

»Dann haben Sie sie also gefunden?«

»Er hat mich über Funk gerufen! Er hat mich hergerufen,

weil er was entdeckt hatte. ›Ich glaube, da liegt sie‹, hat er sogar gesagt.«

Das notierte Torstensson nicht. Stattdessen saß er nur da, die Arme auf der Tischplatte, auf ihrem Tisch, den Sylvia abgelaugt und geölt hatte, und beobachtete Kjell einfach nur.

»Das hat Herr Hellberg nicht gesagt.«

Kjell wurde wütend. War es mit einem Mal ein Verbrechen, eine Leiche zu finden? Ging Ernst davon aus und wollte deshalb nicht zugeben, dass er sie als Erster gefunden hatte?

»Tja, aber so war es jedenfalls.«

Er hätte gern nachgefragt, was sie denn jetzt glaubten, wollte wissen, ob er unter Verdacht stand, doch er ließ es sein. Wahrscheinlich war es einfach am besten, den Mund zu halten.

Die Tür sprang auf, und Sylvia kam herein. Kjell wollte aufstehen und sie in die Arme nehmen, die schrecklichen Bilder in ihr verschwinden lassen. Doch die Kleine kam sofort hinterher, Sylvia nahm gleich ihre Hand und zog sie ins Warme. Aus seiner Erleichterung wurde Ärger.

Das ist nicht dein Kind!, wollte er sie anbrüllen.

Tief in ihm drin erklang eine böse Stimme, die sagte: Bist du etwa eifersüchtig, Kjell? Auf ein armes, kleines Mädchen?

Vielleicht war da etwas dran, auch wenn er es sich nicht gern eingestehen wollte. Denn wenn Terese da war, existierte Kjell gar nicht mehr. Sylvia hatte seit diesem ersten Jagdtag, der kein richtiger Jagdtag geworden war, nicht mehr mit ihm geschlafen.

Mir ist nicht gut, sagte sie jedes Mal und wand sich aus seiner Umarmung.

Ich trauere, sagte sie und schob seine Hände zurück.

Wir können uns doch einfach nur umarmen, hatte er anfangs noch gesagt, doch da schnaubte sie, als ob er sexsüchtig wäre und es nicht fertigbrachte, eine Frau in die Arme zu nehmen, ohne mehr von ihr zu wollen.

Er merkte, dass Torstensson ihn genau beobachtete, versuchte, seine Gedanken zu lesen. Kjell bemühte sich, Sylvia und Terese freundlich anzulächeln.

»So«, sagte er zu Terese. »Wollen wir zwei beide mal eine Runde drehen?«

Terese sah ihn mit großen Augen an und versuchte, Rotz in die Nase hochzuziehen, doch genauso schnell landete er wieder auf ihrer Oberlippe. Kjell widerstand seinem Impuls, den Blick abzuwenden, wollte vermeiden, dass Torstensson seine Abneigung gegen das Kind mitbekam.

# 16.

SYLVIA MERKTE KJELL AN, wie sehr ihn das Gespräch mit dem Polizeibeamten aus dem Gleichgewicht gebracht hatte. Er sah aus, als hätte er sich pausenlos die Haare gerauft, eine seiner Angewohnheiten, wenn er übernervös war.

Er hat doch nichts zu befürchten, dachte sie. Behutsam berührte sie ihn am Arm, wollte ihn vorsichtig trösten, doch er sah sie nicht an.

»Du bist dran.« Seine Worte klangen fies, als hätte sie etwas verbrochen.

Dann nahm er die Kleine bei der Hand und zog sie zur Tür. Wie ruppig, dachte Sylvia. Das arme kleine Kind. Schon so viele Hände, die an ihm zogen und zerrten.

Torstensson stand im Flur und ließ seinen Blick durch den Raum wandern, als sei er auf der Suche nach etwas Bestimmtem.

Sylvia sank auf das Sofa und behielt ihre Daunenjacke an. Ihr war vom Spaziergang noch kalt, und irgendwie wollte sie sich auch mit der Jacke noch schützen.

»Sie waren also Marias beste Freundin?«, fragte Torstensson und sah ihr direkt ins Gesicht.

Sylvia schüttelte den Kopf. »Nein, das würde ich nicht sagen. Wir kannten uns ja noch gar nicht so lange.«

Er hatte etwas an sich, das sie reizte, ihn anzulügen. Sein Blick war durchdringend, prüfend. Wie ihre Mutter, wenn sie wissen wollte, wer die Tapete unter dem Bett angemalt hatte. Da war es längst klar, dass es nicht ihr Bruder Kent gewesen war. Die Frage stellte sie trotzdem. Es gab nur eine Antwort. Das wusste die Mutter. Das wusste Sylvia. Trotzdem hatte sie immer gelogen.

»Greta Andersson hat ausgesagt, dass Sie beste Freundinnen waren.«

»Ach ja, sagt sie das?«

»Wollen Sie behaupten, dass das nicht stimmt?«

»Wir waren gut befreundet«, erklärte Sylvia und sah Maria vor sich. Die lachende Maria, mit den blitzenden Zähnen, mit dem Kopf im Nacken. Hörte ihr schallendes Lachen wieder. Und nun hatten sie sie gefunden, nicht sie, nur ihre Knochen. Nichts war mehr übrig von ihr. Unfassbar, die Natur hatte sie verschlungen, sich fast alles von ihr einverleibt.

»Aber so richtig eng war unsere Freundschaft nicht. Wir haben nie über ... ganz persönliche Dinge gesprochen.«

Torstensson sah aus, als wolle er da nachhaken, doch stattdessen wies er in die Küche.

»Wir gehen lieber da rüber. Da haben wir mehr Licht.«

Das klang energisch. Als würde er hier wohnen. Sylvia fühlte sich wie ein Gast im eigenen Haus und erhob sich zögernd, streifte die Stiefel ab, doch behielt die Jacke weiterhin an. Dagegen konnte er nichts einzuwenden haben. Ihre Zehen waren noch immer eiskalt, und sie musste an Terese denken, die jetzt draußen war, nur in Gummistiefeln und dünnen Strümpfen. Sylvia war schon unten im Berghof gewesen und hatte nach wärmeren Kleidern gesucht, war aber nicht fündig geworden. Greta und Hasse wollte sie nicht stören, konnte nicht mit ansehen, wie sie um die Tochter trauerten, sie wusste, dass ihr Schmerz unermesslich sein musste.

Sie waren an dem ersten schlimmen Abend bei ihnen gewesen, als ihnen die Todesnachricht überbracht worden war. Sie hatten ein Kind verloren. Greta hatte es eigentlich gewusst, dennoch war die Nachricht wie ein Orkan über sie hereingebrochen, hatte Bäume umgeknickt, als seien sie Streichhölzer.

Seither hatte Sylvia Albträume, da erschien ihr Gretas farbloses, abgemagertes Gesicht, und wenn sie aufwachte, musste sie sofort hoch ins Atelier und Farbe auf ihre improvisierte Palette, eine Glasscheibe, aus der Tube drücken und sie dann wulstig dick auf die Leinwand schmieren, um die bleiche Traumfratze aus ihrer Gedankenwelt zu verjagen.

Für Greta war es viel schlimmer. Ingegärd hatte der ansonsten so anpackenden Frau hochprozentigen Schnaps eingeflößt und sie anschließend ins Bett gesteckt. Sylvia hatte sich sehr im Hintergrund gehalten. Da hatte eine Mutter ihr Kind verloren. Niemals hätte sie es gewagt, einzugreifen wie Ingegärd. Aber wahrscheinlich erlebte Ingegärd so was nicht zum ersten Mal.

Torstensson setzte sich auf einen Stuhl und zeigte aufs Küchensofa. Gehorsam nahm Sylvia Platz. Sie griff nach der Zigarettenschachtel, die auf dem Tisch lag, und steckte sich eine Zigarette an, wagte es aber nicht, sich unter den Dunstabzug zu setzen. Torstensson betrachtete sie eindringlich, und einen Moment lang dachte sie, er würde sie auffordern, die Zigarette wieder auszumachen. Es gefiel ihr nicht, wie er sie dirigierte, als hätte er hier, in ihrem Zuhause, das Sagen.

»Aha, dann waren Sie also doch nicht beste Freundinnen? Frau Andersson hat ausgesagt, dass Sie sich jeden Tag gesehen haben.«

»Ja, das stimmt schon«, sagte Sylvia. »Wir sind zusammen spazieren gegangen. Ich hab sie ja auch gemocht.«

Ihre Worte weckten wieder Erinnerungen an Marias Lachen. Mitunter hatte Sylvia sich gewünscht, selbst auch so herzhaft lachen zu können, so laut und so hemmungslos. Ihr eigenes Lachen war eher verhalten, und wenn etwas wirklich urkomisch war, dann liefen ihr die Tränen übers Gesicht, doch aus ihrem Hals drang kein lautes, fröhliches Lachen wie bei Maria. Es kam vor, dass Maria sich vor Lachen krümmte, sich auf die Oberschenkel schlug und einfach losbrüllte. Aus lauter Freude. Hemmungslos. Das hatte Sylvia immer so gefallen.

»Aber beste Freundinnen waren Sie nicht?«

Sie wurde ärgerlich.

»Ich verstehe ehrlich gesagt nicht, was daran so wichtig sein soll. Wenn Greta das sagt, dann ist das wohl ihre Meinung. Ich würde diese Worte nicht in den Mund nehmen, wir waren einfach befreundet. Wir haben uns fast jeden Tag gesehen. Wir hatten Spaß zusammen.«

Einen Moment lang wirkte Torstensson amüsiert, und das regte sie noch mehr auf.

»Marias Tochter«, sagte er dann, und Sylvia spürte sofort ein unangenehmes Stechen. »Frau Andersson sagt aus, dass ein gewisser Dan Persson der Vater des Kindes sei.«

Sylvia stieß den Rauch prustend aus.»Was?«

»Stimmt das nicht?«

Sie schüttelte schnell den Kopf.»Ich dachte … ich dachte nur, keiner weiß, wer …«

»Greta wusste es.«

»Ach ja, na gut, das war ja vor meiner Zeit. Die ganze Geschichte.«

»Dann hat Maria es Ihnen nicht erzählt?«

Sylvia ließ die Aschesäule in den Aschenbecher aus Pressglas stürzen.

»Über solche Dinge haben wir nicht gesprochen. Was Privates hat sie nie preisgegeben.«

Sie hätte ihm jetzt erzählen können, wie groß ihre Enttäuschung gewesen war, als sie begriffen hatte, dass sie doch nicht so eng miteinander gewesen waren, wie sie es sich eingebildet hatte. Dass die Intimität zwischen ihnen, oder was sie dafür gehalten hatte, nur eine Fassade gewesen war, ein hohles Gefühl. Dumme kleine Sylvia, die jedem auf den Leim ging. Doch das musste sie ja nicht gerade ihm auf die Nase binden, am besten vergaß sie es selbst auf der Stelle.

Torstensson nickte, dann wurde sein Blick scharf.

»Wann sind Sie denn vom Fest nach Hause gegangen?«

Sie fixierte die Rauchsäule, die sich unter der tief hängenden Kiefernlampe erhob, und überlegte.

»Es muss auf jeden Fall nach ein Uhr gewesen sein«, sagte sie.

»Sind Sie sicher?«

Sie seufzte.

»Na ja, ziemlich. Nach der Sache mit Terese war ich sehr aufgewühlt. Ich hab dann gar nichts mehr getrunken.«

Er rollte den Stift zwischen Daumen und Zeigefinger hin und her.

»Und Kjell Fredriksson war da schon gegangen?«

»Ja, er ist vor mir nach Hause gegangen.«

»War er da, als Sie kamen?«

»Ja, sicher. Wo hätte er sonst sein sollen?«

»Haben Sie ihn zu Hause gesehen?«

Mit einem Mal kapierte sie, worauf Torstensson hinauswollte. Ihr fiel das Küchensofa ein, die Müdigkeit, die sie übermannt hatte, sie hatte ja kaum noch denken können, dann diese Wut auf Kjell.

»Ja«, antwortete sie. »Ich hab ihn gesehen. Er hat geschlafen.« Da war der Mittsommerabend wieder präsent. Kjell. Und sie hatte immer geglaubt, Kjell sei anders. Anders als die anderen Männer.

»Wer war denn noch da, als Sie gegangen sind?«

Sylvia schlug die Augen nieder.

»Das weiß ich nicht so genau.«

»Aber Sie waren doch nüchtern?«

»Ich hab gesagt, dass ich später nichts mehr getrunken habe. Ich hab nicht gesagt, dass ich nüchtern war.«

Die Falten auf seiner Stirn wurden tiefer, seine Hand bewegte sich über den Notizblock. Sie stieß den Rauch durch die Nase aus, am liebsten hätte sie ihm den Block aus der Hand gerissen und drauflosgezeichnet; Bäume, Schatten, Häuser mit einstürzenden Dächern.

»Maria war noch da.« Sie hoffte, dass er ihr diese Stinkwut nicht anhörte. »Das weiß ich. Und Göran. Nettan und Thorhild ziemlich sicher auch. Die Älteren waren jedenfalls schon weg.«

»Ihr Mann hat gesagt, dass das Fest noch voll im Gange war, als er gegangen ist. Und als Sie den Heimweg angetreten haben, haben die anderen da auch noch weitergefeiert?«

Ihre Arme und Beine fühlten sich kraftlos an und zitterten, ihre Wut versickerte. Sie musste an Kjell denken, der Maria gefunden hatte, oder vielmehr das, was von ihr übrig war. Sie drückte die Zigarette im Aschenbecher aus.

»Ich weiß es nicht. Die Feste gingen immer so lange, wie Maria dabei war. Sie konnte kein Ende finden. Und sie ging immer als Letzte.«

»Auch diesmal? Auch nachdem sie glaubten, das Kind sei verschwunden?«

Sylvia hatte Maria vor Augen, auf der Treppe sitzend, die Wangen mascaraverschmiert, in Nettans Arm.

»Doch, doch, sie kam schon wieder in Stimmung.«

»Fanden Sie das nicht merkwürdig?«

Sylvia sah weg, sie hörte Terese draußen auf dem Hof. Ihr Spaziergang war nicht gerade lang gewesen.

»Nein. Bei Maria nicht. Sie war einfach so. Party ging für sie immer.«

Sie fuhr mit dem Fingernagel über die Tischplatte, wich seinem Blick aus, wollte nicht sehen, wie er verurteilte. Wollte nicht, dass er ihr ansah, was sie eigentlich hätte sagen müssen: Party ging für sie immer vor.

»Wie sicher sind Sie denn, wer noch da war?«

»Ziemlich sicher.«

»Thorhild Ekman sagt nämlich aus, als sie gegangen ist, waren nur noch Maria und Sie übrig.«

Sylvia schnaubte. »Thorhild war so dicht, dass sie sich kaum auf den Beinen halten konnte. Als ich gegangen bin, war sie auf jeden Fall noch da, das können Sie mir glauben. Ich würde sagen, ich weiß es besser als die anderen, denn die haben ja weitergesoffen. Es war wirklich ein elendes Besäufnis. Ich hab von allen am wenigsten getrunken.«

Ihr kam Göran in den Sinn. Wussten die Polizisten, dass er sich davongestohlen hatte? Aber sie würde es nicht erwähnen. Torstenssons Blick verengte sich, und sie reagierte mit zugekniffenem Mund, ließ ihn sitzen und sie anstieren. Er hatte auffällig helle blaue Augen, und sie vermutete, dass sie sie deshalb vielleicht als so durchdringend empfand. Vielleicht machten es alle Polizisten so. Bombardierten einen hemmungslos mit Fragen und drangen ungeniert in die Privatsphäre anderer Leute ein. Schließlich erhob er sich und steckte seinen Notizblock in die Hosentasche.

»Ich werde mich bestimmt noch mal mit weiteren Fragen bei Ihnen melden.«

»Sind Sie denn sicher, dass es Maria ist?«

»Ganz sicher können wir erst sein, wenn uns der dentale Fingerabdruck aus der Pathologie vorliegt«, sagte er. »Aber wir haben guten Grund zu der Annahme, dass es sich um Maria Andersson handelt. Schon aufgrund der Kleidung. Wissen Sie noch, was sie am Mittsommerabend anhatte?«

Sylvia dachte an das türkisfarbene Kleid über den braun gebrannten Beinen. Maria, auf der Jagd nach jedem Sonnenstrahl. Im Winter musste die Höhensonne herhalten. Und schon im Februar, wenn die Sonne wieder schien, hockte sie sich raus, in den Windschatten hinter der Jagdhütte. Lag im Sommer immer auf der Sonnenliege, sobald schönes Wetter war.

»Sie hatte ein türkisfarbenes Kleid an. Mit Blumenmuster.«

Sie dachte, dass die meisten von ihnen Maria wohl so in Erinnerung behalten würden. Das hätte ihr gefallen. Blondes Haar auf einem nackten Rücken, ein Kleid, das ihre Sonnenbräune perfekt zur Geltung brachte. Dann dachte sie daran, was Kjell von dem Schädel erzählt hatte, vom Haar, das er gar nicht sofort als solches erkannt hatte. Sein Gesicht, als er versucht hatte, es zu beschreiben, es aber nicht über die Lippen brachte.

»Ihr Portemonnaie fehlt ja«, sagte Torstensson. »Und ihr Mantel. Haben Sie gesehen, dass Maria den Mantel anhatte?«

Sylvia runzelte die Stirn.

»Nein, glaube ich nicht«, sagte sie.

»Den haben wir im Wald nämlich nicht gefunden«, fuhr er fort, und das Bild mit dem Schädel und dem Haar aus Kjells Schilderung ploppte wieder auf.

Wie schnell das ging. Dass von einem nur noch Knochen übrig blieben. Und man sein Menschsein in so kurzer Zeit verlor.

»Wissen Sie denn, was mit ihr passiert ist?«

Torstensson blickte sie kurz an, und sie meinte zu bemerken, dass sich ein Mundwinkel leicht zuckend zu einem Grinsen verzog.

»Interessant. Ihr Mann scheint davon auszugehen, dass sie umgebracht worden ist.«

Sylvia spürte, wie sich hektische Flecken über ihren Hals ausbreiteten.

»Er ist nicht mein Mann«, sagte sie. »Wir sind nicht verheiratet.«

Sie standen beide am Wohnzimmerfenster und sahen die roten Rücklichter des Autos am Ende der Straße verschwinden.

»Was für ein unangenehmer Typ«, sagte Sylvia.

Kjell stimmte ihr tonlos zu, fuhr sich über das von Bartstoppeln dunkle Kinn. Seit sie sie gefunden hatten, hatte er sich nicht mehr rasiert. Hatte kaum noch gesprochen. Ein einziges Mal hatte er den Versuch unternommen, Sylvia davon zu erzählen, aber hatte es nicht fertiggebracht. Zusammenhanglose Worte, abgewandtes Gesicht. Sie nahm an, der Polizei hatte er es erzählt, sicherlich mehr als einmal.

Doch bei ihr brach seine Stimme. Er suchte ihre Nähe, wollte mit ihr schlafen, als könne er seine Ängste auf die Art loswerden, und sie wollte ihm auch helfen, aber nicht mit ihrem Körper. Wenn er sie voller Verlangen an sich zog, erstarrte sie vollkommen und musste ihn zurückweisen, auch wenn es wehtat. Sylvia wollte nicht, selbst wenn die Kleine schlief.

Sie sagte sich, dass ja erst ein paar Tage vergangen seien, wahrscheinlich sei er bald so weit. Auf der anderen Seite fürchtete sie sich vor dem, was er erzählen würde. Einfacher wäre es gewesen, ihn all seine Ängste in der Wärme ihres Körpers vergraben zu lassen, doch das konnte sie nicht. Bei anderen Männern hätte sie das zugelassen, aber nicht bei Kjell. Er war besonders.

»Der gibt einem gleich das Gefühl, dass man verdächtigt wird«, sagte Kjell jetzt.

»Ja«, sagte sie und legte ihre Hand auf seinen Arm. Er fühlte sich warm an, obwohl er gerade eben noch draußen gewesen war.

»Wie wär's mit einem Glas Wein?«, schlug sie vor.

Ohne seine Antwort abzuwarten, stieg sie die Kellertreppe hinunter und holte eine Flasche. Als sie wieder oben war, schenkte sie erst Kjell ein Glas ein und dann sich selbst.

Kjell drückte sich immer noch in der Stube herum, sie konnte seinen Schatten in der Fensterscheibe erkennen.

»Kommst du?«, rief sie hinüber, doch erhielt keine Antwort. Stattdessen kam Terese in die Küche. Sylvia streichelte ihr über die Wange. Sie war immer noch kalt.

»Komm, setz dich her«, sagte sie und klopfte auf das Polster des Küchensofas.

Terese kroch unter dem Tisch durch, hoch aufs Sofa. Ihre großen braunen Augen sahen sie an.

»Wer war der alte Mann?«, fragte sie.

Zwei Schleimfäden liefen ihr aus der Nase, und Sylvia sprang auf, um Küchenpapier zu holen. Terese versuchte, den Kopf wegzudrehen, als sie sie abwischte.

»Ach, das war nur jemand, der ein paar Dinge über deine Mama wissen wollte.«

Sylvia fragte sich, wie viel eine Dreijährige verstehen mochte. Was war in ihrem Köpfchen vorgegangen, als Greta zusammengebrochen war? Und dann die Polizisten, die ein und aus gingen. Ob sie sich später daran erinnern würde? Sylvia glaubte immer mehr, dass Terese Maria vergessen hatte, und das kam ihr nur natürlich vor. Kinder erinnerten sich an die Menschen, die um sie herum waren, Blutsverwandtschaft war für sie nicht so ausschlaggebend wie für Erwachsene. Aber vielleicht war es gar nicht möglich, die eigene Mutter zu vergessen?

Sie beugte sich hinunter, war nun auf gleicher Höhe mit dem Kindergesicht.

»Möchtest du vielleicht ein Eis?«, fragte sie, obwohl es eigentlich nicht richtig war, ihr vor dem Essen Süßigkeiten zu geben.

Tereses Augen leuchteten, und sie zog wieder Rotz hoch und die Oberlippe in den Mund. Um die Lippen war ihre Haut leicht entzündet, und Sylvia nahm sich vor, in der Apotheke eine Heilsalbe zu kaufen, wenn sie das nächste Mal nach Smedjebacken kam.

Kjell erschien in der Küche und blieb stehen, als er Terese sah, als hätte er schon vergessen, dass sie bei ihnen war. Sylvia spürte seine Blicke im Rücken, er verfolgte ihre Bewegungen auf den Gefrierschrank zu, doch er schwieg, als sie Terese das Eis am Stiel hinhielt, er blickte aus dem Fenster, das nur ein finsteres Rechteck war und die Küche spiegelte. Er wollte sie nicht ansehen. Warum wollte er das nicht?

Sie setzte sich unter den Dunstabzug und zog eine Zigarette

aus der Schachtel. Die Rauchkringel bewegten sich langsam im Neonlicht der Herdbeleuchtung. Sie trank einen Schluck Wein und wollte ihn eigentlich auffordern, sich sein Glas zu nehmen, doch sie wollte ihn nicht provozieren. Bis auf das Geräusch des Dunstabzugs, das Surren des Kühlschranks, Tereses Gelutsche und Geschniefe, wenn sie Schleim in die Nase hochzog, war es still in der Küche.

»Sie scheinen nicht sicher zu sein, dass sie ... na ja ... dass jemand sie ...«

Jetzt endlich sah er sie an. Da spürte sie wieder dieses Kribbeln und eine starke Sehnsucht nach den ersten gemeinsamen Tagen hier in diesem Haus. Die Farbeimer, die Küsse, die Weingläser und der Zigarettenqualm. Die Stunden im Bett, eine Lust, die sie noch nie erlebt hatte. Sie konnte nicht genau sagen, was bei ihm anders war als bei den anderen Männern, doch mit ihm hatte sie ihren ersten Orgasmus gehabt. Hinterher war sie in Tränen ausgebrochen, völlig überwältigt, ihr Körper ganz für sich, offen, befreit. Sie hatte ihm nicht gesagt, dass er der erste Mann war, mit dem sie das erlebt hatte, denn sie ging davon aus, dass er es sowieso nicht verstanden hätte. Er war verunsichert gewesen und hatte sie gefragt, ob er irgendetwas falsch gemacht habe, doch da hatte sie ihn geküsst und ihm mehrfach versichert, dass alles gut sei. Mit der Zeit gewöhnte er sich daran, an ihre Tränen, dann lächelte er nur, denn er wusste, er hatte sein Ziel erreicht, wenn ihr Gesicht sich verzog und die Tränen kullerten.

Die feinen Pinsel, die sie zum ersten Mal in die Hand genommen hatte, seit sie bei ihm war, die das Blattwerk des Waldes hervorholten, die Pastelltöne, die sie auf der Glasscheibe anmischte, um den Frühling, den Herbst, den Winter und den Sommer zu malen. In dieser Zeit hatten nur Pastelltöne das Leben hier draußen abbilden können.

Und jetzt hatte sich ein schweres Ölbild über alles gelegt. Dicke Schichten Farbe, gedämpfte, duffe Töne.

»Vielleicht ist sie da eingeschlafen. Man kann ...« Sylvia verstummte und schielte hinüber zu Terese. »... ich meine, sogar im Sommer.«

»Aber was soll sie dort gewollt haben? Da an dem großen Stein?«

»Meint ihr Mama?«, fragte Terese. Sylvia legte ihr die Hand auf den Rücken.

»Nein, nein, wir reden über wen anders.«

»Wo ist Mama?«

»Sie ist für eine Weile verreist, mein Spatz. Bald ist die Mama wieder da.«

Sylvia bemerkte, dass Kjells Augen feucht wurden, und er stand auf. Es tat ihr weh, dass gerade er sie hatte finden müssen.

»Ich brauch ein bisschen frische Luft«, sagte er. »Ich drehe noch eine Runde mit Moss.«

»Ich will mit«, rief Terese, und ein Stückchen Eis fiel vom Stiel und landete auf dem Sofastoff. Sylvia riss ein Blatt Küchenpapier von der Rolle und wischte die Eiscreme ab, versuchte das Gefühl, alleingelassen zu werden, abzuschütteln.

»Jetzt nicht«, sagte Kjell und pfiff Moss zu sich. Seine Krallen kratzten über den Boden, als er aus seinem Körbchen aufsprang und auf Kjell zurannte.

»Onkel Kjell muss mal eine Weile alleine sein.«

Sylvia stand vom Tisch auf, um das Papier wegzuwerfen, war froh, einen Grund zu haben, Terese den Rücken zuwenden zu können. Als hinter Kjell die Tür ins Schloss gefallen war, stand sie immer noch da und tat so, als suchte sie etwas in den Schubladen.

»Ist Sylvia traurig?«, hörte sie die kleine Stimme hinter sich.

Sie wischte sich rasch die Augen trocken, fuhr herum und lächelte. »Nein, mein Spatz. Ich bin nicht traurig.«

»Onkel Kjell ist traurig«, sagte Terese und schleckte den Rest vom Holzstiel ab. »Er will, dass Mama wieder zurückkommt.«

Sylvia blickte auf das Weinglas, das unangetastet da stand, wo er gesessen hatte, jetzt konnte sie die Tränen nicht mehr zurückhalten.

»Du wirst sehen, bald ist sie wieder da«, sagte sie, ging zum Kühlschrank und riss die Tür so weit auf, dass die Kleine ihr Gesicht nicht mehr sah.

Er war schon stundenlang weg. Die Dunkelheit rückte vor, senkte sich zwischen den Baumkronen und kam näher, und als sie sich schließlich wie eine dicke Wolldecke über das Haus gelegt hatte, begann Sylvia, sich Sorgen zu machen. War er zu jemand anderem nach Hause gegangen? Am liebsten hätte sie die Nachbarn abtelefoniert und nachgefragt, doch sie hatte keine Lust, ihnen Gesprächsstoff zu liefern.

Terese war nun im Bett, und sie hörte etwas an der Tür. Vielleicht hatte er darauf gewartet und erst nach Hause kommen können, nachdem Terese eingeschlafen war.

Ein kühler Luftzug fuhr ins Schlafzimmer. Sylvia lag noch neben dem Kind, beugte sich über ihr Köpfchen und sog den Duft in ihrem Nacken auf, wo sich die Härchen von der Feuchtigkeit kräuselten. War es nicht doch noch möglich, das Mädchen inmitten schöner Geräusche und schöner Worte aufwachsen zu lassen, obwohl es so etwas Schreckliches erlebt hatte?

Sie hörte Kjells Schritte in der Küche, das Klirren von Flasche an Glas, nur kurz. Das konnte nur Schnaps sein. Dann tigerte er auf und ab, und die Holzdielen knarrten unter seinem Gewicht.

Sylvia legte Terese die Hand auf den Kopf, strich über das weiche, braune Haar, lauschte den ruhigen Atemzügen. In gewisser Hinsicht hatte er schon recht, dass es dumm war, eine Beziehung zu ihr aufzubauen. Sie würden sie sowieso wieder verlieren.

Aber vielleicht kam ja auch alles ganz anders.

Er hatte argumentiert, dass Maria irgendwann zurückkäme. Dass sie sich deshalb nicht zu sehr an das Kind gewöhnen dürften. Jetzt wusste er, dass Maria nie mehr wiederkommen würde, und trotzdem lehnte er es ab. Sylvia betrachtete Tereses Wangen, strich mit den Fingerkuppen sanft über sie. Wie viele Menschen würden dieses Kind noch im Stich lassen.

Sylvia hatte die Kleine schon immer gemocht. Sie war so ein sonniges, unbeschwertes Kind, so wie Sylvia selbst nie gewesen war. Sie konnte sich nicht erinnern, dass sie als Kind gelacht oder richtig Spaß gehabt hatte. Nicht einmal bei den Dingen, die alle Kinder liebten: wenn sie mit dem Tellerschlitten den Uvberg runtergerutscht waren, in der Prästaviken-Bucht gebadet oder den Weihnachtsmarkt besucht hatten. An Schnee unter den Kleidern, an kaltgefrorene Finger und eisiges Wasser, daran erinnerte sie sich gut. An das Lachen der anderen Kinder, wie gehässiges Krächzen über ihrem Kopf.

Ein seltsames Kind war das Etikett ihrer Mutter gewesen, und dabei hatte sie nur den Kopf geschüttelt. Na klar, jetzt wirst du auch noch Künstlerin. Aber von so was kann man nicht leben, das ist dir hoffentlich klar?

Kjell hatte ihr ein Leben als Künstlerin ermöglicht. Er fand, sein Lohn vom Walzwerk reiche problemlos für sie zwei. In der Industrie verdiente man inzwischen ganz gut.

Sie waren auf die Märkte gefahren und hatten Tischdecken und Teppiche verkauft. Sylvia erinnerte sich, wie ihr das Herz aufging, wenn Kjell alles auspackte und auf den Klapptisch legte, wie ihm der Schweiß auf der Stirn stand und die Flecken an den Achseln sichtbar wurden, so hatte er sich ins Zeug gelegt. Wie stolz er auf sie war, wenn sie Komplimente von den Kunden bekam, wenn sie ein Bild oder eine Tischdecke verkaufte.

Er begriff nicht, was der Ursprung ihrer Bilder war. Manchmal meinte sie, dass es ihm an Tiefgang dafür fehlte, doch meist sagte sie sich, er war einfach zu behütet aufgewachsen. Und dass das der Grund war, warum sie ihn so sehr liebte.

Doch jetzt prallten ihre Welten aufeinander. Kjell wollte einfach nicht begreifen, dass es Sylvias einziger Wunsch war, Terese eine behütete Kindheit, eine heile Welt zu schenken, in der sie nicht das Bedürfnis entwickelte, sich mit Farbe auf der Leinwand Luft zu machen oder mit wütenden Pinselschlägen Motive auf den Stoff zu knallen, sie wollte Terese eine Kindheit ermöglichen, in der es Vogelgezwitscher gab und gegenständliche Pastellbilder, und das konnten sie doch. Kjell hatte keine Ahnung, was es bedeutete, ein Kind mit fauligen Wurzeln zu sein. Er ging immer von sich selbst aus.

Sie hörte ihn in der Küche rastlos auf und ab gehen, und ihr graute bei der Vorstellung, er könne gleich in der Tür stehen. Vielleicht würde sie sich schlafend stellen. Sie fragte sich, ob er sie dann möglicherweise wecken würde.

Es dauerte länger, als sie gedacht hatte, was kein gutes Zeichen war, das hieß, er hatte noch mehr getrunken. Schließlich polterte seine Stimme ins Schlafzimmer.

»Jetzt müssen wir reden, Sylvia«, sagte er.

»Ich bin gerade eingeschlafen, geht das nicht morgen?«

»Nein, wir reden jetzt.«

Sie stand auf, ihre Hand strich dem Mädchen noch einmal übers Haar, und da brach ihr das Herz. Das arme, kleine Ding.

Kjell ging vor ihr in die Küche, stellte sich vor die Balkontür und sah hinaus in die Nacht. Sie schielte auf die Flasche, bevor sie sich auf dem Küchensofa niederließ, es fehlte gar nicht so viel, wie sie vermutet hatte.

»Wo warst du denn?« Sie fingerte an der gewebten Tischdecke.

»Ich war bei Nettan und Rolf«, sagte er, ohne sie eines Blickes zu würdigen.

»Ach? Ihr habt wohl was getrunken?«

Sie hatte Rolf vor Augen, groß, kräftig gebaut, in seinem Anzug. Er bot einem gern ein Glas Whisky an.

Kjell trank aus der Flasche, ließ ihre Frage unbeantwortet. Als er sich zu ihr umdrehte, fand sie, dass er gealtert war. Die Falten auf seiner Stirn waren tief, die Augenringe deutlich zu sehen, und im Licht der Küchenlampe schien sein Haar grauer.

»Morgen werde ich zu Hasse rübergehen und mit ihm reden«, sagte er. »So können wir nicht weitermachen. Das geht so nicht.«

Sylvia setzte sich an den Dunstabzug und zündete sich eine Zigarette an. Sie blickte aus dem Fenster. Die Dunkelheit sah sie an. Sie wusste, dass jetzt jedes Argument sinnlos war. Sie hatte sich vorgenommen, jetzt nur zu schweigen, nicht zu nicken, nicht den Kopf zu schütteln. Doch sie konnte es nicht lassen.

»Du kannst so nicht weitermachen«, erwiderte sie. »Du, nicht wir.«

Seine braunen Augen sahen traurig aus, wurden blasser hinter dem Zigarettenqualm, der von ihrem Mund zum Dunstabzug aufstieg.

»Was willst du ... damit sagen? Wir können ja nicht mal miteinander reden, wenn sie hier ist. Ist dir vielleicht mal in den Sinn gekommen, dass ich auch wen zum Reden brauche?«

Sie schnaubte. »Aber mit mir wolltest du doch gar nicht drüber reden. Ich hab's doch versucht.«

»Versucht? Kaum hast du eine Möglichkeit gewittert, bist du losgerannt und hast die Kleine wieder hergeholt.«

»Meine Güte, da muss man doch helfen. Sie können einem doch leidtun.«

Er vergrub den Kopf in den Händen, und einen Moment lang dachte sie, er würde in Tränen ausbrechen. Sie wünschte, er würde weinen, dann hätte sie aufstehen und ihn in die Arme nehmen, wieder Nähe zwischen ihnen herstellen können.

»Wir warten auf jeden Fall noch ein paar Tage ab«, sagte sie leise.

»Das hast du beim letzten Mal auch gesagt.« Seine Stimme erhob sich. »Du schiebst es auf, immer und immer wieder. Und es wird mit der Zeit doch nur schlimmer. Was willst du? Dass wir sie adoptieren?«

Sie bat ihn, wieder leise zu sein, blickte unruhig zur Tür, zuckte mit den Schultern.

»Warum denn eigentlich nicht? Jetzt ist da doch keiner mehr, der sie uns wieder wegnehmen kann. Wie du neulich gesagt hast. Als du sie nicht behalten wolltest.«

Er griff nach ihrer Zigarettenschachtel und nahm eine Zigarette heraus. Erst wollte sie ihn daran hindern, sagen, er solle seine eigenen Zigaretten kaufen, dann fiel ihr ein, dass er sie ja bezahlt hatte. Wenn sie doch nur einen Job hätte. Ein eigenes Einkommen. Dann hätte sie sich eine Wohnung mieten und mit Terese dort hinziehen können.

»Wir tragen keine Verantwortung für sie«, sagte er, und sie wand den Blick von ihm ab. Im Augenwinkel nahm sie wahr, dass er sich nach ihr reckte, sie berühren wollte, ihre Wellenlänge suchte, das, was einmal zwischen ihnen gewesen war.

»Ich will doch eigene Kinder haben, mit dir«, sagte er.

Sie sprach nicht aus, dass es ganz so aussah, als könne sie

keine Kinder bekommen. Sie sprach nicht aus, dass die biologische Verbindung vielleicht gar nicht so wichtig war. Die Worte wichen ihr wie ein scheues Reh aus.

»Das ist doch nicht das, was wir wollten«, fuhr er fort, und vielleicht deutete er ihr Schweigen als ein Zugeständnis, denn seine Stimme wurde wärmer und erinnerte sie an ihre Anfangszeit, als sie seine Sturheit noch nicht kannte. Genauso wenig wie seinen Egoismus.

Ihr Blick ging zum Fenster, in die Dunkelheit, sie sah ihr verschwommenes Spiegelbild im Fensterglas, sein Gesicht im Profil, die derbe Nase, das dicke Haar, und dann ihr eigenes Gesicht, das nach vorn blickte, kantig und hart, die Augenbrauen spitz. Was sie da sah, gefiel ihr nicht.

Ihre erste Zeit miteinander, das Glück, das sie empfunden hatte, hier in dem Haus auf dem Hügel wohnen zu dürfen, im Herzen des Waldes, die Natur und die Tiere, die sich in ihrer Weberei und in ihren Bildern spiegelten; frostüberzogene Schilfbüschel, zartgrünes, frisch ausgetriebenes Birkenlaub, tiefgrüne Tannenröcke und Meere von Wiesenglocken- und Butterblumen.

Das Lachen im Gesicht dieses traurigen kleinen Kindes war nur von kurzer Dauer gewesen, jetzt war es aus und vorbei. Sie wollte lieber nicht daran denken, es ging ihr zu nahe, und sie wollte auch nicht daran schuld sein, doch der Gedanke ließ sie nicht los.

Still saß sie da und hörte sich eine Entschuldigung nach der anderen an, all seine Erklärungen, und als er schließlich fertig war, drehte sie sich zu ihm um und sah ihm direkt in die Augen.

»Tu, was du tun musst. Aber sag nicht, wir hätten es gemeinsam entschieden. Du willst die Kleine nicht.«

Sylvia drückte ihre Zigarette aus und wollte gerade aufstehen, da bemerkte sie einen Schatten am Rande ihres Blickfelds. Sie sah zur Küchentür, und da stand sie, in ihrem Micky-Maus-Schlafanzug, den Schlenkeraffen unter dem Arm und den Daumen im Mund. Wie dunkle Brunnen lagen die feuchten Äuglein im fahlen Kindergesicht. Terese stand da wie ein

Wiedergänger, der Geist eines unerwünschten Kindes, das nicht mehr leben durfte. Das man lieber schleunigst beseitigte.

# 17.

MITTEN IN DIESEM BEKLEMMENDEN GEFÜHL, gerade völlig den Boden unter den Füßen zu verlieren, flammte immer wieder eine Mordswut in Greta auf, die sie hinaus hinters Haus trieb.

Und dort schrie sie.

Aus vollem Halse, hinein in den kahlen Birkenwald auf der Kuhweide, hinaus in die Nacht.

So konnte sie lange stehen und schreien, das Licht aus den Fenstern hinter ihr wie schwefelgelbe Vierecke in der Nacht. Sie sah Hasse da stehen, den Blick nach draußen. Er konnte sie nicht sehen, das wusste sie genau, schließlich stand sie selbst immer dort am Fenster und starrte hinaus in diese endlose Dunkelheit und sah doch nie mehr als ihr eigenes Spiegelbild. Ihre Schreie konnte er hören. Das war der Grund, weshalb er da stand und hinausstierte wie ein Gespenst.

Die Verachtung, die sie für ihn empfand, saß tief und pulsierte. Sie musste daran denken, wie mitleidig er sie angesehen hatte, als sie steif und fest behauptet hatte, dass Maria nicht freiwillig gegangen sei. Welchen Unterschied es wohl gemacht hätte, wenn auch er den Polizeibeamten entgegengetreten wäre und verlangt hätte, dass sie eine Suche nach ihrer Tochter einleiten. Wenn er nicht so stur darauf bestanden hätte, dass Maria diesen Zettel geschrieben hatte. Wenn er sie nicht wie ein hysterisches Frauenzimmer hätte dastehen lassen.

Jetzt sah sie die Schuldgefühle in seinen Augen, und auch dafür verachtete sie ihn. Wie ein Hundewelpe, der sich verlaufen hatte, tappte er durchs Haus und traute sich kaum, sie anzusehen.

Sie hatte ihn nicht aus Liebe geheiratet. Nicht einmal als junges Ding hatte sie sich zu solch romantischen Träumereien von Leidenschaft und ewiger Liebe hinreißen lassen. Schon früh hatte sie begriffen, dass die Männer, die für Kribbeln im Bauch und zwischen den Oberschenkeln sorgten, nicht diejenigen waren, denen man das Jawort gab. Damit war es irgendwann vorbei, und dann stand man da mit einem unbrauchbaren Kerl, der nicht einmal mehr gut aussah. Wie viele Frauen gingen so einem auf den Leim.

Hasse hatte sich heftig in sie verliebt, das wusste sie. Damals war sie wirklich süß gewesen, das sah sie jetzt, wenn sie die alten Fotos durchblätterte, obwohl sie es als junges Mädchen nie so empfunden hatte, wenn sie vor dem Spiegel in der kleinen Toilette ihres Elternhauses stand und in das gesprungene Glas blickte.

Bevor sie seinen Antrag annahm, hatte sie Vor- und Nachteile gründlich gegeneinander abgewogen. Er war eine mittelgute Partie. Und die wollte sie nicht ziehen lassen, nur für den Fall, dass sich vielleicht irgendwann noch etwas Besseres auftat.

Sie hatte ihn schon gemocht, alles andere wäre gelogen. Wie viel hatten sie miteinander gelacht. Er war herzensgut und würde niemals die Hand gegen sie erheben. Dass er sich manchmal betrank, war nichts im Vergleich zu dem, was sie als Kind erlebt hatte. Damals hatte sie Freundinnen gehabt, deren Väter sie gar nicht nüchtern kannte.

Hasse war anders. Und wenn er mal trank, wurde er nicht aggressiv, nicht ihr gegenüber. Er konnte aufbrausend sein, auch mal die Stimme erheben, mit der Faust gegen die Wand schlagen oder treten, aber damit hatte es sich auch.

Sie wiederum hatte ihm nie Grund gegeben, sich über sie zu ärgern. Sie hatte sich so betragen, als hätte er sie mit demselben kühlen Kopf ausgewählt wie sie ihn; sie war ihm in jeder Hinsicht eine gute Ehefrau gewesen. Das Haus hielt sie sauber und rein, sie kochte deftige und gesunde Mahlzeiten, wies ihn niemals ab, wenn seine Hände abends nach ihrem Körper suchten, und eine gute Mutter war sie auch gewesen.

Hasse und sie hätten gern eine größere Familie gehabt, doch daraus war nichts geworden. Bevor Maria zur Welt gekommen war, hatte Greta ein paar Fehlgeburten erlitten. Schließlich war sie bei Marias Geburt viel älter als die anderen Mütter gewesen, und schon Maria hatte es peinlich gefunden, so eine alte Mutter zu haben. Greta war nicht gläubig, doch irgendwie schien es wohl Gottes Wille gewesen zu sein, dass es bei einem Kind geblieben war.

Jedes Mal, wenn sie die Veränderungen bemerkte, bekam sie es mit der Angst zu tun, denn es endete immer mit Blut in der Unterhose, kaum dass ihre Brüste zu schmerzen begonnen hatten und der Kaffee nicht mehr schmeckte. Nur bei Maria war es anders gewesen, und da war Greta schon in ein Alter gekommen, in dem sie längst nicht mehr damit gerechnet hatte.

Ein Kind hatte Gott ihr geschenkt.

Und dieses Kind hatte er ihr jetzt wieder genommen.

Die Wut darüber war so grenzenlos, dass sie ihr nicht anders begegnen konnte, als sich die Seele aus dem Leib zu schreien.

An dem großen Trollstein hatten sie sie gefunden. An ihrem Stein, zu dem Hasse sie so oft mitgenommen hatte, wo er ihnen die Märchen vom Troll erzählt hatte, aber auch die wahre Geschichte vom Berghof, der einst da gestanden hatte. Wie sie ihn Stockwerk für Stockwerk abgetragen und dann mit Pferd und Wagen an den Ort gefahren hatten, wo er heute stand. Das Haus, in das Maria später eingezogen war. Die Begeisterung in den Augen von Vater und Tochter. Welch schöne Zeiten hatten sie dort erlebt. Und genau an diesem Ort hatte ihr jemand das Leben genommen.

Jetzt saß Hasse da und trank Schnaps. Er kippte ihn in seinen Kaffee, damit sie es nicht merkte, doch immer wenn sie die Nase über die benutzten Tassen hielt, roch sie den beißenden Gestank. Und zwar mehrmals täglich.

Auf gewisse Weise konnte sie ihn verstehen. Sie war Ingegärd dankbar, dass sie ihr am ersten Abend den Schnaps mit Gewalt eingeflößt hatte, nachdem die Polizisten mit dem nassen, dreckigen Stück Stoff vorbeigekommen waren, der das Bild von dem flatternden Kleid, das zwar viel zu aufreizend gewesen war, aber immerhin den lebendigen Körper ihrer Tochter umspielt hatte, auf der Stelle ausradiert hatte.

Der Körper ihrer Tochter. Der nun nur noch aus wenigen

Knochen bestand, wie sie sagten. Überallhin verstreut. Tiere hatten ihn weggeschleift, hatten von ihm gefressen, Maden waren ihr ins Fleisch gekrochen und hatten sich alles einverleibt, nur die Knochen nicht.

Das war zu viel für Greta. Damit konnte sie nicht leben.

Hätte sie an diesem Abend nicht so viel Alkohol im Blut gehabt, wäre sie vermutlich rüber in die Garage gegangen und hätte sich erhängt.

Sie hatte das Nylonseil und die Haken an der Decke, an denen Hasse nach der Jagd Kleinwild aufhängte, schon in Augenschein genommen. Wäre Ingegärd nicht rübergekommen und hätte ihr diese brennende Flüssigkeit eingeflößt, von der ihr hinterher so schlecht geworden war, hätte sie es getan.

Aber das war nur am ersten Abend so gewesen. Es war für sie völlig unvorstellbar, dass sie sich Schnaps in den Kaffee kippte, um diesen lodernden Schmerz in ihrem Herzen zu lindern. Sie konnte Hasse verstehen, gleichzeitig fand sie ihn furchtbar schwach.

Schwach und einfältig. Aber ein guter Ehemann und Vater.

Wie oft war ihr das Herz aufgegangen, wenn sie die beiden miteinander beobachtet hatte. Maria, wie sie dastand und zu ihrem Vater aufblickte, der ihr gerade eine neue Schaukel an das alte Stahlgerüst schraubte oder ein Seil an die große alte Birke an der Hausecke knotete, an dem sie herumklettern konnte, ihr schallendes Lachen, wenn sie Schlitten fuhren, ihr strahlendes Gesicht, wenn sie in den kleinen Butzen herumkrabbelte, die Hasse für sie aus der großen, umgepflügten Schneewehe gegenüber ihrer Einfahrt geschaufelt hatte, Hasses gekrümmter Rücken, seine Hände am Gepäckträger, als Maria mit dem Fahrrad auf dem Kiesweg hin und her radelte, bis er ihr hinterherrief »Und jetzt kannst du es alleine!«, und ihr erstauntes, glückliches Lächeln, direkt bevor sie in den Graben fuhr.

Hinterher hatte Greta mit ihm geschimpft, als sie dasaß und Marias aufgeschürfte Knie säuberte und die Wunden mit Pflastern versorgte. Jetzt tat es ihr leid. Da war sie mit ihm zu hart gewesen.

Dass er jedoch erst geglaubt hatte, Maria habe ihre eigene

Tochter freiwillig verlassen und bliebe ohne ein einziges Lebenszeichen monatelang verschwunden, und dass er dann nicht darum gekämpft hatte, dass die Polizisten sich auf die Suche nach ihr machten – dies waren Vergehen, die kein Vater seiner Tochter antun sollte.

Maria sei ins Register vermisster Personen aufgenommen worden, und die Polizei habe auch angefangen, nach ihr zu suchen, das behaupteten sie, doch viel Engagement hatten sie dabei nicht gezeigt. Es habe zu wenig Anhaltspunkte gegeben, so sagten sie. Wenn sie doch nur früher mit der Suche begonnen hätten. Wenn die Polizeibeamten, oder wenigstens Hasse, ihrem Mutterinstinkt vertraut hätten. Dann hätten sie jetzt vielleicht wenigstens eine Leiche, die sie begraben konnten, und nicht nur knöcherne Reste.

Mit zusammengekniffenen Augen beobachtete sie ihn, wie er torkelnd die Treppe hinaufstieg und versuchte, ein neutrales, nüchternes Gesicht zu machen, doch es wirkte nur künstlich und steif. Dann zog sie die Schlafzimmertür hinter seinem lauten Schnarchen zu, das viel durchdringender war, als wenn er nüchtern war, und dann schloss sie sich im Gästezimmer ein.

Kein einziges Mal hatte er versucht, in ihr Zimmer einzudringen, dennoch hatte sie irgendwann angefangen, den Schlüssel im Schloss umzudrehen. Sie ignorierte seinen verunsicherten Blick, mit dem er jede ihrer Bewegungen in der Küche verfolgte, und sie versuchte, soweit es möglich war, sich nicht im selben Raum aufzuhalten wie er. Wenn er in die Stube kam, wo sie gerade vor dem Fernseher saß, ging sie hinaus. Die Sendungen bestanden sowieso nur aus flüchtigen Szenen, die an ihr vorbeirauschten, und konnten die Bilder, die dieser fürchterliche Polizist in ihr hervorgerufen hatte, nicht überschreiben.

All die Bilder, die ihr in diesen trostlosen Monaten, während sie nach Maria gesucht hatte, gekommen waren, waren so viel erträglicher gewesen, als das eine, das ihr die Polizisten präsentiert hatten.

Sie hatte sich nie vorgestellt, dass von ihrer Tochter nur noch Knochen übrig bleiben würden. Sie hatte sich nie vorgestellt, dass der Stoff von Marias Kleid so zerfetzt sein konnte. An Dreck und Blut hatte sie schon gedacht, doch diese Zersetzung, so gewaltsam und schnell, und dass ein Stoff sich so verwandelte, dass er seine ursprüngliche Leichtigkeit komplett verlor, ein Körper einfach so verschwinden konnte, all damit hatte sie nicht gerechnet.

Dieser neue Polizist, Mårten Torstensson, war bei ihnen aufgetaucht und hatte die Arbeit von Sandgren übernommen. Womöglich hielten sie Sandgren für befangen. Ihr war es vollkommen egal, ob Sandgren kam oder nicht, er hatte ihre Angst genauso ignoriert wie jeder andere.

Und dann all die Fragen, die der rothaarige Polizist ihnen gestellt hatte.

»Sie sollten Göran vernehmen«, sagte sie.

Mårten Torstensson blinzelte sie an.

»Warum?«

»Na, weil er sie totgeschlagen hat.«

Torstenssons Unterlippe rutschte vor, speichelglänzend, und seine Augenbrauen bewegten sich zu den Buchten seines Haaransatzes.

»Was veranlasst Sie zu der Annahme?«

Greta spürte Hasses Blicke, wir können doch nicht einfach so Leute anklagen, doch er war schlau genug, seine Gedanken für sich zu behalten.

»Weil er ihr hinterhergafft, seit sie Brüste bekommen hat. Ich bin doch nicht blöd.«

Tortenssons Nicken, wie in Zeitlupe, übertrieben. Greta erinnerte er an einen Schauspieler aus einer Komödie, und das machte sie nur noch wütender.

Er bat sie, ihm von dem Mittsommerabend zu erzählen, und Greta berichtete alles, was sie gesehen und gehört hatte.

Sie erzählte von Nettan und Göran in Marias Schlafzimmer. Wie sie nur das Kind ins Bett bringen wollte, sich dann aber gezwungen sah, es mit nach Hause zu nehmen. Wie besoffen alle waren. Wie besoffen sie immer alle waren.

Bei den letzten Worten blickte sie Hasse an, und er bekam hektische Flecken auf den Wangen.

»Als ich von hier weg bin, war es zehn Uhr, dann bin ich vielleicht um Viertel vor elf heimgegangen.«

Torstensson machte Notizen auf einem kleinen Block mit blauem Einband.

»Und da war sie noch da?«

»Ja. Sternhagelvoll. Wie alle anderen.«

Bei ihrem Tonfall merkte er auf. Vielleicht verloren Mütter normalerweise über ihre Töchter kein schlechtes Wort, wenn sie nicht mehr am Leben waren. Doch Greta war anders.

»Und Sie sagen, dieser Göran war mit einer anderen Frau im Bett?«

»Ja, mit einer verheirateten Frau. Nettan. Sie ist mit Rolf verheiratet. Er ist im Außendienst angestellt. Die wohnen am Ortsrand, im Kaufmannshaus.«

Hasse sagte kein Wort dazu, und sie fragte sich, ob er es schon gewusst hatte. Er sah sie nicht mal fragend von der Seite an. Greta erzählte, dass Göran die ganze Nacht fort gewesen war, wie sie mit den beiden gesprochen hatte und was sie zum Keller ausgesagt hatten.

Mårten Torstensson schob sich den Stift in den Mund und saugte sich fest. Greta fuchtelte mit der Hand.

»Schreiben Sie das auf«, sagte sie. »Er hat kein Alibi.«

Torstenssons Lippen zuckten, als versuche er ein Lächeln, doch dann schrieb er etwas hin.

»Und der Vater des Mädchens?«, fragte er dann, und zuerst dachte Greta, er meinte Marias Vater und blickte irritiert zu Hasse hinüber.

Dann begriff sie, dass er von Tereses Vater sprach, dass die Bezeichnung »Mädchen« nicht mehr länger ihrer Tochter gehörte. Jetzt gab es ja ein neues kleines Mädchen, und obwohl Greta wusste, dass es idiotisch war, versetzte es ihr einen Stich.

Als hätte jemand ihrer Tochter den Platz geklaut. Als gäbe es einen Zusammenhang. Sie blickte zu Hasse hinüber, dachte, wann macht der endlich auch mal den Mund auf, aber er saß nur stumm da.

»Er heißt Dan«, sagte sie. »Dan Persson. Ihr damaliger Freund. Als er erfahren hat, dass sie schwanger ist, hat er die

Beine in die Hand genommen und sich gleich aus dem Staub gemacht.«

Torstenssons Mund verzog sich leicht. »Vater unbekannt steht da«, sagte er. »In der Geburtsurkunde.«

»Ja, schon«, sagte Greta. »Aber der ist trotzdem der Vater.«

Ein einziges Mal hatten Maria und sie darüber gesprochen, das kam ihr jetzt in den Sinn. In jedem Kerl, mit dem ihre Tochter herumzog, hatte sie einen Vater vermutet, einer schlimmer als der andere. Hätte sie Maria nicht irgendwann die Pistole auf die Brust gesetzt, hätte sie es wohl nie erfahren.

Terese hatte nun weder Mutter noch Vater. Alle Wurzeln waren gekappt. Wie könnte ein Baum so leben? Ein verstümmelter, verkrüppelter Baum kam dabei raus, damit kannte Greta sich nur allzu gut aus.

»Er wohnt nicht hier«, sagte Greta. »Wie gesagt, er ist abgehauen. Hab ihn seither nicht mehr zu Gesicht bekommen. Maria auch nicht.«

»Und Sie?«, fragte Torstensson und wandte sich an Hasse. »Wann sind Sie denn nach Hause gekommen?«

»Ziemlich genau um ein Uhr«, antwortete er.

Greta fand, er sah komisch aus in dem Moment, als hätte er sich darauf vorbereitet. Sie schielte zu ihm hinüber, doch er erwiderte ihren Blick nicht. Torstensson stellte noch mehr Fragen. Völlig sinnlose Fragen, wie Greta fand. Trotzdem beantwortete sie sie der Reihe nach, auch wenn es sie frustrierte.

»Ich hab schon mit einigen gesprochen, die auf dem Fest waren, aber jetzt werde ich alle vernehmen«, sagte er und trank den letzten Schluck Kaffee, den Greta ihm serviert hatte. Die Kekse, die sie extra aus dem Schrank geholt hatte, hatte er nicht angerührt, und das fand sie äußerst unhöflich von ihm.

»Fällt Ihnen vielleicht noch wer anders ein, mit dem sie unterwegs gewesen sein könnte?«, fuhr er fort und sah dabei Hasse an.

»Sie hatte in Smebacken so einige Bekannte«, sagte Hasse. »Wir haben auch schon dran gedacht, dass vielleicht einer von denen hergekommen ist und sie abgeholt hat.«

»Kann doch nicht sein«, hielt Greta dagegen. »Sie haben sie

doch hier gefunden. An dem kleinen Pfad, weit hinter Kjells Haus. Denkst du etwa, einer von Smebacken hätte sie da hochgeschleppt?«

»Hätten Sie ein paar Namen für mich?«, fragte Torstensson, als hätte er Gretas Einwand gar nicht gehört.

Greta beugte sich zu ihm vor.

»Jetzt verschwenden Sie doch nicht mit denen Ihre Zeit. Was sollten die denn hier draußen?«

»Wir überprüfen alles«, sagte Torstensson und sah Hasse eingehend an. »Wir werden auch Göran Ekman unter die Lupe nehmen, da können Sie sicher sein. Aber wir wollen uns nicht auf eine Person fixieren.«

Hasse nannte ein paar Namen. Janne, Lasse, Lotta. Dann fiel ihm nichts mehr ein, und Greta musste sie ergänzen. Eva, Kicki, Anneli, Tomas.

All diese fertigen Typen, mit denen Maria sich rumgetrieben hatte, als sie in dieser scheußlichen Wohnung in Moga in Smedjebacken gewohnt hatte. Das Treppenhaus, das nach Urin und Zigaretten stank, Mülltüten, die vor dem Müllschlucker standen und ebenso mieften. Die hatten die da einfach abgestellt, weil sie zu groß waren und nicht durch die Öffnung passten. Hatten sich gedacht, irgendwer würde schon kommen und den Müll wegräumen. So ein unfähiges Pack. Ihr dämliches Grinsen, wenn Greta in die verdreckte Wohnung kam. Sie hatte nicht den Eindruck gehabt, dass Maria Drogen nahm, aber viele aus ihrer Clique taten das mit Sicherheit. Kent, Sylvias Bruder, hatte Greta auch mal in der Wohnung getroffen, aber das war, bevor sie Sylvia kennengelernt hatte.

Torstensson schrieb sich alle Namen auf.

»Sind Sie denn ganz sicher, dass es wirklich Maria ist?«, fragte Hasse, als Torstensson aufstand und gehen wollte.

Seine Stimme war kraftlos, und Greta wusste genau, dass er sich die nächste Tasse einschenken würde, sobald die Haustür hinter Torstensson ins Schloss gefallen war. Torstensson seufzte und rieb sich die Hände, als wäre ihm kalt.

»Wir wissen es erst hundertprozentig sicher, wenn die zahnärztliche Identifizierung abgeschlossen ist«, sagte er. »Aber mit Blick auf die Kleidung und die übrigen Umstände gehen wir im Moment davon aus und ermitteln. Die sterblichen Überreste werden ja auch untersucht. Bald werden wir genau wissen, was mit ihr passiert ist.«

Er verstummte, und es hatte den Anschein, als denke er angestrengt nach.

»Ihren Mantel oder ihr Portemonnaie hat man immer noch nicht gefunden«, sagte er. »Das waren doch die Gegenstände, die im Haus fehlten, nicht wahr?«

Greta dachte daran, wie sorgfältig sie Marias Kleider durchgesehen und nach dem Portemonnaie gesucht hatte. »Ja«, sagte sie. »Die fehlten.«

»Und die Tagebücher«, sagte Hasse. »Die Tagebücher haben wir auch nicht finden können.«

Torstensson atmete ein, und seine Lippen verschwanden.

»Tja, wir suchen ja auch in der weiteren Umgebung. Allerdings ...«

Greta wartete auf eine Fortsetzung, doch es gab keine, und sie traute sich nicht nachzuhaken.

Hasse wandte sich ab, Greta musste Torstensson hinausbegleiten. Die Herbstluft zog kalt in den Flur, und da merkte sie, dass sie schon seit Tagen nicht vor der Tür gewesen war. Die Suche war ja vorbei.

Die Sonne stand direkt über den Baumwipfeln am See, und auf dem Hügel sah sie das graue Haus, in dem Kjell und Sylvia wohnten. Irgendwo dahinter im Wald hatten sie ihr Mädchen gefunden. Die Reste, die von ihrem Mädchen übrig geblieben waren. Nach nur zwanzig Jahren hatte er sie aus dem Leben gerissen.

Das würde sie niemals akzeptieren.

Und sie würde niemals akzeptieren, dass sie den nicht fanden, der es getan hatte.

Sie verfolgte, wie der Wagen über den Schotterweg fuhr und am See rechts abbog. Die niedergehende Sonne spiegelte sich in dem schwarzen Lack. Dann ging sie zurück ins Haus. Nassklebriges, faulendes Laub lag über der Fußmatte, und der Flickenteppich in ihrem schmalen Flur war verdreckt. Eigentlich wuschen sie alle Flickenteppiche am Ende des Sommers immer draußen am großen Steg, schrubbten sie ordentlich mit Seife. Doch in diesem Sommer hatte sie keine Zeit gehabt, jeden Tag war sie losgezogen und hatte gesucht.

Nach ihrer Tochter musste sie jetzt nicht mehr suchen.

Der nächste Gedanke stach in ihr Herz. Jetzt würde sie sich auf die Suche nach dem Mörder machen.

Obwohl sie schon wenige Tage nach Marias Verschwinden diesen Gedanken gehabt hatte, spürte sie den Stich jetzt tiefer eindringen, er ging direkt ins Fleisch hinein, nicht die allerkleinste Hoffnung war ihr geblieben und konnte das verhindern.

Sie warf einen Blick in die Küche, und da saß Hasse am Küchentisch. Sein Oberkörper war zusammengesackt, und das graue Haar schien im Lampenlicht silbrig. Seine Hände schlossen sich um eine Keramiktasse, allerdings keine von denen, in denen sie den Kaffee serviert hatte. Er hatte sich extra eine größere geholt.

Sie fragte sich, ob er dachte, sie merke nicht, dass er trank. Sie fragte sich, ob er glaubte, dass es ihr etwas ausmachen würde.

Schon am darauffolgenden Tag tauchte Mårten Torstenssons Wagen wieder auf. Der Beamte stieg aus, doch blieb erst einmal draußen auf dem Hof stehen. Da stand er und ließ den Blick schweifen, über die gefrorenen Felder, über den See, der nun mit einer dünnen Eisschicht überzogen war, am Rand noch rissig, den großen Gutshof, der inzwischen nur noch einigen wohlhabenden Stockholmern als Ferienhaus diente, die fast nie kamen. Lange stand er so da.

Greta beobachtete ihn durchs Fenster. Sie fragte sich, was er da beäugte. Suchte er etwas? Stand er da, um die Geografie des Dorfes zu erfassen, was auf der anderen Seeseite war, hinter dem Mischwald?

Greta konnte einiges erzählen, von der Schlackenhalde, die wie eine dicke Krampfader am See entlang verlief, von den Wiesen, die darunter lagen, und von den fünf Häusern, die auf der anderen Seite standen. Ihr Haus befand sich eigentlich auf der falschen Seite, aber Greta gefiel das. In den letzten Jahren waren viele junge Familien hergezogen, und Ingegärd und Ernst, die im Grunde ihr ganzes Leben hier im Dorf verbracht hatten, fühlten sich jetzt wahrscheinlich fast eingekesselt, mit so vielen jungen Leuten rundherum.

Aber Ingegärd hatte mal gesagt, dass sie es schön fand zu sehen, wie sich das Dorf mit Leben füllte. So viele andere Dörfer verkamen zu Ferienhaussiedlungen, in denen nur wenige Wochen im Jahr jemand wohnte.

Als die Hütte noch betrieben worden war, war es etwas anderes gewesen. In Ingegärds und Ernsts Wohnzimmer hatte Greta Bilder von der Blütezeit der Eisenhütte gesehen, die rußschwarzen Arbeiter mitten in der glühenden Hitze. Damals hatten so viele Menschen im Dorf gewohnt, in jedem Haus mehrere Familien. Die alten Geschichten vom morgendlichen Eis auf dem Fußboden, wenn man erwachte, von den Holzöfen, in denen man heute nur noch bei Stromausfall Feuer machte, die aber damals neumodische Erfindungen gewesen waren, und vom Feuer, das ihnen als Licht- und als Wärmequelle gedient hatte. Vom Reidemeister auf dem Gutshof und dem vielen Lärm von der Grube. Mehrere Hundert Jahre war sie in Betrieb gewesen. Seit dem siebzehnten Jahrhundert hatte man Erz geschmolzen und zu Roheisen verarbeitet. 1904 war die Hütte geschlossen worden, und das Leben im Dorf hatte sich grundlegend verändert. Stille hatte Einzug gehalten.

Ein Dorf mitten in der Stille. Meilenweit entfernt von den Gefahren der großen Städte. Greta und Hasse hatten angenommen, hier sei es perfekt, um ein kleines Mädchen Wurzeln schlagen zu lassen. Aber genau in diesem Wald war sie umgekommen, die Tochter, die sie hier aufgezogen hatten, um sie zu beschützen.

Schließlich kam Torstensson die Treppe hinauf, und Greta öffnete ihm die Haustür. Sie wies in Richtung Küche, aber setzte keinen Kaffee auf, schließlich hatte er die Kekse am Vortag auch nicht angerührt.

Der Küchentisch war mit Blumen übersät, die Boten gebracht

hatten. Greta hatte die Sträuße ins Wasser gestellt, die Karten aber nicht in die Hand genommen und die Vasen auch nicht im Haus verteilt. Sie hätten sie nur immerzu an die Beerdigung erinnert, die ihnen zwangsläufig bevorstand. Und an Terese, die Tochter, die jetzt zurückblieb. Der es jetzt jemand beibringen musste. Weihnachten stand vor der Tür. Ein Weihnachten ohne Maria. Maria hatte nie Lust gehabt, an den Feiertagen zu ihnen zu kommen. Jetzt tat Greta diese Erinnerung unglaublich weh. All die Versuche, sich zu drücken. Die Schuldgefühle Hasse gegenüber hatten schließlich immer den Ausschlag gegeben, am Ende kam Maria doch. Und vermutlich war es ihr Groll gegen Greta, der sie dazu brachte, sich noch vor dem traditionellen Weihnachtsfilm mit Donald Duck schon wieder zu verabschieden.

Diesmal nahm Torstensson auf einem anderen Stuhl als am Vortag Platz, aber auch diesmal behielt er die Schuhe an. Typisch studiertes Volk, dachte Greta. Alles Rüpel. Er blickte sich um, und sie fragte sich, wonach er suchte.

»Ihr Mann, ist der auch zu Hause?«

Greta merkte, dass sie ihn ganz vergessen hatte.

»Ich geh ihn holen«, sagte sie und stand auf.

Hasse war oben im Schlafzimmer. Da drinnen stank es eklig nach Alkohol und ungewaschenem Mannsbild, und sie fragte sich, wann sie zuletzt die Bettwäsche gewechselt hatte. Das Rollo war zur Hälfte hochgezogen, und über sein Gesicht fiel ein Lichtstreifen.

Sie rief seinen Namen, doch er wachte nicht auf. Erst als sie ihn rüttelte und schüttelte, schlug er die Augen auf. Seinem Blick merkte sie an, dass er sich nicht gleich erinnerte, was los war, doch im nächsten Moment sah sie den Schmerz, der ihn zeitgleich mit der Erinnerung durchfuhr.

»Dieser Polizist ist wieder da«, sagte sie. »Er will dich sprechen.«

Hasse öffnete und schloss den Mund wie ein Fisch, als wäre er völlig ausgetrocknet. Greta konnte fast zusehen, wie seine Haut in den Mundwinkeln riss, als er da lag und den Mund aufsperrte.

»Soll ich ihm sagen, dass du im Bett liegst und deinen Rausch ausschläfst, oder gedenkst du, in die Küche zu kommen?«

»Nee, nee ...«, brummte Hasse und rappelte sich hoch. Kurz vergrub er den Kopf in den Händen und fuhr sich durchs Haar, dann schwang er die Beine über die Bettkante und ging mit ihr nach unten. Sie bemerkte Torstenssons Blick, als sie die Küche betraten. Hasses Kleider waren völlig zerknittert, das Haar stand büschelartig von der Kopfschwarte ab. Greta meinte, seine Alkoholfahne deutlich zu riechen, sie hoffte nur, Torstensson bemerke sie nicht.

Aber wer war er eigentlich, dass er sich anmaßen wollte, Hasse zu verurteilen? In solch einer Situation.

Vielleicht dachte er ja, das sei normal. Dass Hasse einfach ein Säufer war.

Jetzt hätte Torstensson wissen sollen, dass Hasse im Walzwerk in Smedjebacken fest angestellt war, seit er ein Junge war. Sandgren hätte ihn wirklich darüber informieren können, aber nun gut.

Hasse suchte auf dem Tisch nach der Kaffeekanne, und als er keine fand, setzte er sich auf dem Küchensofa ganz an den Rand.

»Wir haben jetzt den Bericht aus der Gerichtsmedizin.« Torstensson stützte die Ellenbogen auf den Tisch und beugte sich mit gefalteten Händen vor.

»Die Todesursache nennt man in der Pathologie ›stumpfe Gewalteinwirkung auf den Schädel‹«, sagte er. »Maria hat mehrere heftige Schläge auf den Schädel bekommen. Vermutlich mit einem Stein. Wir sind also ziemlich sicher, dass es sich um ein Verbrechen handelt, denn wir konnten diese Gewalteinwirkung an mehreren Stellen diagnostizieren. Und wir haben auch keinen Stein in der Nähe gefunden, über den sie gestolpert sein könnte.«

»Sie haben keinen Stein gefunden?«, fiel Greta ihm ins Wort. »Der Wald ist doch voll von Steinen.«

Geduldig sah Torstensson sie an.

»Schon klar. Aber wir haben keinen Stein in der Nähe des Fundortes entdeckt, der solche Kopfverletzungen erklären könnte. Und wie Sie schon sagen, der Wald ist voll von Steinen, und wenn es Spuren gab, sind sie jetzt vermutlich nicht mehr sicherzustellen ...«

Greta schwieg. Hasse saß da und rieb sich die Hände, als wären sie kalt.

»Wir gehen also davon aus, dass sie umgebracht worden ist. Dass der Täter ihre Leiche in der Felsspalte unterhalb des Felsens abgelegt hat und ... die Tiere sie herausgezogen und weggeschleift haben, oder zumindest Teile von ihr.«

Greta schloss die Augen, ihre Finger suchten die Tischkante, sie versuchte krampfhaft, das Bild, das Torstensson soeben in ihrem Kopf gemalt hatte, wieder auszuradieren.

»An ihrem Schädel ist zu sehen, dass ...« Er hielt inne, und zum ersten Mal schien es ihm nahezugehen, dass er den Eltern solche Informationen übermitteln musste.

»... heftige Gewalteinwirkung auf den Kopf vermutlich die Todesursache gewesen ist.«

Er räusperte sich und schlug die Augen nieder, wo sein Notizblock lag und er etwas anderes in den Blick nehmen konnte als eine Mutter und einen Vater, die ihr Kind verloren hatten.

»Wir nehmen an, dass der Fundort gleichzeitig der Tatort ist. Sie wurde ziemlich tief im Wald gefunden, und das Gelände, das man von dem Trampelpfad aus durchqueren muss, um dorthin zu kommen, ist ziemlich unwegsam. Wir glauben nicht, dass jemand eine Leiche dorthin geschafft hat.«

Greta stierte ihn an. Torstensson erwiderte ihren Blick, doch dann wich er ihm aus.

»Ich dachte, Sie wollten das wissen«, sagte er, als wüsste er, was sie jetzt dachte.

»Ich will wissen, wer es getan hat. Wer war das?«, sagte Greta, und dann brach ihre Stimme, die Gefühle überkamen sie schlagartig, sie versuchte, die Tränen wegzublinzeln, die ihren Blick trübten, denn sie wollte sein Gesicht sehen, wenn er eine Antwort auf ihre Frage gab.

»Wir ermitteln noch«, sagte er. »Wir werden es herausfinden.«

»Haben Sie denn jetzt mit Göran gesprochen?«

»Wir haben mit allen einmal gesprochen. Jetzt werden wir das ein zweites Mal tun.«

»Was sagt er denn dazu?« Greta bemerkte Hasses Blick, spürte, dass er ihr am liebsten die Hand auf den Arm gelegt hätte, damit sie sich beruhigte, doch die Zeiten, in denen er das tun konnte, waren vorbei.

»Dazu kann ich mich nicht äußern.« Torstensson rieb sich über den Mund. »Als Erstes versuche ich herauszufinden, wer Ihre Tochter zuletzt lebend gesehen hat. Das ist ein wichtiges Puzzleteil.«

Dann wandte er sich abrupt an Hasse.

»Und Sie sind sicher, dass Sie das Fest um ein Uhr verlassen haben? Die Angaben, die uns vorliegen, sind etwas widersprüchlich.«

Hasses Mund ging auf und wieder zu, und da wusste Greta, dass er immer noch nicht richtig nüchtern war.

»Er war kurz nach eins zu Hause«, sagte Greta. »Da bin ich aufgewacht und hab auf die Uhr geschaut.«

Torstenssons Blick hing immer noch an Hasse.

»Sie glauben doch wohl kaum, dass er das getan hat?« Greta sprang auf und konnte sich gerade noch beherrschen, nicht mit der Faust auf den Tisch zu schlagen. »Glauben Sie das etwa?«

Da drehte Torstensson sich endlich zu ihr um.

»Wir glauben gar nichts, Frau Andersson. Wir ermitteln. Es ist wichtig, dass wir uns von dem Abend ein Bild machen können.«

Greta fuhr herum und sah durchs Fenster auf das gefrorene Feld, die Sonne kam nun hinter den Bäumen hervor und glitzerte im Frost. Greta ballte die Fäuste und atmete durch die Nase. Sie wusste ja, dass er recht hatte. Doch sie hatte noch Görans gerötetes Gesicht vor Augen, die Flecken, die sich auf seinen Wangen ausgebreitet hatten, während sie ihn verhörte, die Finger an diesem verfluchten Goldkettchen oder in seinem bauschigen Schnurrbart. Wie er Marias Körper angegafft hatte, als sie gerade mal dreizehn war. Greta erinnerte sich auch daran, wie Maria seine Blicke genossen hatte, wie sie schon damals angefangen hatte, so aufreizend zu lächeln. Sie hatte einfach nicht kapiert, zumindest damals noch nicht, wie falsch es war, dass er sie so ansah.

»Ein paar Dinge treiben mich um«, sagte Torstensson, lehnte sich an die Stuhllehne zurück und strich sich übers Kinn. »Einmal der Mantel und das Portemonnaie. Aber auch der Zettel, den sie hinterlassen hat ...« Er hob die Hände, als er sah, dass Greta gleich Anstalten machte, zu widersprechen. »Ich weiß, Sie glauben nicht, dass sie ihn geschrieben hat, Frau Andersson, aber haben Sie diesen Zettel noch?«

Greta nickte und ging in den Flur und holte ihn aus der Schublade der Kommode. Sie blickte auf die schrägen Buchstaben, brachte es nicht über sich, die Worte zu lesen. Sie ging zurück und reichte den Zettel Torstensson, der ihn leicht an der Handfläche glatt strich und ihn dann las.

»Was ich mich wirklich frage ...« Er legte eine Pause ein, und seine Augen wurden trüb. »Angenommen, sie hat ihn tatsächlich nicht geschrieben. Herr Andersson, Sie haben gesagt, das ist Marias Handschrift. Wenn sie das also nicht geschrieben hat, wer hat es dann geschrieben? Wer konnte ihre Handschrift so gut imitieren?«

Greta spürte, wie es in ihrem Kopf zu hämmern begann, sie hob die Hände und begann, sich die Schläfen zu massieren.

»Oder andersherum«, sprach er weiter, »könnte jemand sie gezwungen haben, das zu schreiben? Aber beides kommt mir doch recht schwierig vor. Das kriegt doch keiner hin, wenn er richtig betrunken ist.«

Sein Blick ging Greta durch Mark und Bein.

»Oder kann das jemand getan haben, weil er wusste, dass Maria vorhatte, fortzugehen?«

Hasse rutschte auf seinem Stuhl hin und her und schüttelte den Kopf, ein wenig zu schnell. Greta wartete einen Moment, dann tat sie dasselbe. Da fehlten ihr die Worte.

Torstensson seufzte, hielt den Zettel vor ihnen in die Luft. »Den nehme ich mit«, sagte er. »Vielleicht können wir Fingerabdrücke sichern.«

Greta dachte daran, wie oft sie diesen Zettel in den Fingern gehabt, ihn gelesen und beschmutzt hatte. Hasse ebenso. Ingegärd, die ihn zwischen Zeigefinger und Daumen genommen, Kjell, der seine dicken Daumen darauf gedrückt hatte. Greta war sich so sicher gewesen, dass Maria das nicht geschrieben hatte, trotzdem hatte sie keinen Gedanken daran verschwendet, dass sich auf diesem kleinen Stück Papier Beweise befinden könnten, Beweise, die sie nun vermutlich eigenhändig vernichtet hatte.

Sie hörte, wie Torstensson aufstand, der Stuhl kratzte über den Boden.

»Ich melde mich«, sagte er, und Greta wandte sich ab, jetzt liefen die Tränen, und ihr Mund verzog sich, und sie wollte nicht, dass sie das sahen, Torstensson nicht und Hasse auch nicht. »Sobald wir Näheres wissen.«

Erst als Greta hörte, wie der Motor angelassen wurde und die Reifen über den Kies rollten, drehte sie sich um. Hasse saß da, die Haare standen ihm zu Berge, und er schien nicht ganz zu verstehen, was sich da gerade abgespielt hatte, warum der Polizeibeamte bei ihnen gewesen war, welche Nachricht er ihnen überbracht hatte.

Sie griff nach dem, was sie als Erstes zu fassen bekam, das war eine Vase mit einem großen Rosenstrauß, den ihnen jemand geschickt hatte, die Vase war ein Erbstück von Hasses Eltern, blaues Muster auf weißem Untergrund, möglicherweise ein kostbares Teil.

Ihre Bewegung geschah instinktiv, und erst, als sie das Geräusch des Porzellans hörte, das auf der Kante des Küchensofas zerschellte, und die Scherben sah und die dünnen Stängel der Blumen und das Wasser, das sich über den Fußboden ergoss, begriff sie, was sie angerichtet hatte.

Hasses Mund öffnete sich noch weiter, und sie merkte, wie ihr eigener Mund dasselbe tat. Mit offenen Mündern starrten sie sich an. Dann machte sie auf dem Absatz kehrt und rannte aus der Küche, zur Haustür hinaus und hinters Haus, barfüßig quetschte sie sich durch den Zaun auf die Kuhweide, die Kälte biss ihr in die Fußsohlen, sie riss sich die Haut am Stachel-

draht auf, ihre Hose blieb hängen und bekam ein Loch, und sie
fiel auf die Knie, auf einen Stein und schrie, die Hände tief in
die überfrorene Rentierflechte gekrallt.

# 18.

*Dezember 1983*

KJELL KONNTE NICHT abstreiten, dass es ihm naheging. Die braunen Augen des Mädchens ließen ihn nicht kalt. Aber mit jedem weiteren Tag, den sie bei ihnen im Haus verbrachte, wuchs die Gewissheit, dass er es nicht aushielt. Sie wanderte umher wie ein Geist. Kaum versuchte er, Sylvia nahezukommen, war sie da, große Augen, verrotzte Nase.

Manchmal dachte er darüber nach, ob sie möglicherweise wusste, was ihrer Mutter zugestoßen war. Ob sie Informationen mit sich herumtrug, die sie nicht mitteilen konnte. Er fand, man sah es ihren Augen irgendwie an. So eine stille Allwissenheit.

Sylvia würdigte ihn keines Blickes mehr. War völlig unnahbar.

»Du bist ja wie besessen«, sagte er eines Abends zu ihr. »Sie ist nicht dein Kind. Du hast überhaupt keinen Grund, mir Vorwürfe zu machen. Sie hat ihre Großeltern.«

Da drehte sie sich einfach um und ging nach oben. Kurz darauf hörte er das Webblatt am Webstuhl hämmern.

Zuerst hatte er eine Woche verstreichen lassen. Natürlich konnten sie Terese noch bei sich behalten, fand er, doch hatte es mit Sylvia nicht besprochen. Besser so, sonst hätte sie nur wieder neu verhandelt und unnötig Streit angefangen.

Aber dann war er derjenige gewesen, der die Entscheidung aufgeschoben hatte. Die armen Eltern, sie brauchten sicherlich erst mal Zeit für sich, so hatte er gedacht, und darüber war auf einmal ein ganzer Monat verstrichen. Jetzt nahm er allen Mut zusammen. Irgendwann musste es schließlich sein, und so konnten sie sich langsam an den Gedanken gewöhnen.

An dem Tag, als er sie anrief, hatte es geschneit. Greta war sofort am Apparat, ganz außer Atem. Als sie hörte, dass er dran war, klangt sie enttäuscht.

»Ach so, du bist es.«

Er hätte es lieber mit Hasse besprochen. Hatte überhaupt nicht damit gerechnet, dass Greta abnehmen würde. Wahrscheinlich wartete sie auf einen Anruf der Polizeibeamten, und stattdessen war nur er in der Leitung. Es ärgerte ihn, dass sie so sichtlich enttäuscht war. Sie hätte auch mal fragen können, wie es eigentlich lief, ob sie irgendetwas brauchten, ob sie die Ausgaben für das Essen von Terese ersetzt haben wollten. Dann schämte er sich. Wahrscheinlich hatten sie ganz andere Sorgen. Er hatte Maria zwar gefunden, doch sie war die Mutter, die ihr Kind verloren hatte.

»Wie geht's euch denn?«, fragte er und bereute diese Frage auf der Stelle.

»Tja, wie soll es einem da schon gehen«, erwiderte Greta, und dann verstummte sie, wartete, was er wollte.

»Ja«, sagte er und druckste herum. »Das klingt jetzt vielleicht blöd ... unter diesen Umständen ...«

Er verstummte, doch sie machte keinerlei Anstalten, ihm zu Hilfe zu kommen. Der Ärger darüber gab ihm den Mut, es hinter sich zu bringen.

»Wir sind der Meinung, es ist an der Zeit, dass Terese zu euch zieht.«

»Aha, du bist der Meinung«, sagte sie. Das klang gar nicht unfreundlich, eher mutlos.

»Sie war jetzt eine ganze Weile bei uns. Wir denken, es ist das Beste für sie, wenn sie bald ...«, sagte er, dann hielt er inne. »Ich meine ... ich glaube, das Beste für sie ...«

»Verstehe«, schnitt Greta ihm das Wort ab. »Ich werde Hasse sagen, er soll sie holen.«

Dann legte sie auf ohne ein Wort, kein Dankeschön, gar nichts.

Er legte den Hörer wieder auf die Gabel und spürte auf der Stelle eine große Erleichterung. Als er sich umdrehte, sah er Sylvia auf der Treppe sitzen, den Blick aus dem Fenster. Sie sah hinaus zu Terese, die im Schnee herumtollte. Er merkte, dass Sylvia weinte, und wollte zu ihr gehen, ihr sagen, dass sie jetzt noch mal von vorn anfangen würden, es noch mal versuchen können, selbst Kinder zu bekommen, aber er wusste genau, dass sie ihn mit den Worten *Familie ist da, wo das Herz ist* abweisen würde, und das würde er in diesem Moment nicht ertragen. Mit der Zeit wird sie mir das verzeihen, dachte er. Irgendwann wird sie zur Vernunft kommen und die Sache mit anderen Augen sehen, es muss nur etwas Gras darüber wachsen. Doch da war etwas in ihrem Blick, das in ihm Zweifel daran weckte.

# 19.

SYLVIA LIEF DEN KLEINEN PFAD hinauf zum Hindtjärnweiher. Seit Mittsommer war sie hier nicht mehr gewesen. Sie war überhaupt nicht mehr richtig wandern gegangen. Meist waren es jetzt nur kleine Spaziergänge. Terese hatte sie rund um die Uhr auf Trab gehalten. Wenn sie zurückkam, würde Terese fort sein. Hasse wollte sie abholen, da konnte Sylvia nicht zu Hause sein. Kjell hatte ihn schließlich doch angerufen. Es war so viel Zeit ins Land gegangen, dass sie schon geglaubt hatte, er hätte es sich anders überlegt, aber vielleicht hatte er sie nur auf die Folter spannen und noch ein bisschen quälen wollen.

Auf die Schnelle warf sie einen Blick zurück auf das Haus, bevor sie abbog. Dieses graue Haus, das sie mit der Zeit als ihr Zuhause betrachtet hatte, ihr erstes, richtiges Heim, mit dem sie nur gute und schöne Gefühle verbunden hatte. In den beschlagenen Fenstern standen Lichterbögen, und an der Haustür hing ein Büschel Tannenreisig mit rotem Band. Bald würden sie ihr zweites Weihnachten in diesem Hause feiern.

Mit raschen Schritten ging sie nun weiter auf den Wald zu. Es war schon zwei Uhr, und sie musste sich beeilen, wenn sie noch bei Tageslicht zurückkehren wollte.

Die Dunkelheit hier draußen war eindrucksvoll. Auch wenn Smedjebacken eine Kleinstadt war, so war es immerhin eine Stadt, da gab es Häuser und Licht in den Fenstern und Straßenlaternen. Irgendwo war immer ein Mensch in Sicht.

Hier draußen wurde es wirklich pechrabenschwarz. Das gehörte zu dem, was ihr so gefiel. Dass alles so dicht beieinanderlag. Das Licht und die Dunkelheit.

Ein Stück stapfte sie durch tiefen Schnee, doch als ihr Weg auf den Pfad, der von Ernst und Ingegärd hinaufführte, traf, ging es leichter. Winterstiefel und Hundetatzen hatten den Schnee überall festgetrampelt. Seit ein paar Tagen hatte es nicht mehr geschneit, und der Schnee war eingefallen, als die Luft milder wurde. Jetzt, da es wieder kälter geworden war, hatte sich eine harte Schneekruste gebildet, die funkelte, auch ganz ohne Sonne.

Moss lief neben ihr her, das erste Mal seit langer Zeit hatte sie ihn wieder auf eine größere Runde mitgenommen. Meist war sie mit ihm nur schnell Gassi gegangen, wenn sie das Gefühl hatte, er musste raus. Er wedelte auch nicht mehr so wild mit dem Schwanz, wenn sie zur Tür oder zum Garderobenständer ging. So wie sie auch bei Kjell das Gefühl hatte, er war nicht mehr so engagiert dabei. Sie war mit anderen Dingen beschäftigt gewesen, und keiner von beiden hatte die Geduld zu warten. Da vergaßen sie die Liebe zu ihr einfach. In dieser Hinsicht waren sich Männer und Hunde gar nicht so unähnlich.

Nicht mehr lange, dann war Weihnachten. Letztes Jahr waren sie am Heiligen Abend unten bei Maria gewesen, hatten gemeinsam vor dem Feuer und am Weihnachtsbaum gehockt und Irish Coffee getrunken und Eiskonfekt genascht. Terese in ihrem neuen Bademantel, den Greta und Hasse ihr geschenkt hatten. Sylvia erinnerte sich, wie Maria gelästert hatte.

»Sie schenken ihr immer nur was Praktisches, warum denn nie Spielsachen oder andere Dinge, was sie mag«, hatte sie gesagt.

Dass Terese da auf dem Sofa hockte, den kuscheligen Bademantel über ihrem Schlafanzug, war doch eigentlich ein deutliches Zeichen, dass er ihr gefiel, und Sylvia hatte damals gedacht, wie undankbar und verzogen Maria im Grunde war. Doch dann hatte Maria wieder einen Scherz gemacht und so herrlich gelacht, und sofort war alles vergessen. Sylvia fragte sich, wie viele solcher Situationen sie erlebt hatte, Maria tat ihre merkwürdigen Einstellungen kund, Sylvia reagierte entsprechend empört, doch kurz darauf hatte sie es wieder vergessen. Vergeben und vergessen, genau so wie in destruktiven Liebesbeziehungen.

Jetzt hatte sie das Gefühl, dass immer mehr solche Erinnerungen hochkamen, und manchmal konnte sie kaum noch nachvollziehen, warum sie eigentlich so eng befreundet gewesen waren.

*Nicht ganz normal* hatte Kjell Sylvias Beziehung zu Maria mal genannt. Sie hatte nur gelacht. Jetzt wusste sie nicht mehr, warum. Sie hätte eher auf ihn sauer sein müssen. Doch das war vorher gewesen, jetzt war die Zeit deutlich unterteilt in ein Vorher und ein Nachher.

Als sie fast da war, wo der Weg sich gabelte, entdeckte sie Fußspuren. Sie waren im Schnee ganz deutlich zu sehen, neben den zwei markanten, eng stehenden Fichten. Genau hier musste man abbiegen, um hinaufzugelangen. Jetzt sah sie die Spuren von großen Stiefeln im Schnee. Sie führten geradewegs hinauf, vom Weg fort, weg von den Fichten. Und es sah aus, als seien sie frisch.

Sylvia blickte auf, sah durch die wenigen Bäume. Ihr war klar, wohin die Spuren führten, sie wusste instinktiv, dass das Ziel der Person, die hier entlanggegangen war, genau dieser Ort war. Bei der Erkenntnis fuhr ihr ein eiskalter Schauer durch den Körper.

Hier war jemand durch den Schnee gestapft. Möglicherweise gerade eben erst.

Sie blickte sich um, lief ein paar Meter in beide Richtungen, Fehlanzeige. Da waren keine anderen Spuren, die zurückführten. Derjenige, der hier in den Wald gegangen war, war noch dort. Oder er hatte sich für einen anderen Rückweg entschieden.

Moss zog und keuchte, und sie zog genervt an der Leine.

Erst als sie ihren Fuß in den großen Stiefelabdruck setzte, wurde ihr bewusst, was sie eigentlich vorhatte. Genau dorthin wollte sie. Zum Fundort. Wo die Frau, die einmal ihre beste Freundin gewesen war, tot im Wald gelegen hatte.

Sie versuchte, in die Spuren zu treten, doch die Abstände zwischen den Schritten waren riesig, immer wieder sank sie ein, und kalter Schnee drang über den Schaft in ihre Stiefel. Moss sprang neben ihr, vor Anstrengung hing ihm die Zunge aus dem Maul. Die Spuren führten geradlinig hinauf, der Wanderer musste den Ort kennen, da war kein falscher Schritt. Er kannte den Weg ganz genau. Ihr Puls schlug schneller, und an ihren Schläfen pochte es, sie versuchte, sich zu beruhigen.

Da tauchte der große Trollstein in ihrem Blickfeld auf, und in ihrer Brust begann es zu hämmern. Er türmte sich auf dem Hügel vor ihr auf wie ein Schloss.

Sie musste daran denken, wie sie manchmal mit Maria und Terese hierhergewandert war. Sylvia, die sich gescheut hatte, Terese auf den großen Stein zu stellen, Maria, die geradezu darauf bestanden hatte. Als Kind sei sie hier so oft mit Hasse und Greta gewesen, hatte sie erzählt. Das sei überhaupt nicht gefährlich. Und Sylvia hatte es zugelassen, obwohl es völlig verantwortungslos gewesen war.

Einmal hatten sie Ende April einen Ausflug hierher gemacht, und das Moos war noch feucht gewesen, Terese hatte am Hintern auf ihrer Cordhose schon nasse Flecken bekommen. Sylvia hatte tausend Ängste ausgestanden, hatte unterhalb des Steins gestanden, in ständiger Bereitschaft, das Kind zu fangen, wenn es einen falschen Schritt gemacht hätte. Doch Terese war ganz aus dem Häuschen gewesen.

Die Trolle haben den Stein hierhergeworfen, hatte Maria geflüstert, und die Kleine hatte ängstlich die Augen aufgerissen. Sylvia hatte sie eigentlich mit ein paar Worten beruhigen wollen, doch war wieder davon abgekommen.

Maria, mit Sonnenstrahlen im Gesicht, die sich einen Weg zwischen den Bäumen bahnten. Sylvia hatte die beiden fotografiert, wie sie mit ausgebreiteten Armen am Stein standen. Den ganzen Stein bekam sie nicht aufs Bild, doch man konnte sich vorstellen, wie riesig er sein musste. Sie hatte die Fotos eigentlich in ein Album kleben wollen, bislang lagen sie nur in dem blauen Koffer in einem Schuhkarton, zusammen mit anderen wichtigen Dingen.

Die Stiefelspuren verliefen kreisförmig und hörten direkt vor der Felsspalte auf, der Schnee vor dem Stein war unberührt. Kahler Blaubeerreisig und Äste stachen aus dem Schnee, ein Hase war vorbeigehoppelt, doch von anderen Menschen keine Spur. Sie sah, dass sich die Stiefel in westliche Richtung wegbewegt hatten, offenbar hatte die Person einen anderen Rückweg genommen.

Moss lief keuchend neben ihr her, sie zog die Leine ein und

hielt ihn bei Fuß. Er machte keine Anstalten mehr, von ihr wegzuziehen. Sie blickte in die dunkle Felsspalte. Darin lag kein Schnee, es war einfach ein leeres, schlotartiges Loch. Sie spürte, wie ihre Atmung hektischer wurde und es in den Fingern zu stechen begann. Was für eine blöde Idee, hierherzukommen, was wollte sie hier eigentlich? Sie taumelte und wäre beinahe im Schnee gelandet, als sie zwischen den Baumstämmen im Augenwinkel eine Bewegung wahrnahm. Schnell drehte sie den Kopf in diese Richtung, ihr Herz schlug wieder heftig, doch es war vollkommen still im Wald.

Sie wollte Hallo rufen, aber ihr war klar, dass die Person, sofern es sich um einen Menschen handelte, der sich da hinter den Bäumen versteckte, nicht erkannt werden wollte. Sie verfolgte die Fußabdrücke im Schnee und ging auf die Bäume zu, hinter denen sie die Bewegung wahrgenommen hatte. Mit dem hämmernden Puls in ihren Ohren traten die dumpfen Geräusche des Waldes in den Hintergrund, ihr Mund war jetzt trocken, und sie benetzte ihre Lippen und versuchte zu schlucken, um den Speichelfluss wieder in Gang zu bringen.

Ein Knistern von Schnee, der von den Bäumen fiel, von Mantelstoff, der tief hängende Tannenzweige streifte. Moss hatte die Ohren aufgestellt. Sylvia hielt die Leine krampfhaft fest, alle Muskeln angespannt, doch sie ging weiter.

»Hallo«, krächzte sie. »Wer ist da?«

Keine Antwort. Vor ihren Augen begann es zu flimmern, sie musste stehen bleiben, zog die Leine noch einmal fester. Da bewegte sich ein Schatten von einem Baumstamm fort, und eine Gestalt rannte nun nach unten, auf den Weg zu. Ein Mann. Dunkelgrüne Kleidung, schwarze Stiefel, die Kapuze über den Kopf gezogen.

»Stehen bleiben!«, rief sie, doch der Mann rannte weiter.

Moss zog an der Leine, und sie fiel kopfüber in den Schnee, die Leine glitt ihr aus der Hand. Sie sah noch den Schwanz des Hundes davonrasen. Sie fluchte. Der kalte Schnee drang nun in ihre Fäustlinge, wo er von der Wärme ihrer Haut schmolz. Sie rappelte sich hoch und rannte dem Hund hinterher, der durch den verharschten Schnee schnellte, auf den Mann zu, und der sich schließlich auf seinen Rücken stürzte. Sylvia sah, wie der Mann der Länge nach in den Schnee schlug.

Sie rannte noch schneller, hatte Atemwolken vor dem Mund, so heftig keuchte sie. Der Mann kam wieder auf die Füße und rannte von Neuem los. Aber jetzt war sie ihm auf den Fersen, Moss flitzte bellend hinterher, und sie sah, dass er mit dem Schwanz wedelte, er hielt es offenbar für ein Spiel.

Dieser Gedanke schoss ihr beim Anblick des wedelnden Schwanzes durch den Kopf. Es musste jemand sein, den er kannte.

Moss sprang an dem Mann hoch, umzingelte ihn und stürzte sich noch einmal auf ihn. Schließlich gab der Mann auf und blieb stehen.

Sylvia lief nun langsamer und kam näher, ihr Herz pochte immer noch heftig, die Mütze klebte ihr am Haaransatz, so sehr schwitzte sie.

Sylvia erkannte ihn, noch bevor er sich umdrehte. Diese Schultern, der leicht gebeugte Rücken, seine Körpergröße, jetzt wusste sie, wer es war.

Eine Erinnerung tauchte auf, wie er am Torpfosten vor Marias Haus lehnte. Das schiefe Grinsen, das Glitzern in den Augen, die aufgesetzte Selbstsicherheit in all seinen Bewegungen.

Als er herumfuhr, war sein Gesichtsausdruck vollkommen anders, die Wimpern weiß vom Frost, die Pupillen darunter weit aufgerissen. Er sah verängstigt aus.

»Göran«, brachte sie zwischen ihren keuchenden Atemzügen hervor. »Was machst du hier?«

# 20.

SIE KAMEN MIT DEM TRETSCHLITTEN. In der Nacht hatte es heftig geschneit, doch der Bauer war schon mit dem Schneepflug draußen gewesen, lange bevor das spärliche Tageslicht über den Feldern Einzug gehalten hatte.

Dem Mädchen war die Mütze ins Gesicht gerutscht, und ihre Wangen leuchteten knallrot. Greta sah, wie sie strahlte, und als sie auf das Haus zusteuerten, hörte sie auch Hasse lachen. Das konnte sie nicht mit ansehen, sie trat vom Fenster weg, das hielt sie einfach nicht aus. Sie ließ sich auf einen Sprossenstuhl vor dem Schreibtisch sinken.

Der Raum, in dem sie sich aufhielt, war Marias altes Kinderzimmer. Ein schönes, lichtdurchflutetes Zimmer, mit Fenstern nach Süden und Westen hinaus. Im Sommer wurde es dort heiß, dann hatte Maria nachts immer Durchzug gemacht und bei weit geöffneten Fenstern geschlafen. Die Holzvertäfelung der Wände war noch unbehandelt wie am ersten Tag, als sie das Haus gebaut hatten. Da stand auch noch Marias Bett, wo sie am Fußende Bettlaken und Tischwäsche deponierten, die gebügelt und gemangelt werden mussten. Normalerweise waren sie übers ganze Bett ausgebreitet, doch nun hatten sie alles auf einem Stuhl gestapelt, weil sie das Bett für Terese brauchten.

Im Schreibtisch lagen Zeichnungen und Gebasteltes aus Marias Kinderjahren. Greta hatte sich damals viel Zeit genommen und die schönsten Bilder als Erinnerung aussortiert. Jetzt bereute sie es, dass sie so vieles weggeschmissen hatte, es tat ihr in der Seele weh, wenn sie an die vielen Bilder dachte, die sie in den Händen gehalten hatte, an denen Maria mit so großer Konzentration, die Haare halb vor den Augen, gearbeitet hatte, Papiere, die sie berührt hatte, Striche, die sie gezogen hatte, solche Kostbarkeiten hatte Greta einfach leichtfertig verbrannt.

Und während ihre Gedanken um diese Zeichnungen kreisten, kam ihr eine Idee.

Ihr Mund füllte sich mit Speichel. Natürlich, so musste es gewesen sein.

Dass sie nicht schon früher darauf gekommen war. Ihr Herz begann laut zu pochen, eine Art fiebriger Schwindel fuhr ihr durch den Körper.

Sie musste Torstensson anrufen. Ob es etwas Wichtiges war, wusste sie nicht. Aber erzählen musste sie es ihm auf jeden Fall. Von unten hörte sie Hasses und Tereses Stimmen. Das Mädchen wusste noch nicht einmal, dass seine Mutter tot war. Greta fragte sich, ob die Kleine vielleicht etwas zurückgeblieben war, weil sie es nicht begriff. Die vielen Polizisten und Journalisten, die durchs Dorf liefen, die vielen Tränen, das Getuschel, der Mann, der an jedem Küchentisch hockte und Fragen stellte. Vielleicht konnte man es auch einfach nicht verstehen, wenn man erst drei war.

Die Treppe knarrte, als sie hinunterging, sie hörte, wie die Stimmen in der Küche leiser wurden, und als sie eintrat, saß Terese da und starrte sie erschrocken an. Ihr erster Gedanke war, dass Hasse ihr die Wahrheit gesagt hatte, doch dann merkte sie, dass die Kleine Angst vor ihr hatte. Ob Sylvia und Kjell über sie gelästert hatten? Über die verrückte alte Frau?

Hasse wandte ihr den Rücken zu, als er Tassen, Kakao und Zucker aus dem Schrank holte und Milch aus dem Kühlschrank.

»Wollt ihr eine heiße Schokolade trinken?« Greta gab sich Mühe, ihrer Stimme einen warmherzigen, sanften Klang zu verleihen.

»Wir sind Tretschlitten gefahren«, erzählte Terese. »Opa hat gesagt, wir fahren auch noch Ski.«

»Super«, sagte Greta, obwohl sie beim Gedanken an die Skier, die noch immer an der Garagenwand hingen, am liebsten laut losgebrüllt hätte. Marias Ski, sie hatten sie aufgehoben. Für den Fall, dass sie noch jemand benutzen wollte, und so waren sie einfach da hängen geblieben. Hasse hatte dabei natürlich an Terese gedacht.

Früher wäre das naheliegend gewesen. Doch jetzt ging es ihr völlig gegen den Strich.

Greta ging zum Herd und nahm Hasse den Topf aus der Hand. Er hatte viel zu viel Kakao hineingelöffelt, sie musste noch Milch nachgießen, dabei kamen ihr die unzähligen Male in den Sinn, die sie hier am Herd gestanden und Kakao gerührt hatte, damit die Milch nicht anbrannte, erst für Maria und dann für Terese.

Jetzt war es das erste Mal, dass sie heißen Kakao machte, seit Maria tot war. Das dachte sie bei allem, was sie tat, bei jedem einzelnen Handgriff, den sie vorher rein mechanisch verrichtet hatte. Jetzt war es das erste Mal nach Marias Tod.

Und Weihnachten stand vor der Tür.

Ingegärd und Ernst hatten schon die Adventsbögen aufgestellt. Bald würden hier in jedem Fenster die Sterne und Lichterbögen leuchten, vor den Türen würden sie Hafergebinde mit roten Schleifen für die Vögel aufstellen, und auf dem Markt in Smedjebacken begann der Weihnachtsbaumverkauf. Alle gingen wieder zur Tagesordnung über. Als sei ihre Tochter gar nicht tot, als wäre ihr Mörder nicht noch auf freiem Fuße.

Es war eine Weile her, dass Torstenssons Wagen über die Dorfstraße gerollt war. Die Journalisten in ihren Slippern und dünnen Jäckchen waren auch verschwunden, nachdem sie Bilder vom großen Stein aus jeder möglichen Perspektive geschossen hatten. Vom Trollstein, den sie so oft besucht hatten, seit Maria ein Kind gewesen war, genau wie Maria später mit ihrer eigenen Tochter. Er war jetzt zu einer Gruselkulisse geworden, der Tatort eines Mordes. Greta fragte sich, wer jetzt wohl im Warmen saß und aufatmete. Denn einer musste es ja sein.

Torstensson hatte Göran vernommen. Mehrmals, so viel hatte sie gehört. Jedes Mal, wenn Torstensson Greta aufgesucht hatte, hatte er auch Thorhild und Göran einen Besuch abgestattet. Ingegärd hatte gemunkelt, dass viele das für Schikanen hielten, um Greta im nächsten Atemzug zu versichern, dass sie selbst das überhaupt nicht so sah.

»Das sagt nur einer, der was zu verbergen hat«, hatte Greta gemeint. Und Ingegärd hatte übertrieben genickt.

»Ja, genau, du sagst es.«

Und dennoch traten sie auf der Stelle. Gleich heute wollte Greta nach Smedjebacken auf die Polizeiwache fahren. Torstensson von ihrem neuen Einfall berichten. Sie ärgerte sich über sich selbst, dass sie nicht schon früher darauf gekommen war.

Der Kakao begann zu köcheln, und Greta schob den Topf von der Platte, eigentlich sollte sie ihn noch abschmecken, doch bei der Vorstellung wurde ihr übel, und sie brachte es nicht fertig, ein nettes Lächeln aufzusetzen und Terese zu bitten, den Kakao zu probieren. Also musste es so genügen. Hasse nahm eine Thermoskanne aus dem Schrank und holte Butter und Brot aus dem Kühlschrank. Greta ließ sie in der Küche allein und ging wieder nach oben in Marias altes Kinderzimmer, da setzte sie sich auf den Stuhl am Fenster und blickte starr zum See, bis sie Hasse mit Terese vor dem Haus sah. Hasse stellte den Rucksack auf dem Sitz des Tretschlittens ab, dann half er Terese, die breiten Holzskier anzuschnallen. So bewegten sie sich auf die Straße zu. Greta wartete noch ab, bis sie um die Ecke gebogen waren, dann stand sie auf und zog sich um.

Eine halbe Stunde später parkte sie vor dem gelben Holzgebäude der Polizei Smedjebacken.

Als sie klingelte, öffnete Sandgren ihr die Tür.

»Ich hab dich schon kommen sehen«, sagte er und nickte in Richtung Fenster. »Komm nur rein.«

Greta hielt sich an ihrer Handtasche fest und presste die Lippen aufeinander. Sandgren hatte so eine väterliche Art, das hatte sie schon immer an ihm gemocht, und beinahe hätte sie vergessen, dass sie eigentlich wütend auf ihn war. Was wäre wohl passiert, wenn er damals, an diesem Junitag, nur auf sie gehört hätte, sie hatte doch gleich gewusst, dass Maria diesen Zettel nicht geschrieben hatte. Wenn sie sofort einen Suchtrupp losgeschickt hätten und mit Spürhunden in den Wald gezogen wären. Dann hätten sie sie nämlich gefunden. Dann hätte man an ihrem Körper noch Spuren sichern können, und dann hätten sie ihren Mörder hinter Schloss und Riegel gebracht.

»Ich möchte mit Torstensson sprechen.« Sie streckte den Rücken durch und wich aus, als Sandgren Anstalten machte, ihr aus dem Mantel zu helfen. Er lächelte sie weiter freundlich an.

»Gerne, ich geh ihn holen.«

Er verschwand im Flur, und Greta blieb dort stehen, die Handtasche auf den Bauch gepresst.

Den ganzen Herbst über war sie kaum nach Smedjebacken gekommen. Um die Einkäufe hatte Hasse sich gekümmert. Einmal war sie in den Supermarkt mitgekommen und hatte es schon bereut, kaum dass sie ihren Fuß in die Tür gesetzt hatte. Diese mitleidigen, neugierigen Blicke. Alte Bekannte, die stehen blieben und sich nach ihr erkundigten, erst ganz unbedarft, doch dann wurde sie mit Fragen bombardiert. Völlig durchgeschwitzt war sie am Ende wieder aus dem Laden herausgekommen.

Da nützte es auch nichts, dass sie auf dem Land wohnte, dem Gerede entging sie nicht. Seit diesem Erlebnis hatte sie sich strikt geweigert, noch einmal mitzukommen. Jetzt konnte sie sich vorstellen, was sie dort erwartete. Seit ihre Tochter auf den Titelseiten der Zeitungen der Aufmacher war. Der *Waldmord*, so nannten sie das Verbrechen reißerisch.

In den überregionalen Medien war auch darüber geschrieben worden. Doch das hatte sie ignoriert. Sie wollte nicht wissen, wie sie ihre Tochter in den Dreck zogen, damit sensationsgeile Menschen ihre Zeitungen kauften.

Aus einem anderen Büro trat Torstensson auf den Flur. Er kam ihr dieses Mal viel größer vor und türmte sich mit seinem roten Haarschopf in dem schmalen Gang vor ihr auf.

»Frau Andersson«, sagte er. »Bitte kommen Sie rein.«

Er wies auf sein Büro, und sie ging mit energischem Schritt vor. Der Raum war auffällig leer, auf einem Archivschrank lagen zwei Aktenordner, und auf einem klapprigen Schreibtisch stand eine elektrische Schreibmaschine. Zwei Bilderrahmen mit Fotos standen da auch noch, doch Greta konnte nicht sehen, wer darauf abgebildet war.

Greta nahm auf einem Stuhl vor dem Schreibtisch Platz und

blickte aus dem Fenster. Die Straße war grau von den Reifenspuren, schmutzig brauner Schnee am Straßenrand. Ihr blauer Citroën stand auf dem Parkplatz, wehmütig betrachtete sie ihn. Seit Jahren war sie den Wagen nicht mehr selbst gefahren, sodass sie heute total verkrampft und dicht hinters Steuer geklemmt auf dem Fahrersitz gehockt hatte, ihre Hände am Lenkrad festgekrallt, bis sie endlich Smedjebacken erreicht hatte. Schon jetzt dachte sie mit Grauen an den Rückweg.

Aber es war wichtig für sie gewesen, allein hierherzukommen.

Sie wollte Hasse nicht dabeihaben. Schließlich war es ja auch möglich, dass sie falschlag.

Torstensson bot ihr eine Tasse Kaffee an, doch sie lehnte dankend ab, wollte keine Umstände machen. Sein Stuhl knarzte, als er gegenüber von ihr Platz nahm.

»So, Frau Andersson, wie kann ich Ihnen behilflich sein?«

Seine Stimme klang ungewohnt sanft, sein ganzes Auftreten war anders, jetzt, da sie in sein Büro gekommen war und nicht er sich wie ein Eindringling an ihren Küchentisch gesetzt hatte. Sie räusperte sich und sah ihm ins Gesicht, auch seine Augen sahen heute anders aus, menschlich irgendwie.

»Ich hab mir noch mal Gedanken über den Zettel gemacht«, sagte sie.

Er beugte sich leicht zu ihr. »Und?«

Greta räusperte sich wieder, fummelte an der Schnalle ihrer Handtasche herum und holte dann einmal tief Luft.

»Maria hat ja Tagebuch geschrieben, das wissen Sie«, sagte sie. »Aber die Tagebücher haben wir nie gefunden. Sie haben ja zuerst gedacht, sie hat sie mitgenommen.«

Torstensson hob fragend die Augenbrauen, und sie spürte, dass sie rot anlief.

»Jetzt kam mir in den Sinn, dass der Zettel vielleicht da rausgerissen ist. Aus einem Tagebuch.«

In ihrem Gesicht brannte es, und sie wartete schon auf einen giftigen Kommentar, dass Maria das doch nicht geschrieben habe, sie sei sich doch so sicher gewesen, aber er schwieg, strich sich nur nachdenklich übers Kinn und drehte den Stuhl ein wenig, sodass sich sein Blick nun an eine Ecke des Büros heftete.

»Das war ja eigentlich gar kein richtiger Brief, dieser Zettel«, fuhr Greta fort. »Das fand ich so merkwürdig. Aber vielleicht hat er einfach ein Stück aus ihrem Tagebuch rausgerissen ...«

Die Hitze stieg ihr jetzt ins Gesicht, so eine fade Begründung, und sie schlug die Augen nieder, fingerte wieder an der Handtaschenschnalle herum.

Torstenssons Auge zuckte leicht, als sie wieder aufsah.

»Diese Erklärung klingt einleuchtend. Dann muss ich wohl noch mal Kollegen rausschicken, die sollen im Haus gezielt danach suchen. Und Sie sind sicher, dass sie wirklich Tagebuch geschrieben hat?«

»Als Kind hatte sie immer eins. Und letztes Jahr schrieb sie auf jeden Fall noch Tagebuch, das weiß ich.«

Greta erinnerte sich noch ganz genau. Sie war im vergangenen Jahr im Sommer zu ihr rübergegangen, warum, wusste sie jetzt nicht mehr, und Maria hatte auf dem Bauch auf der Sonnenliege gelegen. Als Greta näher gekommen war, hatte sie das Tagebuch schnell zugeschlagen.

Ein schwarzes Buch mit rotem Rücken, solche Chinakladden, die hatte sie immer als Tagebücher verwendet, obwohl man sie nicht abschließen konnte. Vielleicht vertraute sie ihren Eltern voll und ganz. Kleine Geschwister, vor denen sie ihre Geheimnisse gut hüten musste, gab es ja nicht.

Greta hatte nie in ihren Tagebüchern gelesen, obwohl es Gelegenheiten genug gegeben hätte. Aber nicht deswegen, weil sie so ein aufrichtiger Mensch war, sie wollte es ganz einfach nicht wissen. Und so war es nach wie vor. Aber möglicherweise enthielten Marias Tagebücher Hinweise auf ihren Mörder, und das konnte der Grund sein, warum er sie an sich genommen hatte.

»Ach, schreibst du immer noch Tagebuch?«, hatte sie sie damals gefragt.

Maria hatte ihren Badeanzug zurechtgezogen und sich umgedreht, hatte mit der Hand die Augen abgeschirmt und Greta mit einem spitzbübischen Lächeln angeblinzelt.

»Manchmal. Nicht mehr so oft.«

Marias heimliches Leben. Genau wie damals, als Maria klein war, und dann als Teenager, war es Greta nicht geheuer, wie eifrig ihre Tochter ein Buch nach dem anderen füllte. Was sie da bloß schrieb? Schrieb sie über Greta? Über ihre schwierige, einsilbige Beziehung? Die Worte auf dem Zettel, den sie neben dem Kühlschrank entdeckt hatten, fielen ihr wieder ein: *Manchmal ist mir einfach alles zu viel. Ich kann nicht mehr, ich bin doch viel zu jung für ein Kind, ich will doch noch leben!*

Solche Dinge hatte sie also ihrem Tagebuch anvertraut: Sie hatte gejammert, war in Selbstmitleid zerflossen.

»Könnte es auch ein Versehen gewesen sein?«, fragte Torstensson. »Ich meine, dass der Zettel da lag? Vielleicht ist er ganz zufällig aus dem Buch rausgefallen?«

Greta wollte kontern, das sei doch wohl sein Job, das rauszufinden, aber dann dachte sie daran, dass er sich auch jede blöde Bemerkung verkniffen hatte, schließlich hatte sie bislang felsenfest behauptet, der Zettel stamme nicht von Maria.

»Keine Ahnung«, erwiderte sie. »In dem Fall wär es wirklich ein großer Zufall. Wenn man bedenkt, dass die Tagebücher jetzt auch weg sind. Jetzt kann ja keiner mehr sagen, sie hat sie mitgenommen.«

Torstensson schüttelte den Kopf, als wolle er darauf etwas erwidern, und er kniff den Mund zusammen, dass die Haut über der Oberlippe leicht beulte.

»Na ja. Von den letzten Stunden ihres Lebens wissen wir herzlich wenig. Aber ansonsten würde ich auch sagen, dass das eher unwahrscheinlich ist«, sagte er und stand auf. »Ich schicke ein paar Kollegen raus, die sollen noch mal suchen. Tagebücher kann man ja perfekt verstecken. Wie gut, dass Sie vorbeigekommen sind, Frau Andersson.«

Er streckte seine Hand quer über den Schreibtisch aus, und sie schüttelte sie. Dabei fiel ihr auf, dass es das erste Mal war, sie hatten sich vorher noch nie die Hand gegeben. Warum war er ihr eigentlich von Anfang an so unsympathisch gewesen?

Schließlich hatte sein Kollege Sandgren Marias Verschwinden nicht ernst genommen, Torstensson hatte immer nur still danebengestanden. Sie erinnerte sich daran, wie er sich schweigend im Hintergrund gehalten hatte, erinnerte sich an die blauen Augen, an denen nichts abzulesen war. Vielleicht kam die Antipathie daher, dass er so offensichtlich ein Stadtmensch war und sich nie in die Karten schauen ließ. Jetzt hatte sie zum allerersten Mal das Gefühl, dass sie an einem Strang zogen.

Ihr ganzer Körper zitterte, als sie zum Wagen ging, und sie brachte kaum den Schlüssel ins Schloss. Als sie schließlich die Tür geöffnet hatte und eingestiegen war, blieb sie regungslos sitzen, an der Windschutzscheibe schlugen sich Atemwolken aus ihrem Mund nieder.

Hatte jemand etwas aus ihrem Tagebuch gerissen, weil es so wirken sollte, als wäre Maria aus freien Stücken fortgegangen? Dann musste dieser Jemand viel Zeit gehabt haben. Musste sich hingesetzt und alles durchgelesen haben, bis er Sätze gefunden hatte, die als Abschiedsworte taugten. Der ihren Mord eiskalt geplant hatte. Vielleicht weil etwas, das sie ihren Tagebüchern anvertraut hatte, nicht ans Licht kommen durfte?

Greta hatte sich das alles ganz anders vorgestellt. Göran hätte nie geplant, sie umzubringen. Es war mit ihm durchgegangen, nachdem sie ihm einen Korb verpasst hatte. So hatte das Szenario in ihrem Kopf ausgesehen. Aber wer sollte denn geplant haben, Maria zu töten? Es so genau durchgespielt haben, dass er sogar dafür gesorgt hatte, es so aussehen zu lassen, als sei sie freiwillig abgehauen? Das musste ja jemand gewesen sein, der Maria abgrundtief hasste.

Der Zettel konnte auch später dort hingelegt worden sein. Das hatte sie den Polizeibeamten gleich gesagt, am ersten Tag war da noch kein Zettel gewesen, aber da hatten sie ja wieder nicht auf sie gehört. Die Küche war so unaufgeräumt, da hätte Greta unmöglich sehen können, ob da ein Zettel zwischen dem ganzen Zeug neben dem Kühlschrank lag, hatten sie entgegnet. Möglicherweise hatten sie recht. Trotzdem wurde Greta das Gefühl nicht los, dass ihr der Zettel aufgefallen wäre, wenn er da vorher schon gelegen hätte.

Sie drehte den Schlüssel im Schloss um, doch zweimal würgte sie den Motor ab, als sie anfahren wollte. Unter den Achseln und auf dem Rücken stand ihr der Schweiß. Als sie endlich auf dem Weg in Richtung Dalshyttan war, beschloss sie, auf eigene Faust nach den Tagebüchern zu suchen.

Wenn sie noch im Haus waren, wollte sie die Erste sein, die sie in die Hand nahm, bevor völlig fremde Leute im Seelenleben ihrer Tochter zu stochern begannen. Da konnte ja Gott weiß was drinstehen.

Sie fuhr um den Biskensee herum und durch Mårtesbo hindurch, wollte vermeiden, dass Hasse sie vorbeifahren sah. Wenn er und Terese inzwischen wieder zu Hause waren, was sie annahm, hatte er bemerkt, dass der Wagen weg war, und dann saß er mit Sicherheit in der Küche und hielt Ausschau nach ihr und machte sich Sorgen. Wenn er sie nun vorbeifahren sah, dann stände er kurze Zeit später vor dem Berghof und suchte sie. Aber sie wollte lieber allein sein.

Sie schlich geradezu durch die glatten Kurven, aus Angst, mit dem Wagen in den Graben zu schlittern, in einer Schneewehe stecken zu bleiben und dann jemanden holen zu müssen, der ihr half und sie da rauszog.

Sie hatte schon mit dem Gedanken gespielt, sich umzubringen, mehrmals. Der Haken fürs Wild in der Garage, das dünne Eis auf dem See. Oder in den Wald zu gehen und sich einfach still hinzulegen. Wenn man erfror, schlief man zuerst ein, hatte sie irgendwo gehört. Und Visionen bekam man auch.

Aber als sie da hinterm Steuer saß und spürte, wie der Wagen auf der Schneeglätte ins Schlingern geriet, bekam sie es mit der Angst zu tun. Reiner Überlebensinstinkt. Der war noch da, komischerweise.

Sie öffnete die Verandatür vom Berghof und nahm den Schlüssel aus dem Korb, der am Haken neben der Tür hing. Wer wusste davon, dass der Schlüssel hier lag? Wer hatte ins Haus gehen und sich Marias Tagebuch schnappen können? Fast jeder, musste sie zugeben. Dieses Schlüsselversteck war für Auswärtige gedacht, für dieses fremde Gesindel, das in dicken Autos vorbeikam und die Höfe ausspähte, in denen es was zu holen gab.

Die Leute im Dorf wussten, wo der Hausschlüssel lag. Sie gossen die Blumen und versorgten die Tiere, wenn man verreist war. Die Verstecke, an denen die Schlüssel lagen, waren immer dieselben, Jahr für Jahr, daraus machte man hier kein Geheimnis. Feinde waren die anderen. Davon war man jedenfalls bisher immer ausgegangen.

Im Haus war es muffig und kalt, fast kälter noch als draußen. Greta drückte ihre Jacke enger an den Körper, zog die Schuhe aber aus. Die Miete überwiesen sie immer noch an Ernst. Hatten das weiterhin getan, obwohl man Marias Leiche ja längst gefunden hatte. Keiner hatte sich erkundigt, ob sie den Mietvertrag kündigen wollten, und Hasse und sie hatten gar nicht darüber gesprochen. Manchmal dachte sie, sie würde das Haus am liebsten abreißen oder niederbrennen. Meist wünschte sie sich jedoch, es solle genau so bleiben, wie es war. Sie fürchtete den Augenblick, in dem Ernst kam und sagte, er wolle es wieder vermieten. Natürlich war es nicht gut, wenn ein Hof einfach nur leer stand.

Die Kälte des Fußbodens drang schnell durch Gretas Socken. Sie ging in die Küche. Da standen neben der Spüle immer noch abgewaschene, auf den Kopf gestellte Gläser auf einem Geschirrtuch. Ansonsten sah alles sauber aus. Kein Müll, der stank. Wahrscheinlich hatte Ingegärd hier Ordnung gemacht. Oder Sylvia.

Greta stieg die Treppe hinauf, blieb am Fenster vor der Toilette stehen und blickte auf den Hof, der Schnee war vollkommen unberührt, nicht einmal Tierspuren auf dem Rasen. Zuerst ging sie ins Schlafzimmer und warf einen Blick in den Kleiderschrank. In den Fächern standen ein paar Kartons. Sie holte sie heraus, doch Bücher fand sie nicht.

Sie sah unter dem Bett nach und unter der Matratze. Da fielen ihr Göran und Nettan wieder ein, das war noch immer das knittrige Laken, auf dem sie es getrieben hatten. Nur ein Bettbezug, keine Decke. Es versetzte ihr einen Stich. Als Maria hier zuletzt geschlafen hatte, waren die Nächte zu warm für Bettdecken gewesen.

Greta hätte so gern das Kopfkissen genommen und die Nase hineingebohrt, ihren Duft noch einmal eingeatmet, doch es war ja gar nicht Marias Kopf, der zuletzt hier gelegen hatte, das war ja Görans Kopf gewesen. Bei dem Gedanken daran begann es vor ihren Augen zu flimmern. Sie hatten sie um den Duft ihres einzigen Kindes gebracht. Das würde sie ihnen nie verzeihen.

Unter der Matratze lag kein Tagebuch. Sie zog sogar noch das Bettgestell vor, um sich zu vergewissern, dass es nicht zwischen Bett und Wand klemmte, doch nichts fiel runter auf den Boden.

Dann ging sie weiter und blieb vor dem Kamin stehen, betrachtete die Porzellanfiguren auf dem Sims. Das waren ursprünglich ihre gewesen, früher hatte sie Porzellantierchen gesammelt. Als Maria zur Welt gekommen war, hatte sie sich nichts mehr daraus gemacht, und Maria hatte sie zum Spielen bekommen.

Der Schmerz in der Brust machte sich wieder bemerkbar.

Dass Maria sie all die Jahre aufgehoben hatte. Obwohl sie längst erwachsen war, hatte sie sie noch aufgestellt.

Greta versuchte, die Erinnerung an das blonde Mädchen, das auf dem Teppich im Wohnzimmer gesessen und mit den Porzellantieren gespielt hatte, zu verdrängen. Kein einziges war kaputtgegangen, obwohl Greta damit gerechnet hatte, dass wohl kaum die Hälfte ihrer Sammlung überleben würde. Maria war mit ihnen ganz vorsichtig umgegangen.

Nun überkam sie die Müdigkeit. Sie wankte rückwärts und ließ sich auf dem verschlissenen Cordsofa, das in der Ecke stand, nieder, das Atmen fiel ihr schwer. Sie legte den Kopf in den Nacken und versuchte, tief durchzuatmen, sah die weißen Wölkchen aus ihrem Mund zur Holzdecke steigen.

Reiß dich zusammen, sagte sie sich selbst. Reiß dich zusammen.

Irgendwie gelang es ihr auch, und sie stand wieder auf und setzte ihre Suche fort. Sie zog jede Schublade in den Schränken heraus, nahm alle Bücher aus den Regalen, holte alle Laken aus dem Schrank und schüttelte sie, sah unter allen Handtücher nach.

Schließlich hatte sie alles auf den Kopf gestellt.

Ihre Finger waren von der Kälte ganz steif, und ihre Zehen spürte sie kaum noch. Sie ließ sich auf einen Küchenstuhl sinken, der Schwindel rief ihr in Erinnerung, dass sie seit dem Frühstück nichts mehr zu sich genommen hatte. Draußen wurde es langsam dämmrig, und die Kälte kroch ihr schon unter die Haut. Trotzdem konnte sie sich nicht überwinden aufzustehen.

Sie spürte, wie ihr Muskeltonus immer schwächer wurde, es war, als hätte dieses frostige Haus ihr die letzte Kraft geraubt. Ohne es zu wollen, war sie nun Marias Sachen komplett durchgegangen, hatte sie in die Hand genommen und betrachtet und in allem Maria gesehen. Das, was von ihr noch übrig war. In dem warmen Haus auf der anderen Seeseite gab es einen kleinen Menschen, der auch zu Maria gehörte, und der war noch am Leben. Ihre Tochter. Greta spürte die Schwere dieser Erkenntnis wie Steine an den Fußgelenken, sie zogen sie tief ins schwarze, kalte Wasser. Jetzt war sie fix und fertig. Die Müdigkeit legte sich auf ihre Stirn und drückte auf die Schultern, der Schmerz im Brustkorb zermürbte sie, die Gedanken bewegten sich nicht mehr vom Fleck, lagen in ihrem Hinterkopf und rumorten.

Hier war kein Tagebuch. Torstensson konnte so viele Leute schicken, wie er wollte, sie würden hier nichts finden. In gewisser Weise war das für sie eine Erleichterung.

# 21.

SIE BEFANDEN SICH noch etwas oberhalb des Weges, und Göran sank in den Schnee, die Hände in den großen Handschuhen vergraben.

Sylvia stand nur da und keuchte, völlig fassungslos. Moss war schon über Görans Gesicht, versuchte, seine hellrosa Zunge zwischen die Handschuhe zu schieben, mit heftig wedelndem Schwanz.

Sie konnte es immer noch nicht fassen, dass er sich hinter den Bäumen versteckt hatte. Er musste sie gehört haben und weggerannt sein.

Jetzt brummelte er etwas, das sie nicht verstand.

»Was? Ich kann dich nicht verstehen.«

Er drehte das Gesicht zu ihr um, so konnte sie ihn verstehen.

»Jetzt glaubst du bestimmt auch, dass ich's getan hab.«

Sie merkte, dass er weinte. Mit der Rückseite seines Handschuhs wischte er sich die Tränen aus dem hochroten Gesicht.

»So wie alle«, sprach er weiter und streichelte Moss über den Rücken. »Sogar meine Frau denkt, ich hab sie umgebracht.«

Sein Gesicht fiel wieder in die Handschuhe, sie hörte abgehackte Laute, und einen Moment lang dachte sie, er hätte eine Art Anfall bekommen, doch dann merkte sie, dass ihn nur ein Weinkrampf schüttelte.

Sylvia spürte ihren Puls wieder höherschlagen, jetzt kam etwas hoch, dieses schluchzende Kinderweinen eines erwachsenen Mannes, hier mitten im Schnee, weckte alte Erinnerungen.

Beim Anblick seines Gesichts musste sie an ihren Vater denken.

Wenn sich früher die Wut ihres Vaters gelegt hatte, das Geschirr zerschlagen war und die Flasche leer, wenn nur noch sie an dem zerkratzten, alten Küchentisch übrig waren, nur sie beide, und ihm die Gesichtszüge entglitten.

Dieses krampfartige Schluchzen, das rotverquollene Gesicht

und die breiten Schultern, die nun zitterten. Obwohl er gerade noch mit Dingen um sich geschmissen und ihre Mutter so verprügelt hatte, dass ihr das Blut aus der Nase spritzte, und ihr kleiner Bruder Kent im Kinderzimmer lag und sich vor Angst in die Hose machte. Er tat sich selbst leid, als ob das, was er gerade getan hatte, nicht zu vermeiden gewesen wäre, als wäre er genauso ein Opfer wie der Rest der Familie. Und obwohl sie eben noch hatte mit ansehen müssen, dass er wie ein Wilder gewütet hatte, empfand sie im nächsten Moment ein zärtliches Gefühl für ihn. Ihr armer, armer Papa.

Nun ging sie neben dem starken Mann in die Hocke, der wie ein Häufchen Elend dasaß, die Beine seitlich abgespreizt wie ein kleines Kind, den Rücken gekrümmt, die Schultern zittrig. Sie prüfte diskret seinen Atem, doch er roch nur warm und säuerlich. Keine Spur von Alkohol.

Sie schwieg immer noch, aber legte ihm die Hand auf die Schulter und streichelte ihn ganz sanft. Er rieb sich übers Gesicht, und dann sah er ihr in die Augen. Sein Haar, das unterhalb der Mütze zum Vorschein kam, war vom Frost ganz weiß und erinnerte sie an die Bryoria-Bartflechten an den Tannen, die Terese so faszinierend fand.

»Ich lieb sie doch«, sagte er, und seine Stimme war klar und deutlich, und seine Augen glänzten nass. »Ich hätt ihr niemals wehgetan.«

Ihm haftete eine Art kindlicher Kummer an, ein Junge, der seine große Liebe verloren hatte, eine Liebe, die nur in seiner Fantasie existierte, die es in Wirklichkeit nie gegeben hatte. Göran kannte Maria doch gar nicht richtig, er hätte sie niemals lieben können. Das begriff er selbst nicht, so einfach gestrickt war er. Doch seine Worte waren ehrlich, genau wie die Liebeserklärungen ihres Vaters nie so ehrlich waren, wie in den Minuten nach seinen Wutausbrüchen, wenn er sie zu Tode erschreckt und verletzt hatte wie kein anderer.

Sylvia fröstelte, von ihrem Spurt verschwitzt, kühlte der Schweiß nun ihre Haut.

Trotzdem setzte sie sich jetzt neben ihn und spürte, wie die Trauer sie überkam. Erst lief ihr der Rotz aus der Nase, dann folgten die Tränen. Sie versuchte, sie mit dem Jackenärmel wegzuwischen, sah, wie der grüne Stoff feucht wurde, und Bilder von Blut tauchten vor ihrem inneren Auge auf.

So saßen sie still da und weinten, und ihr fiel auf, dass sie noch gar nicht um Maria geweint hatte, nicht richtig. Erst beim Anblick von Görans Kinderschluchzen brach sich Bahn, was sich in ihr aufgestaut hatte, die ganze Verzweiflung. Sie streifte die Fäustlinge ab und wischte sich übers Gesicht.

»Ich vermisse sie«, murmelte sie und suchte Görans Blick, und er tastete nach ihrer Hand, ihre rot gefrorenen Finger verschwanden zwischen seinen großen Handschuhen.

»Ich auch«, sagte er, dann stand er auf, hielt ihr die Hand hin und zog sie auf die Füße.

Den ganzen Heimweg lang weinte sie. Er hatte sich ausgeheult und strich ihr hin und wieder etwas unbeholfen über den Rücken. Als sie zu dem Weg kamen, der zu seinem Haus führte, blieb er stehen und machte ein betretenes Gesicht.

»Das muss jetzt doch keiner erfahren, oder?«, sagte er. »Die glauben doch nur …«

Sie schüttelte schon den Kopf, ersparte ihm, seinen Satz zu Ende zu bringen, sah ihn nicht an, doch als er dann den Trampelpfad zu seinem Haus hinunterlief, hing ihr Blick an ihm, bis die Schatten der Fichten ihn verschluckten. Sie spielte mit dem Gedanken, die Polizei anzurufen. Dieser Vorfall würde die Beamten sicher interessieren, da hätten sie ihre heiße Spur. Doch dann musste sie an das Gefühl denken, wenn ihr Vater schließlich aufgestanden und ins Schlafzimmer gegangen war und sie in der Küche alleingelassen hatte, um das Chaos zu beseitigen, damit ihre Mutter am Morgen danach nicht den nächsten Zusammenbruch erlitt.

Eine Mischung aus Einsamkeit und Empathie.

Dieses vollkommen lähmende Gefühl, alleingelassen zu werden, das ihr Herz so in den Schwitzkasten nahm, dass sie noch lange Zeit am Küchentisch sitzen blieb, mit dem Blick auf den Besen und den Küchenboden, völlig außerstande, auch nur den kleinen Finger zu rühren. Und dann das Mitgefühl für diese armen, kaputten Männer.

Langsam ging sie zurück zu ihrem Haus. Es dämmerte schon, und als hinter den Bäumen das Haus auftauchte, die leuchtenden Lichterbögen in den Fenstern erschienen, kam sie plötzlich zu einer bitteren Erkenntnis.

Hinter dem Lichterschein war es finster. Die golden schimmernden Flammen aus Glas konnten nicht darüber hinwegtäuschen, dass es hinter dem schönen Licht finster war.

Es war anders gekommen, als sie es sich vorgestellt hatte. Das graue Haus auf dem Hügel war nicht länger ihr Zuhause. Wieder hatte sie die Einsamkeit eingeholt. Terese lebte nun bei Greta und Hasse, in diesem unguten Umfeld aus Trauer und Schweigen, und musste sich, genauso wie sie selbst als Kind, in der verworrenen Gefühlswelt der Erwachsenen zurechtfinden. Ihre große Liebe hatte sie davon abgehalten, das einzig Richtige zu tun. Sylvia wollte es nicht wahrhaben, doch sie wusste, dass es jetzt kein Zurück mehr gab.

# 22.

DIE GERÄUSCHE. Wie schwer fiel es ihr, die zu ertragen. Sie war noch ein kleines Kind, sagte Greta sich, doch es war nicht leicht, ihre Vorsätze vergaß sie, kaum dass der Klang der nasalen, hellen Kinderstimme oder das Geklapper von Spielzeug, mit dem Terese zugange war, ihren Kopf malträtierte.

Sie versuchte, sich in eine Blase zu bewegen, die vielen Erinnerungen, die das Mädchen hervorrief, fernzuhalten. Entweder lag es an ihrem Erscheinungsbild, weil das Kind sie permanent an die kleine Maria erinnerte, oder es war das Bewusstsein, dass es sich um die Tochter ihrer Tochter handelte.

Manchmal dachte sie insgeheim: Wenn es doch nur das Enkelkind getroffen hätte anstelle von Maria. Wenn doch jetzt Maria dieses grausame Fegefeuer durchleiden müsste, und nicht sie. Wenn sie eine schreiende Tochter hätte festhalten müssen, die weder ein noch aus wusste, wenn sie doch nur deren warmen, lebendigen Körper an ihrem spüren könnte. Dann schüttelte sie diese Gedanken ab, damit sie dort landeten, wo sie hingehörten: ganz weit weg in die Schmuddelecke.

Terese riss vor Schreck die Augen auf, sobald Greta in ihrer Nähe erschien, obwohl diese alles daransetzte, lieb und nett zu sein. Sie streichelte ihr übers Haar, kochte leckeres Essen, räumte ihr Spielzeug auf, ohne zu schimpfen. Doch sie sah ihr Spiegelbild, bemerkte die Blicke der Kleinen, wenn sie sich plötzlich am Spülbecken festhalten musste, um nicht umzukippen, wenn sie dieser Schwindel überkam. Und manchmal verlor sie einfach die Beherrschung.

Sie trat im Flur auf ein Spielzeug, der Schmerz schnitt ihr in den Fuß, und wenn sie anfing zu brüllen, konnte sie nicht mehr aufhören. Sie stolperte vornüber, suchte Halt am Treppengeländer, und der Schrei brodelte wie heiße Lava aus ihr heraus, und sie schrie und schrie und spürte, wie sie immer tiefer und tiefer ins Bergesinnere geriet, hinein in den allertiefsten Schmerz, und Hasse kam angerannt, und das Kind kam angerannt, und es schob den Daumen in den Mund und fing an zu weinen. Schließlich kam Hasse zu ihr und schüttelte sie heftig.

»Verdammt, Greta, was ist in dich gefahren?«, brüllte er, und sie schlug seine Arme weg und rannte nach oben und war wütend, dass er sie nicht in Ruhe schreien lassen konnte.

Aber als sie dann allein im Bett lag und an die Astlöcher in der Holzdecke starrte, riss sie sich zusammen. Er hatte versucht, ihren Anfall zu unterbinden, weil er an das Enkelkind dachte. Greta jagte ihr Angst ein. Es war nicht gut, dass Terese hier war. Zwei Tage lang dachte sie darüber nach, dann besprach sie es mit Hasse und bat ihn, das Jugendamt anzurufen. Sie hatte erwartet, dass er sich zur Wehr setzte, doch das tat er nicht. So schlimm war es also schon.

Es ging schneller, als sie gedacht hatte. Kaum eine Woche später kam Hasse zu ihr ins Schlafzimmer und setzte sich auf die Bettkante. Sie wurde wütend auf ihn, weil er es so in die Länge zog, sie wusste doch gleich, was er mitzuteilen hatte.

»In Västanfors gibt es einen Platz«, sagte er. »Sie kann sofort hin.«

Greta betrachtete seinen zusammengekauerten Rücken, wie er bei ihr saß, seinen Scheitel, an dem die Haare immer dünner sprossen, und die wulstige Unterlippe, die nervös zuckte. Wäre er Manns genug gewesen, hätte er da nicht mitgespielt. Er hätte die Sache selbst in die Hand genommen und beschlossen, sich um alles allein zu kümmern, was das Mädchen anging, er hätte nicht einfach die Schuld auf Greta abgeladen. Es war nicht allein ihre Schuld, so wie er es jetzt darzustellen versuchte. Wenn er etwas getaugt hätte, dann hätte er nicht zugelassen, dass das Kind weggegeben wurde. Deshalb gab sie ihm keine Antwort. Er sah sie an, doch sie drehte sich weg.

»Hast du gehört, was ich gesagt habe, Greta?«

»Ja, logisch hab ich das!«, fauchte sie.

Doch dann traute sie ihren Augen nicht. Er erhob sich, zog den Pullover runter und verkündete mit scharfem Tonfall:

»Dann kannst du es ihr jetzt sagen, Greta.«

»Ich?«

»Ja, Greta, nicht nur du hast ein Kind verloren, und jetzt habe ich hier alles organisiert, und ich kann dir sagen, das war nicht leicht. Irgendwann muss sie es ja erfahren.«

Die Wut überkam sie wie eine Windböe von innen, doch sie behielt sie in sich, als eine Quelle sprühender Energie. Sie kniff die Lippen zusammen und würdigte ihn keines Blickes, den armseligen alten Mann.

»Gut, ich sag es ihr.«

Hasse nickte nur, drehte um und ging wieder. Kaum war die Tür ins Schloss gefallen, stieg Greta aus dem Bett und spuckte ihm hinterher, wäre beinahe noch zur Tür gerannt und hätte dagegen gehämmert, doch sie wusste sich zu beherrschen. Das wäre nicht klug gewesen. Es hätte Terese wieder in Angst versetzt, und er wäre wieder hochgekommen und hätte wissen wollen, was los war. Stattdessen nahm sie ein Handtuch aus dem Wäscheschrank und wischte die kleine Speichelpfütze auf.

Am darauffolgenden Tag rief sie bei der Frau an, die Tereses Pflegemutter werden sollte. Sie klang sehr freundlich und vertrauenerweckend, und ihre Stimme war kein bisschen anklagend.

»Das arme Kind«, sagte sie. »Die Mutter auf derart grausame Weise zu verlieren.«

Das fand Greta beruhigend. Die Frau konnte sich um Terese kümmern, ihr vielleicht den Halt geben, den sie jetzt brauchte. Und da sie Geld dafür bekam, musste man ihr nicht dankbar sein, und sie konnte es sich auch nicht von einem auf den anderen Tag anders überlegen.

Als sie aufgelegt hatte, blieb Greta noch am Telefontischchen sitzen, starrte die Wandpaneele an und hatte die beiden wieder bildlich vor sich: ihre Tochter mit dem Neugeborenen. Sie hatte Marias erschöpftes, aber überglückliches Gesicht vor Augen, wie sie da im Krankenhausbett lag, das Baby, braunhaarig und mit leichten Schwellungen, an der Brust. Wie ihre Augen vor Stolz gestrahlt hatten und sie Greta die Kleine hingehalten hatte.

»Ein Mädchen, Mama. Es ist ein Mädchen.«

Ihre Stimme, noch immer ganz klar in Gretas Kopf. Unbegreiflich, dass sie fort war, dass sie sie nun nur noch in ihrer Erinnerung hören konnte.

Ihr Lachen, ihr fröhliches, lautes Lachen, ihre Bewegungen, ihr neckischer Blick, das alles waren nur noch undeutliche Spuren in ihrer Erinnerung. Würden sie mit der Zeit noch mehr verblassen? Würde sie sie vergessen?

Diese Vorstellung jagte ihr Angst ein, und immer, wenn der Gedanke auftauchte, kam ihr der Haken in der Garage wieder in den Sinn.

Da tauchte Terese in der Küche auf, und ihre Augen verfolgten als Erstes die Großmutter, um festzustellen, in welcher Stimmung sie gerade war, und da wusste Greta, dass ihre Entscheidung richtig gewesen war. In diesem Haus konnte das Kind wirklich nicht bleiben, wo die Großmutter ständig mit dem Gedanken spielte, mit dem Seil in die Garage zu gehen. Sie winkte die Kleine heran. Ängstlich kam Terese näher.

»Es ist so«, sagte sie und holte tief Luft. »Deine Mama wird nicht mehr wiederkommen.«

Am Gesicht des Mädchens ließ sich nichts ablesen. War sie traurig? Hatte sie es überhaupt verstanden?

»Warum denn?«, fragte Terese und machte nur große Augen. Kein einziges Tränchen, das fiel.

»Es ist einfach so«, antwortete Greta, denn sie brachte es nicht über sich, auszusprechen, was geschehen war.

Die Lippen des Mädchens rührten sich, vielleicht wollte sie die eine Frage jetzt stellen, doch irgendetwas hielt sie davon ab.

»Du wirst ein neues Zuhause bekommen«, fuhr Greta fort. »Morgen fahren wir da hin.«

Terese nickte nur. Keine Widerrede. Nur stille Akzeptanz.

Als Greta sie am Abend zum letzten Mal ins Bett brachte und sie zudeckte, dachte sie, dass das vielleicht das Wesen der Kleinen war, schließlich hatte Terese schon erlebt, dass ihre Mutter in ihrem kurzen Leben eine längere Zeit abwesend gewesen war, vielleicht hatte das Kind sie einfach vergessen, vielleicht klang es spannend, ein neues Zuhause zu bekommen.

Was für ein absurder Gedanke. Das merkte sie gleich, als sie am nächsten Tag vor dem kupferroten Haus in Västanfors standen, vierzig Kilometer südlich von Smedjebacken, und die kleine Hand ihre große einfach nicht loslassen wollte.

Eine blonde Frau mit Prinzessin-Diana-Frisur kam strahlend auf sie zu, hockte sich neben Terese und begrüßte sie mit einer überdeutlichen Aussprache und aufgerissenen Augen.

Auf Tereses Gesicht trat ein angestrengtes Lächeln, doch ihre Fingernägel gruben sich immer tiefer in Gretas Fleisch. Das Kind war ja nicht dumm oder gefühllos. Terese war es gewohnt, das zu akzeptieren, was man ihr gab. So war sie erzogen worden, und Greta fand, das hatte Maria eigentlich ganz gut gemacht.

Keine Tränen. Kein Geschrei.

Nur eine kleine Hand, die nicht loslassen wollte.

Die Frau erhob sich aus ihrer Hocke, und das breite Lächeln entglitt ihr.

»Das wird schon«, sagte sie, und Greta sah Hasse an. Er blickte in die entgegengesetzte Richtung.

»Komm mal mit, Terese«, sagte die Frau und streckte die Hand aus. »Nachher zeige ich dir, wo du schlafen wirst. Vielleicht magst du zuerst etwas essen?«

Greta hatte geglaubt, sie sei im Herzen schon völlig kaputt, doch als sie sich aus Tereses kleiner Hand schälte und dem Kind schnell über die Wange strich, zerbrach sie noch einmal mehr. Sie war kurz davor, das Mädchen wieder ins Auto zu packen und es mit zurückzunehmen. Doch dann riss sie sich zusammen, sagte, sie würden sie ja holen, sobald sie wieder etwas Kraft gesammelt hätten, wenn sie wieder stabil genug waren, um ihr ein gutes Leben bieten zu können.

»Wir kommen wieder und holen dich«, sagte sie zu Terese. »Wir kommen bald wieder.«

Die blonde Frau legte Terese die Hände auf die Schultern und schob sie zu dem großen Kieferntisch, an dem die anderen Kinder hockten und sie anstarrten. Greta holte tief Luft. Jetzt würde Terese eine von denen werden. Eins dieser entwurzelten, elternlosen Kinder, denen man in der Schule Schimpf-worte hinterherrief. Und Greta war schuld daran. Allerdings, dachte sie und ballte die Fäuste, als sie auf dem Heimweg waren und in die Dunkelheit starrten, die größte Schuld trug doch derjenige, der ihnen Maria genommen hatte. Und sie würde nicht müde werden, nach ihm zu suchen.

# 23.

AM ENDE FÜHRTE kein Weg daran vorbei. Während der ganzen Zeremonie saß Greta mit geschlossenen Augen da. Sie hörte den Pfarrer sprechen, doch kein einziges Wort drang in ihr Ohr. Stattdessen sah sie Terese vor sich, wie sie dort an dem rustikalen Tisch in dem Haus in Västanfors saß und sich nicht für das Essen bedankte. Sie wusste ja, wie sie selbst auf unerzogene Gören reagierte.

Hasse saß neben ihr, seine nassklebrige Hand auf ihre gelegt, doch ihr fehlte die Kraft, sie wegzuziehen.

Er hatte alles organisiert. Und es war genau so eine Beerdigung geworden, wie Maria sie niemals hätte haben wollen.

Die salbungsvolle Stimme des Pfarrers, die Orgelmusik, die Psalme, der weiße Sarg mit dem riesengroßen Kranz, der in ihre Ersparnisse ein Riesenloch gerissen hatte, die Menschen in ihren ausgeliehenen, schlecht sitzenden schwarzen Kleidern. Die Fotos auf den Stativen hinter dem Sarg, das Porträt, das ein Fotograf von Maria gemacht hatte, als sie klein war, und daneben eine Aufnahme von ihrem Abiball.

Greta wusste, dass Maria dieses Foto noch nie gemocht hatte, ihr missfiel ihr Lächeln und der viel zu blasse Teint.

Hasse hatte nicht viel Aufwand betrieben, ein aktuelles Bild hatte er nicht finden können, und Greta hatte es nicht über sich gebracht, ihn auf die Schreibtischschublade hinzuweisen. Darin befand sich nämlich ein Umschlag mit neueren Fotos, die sie eigentlich vergrößern lassen und Maria zum Geburtstag schenken wollte. Auf denen war auch Terese abgebildet. Das hätte gut gepasst. Auf der anderen Seite war Greta jetzt froh, dass ihr so der Anblick des kleinen Kindergesichts vorne am Sarg erspart blieb.

Das Einzige, worum sie Hasse gebeten hatte, war eine intime Bestattung, am liebsten nur für sie zwei, doch dann fehlte ihr erneut die Kraft, dagegen zu argumentieren, als er Einwände vorbrachte. Maria hätte eine große Beerdigung haben wollen, hatte er entgegnet, und immerhin damit lag er zumindest richtig.

Sie hatte immer gern im Mittelpunkt gestanden. Die voll besetzte Kirche hätte ihr gefallen.

Hasse hatte die Aufgabe, die Beerdigung zu organisieren, geradezu an sich gerissen, endlich hatte er etwas gefunden, an dem er sich festhalten konnte. Seitdem genehmigte er sich keinen Kaffee mit Schuss mehr, schließlich musste er zum Bestattungsinstitut fahren und die Dinge regeln, da war keine Zeit, von morgens bis abends darüber nachzugrübeln, was Maria widerfahren war und was sie beide ihrem Enkelkind angetan hatten.

Die Beerdigung war für einen Tag Anfang Januar anberaumt worden. Hasse hätte es am liebsten noch vor Weihnachten hinter sich gebracht. Greta hätte das nicht ertragen. Er hatte gemeint, es könnte ihnen fürs Weihnachtsfest ein bisschen Frieden geben, doch sie wusste es besser.

Die Kälte lag wie eine Glocke über dem Dorf, der Himmel war blau, und der Frost glitzerte an den Ästen der Bäume, als sie zur Kirche nach Smedjebacken fuhren, um ihre Tochter zu begraben.

Jetzt spürte Greta, wie Hasse seine Hand vorsichtig wegzog, und die Geräusche von Schuhen, die über den Boden scharrten, zwangen sie, die Augen wieder zu öffnen.

Es war vorbei. Endlich war es vorbei. Sie wusste, dass man von ihr erwartete, dass sie den Trauerzug anführte, doch ihr zitterten schon jetzt die Beine, und sie kam nicht einmal hoch. Hasse ließ sie auf der Bank sitzen und begab sich in Richtung Ausgang.

Alle hatten ihr gesagt, eine Beerdigung sei etwas Wichtiges. Hasse, Ingegärd, sogar Ernst waren extra zu ihr hoch ins Zimmer gekommen und hatten auf sie eingeredet, ausführlich dargelegt, wie wichtig eine Beerdigung und welch gutes Gefühl dieses Abschiednehmen sei.

Doch das war falsch.

Überhaupt nichts war besser, als sie hier in diesem hallenden Gotteshaus saß, in dem Bewusstsein, dass die sterblichen

Überreste ihrer Tochter nun im allerteuersten Sarg lagen und gleich in der Erde versenkt werden würden. Das Einzige, was ihr Frieden schenken konnte, war, wenn sie endlich denjenigen hinter Gitter bringen würden, der ihr ihre Tochter genommen hatte. Nach wie vor hatten sie niemanden verhaftet, nicht mal irgendeinen Verdächtigen zum Verhör vorgeladen. Und Tagebücher hatten die Polizeibeamten auch nicht finden können. Sylvia zufolge hätten sie am Mittsommerabend noch in einer Kommodenschublade im Obergeschoss gelegen. Irgendwer hatte sie entwendet. Maria selbst? Oder jemand anders?

Torstensson hatte ihr genau die Fragen gestellt, über die sie sich selbst schon den Kopf zerbrochen hatte. Ob es jemanden gab, der Maria hasste? Jemanden, der sich Zugang zum Haus hätte verschaffen können? Er fragte auch nach ihrem Mantel und dem Portemonnaie. Ob jemand auch diese Dinge an sich genommen haben könnte?

Sie wusste nicht, was sie ihm antworten sollte. Das klang alles nicht nach Göran. Er hatte Maria doch nicht gehasst, und so gerissen war er auch nicht. Ob ihm irgendwer geholfen hatte? Vielleicht hatten die Beamten sogar recht, und sie wollte tatsächlich fortgehen, und Göran hatte es gemerkt und versucht, sie davon abzuhalten. Hatte dafür gesorgt, dass sie für immer im Dorf bleiben würde. Es wurmte Greta, dass er immer noch mit Frau und Kindern am Mittagstisch saß und sein Leben sich nur insofern geändert hatte, als dass er jetzt einen Umweg machen musste, wenn er zur Arbeit fuhr. Sonst käme er jeden Tag an ihrem Haus vorbei.

Aber wer hatte Maria gehasst? Das war kaum vorstellbar. Thorhild, die große Frau, die selbst keine Schönheit war, aber ihre Beete hegte und pflegte, hatte die sie gehasst? Allerdings war sie die ganze Nacht zu Hause gewesen. Die Kinder konnten das bezeugen.

Weder Göran noch Thorhild waren in der Kirche gewesen. Greta hatte Hasse unmissverständlich zu verstehen gegeben, dass sie sich das verbitte. Vermutlich wären sie ohnehin nicht gekommen. So viel Anstand besaßen sie dann doch.

Eine Hand schob sich unter ihren Arm und zwang sie, die

Augen aufzuschlagen. Es war Sylvia. Sie trug ein schwarzes Kleid mit Schulterpolstern und einen Hut mit Trauerflor. Greta fand ihren Aufzug affig. Wie eine Königin zwischen den ganzen Bauern in ihren grauen Jeans und den schlecht sitzenden Jacketts.

»Komm, Greta«, sagte Sylvia mit einer Stimme, die kaum mehr als ein Wispern war.

Sie half Greta auf die Füße, und Greta klammerte sich dankbar an ihren Arm.

Schwarz gekleidete Rücken und breite, gebeugte Schultern vor ihr, sie sah ihre Füße in den schwarzen Schuhen auf die abgelaufenen Holzdielen treten. An der Steintreppe stand Hasse, schüttelte Hände und bedankte sich. Lud noch einmal zum Beerdigungskaffee ins Gemeindehaus ein. Greta ertrug das nicht. Sie dachte an das kalte Grab, in das ihre Tochter hinabgelassen werden sollte. Von Erde bist du genommen, zu Erde sollst du werden.

Die Natur hatte sich ihren Körper längst zurückgeholt. Innerhalb weniger Monate hatten Bakterien, Würmer, Insekten, Maden und Raubtiere ihre Tochter wie einen Teil ihres Nahrungskreislaufs behandelt und sie sich einverleibt, sie zu sich ins Erdreich hinabgezogen. Daran konnten auch ein teurer Sarg und großformatige Fotografenporträts nichts ändern.

Die Kälte nagte sich durch Gretas dünne Kleider, doch sie wollte nicht zittern, sondern aufrecht weitergehen, anstatt sich den Bedürfnissen ihres Körpers zu beugen. Sie stellten sich an den Rand. Sylvia stützte sie fest. Greta hörte, wie das Schluchzen um sie herum zunahm. Jemand hatte begonnen, laut zu weinen, und das machte sie wütend. Das gehörte sich nicht. Sie drehte den Kopf, um zu sehen, wer das war, doch sie entdeckte niemanden. Nur schwarz gekleidete Gestalten, die jetzt alle verschwammen, und da merkte Greta, dass sie kurz davorstand, zu kollabieren. Sie klammerte sich an Sylvias Arm, woraufhin Sylvia sie noch fester hielt.

Greta wandte sich ab und machte ein paar Schritte fort, jetzt hatte sie genug. Ins Gemeindehaus würde sie nicht mitkommen, das hatte sie von Anfang an klargestellt. Sie verweigerte es, da wie eine Gastgeberin am Tisch zu sitzen, während die anderen mit Smörgåstorte feierten und alte Erinnerungen an Maria austauschten, ganz sicher würden sie miteinander lachen, und das würde sie beim besten Willen nicht ertragen. Die anderen traten nun auch den Rückweg an. Hasse blickte sich nach Greta um, und Sylvia winkte ihm zu, sie würden nachkommen.

Einen Moment lang standen sie still, dann setzten sie sich auch in Bewegung, folgten dem schwarzen Trauerzug von Menschen, die nun zu ihren Autos gingen.

Sylvia ließ ihren Arm sachte los, als sie merkte, dass Greta wieder allein gehen konnte. Vor der Kirchentreppe blieben sie kurz stehen, betrachteten schweigend die nackten Zweige der Hängebirken vor dem Schnee.

»Dass jetzt doch noch richtig Winter geworden ist«, hörte sie sich selbst sagen und bereute es im nächsten Moment schon. Sylvia streichelte ihr über den Arm.

»Ja, das ist wahr.«

Dann standen sie da und atmeten warme Atemwolken aus, bis sich die Menschenansammlung aufgelöst hatte. Greta war ganz weh ums Herz bei dem Gedanken, dass sie künftig hierher, zu dem Grabstein käme, der sie auch Unsummen gekostet hatte, und Stiefmütterchen, Begonien und Heidekraut pflanzen würde, obwohl sich Maria nie etwas aus Blumen gemacht hatte, und dass sie künftig auf den Friedhof gehen musste, wenn sie sagte, sie besuche jetzt ihre Tochter.

»Wo ist denn Terese?«, fragte Sylvia, und Greta sah ihr an, dass ihr die Frage schon lange auf der Zunge gelegen hatte, doch sie hatte wohl gezögert und den richtigen Zeitpunkt abgewartet.

Greta sah sie eingehend an und merkte, dass sie nicht die geringste Ahnung hatte. Das ganze Dorf musste es doch schon wissen, aber Sylvia hatte es niemand erzählt? Vielleicht hatten die sich nicht getraut. Wusste es nicht mal Kjell?

Ohne ein Wort lief sie hinunter zum Parkplatz. Da erklang wieder dieses laute Frauengeschluchze, vor einem grauen Saab stand eine gebeugte Gestalt.

Jetzt erkannte sie sie.

Nettan. Die Frau, die mit dem Weinglas an ihrem Gartentisch gesessen und beteuert hatte, dass Maria am Leben war, sonst hätte sie doch diesen Schmerz in den Knien. Die Marias Bett mit ihrem Seitensprung besudelt hatte. Und jetzt besudelte sie Marias Beerdigung mit ihrem hemmungslosen Geheule. Hatte sie Maria gehasst? Hatte ihre Liebe zu Göran sie dazu veranlasst, ihm zu helfen, die Spuren seines Ausrutschers zu beseitigen?

Sylvia schien zu spüren, dass Greta erstarrte, denn nun hielt sie sie wieder fest am Arm. Greta wartete, bis Hasse an ihrer Seite war, sein Gesicht war tränenüberströmt, und er suchte ihren Blick, suchte Halt bei seiner Frau. Sie wich zurück, konnte ihm nicht geben, was er von ihr wollte, und dennoch griff sie nach seiner Hand, denn sie wusste, dass Sylvia sie gleich loslassen würde. Als er neben ihr stehen blieb, warf sie Sylvia hastig einen Blick zu.

»Terese ist nicht mehr da«, sagte sie. »Sie hat jetzt ein neues Zuhause. In Västanfors.«

Sylvias Hand stürzte von Gretas Unterarm ab, und Greta suchte Halt bei Hasse, der sie auffing und an der Taille festhielt. Mit der anderen Hand streichelte er ihr beruhigend über den Arm. So gingen sie aufs Gemeindehaus zu, und sie wusste, dass ihr nun nichts anderes übrig blieb. Jetzt musste sie mit. Hinter sich hörte sie, wie Sylvia nach Luft schnappte. Das war nicht zu ändern.

# 24.

ERST ALS SIE das Gemeindehaus verließen und zurück zum Wagen liefen, merkte Kjell, dass etwas anders war. Seit er Terese zu Greta und Hasse gebracht hatte, hatte Sylvia mit ihm kaum ein Wort gesprochen, doch nun stimmte etwas ganz und gar nicht. Ihre Schritte waren energisch und schnell, sie schnippte die Zigarette neben der Straße in den Schnee und ging demonstrativ ein paar Schritte vor ihm. Er sah ihrer Silhouette hinterher, dem schwarzen Mantel, den er ihr gekauft hatte, sie kippelte mit ihren schwarzen, hohen Wildlederstiefeletten. Sie war die Einzige, die elegant gekleidet war, mit ihrem Hut mit Trauerflor. Das löste in ihm tiefe Traurigkeit aus.

Womöglich lag es an der Beerdigung, oder er begriff, was nun unausweichlich bevorstand, womit er seit Wochen gerechnet hatte, denn als er auf den Wagen zuging, merkte er, wie er selbst schluchzen musste. Er blieb kurz stehen, um sich die Tränen aus dem Gesicht zu wischen, bevor er ins Auto einstieg.

Sie sah ihn nicht an.

Er startete den Motor, und sie fuhren durch Smedjebacken. Von ihr sah er nur den Hinterkopf, ihr hellbraunes Haar und den Hut, denn ihr Gesicht war an die Seitenscheibe geheftet. Ihr Blick hing an den Mietwohnungen in der Allégatan, und er fragte sich, ob sie hier ihre Kindheit verbracht hatte, genau hier. Irgendwo in Smedjebacken hatte sie ja gewohnt, doch er wusste gar nicht, wo. Nicht einmal das wusste er.

Als die Besiedlung immer dünner wurde und rechts und links von ihnen nur noch Felder lagen, drehte sie den Kopf zu ihm um. Er blickte stur geradeaus, tat so, als bemerkte er es nicht.

»Wusstest du, dass sie sie weggegeben haben? In ein Heim nach Västanfors?« Ihre Stimme knirschte und klang hart.

Er schwieg und überlegte, ob er lügen solle, doch sein Schweigen dauerte viel zu lang.

»Ernst hat es mir erzählt«, sagte er schließlich.

»Ernst! Sogar Ernst hat es gewusst! Und du hast mir kein Wort gesagt?«

Seine Schultern zuckten, er duckte sich angesichts ihrer Wut.

»Ich wollte nicht, dass du dich aufregst.«

Das war gelogen. Er hatte beschlossen, es ihr nicht zu erzählen. Denn er hatte Angst gehabt, dass sie losgehen und die Kleine zurückholen würde und dass er dann nicht mehr Nein sagen könnte. Es war klar, dass sie es mit der Zeit erfahren würde, doch er hatte es so lange wie möglich vor sich hergeschoben. Jetzt verstand er, dass es am Ende keinen Unterschied gemacht hatte.

»Ein neues Zuhause, so hat Greta sich ausgedrückt! Hat sie jemand adoptiert?«

Er nahm Sylvias Profil im Augenwinkel wahr, ihr Kopf zuckte leicht, bewegte sich holprig vor und zurück.

Er hätte gern genickt, doch er wusste, dass es jetzt zu spät war zum Lügen. Jetzt war es für alles zu spät, sie waren bereits in der Nachspielzeit.

»Ernst hat gesagt, sie ist in einer Pflegefamilie. Aber wenn Greta meint, jemand hat sie adoptiert, dann wird das schon stimmen.«

»Nein, so hat sie nicht gesagt. Sie hat gesagt, Terese hat jetzt ein neues Zuhause.«

Kjell strich sich einen Tropfen von der Nasenspitze.

»Tja, so genau weiß ich es auch nicht.«

»Wann hast du es erfahren?« Sie presste ihre Stimme langsam über jede einzelne Silbe, als wäre er etwas zurückgeblieben oder schwer von Begriff.

»Irgendwann zwischen den Jahren.«

Atemluft zischte durch ihre Zahnreihen.

»Und du hast kein Wort gesagt?«

Er traute sich noch immer nicht, ihr ins Gesicht zu sehen, heftete den Blick an die Straße, setzte den Blinker und bog rechts ab ins Dorf.

»Wie ich gesagt habe ...«

»Du wolltest nicht, dass ich mich aufrege«, schnitt sie ihm

das Wort ab, und sie riss die Hände hoch und ließ sie auf den Schoß fallen. »Weißt du, was ich glaube?«, fuhr sie fort, und da musste er sich zu ihr umdrehen, die schlitzartigen Augen ansehen, die zusammengerückten Augenbrauen, die angespannten Kiefer.

»Ich glaube, du hast genau gewusst, dass es richtig gewesen wäre, sich um die Kleine zu kümmern. Wie wir es von Anfang an hätten tun sollen. Aber du wolltest es nicht. Weil du nur an dich selber denkst.«

»Terese ist nicht unser Kind!« Für eine Sekunde ließ er das Lenkrad los und schlug die Handflächen darauf. »Sie ist nicht unser Kind, Sylvia. Du bist ja völlig auf sie fixiert!«

Er merkte, wie sie ihn anstarrte, und sie nuschelte etwas, dass er es nicht verstand. Dann verstummte sie.

Erst als sie auf dem Hof vorfuhren und sie ausstieg und die Wagentür zuknallte, hatte er ihre Worte entschlüsselt. *Du hast sie ja gar nicht verdient. Du hast niemanden verdient.*

Eine Weile blieb er hinter dem Steuer sitzen. Wollte ihr noch die Gelegenheit geben, sich etwas zu beruhigen. Aber im Grunde wollte er nur das, was unvermeidlich war, hinauszögern. Sofort umhüllte ihn die kalte Luft, und die Windschutzscheibe beschlug von seinem heißen Atem.

*Du hast niemanden verdient.* Er fragte sich, wie sie das gemeint hatte.

Er musste an die Vögel denken und das Vogelhäuschen, ihre begierigen Finger an den laminierten Seiten seines alten Vogelbestimmungsbuchs, wie gespannt sie dem Vogelgezwitscher vom Kassettenrekorder gelauscht hatte. Er sah ihre Gestalt vor sich, wie sie mit schwingenden Bewegungen auf den Skiern durch den Wald glitt, hatte sein Lachen noch im Ohr, als sie hinfiel und ihr von den Fichtenzweigen Schnee auf den Kopf fiel. Er sah ihr verkniffenes Gesicht vor sich, wie sie konzentriert im Boot saß und versuchte, die Ruder ganz gleichmäßig zu ziehen, sah, wie die Blätter die schwarze Oberfläche des Svartsjösees durchpflügten, hörte ihr so dünn gesätes Lachen über den See hallen, wenn sie einen dicken Hecht aus der Tiefe zog.

Schließlich zwang ihn die Kälte aus dem Wagen, und er ging ins Haus hinein. Er hörte sie im Obergeschoss herumpoltern, und ihm war klar, was sie da tat. Es tat weh, doch er ließ sie machen.

Er ging in die Küche, lauschte den Geräuschen, die von oben kamen, es klang, als schleife sie etwas über den Fußboden. Dann kam sie die Treppe herunter, riss sich den Pelz, den er ihr gekauft hatte, vom Kleiderständer und ging aus dem Haus. Er blieb still sitzen, wagte es nicht, ihr hinterherzulaufen, um zu sehen, wohin sie wollte, doch als er zur Dunstabzugshaube ging, um eine Zigarette zu rauchen, fiel sein Blick auf etwas im Flur.

Vor der Haustür stand ein blauer Koffer.

Den kannte er schon. Es war derselbe Koffer, mit dem sie gekommen war. Pinsel, Farbtuben, ein Schuhkarton mit Bildern und ein paar Kleidungsstücke. Mehr hatte sie nicht dabeigehabt. Die anderen Dinge hatten sie später gemeinsam angeschafft.

Den Webstuhl hatte er ihr bei einer Versteigerung gekauft, die Kleider hatte sie nach und nach erstanden. Oder besser gesagt, er hatte sie erstanden. Sie hatte nie eine Arbeit gehabt, hatte nur im Obergeschoss gestanden und helle Aquarelle oder dunkle, abstrakte Gemälde gemalt, wenn sie nicht so gut gelaunt war, hämmerte der Webkamm über die Kettfäden. Darüber hatte er nie ein Wort verloren. War davon ausgegangen, dass es genau so sein sollte. Dass sie das tun durfte, was sie glücklich machte. Mit seinem Lohn vom Walzwerk kamen sie gut zurecht.

Erst in diesem Moment, als ihr Koffer da im Flur stand, kam ihm der Gedanke, dass sie ihn vielleicht nur ausgenutzt hatte. Seine Mutter hatte schon den ein oder anderen Kommentar fallen lassen, doch er hatte das weit von sich gewiesen. Hatte voll auf ihre Beziehung gesetzt.

Er fragte sich, wohin sie wohl gegangen war.

Sie hatte ja nichts. Kein Auto, kein Geld, keine Arbeitsstelle.

Er setzte sich unter den Dunstabzug, steckte sich eine Zigarette an und danach gleich die zweite. Er wollte sich gerade etwas zu trinken holen, denn es war unerträglich, mit all diesen Gefühlen hier zu hocken und nichts dagegen tun zu können. Er stand schon vor dem Kühlschrank, da sprang die Haustür wieder auf.

Sie stand in der Tür, den wärmenden Pelz geöffnet. Moss neben ihr im Flur, sein Schwanz hing runter, er bewegte sich lautlos vor und zurück. Auch er wusste, was geschah. Spürte vermutlich die Energie, die von ihr ausging.

»Wo willst du hin?«, fragte er und hoffte, sie würde sagen, sie wolle mal für ein paar Tage fort, brauche eine Auszeit, Zeit zum Nachdenken.

»Ich geh zurück«, sagte sie. »Wärst du so nett und fährst mich rüber?«

Kjell musste mehrmals schlucken, erst dann brachte er ein Ja heraus. Er sah auf den Koffer. Er war alt, das Leder war seitlich gerissen, und da begriff er, dass er schon eine Weile fertig gepackt da oben gestanden haben musste. Sie hätte es gar nicht geschafft, in der kurzen Zeit alles zusammenzusuchen. Sie hatte nur den richtigen Moment abgewartet. Er fragte sich, warum sie draußen gewesen war, ob sie sich vom Wald verabschiedet hatte? Vielleicht war der ihre größte Liebe gewesen.

Er brachte Moss in den Zwinger. Hörte sein Bellen, als sie in den Wagen stieg und die Kofferraumklappe über dem blauen Koffer zuschlug.

»Und wo fahren wir jetzt hin? Wo ist dein Zuhause?«

»Grängesberg«, sagte sie. »Ich geh zu meiner Mutter.«

Während der Fahrt sprachen sie kein Wort miteinander. Er hätte gern gesagt, dass sie doch wenigstens darüber reden könnten, dass es nicht gut war, im Streit Schluss zu machen.

Schlaf noch mal drüber, hatte seine Mutter immer gesagt, wie gern hätte er das vorgeschlagen. Sie gebeten, noch eine einzige Nacht zu bleiben. Nicht im Zorn von ihm zu gehen.

Aber sie hatte den Koffer ja schon gepackt.

An der Tankstelle in Grängesberg zeigte sie auf die Straße, die links abging. Sie fuhren hinein, und erst als sie vor den alten Bergarbeiterwohnungen, die fast an der Hauptstraße lagen, angekommen waren, bat sie ihn anzuhalten.

Er schaltete den Motor aus und griff nach ihrer Hand, doch sie zog sie weg. Sie stieg aus dem Wagen, öffnete den Kofferraum und hob den Koffer heraus. Er hörte die Klappe zuknallen und sah sie auf die rotbraunen Ziegeldachhäuser zugehen. Sie drehte sich nicht mehr um. Sagte nicht einmal Lebewohl.

# 25.

DIE ZEIT VERGING, wie sie es immer getan hatte, unerschüttert von den Sorgen und Nöten der Menschen. Die Baumstämme knüpften einen Jahresring um den anderen, und die Zugvögel kamen heim und flogen wieder fort.

Greta kämpfte sich jeden Morgen hoch und machte sich dorthin auf, wo sie gewandert war, bevor man ihre Tochter gefunden hatte, und immer wieder musste sie sich in Erinnerung rufen, dass sie jetzt nicht mehr am Straßenrand stehen bleiben und suchen musste, dass ihre Tochter gefunden war und doch für immer fortblieb. Dass ihre Suche nun einem anderen Menschen galt.

Die Jahre verstrichen, und immer wieder stand sie vor dem Telefon, den Hörer schon in der Hand, den Finger an der Wählscheibe, in der Absicht, das Enkelkind anzurufen, doch sie brachte es am Ende nicht fertig. Vom Jugendamt hatte sie erfahren, dass sie sie in eine Familie in Nordschweden geben wollten, damit sie in die Nähe ihres Vaters kam, sie wollten versuchen, Kontakt zu ihm herzustellen. Greta war von der Idee überhaupt nicht angetan, doch einmischen wollte sie sich auch nicht. Sie hatte immer eine Telefonnummer der Pflegefamilie, in der Terese gerade untergebracht war, bekommen, doch dabei war es auch geblieben. Mit der Zeit dachte sie sich, vielleicht war es besser für die Kleine, wenn sie sie einfach vergaß. Ihre Mutter vergaß, ihre Wurzeln überhaupt. Vielleicht war das die einzige Chance, ganz neu anzufangen und neue Wurzeln zu schlagen, anstatt mit den alten, maroden zu kämpfen.

Mårten Torstensson saß abends manchmal da und blätterte in der Ermittlungsakte, auf der Suche nach irgendetwas, das ihm einen Anhaltspunkt geben könnte.

Wie oft musste er an diese starrköpfige Frau denken, die ihre Tochter verloren hatte, und während er seine zwei Jungs durchs Leben lotste, hinter ihnen herrannte, als sie schlingernd die ersten Versuche auf dem Fahrrad machten, mit ihnen den ersten Schultag beging, ihnen die Tränen trocknete und ihre Knie mit Pflastern versorgte, da musste er immer wieder an die junge Frau denken, die tot im Wald gefunden worden war, und an die kleine Tochter, die man weggegeben hatte.

Lange genug war er Polizist gewesen, um zu wissen, was mit diesen Kindern geschah. So oft blickte er auf die gerahmten Fotos seiner Söhne, strich mit den Fingerkuppen über das Glas und rief sich in Erinnerung, wie zerbrechlich das Leben war. Sein Großer wurde mit jedem Tag erwachsener, und irgendwann bemerkte Torstensson, dass sein Sohn inzwischen älter war als Maria Andersson, die so jung hatte sterben müssen.

Torstensson hatte es sich zur Angewohnheit gemacht, in das abgelegene Nest abzubiegen, wo Maria gewohnt hatte, wenn er gerade in der Gegend unterwegs war. Einmal klopfte er an Gretas und Hasses Tür, um sich zu erkundigen, wie es ihnen ging, doch als die Frau mit den eingefallenen Wangen ihm dann öffnete, wurde ihm schlagartig klar, was für einen großen Fehler er gemacht hatte.

Ihr Blick wurde wach im selben Moment, als sie ihn erblickte, und er begriff auf der Stelle, dass sie dachte, er habe Neuigkeiten für sie. Einen Durchbruch, einen Schuldigen, der nun verhaftet worden sei und der seine Strafe bekommen würde.

Diesen Fehler machte er nicht noch einmal, doch Jahre später fuhr er wieder über den kurvigen Schotterweg von Haus zu Haus, um festzustellen, wer geblieben und wer weggezogen war.

Göran und Thorhild waren in eine kleine Gemeinde bei Falun gegangen, und Torstensson fuhr ab und an dorthin, stieg aus dem Wagen und grüßte Göran, der von Mal zu Mal verkommener aussah. Er wusste, dass das verkehrt war, was er da tat. Er wusste auch, dass das niemand erfahren würde. Göran war nicht der Mensch, der darüber sprach, bei jeder Vernehmung hatte Torstensson die Schuldgefühle in Görans Augen gesehen. Möglicherweise war er kein Mörder, aber irgendeine Schuld hatte er auf sich geladen. Torstensson dachte, dass sie eigentlich alle irgendwie schuldig waren. Dieses Besäufnis, das allen die Erinnerung getrübt hatte, dass kein Verlass mehr auf sie war. Wären sie nüchtern gewesen, hätten sie gewusst, wer Maria zuletzt gesehen hatte, und dann hätten sie dieses wichtige Puzzleteil gehabt, vielleicht hätte sie das weitergebracht. Womöglich wäre gar das Allerschlimmste zu verhindern gewesen.

Mit der Zeit war der ungesühnte Mord für die übrigen Dorfbewohner kein Gesprächsthema mehr, und irgendwann vergaßen sie ganz, dass ein Mörder noch frei herumlief. Vielleicht war diese Vorstellung schlichtweg zu unheimlich. Daher sagte man mit der Zeit bloß, dass Maria die Frau gewesen war, die sich der Wald geholt hatte.

Und anstatt einen kritischen Blick in die hellen Fenster zu werfen, um auszumachen, wer Freund und wer Feind war, sah man lieber ins dunkle Grün zwischen den Baumstämmen, sah hoch zu den sich wiegenden Kronen und fürchtete sich vor dem Wald, der innerhalb von Monaten aus Menschenkörpern ein Häufchen Knochen machen konnte.

Menschen veränderten sich, Kinder wurden groß und zogen fort, der Bauer gab auf, als der Wolf das Dorf heimsuchte und seine Kühe riss. Ernst verstarb. Das Herz, hatte Torstensson von irgendwem gehört. Ingegärd zog in eine Wohnung nach Smedjebacken. Menschen verschwanden.

Doch Kjell war noch da, obwohl er sehr einsam war. Torstensson fragte sich, ob der Mord seine Beziehung kaputt gemacht und das zerstört hatte, was der Anfang von etwas Beständigem gewesen war. Was aus der Frau geworden war, wusste er nicht, nur dass sie das Dorf verlassen hatte.

Und die Eltern waren noch da. Das fand er eigenartig. Er hätte gedacht, dass sie die Ersten gewesen wären, die diesem Ort den Rücken gekehrt hätten. Vor der Erinnerung geflüchtet wären, die hier ja überall gegenwärtig war. Aber vielleicht gaben die schmerzhaften Erinnerungen trotz alledem Halt, wenn schon das ganze Leben sinnlos geworden war. Torstensson wusste es auch nicht. Er hatte keine Ahnung, wie er selbst reagieren würde, wenn seine Kinder dasselbe Schicksal wie Maria erleiden würden.

Die Häuser standen noch. Der Anstrich blätterte zwar ab, und die Dachziegel verdreckten und setzten Moos an, und die Bäume schossen immer höher in den Himmel, die Baumstämme wurden dicker, die Moosdecke unter ihnen breitete sich aus, und bald würde wieder der Holztransporter über die Straßen rumpeln. Bauaufträge und Fassadenfarben, neue Menschen und Feriengäste und neue Autos. Man restaurierte die Hütte mit Steuergeldern und installierte Tafeln, auf denen das Leben vor hundert Jahren beschrieben und erklärt wurde. In einer Zeit, als den Menschen noch ganz bewusst war, wie die Schätze der Natur Leben und Arbeit der Menschen diktierten. Neue Kinderstimmen und Lachen und neue Hunde, die um den Biskensee Gassi geführt wurden. Die Feriengäste pflanzten neue, widerstandsfähigere Stauden auf den Beeten, und jemand, der gut schreinern konnte, baute den Briefkästen an der Straße neue Dächer. Neue Koppeln, auf denen neue Reitpferde weideten, und neuer Schotter auf den Straßen. Bald war nur noch der Wald derselbe, er umgab sie mit seinem Schweigen und seiner Finsternis und behielt all die Geheimnisse für sich.

# 1.

VORFRÜHLING. DAS LEBEN KAM wieder in Gang, und der Bus tuckerte mit ihr durch die öde, graue Landschaft. Terese versuchte, mit ihren Gedanken dort draußen zu bleiben, um das nervöse Gefühl im Bauch in Schach zu halten. Die Schneeflocken fielen auf die große Windschutzscheibe und schmolzen noch im selben Moment zu Wasser. Terese war auf dem Weg zu ihren Großeltern. »Auf dem Weg nach Hause«, würde man vielleicht sagen, wenn man meinte, dass das Zuhause immer der Ort sei, an dem man das Licht der Welt erblickt hatte.

So hatte die Mitarbeiterin vom Jugendamt sich ausgedrückt, als sie Terese in eine neue Pflegefamilie geschickt und sie damit aus der Stadt gerissen hatte, in der sie lebte, seit sie denken konnte, und wo all ihre Freunde waren. Nach Hause kommen, zurück zu den Wurzeln, so hatten sie es bezeichnet, es sollte gut klingen. Der flaue Magen drückte bei dem Gedanken daran noch mehr. Als ob ein Zuhause mit einem Ort oder den Genen zu tun hätte.

Der missglückte Kontakt zu ihrem Vater war die offizielle Begründung. Die Wahrheit war, dass man sie aus Luleå rausholen wollte, weg von dem schlechten Umgang dort. Sie hatten sie einige Male stockbesoffen erwischt, doch als sie den in Folie verpackten Haschkeks bei ihr fanden, wussten sie, dass nun dringend gehandelt werden musste. Die jungen Leute, mit denen Terese unterwegs war, waren einschlägig bekannt, die meisten viel älter als sie. »Eine zweite Chance« waren auch solche Worte, die die vom Amt einschmeichelnd lächelnd fallen ließen. Wenn sie sich sträubte, sagten sie nur, das sei das Beste für sie, und sie selbst habe das auch nicht zu entscheiden. Da unten hätte sie ihre Großeltern, und die seien ab sofort Teil ihres Lebens, das war beschlossene Sache. Sie könne auch künftig noch Kontakt zu ihrem Vater haben, hieß es.

Zu ihrer letzten Verabredung war er gar nicht erschienen, und sie hatte bestimmt eine Viertelstunde nur herumgestanden und die mitleidigen Blicke der Sozialarbeiterin aushalten müssen und sich sehr zusammengerissen, nicht zu weinen.

Dieser Scheißkerl. Sie würde nie wieder zu ihm Kontakt aufnehmen, das hatte sie sich geschworen. Das Jugendamt konnte sie nur noch ein paar Monate lang beliebig hin und her schubsen, sie tausend Kilometer weit weg von ihren Freunden unterbringen, doch bald wurde sie achtzehn, und dann war sie frei. Auf nichts anderes freute sie sich so sehr wie auf diese Freiheit. Dann würde sie eine eigene Wohnung bekommen. Wenn sie nichts anstellte.

Sie hatten sie in einer Familie in Västanfors untergebracht, und jetzt war sie auf dem Weg zu ihren Wurzeln, in ein kleines Dorf, eine Stunde Busfahrt entfernt von den Pflegeeltern. Da hatte sie mal gewohnt, früher. Bei ihrer Mama. Die Großeltern gleich um die Ecke. Doch sie konnte sich an nichts mehr erinnern. Für andere Kinder war das sicherlich gar kein Problem, dass sich die Erinnerung an die ersten Lebensjahre verflüchtigte wie ein Samenkorn im Wind – sie hatten ja all die Geschichten und Fotos, die die Erinnerungen ersetzten –, doch für Terese war das alles ein großes schwarzes Nichts, das ihr nachts den Schlaf raubte.

An der Bushaltestelle in Smedjebacken, wo sie aussteigen sollte, stand ein Mann mit braunem, grau gesprenkeltem Haar, das am Scheitel dünn war, die Hände tief in den Taschen seiner leichten, hellblauen Jacke.

»Terese?«, sagte er, als er sie erblickte, und auf seinem Gesicht erschien ein zaghaftes Lächeln. Sie fragte sich, woran er sie eigentlich erkennen konnte. Sah sie ihrer Mutter ähnlich? Oder erkannte er sie an ihrem Heimkindblick? Den hatten ja alle Heimkinder, an den Augen konnte man ablesen, wie verlassen und einsam sie wirklich waren. Oder war sie das einzige Mädchen in diesem Alter, das hier aus dem Bus stieg? Sie traute sich nicht, ihn danach zu fragen, sondern drückte die Hand, die er ihr zum Gruß entgegenstreckte, und dachte sich, welch merkwürdige Art, sein Enkelkind, das man fünfzehn Jahre lang nicht gesehen hatte, zu begrüßen. Gleichzeitig war sie froh, dass er keine Anstalten machte, sie in die Arme zu schließen. Dazu wäre sie nicht in der Lage gewesen.

Die Autofahrt von Smedjebacken in das Dorf dauerte zehn Minuten. Der Schneeregen klatschte immer noch gegen die Scheibe. Sie zählte die Sekunden, die die Wischer brauchten, um einmal hin und her zu wischen. Er sprach fast kein Wort, und sie fand, er könnte wenigstens ab und an zu ihr hinüberschielen. Aus Neugierde, um festzustellen, wem sie ähnlich sah. Womöglich hatten sie sich um ihre Tochter genauso wenig gekümmert wie um ihr Enkelkind.

Sie hatten sich angewöhnt, zum Geburtstag und zu Weihnachten bei ihr anzurufen. Hasse war immer kurz angebunden und irgendwie verklemmt, Greta stellte ihr viele Fragen und verabschiedete sich mit »ich drück dich«. Einmal, es war ein Mittsommerabend, hatte Hasse sie angerufen und sie zugeschwallt, als wären sie ganz eng miteinander. Da war sie gerade zehn, doch sie hatte gleich kapiert, dass er betrunken war.

»Heute ist doch dieser Tag, na, du weißt schon, da geht einem so viel im Kopf rum, deine Mama und du«, hatte er gesagt, und das Gespräch hatte sie irgendwie schön gefunden, obwohl er betrunken gewesen war.

Erst als man ihr gesagt hatte, dass ihre Mutter ermordet wurde, hatten sie angefangen, sich bei Terese zu melden. Davor war gar nichts. Vielleicht hatte sich jemand bei ihnen gemeldet und mitgeteilt, dass sie es dem Kind jetzt gesagt hätten und dass es vielleicht gut wäre, mal anzurufen. So was passierte ständig. Gespräche über sie, hinter ihrem Rücken. Patte, dieser Rotzjunge, hatte es ihr brühwarm erzählt.

»Die haben deine Mutter ja ermordet. Hast du vielleicht gesehen, wer's war? Sag mal?«

Da hatte sie ihn auf den Hof rausgejagt und ihn mit einem Stock gehauen, er hatte an der Wange geblutet, und sie wurde ausgeschimpft.

Kurz darauf rief ihre Oma an. Greta. Und ab dem Zeitpunkt hatte sie sich regelmäßig bei ihr gemeldet.

Damals hatte Terese sich über ihre Anrufe wirklich gefreut, doch je älter sie wurde, desto mehr Fragen tauchten auf. Einige wurden ihr beantwortet, ohne dass sie sie gestellt hatte. Na ja, sie sei ja so weit weg, deshalb hätten sie sie nie besucht. Sie sei in den Norden gekommen, weil ihr Papa da wohnte. Ich sehe ihn doch gar nicht, wollte sie dann erwidern, denn ihr Papa war genau wie all die anderen Heimkinderpapas, er trank zu viel, hatte keine Arbeit und konnte kaum für sich selber sorgen. Sie hatte nur ganz spärlichen Kontakt mit ihm. Und jedes Mal, wenn sie ihn getroffen hatte, hatte er nach Alkohol gestunken und tiefe Ringe unter den Augen gehabt. Sie erinnerte sich, dass sie einmal auf einem Spielplatz gewesen waren und er auf einer Bank vor dem Zaun gehockt und geraucht und ihr zugewunken hatte mit einem breiten Lächeln, das für sein Gesicht viel zu groß gewesen war.

Und dann war es häufig vorgekommen, dass er sie abholen sollte und gar nicht auftauchte. Wie sie dann da im Flur gestanden hatte, fertig angezogen mit Jacke und Mütze und geschwitzt hatte, und am Ende hatten sie ihr gesagt, jetzt könne sie die Klamotten wieder ausziehen und zurück in ihr Zimmer gehen. Und trotzdem war es so wichtig, dass sie in der Nähe ihres Vaters untergebracht war, das war einfach so, Greta sagte das bei jedem Telefonat, als wollte sie sich selbst überzeugen.

Auf andere Fragen wiederum gaben sie überhaupt keine Antwort, und jedes Mal, wenn sie miteinander sprachen, tat Terese sich schwer, die Dinge auszusprechen, obwohl die Worte ihr so klar und deutlich in den Sinn kamen, wenn sie abends schlaflos in ihrem Bett lag und in die Dunkelheit starrte. Einmal hatte sie gefragt, ob sie mal zu Besuch kommen dürfe. Doch Greta war ihr ins Wort gefallen, hatte rasch das Thema gewechselt und dann schnell einen Grund gefunden, aufzulegen. Danach hatte sie längere Zeit nicht mehr angerufen. Das hatte sich wie eine Strafe angefühlt. Terese hatte eine unsichtbare Grenze überschritten, war voll ins Sperrgebiet geraten.

Und dann all die Fragen über ihre Mutter. Terese wusste ja

nur ganz wenig. Jemand hatte sie erschlagen, man hatte sie im Wald gefunden, und ihr Mörder war nie gefasst worden. Manchmal lauschte sie im Heim, wenn getratscht wurde, doch neue Informationen erhielt sie so nicht.

Nie bekam sie die Gelegenheit, ihre Fragen zu stellen, denn Greta spürte es sofort, wenn so was in der Luft lag, und beendete ihr Gespräch, bevor Terese zum Zug gekommen war. Terese dachte, dass es ihnen jetzt eigentlich ziemlich unangenehm sein müsste. Wenn man sich gegenüberstand, konnte man nicht einfach so auflegen.

Hasse bog von der asphaltierten Straße ab und fuhr auf einen Schotterweg, und nach einer Weile war der Wald zu Ende, und da lag plötzlich ein See vor ihr. Sie fuhren auf das erste Haus zu, kupferrot, an einer Seite dicht verschlungenes Astwerk. Eine Kletterpflanze, die im Sommer sicherlich schön blühte, doch die jetzt den Eindruck des verfallenen Hauses noch verstärkte. Vor dem Eingang stand eine ältere Frau mit hängenden Armen. Sie passte überhaupt nicht zu dem Bild, das Terese sich von ihrer Großmutter gemacht hatte. In ihrer Vorstellung war Greta immer eine große, kräftige Frau mit breiten Schultern, ordentlicher Oberweite und glatten, stahlgrauen Haaren gewesen.

Die Frau da vor ihr sah völlig anders aus. Sie war klein, und ihr dünnes, graues Haar fiel ihr in Löckchen rund ums Gesicht, sie war schmächtig, und der Strickpullover versteckte ihre Brüste. Es war kaum möglich, diese zierliche Gestalt mit der barschen Stimme vom Telefon unter einen Hut zu bringen.

»Ach, meine kleine Terese«, sagte sie und zog sie gleich in ihre Arme, die auffällig nach Seife und Tannennadeln rochen. »Wie bist du nur groß geworden.«

Terese hatte sich gedacht, dass ihr die Großeltern und ihr Haus irgendwie bekannt vorkommen würden, dass sie geradewegs in die Düfte eines vertrauten Zuhauses eintauchen könnte, wie auch immer so etwas duften mochte, doch so war es überhaupt nicht.

Stattdessen fühlte es sich so an, als betrete sie ein Museum, in dem Zeugnisse eines historischen Ereignisses ausgestellt waren, von dem sie nicht die geringste Ahnung hatte. Überall im Haus hingen große, gerahmte Bilder, und Terese begriff, dass die blonde Frau, die so strahlte, ihre Mutter sein musste. Eine schöne, fremde Frau. Die Wut darüber, dass sie nicht einmal wusste, wie ihre Mutter ausgesehen hatte, und ihre Verärgerung über sich selbst, weil sie nie darauf gekommen war, danach zu fragen, wuchsen mit jedem neuen Bild, das sie sah.

Sie versuchte, Ähnlichkeiten mit dem Gesicht zu entdecken, das sie jeden Morgen im Spiegel betrachtete, doch da war nichts. Sie schien überhaupt nicht nach ihr zu kommen, egal, ob sie Haarfarbe, Augenfarbe, Augenform oder Gesichtsform betrachtete. Enttäuschung und Wut wuchsen immer mehr, es tat richtig weh. Diese Schweine.

Greta folgte ihr ins Wohnzimmer, wo Terese die nächsten Bilder ansah, und sie fühlte sich fast überwacht, doch merkte gleichzeitig, dass Greta stolz auf die Fotos war und Tereses Reaktion erwartete. Als ob sie da tatsächlich eine Art Ausstellung kreiert hatte. Auf ein paar Bildern war auch ein kleines Mädchen mit goldbraunem Haar und rundlichen Wangen zu sehen.

»Das bist du«, sagte Greta und zeigte darauf, als könne Terese sich das nicht denken. Am liebsten hätte sie einen giftigen Kommentar abgegeben, doch den konnte sie sich verkneifen. Hier bekam sie Antworten auf alle möglichen Fragen, die ihr noch gar nicht eingefallen waren, einfach vor den Latz geknallt, und die Übelkeit machte sich wie ein Schraubstock in ihrem Bauch bemerkbar. Wer war sie? Wie hatte sie ausgesehen, als sie klein war? Was für Kleider hatte sie angehabt? Womit hatte sie am liebsten gespielt? Antworten, die sie in einen viel zu engen Raum katapultierten, dessen Wände auf sie zukamen, sie einquetschten, bis der Schmerz unerträglich wurde.

In dem Zimmer, in dem sie schlafen sollte, hing ein Foto von ihr als kleines Kind. Es war eine Aufnahme aus dem Fotostudio, vor grauem Hintergrund. Sie stand da in einem weißen Kleid mit roter Spitze am Rock, die Hände auf einem weißen Hocker. Sie lächelte jemanden an, der hinter dem Fotoapparat stand. Möglicherweise ihre Mutter. Das war das einzige Foto in diesem Zimmer, und als sie sich auf die Bettkante setzte, kam ihr der Gedanke, dass sie das Bild von ihr vermutlich hier aufgehängt hatte, um im Wohnzimmer mehr Platz für die Fotos von Maria zu haben, und das tat weh. Ihr Foto war nicht mittig angebracht, es hing ein Stück zu dicht an der Ecke, als wäre da schon ein Nagel in der Wand gewesen, und sie hatten es einfach dort hingehängt.

»Das war das Kinderzimmer deiner Mama«, sagte Greta. »Und wenn du bei uns warst, hast du auch hier geschlafen. Ich dachte, du bist vielleicht lieber hier untergebracht als im Gästezimmer.«

Und dann lag sie da im Halbdunkel und musste dieses Kinderbild anschauen. Krampfhaft versuchte sie, sich selbst in dem Foto von dem kleinen Mädchen zu finden. Das so fröhlich in die Kamera lachte. Speckige Beine und Handgelenke. Aber es gelang ihr nicht. Sie konnte sich nicht vorstellen, dass sie dieselbe Person war wie das Kind auf dem Foto, sie fand überhaupt keine Ähnlichkeiten. Das Mädchen auf dem Bild konnte irgendwer sein. Sie hatten gar nichts gemeinsam, das dieselbe Herkunft verriet.

Terese hatte ihre Schlaftabletten vergessen und wanderte die ganze Nacht zwischen Halbschlaf und Wachen hin und her, und das Mädchen mit dem weißen Kleid und den Lackschuhen vom Foto ging in ihren Träumen wie ein wandelnder Geist ein und aus.

Am nächsten Tag marschierte Greta mit ihr ins Dorf. Die Nässe stand auf den Straßen, und der Wind blies kalt. Überall graubraune Baumstämme und leere Zweige, gelbbraunes Gras, das sich auf die Straßengräben gelegt hatte. Mit energischen Schritten ging Greta voran und zeigte hierhin und dorthin, als sei sie eine Fremdenführerin, und Terese hörte ihr zu, ohne wirklich zu hören, was sie erzählte.

Sie liefen über eine Brücke, Gretas Lippen begannen zu bibbern, als wollte sie etwas loswerden, doch sie schwieg, bis sie hinauf zu einem roten Holzhaus kamen. Die Farbe war inzwischen ausgeblichen und bräunlich.

»Da habt ihr gewohnt. Damals«, sagte Greta. »Damals hat uns das Haus noch nicht gehört, wir haben es später gekauft.«

»Wohnt da denn keiner?«

Greta schüttelte den Kopf und ging schneller auf das Haus zu, als wolle sie Terese davon abhalten, noch mehr Fragen zu stellen.

Das Haus, mit seiner riesigen Steintreppe vor dem Eingang, die sich mit den Jahren gesetzt haben musste und jetzt ganz schief war, jagte ihr Angst ein. Als sie die Tür öffneten und ihnen die typische, muffige Luft von leer stehenden Häusern entgegenschlug, wurde ihr leicht übel. Vielleicht gab es ja doch Dinge, an die sie sich bislang nicht erinnern konnte und die jetzt, in diesem Haus, zum Vorschein kamen? Greta führte sie herum und zeigte ihr die Räume, als könne Terese nicht selbst sehen, was Küche und was Schlafzimmer war.

»Vielleicht möchtest du das Haus mal haben, eines schönen Tages«, sagte Greta, als sie wieder hinausgingen.

Diese Worte überraschten sie. Sie waren der Beweis, dass Greta zugab, irgendwie miteinander verwandt zu sein, doch sie spürte sofort, dass sie in dieses Haus niemals einziehen würde. Dieser eklige Geruch hing ihr noch in der Nase, als sie schon längst wieder draußen waren. Doch sie sagte nichts. Greta hielt sie womöglich für undankbar, aber das war ihr egal.

Greta erzählte von den anderen Häusern und Dorfbewohnern in der Zeit, als Terese noch hier gelebt hatte, berichtete, wer gegangen und wer geblieben war. Von den vielen Namen schwirrte Terese der Kopf, sie klinkte sich aus.

Dann liefen sie hoch in den Wald. Greta gab keine Erklärung ab, wohin sie mit ihr wollte, und Terese fragte nicht nach, lief nur stur hinterher. Sie gingen einen breiten Weg hinauf, und an einer Stelle standen ein paar Fichten, da bog Greta auf einen Trampelpfad ab, der so schmal war, dass man ihn kaum sehen konnte, doch Greta kannte sich hier aus, das war eindeutig.

Als sie zu einem riesigen Felsen kamen, blieb Greta stehen. Terese musste den Kopf in den Nacken legen, um seine Spitze sehen zu können. Die Felsspalten waren von Moos überzogen, und an einer Seite befand sich eine Aushöhlung mit scharfen Kanten.

»Wow. So einen großen Felsen habe ich noch nie gesehen«, sagte sie.

Greta schmunzelte. »Doch, hast du. Maria war ziemlich oft mit dir hier. Dann habt ihr was zu essen dabeigehabt und euch da oben hingesetzt und Picknick gemacht. Genau wie wir damals, als deine Mama klein war.«

»Echt? Irre«, sagte Terese, mehr fiel ihr nicht ein, dieser Schmerz schlich sich wieder an. Die Erinnerungen, die ihr fehlten. Die hätten doch da sein müssen.

Erst als sie sich schon auf den Rückweg machten, murmelte Greta: »Hier hat man sie auch gefunden.«

»Was?«

»Sie haben sie hier gefunden. Maria«, wiederholte Greta, jetzt etwas lauter.

Terese wurde schwindelig, und sie blieb stehen, jetzt hätte sie sich den Trollstein gern noch genauer angeschaut, noch mehr Details erfahren, doch Gretas Rücken bewegte sich weiter durch die Fichten den Berg hinab, und Terese bekam Angst, nicht mehr aus dem Wald zurückzufinden. Als sie wieder unten im Dorf waren, wurde sie stinkwütend auf die alte Frau.

Wie konnte sie sie hier durch die Gegend jagen und ihr dieses und jenes zeigen und dann, sozusagen im Vorbeigehen, fallen lassen, dass ihre Mutter an einem dieser Orte gestorben war? Terese beschlich das Gefühl, dass das Absicht gewesen war.

An der Kreuzung packte sie Greta an der Windjacke.

»Hallo? Was soll das bitte schön?«, schrie sie keuchend. »Du kannst doch nicht so was raushauen und dann einfach weitergehen!«

Greta blieb stehen. Sie runzelte die Stirn, als könne sie gar nicht verstehen, warum Terese so aufgebracht war.

»Du erzählst mir, hier ist sie gestorben, und dann läufst du einfach weiter, als wär das gar nichts Besonderes!« Ihre Stimme wurde langsam schrill.

Gretas Augen wurden schlitzartig schmal.

»Willst du damit sagen, dass ich finde, es ist nichts Besonderes, wenn jemand meine eigene Tochter umbringt?«

»Nee, natürlich nicht, du weißt doch, wie ich es meine«, sagte Terese, und ihr versagte jetzt die Stimme, und sie fing an zu schluchzen. »Aber du sagst das so einfach, und dann rennst du weiter. Und lässt mich einfach stehen mit meinen Fragen!«

Greta starrte sie an, die Hände in die Seiten gestemmt, und an ihren Augen ließ sich vieles ablesen, was sie sagen wollte, und das war nichts Nettes, das konnte Terese sehen. Da machte Greta kehrt und ging auf dem Schotterweg weiter, an dem roten Holzhaus vorbei. Terese blieb noch eine Weile an der Koppel stehen und atmete tief durch und versuchte, die Tränen zurückzuhalten. Dann kam ein älterer Mann vorbei und verhielt sich ganz komisch und wollte sich mit ihr unterhalten, und da sah sie zu, dass sie zurück zum Haus der Großeltern kam.

»Ich will jetzt nach Hause«, sagte sie zu Hasse, als sie ins Haus kam. Sein Mund ging auf, und irritiert sah er Greta hinterher, die gerade in einem Zimmer verschwunden war und die Tür hinter sich geschlossen hatte, und dann blickte er wieder zu Terese. Sie wandte den Blick ab. Schließlich nickte er, als hätte er doch verstanden, was geschehen war, und dann kramte er in der Küchenschublade nach dem Busfahrplan. Erst am nächsten Tag ging wieder ein Bus. Eine Nacht musste sie noch bleiben. Mit Hasse saß sie dann in der Küche, sie aßen belegte Brote und tranken Tee. Sie plauderten nur über belangloses Zeug, und das tat gut, endlich ließ man sie in Ruhe, und sie bekam Zeit, sich an alles zu gewöhnen. Greta tauchte nicht mehr auf.

Ganz früh am nächsten Morgen brachte Hasse sie nach Smedjebacken. Als er sie an der Bushaltestelle absetzte, druckste er herum.

»Das tut mir wirklich leid«, brachte er schließlich heraus. »So war das nicht gedacht.«

Sie wollte nicht wieder anfangen zu heulen, deshalb schwieg sie. Als sie aus dem Wagen steigen wollte, hielt er ihr noch ein flaches Päckchen hin, etwas in braunes Seidenpapier Verpacktes.

»Das hat Greta für dich mitgegeben«, sagte er. »Sie hat sich gedacht, du hättest es bestimmt gern.«

Sie nahm das Päckchen und stieg aus, ohne Tschüss zu sagen, dann schlug sie die Wagentür zu.

Im Bus setzte sie sich die Kopfhörer auf, drückte an ihrem CD-Spieler auf Play, und zur Punkmusik wickelte sie das Seidenpapier ab. Es war ein Bilderrahmen, darin ein Foto von ihr mit ihrer Mama. Auf dem Bild musste sie ungefähr zwei Jahre alt sein. Sie hatte einen weißen Sonnenhut auf, darunter ihr pausbäckiges Gesicht und ihre kleinen, knubbeligen Händchen an den Wangen der Mutter. Ihre Mutter kräuselte vor Lachen die Nase, und sie war braun gebrannt und sommersprossig, und ihr blondes Haar schien kein Ende zu nehmen. Im Hintergrund ein hoher Busch mit rosa Blüten und der Giebel des roten Holzhauses, das sie jetzt kannte.

Das war alles so plötzlich gekommen. Aus dem Nichts auf einmal Unmengen von Fotos und alte Geschichten, für die gar kein Platz war.

Jetzt wurde ihre Wut noch größer. Sie war siebzehn, und erst jetzt kamen sie auf die Idee, ihr das Foto zu schenken. Darauf waren eine fremde Frau und ein fremdes Kind abgebildet, doch die Frau war ihre Mutter und das Kind war sie selbst, und das war die Verbindung zu einem Leben, wie es hätte werden können, wäre nicht diese schreckliche Sache passiert. Dann wäre sie vielleicht in diesem Dorf aufgewachsen, mit dem rauschenden Fluss und der alten, restaurierten Hütte, inmitten der Seen und Wälder.

Als sie in ihre neue Pflegefamilie kam, stellte sie das Foto auf ihren Nachttisch.

Anne, mit der sie das Zimmer teilte, machte große Augen.

»Wer ist das?«, fragte sie und fuhr mit der Fingerspitze über die blonde Frau. Terese zog das Foto schnell weg, sie wollte keine hässlichen Fingerabdrücke darauf haben.

»Ich und meine Mama«, sagte sie und drehte sich weg, doch spürte Annes Blick in ihrem Rücken. Intensiv, vielleicht bösartig.

»Wo ist deine Mutter denn jetzt?«

»Sie ist tot. Jemand hat sie umgebracht.« Terese hatte wieder das Bild von dem großen Stein vor Augen, von dem sie anfangs geglaubt hatte, er wäre nur ein schöner Picknickplatz, bis Greta einfach so gesagt hatte, dass ihre Mutter dort den Tod gefunden hatte.

Die verfluchte Alte.

»Und wer war's? Dein Vater?«, fragte Anne.

Irgendwas, vielleicht war es ihr Tonfall, brachte Terese dazu, sich wieder zu ihrer Mitbewohnerin umzudrehen. Anne sah sie an. Das rote Haar schien elektrisiert, und ihre Augen leuchteten in ihrem blassen Gesicht.

»Sie haben ihn nie gekriegt«, sagte Terese. »Aber mein Vater war's nicht. Er war gar nicht da, als das passiert ist.«

»Dann läuft der Mörder also frei rum?« Anne berührte den Bilderrahmen, dieses Mal vorsichtiger. Ihre Stimme klang kratzig und fast ein wenig hoffnungsvoll.

Terese sah sie mit blinzeligen Augen an. Bislang war sie nur fiese Heimkinder gewohnt, die in Wunden gern mit spitzen Gegenständen herumstocherten.

»Ja, so ist das«, sagte Terese.

»Vermisst du sie?«, fragte Anne.

Terese zuckte mit den Schultern. »Ich hab sie ja gar nicht gekannt, und ich erinnere mich auch nicht an sie, also kann ich sie eigentlich gar nicht vermissen.«

»Man kann seine Mama immer vermissen«, sagte Anne, und da spürte Terese etwas Warmes an ihrem Arm, sie blickte hinunter und stellte fest, es war Annes Hand. Eine ganz kurze Berührung. Sie blickte auf zu Anne und konnte in ihrem Gesicht nichts Böses finden, Anne schien sie zu verstehen und schwieg.

»Ja, wahrscheinlich hast du recht.«

»Das ist so«, sagte Anne, und von da an betrachtete Terese sie als ihre beste Freundin.

# 2.

DAS WASSER STRÖMTE aus den Schleusentoren, und bräunlich weißer Schaum plätscherte gegen das Ufer. Das Eis war geschmolzen, und an den Straßenrändern waren nur noch schmale Streifen Altschnee übrig. Kjell sah im Rückspiegel, dass sein Gesicht von der Frühlingssonne leicht gerötet war. In den Augenwinkeln bemerkte er weiße Striche, die wie Spinnenbeine aussahen. Seine Kumpel im Walzwerk würden ihn sicher damit aufziehen. Die Vorstellung trieb ihm ein Lächeln ins Gesicht.

Er fuhr an Gretas und Hasses Haus vorbei und bemerkte, dass Greta jetzt Stiefmütterchen in die gusseisernen Blumentöpfe an der Einfahrt gepflanzt hatte, und die Treppe war mit Birkenzweigen, an denen gelbe und rosa Osterfedern hingen, geschmückt. Immer wenn er mitbekam, dass sie sich im Garten betätigten, freute es ihn. Er war sogar erleichtert. Selbst nach so vielen Jahren. Er hatte noch die verwelkten Sommerblumen vor Augen, die das ganze Jahr lang in den Blumentöpfen auf der Treppe gestanden hatten, wie altes, graues Haar.

Der Vergleich zu dem Haar wäre ihm niemals in den Sinn gekommen, wäre da nicht dieser Oktobertag gewesen, an dem er Marias Leiche gefunden hatte.

Die Albträume kamen und gingen. Jetzt war es fünfzehn Jahre her. Die Erinnerung war nicht verblasst, war zwar tief in ihm vergraben, doch sie arbeitete sich hoch, sobald ihm die Kraft fehlte, dagegen anzugehen.

Als er am Torhaus um die Kurve fuhr, lief ihm Greta im Stechschritt über den Weg, die gerade von einem Spaziergang zurückkam. Ihre Stirn war in tiefe Falten gelegt, und ihr Gesicht hatte fast etwas Feindseliges. Er spielte kurz mit dem Gedanken anzuhalten und sie zu fragen, wie es ihr ging, aber ihre Miene hielt ihn davon ab. Er hob die Hand, und sie grüßte zurück, ihm war trotzdem nicht wohl dabei.

Fünfzehn Jahre.

Die Zeit verstrich, das Leben ging weiter, doch nichts war mehr so wie früher. Außer dem Walpurgisnachtfeuer auf dem Fußballplatz und dem Mittsommerfest wie üblich in Mårtesbo fanden keine weiteren Feste mehr statt. Zu den neu Zugezogenen hatte Kjell keinen Kontakt. Sie hatten einen Dorfverein gegründet, der sehr engagiert Zuschüsse bei der EU beantragte. In den Hindtjärnweiher hatten sie Lachsforellen eingesetzt, und ein Haus war von Smedjebacken verlegt und unten am Fluss auf der Mårtesbo-Seite wieder aufgebaut worden. Einmal waren sie sogar Dorf des Jahres geworden, wenn Kjell sich recht erinnerte.

Er bezahlte seine Steuern, war zur Stelle, wenn jemand Hilfe brauchte, an anderen Zusammenkünften hatte er jedoch kein Interesse.

Ein Grund dafür war, dass es sich wie ein Verrat angefühlt hätte. Hasse und Greta nahmen an solchen Veranstaltungen nie teil. Seit dem letzten Mittsommerfest im Berghof schon nicht mehr. Natürlich war das lächerlich. Es war so viele Jahre her. Doch so richtige Lust verspürte er auch nicht.

Der Berghof hatte seit ihrem Verschwinden leer gestanden. Wie eine Art Denkmal. Das fand er eigenartig. Dass sie Ingegärd das Haus nach Ernsts Tod abgekauft, aber nichts damit unternommen hatten und offenbar weder planten, es zu vermieten, noch selbst dort einzuziehen. Es wäre viel besser gewesen, Ingegärd hätte es an jemanden verkauft, der dort wirklich wohnen wollte. Es war nicht gut, einen Hof leer stehen zu lassen. Aber wahrscheinlich hatten sie ihre Gründe.

Manchmal tat es ihm leid, dass sie nicht mehr Kontakt miteinander hatten. Die ein oder andere Tasse Kaffee, wenn sie draußen auf dem Hof waren und er mit Buster und Snoffi vorbeispazierte, oder wenn Hasse zur Jagd mitkam, die Kjell inzwischen organisierte, darüber hinaus teilten sie nichts.

Mehrmals war er mit Anna-Stina, die ein paar Jahre bei ihm gewohnt hatte, zu Besuch gewesen, doch sie hatte nie verstanden, warum er sich mit dem alten, unfreundlichen Ehepaar abgab. Er hatte ihr erklärt, dass sie ihre Tochter verloren hätten, woraufhin sie entgegnet hatte, dass man deswegen doch nicht so unfreundlich sein müsse. Schon gar nicht, wenn so viel Zeit ins Land gegangen war.

Er hatte sich darüber sehr geärgert, und irgendwie war das der erste Knacks in ihrer Beziehung gewesen. Er konnte sich von dem Gedanken nicht frei machen, dass sie auf die Anderssons herabsah. Und dann konnte es mit ihm kaum anders sein. Vielleicht war ihr das selbst gar nicht bewusst. Schließlich war er genauso wie die anderen Dorfbewohner. Nachdem ihn das ins Grübeln gebracht hatte, hielt er es mit ihr nicht mehr länger aus.

Nettan und Rolf sah er hin und wieder, doch auch das war nicht mehr so wie früher. Er konnte sich zwar mit Rolf noch unterhalten, sich seine Witze und die vielen Geschichten von seinen Geschäftsreisen anhören, und Rolf brachte ihn immer zum Lachen. Rolf selbst stand jedoch da, das Lachen schüttelte seinen mächtigen Körper, doch es kam kein Laut.

Nettan hingegen machte immer wieder Anstalten, ihn nett lächelnd mit Fragen zu löchern. Zuletzt über Anna-Stina. Warum denn jetzt Schluss sei? Wer von beiden die Beziehung beendet hätte? So schade, dass es auseinandergegangen war. Er fragte sich, warum sie vorgab, Anna-Stina gemocht zu haben. Einmal waren sie zum Abendessen bei ihnen eingeladen gewesen, doch zwischen Nettan und Anna-Stina hatte die Chemie von Anfang an nicht gestimmt, deshalb war es das erste und letzte Mal gewesen. Auch nachdem Anna-Stina ausgezogen war, hatte sich so ein Abend nicht wiederholt. Man lebt sich wohl einfach auseinander, dachte Kjell.

An Maria dachte er nicht besonders oft. Manchmal schwebte sie durch seine Träume, und da war sie lebendig, trug ihr türkisfarbenes Mittsommerkleid und versuchte, ihn zum Trollstein zu locken, weil sie ihm etwas sagen wollte. Manchmal erwachte er panisch von so einem Traum, hörte noch ihr Lachen verklingen, während er versuchte, sich klarzumachen, dass das nur ein Traum gewesen war. So etwas konnte ihn tagelang umtreiben, bevor das unheimliche Gefühl nachließ. Und wenn er Greta und Hasse sah, tauchte sie in seinem Kopf auf, ansonsten war das Haus mit den dreckigen Fensterscheiben zu einer Kulisse geworden, an der er jeden Morgen vorbeifuhr, fast als wäre es gar nicht existent.

Seine Mutter merkte von Zeit zu Zeit an, ob es nicht besser sei, wieder nach Smedjebacken zurückzukehren, anstatt da draußen ganz allein im Wald zu hocken und Löcher in die Luft zu starren und ein bisschen sonderlich zu werden, genau wie seine Tante. Sie würde nie begreifen, warum er den Wald so sehr liebte. Vielleicht hatte seine Mutter ja recht gehabt, und die Sommer, die er bei der Tante verbracht hatte, hatten wirklich einen schlechten Einfluss auf ihn gehabt.

Jetzt fuhr er nach Smedjebacken hinein und bog auf die neu gebaute Umgehungsstraße ab, die den Verkehr nun vom Stadtkern fernhielt.

Und da sah er sie.

Es war mehr als fünfzehn Jahre her, dass er sie zuletzt gesehen hatte, aber ihr Bild war ihm gegenwärtig, als wäre es gestern gewesen.

Sie stand an der Bushaltestelle, mit dem Rücken zur Straße. An ihren Schultern erkannte er sie zuerst, und als sie den Kopf umdrehte und ihr Profil mit der spitzen Nase sichtbar wurde, begann sein Herz so wild zu pochen, dass er richtig erschrak.

Augenblicklich lenkte er kurz vor der Haltestelle an den Straßenrand, eine ganz spontane Eingebung. Wenn er Zeit zum Nachdenken gehabt oder sie schon von Weitem erkannt hätte, wäre er vermutlich weitergefahren und hätte gar nicht angehalten, sondern den Kopf weggedreht und gehofft, dass sie ihn nicht gesehen hat.

Erst wirkte sie etwas irritiert, vielleicht hatte sie ihn nicht gleich erkannt, doch als er die Scheibe runterkurbelte, zogen sich ihre Mundwinkel hoch und sie lächelte, und da flammte wieder etwas in ihm auf, das viele Jahre zurücklag, eine fast vergessene, jugendliche Verliebtheit. Es war, als hätte es nur die erste Zeit in ihrer Beziehung gegeben, und als wäre alles Negative, was später passiert war, aus seinem Gedächtnis gestrichen.

»Sylvia! Mein Gott, ist das lange her!«

Sie kam auf ihn zu und legte die Hände an den Fensterrahmen. Ihre Fingernägel waren nicht lackiert, doch sie glänzten und waren sehr gepflegt. Keine Farbflecke. Hatte sie mit dem Malen aufgehört?

»Wie schön, dich zu sehen, Kjell.« Sie hatte sich einen neuen, eher neutralen Dialekt zugelegt, klang etwas vornehmer.

»Aber was machst du hier? Bist du wieder nach Hause gezogen?«

Sie musste lachen, und er sah, dass ihr Gesicht schmaler geworden war, die Haut über ihren Wangenknochen kam ihm jetzt noch zarter vor, und um die Augen hatte sich ein Netz aus feinen Fältchen gesponnen. Was ihr gut stand. Er überschlug kurz die Jahre und kam darauf, dass sie demnächst vierzig werden musste. Sie hatte Lippenstift aufgelegt, das kannte er von ihr gar nicht. Er hatte noch ihre schmalen Lippen vor Augen, die so blass waren, dass die Konturen fast nahtlos in den Teint übergingen. Ihre schönen, weichen Lippen.

»Nein, nein. Ich bin nur zu Besuch hier.«

»Bei deiner Mutter?«

»Ja, und bei meinem Bruder. Er ist krank.«

»Oh, das tut mir leid. Wo willst du denn gerade hin?« Er wies auf die Bushaltestelle und befürchtete sofort, dass seine Frage viel zu aufdringlich war.

»Nach Grängesberg«, antwortete sie. »Ich hab bei meinem Bruder nur übernachtet.«

Jetzt ähnelte ihr Dialekt wieder seinem eigenen, als ob ihr Gespräch sie in die Vergangenheit zurückbeförderte.

Im Rückspiegel sah er, wie der Bus näher kam, doch er hatte noch so viele Fragen im Kopf. Fand es unbegreiflich, dass sie in all den Jahren nie miteinander gesprochen hatten. Er fragte sich, wie es mit ihrer Malerei weitergegangen war, wo sie jetzt wohnte, was für eine Arbeit sie hatte, und dann kam ihm der Gedanke, dass sie bestimmt einen anderen Mann kennengelernt und inzwischen Familie hatte.

Seit er sie damals nach Grängesberg gebracht hatte, hatte er kaum noch etwas von ihr gehört. Sie hatte wohl ein paar Wochen bei ihrer Mutter gewohnt und war dann nach Stockholm umgezogen, so viel hatte er mitbekommen. Das war der letzte Ort, an dem er sich Sylvia vorstellen konnte, sie, mitten im Gewimmel der Großstadt, sie war doch im Wald immer so zu Hause gewesen. Er hatte sich damals schwergetan, sie zu vergessen, die Sehnsucht hatte ihm lange Zeit wie ein Mehlsack auf den Schultern gelegen.

Der Bus hinter ihm fing an zu hupen. Und dann kam der Vorschlag von ihr.

»Wollen wir uns vielleicht mal treffen?«, fragte sie. »Über alte Zeiten plaudern?«

»Ruf einfach an«, sagte er. »Die Nummer ist noch dieselbe.«

Da fiel ihm ein, dass sie sie womöglich vergessen hatte, doch sie lachte nur.

»Dann wohnst du da immer noch?«

Krampfhaft suchte er nach einer geistreichen Antwort, doch er stand auf dem Schlauch.

»Ich melde mich.« Sie nahm die Hände vom Wagen.

Er verfolgte sie noch im Rückspiegel, als er weiterfuhr, ihr Haar trug sie jetzt kürzer, sie hatte Strähnchen, die herauswuchsen, und ihre Haare kräuselten sich an den Spitzen. Er sah ihre Wildlederjacke, die Pelzkante an den Ärmeln. Dann machte die Straße einen Knick, und sie verschwand aus seinem Blickfeld.

Als er auf den Parkplatz vor den hohen Schornsteinen des Walzwerks einbog, war er richtig aufgekratzt. Ein paar Sperlinge zwitscherten hinter dem hohen Maschendrahtzaun, und er beobachtete, wie ein Amselweibchen über den Boden hüpfte.

Der Frühling hatte sie mitgebracht. So fühlte es sich an. Bei dem Gedanken wurde ihm ganz warm ums Herz. Seine innere Stimme sagte ihm, dass sie nicht nur zu Besuch hier war, sie war zurück.

# 3.

SYLVIA HATTE GELOGEN. Als sie bemerkt hatte, dass er das da in dem Volvo war, einem ganz neuen, topaktuellen V70, kein Vergleich zu der alten Schrottkarre, die er früher gefahren war, da hatte sie einfach gelogen.

Jetzt tat es ihr leid. Sie hatte spontan reagiert, und jetzt sah sie ein, wie lächerlich das gewesen war, und logisch war es auch nicht.

Ihr Bruder war gar nicht krank. Er war tot, und sie war hergekommen, um seine Wohnung zu putzen. Sie hatte eigentlich vorgehabt, nur ein paar Tage zu bleiben, das hatte sie auch ihrer Mutter mitgeteilt, aber vielleicht ging sie nun doch nicht mehr fort, sondern blieb. Denn in letzter Zeit hatte sie immer wieder an Kjell denken müssen, er war aus der Vergangenheit aufgetaucht und schwirrte ihr nun im Kopf herum, und von da bekam sie ihn nicht mehr weg.

Und gleich als Erstes hatte sie ihn angelogen. Wie blöd von ihr.

Er hatte immer noch diesen breiten Mund und dieses breite Lächeln, und sofort bekam sie wieder weiche Knie. Wie seine Haare jetzt aussahen, wusste sie nicht, er hatte eine Mütze getragen, aber sein Gesicht war grober geworden, seine Haut irgendwie lederartig, und um den Mund hatte sie Falten entdeckt. Ihr war auch aufgefallen, dass sein blauer Fleecepullover über dem Bauch spannte, doch er war immer noch attraktiv. Sie hätte erwartet, dass man ihm das Alter stärker angesehen hätte. Und dass er ein hässlicheres Auto fuhr. Und nun löste der Anblick seines Gesichts dieselben Gefühle wie früher bei ihr aus. Trotz all der Jahre. Und da war ihr diese Lüge herausgerutscht.

Er hatte sich richtig gefreut, sie wiederzusehen. Sie ließ den Bus nach Grängesberg sausen, rief ihre Mutter an und teilte mit, dass sie krank geworden sei und nicht kommen könne, und ging stattdessen zurück in Kents Wohnung.

Es war eine Einzimmerwohnung, doch sie hatte drei Tage gebraucht, um den penetranten Gestank nach Zigaretten und all den Dreck rauszukriegen. An vielen Stellen war die Tapete ab, und die Brandflecke im Linoleumboden erinnerten an Muttermale auf bleicher Haut.

Sylvia hatte ihre Mutter noch nie so weinen sehen wie auf der Beerdigung ihres Bruders. Als ob sich die jahrelang aufgestaute Verzweiflung über seinen Lebenswandel auf einmal Luft machte. Hätte sie auch so geschluchzt, wenn Sylvia in diesem holzfarbenen Sarg gelegen hätte? Das Kind, das so seltsam war, dass sie es mehrmals zum Arzt geschleift hatte.

Sylvia war die ganze Zeremonie über still gewesen. Die Weinkrämpfe der Mutter hatten von den Kirchenwänden gehallt und keinen Raum für weitere Gefühlsausbrüche gelassen. Erst hinterher hatte sie die Erinnerung an ihren kleinen Bruder wachgerufen und ihn betrauert, der schon als Kind sehr schmächtig und unnatürlich blass gewesen war.

Ihr Vater war auch in der Kirche gewesen, sie hatte ihn nur beiläufig gegrüßt. Sie war überzeugt, dass das alles seine Schuld war. Wäre er doch nur die ganze Zeit so lieb gewesen, wie er es manchmal sein konnte. Wie damals, als er sie ins Auto gepackt hatte und mit ihnen einkaufen gefahren war und jedem ein Eis spendiert hatte. Als seine Augen die Kinder im Rückspiegel über dem Duftbaum verfolgten, während sie an ihrem Eis lutschten. Wenn solche Erlebnisse häufiger gewesen wären und die anderen nur die Ausnahme. Dann wäre die Geschichte mit ihrem Bruder vielleicht anders ausgegangen. Und in dem Moment hatte sie an Kjell denken müssen, und dann hatte sie nicht mehr aufhören können.

Sie hatte von Anfang an gewusst, dass Perra kein Mann war, mit dem man Kinder bekam. Er hätte seine Eskapaden niemals aufgegeben, um häuslich zu werden und eine Familie zu gründen. In ihm erkannte sie ihren eigenen Vater, und erst als sie längst erwachsen war und den begehrlichen Blick auf das noch ungeöffnete Bier wahrnahm und das Lallen nach den ersten Schlucken, lange bevor der Alkohol im Blut war, begriff sie, dass ihr Vater Alkoholiker war.

Perra war überhaupt nicht gewalttätig, doch als Kind eines Alkoholikers erkannte sie die ganz subtilen Anzeichen, und sie war nicht so dumm, dass sie nicht kapierte, dass Perra kein guter Vater wäre.

Und dann war der Test doch positiv gewesen. Und das ihr, sie war doch immer davon ausgegangen, dass sie gar nicht schwanger werden konnte. Und das jetzt, in diesem Alter! Nächstes Jahr wurde sie vierzig. Kaum hatte man ihr den Befund mitgeteilt, hatte sie ihren Koffer gepackt und sich bereitgehalten.

Wie das Schicksal einem doch immer wieder einen Streich spielte, alle Zukunftspläne auf den Kopf stellte und einen plötzlich mit ganz neuen Möglichkeiten konfrontierte.

Sylvia ging raus auf den Balkon. Da stand noch ein Topf mit verwelkten Narzissen, wahrscheinlich hatte die Mutter ihn mitgebracht, kurz bevor ihr Bruder gestorben war. Ihr armer kleiner Bruder, den alle Kenta nannten. Seit Neuestem riefen sie ihn Suchti Kenta. Weil er Unmengen Tabletten schluckte, die er mit Alkohol runterspülte. Einmal hatte er sie angerufen, und sie hatte kein Wort verstanden, er hatte nur lauter unverständliches, wildes Zeug gelallt, und da hatte sie einfach aufgelegt.

Ihr kleiner Bruder. Der in die Fußstapfen seines Vaters getreten war und dann noch einen Schritt weiter.

Sie hatten damit gerechnet. Solche wie er wurden nicht alt. Sylvia ließ sich auf den sonnengebleichten Campingstuhl sinken und schloss die Augen, die Frühlingssonne blendete. Für Kent hätte es anders laufen können, wenn er einen guten Vater gehabt hätte. Wenn ihre Mutter noch einmal geheiratet hätte, und diesmal einen vernünftigen Mann.

Sylvia ging wieder rein und setzte sich an den Küchentisch, der auch von Zigaretten gebrandmarkt war. Runde Flecken von Rotweinflaschen zeichneten sich im Holz ab, und sie fuhr die Kreise mit dem Zeigefinger nach. Das Telefon stand auf dem Fensterbrett, und sie starrte es sehr lange an, bevor sie es schließlich in die Hand nahm.

Kjells Nummer, die einige Zeit auch ihre gewesen war, konnte sie immer noch auswendig. Wie oft hatte sie sie in Gedanken gewählt. Aber ihn würde sie jetzt nicht anrufen, nicht als Erstes.

Ihr Mund war trocken, fast hätte sie es sich anders überlegt, doch es war ein wichtiges Puzzleteil, das für sie ausschlaggebend war.

Nach nur zwei Klingeltönen ging Greta ans Telefon. Sylvia staunte, wie vertraut ihr diese Stimme war, das Alter hatte sie kaum verändert. Sie wusste auch nicht so genau, was sie sagen sollte für den Fall, dass Greta sie vergessen hatte, aber so leicht vergisst man Menschen wohl doch nicht?

»Ach, du bist das?«, fragte sie und klang weder erfreut noch enttäuscht, oder auch nur geringfügig überrascht. »Bist du wieder da?«

Sie würde Greta nichts vormachen.

»Schauen wir mal. Ich helfe gerade meiner Mutter, wir putzen die Wohnung meines Bruders. Er ist kürzlich gestorben.«

»Ja, hab ich gehört«, sagte Greta. »Wie geht's denn deiner Mutter?«

Sylvia musste an ihr Schluchzen in der Kirche denken, das sogar die Orgel übertönt hatte.

»Sie schlägt sich so durch«, sagte sie und meinte, in Gretas Schweigen Sympathie zu hören. Nur eine Mutter, die ein Kind verloren hat, kann ermessen, was es heißt, ein Kind zu verlieren.

»Wie geht's denn Terese?«, schoss es dann aus ihr heraus, obwohl sie die Frage eigentlich erst hatte stellen wollen, wenn sie sich gegenüberstanden, damit sie an Gretas Gesicht ablesen konnte, wie ehrlich ihre Antwort war.

»Na, so was. Wirklich komisch, dass du genau jetzt anrufst. Sie ist gerade erst von Luleå hier runtergezogen und wohnt jetzt in Västanfors. Das Jugendamt fand das besser.«

Sylvias Herz begann sofort schneller zu schlagen. Sollte das Zufall sein? Oder war es ein Zeichen des Himmels? Auf einmal schienen sämtliche fehlende Puzzleteile gefunden.

»Jetzt ist sie siebzehn«, sagte Greta. »Wird achtzehn im Mai.«

Sylvia nickte. Das wusste sie. Vor jedem ersten Mai hatte sie ihr eine Karte mit einem Aquarell gemalt, aber abgeschickt hatte sie sie nie. Hatte sie jedes Mal ein paar Tage später in Fetzen gerissen und weggeschmissen.

Perra hatte sie gefragt, was sie da tat, doch sie hatte ihm nie darauf geantwortet. Nie erzählt, was geschehen war. Einmal hatte er den Mord erwähnt, den Waldmord, wie er in den Medien hieß, die junge Frau, die im dunklen Wald ermordet worden war, doch nicht einmal da hatte sie es ihm erzählt. Wollte ihre zwei Leben fein säuberlich getrennt halten.

»Sie war da oben ein bisschen aus der Spur«, sagte Greta. »Aber es sieht ganz so aus, als ob alles gut gegangen ist. Willst du sie sehen? Ich kann sie zu Ostern zu uns einladen, wenn du willst.«

Sylvia sah sich in der schlauchigen Küche um. Die Vergangenheit fiel auf einmal wie Schatten auf die Wände und erschreckte sie. Doch schließlich war sie zurückgekommen, um sich ihr zu stellen. Die Zellen, die sich nun in ihrer Gebärmutter teilten, waren Grund genug.

Nach der Beerdigung hatte Kjell wie ein Filter über all ihren Gedanken gelegen. Ihre große Liebe, den Umständen geopfert. Der Mann, der der Vater ihrer Kinder hätte werden sollen. Jetzt wuchs Leben in ihr heran, vielleicht hätte ihre Beziehung damals mit einem gemeinsamen Kind überlebt.

Bevor Kent gestorben war, hatte sie ihn gebeten, sich mal umzuhören, und dann hatte er ihr erzählt, dass da eine Frau ein paar Jahre bei Kjell gewohnt hatte und dass es jetzt aus war, er aber in Dalshyttan geblieben war.

Da hatte sie ihren blauen Koffer geöffnet und ihre alten Fotos angeschaut. Über allen Bildern nun so ein sepiafarbener Schleier, das Grün sah ausgedörrt aus, obwohl sie genau wusste, dass es das nicht gewesen war. Kjell mit seinem charmanten, strahlenden Lächeln, den langen Haaren, die sich im Nacken lockten, und schon wurde sie in die alte Gefühlswelt zurückkatapultiert. Auf einem Bild sah sie Maria mit der Kleinen. Die Arme hoch in die Luft gestreckt. Hinter ihnen der Stein. An der linken Seite die dunkle Felsspalte. Die Zeit vor dem Ereignis. Da hatte nur das Hier und Jetzt gezählt, da sprühten sie vor Lachen.

Ein Kind, das seine Mutter verloren hatte.

Kjell hatte sich falsch verhalten. Lange Zeit war sie auf ihn wütend gewesen, irgendwann jedoch hatte sie aufgehört, an ihn zu denken und an die ganze Geschichte, und als er Jahre später wieder durch ihre Gedanken spukte, war die Wut verflogen. Die Jahre hatten sie vertrieben.

»Ich würde sie gern wiedersehen«, antwortete sie dann auf Gretas Frage.

»Gut. Ich hatte mir sowieso schon überlegt, sie einzuladen. Beim letzten Mal ging es ein bisschen schief.«

Siebzehn Jahre. Genauso alt wie Maria, als sie Terese zur Welt gebracht hatte.

Sylvia hatte sich nicht erkundigt, wie es Terese ergangen war. Manche Dinge wusste man besser nicht. Eine Frage, die zwar an ihr nagte, doch ohne Antwort blieb, so hatte sie die Gedanken mit der Zeit abgetan.

Als sie zum zweiten Mal in ihrem Leben nach Stockholm ging, war sie davon ausgegangen, dass sie niemals mehr zurückkommen würde. Das hatte sie einmal getan, das würde sie kein zweites Mal tun. Alte Wunden bildeten Schorf und Narbengewebe, und wenn man nicht an ihnen herumpulte, verheilten sie in der Regel ganz gut. Das hatte sie schon früh im Leben festgestellt: Wenn man sich richtig Mühe gab, konnte man das meiste vergessen.

Wäre da nicht dieser kleine Mensch, der in ihr heranwuchs.

Dann wäre sie nach der Beerdigung nicht noch mal nach Hause gefahren. Vielleicht gar nicht extra hergekommen. Sie hätte einfach so getan, als wäre Kent noch am Leben und hockte auf der Bank am Smedjebackenplatz mit einem Bier in der Hand, oder als setzte er sich gerade in seiner kleinen Wohnung, die er glücklicherweise trotz aller Widrigkeiten behalten durfte, eine Nadel in die Armbeuge.

Aber jetzt meinte es das Schicksal gut mit ihr, hatte ihr eine Chance gegeben, mit der sie nicht mehr gerechnet hatte.

Schiefgehen konnte es allerdings auch. In dem großen Schwangerschaftsbuch, das sie sich in der Buchhandlung gekauft hatte, stand, dass durchschnittlich jede fünfte Schwangerschaft mit einer Fehlgeburt endete, oft sogar, bevor man überhaupt merkte, dass man schwanger war. Im Moment war es nur ein kleiner Zellklumpen, nicht einmal ein Fötus, nur ein kleiner Embryo, aber mit ihm veränderte sich schlagartig alles. In ihrem Leben gab es nur einen einzigen Mann, der als Vater taugen würde. Sie hatte sich erlaubt, die Erinnerungen an diese gemeinsamen Jahre mit ihm in Dalshyttan wieder zuzulassen. Wie er gestrahlt hatte, wenn er sie sah. Die Bilder von der Natur um sie herum, ganz in Pastelltönen. Die Jahreszeiten, vor denen man sich dort nicht verstecken konnte, so wie in der Stadt, das Vogelgezwitscher, wenn die Natur nach einem langen, dunklen Winter wieder zum Leben erwachte.

Als Abend wurde, nahm sie den Telefonhörer noch einmal in die Hand und wählte die Nummer, die sie sich so gut eingeprägt hatte. Es war ungewohnt, Tasten mit Zahlen zu drücken, anstatt Finger in eine Wählscheibe zu stecken und zu ziehen. Zweimal lang, einmal kurz, zweimal lang, die so vertraute Melodie.

Er nahm gleich beim ersten Klingeln ab.

# 4.

NACH IHREM ersten Treffen im März hatte Terese sich fest vorgenommen, die Großeltern nie mehr wiederzusehen und stattdessen lieber zu versuchen, irgendwie zurück nach Luleå zu kommen.

Aber mit der Zeit war das Leben in Västanfors doch gar nicht so übel, und der Grund dafür hieß Anne. Diese junge Frau mit den roten Haaren, die sich kräuselten, sobald es regnete, und die sich derart verfilzten, dass sich der Filz nicht mehr entwirren ließ und sie ihn kurzerhand abschnitt. Was zur Folge hatte, dass aus ihren weichen, roten Haaren im Nacken kurz abgeraspelte Haarfilzreste herausstanden und an kleine Drachenzacken erinnerten.

Anne nahm Terese auf viele Partys mit, und innerhalb kürzester Zeit kannte Terese jede Menge Leute. Die grüßten sie richtig nett, wenn sie ihr auf dem Schulflur oder in der Raucherecke begegneten, als sähe man ihr gar nicht mehr an, dass sie zu den vom Schicksal benachteiligten Jugendlichen gehörte, die in billiger Funktionskleidung herumlaufen mussten und sich fernhalten sollten, wenn die Familie Besuch bekam. Mit Anne zusammen wurde sie richtig normal.

Vielleicht lag das daran, dass Anne so speziell war. Sie war auch Halbwaise, allerdings hatte ihr Vater sich umgebracht, deshalb war sie auch ein Kind, das verlassen worden war. Ihre Mutter war psychisch krank und oft in der Geschlossenen. Wenn sie das mal nicht war, kam sie zu Besuch, mit übertrieben viel Rouge auf den Wangen, und gelobte Besserung. Aber schon ein paar Stunden später, nachdem ihre Mutter wieder weg war, zuckte Anne nur mit den Schultern und konnte wieder lachen. Sie nahm Drogen, meist Gras oder Amphetamine, und wenn die Tanten vom Jugendamt das mitbekamen, hieß es immer, das tue sie, um sich zu betäuben, es ginge ihr ja so schlecht. Aber Terese war sich da nicht so sicher. Anne fand Amphetamine nämlich echt cool. Das kapierten die in den Ämtern nie, dass Drogen einfach cool waren.

Terese dachte, dass Greta und Hasse ihr egal seien. Jetzt besaß sie ein Foto von ihrer Mutter, und mehr wollte sie von den beiden auch gar nicht, schließlich hatten sie auch keine Verantwortung für sie übernehmen wollen und sie weggegeben. Sie konnten sich weiterhin damit entschuldigen, dass Terese in der Nähe ihres Vaters wohnen sollte, aber es war schlichtweg eine Tatsache, dass sie sich nie bei ihr gemeldet hatten, erst viele Jahre später. Darüber hatte sie sich lange den Kopf zerbrochen. Das war sonderbar. Warum hatten sie nicht den Wunsch verspürt, ihrem Enkelkind nah zu sein? Dem Einzigen, was von ihrer Tochter noch übrig geblieben war? Also blieb nur die einzige Schlussfolgerung, dass sie Terese nicht leiden konnten.

»Aber warum denn bloß?«, fragte sie Anne. »Ich war drei! Was hätte ich denn anstellen können, dass die mich so hassen?«

In diesen Worten lag ein Abgrund, der lebensgefährlich war, er drohte diesen fast erwachsenen Menschen, der sie inzwischen geworden war, immer wieder zu verschlucken. Anne beugte sich über die dünne Linie weißes Pulver auf dem Toilettendeckel.

»Manche Menschen sind einfach Arschlöcher«, sagte sie. Dann sniefte sie das Amphetamin in die Nase und reichte Terese den zusammengerollten Geldschein.

»Aber sein eigenes Kind hat man doch lieb«, sagte Terese.

Anne schnaubte nur und rieb sich die Nase.

»Manchmal frage ich mich, warum du nicht kapieren willst, dass es massenhaft Leute gibt, die ihre Kinder nicht lieb haben.« Dann forderte sie Terese auf, sich den Rest Pulver in die Nase zu ziehen.

In Anne hatte Terese eine Freundin gefunden, die das Leben erträglich machte, ja manchmal sogar richtig gut. Und Birger und Marianne waren auch coole Pflegeeltern und drückten immer wieder ein Auge zu, wenn Terese und Anne gegen alle

Regeln verstießen, die sogar im Flur schwarz auf weiß an der Wand hingen, hinter Glas, schön gerahmt.

Greta hatte eine Woche nach ihrem Besuch bei ihnen angerufen.

»Irgendwie ist es ein bisschen schiefgegangen«, sagte sie.

Sie hatte sich nicht entschuldigt, und es hatte auch wirklich eine ganze Woche gedauert bis zu ihrem Anruf, aber Terese war trotzdem erleichtert gewesen. Dann waren Greta und Hasse nach Västanfors gekommen und hatten sie in ein Café eingeladen und nachgefragt, wie es bei ihr in der Schule lief. Wie ganz normale Großeltern. Als Terese dann etwas über den Mord gefragt hatte, war Greta sofort rausgerannt und hatte alles wieder kaputt gemacht. Und danach war nur noch Funkstille.

Als Greta also am Mittwoch vor den Osterferien anrief und fragte, ob Terese Lust hätte, über Ostern zu ihnen zu kommen, war sie mehr als überrascht. Eigentlich hatte sie gar keine Lust. Denn Anne und sie hatten was vor.

Von Annes Bekannten hatten sie selbst gebrannten Schnaps gekauft, der Kanister stand ganz hinten im Kleiderschrank, unter einer ekligen, alten Winterjacke versteckt, die irgendein Pflegekind vor ihnen liegen gelassen hatte. Annes neuer Freund Tobbe wollte sie beide am Karfreitag abholen und auf eine große Party mitnehmen. Aber Terese brachte es nicht fertig, Greta einen Korb zu geben, es wäre ihr fast unverschämt vorgekommen, wenn sie als Pflegekind ihre eigenen Blutsverwandten hintanstellte. Obwohl sie von Blutsbanden eigentlich gar nichts hielt. Sie versuchte, es sich nicht anmerken zu lassen, wie sehr es sie berührte, dass sie sie doch wiedersehen wollten.

»Okay«, sagte sie. »Dann komme ich.«

»Wer war das?« Anne hockte auf der Treppe hinter dem Telefontisch und blickte von ihren Fingernägeln und der Nagelfeile auf.

»Meine Oma. Sie möchte, dass ich über Ostern zu Besuch komme.«

»Und, was hast du gesagt?« Das Gesicht kippte wieder nach unten zu den Nägeln.

»Eigentlich will ich nicht, aber ich hab das Gefühl, ich muss da hin.«

Und dann zuckte sie nur mit den Schultern.

»Du tust, was du willst«, sagte Anne, und in ihrer Stimme war der Vorwurf nicht zu überhören. Terese bereute gleich, dass sie Greta zugesagt hatte. Die hatte das gar nicht verdient.

Das Ereignis des Jahres, so hatte Anne die Party immer wieder genannt, und Terese konnte sich denken, dass diese Worte von Tobbe stammten. Seit Anne mit ihm zusammen war, erklangen seine Sprüche in Dauerschleife. Terese war genervt davon. Tobbe war ein Loser, auch wenn er ein paar Jahre älter war als sie und schon den Führerschein hatte. Jedem war klar, dass sich kein Mädchen in seinem Alter für ihn interessierte. Nur Anne, die in der Regel eine schnelle Auffassungsgabe hatte und alles durchschaute, schien es nicht zu kapieren.

»Hast du überhaupt schon mal 'nen Freund gehabt?«, schnauzte sie Terese einmal an, nachdem sie wieder mal über Tobbe abgelästert hatte.

»Ja, logisch!«, sagte Terese, obwohl das nicht stimmte. Wenn man Benny aus einer Pflegefamilie nicht mitzählte, der sie manchmal auf den Heuboden mitgenommen, da mit ihr rumgeknutscht und sie betatscht hatte, hatte sie noch keinen richtigen Freund gehabt. Mit einigen war sie ins Bett gegangen, das war ja nicht schwer, aber keiner hatte je mehr von ihr gewollt.

Ich auch nicht, hatte sie sich immer gesagt, aber die Sehnsucht nach einem festen Freund wurde manchmal schier unerträglich. Und sie wurde nicht gerade weniger, seit Anne einen Freund hatte. Obwohl der Typ ein Loser war.

»Jedenfalls hast du keinen gehabt, seit du hier bist«, sagte Anne, und dagegen konnte Terese auch nicht viel vorbringen, außer, dass sie hier ja auch noch nicht so lange wohnte.

Tobbe war nicht nur ein Idiot, er lechzte ihr auch fast genauso hinterher wie Anne. Einmal hatte er ihr seine Lippen auf den Mund gedrückt und versucht, seine Zunge reinzuschieben. Sie hatte sich zwar aus seiner Umarmung gewunden, aber in ihrem Körper hatte es von oben bis unten gekribbelt, und wäre Anne nicht gewesen, dann hätte sie ihn nicht davon abgehalten weiterzumachen. Oder war es möglicherweise andersherum, dass Anne eigentlich der Grund war, warum sie es wollte?

Seit sie mit Tobbe zusammen war, hatte Anne jedenfalls aufgehört, Männern gegen ein Taschengeld auf der Toilette einen zu blasen. Tobbe sorgte dafür, dass sie alles hatte, was sie wollte. Eine volle Woche lang war Anne auf Terese sauer gewesen, nachdem sie die Party abgesagt hatte, aber als der Gründonnerstag gekommen war, begleitete sie sie doch zur Bushaltestelle und drückte sie zum Abschied.

»Ruf an, falls du es dir anders überlegst, dann holen Tobbe und ich dich ab«, flüsterte sie und hielt ihr eine geballte Faust hin, in der ein Tütchen weißes Pulver war, das kannte Terese schon. Sie schüttelte den Kopf, aber tastete in ihrer Tasche nach der Dose mit den Schlaftabletten. Sie teilten alles miteinander. Anne gab etwas von dem Amphetamin her, das sie mal so, mal so organisierte. Terese rückte im Gegenzug einige ihrer rezeptpflichtigen Schlaftabletten raus, wenn Anne welche brauchte. Wenn eine von ihnen Zigaretten hatte, dann hatten beide welche, das war ihr unausgesprochener Deal.

»Willst du mitfahren oder nicht?«, schrie der Busfahrer, und Terese drückte Anne noch schnell zwei Tabletten in die Hand.

»Bis bald«, sagte sie und stieg in den Bus.

Als sie an der Bushaltestelle in der Innenstadt von Smedjebacken ausstieg, wartete Hasse schon mit laufendem Motor in seinem alten, hellblauen Citroën, genau wie beim letzten Mal.

»Hattest du eine gute Reise?«, fragte er sie. Terese fand, er wirkte irgendwie nervös.

Sie fuhren los und waren bald von dichtem, hohem Nadelwald umgeben, Hasse fuhr Zickzack um die Schlaglöcher im Asphalt herum und fluchte, dass keiner diese Straße reparierte. Terese saß stumm da und war mit den Gedanken bei der Party des Jahres, die sie dafür nun verpasste.

Als sie auf den Schotterweg zum Dorf abbogen, erkundigte Hasse sich, wie es in der Schule lief, und sie flunkerte ein bisschen, obwohl es im Prinzip schon stimmte, was sie sagte, sie würde in jedem Fach bestehen. Hasse schien zufrieden zu sein und zog ständig die Oberlippe zur Nasenspitze, als ob es da kitzelte.

Dann kamen sie aus dem Wald heraus, und die Kuhweiden und das Haus tauchten auf. Tereses Blick ging über den See. Dahinter erhob sich der Wald, in dem man ihre Mutter damals gefunden hatte. Auf sonderbare Weise zog es sie an diesen Ort, sie wollte den großen Felsen noch einmal ansehen, mit der Hand über seine raue Oberfläche fahren und still vor ihm stehen, vielleicht würde der Wald ihr ja die Antworten geben, die Greta und Hasse ihr vorenthielten.

Es musste ja auch ein Grab geben und einen Grabstein. Sie würde Hasse fragen, ob er ihr das zeigen könnte. Greta brauchte sie wohl kaum zu bitten.

Im Haus roch es gut nach Holz, nach alten Möbeln und Schmierseife. Terese hängte ihren Hoodie, an dem seitlich ein kleines Loch war, wo Anne und sie den Alarmsender rausgeschnitten hatten, an der Garderobe auf. Hasse fragte sie, ob sie keine andere Jacke dabeihätte. Sie erwiderte, dass sie eine Jacke im Rucksack habe, doch das war gelogen. Sie hatte ihre Jacke im Schrank vergessen. Wenn sie zur Schule ging, zog sie die nie an, weil sie so hässlich war. Praktisch, aber potthässlich. Wie alle Klamotten, die Marianne ihr kaufte.

Greta hatte gerade Kaffee gekocht und stellte eine Schale mit Zimtschnecken auf den Tisch. Ihre Haare schienen jetzt noch dünner zu sein als beim letzten Mal, spärliche, graue Locken umrahmten ihr Gesicht, aber ihre Wangen hatten etwas mehr Farbe.

Eine Umarmung, kurz und flüchtig. Terese meinte, sie spürte die Last eines schlechten Gewissens. Gretas betont vergnügtes Lächeln und die übertriebene Gestik, als sie auf den Tisch brachte, was sie extra gebacken hatte, zur Feier des Tages. Plagte sie das schlechte Gewissen wegen des missglückten letzten Besuchs oder weil sie sie weggegeben hatten, als sie klein war?

Von der allerersten Pflegefamilie besaß sie eine Erinnerung, möglicherweise hatte sie sie sich auch nachträglich zusammengereimt. Gretas Gesicht, bevor sie die Tür hinter sich zuzog, dieser schneidende, heftige Schmerz, als die Großmutter aus dem Haus verschwand und in den Wagen stieg, dabei das deutliche Gefühl, nun ganz verlassen worden zu sein.

»Jetzt setz dich doch und greif zu«, sagte Greta und winkte sie zum Tisch.

»Trinkst du Kaffee?«

Terese nickte und wandte den Blick ab. Das hatte sie sie beim letzten Mal auch schon gefragt und es sich offensichtlich nicht gemerkt.

Greta stellte dieselben Fragen wie Hasse im Auto, befragte sie nach Schule, Freunden und der Pflegefamilie. Sie sprachen das Wort aber nie aus. Sie sagten »wo du wohnst«. Greta fragte sie auch nach ihren Zukunftsplänen. Jetzt war sie ja bald achtzehn und erwachsen, und in einem Jahr schon hätte sie das Abitur.

»Was willst du denn danach machen?« In ihren Augen lag ein Glitzern, das verriet, dass es auf die Antwort ein »richtig« oder ein »falsch« gab.

»Ich krieg ja eine eigene Wohnung, wenn ich achtzehn bin.« Terese trank einen Schluck Kaffee und zuckte zusammen, als sie sich den Mund verbrannte. »Vom Jugendamt.«

»Ach wirklich.« Gretas Augenbrauen schnellten hoch zur Stirn. »Da sieh mal einer an, wofür die alles Geld haben.«

Sie blickte zu Hasse, suchte nach Rückendeckung, doch er sah in die andere Richtung. Als wäre die Luft vermint und er müsste sich still verhalten, um die Explosion noch zu verhindern. War Greta wirklich so drauf?

»Das wird viel billiger, als wenn ich in einer Pflegefamilie wohne«, sagte Terese und grinste. »Ich meine, fürs Jugendamt. Wenn du wüsstest, was die an mir verdienen.«

Greta bekam hektische Flecken im Gesicht und sprang vom Tisch auf, das sollte keiner sehen, sie fing an, die Spüle sauber zu machen und die Arbeitsplatte zu wienern.

»Du wirst morgen jemanden kennenlernen«, sagte sie, die

Hände unter dem Wasserstrahl. Sie hatte Terese den Rücken zugedreht, Terese sah nur ein bisschen von Gretas Profil, vor allem die kleine, stumpfe Nase.

Zuerst schoss ihr in den Kopf, dass sie ihre Mutter kennenlernen würde, dass die ganze Mordgeschichte eine einzige große Lüge war, und ihr Herz schlug schon höher, doch im nächsten Moment wurde ihr klar, dass das ja gar nicht sein konnte.

Greta wischte sich an dem blau karierten Geschirrtuch die Hände ab, griff nach der Handcreme, die neben der Spülmittelflasche stand, und massierte sich die Creme in die Hände.

»Sie heißt Sylvia. Du hast sie gut gekannt, als du klein warst. Sie hat sich viel um dich gekümmert ... ich meine, nachdem es passiert ist.«

Nachdem es passiert ist. So drückten sie sich aus. Weiter kamen sie nicht. Das war wie ein Stoppschild, eine hohe Steinmauer vor jedem weiteren Wort oder Detail.

»Sylvia.« Terese ließ sich die Buchstaben auf der Zunge zergehen, irgendwie kam ihr der Name bekannt vor, er klang freundlich.

»Morgen kommt sie mal vorbei. Sie möchte dich gern sehen.«

Ein Mensch, den sie nicht kannte, wollte sie sehen, und nicht, weil es sein Job war.

»Sie war Marias beste Freundin«, sagte Hasse, und dabei sah er ganz fröhlich und glücklich aus, doch vielleicht lag das auch an der Sonne, die durch die dreckigen Fensterscheiben schien und Licht auf sein Gesicht warf.

Eine beste Freundin. So eine Anne.

Ihre Mutter hatte also auch eine beste Freundin gehabt. Der man seine Geheimnisse erzählte, mit der man auf eine ganz besondere Art kichern konnte. Die Vorstellung fand Terese schön. Vielleicht konnte sie Terese mehr erzählen, Dinge, die Hasse und Greta nicht preisgeben wollten oder konnten.

»Sie ist so eine Art Künstlerin, weißt du. Kann unheimlich gut malen. Und gewebt hat sie auch. Hast du nicht eine Tischdecke mit Kranichen von ihr, Greta?«

Während Hasse sprach, bekam er richtig Farbe im Gesicht.

»Wir haben sie selbst jahrelang nicht gesehen«, erklärte er. »Ich freu mich auf sie.« Es war, als gleite er in alte Zeiten zurück, und mit einem Mal war Leben in seinem Gesicht.

»Nachdem es passiert ist, ist sie weggezogen«, sagte Greta und bremste seine Ausgelassenheit. »Das war damals für uns alle eine schlimme Zeit.«

Dann drehte sie sich wieder um und rieb erneut über die bereits blitzblanke Spüle. Das Alltägliche rettete sie vor Tereses fragendem Blick. Doch Terese wollte Antworten und dieses Mal auf keinen Fall lockerlassen. Fünfzehn Jahre lang hatten sie ihr alle Geschichten aus ihrer Kindheit vorenthalten. Irgendwann musste sie sie zwingen, ihr zu antworten. Doch ihre vielen Fragen waren ständig in Bewegung und verhedderten sich, sie waren kaum noch zu entschlüsseln.

»Seid ihr denn immer noch so traurig wie damals?«, entfuhr es ihr, und dieser Gedanke war vorher gar nicht in ihrem Kopf gewesen, eigentlich spürte sie kein Mitgefühl mit ihnen, das war in diesem Teereimer voller klebriger Wutgefühle ganz untergegangen.

Gretas Gesicht lief rot an und verzog sich, und ihre Unterlippe kräuselte sich, als würde sie gleich in Tränen ausbrechen. Sie sah immer noch nicht zu Terese hinüber, sondern blickte aus dem Fenster über der Spüle, raus auf die Felder.

»Ein Jahr lang hab ich jeden Tag geweint, dann waren die Tränen alle«, sagte sie. »Doch der Schmerz vergeht nicht. Der setzt sich da fest.« Sie klopfte sich mit der Faust aufs Herz. »Und dann sitzt er da und tut weh. Jede Sekunde.«

Als dieser blöde Patte ihr mit lüsternem Blick erzählt hatte, dass ihre Mutter ermordet worden war, hatte Terese geweint. Doch diesen Schmerz in der Brust, genau so wie Greta ihn gerade beschrieb, den hatte sie vorher schon gespürt. Da war etwas, das sie drückte und das wehtat. Das hätte sie Greta gern erzählt, sie kannte ja den Schmerz, von dem sie sprach, aber sie brachte es nicht über sich. Jetzt versank mal sie in Schweigen.

Als Terese ihren Kaffee ausgetrunken hatte, ging sie vors Haus und steckte sich eine Zigarette an.

»Ach, ich dachte, du hättest aufgehört«, sagte Greta, als Terese wieder reinkam.

»Lass sie doch«, sagte Hasse.

Terese dachte, typisch, dass ich geraucht habe, weiß sie noch, aber nicht, dass ich Kaffee trinke. Doch das behielt sie für sich. Greta füllte ein Glas mit Leitungswasser und reichte es ihr.

»Da kannst du reinaschen. Ich mag nicht, wenn die Asche auf der Treppe rumliegt.«

Terese verzog das Gesicht, griff das Glas und nahm es mit raus vor die Tür. Sie konnten ihr gar nichts vorschreiben, sie hatten nicht das Recht, über sie zu bestimmen. Eigentlich hatte niemand dieses Recht, wie Eltern es gehabt hätten. Oder wie Greta und Hasse es hätten haben können, wenn sie sie damals zu sich genommen hätten.

Dann trug Terese ihre Reisetasche hoch in das alte Kinderzimmer ihrer Mutter. Es lag ein ganz komischer, stechender Geruch in der Luft. Sie nahm an, dass der von der unbehandelten Wandverkleidung kam, wahrscheinlich lag es an dem Harz, das aus dem Holz trat. Sie hatte die Großeltern schon einmal darauf angesprochen, doch die hatten nicht gewusst, wovon sie sprach, vermutlich nahmen sie es selbst gar nicht wahr.

Das Foto, auf dem sie abgebildet war, hing noch an der Wand, und es versetzte ihr sofort einen Stich. Eigentlich hatte sie die Großeltern bitten wollen, es abzuhängen, doch mit welcher Begründung? Greta hätte sich sofort angegriffen gefühlt. Konnte sie sich darüber beschweren, dass das Bild nicht mittig hing? Das war lächerlich. Im Zimmer war ein Bügelbrett aufgebaut, und auf einem Sessel lag ein hoher Stapel Tischdecken und Bettwäsche, der wohl gebügelt werden musste. Vor der Wand standen ein paar Kisten. Das Zimmer war ein Abstellraum für Dinge, die keinen eigenen Platz hatten. So wie sie.

Sie fragte sich, ob die Frau, die sie morgen treffen musste, dasselbe Gefühl in ihr auslösen würde: ein altes Erbstück zu sein, das man nie hatte haben wollen, das man aber schlecht wegschmeißen konnte.

Oder ganz das Gegenteil. Die beste Freundin ihrer Mutter. Ihre Mutter hatte auch eine Anne gehabt. Das war wieder eine Antwort auf eine Frage, auf die sie noch gar nicht gekommen war, und das stimmte sie fast ein bisschen hoffnungsvoll.

# 5.

KJELL BEOBACHTETE Sylvia unauffällig. Sie saß da, die Schultern nach vorn eingesackt, um die Augen ein Netz kleiner Fältchen, doch das kantige Profil war immer noch dasselbe, auch das verhaltene Lachen in ihren grünblauen Augen. Er fand sie noch genauso schön wie vor fünfzehn Jahren. Vielleicht sogar schöner.

Und jetzt saß sie wieder hier bei ihm. An dem kleinen Tisch auf dem Balkon, blickte auf die marode Hundehütte und runter zum Dorf.

Der Tisch war noch der alte, die Stühle waren neu. Weiße Gartenstühle aus Kunststoff, deren Lehne man verstellen konnte. Kjell überlegte, ob sie vielleicht doch nicht so gut zu dem kleinen Holztisch mit seiner inzwischen silbrigen Farbe passten, sie fand sie bestimmt hässlich. Er hatte die Stühle im Ausverkauf mitgenommen, und sie waren wesentlich bequemer als die zierlichen, alten Bistrostühle. Deshalb hatte er sofort zugeschlagen.

Die Hunde lagen schon zu Sylvias Füßen, sie hatten sie gleich akzeptiert. Sie war ganz überrascht, dass Moss tot war, und sehr traurig darüber, als hätte sie keine Ahnung, wie lange so ein Hundeleben dauert.

»Von Moss hab ich keine Welpen, aber dafür jetzt zwei«, hatte er gewitzelt, doch sie war gleich so mit Buster und Snoffi beschäftigt und kraulte sie, dass er nicht sicher war, ob sie überhaupt zugehört hatte.

Sie hatte das Rauchen aufgegeben, aber zu einem Bier nicht Nein gesagt. Jetzt nippte sie daran. Ihr Lippenstift hatte schon abgefärbt, und ihre Lippen sahen jetzt blasser aus. Irgendwie kam sie ihm zurückhaltender vor als früher, aber vielleicht lag es einfach daran, dass sie nicht mehr rauchte.

Dieser Anblick machte ihn glücklich, sie saß wieder auf ihrem Stuhl. Im Grunde war das immer ihr Platz gewesen, das begriff er jetzt, obwohl Anna-Stina sehr viel länger bei ihm gelebt hatte.

»Malst du denn noch?«, fragte er.

Erst da fiel ihm ein, wie viele ihrer Werke damals überall im Haus an den Wänden gehangen hatten. Zwischenzeitlich hatte er sie abgenommen. Ob sie das registriert hatte? Allerdings hatten sie damals noch lange gehangen, er war nicht der Mensch, der Dinge wegräumte, um alles zu vergessen, doch als er Anna-Stina kennengelernt und sie ihn nach diesen Bildern gefragt hatte, war es keine Frage gewesen, dass er sie abnehmen musste, wenn aus ihnen etwas werden sollte.

Jetzt standen sie also im Obergeschoss in all dem Gerümpel, das er immer noch nicht aufgeräumt hatte.

Anna-Stina hatte ihn in mancher Hinsicht an Sylvia erinnert, aber sie wollte keine Kinder, also gab es gar keine Überlegungen, im oberen Stockwerk ein Kinderzimmer einzurichten. Inzwischen hatte sich da jede Menge altes Zeug angesammelt, neben dem Kram von seiner Tante auch so einiges aus der Zeit mit Sylvia und den Jahren mit Anna-Stina, und es war eine Ewigkeit her, dass er zuletzt oben gewesen war. Es beschämte ihn, dass die Bilder da rumstanden, obwohl er gar nicht genau wusste, warum. Sie konnte wohl kaum erwarten, dass sie noch an den Wänden hingen.

»Hin und wieder mal«, sagte sie. »Aber ich hatte immer viel um die Ohren.«

Seit ein paar Jahren arbeitete sie als Lehrerin in der Erwachsenenbildung und gab Unterricht im Fach Weben. Es gefiel ihr, erzählte sie. Auf die Art konnte sie sich mit einer Tätigkeit über Wasser halten, die ihr wirklich Spaß machte. Doch im nächsten Moment lachte sie, als hätte sie sich selbst bei einer Lüge ertappt, und fügte hinzu:

»Obwohl es natürlich lästig sein kann, den Leuten immer wieder alle Teile des Webstuhls zu erklären. Es ist eher selten, dass Kursteilnehmer auch noch den Aufbaukurs belegen.«

Er lachte auch und hätte sie gern gefragt, ob es einen Mann in ihrem Leben gab, doch er traute sich nicht. Und sie stellte auch keine Fragen über sein Privatleben. Sie gingen in die Küche und setzten sich an den Tisch. Er hatte überbackene Hähnchenbrustfilets gekocht und Salat dazu gemacht. Hatte eine

Flasche Rotwein aus dem Keller geholt, doch sie hatte kaum etwas von ihrem Bier getrunken, daher wartete er noch ab, ließ die Weinflasche stehen und holte sich selbst noch ein Bier ...

»Hast du noch Kontakt zu unserer alten Clique hier, oder wie auch immer man das nennt?«

»Ja, Nettan und Rolf sind ja noch da, aber Göran und Thorhild sind weggezogen, ungefähr ein Jahr danach.«

»Danach?«

»Ja, nach der Sache damals. Von denen hab ich nie wieder was gehört.«

Sylvia nippte an ihrem Bier, ihr Gesichtsausdruck war mit einem Mal unterkühlt und abwartend, das kannte er gar nicht.

»Dann sind Nettan und Rolf noch da? Triffst du sie manchmal?«

»Nein«, sagte er und trank einen großen Schluck Bier, um ein bisschen Zeit zu gewinnen, eine nachvollziehbare Erklärung dafür zu finden.

»Wirklich? Warum nicht?«

Er zuckte mit den Schultern.

»Ach, das ergibt sich manchmal einfach, keine Ahnung. Sie haben mich ein paar Mal zu sich eingeladen, wahrscheinlich hätt ich mich revanchieren sollen, ich bin einfach schlecht in so was.«

Er lachte entwaffnend, doch er spürte genau, dass die Frage noch in der Luft hing. War das auch eine Folge der Ereignisse? Hatte denn im Dorf nach allem, was geschehen war, nie wieder ein normales Leben stattgefunden?

Er hatte sich immer gesagt, dass es einfach im Sande verlaufen sei, dass sich niemand darum schlug, seine Zeit mit einem alten Junggesellen zu verbringen, dass Nettan und Anna-Stina sich nicht hatten riechen können, aber jetzt kamen ihm all diese Erklärungen wie laue Ausreden vor. Doch Sylvia hakte nicht nach. Vielleicht lag es daran, dass sie jetzt wieder an ihrem Platz war und es sich so anfühlte, als hätte jemand die Zeiger der Uhr zurückgedreht.

»Hast du wirklich gar keinen Kontakt mehr mit Thorhild und Göran? Kriegt Nettan vielleicht noch was mit?«

»Ich weiß nicht. Glaub kaum. Die haben wohl versucht, sich ein neues Leben aufzubauen, da wo sie jetzt wohnen. Hierbleiben konnten sie ja nicht.«

Sie blickte auf. »Ist Göran denn noch weiter verhört worden?«

»Nein. Aber Greta glaubt fest, dass er es war. Da hat er es hier wohl nicht mehr ausgehalten.«

Seine Gedanken gingen zurück zu den Tagen, direkt nachdem er Marias Leiche gefunden hatte. Torstensson, der ständig durchs Dorf fuhr, Terese, die bei ihnen wohnte, dieses Schweigen, das nie gebrochen wurde, dicht wie der Tannenwald. Und dann hatte Sylvia einfach ihren Koffer genommen und war gegangen, hatte ihn diesem Schweigen vollkommen ausgeliefert.

»Soweit ich weiß, wohnen sie jetzt in Falun.«

Sie ging zur Toilette und kam mit aufgefrischtem Lippenstift zurück. Er nahm die Auflaufform aus dem Ofen, stellte sie auf den Tisch und holte den Salat aus dem Kühlschrank.

Sie musste nicht suchen, nahm einfach Teller und Besteck aus den Küchenschränken. Er sagte kein Wort. Sie gehörte hierher, ihr Körper wusste noch alles. Kjell schenkte ihnen beiden Wein ein und dachte, sie würde sich später ein Taxi rufen müssen, wenn sie noch heimwollte.

»Und wie geht's Nettan und Rolf so?«

Er zog die Augenbrauen hoch und hielt ihr den Schöpflöffel hin, damit sie sich bediente.

»Ach, ich würde sagen, gut. Rolf ist die Karriereleiter noch höher hinauf, und die Kinder sind flügge.«

Er lachte auf, und sie schöpfte sich Reis auf den Teller.

»Ja, kaum zu glauben«, sagte sie. »Wie die Zeit vergeht.«

Er sah sie an, und ein wohliges Gefühl breitete sich in ihm aus. Er hatte sie viel, viel mehr vermisst, als er sich das hatte eingestehen wollen. So kam es ihm jetzt zumindest vor. Als wäre die Sehnsucht irgendwo eingelagert gewesen und hätte still vor sich hin gegärt, ohne dass er es geahnt hätte.

»Terese ist jetzt siebzehn.« Ihr Blick suchte wieder seine Augen.

Er hob die Gabel und führte sie zum Mund. Das Hähnchen war ein bisschen trocken geraten, er hoffte, sie würde es nicht bemerken.

»Stimmt«, sagte er. »Müsste bald achtzehn werden.«

Er fragte sich, ob sie inzwischen darüber hinweg war, offenbar hatte sie sich mit jemandem über Terese unterhalten, vermutlich mit Greta, und die hatte ihr bestimmt genau dasselbe gesagt wie ihm – dass es dem Mädchen offenbar ganz gut ergangen war.

Er war sehr überrascht gewesen, Terese plötzlich hier im Dorf zu sehen. Das war erst einen Monat her. Sie hatte an der Koppel gestanden und die Pferde beobachtet. Eine große, schlanke junge Frau mit auffällig stark geschminkten Augen. Er hatte gleich gewusst, dass sie es war, obwohl er sich hinterher gefragt hatte, warum. Sie sah Maria gar nicht ähnlich, aber irgendetwas an ihr kam ihm bekannt vor. Er war stehen geblieben und hatte versucht, ein Gespräch zu beginnen, doch sie hatte ihn nur schräg angeschaut. Hatte ihn wohl für einen alten Lustmolch gehalten. Deshalb hatte er sich schnell wieder verzogen. Ein paar Tage später war er Hasse begegnet, und der hatte es bestätigt, ja, Terese sei wieder in der Gegend und war bei ihnen zu Besuch gewesen. Da oben in Nordschweden sei sie fast auf die schiefe Bahn geraten, deshalb hätten sie sie jetzt hier untergebracht. Das habe ihr offenbar ganz gutgetan.

Sie hatte ein wenig einsam ausgesehen, und es war ihm nicht gelungen, diese Jugendliche, die mit so traurigen Augen am Zaun gestanden hatte, mit dem fröhlichen kleinen Mädchen in Verbindung zu bringen, das so munter und kein bisschen schüchtern gewesen war. In seiner Erinnerung war sie immer noch das kleine Mädchen. Greta hatte sie wohl an der Pferdekoppel stehen lassen und war weitermarschiert, vielleicht war Terese beim Stechschritt ihrer Großmutter nicht mehr mitgekommen. Es hatte den Anschein, als konnte Greta es sich einfach nicht abgewöhnen, als hätte sie immer noch das Bedürfnis, weiterzuwandern. Vielleicht weiterzusuchen. Diese Rastlosigkeit belagerte ihren Körper, seit das Schicksal ihr das einzige Kind geraubt hatte.

Nicht das Schicksal, korrigierte er sich. Es war ein Mensch gewesen. Ein Mörder. Der immer noch nicht gefasst war. Er musste an seine Träume denken. Wo Maria ihn anlachte, die Hand nach ihm ausstreckte. Ihm etwas sagen wollte. Oder wollte sie ihm vielleicht Vorwürfe machen? In seinen Träumen waren ihre Augen dunkel, irgendwie leer, als ob da gar kein Irisring war.

»Ja, seit einer Weile ist Terese wieder in der Gegend«, sagte er, und als sie große Augen machte, fuhr er fort. »Sie hatten sie vorher in Nordschweden untergebracht.«

Sylvias rote Lippen verzogen sich zu einem kleinen Lächeln.

»Sie war so ein liebes Kind.«

Er ließ das unkommentiert, wollte sie auf keinen Fall an die Kämpfe erinnern, die sie rund um das Thema Terese ausgefochten hatten. Wollte lieber an die Gefühle in ihrem ersten Jahr anknüpfen, bevor Maria verschwand. Zum Glück wechselte Sylvia das Thema.

»Als wir uns in Smedjebacken getroffen haben, war ich nicht ganz ehrlich zu dir.« Sie fuhr mit der Zungenspitze über ihre Lippen. »Diese Sache, dass mein Bruder krank ist ... das hat nicht gestimmt. Er ist vor ein paar Tagen gestorben. Ich bin zu seiner Beerdigung gekommen.«

Kjell staunte, vor allem darüber, dass er gar nichts davon mitbekommen hatte. Auf der anderen Seite wusste vermutlich kaum einer, dass Kenta Sylvias Bruder gewesen war. Und seine Beziehung zu ihr lag ja auch schon lange zurück.

»Er hat eine Überdosis genommen.« Sie schwenkte ihr Weinglas, hatte bislang nur daran genippt. »Das kam nicht ganz unerwartet.«

Er griff nach ihrer Hand und wurde von dem Gefühl, das ihn überkam, als er ihre Haut berührte, völlig überwältigt. Am liebsten hätte er sie direkt ins Schlafzimmer gezerrt, doch das wäre völlig unangebracht gewesen.

»Mein Beileid«, sagte er.

Das klang übertrieben und etwas gestelzt, doch sie lächelte ihn an.

»Wir standen uns ja gar nicht besonders nahe.«

»Trotzdem«, sagte er.

»Ja«, sagte sie.

Dann sprachen sie wieder über alte Zeiten, schwelgten in Erinnerungen, unterhielten sich über Skitouren, Essen und das Vogelhäuschen.

»Ich hab schon gesehen, dass du das Vogelhäuschen noch hast!«, rief sie erfreut. Er verschwieg ihr, dass das alte, das er damals für sie gebaut hatte, morsch geworden war und dass er ein neues gebaut hatte, exakt nach dem Vorbild des alten. Er musste wieder an die Bilder denken, dass er sie einfach abgehängt hatte und Sylvia bestimmt traurig darüber war. Dass sie glauben musste, er hätte sie nicht ernsthaft gut gefunden und sie damals nur ihretwegen aufgehängt.

»Das Vogelbuch hab ich auch noch«, sagte er, damit ihr nicht die Bilder einfielen. Sie stand sofort auf, ging zu dem Bücherregal und zog das Vogelbuch zielsicher zwischen seinen Kochbüchern heraus. Sie blätterte ein wenig darin, dann blickte sie auf, schelmisch lächelnd.

»Besonders viel hat sich hier nicht verändert.«

»Ich staune, dass du noch so genau weißt, wo alles ist.«

Sie musste lachen. »Es ist, als würde ich gerade in sehr lebendige Erinnerungen eintauchen.«

Dann sah sie ihn prüfend an. »Hat es hier keine Frau gegeben, die alles verändern wollte?«

Das war ihm peinlich, und er stand vom Tisch auf und setzte sich auf den Hocker an der Dunstabzugshaube, damit ihr das nicht auffiel.

»Die ein oder andere Frau gab es schon«, antwortete er, als er sich die Zigarette angesteckt hatte. »Aber ich glaube, keine wollte was verändern.«

Er ließ unerwähnt, dass Anna-Stina ziemlich viel verändert hatte, doch all die Dinge, die sie gekauft hatte, sogar die neuen Bettbezüge, wieder eingepackt hatte, als sie ausgezogen war. Sylvia war nur mit dem kleinen Koffer gegangen, mit dem sie hergekommen war, Anna-Stina hatte ein ganzes Haus mitgenommen. Nun war es allerdings auch so, dass Anna-Stina eine Arbeitsstelle gehabt und all die Dinge selbst gekauft hatte. Was ihr nicht mehr gefiel, hatte sie hoch ins Obergeschoss bugsiert und auch nichts davon mehr runtergeholt, als sie ging. Kleider, die zu eng geworden waren, altes Geschirr, Bettwäsche mit Flecken, altmodische Dekokissen. Sie hatte das obere Geschoss offenbar als Müllhalde betrachtet. Und in gewisser Hinsicht war es das jetzt auch.

»Und du hast immer noch deine alte Arbeitsstelle?«

Die Frage ärgerte ihn, wieso zog sie ihn damit auf, typisch Hauptstädtler, dabei hatte sie selbst doch gerade erst angefangen, ihr eigenes Geld zu verdienen.

Er blies den Rauch in den Filter und trank einen Schluck Wein. Er schmeckte leicht bitter. Oder lag das eher an seinem schlechten Geschmack im Mund?

»Logisch«, sagte er. »Klar arbeite ich da noch. Selbes Haus, selber Job, keine Frau, keine Kinder. Und ich hab immer noch die schlechte Angewohnheit, im Haus zu rauchen, alles genau wie früher.«

»War doch nur eine Frage«, sagte sie. »Das war doch nicht so gemeint ...«

Sie drehte ihren Stuhl und saß ihm jetzt frontal gegenüber.

»Ehrlich«, sagte sie. »Ich möchte doch nur mehr über dich wissen.«

Er beruhigte sich wieder, trank noch einen Schluck.

»Okay, aber hier ist im Grunde gar nichts passiert.«

»Wolltest du das denn? Dass sich was verändert?«

Er drückte die Kippe im Aschenbecher aus.

»Weiß ich auch nicht. Jemand, mit dem man sein Leben teilt, ja, das wär schon schön gewesen. Eine Familie. So hat man sich das ja mal vorgestellt.« Er kam wieder an den Tisch, doch sah sie nicht an. »Ansonsten bin ich ganz zufrieden. Ich leb ja gern hier. Und hab die Hunde um mich.«

Sylvia schob die Hand unter den Tisch und streichelte Snoffi. Die rosa Hundezunge kam zum Vorschein und leckte über ihre Hand.

»Die sind toll«, sagte sie.

Er lächelte. Wenn er von der Arbeit kam und sie ihn mit freudigem Bellen und Schwanzwedeln begrüßten, bekam er sofort gute Laune. Ein Blick von ihnen, zu ihm hoch aufs Sofa, und im Nu waren alle Sorgen wie weggeblasen.

Da kam ihm der Gedanke, dass er im Grunde ein einsamer Mensch war. Hielten ihn die Familien, die neu zugezogen waren, für einen komischen Kauz? Ein Junggeselle mit Hunden. Ob sie ihre Kinder vor ihm warnten? So was hatte er doch auch in Tereses Blick bemerkt, als er sie angesprochen hatte. Sonderliche alte Männer, da ging man doch besser auf Abstand.

»Und bei dir?«, fragte er dann, der Wein hatte ihm etwas Mut eingeflößt. »Gibt's einen Mann in deinem Leben? Oder Kinder?«

Eigentlich war ihm klar, dass das unwahrscheinlich war, sonst würde sie hier wohl kaum sitzen, aber er wollte es von ihr selber hören.

»Nein«, antwortete sie. »Es gab schon andere Männer, aber richtig ernst geworden ist es nie.«

Er fragte sich, ob sie recht behalten hatte, dass sie keine Kinder bekommen konnte. In seiner Vorstellung hatte sie irgendwo, an einem anderen Ort, ein glückliches Leben geführt, mit ein paar Kindern und einem Mann, der sie liebte. Und jetzt hockte sie mit einem Mal wieder hier.

»Vielleicht ist es Schicksal«, sagte sie. In ihren Augen funkelte etwas auf. »Ich meine, dass wir noch mal ein Paar werden.«

Und da stand er auf, nahm ihre Hand und führte sie hinüber ins Schlafzimmer.

Es war, als hätte es diese fünfzehn Jahre nie gegeben.

Sie streckte den Arm aus und strich ihm eine Strähne aus dem Gesicht und sagte, er müsse dringend zum Friseur und dass sie gedacht hatte, seine Haare wären jetzt viel lichter. Er klopfte sich auf den Bauch und fragte sie, ob seine neue Körperfülle sie denn nicht abschrecke, aber sie rutschte nur seinen Körper hinab und legte den Kopf auf seinen Bauch und lächelte hoch zu ihm, dann griff sie nach seiner Hand.

»Ich will bei dir bleiben, Bauch hin oder her.«

Er nahm ihre Hand und küsste die Fingerspitzen, dann besah er ihre Hand ganz genau.

»Und ich will, dass du hier einziehst und wieder malst«, sagte er. »Damit darfst du nicht aufhören. Niemals.«

Sie rutschte wieder hoch und krabbelte unter seine Achselhöhle. Er bohrte die Nase in ihr Haar und stellte fest, dass sie noch genau so duftete wie damals.

# 6.

ALS TERESE im alten Kinderzimmer ihrer Mutter erwachte, hörte sie aus dem Erdgeschoss eine fremde Stimme.

Von den Schlaftabletten war sie noch ganz benommen, deshalb blieb sie noch eine Weile liegen und lauschte. Versuchte nachzuspüren, ob diese Stimme Erinnerungen weckte. Fehlanzeige.

Terese stand auf und ging ins Badezimmer. Es war unglaublich hässlich. Ein brauner, feuchtraumfreundlicher Vinylboden und eine stark nachgedunkelte Kiefernholzvertäfelung. Über dem Waschbecken zwei Reihen braune Fliesen. Im Badezimmerschrank lag Gretas Bürste, vermutlich aus Rosshaar. Terese wollte sie eigentlich nicht benutzen, doch sie hatte ihre eigene vergessen. Als sie im Bad fertig war, blieb sie noch einen Moment vor dem Zimmer stehen und lauschte wieder, verfolgte konzentriert die Stimme aus der Küche. Sie war hell, hatte etwas Zwitscherndes. In diesem Haus fiel sie auf. Terese schnappte sich ihre Zigaretten und ging nach unten.

Die Frau, die da am Küchentisch saß, die Hände am Kaffeebecher, war schlank und hatte eine geradlinige, spitze Nase, hohe Wangenknochen und dünnes, hellbraunes Haar mit herausgewachsenen Strähnchen. Ihren Augen haftete etwas Schüchternes an, etwas Nachsichtiges, und das kam Terese bekannt vor.

Als die Frau Terese erblickte, bekam sie feuchte Augen, und eine Hand fuhr über den Tisch, als hätte sie gedacht, sie könne sie berühren. Ein aussichtsloses Unterfangen.

»Terese«, sagte sie, die Stimme sanft, sehnsüchtig und voller Schmerz, genau so, wie Terese sich die Stimme einer Mutter vorstellte. In ihr wurde mit einem Mal alles taub, und dann kam eine Wut in ihr auf, die sie selbst nicht verstand. Fast hätte sie giftig die Augenbrauen hochgezogen, so wie sie es oft tat, wenn ihre Pflegeeltern ihr erklärten, wie wichtig es sei, Verantwortung im Haus zu übernehmen. Doch sie konnte sich beherrschen. Die Frau räusperte sich und setzte sich aufrechter hin.

»Du kannst dich wahrscheinlich überhaupt nicht mehr an mich erinnern, ist ja klar, du warst ja noch so klein ...« Ihre Hand hob und senkte sich wieder auf die Tischplatte, als sei dort eine andere Hand, die gestreichelt werden könnte, doch da war nur glattes Holz. »Weißt du, ich kenne dich, seit du ganz klein warst. Ich bin Sylvia.«

Terese wusste nicht, wie sie darauf antworten sollte. Was antwortete man da? Der Drang, eine Zigarette zu rauchen, wurde stärker.

»Ich hab dir deinen Mittsommerkranz geflochten ...« Die Stimme der Frau brach, und ihre feingliedrigen Finger fuhren hoch zum Mund. »Ich meine, an dem Tag ...«

Jetzt wurden auch Hasses Augen feucht. Nur Greta sah nach wie vor verbissen aus, die hängenden Mundwinkel schienen das ganze Gesicht zu verzerren. Terese ging zur Kaffeemaschine und schenkte sich etwas ein.

»Ich geh mal raus, eine rauchen«, sagte sie. Keine Widerrede.

Sie setzte sich auf die Treppe und rauchte, achtete darauf, in das Wasserglas zu aschen und keine Aschestängel auf der Treppe zu verlieren.

Der See war still und ruhig, die Bäume traurig und kahl, der Kiesweg stand im Tauwasser, und das Gras am Straßenrand war niedergedrückt und verdorrt. Terese fand, dass die Häuser nackt und verlassen aussahen.

Als sie das letzte Mal zu Besuch gewesen war, hatte sie über diese Finsternis gestaunt, die hier draußen auf dem Land so dicht sein konnte, ohne Schnee, der die Landschaft ins Licht tauchte. Die gelben Halbkreise der Straßenlaternen brachten nicht viel, die Lampe an der Brücke beleuchtete gerade mal einen knappen halben Meter vor der Treppe.

Sie hatte Angst bekommen. Beim Gedanken an den Wald. Beim Gedanken an Menschen, die im Wald blieben. Sie fragte sich, ob ihre Mutter auch Angst vor dem Wald gehabt hatte. Ob sie Angst gehabt hatte, als sie ermordet wurde. Ob sie ihren Mörder gekannt hatte.

Als Terese fertig geraucht hatte und in die Küche zurückkam, waren Sylvias Augen getrocknet, und sie schien sich gesammelt zu haben. Terese konnte sich nicht erinnern, dass jemals irgendwer um sie geweint hatte. Zumindest hatte sie davon nichts mitbekommen. Es war ein befremdliches Gefühl, dass diese Frau, die ihr weder der Stimme noch dem Aussehen nach bekannt vorkam, zu weinen begann, als sie sie sah. Merkwürdigerweise machte sie das schon wieder wütend, erklären konnte sie sich das nicht.

Sylvia trank ihren Kaffee aus und schlürfte dabei, was zu ihr nun gar nicht passte, denn ihre Erscheinung war richtig elegant. Sie lächelte Terese an, die nun wieder an den Tisch kam und sich setzte. Ihre Augen waren wach und forschend, auch wenn sie sich jetzt Mühe gab, sich das nicht anmerken zu lassen. Wahrscheinlich suchte Sylvia nach dem dreijährigen Mädchen, das sie einmal gekannt hatte, und Terese vermutete, dass sie nicht fündig wurde.

»Magst du vielleicht ein bisschen von dir erzählen?«, fragte sie dann.

Jetzt konnte sich Terese ein Schnauben nicht verkneifen. Was sollte denn so eine Frage? Was wollte sie wissen? Wie viele Pflegefamilien sie schon gehabt hatte? Oder mit wie vielen Jungs Sex?

»Erzähl doch zum Beispiel mal, wo du jetzt wohnst«, schob Greta ein, bevor Terese eine freche Antwort loslassen konnte, Gretas strenger Tonfall bremste sie.

»Im Moment wohne ich in Västanfors«, sagte Terese und zuckte mit den Schultern. »Bin schon an einigen Orten gewesen. Aber in Luleå gefühlt mein ganzes Leben.«

Sylvias Mund, noch leicht rosa von dem abblätternden Lippenstift, der flöckchenartig an ihren Lippen klebte, bewegte sich lautlos.

»Gefällt es dir da denn? Ich meine, wo du jetzt wohnst?«, fragte sie schließlich.

»Ist ganz okay«, sagte Terese.

»Hast du da Freunde? Oder einen Freund?« Ihre Augen verzogen sich und glänzten beim Lächeln, doch dann wanderte ihr Blick zu Greta, und es schien, als fühlte Sylvia sich beobachtet, weil Greta danebensaß.

»Ich hab eine beste Freundin«, sagte Terese und musste an die Party in Klensjö denken, Anne mitsamt der ganzen Clique jetzt im Amphetaminrausch. »Sie heißt Anne.«

Sylvias Augen glänzten immer mehr.

»Ja, du weißt bestimmt, dass ich die beste Freundin von deiner Mama gewesen bin.«

Sie sprach mit ihr wie mit einem Kleinkind, mit überdeutlicher Aussprache und betont einfachen Worten. Hielt sie Terese vielleicht für etwas zurückgeblieben? Weil sie ein Pflegekind war?

»Ja, hab ich gestern schon gehört.«

Terese fand, dass die Luft jetzt zum Schneiden war, in der Küche. Sie sprang auf.

»Ich mach mal einen Spaziergang. Bisschen frische Luft tanken.«

Auch sie hatte ihre Grenzen. Wahrscheinlich hatten sie sie über Ostern nur deshalb eingeladen, damit diese Sylvia sie sehen konnte. Und hatten ihr vorher nichts gesagt, sie einfach vor vollendete Tatsachen gestellt. Gestern war sie auf die beste Freundin ihrer Mutter noch ein bisschen neugierig gewesen, doch jetzt fand sie das alles ziemlich seltsam.

Sylvia legte die Hände auf die Tischplatte. »Darf ich vielleicht mitkommen?«

Eigentlich wollte Terese alleine raus, doch sie hatte das Gefühl, Sylvia würde in Tränen ausbrechen, wenn sie Nein sagte, daher zuckte sie nur unterkühlt mit den Schultern und ging in den Flur. Sie presste die Kiefer aufeinander, dass es in ihrem Kopf knirschte. Warum hatte sie auch unbedingt herkommen müssen? Sie hätte doch auch auf die Party gehen können. Sie hätte sich volllaufen lassen und vielleicht einen Typen kennengelernt. Und hätte Zeit mit Anne verbracht.

Sylvia schien ihr Schulterzucken als Zustimmung zu werten, denn sie kam auch in den Flur, und während sie sich beide anzogen, standen sie dicht beieinander. Sylvia nahm eine Wildlederjacke vom Haken, die Pelzbesatz an den Ärmelbündchen hatte, die sah aus wie ein sündhaft teures Teil. Auch ihre Schuhe fielen Terese ins Auge, Jodhpur-Stiefeletten, sie hätte gedacht, so was tragen nur Reiter. Sie selbst warf sich Gretas Daunenjacke über und ging raus. Hätte Sylvia am liebsten die Tür vor der Nase zugeschlagen, aber das brachte sie dann doch nicht fertig. Die Stimmung veränderte sich mit einem Mal, als Greta und Hasse nicht mehr danebensaßen. Vielleicht lag es auch an der Luft, die nach Frühling duftete, und an dem gleißenden Licht.

»Wir sind so viel spazieren gegangen, Maria und ich«, erzählte Sylvia, und ihre Stimme klang nun freundlich, jetzt sprach sie mit Terese endlich wie mit einem erwachsenen Menschen. »Mit dir zusammen. Manchmal bist du selber gelaufen, und wenn du müde wurdest, hatten wir den Buggy für dich dabei. Und ich hab oft den Hund mitgenommen, den Kjell damals gehabt hat. Der hieß Moss.«

»Wer ist denn jetzt Kjell?«

Sylvia lächelte milde, überhörte Tereses motzigen Ton.

»Mit dem war ich damals zusammen. Er wohnt da oben, in dem grauen Haus auf dem Hügel. Aber jetzt hat er einen neuen Hund. Genau genommen hat er zwei.«

Als ob es Terese interessieren würde, wie viele Hunde der hatte. Aber immerhin wusste sie, wen sie meinte. Den Typen, der sie an der Pferdekoppel angesprochen hatte und der so komisch gewesen war.

»Bist du jetzt wieder mit ihm zusammen?« Die Frage rutschte ihr einfach heraus, obwohl sie idiotisch war.

Bei der Frage musste Sylvia verliebt grinsen, diesen Gesichtsausdruck kannte Terese aus der Schule, wenn ein Mädchen erzählte, dass sie jetzt mit wem geht. Worte, die sie selbst auch gern mal aussprechen würde.

»Wird sich zeigen. Und was ist mit dir?«, fragte Sylvia und machte wieder so auf schwesterlich. »Hast du einen Freund?«

»Nein.« Terese biss die Zähne aufeinander. »Hab ich nicht.«

Es wäre kein Problem gewesen, sie anzulügen, Sylvia konnte ja überhaupt nicht überprüfen, ob das stimmte, doch das fiel ihr erst hinterher ein.

»Wir sind immer viel spazieren gegangen«, fuhr Sylvia fort. »Haben uns mit dem Kinderwagen abgekämpft. Damals hatten die Buggys ja noch so kleine Räder. Verrückt, dass wir den jedes Mal mitgeschleppt haben.«

Je mehr Sylvia erzählte, desto weniger wütend war Terese. Sylvia traf schließlich auch keine Schuld, dass Greta und Hasse sie in so eine Situation gebracht hatten.

»Und du hast die ganze Zeit nur gelacht«, sagte Sylvia. »Du warst so ein fröhliches Mädchen.«

»Echt?«

»Ja, wir haben immer wieder gestaunt, was für ein unkompliziertes kleines Kind du warst.«

Terese nahm sich eine Zigarette aus der Schachtel in der Jackentasche, steckte sie an und schielte zu Sylvia hinüber. Ja, stimmt, ein unkompliziertes Kind, das kam ihr bekannt vor. Das haben sie immer dazu gesagt, wenn sie sie in einer neuen Pflegefamilie untergebracht haben. *Sie macht wirklich keine Probleme. Sie ist total unkompliziert.* Irgendwas saß in ihrem Hals fest, und als sie die Frage formulierte, hatte sie das Gefühl, ihre Stimme käme von oben, als gehörte sie gar nicht zu ihr.

»Und Mama? Wie war sie?«

Das Wort Mama war in ihrem Mund vollkommen ungewohnt, es fühlte sich verlogen an, richtiggehend falsch. Sylvia überlegte eine Weile, bevor sie antwortete.

»Sie war auch sehr fröhlich. Und witzig. Es war ihr absolut egal, was die Leute von ihr hielten und was getratscht wurde.«

»Meinst du, wegen mir?« Tereses Stimme war scharf, doch Sylvia reagierte auch dieses Mal nicht.

»Ja, absolut«, sagte sie. »Sie war doch noch so jung, als sie dich bekommen hat. Genauso alt wie du jetzt. Und es waren andere Zeiten. Die Leute haben sich das Maul zerrissen. Aber das war ihr piepegal. Sie war immer fröhlich. Und deshalb war sie auch total beliebt.«

Im Gegensatz zu mir, dachte Terese, doch sprach es nicht aus.

»Und du warst damals älter sie?«

Sylvia blickte zu Boden, stellte fest, dass ihre Stiefel von der nassen Straße braune Wasserränder bekommen hatten.

»Nur fünf Jahre. Das war damals egal. Oder sagen wir mal, hier draußen war das egal. Man war immer mit Jüngeren und Älteren zusammen.«

Ihr Blick verschloss sich, und wieder kam er Terese irgendwie bekannt vor. Darin lag ein Abgrund und auch so etwas wie Angst.

»Hast du gewusst, dass wir dich zu uns genommen haben, als ... als sie gestorben ist?«

Terese zuckte zusammen, sie konnte sich nicht erinnern, diese Worte ein zweites Mal gehört zu haben, nur dieses eine, dieses allererste Mal, als sie sie ausgesprochen hatten. Deine Mutter gestorben ist.

»Greta hat es mir erzählt«, sagte sie. »Gestern.«

Sie registrierte Sylvias Blick und hob die Hände. »Sie sprechen nicht gerade viel über ... über das, was passiert ist.«

»Nein, verstehe. Das war ganz schrecklich für sie.«

Terese warf die Kippe in den Straßengraben, sie konnte es nicht mehr hören, wie schlimm es für Greta und Hasse gewesen war. Sylvia blickte hoch zum Himmel.

»Greta war ... sie war so depressiv, das war keine gute Umgebung für ein Kind, wirklich nicht. Aber ich wollte mich um dich kümmern. Ehrlich gesagt, ich hätte dich gern adoptiert, das hätte ich wirklich gern getan, aber ... tja, daraus ist leider nichts geworden.« Sie lachte auf, als sei das eine abstruse Idee gewesen.

Die Worte brannten sich in Terese ein. Adoptiert zu werden. Eine Familie zu haben, in der man bleiben konnte. Der Drang, die nächste Zigarette anzuzünden, war groß, doch da waren nur noch wenige in der Schachtel.

Sie wusste nicht mehr, wie alt sie gewesen war, als sie begriffen hatte, dass keine der Familien, in denen sie lebte, ihre richtige Familie werden würde. Schon vom ersten Tag an war ein Ende vorprogrammiert. Anfangs hatte sie alles darangesetzt, ihre Pflegeeltern zu lieben und alles dafür zu tun, dass sie sie auch liebten, doch als ihr bewusst wurde, dass immer irgendwann ein Abschied kam, da hatte sie damit aufgehört.

»Ja, adoptieren wäre wohl schwierig geworden. Es gab ja auch noch deinen Vater. Aber ich hätte mir gewünscht, dass du bei uns gelebt hättest. Für immer.«

Terese musste an diese verfluchten Blutsbande denken, die immer Vorrang hatten, als hätten sie für die Liebe zwischen Menschen eine irgendwie magische Bedeutung. Terese jedenfalls glaubte dieses Märchen nicht.

»Und warum ging das nicht?«, fragte sie, und schon war diese Wut wieder da, wie Axthiebe in ihrem Körper.

Sylvia zog seufzend die Schultern hoch. »Kjell und ich hatten damals unterschiedliche Ansichten. Er war nicht bereit, die Verantwortung zu übernehmen.« Bei diesen Worten klang sie tieftraurig.

Terese lag schon auf der Zunge, dass sie auch nicht bereit gewesen sei, Waise zu werden, doch sie schluckte die Worte hinunter. Sylvia traf ja die geringste Schuld. Es hatte an Greta und Hasse gelegen. Sie hatten Terese einfach weggegeben und keinen Kontakt aufgenommen. Jemand hatte ihre Mutter ermordet, doch die zwei waren nur mit sich selbst beschäftigt gewesen.

»Ich hab so viel an dich denken müssen«, sagte Sylvia, und jetzt beschleunigte sie das Tempo, sodass Terese kaum mithalten konnte.

»Bis gestern hab ich gar nicht gewusst, wer du bist«, erwiderte Terese.

Sylvia lachte auf, doch es klang unecht.

»Stimmt. So kann's gehen. Und ich hab mir den Kopf zerbrochen, wie es dir wohl in all den Jahren ergangen ist.«

Aber du hast mich nie angerufen, dachte Terese und schielte rüber zu der Frau mit dem markanten Profil. Nicht ein einziges Mal.

Sie kamen an der kleinen Badestelle vorbei, und Sylvia zeigte auf ein Fleckchen Wiese, auf der der Steg lag, daneben ein kleiner Streifen Sandstrand.

»Hier haben wir immer zusammen gebadet. Und Picknick gemacht. Maria hat sich in die Sonne gelegt, und ich hab dagesessen und aufgepasst, dass du nicht ertrinkst.«

Wieder Lachen, dieses Mal fröhlich und aus vollem Herzen, als ob sie tief in die Erinnerung eintauchte und nicht begriff, dass diese Zeiten vorbei waren.

Dann verstummten sie wieder. Kamen an Häusern mit trauriger, ausgeblichener Fassadenfarbe vorbei und bunten Osterfedern an den Zweigen vor den Zäunen.

»Warum haben sie den Mörder nicht gekriegt?«, fragte Terese schließlich.

Sylvia blickte sie verstohlen an. Überlegte sie, wie viel Wahrheit Terese vertragen konnte?

»Ich weiß es nicht, Terese«, antwortete sie. »Es hat ja so lange gedauert, bis sie ... bis sie überhaupt gemerkt haben, dass sie tot war. Sie haben ja geglaubt, dass sie einfach weggegangen ist. Ich meine: freiwillig.«

Davon hatte Terese gehört. Das hatten Greta und Hasse ihr erzählt, als sie sie in Västanfors besucht hatten und Kaffee trinken waren. Mit einem Mal kein Porzellangeklapper mehr, aufgerissene Augen, als sei es frech von ihr gewesen, so eine Frage zu stellen. Warum haben sie ihn nicht gekriegt? Greta war hochgefahren und zur Toilette gerannt, und Terese wollte auch schon aufstehen und gehen, doch da hatte Hasse ihr die Hand auf den Arm gelegt.

»Weißt du«, begann er. »Sie ist mir immer noch böse. Deshalb ist sie raus. Greta hat von Anfang an nicht geglaubt, dass Maria freiwillig aus dem Dorf ist.«

Er sah ihr tief in die Augen und ließ die Schultern sinken. »Ich hab's geglaubt. Sie meint, ich bin dran schuld. Hätt ich ihr geglaubt, hätten wir vielleicht die Polizisten überreden können, gleich nach Maria zu suchen.«

Er hatte ausgesehen, als würde er im nächsten Moment in Tränen ausbrechen, doch er hatte weitergesprochen. »Sie hat gesagt, sie spürt es, ihre Tochter ist weg. Ich hab gedacht, das ist so Weibsgerede. Aber sie hat ja recht gehabt. Hätte ich mal besser auf sie gehört.« Hasse hielt ihren Unterarm fest, als habe er nicht vor, wieder loszulassen, und das war ein ganz ungewohntes Gefühl.

»Hat sie dir das nicht verziehen? Das ist doch schon so lange her!«, hatte Terese gefragt, und er schien immer kleiner zu werden, als er den Kopf schüttelte.

»Das wird sie niemals tun.«

Terese hatte es etwas seltsam gefunden, dass jemand es zu spüren glaubte, wenn das eigene Kind nicht mehr lebte. Sie konnte sich auch kaum vorstellen, wie alle Greta danach die Stirn geboten hatten, so kompromisslos und strikt, wie ihre Großmutter war. Jetzt sah sie zu Sylvia hinüber. Ein paar blondierte Strähnen flatterten ihr ins Gesicht, das jetzt fragil aussah.

»Und du hast das geglaubt? Dass sie abgehauen ist?«, sagte sie.

Sylvia blickte sie kurz an und schlug die Augen nieder.

»Alle haben es geglaubt. Zuerst. Aber dann verging ja immer mehr Zeit.«

»Greta nicht.«

Sylvias Zunge fuhr über die Lippen, der Lippenstift war jetzt ab, nur wenige rosarote Ränder an den Hautschuppen.

»Stimmt, Greta nicht.« Sie blieb stehen und schnappte nach Luft. »Sie hat es von Anfang an gesagt, immer wieder. Dass Maria dich nie verlassen würde.«

»Aber sie war echt die Einzige? Alle anderen haben gedacht, sie hat mich allein gelassen?«

Die Luft strömte aus ihren Nasenlöchern, und sie schlug die Augen nieder, damit Sylvia ihr Gesicht nicht sehen konnte. Es tat ihr leid, sie wollte ihr eigentlich keine Vorwürfe machen. Sylvia konnte ja nichts dafür, der einzige Mensch, der sich um sie hatte kümmern wollen. Greta hatte es abgelehnt. Sie liefen durch Mårtesbo, und es gab nicht mehr viel zu sagen, aber eine letzte Frage wagte Terese dann doch noch.

»Warum haben sich meine Großeltern nicht um mich gekümmert? Ich meine, mal ehrlich?«

Schneller Blick zur Seite, dann tiefes Seufzen.

»Ich glaube, es ging Greta einfach zu schlecht«, antwortete

Sylvia schließlich. »Sie hat es nicht geschafft. Und deinen Vater gab es ja auch noch.«

Terese schnaubte. Wieder diese bescheuerte Blutsverwandtschaft.

»Ging es ihr denn wirklich so viele Jahre so schlecht?«

»Das musst du vielleicht besser wen anders fragen.«

»Ich bin echt nicht mehr klein gewesen, als sie dann endlich mal auf die Idee gekommen sind, mich anzurufen. Ich hab kaum gewusst, woher ich überhaupt komme.«

Sylvia presste die schmalen Lippen so fest aufeinander, dass ihr Mund nun ganz verschwand, sie sagte kein Wort.

Sie schwiegen, bis sie wieder von der anderen Seite her nach Dalshyttan hineinkamen. Sylvia erklärte Terese, wer damals in welchem Haus gewohnt hatte, und dann kamen sie an die Stelle, wo rechts und links der Laubwald begann, die weißen Stämme der Birken leuchteten im Frühlingslicht, und Sylvia schwärmte von den Buschwindröschen, die hier wuchsen. Maiglöckchen blühten auch an den Hängen, unzählige Sträuße hatte sie damals gepflückt. Dieser herrliche Duft, doch leider waren sie giftig, tödlich sogar. Ihr Mund wollte nicht mehr stillstehen, und Tereses Gedanken schweiften ab. Hier wanderte sie auf den Wegen ihrer Kindheit, und nichts kam ihr bekannt vor. Ihr Gedächtnis hatte alles verloren, nicht mal ein winzig kleiner Schatten war noch greifbar. Was, wenn das alles nicht passiert wäre? Und sie hier groß geworden wäre, hätte es ihr gefallen? Sylvia erzählte von Blumen und Pflanzen, als ob darin eine Magie läge, von der sie nie genug bekam. Terese konnte sie nicht erkennen. Da war doch nur trauriges, braunes, vertrocknetes Laub. Vielleicht hätte auch sie das Grün und die Blumen an den ockerbraunen Hängen gesehen, wenn sie hier hätte aufwachsen dürfen. Wenn die Blutsbande nicht so entscheidend gewesen wären.

Als der Wald in eine Wiesenlandschaft überging, wies Sylvia auf einen Hang, auf ein rotes Haus mit einem Blechdach. In einem Hundezwinger standen zwei Hunde, die sie anbellten. Ihr Gebell schallte über Wiese und über See.

»Das ist das Haus von Nettan und Rolf. Die haben damals

schon hier gewohnt. Sie waren an dem Abend, als Maria verschwunden ist, auch dabei.«

»Von denen hab ich schon gehört. Greta mag sie nicht besonders.«

Sylvia schmunzelte, als hätte sie Tereses Kommentar nicht gehört.

»Wir waren damals richtig eng befreundet. Haben viel miteinander gefeiert. Walpurgisnacht, Mittsommer, Krebsfeste im August.«

»Warum mag Greta sie denn nicht?«

Sylvia schob die Unterlippe vor.

»Kann ich dir auch nicht sagen. Ich hab hier ja gar nicht so lange gewohnt. Aber vielleicht …« Sie verstummte und sah auf zu dem Haus, dann fuhr sie fort. »Ich glaube, Greta war damals auf alle böse. Denn alle haben gedacht, Maria ist freiwillig weggegangen. Ihr Portemonnaie und ihr Mantel waren ja auch nicht mehr da.«

»Ach, echt?«

»Ja, das war ja der Grund, warum jeder dachte, sie hat sich entschieden zu gehen.«

Wieder dieser Blick. Nur ganz kurz, doch es blitzte kurz auf in Sylvias Augen, das sah sie sofort.

»Weißt du, wie …?«

»Wie sie gestorben ist? Sie ist ermordet worden. Das weiß ich.«

»Als man sie gefunden hat, waren nur noch Knochen übrig. Und Haare. Kjell hat sie entdeckt.«

»Knochen?«, sagte Terese, und dieses Wort brachte sie ganz weit weg von ihrer Mutter, weit weg von der Frau auf den Fotos mit dem Kind neben sich. »Du meinst, ein Skelett?«

»Ja. So was geht rasend schnell. Das kann man sich gar nicht vorstellen, aber so ist das. Die Natur ist grausam.«

Nicht nur die Natur, dachte Terese. Die Menschen auch.

Da erklang ein Rufen vom Hügel.

»Sylvia!«

Fuchtelnde Arme wie die einer Ertrinkenden. Eine Frau kam den Hang hinuntergerannt. Zwei Brüste hüpften unter einer weiten Bluse mit Blumenmuster. Ein Zopf schlug auf den Rücken.

»Das ist Nettan«, flüsterte Sylvia, bevor die Frau bei ihnen war und Sylvia gleich in die Arme schloss, die einen Moment brauchte, um diese stürmische Begrüßung zu erwidern.

»Meine Güte, ist das lange her, Sylvia! Mensch, wie schick du aussiehst. Und so schlank!« Sie lächelte und schob Sylvia zur Seite, als wäre sie ein Kind.

»Ist das deine Tochter?«, fragte sie dann und sah Terese erwartungsvoll lächelnd an.

»Das ist Terese«, sagte Sylvia. »Marias Tochter.«

Das Lächeln in Nettans Gesicht erstarb, doch kämpfte sich mühevoll wieder zurück. Terese fand Nettan auf Anhieb unsympathisch, ihre Zähne kamen ihr unnatürlich lang vor, die Eckzähne waren gelb.

»Ach so«, sagte sie. »Terese. Bist du jetzt hier?«

Nein, ich bin nur eine Halluzination, hätte Terese sie beinahe angefaucht, direkt ins Gesicht.

»Sie besucht gerade die Großeltern«, erklärte Sylvia, und in ihrer Stimme schwang etwas Entschuldigendes mit. Diese Art von Tonfall erkannte Terese im Schlaf. Für jemanden, der ganz normal aufgewachsen war, in einer Familie, zu der man einfach gehörte, waren solche Feinheiten viel schwerer zu erkennen, doch Terese hatte empfindliche Antennen ausgebildet, die ihr verrieten, wann jemand meinte, sie gehöre nicht dazu.

»Und was ist mit dir?« Nettan richtete sich wieder an Sylvia. »Was führt dich hierher? Bist du wieder bei Kjell?« Ihre Stimme war jetzt wieder zuckersüß und aufgekratzt, und Sylvia bejahte. Ja, genau. Sie war hergekommen, um Kjell zu besuchen.

»Und Terese. Greta hat mir erzählt, dass sie über Ostern kommt.« Sie drehte sich zu Terese um und lächelte, als wolle sie ihr eine Existenzberechtigung verschaffen.

»Ja, stell dir vor, wenn sich doch nur die anderen von früher auch mal wieder herwagen würden«, sagte Nettan seufzend, und Sylvia warf einen Blick auf Terese und verabschiedete sich dann schnell von Nettan, mit dem Versprechen, bald wieder von sich hören zu lassen.

»Oh Gott, was war das für eine«, sagte Terese, als sie weitergegangen waren.

Sylvia lachte, aber wirkte bedrückt.

»Ja«, sagte sie. »Nettan ist speziell.«

»Ich hatte nicht das Gefühl, sie freut sich, dass ich hier
bin.«

»Ich glaube, sie war eher etwas überrumpelt.«

»Ich kann verstehen, dass Greta sie nicht mag. Wen meinte
sie denn, wer wagt sich nicht hierher?«

Unter Sylvias Augenbraue zuckte es, und sie zeigte auf ein
längliches Holzhaus mit rotem Anstrich, auf das sie jetzt langsam zuliefen.

»Göran und Thorhild. Die haben hier gewohnt, aber ...«

In Tereses Bauch begann es zu grummeln, als wüsste sie, was
gleich kommen würde. Mehr wollte sie gar nicht wissen, doch
Sylvia sprach weiter.

»Greta hat immer geglaubt, dass er es war. Irgendwann sind
sie dann weggezogen, haben es hier wohl nicht mehr ausgehalten.«

»Und war er's? Was denkst du?«

Sylvia seufzte und zuckte mit den Schultern.

»Aber Greta hat dran geglaubt?« Terese merkte selbst, dass
ihr Ton scharf klang, und wusste auch nicht, warum sie Greta
gegenüber plötzlich etwas wie Loyalität empfand, sonst konnte sie sie doch nie verstehen. »Sie hat mit allem anderen doch
auch recht gehabt?«

Sylvia zuckte noch einmal mit den Schultern, und fast sah
es so aus, als würde sie gleich in Tränen ausbrechen.

Terese wollte eigentlich wissen, wie lange Sylvia nach dem
Ereignis noch hier gewohnt hatte, doch sie verkniff sich die
Frage. Keine Antwort reichte aus. Jede Frage grub nur noch tie-
fere Gräben. Sie fühlte sich mit einem Mal schwach, begann zu
würgen, als überkäme sie ein heftiger Schmerz. Instinktiv blieb
sie stehen und krümmte sich, spürte Sylvias Hand in der Len-
dengegend.

»Hast du nichts gefrühstückt?«, hörte sie eine Stimme von
weiter oben, spürte eine sanfte Hand im Rücken, die sie an An-

nes tröstende Hand erinnerte, wenn sie zu viel getrunken hatte und sich übergeben musste.

Nach einer Weile ging es wieder, und sie richtete sich auf. Sylvia betrachtete sie voller Sorge, doch Terese beteuerte, dass alles in Ordnung sei.

Schließlich gelangten sie zu dem Haus, das Greta und Hasse nur den Berghof nannten. Da standen weder geschmückte Osterzweige noch hübsche Blumen vor der Haustür.

»Ich hab gehört, dass Greta und Hasse das Haus gekauft haben«, sagte Sylvia.

»Ja«, sagte Terese. »Greta hat gemeint, vielleicht will ich es irgendwann mal haben.«

»Und?«

»Nee«, sagte Terese. »Ganz bestimmt nicht.«

Sylvia sah sie wieder mit diesem Rehblick an, und da wusste Terese auf einmal, warum er ihr so bekannt vorkam: Sie hatte ihn schon ganz oft gesehen, im Spiegel nämlich, in ihrem eigenen Gesicht. Den Blick eines Menschen, den niemand haben wollte.

# 7.

KAUM WAREN SIE von ihrem Spaziergang zurück, entschuldigte sich Sylvia. Noch länger den Schein zu wahren, war schlicht unmöglich. Terese schien nicht enttäuscht zu sein, sie verabschiedete sich nur flapsig. Mit trockenem Mund und flatterndem Herzen verließ Sylvia das Haus. Es tat weh, dass Terese sich so desinteressiert zeigte, aber wahrscheinlich waren Jugendliche einfach so. Was hatte sie auch erwartet? Sollte Terese sich an sie erinnern, ihr um den Hals fallen und sich mit den Worten bedanken, dass Sylvias Fürsorge sie in den entscheidenden Wochen damals gerettet habe? Wie lächerlich, wie naiv. Hatte sie wirklich etwas in der Art erwartet? Doch sie musste zugeben, enttäuscht war sie schon.

Wie viel Zeit tatsächlich vergangen war, war ihr klar geworden, als diese junge Frau Gretas Küche betreten hatte. Fünfzehn Jahre war es her, seit sie sie zuletzt gesehen hatte, und trotzdem hatte sie immer diese Dreijährige vor Augen gehabt, sah sie in die Küche stapfen. Stattdessen kam eine Jugendliche mit tiefschwarz geschminkten Augen herein. Der Blick hinter der vielen Farbe war scheu, fast ein wenig verschlagen. Sie war auch nicht so schön wie Maria, hatte keineswegs ihre Ausstrahlung, aber sie war süß, hatte einen leicht trotzigen Ausdruck, einen Blick, der sich verlief.

Sie sah einfach wie eine ganz normale Siebzehnjährige aus.

Auf gewisse Weise hatte es Sylvia beruhigt. Wären sie sich irgendwo anders über den Weg gelaufen, sie hätte sie nicht wiedererkannt. So wenig blieb also von dem übrig, was man in der Kindheit für die Persönlichkeit oder Seele gehalten hatte. Weder Tereses Bewegungen noch ihre Stimme kamen Sylvia bekannt vor. Vielleicht war ja ihr Lächeln dasselbe ihrer Mutter, das wusste sie nicht, denn das hatte sie Sylvia vorenthalten.

An der Brücke blieb sie stehen, zog eine Zigarette aus der Tasche und steckte sie an. Eigentlich sollte sie das besser lassen, aber in dem Moment konnte sie sich nicht beherrschen.

Mit der Zigarette in der Hand stand sie da, bereits nach wenigen Zügen wurde ihr schwindelig. Sie starrte hinunter auf das Wasser, das zwischen den schwarzen Steinen sprudelte. Dachte zurück an die Mittsommernacht, sah alles wieder ganz deutlich.

Hier unten war sie durchs eiskalte Flusswasser gewatet, das hohe Gras um die Beine. Hatte nach Terese gesucht, fest überzeugt, hier jeden Moment auf ein ertrunkenes Kind zu stoßen.

Doch Terese war nicht ertrunken.

Aber ein Mensch war in dieser Nacht gestorben. So hatte es das Schicksal gewollt. Dieser Mord war nur ein Teil eines Spiels, das die feuchten Moore und die Stromschnellen im Fluss, der Schlick auf dem Seegrund, die Flechten in den Tannenzweigen und die Sturmböen in den Baumkronen spielten. Schicksal oder Zufall, eine höhere Macht, der man nicht entkam und die man auch nicht verstehen konnte.

Nettan schien sich richtig gefreut zu haben, sie zu sehen. Sie war ganz die Alte gewesen, das Gesicht etwas voller, doch nach wie vor süß. Ihre ausladenden Gesten und dieses Lachen, das gleichzeitig ohrenbetäubend und so warmherzig war.

Ihre Reaktion, als sie Terese bemerkt hatte, war eigenartig gewesen. Doch vielleicht hatte es sie völlig überrumpelt? Auf einen Schlag kam die Erinnerung zurück. Nettan hatte sich bestimmt nicht jahrelang mit den Gedanken an eine verlorene Tochter herumgeschlagen.

Während des ganzen Spaziergangs hatte Sylvia gespürt, dass diese Frage in der Luft gelegen hatte. Warum hatte sie sich all die Jahre nie bei Terese gemeldet? Sie hätte sie anrufen können, die Verbindung zu ihrer Kindheit sein können, hätte Geschichten und Bilder für sie gehabt, wie eine Grundierung für die Leinwand ihres Lebens.

Es hätte zu sehr wehgetan, sagte sie sich jetzt selbst, doch diese Antwort war kläglich.

Sie hatte alles hinter sich lassen müssen, um ihr Leben wieder in den Griff zu kriegen und alles zu vergessen, doch auch diese Antwort taugte nicht viel. Und jetzt hatte sie Terese wieder gegenübergestanden und einsehen müssen, dass die durch das Treffen entstandene Leere mehr wehtat als jede Grübelei. Von dem kleinen Mädchen war nichts mehr übrig, sie konnte nicht nachvollziehen, dass das das Kind war, nach dem sie so verzweifelt gesucht hatte, in der Mittsommernacht, da im Fluss. Als ob Terese tatsächlich in dem kalten Flusswasser geblieben wäre. Vielleicht war es so?

Das Schicksal, dachte sie. So groß und immer wieder so unbegreiflich.

Sylvia warf die halb gerauchte Kippe ins Wasser und lief an der Eisenhütte vorbei, die jetzt renoviert war und unter Denkmalschutz stand. Die Schlackesteinmauern wurden nun von Balken abgestützt, und die Holztäfelung war erneuert worden und leuchtete unnatürlich stark rot. Die Wassermühle sah aus wie früher, nur die weiße Farbe war ergraut, und die Fensterscheiben hatten Sprünge.

Sylvia ließ den Fluss hinter sich und ging den Hügel hinauf zum Berghof. Als sie mit Terese hier gewesen war, hatte sie der Anblick des Holzhauses mit den klaffenden Fensterscheiben fast zum Weinen gebracht, doch sie hatte sich enorm zusammengerissen.

Wie sie jetzt vor dem Haus stand, konnte sie nicht länger an sich halten. Ihre Gedanken gingen zu jenem Mittsommermorgen zurück, als sie die jungen Birken an den Zaunpfählen festbanden, Tische und Stühle hinausschleppten und mit weißen Tischdecken und Wildblumensträußen schmückten. Alle Menschen dort, die Kinder, die sich auf die Kränze und Musik und Tanz freuten, die Erwachsenen auf den Alkohol und die Trinklieder.

Sylvia versuchte sich einzureden, dass sie das gesehen hatte, was sie hatte sehen wollen: eine ganz normale Jugendliche, bei der es einigermaßen lief.

Aber etwas plagte sie doch, was die Begegnung nicht hatte ausräumen können. Es reichte nicht, nur das zu sehen, was sie sehen wollte, und das hätte sie von Anfang an wissen können. Die Gewissensbisse waren also noch da, vielleicht sogar stärker als je zuvor.

Auf dem Weg hinauf blieb sie eine Weile stehen, um die Tränen hinunterzuschlucken, das Hundegehege von Ernst und Ingegärd stand verlassen, war hier und da ganz kaputt. Irgend so ein schräger Typ, der Schrott sammelte, wohnte jetzt in ihrem Haus, und das Grundstück war voller Autowracks und Traktoren, sie hatten zwei Schulkinder, aber keine Hunde. Warum ließ man das alte Zeug einfach stehen und verrosten? Warum riss man die alten Gebäude nicht einfach ab, die man nicht brauchen konnte?

Hier draußen muss man sich gegenseitig helfen, hatte Kjell gesagt, als sie vor sechzehn Jahren bei ihm eingezogen war, und das hatte ein bisschen aufgeblasen geklungen, aber von dieser Solidarität schien nicht mehr viel übrig zu sein. Hinter maroden Zäunen waren die Häuser zu einsamen Inseln geworden, man wusste nicht mehr viel voneinander. Aber vielleicht war es auch ein Trugschluss gewesen zu glauben, man hätte sich früher besser gekannt.

Die Hunde kamen mit wedelndem Schwanz und freudig bellend auf sie zugerannt, schließlich fasste sie sich und ging auf das Haus zu.

Kjell fragte sie, wo sie so lange gewesen sei.

»Ich hab eine kleine Wanderung zum Blåkullberg gemacht«, antwortete sie und fiel ihm in die Arme, und in seiner Umarmung fing sie an zu weinen.

»Hey, meine Kleine.« Er schob sie ein Stückchen von sich fort, um ihr ins Gesicht zu sehen. »Warum weinst du denn?«

»Ach, gerade kommt so vieles wieder hoch.«

Was eigentlich nicht gelogen war. Natürlich würde er noch erfahren, dass sie sich mit Terese getroffen hatte, zu einem späteren Zeitpunkt. Nicht jetzt. Sie hatte schon viel zu viel geredet, viel zu viele Fragen beantwortet, viel zu viele Gedanken im Kopf hin- und hergeschoben. Wie er darauf reagierte oder auch nicht reagierte, konnte sie jetzt nicht auch noch verkraften. Gerade wollte sie sich nicht noch mehr deprimieren und ins alte Gefühlschaos verstricken lassen.

Kjell hielt sie in seinen Armen, und sie legte ihren Kopf an seine Schulter, schloss die Augen und dachte, dass sie nun endlich zurück war, dort, wo sie hingehörte, umgeben von seinem

Duft und seiner Wärme, und dass es möglich sein musste, diese Zeit, die ihnen fehlte, irgendwie zu überwinden und auszuradieren, um so weiterleben zu können, wie sie es immer gewollt hatten.

Am darauffolgenden Tag ging Sylvia mit der Kaffeetasse hinaus auf den Balkon. Kleine Vögelchen landeten im Vogelhäuschen, pickten sich einen Sonnenblumenkern, flatterten kurz auf in die Luft, doch waren schnell wieder da. In der Fliederhecke und auf der Birke, alles war in Bewegung. Alles war in Bewegung, dachte sie. Terese, Kjell, das Leben in ihrem Bauch.

Sie blickte hinunter zu Marias Haus. Nie hätte sie geglaubt, dass es immer noch leer stand. Es wäre besser gewesen, jemand anderes wäre da eingezogen, und die Vergangenheit wäre verschwunden. Jetzt hingen die Erinnerungen an diesen Mittsommermorgen, wie Terese über die Wiese gelaufen kam und Maria ihr zugewunken hatte, noch an diesem Hof, und sie konnten erst überschrieben werden, wenn es neue Bilder gab.

Ob das der Grund gewesen war, warum Greta und Hasse das Haus von Ingegärd gekauft hatten und es unvermietet stehenließen? Sie wollten die Erinnerungen bewahren, so weh es auch tat. Die Leute hier lebten in der Vergangenheit. Kjell sprach von »Görans und Thorhilds Haus«, obwohl sie dort schon seit fünfzehn Jahren nicht mehr wohnten.

Der Kaffee schmeckte bitter, sie brachte ihn nicht hinunter. Sylvia ging ins Haus und kippte ihn in den Abguss. Die Hunde lagen auf dem Boden und hoben die Köpfe, als sie hereinkam. Es war neun Uhr. Kjell war im Walzwerk. So würde ihr neues Leben jetzt also aussehen. Still.

Kjell war ein guter Mann. Auch wenn sie nun etwas Obskures über ihn wusste, manche Geheimnisse verbuddelte man besser ganz tief in der Erde. Manches sollte verrotten und nie wieder ans Licht kommen, so schuf es Platz für etwas Neues.

Ein Baby. Wenn nichts schiefging. Dann hätte sie am Ende doch noch ihr Kind, das im Vogelgezwitscher aufwuchs und in den Düften von Nadelwald, Moos und See, weit entfernt von den Autobahnen und dem Lärm der Städte. Wenn Kjell sie dann noch wollte.

Vielleicht könnte sie Terese ab und an sehen. Diese fast erwachsene, junge Frau, die sie nun war, richtig kennenlernen. Ihr irgendwie helfen. Bei dem Gedanken wurde ihr warm ums Herz. Am Ende wurde doch noch alles gut.

Aus einer plötzlichen Eingebung heraus ging sie hoch ins Obergeschoss. Vielleicht würden sie hier nun doch noch ein Kinderzimmer einrichten. Sie versuchte sich zu bremsen, rief sich in Erinnerung, dass Kjell und sie ja erst seit einer Woche wieder zusammen waren und dass noch manches passieren könnte.

Hier war schon jede Menge Gerümpel und aussortiertes Zeug gewesen, als sie damals eingezogen war, doch nun wusste sie kaum, wohin sie ihren Fuß setzen sollte. Möbel, zusammengerollte Teppiche, Farbdosen und eingetrocknete Pinsel auf einer ausgebreiteten alten Zeitung, die längst vergilbt war. Kartons und Kleidung. Ein Umzugskarton mit Damenkleidern, die nicht von ihr waren. Sie hielt eine bestickte Bluse in die Luft, doch ließ sie sofort wieder fallen.

Andere Frauen in Kjells Leben. Ja, wenn sie sich umblickte, fand sie überall ihre Spuren. Lampenschirme und klein gemusterte Kissenhüllen, überladene Tagesdecken und Nippes aus Muscheln. Frauen ohne jeden Geschmack, dachte Sylvia und ging weiter. Ganz hinten in einer Ecke stand noch ihre Staffelei, davor lehnten die Bilder, die zu ihrer Zeit an den Wänden gehangen hatten. Dann hatte er sie immerhin nicht ganz aussortiert.

Irgendwer hatte schon einen halbherzigen Versuch unternommen, Ordnung zu machen und Wintermäntel und Jacken auf einem improvisierten Kleiderständer aufgehängt, darunter tummelten sich Stiefel und Schuhe, fast alles Damenmodelle. In ihren Mund trat ein säuerlicher Geschmack. Wie viele Frauen hatte er eigentlich gehabt?

Er hatte von einer gesprochen.

Aber die Schuhe konnten nicht nur dieser einen Frau gehören, denn da standen welche in Größe 39, in Größe 38 und 37.

Das Paar Gummistiefel, Größe 38, erkannte sie, das war ihres, mit den Farbklecksen am Schaft. Ob eine andere sie angezogen hatte?

Wenn das alles Schuhe waren, die jemand vergessen hatte. Wie viele Frauen waren in diesem Haus ein und aus gegangen und hatten keine Spuren hinterlassen?

Sie drehte dem Kleiderständer den Rücken zu und ging weiter, versuchte sich auszumalen, wie hier ein Kinderzimmer aussehen könnte. Der Raum war sehr groß, es bliebe immer noch genügend Platz für ein Atelier. Aber so oder so musste sie erst eine richtige Arbeit finden. Musste auch allein über die Runden kommen, brauchte einen Plan B. Noch einmal würde es ihr nicht passieren, dass sie ein Kind im Stich ließ.

Wenn sie nur damals, vor fünfzehn Jahren, eine Arbeit gehabt hätte. Eine Zweizimmerwohnung in Smedjebacken, vielleicht sogar unten an der Kirche, bei den schönen Häusern, da gab es ja auch Mehrfamilienhäuser. Da hätte sie gut wohnen können. Mit Terese. Die Dinge hätten sich anders entwickelt, für sie beide. Vielleicht wäre das das bessere Leben gewesen.

Sie schüttelte den Kopf. »Wenn« war kein Wort, das ihr guttat. Ihre Gedanken gingen mit ihr durch. Schluss damit. Ihre Hand wanderte wieder auf ihren Bauch. Alles hatte so kommen sollen, und es hatte damals nicht sollen sein.

Maria hatte ihr erzählt, dass sie es gehasst hatte, schwanger zu sein. Diese Übelkeit, die Unbeweglichkeit, die ganzen Hormone. Sylvia konnte das gar nicht verstehen. Ein Leben in sich zu tragen, das würde sie niemals hassen können, obwohl sie sich jeden Morgen übergeben musste.

Bald war sie vierzig und hatte eigentlich längst kapituliert, hatte sich mit ihrem Leben mit Perra abgefunden, das sich vor allem um die Feste mit den Freunden drehte, die genauso lebten, und ihrem Wunsch, wieder zu malen, bei dem es jedoch auch blieb.

Aber dann hatte das Leben anders entschieden.

Ein paar zusammengequetschte, ausgetrocknete Farbtuben lagen unter der Staffelei, daneben verstaubtes, leeres Papier. Sie hatte das Gefühl, jetzt war die Zeit gekommen. Kjell hatte deutlich gesagt, dass sie wieder anfangen sollte zu malen. Sein Blick dabei, so warmherzig und liebevoll. Es juckte sie in den Fingern, der starke Drang, ein paar Farben zu mischen und mit dem Pinsel hineinzufahren, zuzusehen, wie auf der Leinwand Farbflächen entstanden, wie Aquarellfarben verliefen und Motive bildeten. Sich ins Malen fallen zu lassen, ohne dabei ins Dunkel abzustürzen.

Sie blickte aus dem Fenster. Die Felder wurden langsam trockener. Wenn sie weiterhin solch ein Wetter hatten, würden an der Böschung bald die Buschwindröschen sprießen, die Knospen an den Bäumen aufplatzen, und in wenigen Tagen wäre die Landschaft eine ganz andere. Dann war das Leben zurück.

Hinter der Staffelei stand ein alter Sekretär, den hatte sie noch gut in Erinnerung. Auf ihm waren ein paar alte Schuhkartons gestapelt. Sie hob einen der Deckel hoch, und da blieb ihr die Luft weg. Ihr Fotoapparat! Den hatte sie ganz vergessen!

Er war damals ganz neu gewesen, daran erinnerte sie sich, ein Geschenk. Aber von wem? Vermutlich von Kjell.

Jetzt sah er richtig altmodisch aus. Sylvia nahm ihn in die Hand und warf einen Blick auf den Zähler. Zweiundzwanzig. Hatte sie einen 24er- oder einen 36er-Film eingelegt? Sie hielt die Kamera in den Raum und löste aus. Nachdem sie zweimal geknipst hatte, ging es nicht mehr weiter. Sie schmunzelte und spulte den Film zurück, nahm die Rolle heraus und steckte sie sich in die Jackentasche.

Dann hörte sie unten die Hunde anschlagen. Ein Auto rollte durch den Kies vor dem Haus. Erst fragte sie sich, wer das sein konnte, und flitzte nach unten, um durchs Fenster zu schauen. Aber es war nur Kjell. Sie warf einen Blick auf die Uhr, kurz vor zwölf. Nicht zu fassen, wie die Zeit verflog. Sie hatte noch nicht einmal gefrühstückt.

In seiner Arbeitskleidung kam er durch die Tür, und die Hunde sprangen schwanzwedelnd an ihm hoch und bellten, dabei fiel ihr ein, dass sie mit ihnen gar nicht Gassi gegangen war. Kjell hatte zwei Pizzakartons dabei und hielt sie in die Höhe.

»Ich dachte, wir könnten gemeinsam mittagessen.« Er lächelte, war ganz im Glück.

»Dass schon Mittagszeit ist«, sagte sie. »Ich hab noch nicht mal gefrühstückt.«

Sie deckte den Tisch, schnitt die Pizza in Stücke und legte sie auf ihre Teller.

»Bolognese, war das nicht deine Lieblingspizza?«

Diese Pizza aß sie schon lange nicht mehr, doch sie nickte. Er lebte noch ganz in der Vergangenheit. Von dem Geruch wurde ihr übel, und das erinnerte sie an die Schuhe im oberen Stock. Aber sie wollte es nicht ansprechen. Stattdessen holte sie die Filmrolle aus der Tasche.

»Sieh mal, was ich gefunden habe. Aus meinem alten Fotoapparat.«

»Du meinst, oben?«

»Ja. Da steht ziemlich viel Zeugs rum.«

»Wir müssen da unbedingt ausmisten«, sagte er und schob sich ein großes Stück Pizza in den Mund. »Dann kannst du dir dein Atelier wieder einrichten. Den Webstuhl habe ich aufgehoben, er ist auch noch irgendwo.«

Was vermutlich nur daran lag, dass er noch nicht dazu gekommen war, ihn zur Mülldeponie zu fahren. Trotzdem rührte es sie an.

»Ich werde ihn dir wieder aufbauen«, sagte er. »Jetzt iss mal was.«

»Ich fahre dann mit dir mit«, sagte sie. »Ich will den Film zum Entwickeln bringen. Und in Kentas Wohnung muss ich auch noch mal.«

Sie dachte, sie sollte auch auf den Friedhof gehen, zu seinem Grab. Zu Marias Grab vielleicht auch. Ihr von der Neuigkeit erzählen. Dann war sie die Erste, die es erfuhr. Das wäre nur recht und billig. Sie schnitt etwas von der Pizza ab, doch nach dem zweiten Bissen musste sie sich entschuldigen und zur Toilette rennen.

Sie drehte den Wasserhahn voll auf, damit er nicht hörte, wie sie sich übergab. Es war noch zu früh. Mindestens eine Woche musste sie noch warten, besser zwei. Dann konnte sie es ihm sagen.

Sie spülte sich Wasser übers Gesicht und blieb so über das

Waschbecken gebeugt stehen, verfolgte, wie ihre Gesichtsfarbe langsam zurückkehrte.

Kjell saß da noch mit seiner Pizza, er hatte nichts mitbekommen. Er schien auch nicht zu merken, dass sie kaum etwas zu sich nahm, denn er stand auf, wischte sich Krümel von der Stretch-Arbeitshose und warf einen Blick auf die Uhr über dem Türrahmen.

»Wenn du mitwillst, dann musst du gleich kommen. Ich muss auf der Stelle los.«

Jetzt war er extra zu ihr nach Hause gefahren, anstatt seine Brotdose auszupacken und mit seinen Kumpels zu essen. Was für ein schönes Gefühl. Er brachte die Hunde raus, sie packte den Film wieder ein und ging ihm schnell hinterher.

# 8.

TERESE UND ANNE hatten es sich oben auf dem alten Plüsch-
sofa gemütlich gemacht, doch das Kassettenfach des Video-
players stand noch offen. In ihrer geklauten Adidas-Hose mit
den seitlichen Druckknöpfen und einem bauchfreien Top hing
Anne halb liegend auf dem Sofa. Das Loch, wo sie das Siche-
rungsetikett in der Umkleidekabine rausgeschnitten hatten,
war kaum noch sichtbar, sie hatte es gut zugenäht. Jetzt erzählte sie ausführlich von der Party. Wer gekommen war, wer sich
mit wem angelegt hatte, wer mit wem rumgeknutscht und wer
sich total blamiert hatte. Als ihr Redeschwall versiegte, sah
sie Terese an, und da lag etwas in ihrem Blick, was Terese irritierte.

»Und wie war's bei dir? Bei Oma und Opa?«

Terese begann, von Sylvia zu erzählen und davon, wie ihr
Mund nicht mehr stillgestanden hatte, kaum dass sie aus dem
Haus gewesen waren.

Dabei hatte Sylvia gar nichts richtig Wichtiges gesagt. Als
Terese es Anne erzählen wollte, kam es ihr irgendwie dürftig
vor. Sie sei ein ganz fröhliches Kind gewesen. Hatte Tiere gemocht. Sie seien zusammen spazieren gegangen. Ihre Mutter
sei echt cool gewesen, immer fröhlich, und was die anderen
über sie geredet hatten, hatte sie nicht gejuckt.

»Na ja, Tiere mag ich ja immer noch«, sagte Terese und tat
unberührt. »Das war auch das Einzige, was mir irgendwie bekannt vorkam.«

Anne nahm den Film aus dem Fach und fummelte am Co-
ver herum. Es war *Trainspotting – Neue Helden*, den hatten sie
schon tausendmal geschaut, es war nun mal Annes Lieblings-
film. Terese konnte ihn langsam nicht mehr sehen, aber immer, wenn sie die Erlaubnis bekamen, einen Film auszuleihen,
überließ sie Anne die Entscheidung. Sie wusste eigentlich
nicht, warum, es war dasselbe Gefühl, das sie zögern ließ, zu
erzählen, was Sylvia noch gesagt hatte.

»Sylvia hat gesagt, sie wollte mich adoptieren«, erzählte sie dann doch. »Oder sich jedenfalls um mich kümmern.«

Sie blickte auf Annes Hände, die noch die schwarze VHS-Kassette hielten, um nicht mitzukriegen, was sich in ihrem Gesicht abspielte.

Anne sagte kein Wort, und Terese merkte schon, sie hatte eigentlich genug erzählt, doch sie konnte den Mund nicht halten. Die Worte strömten förmlich aus ihr heraus, sie musste sie loswerden.

»Das Haus, in dem wir damals gewohnt haben, steht leer. Greta und Hasse haben es gekauft. Für mich, haben sie gesagt.«

Da wurde Anne hellwach, und sie schmiss die Kassettenhülle hin.

»Wie bitte? Die haben dir ein Haus gekauft? Soll das ein Witz sein?«

»Nee, ich meine, die haben das nicht direkt für mich gekauft. Greta hat gesagt, vielleicht will ich es ja irgendwann mal haben. Also, wenn sie tot sind, so als Erbe.«

Anne beugte sich vor, die Hände im Sofaplüsch.

»Aber das heißt, das Haus steht jetzt leer?«

»Ja, schon seit meine Mutter gestorben ist. Da wohnt keiner mehr. Voll unheimlich.«

Anne pfiff begeistert.

»Da müssen wir hin, Tessy! Tobbe kann uns fahren. Da machen wir die ganze Nacht durch!«

»Ach, ich weiß nicht ...«

»Das muss doch keiner wissen ...«

Terese blickte zur Treppe und hoffte inständig, Marianne oder Birger kämen in dem Moment hoch und würden ihr Gespräch unterbrechen, vielleicht vergaß Anne dann ihre verrückte Idee. Aber es kam niemand.

»Das funktioniert niemals mit ›das muss keiner wissen‹. Da gibt's Nachbarn, die kriegen das mit. Das ist doch voll auf dem Dorf.«

»Ach Quatsch. Das macht es erst richtig spannend. Wir lassen einfach das Licht aus. Wir spielen, wir sind auf der Flucht! Und die Polizei ist hinter uns her!«

Terese schüttelte den Kopf, ihr fiel ein, wie sehr sie sich in dem Haus gegruselt hatte.

»Das Wasser ist abgestellt, also kann man nicht auf die Toilette. Du kannst nicht einfach da wohnen. Und schweinekalt ist es auch.« Sie war enttäuscht, dass Anne auf das, was sie ihr eigentlich mitteilen wollte, überhaupt nicht reagierte. Ein Ort zum Feiern, mehr interessierte sie nicht.

»Ich hab so keinen Bock mehr auf das hier«, sagte Anne und warf sich zurück aufs Sofa. »Ich brauch ein Abenteuer.«

»Das Haus geht für mich echt nicht. Ist irgendwie voll gruselig.«

»Meinst du, da gibt's Gespenster?«

Terese rümpfte die Nase.

»Glaub nicht. Sie ist auch woanders ermordet worden.«

Anne kroch näher zu Terese und drückte ihre Hand.

»Ey Süße! Wir können doch wenigstens mal hinfahren und gucken? Zeig mir doch mal, wo du gewohnt hast, als du klein warst. Als du noch klein und fröhlich warst, und nicht so 'ne Spaßbremse wie heute.«

Eine gute Stunde später saß Terese auf dem Rücksitz hinter den getönten Scheiben, so wie immer. Tobbe ging stempeln, deshalb hatte er sofort Zeit.

Tobbe hatte die Hoheit über das Autoradio, und zurzeit stand er auf Rock. Anne saß auf dem Beifahrersitz und rauchte Kette, hatte das Fenster einen Spalt offen. Terese saß hinter Tobbe. Manchmal warf er einen Blick in den Rückspiegel und grinste, und das war eigentlich nichts Besonderes, aber immer wenn er das tat, hatte sie das Gefühl, sie teilten ein Geheimnis miteinander, und dann spürte sie es überall kribbeln.

Als sie nach Smedjebacken hineinkamen, musste Terese ihnen den Weg zeigen. Tobbe fuhr so schnell, dass sie sich in den Kurven am Türgriff festhalten musste.

»Wie, keine richtige Straße?«, sagte Tobbe, als sie auf den Schotterweg runter ins Tal abbogen.

Anne lachte ihn aus. »Bist noch nie auf dem Land gewesen?«

Seine Augen im Rückspiegel. Anne merkte es nicht.

Der abgeholzte Wald und unten der See, das Wasser sah kohlrabenschwarz aus. Dann begann auf beiden Seiten des Wegs, der sich jetzt den Berg hinabschlängelte, dichter Nadelwald. Tobbe raste. Terese wollte ihm sagen, er solle langsamer fahren, aber wollte nicht wie seine Mutter klingen.

Als sie an Gretas und Hasses Haus vorbeikamen, sagte sie kein Wort. Es war umgeben von Feldern, dahinter Wald, und sie fuhren einfach daran vorbei, blickten auf den See und die Felder, sahen sich das Haus gar nicht weiter an. Tobbe sagte, dass der Gutshof sehr schön sei, und fragte, ob sie da übernachten wollten.

Die ganze Aktion fühlte sich falsch an. Terese bereute es, dass sie sich nicht durchgesetzt hatte. Wobei das Wort »bereuen« es wohl nicht ganz traf. Sie hätte es nicht geschafft.

Deiner Mutter war es vollkommen egal, was die Leute getratscht haben, hatte Sylvia erzählt. Maria hat einfach gemacht, was sie wollte.

Da wurde sie wieder wütend. Hasse und Greta hatten ihr wirklich alles vorenthalten. Aber wenn sie ihnen das vorwarf, dann würden sie nur entgegnen, sie habe ja auch nie danach gefragt. Womit sie auch wieder recht hatten. Obwohl es schier unmöglich war, Fragen in eine Mauer aus Schweigen zu bohren, meterdicke Trauer, da ging einfach nichts durch.

»Wir sind da«, sagte sie, als sie den Hügel hinaufkamen und vor der Kreuzung standen. Rechts der Stall, jetzt sah sie ihn mit den Augen der anderen: Das Dach leicht eingefallen, und die Fassade, die früher einen roten Anstrich gehabt hatte, war nur noch blassrosa. Das Haus, das sie hier nur den Berghof nannten und in dem sie früher gewohnt hatte, sah krumm und schief aus, oder lag es vielleicht an der großen Steintreppe, die Dachziegel waren von Moos überzogen, und die schwarz gestrichenen Türen sahen trostlos aus.

Tobbe stieg in die Eisen.

»Halt, stopp«, sagte Terese. »Du musst weiter hochfahren, in den Wald. Hier kannst du nicht parken.«

Sie zeigte den Schotterweg hinauf, der in den Wald führte,

und er trat aufs Gas, sodass die Pferde auf der Koppel losgalop-
pierten und Bocksprünge machten. Terese war ganz mulmig
zumute, sie stellte sich die Gesichter an den Fensterscheiben
vor, als der Motor aufheulte, die Nachbarn, die wissen wollten,
was da los war, was für ein fremdes Auto das war und was es
bei ihnen zu suchen hatte. Das fing ja gut an. Gleich würden
die Telefonleitungen heiß laufen.

Wieder dachte sie, sie hätte sich wehren müssen. Einmal
stark sein. Und sich darüber hinwegsetzen, was Anne wollte.

Sie fuhren vom Schotterweg ab und kamen auf einen alten
Waldweg, der eigentlich nur aus Reifenspuren bestand und dazwischen Grasnarbe. Der Unterboden des Wagens schrappte
über das Gras, und Tobbe fluchte. Hinter einem kleinen Hügel
hielt er an, hier konnten sie vom Weg aus nicht gesehen werden.

Sie holten die Rucksäcke aus dem Wagen. Schlafsäcke und
Teelichter. Bier und geschmierte Brote, das hatten Anne und
Terese organisiert. Drei große Flaschen Wasser. Tobbe hatte ein
Handy. Und vermutlich hatte er auch noch andere spaßige Sa-
chen dabei.

Sie liefen durch den Wald und über die Pferdeweide. Die
Pferde starrten sie an und schnaubten laut durch die Nasenlöcher. Dann fingen sie wieder an zu galoppieren, und Tobbe
fand das zum Totlachen und klatschte in die Hände, um sie
noch mehr auf Trab zu bringen.

»Lass den Quatsch! Was soll das?«, keifte Terese, aber Anne
lachte nur.

Zum ersten Mal, seit Terese Anne kannte, beschlich sie das
Gefühl, dass Anne ihr gegenüber nicht ganz ehrlich war. Diese
blöde Idee, dass sie jetzt unbedingt herfahren mussten, obwohl Terese eigentlich gar nicht wollte. Dass sie ganz leise sein
mussten und so tun, als wären sie auf der Flucht vor der Polizei. Annes knallrote Haare flatterten ihr über den Rücken, und
ihr Kapuzenpulli mit dem Fruit-of-the-Loom-Logo auf der
Brust war quietschgrün. So lief man wohl kaum rum, wenn
man sich vor der Polizei verstecken musste.

Ob ihre Geschichte bei Anne irgendwie Neidgefühle ausgelöst hatte? Weil es früher wen gegeben hatte, der sie hätte haben wollen?

Sie sahen nach rechts und nach links, dann huschten sie über die Straße und weiter über den zugewucherten Kiesweg auf die Eingangstreppe vom Haus zu. Terese öffnete die Verandatür, und das Körbchen mit dem Deckel hing da nach wie vor, genau wie damals im März, als sie mit Greta hergekommen war. Darin lag an einem herzförmigen Anhänger der Schlüssel.

Sie hatte das Gefühl, einen Einbruch zu begehen, als sie die Tür aufschloss und die anderen in das Haus ließ, an das sie keinerlei Erinnerung mehr besaß, in dem sie als Kind aber gewohnt hatte. Hatte sie das Recht, sich hier aufzuhalten? Sie vielleicht am ehesten. Einmal hatte es einen Ort gegeben, an dem ein Platz für sie gewesen war, und das war dieses Haus. Heute gab es so einen Ort nicht mehr.

Im Haus war es kühl und roch muffig. Eine pillige, blaue Fleecejacke hing am Holzhaken im Flur, auf dem Hocker, der darunter stand, lagen Mütze und Handschuhe. Vermutlich alles Sachen von Greta.

Sie waren still, wie verstummt von dem Bewusstsein, gerade ein fremdes Haus zu betreten. Sie gingen weiter in die Küche, öffneten die Schränke und entdeckten neben dem Geschirr sogar noch ein paar alte Konservendosen. Terese fand, dass Anne und Tobbe unnötig derb an den Schranktüren zogen und dass ihre Blicke draufgängerisch und frech waren. Als hätten sie vergessen, dass sie nicht irgendein Haus betraten. Oder war es ihnen einfach egal? Möglicherweise benahmen sie sich absichtlich so.

Im Spülbecken standen ein paar Vasen, und Terese fragte sich, ob Greta hier doch manchmal herkam. Vielleicht eher im Sommer. Dann konnte sie Marias Lieblingsblumen mitbringen, sie hier ins Wasser stellen, Staub wischen und kurz durchputzen. Am Küchentisch sitzen und durch die alten Fensterscheiben hinaussehen, durch das mit den Jahren milchig gewordene Glas.

Draußen sah es gar nicht so verfallen aus. Der Rasen bestand fast nur noch aus Moos, aber die übrigen braunen Grashalme hatte jemand im Herbst gemäht, das konnte man sehen. Im Wohnzimmer stand ein runder Couchtisch. Er hatte einen Sprung, und an den Rändern waren Stücke vom Furnier abgerissen, sodass das Sperrholz darunter zum Vorschein kam. Ob sie das damals gewesen war? Am Couchtisch stand ein Sofa aus hellbraunem Cordstoff, daneben ein passender Sessel. Überbleibsel von Holzscheiten lagen noch im Kamin. Terese fragte sich, ob sie hier gesessen hatte, als das letzte Feuer brannte. Als sie noch ein fröhliches kleines Kind gewesen war und mit der Welt zufrieden. Vermutlich hatte irgendwer später auch noch mal Feuer gemacht. Trotzdem ließ der Gedanke sie nicht mehr los.

Bei jedem Schritt über den Boden knirschte es unter ihren Schuhen von toten Fliegen. Terese war nicht ganz wohl dabei, doch plötzlich steckte Anne sich eine Zigarette an.

»Mach sofort die Kippe aus, Anne!«

»Ey, Mann, hier drinnen wohnt doch keiner!«

Dieser trotzige Tonfall, als wolle sie provozieren. Terese sagte nichts mehr. Ging es Anne gegen den Strich, dass das irgendwie ja Tereses Haus war? Dass sie eins hatte? Und hier quasi das Sagen hatte?

»Wir gehen mal hoch«, sagte Anne und ging auf die steile, schiefe Treppe zu, nahm zwei Stufen auf einmal und zog sich am Geländer nach oben.

Der Raum im ersten Stock wurde von den vielen Fenstern mit Licht geradezu geflutet. Auf den morschen Fensterbänken lagen die Fliegen haufenweise. Angeekelt verzog Anne das Gesicht, und Terese gefiel das auch nicht, aber gleichzeitig wurde sie stocksauer.

Wie konnte man ein Haus so verkommen lassen? Warum hatten sie es nicht einfach vermietet? Terese spürte Übelkeit aufkommen, öffnete die Tür zur Toilette. Der Raum war winzig, die Toilette war schräg eingebaut, sonst hätte der Platz gar nicht ausgereicht, die Schüssel war dunkel verfärbt, und das Waschbecken hatte rostbraune Flecke. Am Badezimmerschrank fehlte die Tür, doch die Innenfächer waren leer. Nur ein paar Fliegenflügel wurden vom Luftzug aufgewirbelt. Irgendwer sah hier nach dem Rechten. Sonst wäre das Haus noch verkommener, da läge viel mehr Staub, da wären noch viel mehr Spinnennetze. Ob Greta hier regelmäßig herkam, vielleicht auch Frühjahrsputz machte?

Tobbe und Anne gingen rüber ins Schlafzimmer. Terese folgte ihnen. Bemerkte am Spiegel an der Tür ein paar blasse Filzstiftstriche, und ihr lief ein kalter Schauer über den Rücken. Das war bestimmt sie gewesen. Vielleicht hatte ihre Mutter sie deswegen ausgeschimpft. Und danach war alles, was irgendwie bedeutsam gewesen war, vergangen, nur diese Striche hatten alles überdauert. Blanker Hohn.

Anne und Tobbe ließen sich aufs Bett fallen. Es war kein Bettlaken darauf, und auf dem Matratzenbezug prangten große, gelbe Flecke.

»Hast du hier ins Bett gepisst?«, fragte Anne kichernd, als sei elternlosen Kindern kein Ort mehr heilig.

»Wahrscheinlich eher Ratten oder Mäuse«, sagte Terese und drehte sich weg. Als ob hier das Gespenst eines Kindes herumspukte, und das Kind war sie. Das Kopfteil des Bettes war verziert und mit einem ausgeblichenen Stoff überzogen, auf dem Pferde und Reiter mit steifen Gelenken abgebildet waren. Im Vordergrund ein Fuchs auf der Flucht.

Im Kaufmannsladen aus Kiefernholz lagen ein paar Kinderbücher, daneben stand eine Kiste Spielzeug. Anne und Tobbe hatten angefangen zu knutschen, und Terese sah sich den Inhalt der Kiste genauer an, nahm ein Spielzeug nach dem anderen in die Hand und betrachtete es, wollte feststellen, ob wenigstens eins davon Erinnerungen wecken konnte. Eine Porzellankatze kam ihr bekannt vor, vorsichtig fuhr sie mit den Fingern über die glatte Oberfläche und wischte den Staub ab. Greta hatte sicher viel ausgemistet, aber die Katze hatte sie aufgehoben. Terese fragte sich, was an ihr so besonders war.

Anne und Tobbe begannen zu stöhnen, und Terese ging raus und machte die Tür hinter sich zu. Wenn sie sie nicht unterbrach, konnten sie bestimmt bald wieder abhauen. Sex in einem verfallenen, leer stehenden Haus. Dann hatten sie wieder was zum Angeben und Anne endlich ihr Abenteuer.

Terese ging runter und setzte sich auf das Cordsofa. Über der einen Armlehne lag eine graue Wolldecke, und sie kuschelte sich hinein. Der Stoff roch etwas muffig, und sie entdeckte kleine Mäuseköttel, die sie schnell abbürstete. Hier war es viel zu kalt zum Übernachten. Ein Stapel Holz lag unter dem Ofen, aber sie konnte ja nicht einfach so Feuer machen, ohne dass es jemand merkte. Rauch aus dem Schornstein, das fiele den Nachbarn sofort auf.

Langsam hatte Terese immer mehr Schmacht. Greta war also regelmäßig hier, machte Feuer, versuchte, irgendwelche Erinnerungen am Leben zu erhalten. Ihre feine Nase würde Zigarettenrauch bestimmt noch Wochen später riechen. Doch Terese wollte auch nicht rausgehen. Das Risiko, dass gerade jemand mit seinem Hund Gassi ging oder sogar Greta vorbeilief, die regelmäßig ihre Spaziergänge machte, war viel zu groß. Wieder ein Blick zum Holzofen. Da konnte sie eigentlich rauchen. Wenn man die Drosselklappe öffnete und sich direkt unter den gemauerten Schornstein stellte, würde der Rauch doch gleich nach oben ziehen. Und von draußen sah das keiner.

Sie streifte die Decke ab und kletterte auf die Steinplatte. Es war unmöglich, da zu stehen, also hockte sie sich hin. Es roch stark nach Rauch, und eng war es im Schornstein auch, sie musste auf ihre Füße schauen, um nicht in Panik zu geraten. Ihre Jacke würde hinterher total schwarz sein. Wenn Anne und Tobbe jetzt runterkämen, was die wohl sagen würden? Bei dem Anblick. Wenn sie daran dachte, musste sie kichern. Aber die würden sicher noch eine Weile miteinander beschäftigt sein.

Um die Zigarette anzünden zu können, musste sie noch mehr in die Knie gehen. Dann richtete sie sich schnell wieder auf, damit kein Rauch ins Zimmer gelangte, und stieß sich den Kopf an. Doch der Zigarettenrauch wanderte schön den Schornstein hinauf, so wie sie es sich vorgestellt hatte, und als sie das sah, war sie sehr zufrieden mit sich. Ihre Beine begannen zu zittern, und immer, wenn sie die Hand hob, schrappte sie sich an der Innenwand. Das konnte sie sich gar nicht erklären, es kam ihr vor, als würde da etwas zwischen den Ziegelsteinen hervorstehen. Vorsichtig tastete sie danach, und tatsächlich stach da etwas heraus. Sie tastete weiter und spürte etwas Weiches, Viereckiges, das auf einem kleinen Absatz im Schornstein lag.

Es dauerte ein paar Sekunden, bis sie begriff, dass es Bücher waren, die da jemand versteckt haben musste. Sie warf die Zigarette auf die Feuerstelle und scherte sich nicht mehr darum, ob es hier rauchte oder nicht. Sie griff nach den Büchern und ließ sich hustend wieder hinunter. Die Jacke war jetzt voller Ruß, Marianne würde bestimmt schimpfen. Aber vor ihr, neben den abgebrannten Holzscheiten, lagen jetzt vier Notizbücher mit rotem Einband.

Das Adrenalin jagte ihr durchs Blut, und sie blieb auf der Steinplatte sitzen. Das erste Buch hatte eine gewellte Oberfläche, als ob es leicht angeschmolzen wäre, die Ecken waren auch angekokelt. Vorsichtig schlug Terese das Buch auf. Kleine, schräge Handschrift, sie musste blinzeln, um in dem dunklen Raum etwas entziffern zu können.

Auf der ersten Seite standen oben rechts in der Ecke kleine Ziffern: 5/11/79. Dann die Zeile: *Es ist viel passiert, seit ich das letzte Mal geschrieben habe.* Terese schlug das Buch sofort wieder zu, ihr Herz flatterte wie ein flüchtender Vogel, und für einen Moment wurde ihr schwarz vor Augen.

Ein Tagebuch. Das Tagebuch ihrer Mutter?

Da hörte sie Geräusche von oben, also rannte sie ganz schnell in den Flur und verstaute die Bücher in ihrem Rucksack. Sie hatte den Reißverschluss gerade zugezogen, da kamen sie die Treppe herunter, die Haare verstrubbelt, die Wangen hochrot. Terese ignorierte, wie Tobbe sie wieder ansah, sie wusste, was das zu bedeuten hatte.

»Ich hab Hunger«, sagte Anne. »Wollen wir jetzt mal die Brote essen?«

»Ach was«, sagte Tobbe. »Wir machen uns vom Acker. Hier ist es arschkalt. Wir fahren auf dem Rückweg bei Pelles Burger vorbei und holen uns Hamburger.«

Er hatte auch sein Abenteuer bekommen. Terese schielte zu Anne hinüber, um zu sehen, ob sie das kapierte, aber die zuckte nur mit den Schultern und holte ihre Zigarettenschachtel aus der Jackentasche.

»Kannst du jetzt nicht einfach draußen rauchen? Wir gehen doch sowieso«, sagte Terese, und Anne packte die Schachtel wieder ein, sah Terese eindringlich an und entdeckte da den Ruß an ihrer Jacke.

»Scheiße, wie siehst du denn aus? Was hast du gemacht?«

»Ich hab nur was im Kamin angeschaut«, sagte sie, und Anne zwirbelte die Kippe zwischen den Fingern, als wär die Antwort auch eigentlich egal.

»Dann hauen wir jetzt ab«, sagte sie und schob sich die Zigarette hinters Ohr.

Terese ging hoch, um zu kontrollieren, dass sie nichts angerichtet hatten, doch es sah alles so aus wie vorher, ein paar Kuhlen in der Matratze, die bald wieder weg wären, und ein weiterer Fleck, der niemandem auffallen würde. Sie ging wieder hinunter. Als sie die Drosselklappe wieder schloss, fiel ihr auf, dass ihre Schuhe rußige Abdrücke auf dem Boden hinterlassen hatten.

Und wenn schon, dachte Terese. Auch wenn Greta merken würde, dass jemand im Haus gewesen war, würde sie mit Sicherheit nicht Terese verdächtigen.

Wenn das der Ort war, an den sie kam, um zu trauern, würde es sie sicher kränken. Jemand hatte den Platz ihrer Finsternis besudelt. Vielleicht bekäme sie auch Angst. Doch daran konnte Terese jetzt auch nichts ändern.

Sie legte den Schlüssel zurück in das Körbchen in der Veranda, und dann rannten sie los, über die Pferdekoppel, durch den Wald. Als sie am Auto waren, blieben sie stehen, völlig außer Atem. Terese war sich sicher, dass sie jemand beobachtet hatte. Vielleicht Sylvia. Vom Balkon aus. Tobbe fluchte ordentlich, als er versuchte zurückzusetzen. Er brauchte mehrere Anläufe, doch dann kamen sie los.

Terese starrte auf Gretas und Hasses Haus, bis der Nadelwald das Bild vollkommen geschluckt hatte, und dachte, dass Anne sie nicht ein einziges Mal gefragt hatte, welches eigentlich das Haus ihrer Großeltern war.

# 9.

KAUM HATTE TOBBE sie zu Hause abgesetzt, war Anne wieder ganz normal. Hatte sie jetzt genug, nachdem sie auf ein paar Erinnerungen herumgetrampelt und ziemlich unverschämt gewesen war, war das genug Rache dafür, dass es einen Menschen gab, der Terese früher gern adoptiert hätte?

Jetzt standen sie vor dem Haus auf der Straße, und Anne half Terese, den Dreck von der Jacke zu klopfen.

Marianne schnupperte auffällig, als sie ins Haus kamen, doch sie sagte kein Wort. Sie tat ganz offensichtlich so, als würde sie nichts riechen. Wie oft hatte Terese das bei Pflegefamilien erlebt. Man wusste genau, dass sie es kapierten, doch sie stellten sich dumm. Sie wiederum merkten nicht, dass die Kinder das durchschauten. Die Kinder wussten vielleicht nicht immer, warum sie so reagierten, denn die Geheimnisse der Erwachsenen waren wie offene Bücher in einer Sprache, von der man nur die Hälfte verstand.

Da fielen ihr die Tagebücher im Rucksack wieder ein. Das war eine Sprache, in der sie alles verstehen würde.

Sie aßen Spaghetti Bolognese, und dann gingen sie hoch und sahen sich eine Folge von *Friends* an, die sie aufgenommen hatten. Anne gab ständig Kommentare ab, zu allen Figuren, aber Terese war mit den Gedanken nur noch bei den Tagebüchern. Mal hatte sie das Gefühl, sie einfach wegschmeißen oder verbrennen zu wollen, dann wieder geriet sie bei dieser Vorstellung in Panik und die schwarzen Chinakladden waren das Kostbarste, was sie besaß. Sie zählte die Minuten, bis Anne abends aus dem Fenster kletterte, um Tobbe heimlich zu besuchen, damit sie endlich einen Blick in die Bücher werfen konnte. Doch obwohl Anne den ganzen Abend lang auf ihr Minicall-Gerät schielte, schien es, als müsse Terese sich gedulden, bis Anne eingeschlafen war.

Terese konnte es kaum erwarten, verspürte aber trotzdem enorme Angst. Gleich würde ihre Mama mit ihr sprechen. Zum ersten Mal, seit sie kein kleines Kind mehr war, würde sie ihre Worte hören.

Was sie über ihre Mutter wusste, konnte sie auf wenigen Blättern zusammenfassen. Einzelne Sätze, lose Behauptungen. Die Hälfte davon aus Sylvias Erzählungen.

Und jetzt besaß sie vier Bücher voll mit Worten, und alle stammten aus dem Mund ihrer Mutter.

Sie selbst hatte noch nie Tagebuch geschrieben. In einer Pflegefamilie ließ man das auch besser sein. Einmal hatte sie es erlebt – wahrscheinlich in der Familie Hjelm, da waren sie so viele gewesen –, dass ein paar Jungs ein Tagebuch eines Mädchens unter ihrem Kopfkissen gefunden hatten, und dann hatten sie ihre Geheimnisse ausgeplaudert und sich darüber lustig gemacht, wochenlang. Hatten die Stimme verstellt und einzelne Sätze nachgeäfft, und wenn Terese sich recht erinnerte, hatte das Mädchen deswegen ausziehen müssen. Terese hatte sie immer sehr bewundert, so hätte sie sich eine große Schwester gewünscht. So cool und tough, doch als ihre Geheimnisse öffentlich wurden, hatte es ihr den Boden unter den Füßen weggezogen.

Maria war es vollkommen egal, was andere von ihr hielten. Als Sylvia ihre Mama so beschrieben hatte, hatte Bewunderung mitgeschwungen. Ob die Bücher auch noch andere Seiten offenbarten?

Als Anne endlich eingepennt war, zog Terese den Reißverschluss ihres Rucksacks auf und holte die Tagebücher raus.

5/11/79

Da war sie selbst noch nicht auf der Welt gewesen. Aber als sie nachrechnete, wusste sie, dass Maria da schon schwanger gewesen sein musste.

Von allen vier Büchern verglich sie die ersten Seiten und ordnete sie dann chronologisch. Das Buch von 1979 war das Erste. Das Nächste begann am 8/3/81. Danach ging es am 15/12/81 weiter, und das letzte hatte als erstes Datum den 1/2/83. Es war nur bis zur Hälfte beschrieben. Ihr Bauch krampfte, als hätte sie jemand in den Magen getreten.

Der letzte Eintrag stammte vom fünfzehnten Mai 1983, etwa

ein Monat, bevor sie gestorben war. Ermordet wurde, korrigierte Terese sich in Gedanken. Ihr fiel ein, was Sylvia über den Mann erzählt hatte, der damals noch im Dorf gewohnt hatte, dieser Göran. Den Greta immer noch für den Mörder hielt. Wenn sie Greta das nächste Mal sah, würde sie sie darauf ansprechen und stur bleiben, bis sie endlich eine Antwort bekam.

1981 hatte Maria sehr viel geschrieben. Ein Buch hatte nicht mal fürs ganze Jahr ausgereicht. An einer Stelle fehlte ein Stück Papier, als hätte jemand etwas herausgerissen. In den anderen Jahren war offenbar nicht so viel geschehen.

Als Terese das erste Buch aufschlug, an dem der Einband vom Feuer leicht geschmolzen war und darunter dicke, braune Pappe zum Vorschein kam, fiel ihr ein, dass das Buch ganz hinten gestanden hatte. Aber wenn Maria ihre Bücher dort versteckt hatte, warum hatte dann nicht das jüngste vorn gelegen? In das sie doch noch hineinschrieb?

Hatte jemand anders ihre Bücher auf den Ziegelsteinabsatz im Kaminofen gelegt? Aber warum? Je öfter man da Feuer machte, desto schneller würden alle Bücher ankokeln und irgendwann ganz in Flammen aufgehen. Ob das der Plan war?

Sie dachte an die Fleecejacke und die Fäustlinge, an die abgewaschenen kleinen Vasen im Spülbecken. War das vielleicht Greta, die die Bücher da im Kamin versteckt hatte? Hatte sie etwas zu verbergen? Aber dann hätte sie sie doch gleich verbrennen können. Wirklich logisch war das nicht.

Terese schielte zu Anne hinüber, die mit offenem Mund dalag, bei jedem Atemzug weiteten sich ihre Nasenlöcher. Dann öffnete sie das erste Buch und begann zu lesen.

# 10.

KJELL WAR BESTENS gelaunt, als sein Wochenende begann. Er machte noch einen Abstecher zum Spirituosenladen und kaufte eine Palette Dosenbier und ein paar Flaschen Wein. Auch wenn Sylvia inzwischen kaum noch Alkohol trank, man konnte ja nie wissen.

Die Vorstellung, dass sie jetzt da draußen bei ihm war. Zwei Wochen waren ins Land gegangen, und sie war immer noch da. Sie sprach davon, mit dem Malen wieder anzufangen, wollte sich in der Gegend auch eine Arbeit suchen. Er hatte ihr gesagt, er würde in der Bibliothek mal für sie nachfragen. Vielleicht waren sie an Kursen interessiert. Und die Volkshochschule gab es ja auch noch. Er würde sich mal umhören. Was sie mit ihrer Stelle in Stockholm gemacht hatte, wusste er nicht. Hatte sie da angerufen und gekündigt? Jedenfalls war es kein Thema gewesen, dass sie irgendwann wieder zurückfahren musste.

Sylvia hatte sich von oben die Gummistiefel runtergeholt. Da musste sie den ganzen alten Kram von Anna-Stina gesehen haben. So viel Zeug hatte sie da hochgeschleppt und am Ende alles einfach stehen und liegen lassen. Aber Sylvia hatte ja wohl kaum von ihm erwarten können, dass er die ganzen Jahre ohne sie wie ein Mönch verbracht hatte.

Als er das Bier im Kofferraum verstaut hatte, lief er über den Marktplatz zum Fotogeschäft. In der Jackentasche lag der Abschnitt ihrer Fototasche. Sie hatte fürs Entwickeln sogar einen Expressaufschlag bezahlt und Kjell mehrmals daran erinnert, die Bilder abzuholen.

Eine zweite Chance. Die bekam man nicht oft.

Er hatte es seiner Mutter erzählt, und wie vermutet hatte sie nicht begeistert reagiert: »Mensch, Kjell, hast denn aus der Sache nichts gelernt? Die ist doch nichts für dich.«

»Wir waren damals beide so jung. Es lag nicht nur an ihr, dass es auseinandergegangen ist.«

Sie stöhnte auf.

»Wie bitte? Du warst doch schon damals nicht mehr der Jüngste.«

Er glaubte, ihre Skepsis würde sich geben. Beim letzten Mal war sie von Sylvia anfangs auch nicht angetan gewesen, hatte sich jedoch bald an sie gewöhnt.

Er holte den Umschlag mit den Fotos ab und plauderte ein bisschen mit dem Inhaber des Ladens, dann ging er zum Parkplatz und fuhr nach Hause.

Als er aufs Grundstück einbog, stand Sylvia draußen in seiner alten Fleecejacke und harkte auf dem Rasen Laub zusammen. Auf ihren Wangen leuchtete die Sonne, und sie sah gesund und glücklich aus. Als sie ihn bemerkte, ging sie lachend auf ihn zu und gab ihm einen Kuss.

Dann half sie ihm, den Wein ins Haus zu bringen, und er sah, dass sie Koteletts vorbereitet hatte. Ihn erwartete ein leckeres Essen. Das ganze Leben kam ihm auf einmal ganz wunderbar vor. Sie war zurück.

Als sie in der Küche stand und Kartoffeln schälte, fielen ihm die Fotos wieder ein. Er holte den Kodakumschlag aus seiner Arbeitsjacke, und sie war ganz aus dem Häuschen, ließ die Kartoffeln einfach stehen und den Wasserhahn laufen. Er drehte ihn wieder zu.

Ihre Hände zitterten leicht, als sie die Fotos herausnahm, und gleich beim ersten Bild brach sie in Tränen aus.

Es war ein Foto von der Kleinen. Sie stand auf der Treppe vor dem Backhaus, mit dem Mittsommerkranz im Haar. Sylvia beugte sich übers Bild, und Kjell kam der Gedanke, dass sie vielleicht eine Lesebrille brauchte.

»Das Veilchen«, murmelte sie. »Ich weiß noch, dass ich ihr ein Veilchen in den Kranz gebunden hatte.«

Wie ein einziger Tag einem so im Gedächtnis haften bleiben konnte, bis ins allerkleinste Detail. Wäre es ein ganz normales Mittsommerfest gewesen, hätten sie nicht einmal mehr gewusst, wer alles dabei gewesen war. Es hätte sich mit den anderen Festen vermischt, und am Ende wären nur verschwommene Erinnerungen übrig geblieben, von denen man nicht einmal mehr das Jahr gewusst hätte. Doch jener Abend war noch gestochen scharf. Zumindest, bis es Nacht wurde.

»Das sieht man gar nicht auf dem Bild.«

»Vielleicht hat sie es verloren.«

Sylvia nickte, wischte sich mit der Rückseite der Hand die Tränen von den Augen und blätterte weiter. Die meisten Fotos waren von Terese. Viele mit dem Backhaus im Hintergrund, einige auf der Wiese vor dem Maibaum, auf der Treppe, im Flur, vor der Pferdekoppel. Sie betrachtete ein Bild nach dem anderen und reichte sie an Kjell weiter.

Dann kam ein Bild, auf dem sie mit erhobenen Gläsern an der langen Tafel saßen. Maria in ihrem türkisfarbenen Kleid, mit glänzendem Haar. Sylvia saß auch am Tisch, also musste jemand anders das Foto gemacht haben.

»Wie jung du aussiehst«, sagte er und biss sich sofort auf die Zunge. Doch sie reagierte nicht empfindlich, sondern zeigte auf ihn.

»Und du erst«, sagte sie, und blinzelnd betrachtete er sich auf dem Foto. Schlank, die Zähne blitzweiß, sein Gesicht damals noch rundlicher und straffer.

»Und sieh dir nur Maria an«, sagte sie, und da kamen ihr wieder die Tränen, ihr blieb der Mund offen stehen, und sie musste sich die Hand davorhalten, damit kein Speichel aufs Foto tropfte.

Denn so war es nun mal, man konnte dieses Bild nicht betrachten, ohne dass sich das andere wie eine Folie darüberlegte. Das dreckige Kleid, die Haare wie dickes Garn, die gelblichen Knochenreste, die zwischen Erde und Moos gelegen hatten. Kjell nahm Sylvia in den Arm, spürte durch den Pullover, wie kantig sie geworden war.

»Wenn ich doch nur ... wenn ich gesagt hätte ...«

»Was denn?«, fragte er sie.

Doch sie verstummte. Da war wieder dieses Ungewohnte, eine Art Kontrollinstanz hemmte sie. Rotz und Tränen liefen auf seinen Pullover, wo sich ein feuchter Fleck bildete. So sehr hatte sie nicht mal damals geweint, als es passiert war. Zumindest hatte er nichts bemerkt. Eigentlich war sie ja wütend gewesen und auf Abstand gegangen. Da fiel ihm ein, dass er nie erfahren hatte, warum sie an dem Tag nach Mittsommer eigentlich so böse auf ihn gewesen war. Ob sie sich daran noch erinnern konnte?

Er hielt ihr ein Glas Wein hin und fasste sie an den Schultern.

»Wir können die Fotos auch beiseitelegen und später weitergucken«, sagte er, doch sie schüttelte sofort den Kopf.

»Nein, ich will alle sehen.«

Sie trank einen kleinen Schluck Wein, und sie blätterten die restlichen Fotos durch. Konnten über das eine oder andere Bild sogar lachen. Die zwei letzten Bilder jedoch waren seltsam. Darauf erkannte er nur einen Kleiderständer mit Jacken.

»Was ist das denn?«

»Ach so«, sagte sie. »Das sind nur die Bilder, die ich abgeknipst habe, damit der Film voll wird.«

Es war ihm wirklich peinlich. Darauf war ein Haufen Damenjacken zu sehen. Doch sie kommentierte es nicht.

Offenbar hatte sie ihren Gefühlsausbruch wieder vergessen. Jetzt schüttete sie die Kartoffeln in den Topf, ließ Wasser hinein und stellte den Herd an, dann gab sie etwas Butter in eine Bratpfanne, und als das Fett anfing zu knistern, legte sie die Koteletts hinein.

*Wenn ich gesagt hätte* ... Was hatte sie wohl damit gemeint? Er trank noch einen Schluck Bier. Wusste sie mehr von diesem Mittsommerabend als er?

Aber er wollte sie nicht wieder zum Weinen bringen. Es blieb noch genug Zeit zum Fragen. Das musste wirklich nicht jetzt sein.

# 11.

ANNE SCHNARCHTE LAUT. Das Fenster war gekippt, nach der letzten Zigarette mussten sie noch lüften. Ein leiser Frühlingsregen nieselte nieder, man hörte ihn gar nicht auf dem Dach, doch die frische, kühle Luft drang durch den Spalt am Fensterrahmen, und Terese fror.

Die roten Striche des Weckers zeigten 3:05 Uhr. Die vier Tagebücher lagen neben ihr an der Wand, damit Anne sie nicht sah, wenn sie aufwachte.

Terese fiel es schwer, ihr Gedankenwirrwarr zu sortieren, sie hatte große Lust auf eine Zigarette, doch ihre Finger waren von der Kälte ganz steif. Sie hatte schon einige Rauchpausen gemacht. In ihrem Kopf schwirrte es, sie hatte gehofft, ihrer Mutter durch die Tagebücher irgendwie näherzukommen. Jetzt hatte sie das Gefühl, dass eher das Gegenteil geschehen war. In den Büchern entfernte sich die junge Frau immer mehr von ihr, und daran war niemand anders schuld, sie war zu ihrer eigenen Tochter einfach immer mehr auf Abstand gegangen.

Beim Lesen war Terese einiges klar geworden. Ihre Mutter war damals ja noch ein Teenager gewesen, genauso alt wie sie selbst. Terese hatte sie sich als Mutter irgendwie immer älter vorgestellt. Wäre sie noch am Leben, wäre sie jetzt vierunddreißig, also viel, viel jünger als Annes Mutter. Aber vielleicht hatte sie damals schon reifer gewirkt. Wenn man bedachte, dass die älteren Männer hinter ihr her gewesen waren und sie nicht in Ruhe gelassen hatten. Und ihr war es schwergefallen, sie abzuweisen.

Am schockierendsten war jedoch die Erkenntnis, und das hatte schon im ersten Buch gestanden, dass Dan Persson gar nicht ihr leiblicher Vater war. Und er war der Grund gewesen, warum sie sie in mehreren Pflegefamilien in der Nähe von Luleå untergebracht hatten! Vielleicht hatte er deshalb nie echtes Interesse an ihr gezeigt? Er musste wohl instinktiv gewusst haben, dass er gar nicht ihr Vater war. Es war eine Lüge gewesen, um Greta und Hasse nicht die Wahrheit sagen zu müssen. Eine Lüge, die konkrete Auswirkungen auf Tereses Leben gehabt hatte, denn sonst hätte alles ganz anders kommen können.

Maria hatte Tereses leiblichen Vater schützen wollen. In ihn war sie nämlich wirklich verliebt gewesen. Das stand nicht explizit in ihrem Tagebuch, aber zwischen den Zeilen. Sie sprach von ihm mit einer Mischung aus Bewunderung und Respekt, erzählte von dem Akt, bei dem sie schwanger geworden war, voller Sehnsucht, die sie jedoch zu verschleiern versuchte, vielleicht vor allem vor sich selbst. Denn sie hatte es ihm nie gesagt. Sie war viel zu jung gewesen. Und er viel zu alt.

Terese wusste, wer er war. Der Typ auf dem Hügel. Der damals im März ein Gespräch mit ihr angefangen hatte, was ihr so unheimlich gewesen war, der Mann, bei dem Sylvia wohnte und mit dem sie ihr Leben teilen wollte. In Tereses Leben war er eine Leerstelle. Sie versuchte, sich sein Gesicht in Erinnerung zu rufen, es mit ihrem eigenen zu vergleichen. Doch sie konnte keine Gemeinsamkeiten finden. Allerdings hatte sie auch kein klares Bild von ihm vor Augen.

Sie musste wieder daran denken, was Sylvia ihr erzählt hatte. Dass sie Terese gern bei sich behalten hätte. Dass Kjell noch nicht bereit dazu gewesen sei. Und wenn er es gewusst hätte? Hätte das einen Unterschied gemacht?

Oder wusste er es doch? Er hatte es sich doch ausrechnen können, wie jeder Mensch. Auf die Idee wird er doch wohl gekommen sein?

*Die denken alle, ich bin ein Luder. Thorhild, Nettan, Rolf, wahrscheinlich sogar Kjell.* Das hatte Maria häufiger in ihr Tagebuch geschrieben. Wahrscheinlich war er davon ausgegangen, dass sie mit vielen Männern ins Bett ging.

Die junge Frau, die rotzfrech war, die aber trotzdem jeder haben, anfassen, benutzen und schließlich wegwerfen wollte. Sie hatte es so konkret nie formuliert, doch so, wie Terese durchschaute, was Tobbe von Anne wollte, war ihr schnell klar, worauf die Männer bei Maria aus gewesen waren.

Nun wusste sie, was für eine ihre Mutter gewesen war, und

fühlte sich von ihr abgestoßen, sie konnte gar nichts dagegen tun. Was, wenn sie noch leben würde? Was hätte sie wohl in der Schule zu hören bekommen? Solchem Gehänsel entging man nicht. Die Kinder schnappten es von ihren Eltern auf, und das war fast noch schlimmer, als elternlos zu sein.

*Deine Mutter ist eine Hure! Und du weißt nicht mal, wer dein Vater ist?*

Jetzt wusste sie, wer ihr Vater war. Ihr ganzer Körper begann zu zittern.

*Es war ihr vollkommen egal, was die Leute von ihr hielten und was getratscht wurde*, hatte Sylvia erzählt. Das hatte Terese stolz gemacht, und sie selbst hatte sich ganz klein gefühlt. Doch Sylvia hatte damit völlig falschgelegen.

Wie viele Seiten im Tagebuch waren damit gefüllt, was die anderen über Maria redeten und was sie von ihr hielten. Terese fand es ein wenig übertrieben.

*Wenn ich es ihm erzählen würde, und es käme raus. Oh Gott, wie würden die sich das Maul zerreißen! Nettan und Thorhild, was hätten die für einen Spaß daran, diese blöden Puten! Den Gefallen tu ich ihnen nicht. Die tun so, als sind sie meine Freundinnen, aber das stimmt überhaupt nicht. Die sind nur eifersüchtig auf mich, weil ihre Männer mich haben wollen. Göran ist ja total offensichtlich. Und Rolf ist auch hinter mir her, der zeigt es nur nicht so, der versucht sich zu beherrschen. Aber ich seh doch, wie er mich anstarrt. Die sind alle geil auf mich! Aber wenn ich es erzählen würde, würden Mama und Papa Kjell nie verzeihen. Und mir auch nicht.*

Immer wieder schrieb sie von ihrer Tochter. Terese musste sich mehrmals in Erinnerung rufen, dass ja sie gemeint damit war.

Ein Pendeln, eine Lücke in ihrer Geschichte, eine Verbindung, die für allezeit gekappt war.

Maria hatte beides beschrieben, wie sehr sie Terese liebte und wie anstrengend es mit ihr war, weil sie einfach viel zu jung war und noch ein ganz anderes Leben wollte. Beides tat weh zu lesen.

Terese hatte auch erfahren, dass Maria ein schlechtes Verhältnis zu ihrer eigenen Mutter gehabt hatte. Das war wirklich schwer zu begreifen. Greta, die ihre Tochter so innig geliebt hatte, mehr als alles andere. Die als Einzige felsenfest überzeugt gewesen war, dass Maria nicht freiwillig fortgegangen war. Die gerahmten Fotos an der Wand im Wohnzimmer. Eine ganze Wand nur für sie.

Und Maria schrieb meistens *die Alte* anstatt *Mama*. Das war für Terese ein Wechselbad der Gefühle, als ob ihre Loyalität auf den Prüfstand gestellt wurde. Irgendwie fand sie Maria ziemlich undankbar. Immerhin hatte sie eine Mutter gehabt.

Manchmal standen da sehr emotionale, sogar verzweifelte Dinge in den Tagebüchern.

*Was hab ich ihr bloß getan? Warum muss sie dauernd an mir herumnörgeln? Nicht einmal kann sie einfach nur was Nettes sagen. Jetzt hat sie Terese so ein bescheuertes Trachtenkleid gekauft. Damit das Kind einmal nicht aussieht, als käm es aus einer Junkiefamilie. Das hat sie echt gesagt! Blöde Kuh. Eine Junkiefamilie? Als ob ich ein Junkie wär! Dieses ätzende Kleid wird Terese ganz sicher nie anziehen, da kann sie Gift drauf nehmen.*

Das konnte Terese sich wirklich kaum vorstellen. Sicher, Greta war gnadenlos, aber sie hatte ihre Tochter doch geliebt. Oder hingen die vielen Fotos etwa aus schlechtem Gewissen an der Wand?

Maria hatte solche Situationen mehrfach beschrieben. Von Weihnachtsabenden, an denen Maria ständig unter Beschuss gewesen war. Wenn es nicht um ihr Aussehen ging, dann um Tereses. Oder um ihren Job im ICA-Supermarkt, wo sie an der Kasse saß. Der war auch nicht gut genug. Dass sie die Kleine in die Kita gegeben hatte. Dass sie sich gar nicht um einen Ausbildungsplatz bewerben musste, sie würde es ja doch wieder hinschmeißen.

*Ich hab das Gefühl, ich kann ihr einfach nichts recht machen.*

Das sei schon immer so gewesen, schrieb Maria. Doch noch schlimmer wurde es, als sie schwanger war. *Als hätte sie jetzt den Beweis für ihre Meinung über mich. Dass ich zu nichts tauge, außer die Männer ins Bett zu locken.*

Da waren ihre Worte. Sie war in diesen Büchern noch lebendig, nicht ahnend, dass ihr Leben viel zu früh zu Ende sein würde. Maria hatte sich in Dalshyttan überhaupt nicht wohlgefühlt. Das Gefühl, dass um sie herum nur Menschen waren, die nicht auf ihrer Seite standen, zog sich durch alle Tagebucheinträge. Das Bild von der lebenslustigen, jungen Frau stimmte gar nicht. Die schlechten Startbedingungen hatten Maria in Ketten gelegt. Oft schämte sich Terese beim Lesen und musste vom Buch aufschauen. Die Worte, die man in ein Tagebuch schrieb, an wen waren die eigentlich gerichtet? Ein Selbstgespräch. Wenn Maria ihre Tagebücher selbst im Kamin versteckt hatte, dann hatte sie sich wohl kaum vorgestellt, dass sie irgendwer jemals lesen würde. Hatte sie das getan, weil sie wusste, welches Schicksal sie erwartete? Ahnte sie gar, dass sie ermordet werden würde?

*Eins kann sie sich hinter die Ohren schreiben, nie im Leben werde ich Terese ein spießiges Kleid kaufen!*

Diese Worte taten richtiggehend weh, denn in dieser Beschreibung fand sie sich selbst wieder. Ein Mädchen, das zu einem Spielball geworden war. Hier kam etwas anderes zum Vorschein als Sylvias Beschreibung von dem fröhlichen, kleinen Kind, das Tiere gemocht und so viel gelacht hatte. Jetzt kamen ihr beide Bilder falsch und oberflächlich vor: das von Maria und das von der kleinen Terese.

Maria hatte Sylvia gemocht. Das war spürbar. Sie hatte die Gabe, etwas von sich selbst preiszugeben, ohne dass es klar und deutlich da geschrieben stand. Und dann war Sylvias Freund ja auch noch der Vater von Marias Kind.

Das hatte Terese ziemlich erstaunt. Ob sie ihre Liebe zu Kjell überwunden hatte? Ansonsten hätte sie doch kaum seine neue Freundin so ins Herz geschlossen. Die das gekriegt hatte, was sie selbst begehrte.

Nur an einer Stelle äußerte sie sich dazu. *Sylvia mag Terese wirklich wahnsinnig gern. Ich frage mich, was sie sagen würde, wenn sie es wüsste? Ich würde mich wundern, wenn sie böse wer-*

*den würde. Wahrscheinlich würde sie Terese dann noch lieber mögen. Aber Kjell wäre bestimmt nicht erfreut. Wer weiß, was ihm einfiele.*

Anne bewegte sich im Schlaf, drehte sich um, und das Schnarchen verklang für einen Moment. Terese erinnerte sich noch gut an ihre erste Frage. *Und wer war's? Dein Vater?*

Anne hatte die Statistik ganz klar auf ihrer Seite. Der Ex-Partner war meist der Mörder. Aber den hatte es ja gar nicht gegeben. Hatten sie gedacht.

Und nun hatte es ihn eben doch gegeben. Und zwar ganz in der Nähe. Die ganze Zeit.

Jetzt musste Terese doch aus dem Bett aufstehen und noch eine rauchen. Ihre Zigarettenschachtel war leer, und sie klaute sich eine Kippe von Anne. Das würde sie natürlich merken, aber dann war es eben so. Vielleicht würde Terese ihr dann von den Tagebüchern erzählen müssen. Langsam verspürte sie den Drang, darüber zu sprechen, die vielen Worte, die sie jetzt gelesen hatte, lasteten schwer auf ihr, taten regelrecht weh.

Sie öffnete das Fenster und zündete sich die Zigarette an. Inzwischen hatte es aufgehört zu regnen. Die Dachziegel glänzten von der Nässe, und die klirrende Kälte hielt noch an. Das Licht arbeitete sich langsam durch die Nacht. Terese schlotterte, so sehr fror sie.

»Was machst du denn da?«

Annes Stimme hinter ihr. Terese zuckte zusammen und fuhr herum. Um ihr schlafblasses, verquollenes Gesicht stand Annes Haar verstrubbelt ab.

»Mensch, es ist mitten in der Nacht. Und schweinekalt!«

Und da kamen die Tränen mit Gewalt. Terese spürte, wie sie ihr ganzes Gesicht verzerrten und ihren Brustkorb lähmten, dass sie sich nicht mehr rühren konnte, und sie dachte, sie würde ersticken. Anne war gleich bei ihr, ein miefiger Schlafgeruch, der von ihrem Körper ausging, umhüllte Terese warm und wohlig. Anne nahm ihr die Kippe aus der Hand und warf sie in den Hof, dann schloss sie das Fenster und zog sie zu sich ins Bett.

»Mensch, Süße«, sagte sie und drückte Tereses Kopf an ihre Schulter und streichelte ihr sanft übers Haar, als wüsste sie genau, wie man jemanden tröstet.

Als das Weinen nachließ, schob sie Terese ein Stück von sich weg und wischte ihr das Gesicht trocken.

»Na los, sag schon, was ist passiert?«

Eigentlich vertraute Terese Anne jetzt nicht mehr voll und ganz, aber da war ja niemand anders, dem sie es erzählen konnte. Diese Erkenntnis war niederschmetternd, obwohl sie gar nicht neu war. Alle hatten sie im Stich gelassen. Ihre Mutter, ihre Großeltern, ihr Vater und Sylvia, die sich nicht einmal bei ihr gemeldet hatte. Sie hatten behauptet, Terese sei ein fröhliches Kind gewesen, und alle hätten sie geliebt, aber am Ende hatten sie sie mehr oder weniger verlassen.

Als sie Anne alles erzählt hatte, sah die sie mit großen Augen an und machte ein ernstes Gesicht, und das nicht, weil Terese sich so einsam fühlte.

»Du musst zur Polizei gehen«, sagte sie. »Ist doch jetzt klar, wer sie ermordet hat, oder?«

# 12.

ANNE HOCKTE NEBEN ihr beim Telefontischchen auf dem Boden. Sie hatte dafür plädiert, gleich die Polizei anzurufen, doch Terese wollte erst mit Greta und Hasse sprechen.

»Dass du überhaupt an die denkst«, meckerte Anne. »Die denken doch auch nicht an dich. Haben die noch nie gemacht.«

Was wohl stimmte. Doch Terese gingen Marias Worte über Greta immer noch durch den Kopf. Sie hatte Mitleid mit Greta, auch wenn sie zu ihrer Tochter gemein gewesen war, ein bisschen konnte sie es ja auch nachvollziehen. Greta hatte ihre Fotowand mit so viel Stolz vorgeführt, diese Unmengen von Porträts von Maria, und Terese war sich noch unwichtiger und unerwünschter vorgekommen. Trotzdem tat ihr die Großmutter jetzt leid.

»Ich hab Tagebücher gefunden«, sagte Terese, als Greta abnahm.

In der Leitung wurde es mucksmäuschenstill, und Terese befürchtete schon, dass Greta aufgelegt hatte.

»Was für Tagebücher?«, fragte sie schließlich mit knirschender Stimme.

»Marias Bücher«, sagte Terese, doch korrigierte sich gleich, irgendwie war das für sie wichtig. »Mamas Tagebücher.«

Greta atmete angestrengt. Terese hatte bildlich vor Augen, wie sie den Telefonhörer krampfhaft festhielt, neben dem Telefon, das noch so ein altmodisches Modell mit Wählscheibe und Löchern war, anstelle von Tasten.

»Wo? Wo zum Teufel hast du die gefunden?«

Terese hatte Greta zuvor noch nie fluchen gehört. Sie klang zwar meist bitter und streng, doch gab stets auf ihre Wortwahl acht.

»Wir sind hingefahren. Ins Haus. Die waren auf einem kleinen Absatz, innen im Kamin.«

Greta reagierte überhaupt nicht darauf, dass sie im Haus gewesen waren, als wäre das völlig normal. Vielleicht fand sie das gar nicht so schlimm.

»Im Kamin«, wiederholte sie langsam. »Meine Güte. Diese Tagebücher. Wie haben wir die gesucht. Weißt du das, Terese? Wir kommen auf der Stelle.«

Sie kamen mit dem Wagen und holten sie ab. Hasse saß hinter dem Steuer mit leichenblassem Gesicht, das graue Haar war nach vorn gekämmt und im Nacken und um die Ohren viel zu lang. Er wirkte mitgenommen, aber Greta hatte fiebrig rosige Wangen. Sie stieg aus dem Auto und riss feldwebelartig die Tür zum Rücksitz auf, und Terese fühlte sich, als hätte sie ein Verbrechen begangen, doch Gretas energische Bewegungen erstickten jeden Impuls, sich mit ihr anzulegen.

Dann fuhren sie ins Stadtzentrum, das aus einem Marktplatz mit Bank, Farbenfachgeschäft, Café und einer Polizeiwache, die noch geschlossen war, bestand. Sie gingen ins Café, und Terese wusste überhaupt nicht, wie sie Greta die Tagebücher überreichen sollte, in denen sie hundertmal »die Alte« lesen würde. Über den einzigen Menschen, der nach ihrem Tod für sie eingetreten war, hatte Maria so schlecht geschrieben. Sie hätte bestimmt nicht gewollt, dass Greta jetzt diese Einträge las. Dinge, die man in ein Tagebuch schrieb, sollte man nicht verantworten müssen, so war das eigentlich. Und jetzt konnte Maria ihre Tagebücher nicht mehr vor Gretas und Hasses gierigen Händen retten. Jetzt besaßen die ihre Worte. Aber noch gehörten sie nur Terese. Deshalb wollte sie es lieber selber sagen. Und nicht Greta und Hasse lesen lassen.

»Dan ist gar nicht mein Papa«, sagte sie, kaum dass sie sich gesetzt hatten. »Sondern Kjell. Kjell ist mein Papa.«

Die Worte fühlten sich eigenartig an, als würde sie sich etwas zurückerobern, das man ihr weggenommen hatte. Sie konnte gar nicht sagen, wann sie zuletzt das Wort Papa in den Mund genommen hatte. Dan hatte sie mit dem Vornamen angesprochen, so hatten ihn auch alle vom Jugendamt und in den Pflegefamilien bezeichnet. In ihrer Gedankenwelt war er dann auch zu Dan geworden. Und jetzt blieb es auf einmal dabei.

Jetzt hatte ein anderer fremder Mann diesen Titel erhalten. *Papa.*

Greta und Hasse starrten sie an, und es sah aus, als würde ihnen die Haut vom Gesicht blättern. Gretas Mund wurde zu einem kreisförmigen, dunklen Loch. Hasse zwinkerte nervös, als hätte er nicht verstanden, was sie gesagt hatte.

»Das darf nicht wahr sein«, stammelte er immer wieder, bis Terese schließlich sauer wurde.

»Lies doch selbst nach, wenn du es mir nicht glaubst!«

Greta griff an die Tischplatte, bis ihre Knöchel blutleer wurden. Sie schüttelte energisch den Kopf, und an ihrer Oberlippe erschienen furchige Falten, so kraftvoll presste sie die Lippen aufeinander.

»Dieses Schwein. Und erst hat er uns noch beim Suchen geholfen. Und dann hat er sie gefunden! Logisch!«

Hasse legte den Kopf in die Hände, seine Finger gruben sich wie Krallen in die Kopfhaut.

Terese saß nur da, den Rucksack mit den Tagebüchern vor die Brust geklemmt. Jetzt nickte Greta in diese Richtung, als wäre ihr klar, dass die Bücher darin verstaut waren, und Terese spürte Panik aufkommen. Dieses Gefühl war nicht logisch, das war ihr klar, doch es war überwältigend. Darin standen die Geheimnisse ihrer Mama. Die wollte sie nicht aushändigen.

»Die gehören mir«, sagte sie.

Greta zog die Augenbrauen hoch und schnaubte.

»Dir? Nein, mein Fräulein, die gehen jetzt an die Polizei.«

»Ich kann sie da abgeben«, erwiderte sie.

»Jetzt wirst du so gut sein und diese Bücher rausrücken, dann fahren wir auf der Stelle damit zur Polizei.«

»Du kannst doch mitfahren, Terese.« Hasse redete mit sanfterer Stimme auf sie ein. »Die Polizei wird sie zurückgeben, wenn die Untersuchungen abgeschlossen sind. Aber das ist wichtig, die Polizei braucht sie.«

Greta blickte aus dem Fenster des Cafés, ihre Hände griffen permanent ineinander, rieben und ließen wieder los, als versuchte sie, Wärme hinein zu massieren.

»Wie kommst du dazu zu sagen, dass sie dir gehören! Das sind Marias Tagebücher!«

Terese sprang vom Stuhl auf, dass er beinahe umflog. Es war doch kein Zufall, dass gerade sie sie gefunden hatte. Irgendwer da oben hatte es so gewollt.

»Sie nennt dich ›die Alte‹.« Dabei nagelte ihr Blick Greta fest, die dünnen grauen Locken, die fast durchsichtigen Augenbrauen, die Tränensäcke unter den Augen, die jetzt immer schwärzer wurden.

»Du miese ...«, sagte sie und ballte die Fäuste. Hasse musste eingreifen.

»Kommt, so machen wir das. Gib mir mal die Bücher, Terese.«

Sie zitterte am ganzen Körper, aber tat, was er sagte, und übergab ihm die Tagebücher. Greta riss sie ihm aus der Hand und begann, wie wild darin zu blättern, schon hatte sie eine Stelle gefunden, in der ein Stück fehlte, und ihr Finger fuhr direkt auf diese Seite.

»Schau, hab ich's nicht gesagt! Ich hab's doch gesagt! Da ist was rausgerissen!«

Hasse versuchte, sie zu beruhigen.

»Was meinst du?«, fragte Terese, doch sie hörten sie gar nicht. Es war, als sei sie in dem Moment, in dem sie die Bücher ausgehändigt und die Kontrolle abgegeben hatte, plötzlich unwichtig geworden. Hatte sie sie deshalb nicht hergeben wollen?

Sie hob die Stimme. »Was fehlt denn da?«

Die sollten nicht glauben, dass sie sie jetzt schon wieder abservieren und so tun konnten, als gäbe es sie gar nicht. Mitten in ihrer Wut schoss ihr ein Gedanke in den Kopf: War das vielleicht der Punkt gewesen? Ihr Wunsch war doch immer, dass Maria eine anständige Frau war, die nicht mit jedem Mann ins Bett steigt und blutjung schwanger wird. Als sie tot war, konnten sie das Enkelkind einfach wegschicken und von ihrer Tochter mit all den Fotos im Wohnzimmer ein perfektes Bild malen. Eine schöne und wohlerzogene Tochter. War das dann der wahre Grund gewesen, warum ihnen die Idee so gut gefiel, ihr Enkelkind so weit in den Norden zu schicken, dass jeder Besuch zu aufwändig geworden wäre?

Aber jetzt war sie hier. Sie hatte die Tagebücher entdeckt, und die gehörten ihr genauso wie Greta und Hasse.

»Und jetzt erzählt ihr mir endlich, was da fehlt!«, brüllte sie, und ein Paar neben ihnen im Café drehte entsetzt die Köpfe zu ihnen um.

Da endlich reagierten sie, und Hasse erklärte ihr den Zusammenhang.

»Sie haben einen Zettel gefunden, da war Maria gerade erst verschwunden«, sagte er. »Greta ist dann auf die Idee gekommen, dass der vielleicht aus ihrem Tagebuch rausgerissen war.«

»Sie haben versucht, es so darzustellen, als wäre sie freiwillig weggegangen. Als hätte sie einen Abschiedsbrief geschrieben ...« Jetzt musste Greta weinen. Ihr Gesicht wurde runzlig, und Terese fand sie potthässlich.

»Jetzt fahren wir los. Wir bringen sie zu Mårten Torstensson. Der wird sie sich ganz genau ansehen.«

»Wer ist das denn?«, fragte Terese, und ihr Herz pochte heftig. Es war, als hätte sich bei ihnen eine Schublade geöffnet und eine Enthüllung nach der anderen quoll heraus, aber sie wusste genau, dass sie diese Schublade gleich wieder zuschieben würden. Sobald sie sich wieder gesammelt hatten, würden sie sich wieder verschließen und ihr die Wahrheit vorenthalten.

»Er ist Polizist in Smedjebacken. Der Beamte, der die Ermittlungen geführt hat«, sagte Hasse. Greta sah ganz klein und jämmerlich aus, und Terese bereute schon, was sie gesagt hatte.

»Wir bringen dich erst noch nach Hause, Terese«, sagte Hasse dann.

»Nee, ich geh lieber«, sagte sie.

Hasse sah sie skeptisch an. »Bist du sicher?«

Sie nickte. Sie konnte sich absolut nicht vorstellen, mit ihnen auch nur eine Sekunde im selben Auto zu sitzen. Sie standen vom Tisch auf und gingen hinaus. Es war bedeckt und kalt, und es fühlte sich an, als würde es gleich schneien, dabei war doch fast schon Mai. Hasse stützte Greta bis zum Auto und half ihr beim Einsteigen, dann schlug er die Tür zu.

»Wir melden uns«, sagte er.

Greta starrte nur stur vor sich hin.

Sie fuhren los, und Terese blieb zurück, mit dem leeren Rucksack in den Händen. Jetzt hatte sie die Worte ihrer Mama gelesen. Jetzt war sie ihr ganz nah gewesen. Terese blickte dem hellblauen Wagen hinterher und wurde das Gefühl nicht los, dass sie ihr etwas Wichtiges geklaut hatten und dass sie das nicht zum ersten Mal taten.

# 13.

SYLVIA GING RUNTER zum Slaggsjö, wo der Wind ein unregelmäßiges Muster auf die schwarze Wasseroberfläche trieb. In dem großen Ameisenhaufen waren die Bewohner erwacht und bewegten sich jetzt wie ein Lichtschimmer über die Tannennadeln. Sylvia bog zum Hindtjärnweiher ab und folgte dem Waldweg, blieb am Teich eine ganze Weile stehen. Heidekraut, Rauschbeerenreisig und Sumpfporst wuchsen am Ufer, doch bis hierher waren die Waldameisen noch nicht gelangt. Sylvia blieb stehen und ließ ihren Blick über das Wasser schweifen, dann setzte sie ihren Weg fort. An den schattigen Stellen waren noch Schneereste übrig, doch der Frühling lag schon in der Luft, bald würde das frische Grün explodieren, und man konnte sich gar nicht mehr vorstellen, dass hier vor Kurzem noch alles abgestorben und kahl gewesen war.

Bald würde sie es ihm sagen. Morgens musste sie sich immer übergeben, und es war nur eine Frage der Zeit, wann es ihm endlich auffiel. Ein bisschen wunderte sie sich schon, dass er es noch nicht gemerkt hatte. Wenn draußen alles grün war, dann würde sie es ihm sagen. Wenn an den Birken die winzigen hellgrünen Blättchen zum Vorschein kamen und die Rosen geschnitten werden mussten, dann würde sie es ihm sagen.

Dass sie nun tatsächlich ein Kind bekämen. Sie beide. Ihre zweite Chance.

Sie machte sich auf den Rückweg und lief durch den Bannwald, wo vor allem Moorboden war, der jedes Geräusch dämpfte. In weiter Ferne meinte sie den Warnruf des Unglückshähers zu hören. Wenn sie zurück war, musste sie den Laut unbedingt noch mal mit der Kassette von Kjells Vogelbestimmungsbuch vergleichen.

Ein Unglückshäher hier bei ihnen wäre etwas sehr Außergewöhnliches.

An den zwei Tannen, die für einen Weihnachtsbaum inzwischen zu hoch gewachsen waren, blieb sie stehen. Zwischen den moosüberwucherten Steinen führte ein schmaler Trampelpfad hinauf zum Bondeberg. Jemand schien hier regelmäßig unterwegs zu sein und da hoch zu marschieren. Ob es Greta war? Hasse? Oder vielleicht auch Kjell? Sie musste wieder daran denken, wie sie Göran erwischt hatte. Aber er war ja weggezogen, also schied er diesmal aus.

Von fern hörte sie Hundegebell und bekam ein schlechtes Gewissen, weil sie die Hunde nicht mitgenommen hatte. Aber Kjell müsste jetzt nach Hause kommen, dann sollte er mit ihnen Gassi gehen. Die beiden Hunde zogen ihr zu heftig an der Leine. Sie wollte nicht das Risiko eingehen, von ihnen umgerissen zu werden, nicht in ihrem Zustand.

Vor dem Haus stand ein fremder Wagen. Ihr wurde mulmig zumute, ihre Hand schob sich wie von selbst unter die Jacke, kalte Finger fuhren über ihren Bauch, der immer noch besorgniserregend flach war.

Sie war gerade bis zur Tür gekommen, da kamen sie hinaus. Kjell vorneweg. Sein Gesicht ganz bleich, die Augen wie erstarrt.

Hinter ihm ging der Rothaarige. Sie erkannte ihn auf der Stelle, sein Schnurrbart war jetzt buschiger und sein Gesicht breiter. Aber es war definitiv der Polizeibeamte. Sie versuchte, sich an seinen Namen zu erinnern, und da fiel er ihr ein. Torstensson.

»Hallo!« Die Panik schlich sich an wie ein Raubtier von hinten, drang jetzt in ihre Stimme. »Was tun Sie da?«

Kjell machte einen Schritt auf sie zu. Bei seinem Blick kamen ihr die Tränen.

»Ich muss mit Herrn Torstensson auf die Wache fahren. Ein paar Fragen beantworten.«

Sie konnte hören, wie sehr er sich anstrengte, ruhig zu klingen, doch sie sah es an seinem Gesicht. Seine Augen konnten es nicht verbergen. Wie viel Angst er hatte.

»Auf die Wache? Aber warum denn?«

Kjell schlug die Augen nieder, und Torstensson presste die Lippen aufeinander, sodass der buschige Schnurrbart abstand.

»Es geht um Fragen, die wir auf der Wache stellen müssen, das ist Vorschrift.«

Sylvia musste gleich an den jungen Torstensson denken, der ihr damals so komplizierte und persönliche Fragen gestellt hatte wie kein anderer. Und dafür hatten sie ihm auch nicht auf die Wache folgen müssen.

»Worum geht es denn?«, fragte sie, weil sie dachte, Kjell hätte vielleicht etwas anderes verbrochen, was der Grund sein könnte. Immerhin waren fünfzehn Jahre verstrichen, und genau genommen kannte sie ihn doch gar nicht mehr, aber Torstensson antwortete:

»Es geht um Maria Andersson.«

Maria. Dieser Name, wie ein Stromstoß. Jetzt war sie seit fünfzehn Jahren tot, und noch immer geisterte sie durch ihr Leben.

Kjell griff nach Sylvias Händen, sein Blick war flehend, doch sie verstand nicht, warum, und sie wollte schon sagen, *lass dich nicht für dumm verkaufen und zu irgendwelchen Aussagen hinreißen.* Warum nur hatte sie ihm nicht längst von dem Leben, dem Kind, das in ihr heranwuchs, erzählt.

Torstensson sah bitterernst aus und meinte, jetzt sei es so weit. Er war in einem Zivilfahrzeug gekommen und nicht in Uniform, als Zeichen von Respekt, das war richtig so, aber er würde es nicht hinnehmen, dass sie jetzt nicht Folge leisteten, und Sylvia wurde fuchsteufelswild und wollte Kjell am liebsten noch anstacheln: *Geh nicht mit! Weigere dich, tu nicht, was er sagt! Renn weg, lauf in den Wald!*

Aber an seinem Gesicht konnte sie ablesen, dass er nicht folgen würde. Wenn ein Polizist ihn anwies, dann tat er, was ihm gesagt wurde. Er war einfach so ein Mensch, und genau aus dem Grund hatte Torstensson auch auf Streifenwagen und Uniform verzichtet. Niemand würde sehen, dass die Polizei durch den Ort fuhr, es würden keine Gerüchte kursieren, das Einzige, was man sich vielleicht fragte, war, *was war denn das für ein Wagen?*, aber da ja bei niemandem eingebrochen worden war und auch keiner etwas Ungewöhnliches bemerkt hatte, würde man das fremde Auto nach ein paar Tagen wieder vergessen haben.

Kjell stieg in den Wagen, und sie plagte die Vorstellung, dass er nicht wusste, was er zurückließ. Sie dachte, er war ein schwacher Mensch, und irgendeinen Grund würden sie ja haben, und dass er vielleicht Dinge zugeben würde, die er nicht zugegeben hätte, wenn er gewusst hätte, dass sich unter ihrer Haut viele kleine Zellen teilten.

Die Hunde jaulten, als ob die Jagd begann und sie zu Hause bleiben mussten. Sylvia sah das Auto zwischen den Baumstämmen und den kahlen Zweigen verschwinden, und sie sah, wie die Bäume vom Sonnenlicht nun ausschlugen und überall das Leben neu erwachte. Die Vögel zwitscherten, obwohl es schon spät am Nachmittag war, und sie fragte sich, was so ein Zellklumpen wohl schon mitbekam.

Langsam sank sie auf die kalte Steintreppe vor dem Eingang und versuchte, nicht in Panik zu geraten. Die Hunde jaulten immer noch, als hätten sie kapiert, dass jemand ihnen das Herrchen weggenommen hatte, und sie dachte, die waren wirklich loyal, bis in den Tod, egal, was er auch angestellt hatte, sie würden immer auf seiner Seite stehen und ihn schwanzwedelnd begrüßen und jaulen, wenn er ging.

Sie haben in seine Seele gesehen, dachte sie. Sie wissen, dass er ein guter Mensch ist, obwohl der Polizist ihn mitgenommen hat. Ihr Bellen war reiner Protest.

Ach was, dachte sie dann und musste daran denken, was Kjell einmal zu ihr gesagt hatte, als sie beim Anblick von Moss' braunen Augen weich geworden war. *Das ist ein Hund, Sylvia. Du kannst ihn nicht wie einen Menschen behandeln.*

Hunde vergaben. Hunde vergaßen. Man konnte sie schlagen, und eine Minute später wussten sie von ihren Gefühlen schon nichts mehr. Sie erinnerten sich wohl an die Schläge, nicht aber an die Scham und die Erniedrigung.

Beim Menschen war es etwas anderes.

# 14.

TORSTENSSONS GESICHT verriet nichts. Er machte eine ernste, verschlossene Miene, keinerlei Anschuldigungen waren darin zu lesen, allerdings auch keine Spur von Verständnis.

Die beiden kannten sich nicht von früher. Möglich wäre es gewesen, das wussten sie. Es gab gemeinsame Bekannte. Beide waren etwa im selben Alter. In derselben Region mit dem Erzbergbau groß geworden.

Vielleicht hatte Torstensson deshalb den Streifenwagen stehen lassen und auch auf Handschellen verzichtet. Sich darauf verlassen, dass Kjell von allein mitkommen würde. Dass er ein anständiger Mensch war.

»Sie haben die Tagebücher gefunden«, hatte Torstensson gesagt, und in dem Moment hatte Kjell gewusst, warum er ihn mitnahm.

Der Gedanke war ihm schon einige Male gekommen, doch er hatte ihn immer ferngehalten, ihn nie an sich herangelassen. Nie nachgerechnet.

»Sie sind der Vater des Mädchens.«

Kjell sagte keinen Ton. Torstenssons Gesicht war noch immer vollkommen neutral, seine Stimme verriet nichts.

»Sie scheinen nicht gerade überrascht zu sein, Herr Fredriksson«, sagte er.

Da packte Kjell die Angst. Er vergrub den Kopf in den Händen, seine Finger griffen ins Haar. Er dachte an das Mädchen, das bald achtzehn war, ihren komischen Blick, als er versucht hatte, ein Gespräch mit ihr zu beginnen.

War ihm der Gedanke in dem Moment auch durch den Kopf geschossen? Er wusste es nicht.

»Sie haben es gewusst«, sagte Torstensson, und da nahm Kjell die Hände runter und schüttelte heftig den Kopf.

»Nein«, sagte er, und seine Stimme klang belegt, als hätte er lange nicht gesprochen, tagelang, jahrelang. »Nein, das wusste ich nicht.«

Er hatte das Gefühl zu lügen und versuchte, sich selbst zu versichern, dass er das nicht tat. Nein, er hatte es wirklich nicht gewusst.

»Aber Sie haben es vermutet?«

»Nein«, sagte er. Ihm war klar, dass Torstensson ihm das nicht abnahm. Es lag doch auf der Hand, dass er es in Erwägung gezogen haben musste. Schließlich wusste er doch Bescheid, kannte die Geschichte von den Bienen und Blümchen, oder glaubte er etwa noch an den Storch?

»Ich hab mir darüber keine Gedanken gemacht«, sagte er, und da blitzte etwas in Torstenssons Augen auf, und es war vorbei mit seiner Neutralität.

»Sie haben sich darüber keine Gedanken gemacht?«

Kjell schüttelte noch einmal den Kopf, wusste, dass er vielleicht lügen und sagen sollte, klar, hatte er sich Gedanken darüber gemacht, alles andere war nicht glaubwürdig, das wusste er schon, und er wusste auch, dass das noch nicht die schlimmste Anschuldigung gegen ihn war. Gleich würde der Polizist mit der richtigen Anklage kommen. Kjell versuchte krampfhaft, sich an seine Aussagen über den Mittsommerabend zu erinnern, diese Zeitlücke, dieses klaffende schwarze Loch in seiner Erinnerung. Jetzt war es enorm lange her.

Torstensson senkte den Blick und überflog seine Unterlagen. Natürlich hatte er sich vorbereitet und die alten Protokolle gelesen, er wusste genau, was Kjell ausgesagt hatte, und gleich würde er Kjell noch einmal danach fragen, und Kjell würde etwas anderes antworten, und schon hatte er sich in ein Netz aus Lügen verstrickt. Er dachte an Sylvia. An den Frühling, der sich in der Natur schon bemerkbar machte und sich bald vor ihnen ausbreiten würde wie ein Versprechen einer verheißungsvollen Zukunft. Kjell dachte an Maria. An den Schädel. Die Knochen. Die Haare, die nicht mehr aussahen wie Haar, sondern wie nasses, dreckiges Garn. Er dachte an Terese.

»Aber Sie wussten schon, was Sie angestellt hatten?«

Kjell blickte auf, sah Torstensson ins Gesicht, verstand nicht, was er meinte, und war wie gelähmt vor Angst, etwas Falsches zu sagen.

»Dass Sie ... Geschlechtsverkehr mit ihr hatten?«

Torstensson war es sichtlich peinlich, es auszusprechen. Sollte Kjell lieber sagen, dass er sich auch daran nicht mehr erinnern konnte? Dass das ebenso eine Lücke in seiner Erinnerung war und er nichts mehr wusste von dieser Sommernacht, als er sich dort im Keller in ihrem Körper verloren und gedacht hatte, es müsse ja niemand erfahren, diese weiche Haut, die rosafarbenen, steifen Brustwarzen. Sie war noch so jung gewesen und hatte dennoch genau gewusst, wie man es machte, und schon damals hatte er sich gelinkt gefühlt. Aber zurückgehalten hatte er sich dann doch nicht.

Er versuchte sich vorzustellen, was da wohl in ihrem Tagebuch stehen konnte, ob es Sinn machte, es einfach abzustreiten und zu behaupten, das seien alles nur Hirngespinste, aber er wusste ja nicht, was genau sie geschrieben hatte, und wenn er log, würde er alles nur noch schlimmer machen.

»Das wussten Sie schon?«, fragte Torstensson noch einmal.

»Ja, aber ich hab nicht gedacht ... da kamen ja so viele andere auch infrage.«

»Haben Sie nicht nachgerechnet?«

»Nein, hab ich nicht.«

»Waren Sie denn gar nicht überrascht?«

»Doch«, sagte er, und das war gelogen, und jetzt hatte er das Gefühl, als sei sein ganzes Leben eine einzige große Lüge.

Torstensson sah wieder in seine Unterlagen, suchte offenbar eine andere Karte, mit der er rauskommen konnte.

»Wussten Sie von den Tagebüchern?«

»Nein«, sagte Kjell, obwohl von ihrer Existenz schon die Rede gewesen war. Sylvia hatte von Tagebüchern gesprochen. Greta auch.

»Dann haben Sie gedacht, mit Maria ist diese Enthüllung vom Tisch? Sie sind davon ausgegangen, dass sie die Einzige war, die Sie hätte verraten können?«

Er merkte, wie er sich jetzt schon verhedderte. Er hatte sich selbst ein Bein gestellt.

»Nein«, sagte er. »Ich meine, das habe ich nicht gedacht.«

»Sie haben ja dann eine andere Frau kennengelernt. Die wäre bestimmt nicht erfreut gewesen, wenn sie erfahren hätte, dass Sie vorher ... mit so einem jungen Mädchen was hatten. Das dann auch noch von Ihnen schwanger geworden ist.«

»Sie hat mich ja verlassen«, sagte er. »Das wissen Sie doch.« Torstensson blickte auf.

»Das konnten Sie zu dem Zeitpunkt aber noch nicht wissen. Soviel ich weiß, wollte sie sich um das Kind kümmern, aber Sie wollten das nicht.«

»Ich hatte doch keine Ahnung ...«

»Ach, kommen Sie schon. Neun Monate. Da rechnet man doch nach? Das haben Sie doch auch getan.«

Ich Idiot, dachte er. Was bin ich für ein Idiot gewesen. Hab einfach den Kopf in den Sand gesteckt.

»Ich schätze, ich wollte nicht ... ich wollte mir das vielleicht nicht vorstellen.«

Torstenssons Schnurrbart rutschte hoch in Richtung Nase, er wedelte mit dem Stift zwischen Zeige- und Mittelfinger hin und her, sein Blick wurde noch intensiver.

»Dann hat sie es Ihnen sagen wollen?«

Jetzt schüttelte Kjell energisch den Kopf.

»Nein«, rief er, mit dem Blick auf dem Aufnahmegerät, das zwischen ihnen auf dem Tisch lag. »Nein, sie hat mir das nie gesagt.«

»Hat sie nicht genau das getan? An diesem Mittsommer-abend? Und mit dieser Neuigkeit Ihr schönes neues Leben in Gefahr gebracht? Sind Sie wütend geworden?«

Erst jetzt kam ihm der Gedanke, dass er vielleicht doch einen Anwalt brauchen könnte. Torstensson hatte ihn vorher über seine Rechte aufgeklärt, doch er hatte gedacht, das sei nicht nötig. Hatte gedacht, das sähe ja aus, als sei er schuldig, wenn er einen Anwalt haben wollte.

»An einer Stelle im Tagebuch schreibt sie Folgendes«, fuhr Torstensson fort und beugte sich über ein Blatt Papier, das wohl eine Kopie aus dem Buch war.

»Da steht: ›Aber Kjell wäre bestimmt nicht erfreut.‹ Und damit meint sie, wenn sie es Ihnen erzählen würde. Und dann schreibt sie weiter: ›Wer weiß, was ihm einfiele.‹«

Kjell bekam einen ganz trockenen Mund, er konnte kaum glauben, dass sie das geschrieben hatte.

»Ich bin nicht wütend geworden! Ich war nie wütend auf sie.«

»Aber Sie wollten sie aus dem Weg räumen?«

»Ich sag doch, ich hab ihr nichts getan. Sie hat mir doch nie was erzählt von dem Kind.«

Torstenssons Schnurrbart flatterte wieder, und eine Hand fuhr hoch ins Haar, das immer noch voll und leuchtend rot war, keine einzige graue Strähne. Er fingerte in den Unterlagen.

»Wenn ich es richtig verstehe, haben Sie an den Abend doch nur noch wenig Erinnerung.«

Kjell verlor langsam die Geduld, sein Puls stieg.

»Ich weiß heute ja nicht mehr als damals. Das ist fünfzehn Jahre her.«

Torstensson summte leise.

»Ihre Gedächtnislücke betraf einen ziemlich langen Zeitraum an diesem Mittsommerabend. Da konnten Sie überhaupt nicht sagen, was passiert war. Zumindest haben Sie das behauptet.«

Kjells Magen krampfte sich zusammen, ein saurer Geschmack schoss ihm in den Mund. Jetzt brauchte er dringend eine Zigarette, doch er traute sich nicht, darum zu bitten.

»Ich nehme mal an, dass Ihre Erinnerung an diesen Abend nicht zurückgekommen ist.«

Kjell spürte die Versuchung zu behaupten, jetzt könne er sich plötzlich an alles erinnern. Manchmal passieren ja eigenartige Dinge. Hätte er doch nur damals gleich gelogen und gesagt, dass er nach Hause gegangen und eingeschlafen sei. Dass das außer Frage stehe.

Stattdessen hatte er ihnen eine Erinnerungslücke geliefert, in die sie jetzt hineinpacken konnten, was sie wollten. Sogar einen Mord.

»Ich würde mich doch daran erinnern, wenn ich ...« Er verstummte, jedes Wort war irgendwie falsch, und er wollte sich nicht noch tiefer hineinreiten.

»Woher wollen Sie das wissen?«, fragte Torstensson. »Wenn Ihnen die Erinnerung daran fehlt.«

Darauf wusste er auch keine Antwort. Dabei hätte es sicher eine plausible Antwort gegeben, doch ihm fiel nichts ein.

Torstenssons Nasenlöcher weiteten sich auffällig, so tief atmete er ein. Einen Moment lang sah er wirklich komisch aus.

»Wollen Sie wissen, was ich glaube?«, fuhr er fort. »Ich glaube, sie hat es Ihnen erzählt. Hat Ihnen genau das gesagt, was Sie längst geahnt haben. Und dann hat Sie sie aufgefordert, Ihre Verantwortung zu übernehmen. Was aber Sie nicht wollten. Soweit ich weiß, wollten Sie das Kind ja kaum eine Woche lang bei sich behalten. Sie wollten einfach keine Kinder, nicht mal für so kurze Zeit.«

»Das ist nicht wahr«, sagte er. »Sylvia und ich haben versucht, Kinder zu bekommen.«

»Ach ja? So ernst war das also? Und da hatten Sie keine Angst, dass alles in die Brüche geht, wenn herauskommt, dass Sie dieses blutjunge Mädchen – sie kann doch damals höchstens sechzehn gewesen sein? – geschwängert haben? Das Mädchen, das auch noch die beste Freundin Ihrer Sylvia war?«

Kjell schüttelte den Kopf. Torstenssons Stimme häckselte und zermalmte ihn von innen, er konnte nicht mehr klar denken.

»Sind Sie dann runter in Marias Haus gegangen und haben ihre Jacke und das Portemonnaie mitgenommen?«

Kjell presste sich die Hände gegen den Kopf, versuchte, sich selbst und das, was er hörte, zu verstehen.

»Haben Sie die Tagebücher gefunden, eine Stelle, die gerade passte, rausgerissen und das Stück Papier in die Küche gelegt? Und dann die Bücher an einem Ort versteckt, wo Sie wussten, dass sie dort keiner suchen würde?«

Kjell schluckte den Speichel hinunter, der ihm den Hals verstopfte, und dann sagte er:

»Ich glaube, jetzt will ich doch einen Anwalt.«

Sie ließen ihn nicht wieder nach Hause.

Sie brachten ihn in Polizeigewahrsam zur Wache in Ludvika

und gaben ihm den Namen eines Anwalts, der sich am nächsten Tag bei ihm melden würde.

Auf dem Boden lag eine Gummimatratze, eine Glühlampe hing von der Decke, ein kleiner Knopf mit Lautsprecher, den er betätigen konnte, wenn er etwas brauchte, doch den benutzte er nicht.

Er hatte Angst. Angst davor, was die ihm unterstellten.

Ihn trieb aber noch eine andere Angst um, die Angst, was er getan haben könnte. Ob sie das einkalkulierten?

Maria war noch auf dem Fest gewesen, als er nach Hause gegangen war, das hatten alle bezeugt. Und Sylvia hatte ihn im Bett liegen sehen, als sie an diesem Mittsommerabend heimgekommen war. Das hatte sie doch ausgesagt? Damals, vor fünfzehn Jahren, als Torstensson sie zu Hause vernommen hatte.

Würde sie das heute wiederholen, wenn sie die Wahrheit erfuhr? Eine beklemmende Vorstellung, er konnte sie kaum ertragen. Hatte sie ihn denn wirklich gesehen?

Er legte sich auf die Matratze. Starrte die Betondecke an. Aus den anderen Zellen drangen Schreie. Jemand, der von Dämonen und bösen Geistern schrie, die die anderen heimsuchen würden, jemand, der gegen die Wand der Nachbarzelle trat, möglicherweise ein und dieselbe Person.

Er musste an den anderen Abend denken, der ja viel länger zurücklag. Damals hatte er sich nicht so betrunken, doch seine Erinnerung war nur vage. Hinterher hatte er alles darangesetzt, sie zu verdrängen.

Das Fest hatte bei ihm zu Hause stattgefunden, da war es passiert. Damals hatte sie noch nicht im Berghof gewohnt und ging auch noch zur Schule. Er meinte, sich zu erinnern, dass sie irgendwas angestellt hatte und Greta und Hasse ihr verboten hatten, nach Smedjebacken zu fahren. Stattdessen durfte sie mit zu ihm auf das Fest. Das war eine ganz spontane Sache gewesen. Er hatte mit Rolf geangelt, und sie hatten enorm viel gefangen, jede Menge Barsche, da hatten sie rumtelefoniert und alle eingeladen.

Maria hatte ihn den ganzen Abend lang so angesehen. In ihren knappen Hotpants und dem weißen Baumwoll-T-Shirt. Einen BH hatte sie auch nicht an. In der kühlen Abendluft zeichneten sich ihre Brustwarzen deutlich darunter ab.

Sie hatte ihn dann auch in den Keller gezogen, die Tür zugemacht, seine Hose geöffnet und die Hand hineingeschoben. Die Kellerluft da unten und der raue Boden. Von der Steinwand hatte sie hinterher Schrammen am Rücken. Danach war er ganz durcheinander und bereute es, doch ein bisschen geschmeichelt fühlte er sich auch. Nach diesem Abend sah sie ihn noch einige Male so an, aber da konnte er sich beherrschen und reagierte gar nicht, aus Angst, sie würde etwas sagen. Er hatte einfach versucht, dieses Ereignis aus seinem Kopf zu streichen.

Als sie schließlich zum Feiern nach Smedjebacken fahren durfte, wie sie lustig war, bekam er von ihr nicht mehr viel zu sehen. Und dann zog sie plötzlich mit einem Kleinkind in den Berghof ein. Seit diesem Abend im Keller war mehr als ein Jahr vergangen. Nicht, dass die Kleine da gerade erst zur Welt gekommen war, aber es war ihm fast so vorgekommen. Da hatte er überhaupt erst gemerkt, dass sie ein Kind gekriegt hatte. Wenn er der Vater gewesen wäre, dann hätte sie doch einen Ton gesagt? Sie musste doch wissen, wer der Vater des Kindes war. So waren damals seine Überlegungen gewesen, danach hatte er die Sache für sich abgehakt. Und jetzt konnte er an nichts anderes mehr denken.

# 15

SIE KONNTE ANNE nicht gleich erzählen, was passiert war. Nachdem Greta und Hasse weggefahren waren, schlenderte Terese durch die Innenstadt von Västanfors, stierte runter auf die Pflastersteine und wieder hoch in die Schaufenster, vor denen noch geschlossene Jalousien hingen, und ihre Finger wurden kalt, und die Worte in ihr froren ein. Sie wollte nicht nach Hause gehen, denn es war kein Zuhause, sie hatte noch nie ein richtiges Zuhause gehabt.

Da kam Anne über den Marktplatz geradelt und bremste direkt vor ihr.

»Was machst du denn hier?«, fragte sie und war so außer Atem, dass sie gleich inmitten einer Dampfwolke stand.

Terese war nicht in der Lage gewesen zu antworten, also setzte Anne sie auf den Gepäckträger und brachte sie zu dem großen, weißen Haus zurück, in dem sie wohnten.

Bald hätte sie ihre eigene Wohnung, einen Schlüssel, den kein anderer hatte, ein Schild an der Tür, auf dem nur ihr Name stand. In den Ämtern hatten sie es ihre neue Freiheit genannt, wenn sie sie künftig an der langen Leine hielten. Im Moment kam ihr das noch ganz weit weg vor.

Marianne und Birger hatten auch nachgefragt, was passiert war, schließlich hatten sie Greta und Hasse gesehen, und schon am Tag darauf hatte die Tageszeitung mit dem Aufmacher *Fünfzehn Jahre nach dem Waldmord – Verdächtiger verhaftet* auf dem Küchentisch gelegen. Sie hatten versucht, die Zeitung verschwinden zu lassen, doch Terese entdeckte sie hinter dem Sofa, die Titelseite umgeschlagen. Der Felsbrocken, drum herum blau-weißes Absperrband von der Polizei. Das Foto war körnig, vermutlich aus dem Archiv. Eins von damals. Kurz nachdem man sie gefunden hatte.

Als die Pflegeeltern zur Arbeit gefahren waren, kam Anne mit ihrer kleinen Tüte und knallte sie Terese hin, doch die wollte das Zeug nicht, sie war viel zu niedergeschlagen.

»Dann erzählst du jetzt endlich, was los ist«, sagte sie. »Oder ich zwing dir das Zeug rein.«

Da nahm Terese Anne die Tüte aus der Hand und ließ eine Linie auf den Küchentisch rieseln. Anne hielt ihr einen angeschnittenen Strohhalm hin, und sie zog das weiße Pulver hoch. Ein prickelndes Gefühl ging durch ihren Körper, aber eher dieses Kribbeln brachte sie zum Erzählen, weniger die Droge selbst, und die Worte flossen aus ihr heraus wie Eiter aus einer schlimmen Wunde.

»Jetzt fahren wir raus zu der Alten«, sagte Anne, als Terese mit dem Erzählen fertig war. »Das soll sie jetzt mal erklären.«

Terese widersprach, doch Anne stand schon am Telefon und tippte Tobbes Nummer ein, obwohl es verboten war, Handynummern anzuwählen.

»Du hast ein Recht auf diese Bücher«, brummte sie, während sie darauf wartete, dass er abnahm.

Eine halbe Stunde später stand der hellgrüne Wagen mit den getönten Seitenscheiben vor dem Haus. Anne hatte sich noch eine Line Koks reingezogen, doch Terese wollte nichts mehr, sie hatte Angst, dass Greta es merken würde, obwohl sie nur ganz wenig genommen hatte. *Der Apfel fällt nicht weit vom Stamm*, sagte man das nicht so?

Ihr kam das Foto auf ihrem Nachttisch in den Sinn, diese Verbindung zu ihrer Geschichte und der einzige Gegenstand, den sie in ihre eigene Wohnung mitnehmen würde. Das war wenig und doch wertvoll zugleich. Die Tagebücher wollte sie auch bei sich haben. Die Tussi vom Jugendamt hatte gesagt, dass sie eine gewisse Summe Geld bekäme, von der sie Möbel anschaffen könne, doch das war nicht viel, und sie würde wohl alles secondhand kaufen müssen. Dann hätte sie gebrauchte Möbel, die alt rochen, aber Hauptsache, sie könnte einen Nachttisch mit einer Schublade auftreiben. Obendrauf hätte sie einen Ort für das Foto, in der Schublade lägen die Tagebücher.

Als sie im Auto saßen, war ihr klar, dass das eine blöde Idee war. Die Bücher waren doch gar nicht bei Greta und Hasse, sondern bei der Polizei. Natürlich mussten sie dort sein. Schließlich hatten sie ihren Vater ja verhaftet. Wahrscheinlich hielten sie ihn auch für den Täter, genau wie Anne.

*War's dein Vater?*

Irgendwie hatte es für sie immer eine Erleichterung bedeutet, diese Frage mit Nein beantworten zu können, nicht in die Masse der Kinder in der Statistik einzugehen, die ihre Mutter durch einen gewalttätigen Vater verloren hatten. Den Waldmörder hatte sie sich immer als fremden Mann vorgestellt, als einen Schatten, der im finsteren Moorland von einem dicken Baumstamm zum anderen huschte. Ihr Vater war ein Dreckskerl gewesen, weil er keine Verantwortung übernehmen wollte, so wie die meisten Väter der Pflegekinder, aber ein Mörder war er doch nicht. Das war für sie immer ein Trost gewesen, wenn auch ein kleiner. Und den hatten sie jetzt auch noch zerstört.

Anne drehte sich zu Terese um und hielt ihr die Hand, bis die unbequeme Haltung sie zwang, wieder loszulassen. Tobbe sprach kein Wort, sah einfach nur angepisst aus.

Sie fuhren auf den gekiesten Hof und hielten vor Hasses und Gretas Haus. In der ausgetrockneten, graugelben Rasenfläche sprossen hier und da frische grüne Halme, und die Sonne tauchte die Holzfassade in gleißendes Licht.

»Ihr bleibt im Auto sitzen«, sagte Terese. Weder Anne noch Tobbe protestierten.

Als sie gerade auf halbem Wege zur Tür war, kam Greta ihr schon entgegen. Sie trug eine braune Strickjacke mit großen Holzknöpfen, ihre Locken waren jetzt platt, nur an den Spitzen kringelten sie sich leicht. Greta runzelte die Stirn, als ob sie Terese nicht wiedererkennen würde. Trotz ihrer strengen Erscheinung wirkte sie mickrig und klein.

»Ach, du bist das?« Dabei klang sie nicht unfreundlich, eher erschöpft.

Sie blickte über Tereses Kopf hinweg auf das Auto. »Wen hast du denn da mitgebracht?«

»Das ist meine Freundin Anne, mit ihrem Freund.«

»Wollen sie nicht reinkommen?«

Terese schüttelte den Kopf. »Nee, wollen sie nicht.«

Greta ging vor, lief in die Küche, griff nach einem Lappen und wischte den Tisch ab, fragte Terese, ob sie einen Kaffee wolle, doch die lehnte dankend ab.

»Aber setz dich doch.« Greta zeigte auf ihr Küchensofa mit dem grauen Bezug.

»Hat er gestanden?«, fragte Terese, als sie saß, sie leckte sich über die Lippen und hoffte, dass Greta ihre Pupillen nicht auffielen. Das musste jetzt wirklich das letzte Mal gewesen sein. Wenn die merkten, dass sie wieder kiffte, war es mit einem eigenen Zuhause aus und vorbei. Die kleine Wohnung mit Balkon, die sie besichtigt hatte, würde dann wer anders bekommen.

»Ich weiß nichts«, sagte Greta. »Ich hab mit dem geredet, also Torstensson, dem Polizisten, aber die sagen einem ja nichts. Ich weiß nur, dass Kjell da hinter Gittern sitzt. Und ich hoffe, sie lassen ihn nie wieder raus.«

Terese bohrte sich die Fingernägel in die Hand.

»Glaubst du wirklich, dass er es war?«

Jetzt blickte Greta sie feindselig an, zwei kleine, stechende Augen. Sah sie in Terese nun schon zwei Menschen, die sie hasste? Maria und den Mann, von dem sie schwanger geworden war?

»Sie war sechzehn«, sagte Greta. »Fast noch ein Kind. Er war erwachsen. Mehr als das. Wenn jemand so was tut ..., dann ist dem doch wohl alles zuzutrauen?«

Greta wandte ihr den Rücken zu und begann, die Spüle trocken zu reiben. Terese musste an ihr allererstes Mal denken. Sie war gerade erst dreizehn geworden, und es war in einer Walpurgisnacht hinter dem Heimatmuseum passiert. Sie hatten nicht verhütet, obwohl sie schon seit über einem Jahr ihre Tage bekam. Sie hätte weder damals noch heute gesagt, dass sie da noch ein Kind gewesen sei.

»Er hat sie ausgenutzt, weißt du«, sagte Greta, während sie angestrengt mit dem Lappen über die Oberfläche rieb. »So war das. Das hätten wir nicht von ihm gedacht. Aber die Menschen sind anders, als man denkt, das ist das Einzige, was man sicher weiß.«

Dann drehte sie sich wieder zu Terese um, die Augen nass-glänzend, die Hände zu Fäusten geballt, als ob Terese wider-sprochen hätte.

»Weißt du, Terese, fünfzehn Jahre. Fünfzehn lange Jahre habe ich für Gerechtigkeit gekämpft.«

Terese sah sie an, ihr Blick war von jahrzehntelanger Trauer und Wut zermürbt. Aber wo kam sie vor in dieser Gerechtig-keit, von der Greta sprach? Hatten sie auch nur einen Gedan-ken an sie verschwendet?

»Das war auch meine Mama, die jetzt tot ist«, sagte sie schließlich. »Nicht nur deine Tochter. Das ist dir schon klar, oder?«

Einen Moment lang dachte sie, Greta würde sich gleich auf sie stürzen, ihr Körper spannte sich bis zum Äußersten, dann sackten ihre Schultern wieder in sich zusammen, und zitternd ließ sie einen Seufzer hören.

»Doch, Terese, das weiß ich. Natürlich haben wir uns dir ge-genüber falsch verhalten. Das hab ich nicht vergessen, nur dass du es weißt. An dem Tag, als wir dich weggegeben haben ...«

Terese sah weg. Sie hatte so lange darauf gewartet, dass Gre-ta endlich den Mund aufmachte und erzählte, doch nun war es schier unerträglich, diese bibbernde Stimme zu hören und da-bei Gretas Körper anzusehen, der sich verkrampfte und wand, und es dauerte eine ganze Weile, bis sie begriff, dass es daran lag, dass sie weinte.

»Aber jetzt können wir es nicht mehr ändern«, sagte Greta, und zum Glück kam sie nicht zu ihr, um sie zu trösten. Statt-dessen ging sie zum Fenster und blickte hinaus. »Jetzt haben sie ihn mitgenommen. Vielleicht können wir nun endlich un-seren Frieden damit machen. Und du auch.«

Ihr schneidender Tonfall ließ keinen Platz für einen letzten Rest Hoffnung. Terese fasste sich wieder.

»Und was ist mit Sylvia?«

Greta schnaubte durch die Mundwinkel.

»Na, sie wird es die ganze Zeit über gewusst haben. Hat ihn vermutlich gedeckt, den Dreckskerl. Und bei denen hast du ge-wohnt! Wir hätten niemals gedacht ...«

Sie schüttelte den Kopf und griff wieder zu dem Lappen, begann jetzt, das Fensterbrett zu bearbeiten, hob die Topfblumen an und wischte darunter sauber. Konnte sie das nicht einfach mal lassen?, dachte Terese. Sich einfach hinsetzen und sich wie ein normaler Mensch mit ihr unterhalten?

»Kann ich die Tagebücher haben?«, fragte sie. »Ich meine, wenn die Polizei sie nicht mehr braucht?«

Greta hielt abrupt inne und beendete endlich ihr Geputze, ging zur Spüle, säuberte den Lappen und drückte ihn aus, bevor sie ihn über den Wasserhahn hängte und sich gequält auf die Kante der Arbeitsplatte stützte.

»Ich hab alles gelesen«, sagte sie, und Terese sah Greta jetzt nur im Profil, hell vom Tageslicht, das durchs Fenster fiel.

»Was ich da im Café gesagt habe ... das tut mir leid.«

»Schon gut, du hattest ja recht. Das steht ja da.« Sie seufzte. »Aber traurig ist das schon. Es war traurig. Ich will ihr doch nichts Böses. Ich hab sie doch einfach lieb. Sie war mein Kind.«

»Ich weiß«, sagte Terese.

Da drehte Greta sich zu ihr um.

»Und deine Mama«, sagte sie. »Aber ich war so tief im Loch, Terese. Ich hab's nicht geschafft, es richtig zu machen.«

»Und was ist mit den Tagebüchern?«

»Die gehören dir. Du hast sie ja auch gefunden. Ich will sie gar nicht.«

Als Terese aus dem Haus kam, stand Anne vor dem Wagen, die Tür weit geöffnet. Musik flutete den Hof, und das war ein sonderbares Gefühl, als ob da gerade zwei Welten miteinander kollidierten, und vielleicht passierte tatsächlich genau das.

»Hast du sie?«, fragte Anne und hielt ihr eine Zigarette hin.

»Ich krieg sie, wenn die Polizei sie wieder rausrückt.«

Anne hob triumphierend die Hand, als sei das was zum Feiern, aber Terese hatte immer noch Gretas Gesichtsausdruck vor Augen und dachte daran, wie es für sie gewesen sein musste, Marias abfällige Worte zu lesen und zu wissen, dass ihre Tochter mit genau diesen Gefühlen aus dem Leben geschieden war.

# 16.

DREI GANZE TAGE. So lange konnten sie ihn festhalten, hatte ihm der Anwalt erklärt. Dann musste Kjell einem Haftrichter vorgeführt werden.

Zwei Tage waren jetzt verstrichen. Der Anwalt hatte Sylvia von den Tagebüchern berichtet. Was Maria geschrieben hatte und was die Polizei dazu sagte. Aber Sylvias Gedanken drehten sich nur um ihr Kind. Jetzt konnten sie ihn doch nicht wegsperren. Sollte sie womöglich ein Kind zur Welt bringen, das keinen Vater bekäme? Ein Kind, dem dasselbe Schicksal bevorstand wie ihrem Bruder und ihrem Vater, und das, wo sie doch gerade wieder an die Vergangenheit angeknüpft hatte, damit alles noch gut werden konnte, so wie gedacht?

Eine Erinnerung kam hoch. Die kleinen Fichten, an denen man abbiegen musste, wenn man hoch zum Trollstein wollte. Göran, der sich hinter einem Baum vor ihr versteckt hatte. Dann versucht hatte wegzulaufen. Er hatte geweint. Sie hatte geweint. Schließlich hatte sie Mitleid mit ihm gehabt und deshalb nicht die Polizei verständigt.

Dann musste sie an Perra denken, flüchtig. Ihre Gedanken glitten ab zu ihrer Mutter. Und zu Greta. Und zu Terese. Sie dachte an ihr Kind, das noch gar kein Kind war, sondern erst ein Embryo, ein kleiner Samen, aus dem vielleicht noch etwas werden würde. Ein Kind zu verlieren. Ihre Hand fuhr über den Bauch. Ein Fünftel aller Schwangerschaften endete mit einer Fehlgeburt. Das hatte sie in ihrem Buch gelesen. Sie konnte sich nicht vorstellen, wie sie das überleben sollte.

Am Tag nachdem die Polizei Kjell mitgenommen hatte, statteten sie ihr einen Besuch ab. Sie hatte schon darauf gewartet, fand, sie ließen sich viel Zeit.

Ihre Uniformen machten ihr noch genauso viel Angst wie damals, als sie ihren Vater abgeholt hatten. Damals hatte sie gedacht, ihre Mutter sei schuld, sie habe zu laut geschrien. Die Nachbarn regten sich ja sonst nie auf, aber vielleicht hatten sie es dieses Mal mit der Angst bekommen, er hätte sie totschlagen können.

Sie ließ die Polizeibeamten ins Haus, doch die Feindseligkeit blieb. Sie stellten Fragen über jene Mittsommernacht, und sie sagte dasselbe aus wie damals. Sie meinte, sich noch an jedes einzelne Wort zu erinnern. Vielleicht hatte sich die Zeit auch in ihr Gedächtnis reingemogelt und manches verändert, ohne dass sie es bemerkt hatte, aber nach so vielen Jahren war eigentlich auch nichts anderes zu erwarten.

Kjell hatte im Bett gelegen und seinen Rausch ausgeschlafen, als sie nach Hause gekommen war. Dass er noch einmal aufgewacht und zum Fest zurückgegangen war, sei ziemlich unwahrscheinlich, da wäre sie auch wach geworden. Eigentlich fast unmöglich. So hatte sie sich damals geäußert, und genau das wiederholte sie jetzt. Sie blickte den roten Rücklichtern des Streifenwagens hinterher, als sie vom Hof fuhren. Dass sie Göran oben an dem Stein ertappt hatte, vergaß sie zu erzählen.

Drei Tage. Welche Fragen stellten sie ihm? Und was antwortete er wohl darauf?

Bei der Vorstellung, wie Kjell da ganz allein in dieser Gefängniszelle hockte, unter Schock und völlig durcheinander, begann sie zu weinen. Es war ein verzweifeltes Kinderweinen, ihr lief sogar der Rotz aus der Nase, und sie schrie los, die Hände gegen den Küchentisch gestemmt. Das lag vermutlich an den Hormonen. Eine Verzweiflung, die wie eine Art Wut war. Die überkam sie schlagartig, doch kurz darauf war es auch schon vorbei.

Ihre Brüste waren schmerzempfindlich und spannten. Am Morgen war die Übelkeit am schlimmsten, aber wenn sie gleich etwas aß, ging es ihr besser. Sie hatte sich angewöhnt, abends eine Scheibe Knäckebrot auf den Nachttisch zu legen, die sie greifbar hatte, sobald sie die Augen aufschlug. Nicht mal das hatte Kjell bemerkt.

Die Hunde bellten draußen im Zwinger, also ging sie raus und gab ihnen Futter. Sie konnte sich jedoch nicht dazu durchringen, mit ihnen einen Spaziergang zu machen, dafür nahm sie sie abends mit ins Haus und ließ sie zu sich ins Bett. In der Wärme der Tiere fand sie einigermaßen Trost.

Von einem lauten Geräusch wurde sie wie aus einem Traum gerissen. Die roten Ziffern ihres Weckers zeigten 8.31 Uhr.

Mühsam setzte sie sich auf und griff nach ihrem Knäckebrot. Hörte auf das Knuspern des Brotes zwischen ihren Zähnen, draußen graues Morgenlicht. Die Hunde lagen noch unter der Decke, ihre Wärme hing wie ein Magnet an Sylvias Füßen. In der Leistengegend schwitzte sie, und die Haut war klebrig.

Da erklang das Geräusch noch mal. Das Telefon. Davon war sie also aufgewacht.

Sie schaffte es gerade bis in den Flur, weiter kam sie nicht. Die Übelkeit bezwang sie. Mit knapper Not konnte sie noch ins Badezimmer rennen, wo sie eine gelbweiße Suppe mit Knäckebrotresten in die Toilette erbrach. Der Boden unter ihren Knien war hart und kalt, inzwischen hatte das Klingeln aufgehört. Sie drehte den Wasserhahn auf und klatschte sich kaltes Wasser ins Gesicht.

Es dauerte einige Minuten, sie war schon wieder zurück unter die Bettdecke gekrochen, da klingelte es erneut.

Es war Kjell. Er klang deprimiert und mit den Kräften am Ende.

»Sie haben mich freigelassen«, sagte er. »Kannst du mich abholen?«

Dieser unsichere Tonfall. Ob er gedacht hatte, sie hätte den Hof verlassen, und ihn auch, jetzt, da sie Bescheid wusste? Doch er hatte ja keine Ahnung, was in ihr heranwuchs, von dem Traum, der nun noch mal geträumt werden konnte. Sylvia freute sich regelrecht, dass ihr so übel war. Irgendwo hatte sie gelesen, dass dies auf eine stabile Schwangerschaft hindeutete. Auf einen lebensfähigen Fötus.

Sie zog nur eine Windjacke über ihren Schlafanzug und brachte noch schnell die Hunde in den Zwinger. Der Motor machte beim Anlassen Probleme, doch schließlich gelang es ihr, ihn zu starten. Stur fuhr sie an Gretas und Hasses Haus vorbei, sie würde sich nicht geschlagen geben und einen Umweg machen. Was Greta jetzt wohl sagen würde? Sie hatte bestimmt schon gehört, dass man ihn auf freien Fuß gesetzt hatte. Würde sie dabei bleiben, dass er der Mörder war, und ihn weiterhin verurteilen, so wie Göran? Wie bei Göran demonstrativ vor Kjells Haus auf und ab wandern, immer und immer wieder, bis er sich genötigt fühlte, fortzugehen, würde sie dasselbe bei ihnen versuchen? Aber vielleicht wäre das auch gar nicht so dumm. Wegzuziehen und woanders neu anzufangen. Schließlich gab es noch mehr Dörfer am Waldrand. Die Vergangenheit hinter sich zu lassen, die sie hinab ins feuchte Moor sog.

Kjell hockte auf einer Bank vor der Polizeiwache. Er sah elend aus, an den Wangen fleckige Bartstoppelschatten und fettiges Haar, das unter der Mütze zum Vorschein kam. Er sah aus, als hätte er nächtelang keinen Schlaf bekommen. Was haben die bloß mit ihm gemacht, dachte sie. Er sah jetzt ebenso schlimm aus wie damals, als er Marias Leiche gefunden hatte. Oder zumindest die Reste von ihr.

Kaum dass er ins Auto gestiegen war, griff sie nach seiner Hand. Sie hatte eigentlich vorgehabt, es ihm gleich zu sagen, als würde die Zeit ablaufen, aber seine Augen sahen so traurig aus.

»Sie haben dich freigelassen«, sagte sie.

Er sah durchs Fenster rüber zur Wache. »Aber nur, weil ihnen die Beweise fehlen, um mich in Untersuchungshaft zu nehmen. Die glauben immer noch, dass ich es war.«

Sie beugte sich zu ihm, versuchte, seinen Blick einzufangen. »Was die glauben, ist mir egal. Sie haben dich freigelassen.«

»Mal sehn. Wer weiß, was sie als Nächstes ausgraben.«

Sie wollte ihn eigentlich fragen, was er damit meine, was es auszugraben gebe, doch sie ließ den Motor an und sah zu, dass sie von der Polizeiwache fortkamen. Bevor sie auf der Landstraße waren, sprach keiner von ihnen ein Wort. Dann sagte er:

»Willst du nicht wissen, warum sie mich eigentlich verhaftet haben? Und was sie gefragt haben?«

Ihr Puls raste so, dass sie sich manisch fühlte, doch sie setzte alles daran, ruhig und gelassen zu wirken.

»Ja, schon. Aber nur, wenn du willst. Bei mir war die Polizei auch und hat Fragen gestellt«, sagte sie.

Sie wollte mit ihm einfach nur nach Hause, da weitermachen, wo sie aufgehört hatten.

»Was wollten sie von dir wissen?«

»Sie haben mich gefragt, ob ich mir sicher bin, dass du in der Nacht geschlafen hast, als ich nach Hause gekommen bin.«

»Und was hast du gesagt?«

»Ja klar. Klar bin ich mir sicher. Du hast ein Alibi. Die können dich nicht einbuchten.«

Er sah sie mit großen Augen an, doch sie konnte seinen Blick nicht erwidern, musste ja auf die Straße schauen. Sie nahm seinen Gesichtsausdruck nur aus dem Augenwinkel wahr.

»Aber stimmt das auch? Bist du dir hundertprozentig sicher?«

»Mensch, Kjell. Glaubst du etwa, du hast es getan?«

Da fing er an zu weinen. Sie versuchte, ihn mit einer Hand streichelnd zu trösten.

»Ich kann mich doch an gar nichts mehr erinnern. Wenn ich nun ... wenn ich nun doch ...«

Sie griff nach seinem Handgelenk, energisch.

»Nein, Kjell«, sagte sie. »An so was erinnert man sich.«

»Die glauben, dass ich es war. Die denken, du lügst.«

Sie nahm seine Blicke wahr, doch sah stur geradeaus, hielt sich am Lenkrad fest. Wieder wurde es still im Wagen. Er wirkte zerbrechlich, und hinter so einer Zerbrechlichkeit steckte immer eine große Wut. Sie wollte keinen Streit. Nicht jetzt. Bis Smedjebacken fuhren sie wortlos, dann machte er endlich den Mund auf. Seine Stimme war eingegangen, beschämt.

»Da ist noch was. Was die mir gesagt haben. Es geht um Terese ...«

»Ich weiß«, sagte sie, und er verstummte.

»Du bist gar nicht böse?«

»Das ist so lange her. Du hast es ja nicht gewusst.«

An ihr war ihm ja auch noch nichts aufgefallen, obwohl sie sich jeden Morgen übergeben musste. Dass er nicht kapiert hatte, dass er der Vater von Marias Kind war, war vielleicht gar nicht so sonderbar. Schließlich war er ein Mann.

Und jetzt bekäme er eine zweite Chance.

»Aber ich meine, dass ich ... mit Maria.«

»Es ist lange her«, sagte sie. »Ich finde, wir sollten jetzt nur noch nach vorn schauen.«

Mit dem Zeigefingernagel ging er unter die anderen Nägel, die Kappe warf einen Schatten auf sein Gesicht. Sein Bauch quoll über den Hosenbund. Dieser Anblick erinnerte sie an ein Kind, das sich schämte.

»Jetzt hat sie ihr ganzes Leben in diesen beschissenen Heimen leben müssen. Wenn ich doch nur einmal meine grauen Zellen benutzt hätte ...«

»Das ist alles Vergangenheit, Kjell. Du musst jetzt nach vorn schauen. Das ist das einzig Richtige. Du darfst dich nicht da dran festbeißen.«

Als sie zu Hause ankamen, war er immer noch derart deprimiert, dass sie es ihm wieder nicht sagen konnte. Nicht in dem Zustand. Er brauchte ein bisschen Zeit, um zu verdauen, was geschehen war. Sie würde ihm jetzt erst mal etwas Gutes kochen. Am Abend, wenn er sich etwas beruhigt hatte, dann würde sie es ihm sagen. Wie eine Zeitbombe tickte es in ihr. Als würde alles bald in die Luft fliegen, als liefe ihr die Zeit davon.

# 17.

UNTER DER ERLE standen die Schneeglöckchen in dichten Horsten, und die Schatten der Äste warfen ein ornamentartiges Muster auf den Rasen. Kjell saß auf dem Balkon und rauchte und war schon beim dritten Bier.

Der Berghof lag da unten, und Kjell brachte das Gedankenkarussell nicht mehr zum Stillstand.

Terese. All die Jahre hatte er eine Tochter gehabt.

Torstensson hatte ihm bei einem der Verhöre mitgeteilt, dass Terese die Tagebücher gefunden hatte. Das hieß, seine Tochter hatte es auch noch vor ihm erfahren.

Das arme Mädel.

Und Maria hatte es sofort gewusst. Für sie hatte es nicht den geringsten Zweifel gegeben. Früher hätten sie viele als Plappermaul bezeichnet, das nur selten den Mund halten konnte. Doch das war offenbar weit gefehlt. Keinen Ton hatte sie von sich gegeben. Kein einziges Wort, zu niemandem, wie es schien.

Aber wie hatte Sylvia es dann erfahren? Kjell hatte den Anwalt gebeten, ihr nichts zu sagen. Ob sie es von Greta wusste? Oder hatte Torstensson sie aufgeklärt?

Kjell trank sein Bier aus, ging wieder ins Haus und schenkte sich ein Glas Whisky ein, jetzt brauchte er definitiv etwas Hochprozentiges.

Was Terese von ihm denken musste? Vermutlich dasselbe wie Torstensson und alle anderen? Dass er es insgeheim gewusst, aber für sich behalten hatte? Seine Beziehung nicht aufs Spiel setzen wollte für ein ungewolltes Kind.

In seinem Kopf drehte sich alles, ein Gedanke ließ ihn einfach nicht los. Wahrscheinlich hatte es sich genau so abgespielt.

Ich Idiot, hatte er gedacht, als er da auf der Gummimatratze gelegen und sich auf das verrückte Geschrei der Besoffenen konzentriert hatte. Er war ein Idiot. Strohdumm.

Nicht der Allerhellste, hatte seine Mutter damals zur Verwandtschaft gesagt und mit den Schultern gezuckt. Doch es war noch viel schlimmer. Er war echt ein Idiot. Zu nichts zu gebrauchen. Seine Mutter hatte immer gesagt, es müsse ja nicht jeder studieren, das macht gar nichts. Mit gesundem Menschenverstand bringt man es ebenso weit. Doch davon hatte er viel zu wenig abbekommen.

Sylvia kam raus auf den Balkon. Sie schien guter Dinge zu sein, und er verstand überhaupt nicht, warum. Keinerlei Vorwürfe, was er mit Maria angestellt hatte. Kein Wort zu Terese, schließlich hätten sie sie damals zu sich holen können, wenn er nur eins und eins zusammengezählt hätte.

Schau nach vorn, das war das Einzige, was sie sagte. Das wirkte so aufgesetzt. Ihre Anwesenheit machte ihn plötzlich ganz nervös. Eigentlich wollte er lieber seine Ruhe haben.

Sie hielt ihm die nächste Flasche Bier hin, obwohl er auf das Whiskyglas zeigte, und dann räumte sie die leeren Flaschen weg, fragte beiläufig, ob er nicht mit reinkommen wolle, draußen wurde es doch langsam frisch. Er schüttelte den Kopf. Jetzt war es wirklich kühl, und er fror auch schon, aber rein wollte er nicht.

Und dann Greta und Hasse. Er wusste noch, dass er damals Schiss gehabt hatte, Maria würde ihnen was von ihnen beiden erzählen. Er wollte doch nicht, dass sie ihn für einen geilen, alten Sack hielten. Aber Maria hatte dichtgehalten, und obwohl er damals schon gewusst hatte, dass für Greta und Hasses Tochter keine Regeln galten, war er nicht davon ausgegangen, dass sie es überall rumerzählte. Und ihre Eltern wären die Letzten gewesen, denen sie ihr Herz ausgeschüttet hätte.

Aber ihren Tagebüchern hatte sie sich anvertraut. Er fragte sich, was genau sie geschrieben, ob sie über ihn abgelästert hatte. Was für ein alter, geiler Mann er war. Dass sie ihm deswegen verschwiegen hatte, dass er der Vater ihres Kindes war. Womöglich hatte sie Angst gehabt, er könne böse werden, wenn sie es ihm sagte. Ihr vielleicht sogar etwas antun.

Sylvia hantierte in der Küche, war am Kochen, der Kühlschrank ging immer wieder auf und zu, mittendrin klapperndes Geschirr. Kjell verließ den Balkon still und leise über die

Außentreppe, er wollte nicht, dass sie es mitbekam. Sie hätte nur wieder Einwände, ihr ständiges Gerede, dass sie nach vorn schauen und sich Zeit lassen mussten.

Aber er konnte nicht anders. Er musste diese quälenden Gedanken loswerden. Er wollte ihnen ins Gesicht sehen. Dann hätte er immerhin Gewissheit.

Die Vögel sangen noch immer, Kohlmeise, Blaumeise und Buchfink. Eine Bachstelze hüpfte über den alten, braunen Rasen. Unterhalb des Hundezwingers stand das Gestrüpp in einer riesigen Schmelzwasserpfütze, doch die Straße war inzwischen wieder trocken. An wenigen Stellen war der Kies noch dunkel, und seine Stiefel traten in klebrigen Lehm.

Mit jedem Tag wurde es heller, es war fast brutal, wie das Licht die Winterdunkelheit vertrieb, alle Erinnerungen an die kurzen Tage ausradierte, und man fast vergaß, dass man sich gestern noch in den Häusern verschanzt und im Fenster das eigene Spiegelbild angestiert hatte. Gerade waren ihm Schnee und kurze Tage, an denen es früh dunkel wurde, lieber.

Als er auf Gretas Hof zulief, behielt er das Küchenfenster fest im Auge, stellte sich vor, wie sie beide da hockten und ihn kommen sahen, aber es rührte sich nichts.

Der Türklopfer schlug gegen die Haustür.

Niemand kam. Keine Frage, sie mussten ihn gesehen haben und wollten nicht aufmachen. Doch er musste unbedingt mit ihnen reden. Ihnen sagen, dass er es nicht gewesen war. Es gab Dinge, die er getan hatte, das ließ sich nicht leugnen. War es angebracht, ihnen zu sagen, dass sie ihn verführt hatte? Sie hatte ihn in den Keller gelockt, nicht umgekehrt. Aber konnte man so was sagen, war das nicht ein bisschen taktlos?

Völlig verzweifelt ließ er den Türklopfer noch einmal anschlagen, da hörte er endlich Schritte.

Gretas Gesicht war leichenblass, als hätte sie es weiß gepudert, und die Tränensäcke waren geschwollen.

»Was willst du hier? Schämst du dich nicht, hierherzukommen?«

»Ich wollte euch nur sagen ...« Er schob den Fuß in die Tür, um zu verhindern, dass sie sie einfach zuzog, bevor er losgeworden war, was er zu sagen hatte. »... ich wollte mich bei euch entschuldigen.«

»Entschuldigen? Du meinst also, man kann einfach ankommen und sich für so was entschuldigen? Du hast meine Tochter erschlagen und hast die Stirn, hierherzukommen und um Entschuldigung zu bitten?«

Greta war außer sich, ihr kleiner Körper stand unter Hochspannung, und die ersten Papilloten fielen ihr schon aus den Haaren.

»Ich hab sie nicht erschlagen! Ehrlich nicht.«

Von Hasse war nichts zu sehen, aber natürlich saß er in der Küche nebenan. Möglicherweise hatte er eine andere Meinung von Kjell als seine Frau, aber er würde hinter ihr stehen, so wie er es immer getan hatte.

»Aber wofür willst du dich dann entschuldigen?«

»Für ... die Sache mit Terese. Dass ich ihr Papa bin, Tereses Papa.«

Da knallte sie die Tür mit solcher Wucht zu, dass ein Wahnsinnsschmerz in sein Schienbein fuhr, und er konnte sein Bein gerade noch rechtzeitig zurückziehen, bevor sie die Tür ein zweites Mal zudonnerte.

Auf der Treppe vor der Haustür blieb er stehen und zitterte am ganzen Körper. Da musste er wieder an die Stunden in der Zelle denken, er ließ sich auf die kleine Bank auf der Veranda fallen und atmete schwer. Plötzlich hörte er Geräusche vom Küchenfenster, also sprang er schnell auf, damit sie ihn nicht noch mit dem Besen vom Hof jagen konnte. Seine Verzweiflung war einem Gefühl von Erniedrigung gewichen.

Langsam bewegte er sich heimwärts. Schon von der Kreuzung aus sah er Sylvia auf dem Balkon stehen. Er hatte das ungute Gefühl, beobachtet zu werden. Die Weiden waren aufgeblüht, und nun leuchteten die Bäume sattgelb. Kjell fielen die Himbeerzweige ein, die Sylvia immer geschnitten, in Glasvasen gestellt und im ganzen Haus verteilt hatte, und wie enttäuscht sie gewesen war, als sie die Weidenröschen gepflückt hatte, die sich hinter Ingegärds und Ernsts Holzschuppen wie ein rosafarbenes Meer ausbreiteten, und sie noch am selben

Tag verblüht waren. Er hatte lachen müssen, als er ihr trauriges Gesicht sah.

Er dachte an seine Tante, die ihm erzählt hatte, dass man Weidenröschen essen und schmackhaften Tee daraus brühen könne, wenn einem nicht gut war. Sylvia hatte er das gar nicht erst erzählt. Dann wäre sie nämlich gleich losgesprungen und hätte einen Haufen davon gepflückt und jede Variante ausprobiert.

Stattdessen hatte er ihr erzählt, dass diese kerzenartigen Blumen ihre Blüten langsam von unten nach oben öffneten, und wenn die oberen rosa Blüten aufsprangen, war der Sommer vorbei. Diese Geschichte hatte sie richtig ins Herz geschlossen.

Eigentlich ist sie fast wie ein Kind, dachte er jetzt, er konnte sich allerdings nicht erinnern, dass er diesen Gedanken schon einmal gehabt hatte.

War er über die paar Tage in der Zelle gealtert? Von der Neuigkeit, seit Jahren schon Vater zu sein? Man hatte nicht nur einer jungen Frau das Leben genommen, sondern auch seiner Tochter die Mutter. Er versuchte sich zusammenzureißen. Was für ein Jammerlappen war er, dass er nicht einmal ein paar Tage im Gefängnis aushielt?

Ja, er war wirklich ein erbärmlicher Mann. Auch ohne das Erlebnis im Gefängnis.

Sie hatte mit dem guten Geschirr gedeckt und eine Flasche Wein auf den Tisch gestellt. Es duftete in der Küche. Schmorkohl, Kartoffeln und Sahnesoße. Als Kind war das sein Lieblingsessen gewesen, das hatte er ihr mal erzählt. Dass sie sich daran noch erinnerte. Er wurde wieder sentimental und dachte, er habe sie gar nicht verdient.

»Bist drüben bei Greta gewesen?«

Er nickte, es brachte nichts, ihr etwas anderes aufzutischen.

»Das war keine gute Idee. Sie ist für so was noch gar nicht bereit.«

»Nein, sie wird glauben, dass ich es war, bis sie den richtigen Täter fassen. Und das wird wohl nie geschehen.«

»Nein. Das glaube ich auch nicht. Aber versuch, jetzt nicht

an Greta zu denken. Iss lieber was. Schau mal, was ich für dich gekocht habe.«

Ihre Worte machten seiner sentimentalen Stimmung ein Ende, und die Unlust war zurück, widerwillig setzte er sich an den Tisch.

Vom Schmorkohl blieb der Großteil übrig. Sie aß wie ein Spatz, und er bekam kaum einen Bissen hinunter. Sie machte sich Gedanken, dass sie den Kohl nicht richtig zubereitet hatte, doch er versicherte ihr, dass ihr Essen lecker war und es nicht daran lag, sondern an ihm, er stand völlig neben sich. Vom Wein trank er umso mehr. Sie hatte ihr Glas kaum angerührt.

Wieder kam ihm der Gedanke, dass sie womöglich ein Alkoholproblem hatte. Er wusste ja kaum etwas von ihr und den letzten fünfzehn Jahren. Einen Mann hatte sie wohl gehabt, eine Stelle in der Erwachsenenbildung, hatte in Stockholm gelebt, mittendrin. Sylvia in einem Betondschungel – das war wirklich unvorstellbar.

»Wie hast du es eigentlich in Stockholm ausgehalten?«, fragte er sie, und sie machte große Augen. Aber jetzt müsste sie doch endlich mal was erzählen. Wenn aus ihnen noch was werden sollte. Sie konnte doch nicht immer so heimlichtun und alles für sich behalten, genau wie früher.

Da nippte sie an ihrem Wein, diese Gewohnheit hatte sie offenbar nicht abgelegt. Einen Schluck zu trinken, wenn es brenzlig wurde.

»Das kommt wohl von allein«, sagte sie. »Man hält's einfach irgendwie aus.«

»Hat's dir nicht gefallen?«

Sie überlegte ziemlich lange, bevor sie eine Antwort gab.

»Nein«, sagte sie schließlich. »Das war ein Gefühl, als wär man von sich selbst abgeschnitten. Mit der Zeit gewöhnt man sich dran, und dann vergisst man, wie es anders sein könnte.«

Das wäre ihm nie passiert. Er hätte sich nie daran gewöhnt. Nie vergessen, wie es vorher gewesen war. Aber natürlich war er ja hiergeblieben, mittendrin, und da war es auch viel schwerer, alles zu vergessen. Obwohl fünfzehn Jahre auch wirklich eine lange Zeit waren.

»Was denkst du, soll ich ihr einen Brief schreiben?«

»Einen Brief?«

»Ja, an sie. An Terese.«

Sie lächelte zaghaft, streckte die Hand aus und legte sie auf seine.

»Ja, mach das. Briefe sind gut. Dann kann man ganz in Ruhe überlegen, bevor man darauf antwortet.«

# 18.

AUF EINMAL STAND TERESE im Mittelpunkt und wurde sogar von jenen angesprochen, die sonst nie mit ihr redeten. Sie hockten an den Fahrradständern und rauchten. Eigentlich hätte sie auf Anne echt wütend werden müssen, die hatte es nämlich ausgeplaudert.

Nachdem sie von Dalshyttan zurückgekommen waren, waren sie auf eine Party gegangen, und Annes Klappe hatte nicht mehr stillgestanden. Sie hatte Terese am Arm festgehalten, sie gar nicht mehr losgelassen. Normalerweise war Terese auf Partys ganz schnell abgemeldet, Anne verschwand meist mit irgendwelchen anderen Leuten. Das war auch nicht weiter schlimm. Meist kam irgendwann einer an, der auch nicht wusste, wohin, und dann fummelten sie ein bisschen oder quatschten auch nur. Sie hätte sich echt über Anne ärgern müssen, die über ihren Vater herzog, aber sie tat es nicht. Einmal im Rampenlicht zu stehen, fühlte sich irre gut an, und das wäre nie passiert, wenn Anne ein anderes Thema gefunden hätte.

»Mensch, Alter, das sind mal Pfingstferien!« Anne dramatisierte, warf den Kopf nach hinten, riss die Augen auf. »Wir haben echt einen fünfzehn Jahre alten Cold Case gelöst! Und dann lässt die Polizei den Typ wieder laufen! Kapiert ihr? Die haben ihn einfach freigelassen!«

In der Tageszeitung hatte es auf der ersten Seite gestanden. Die Neuigkeit von den Tagebüchern war schon durchgesickert. Ein grobkörniges Bild vom Trollstein, das Absperrband rundherum. *Mutmaßlicher Waldmörder freigelassen.* Terese war wirklich erleichtert, dass da nicht auch noch Kjell abgebildet war, so ein Foto mit Decke über dem Kopf oder einem schwarzen Balken vor den Augen. Sein Gesicht war ihr noch so fremd, sie wusste ja kaum, wie es aussah, und sie wollte nicht, dass solch eine Erniedrigung den ersten Eindruck von ihm prägte.

Anne war zwar diejenige, die ohne Punkt und Komma redete, doch alle Blicke trafen Terese. *Und wie ist das für dich?*, fragte der ein oder andere zaghaft, und darauf antwortete sie genau das, was Anne gesagt hätte.

»Ein Vater war er ja nie. Und dann hat er meine Mutter ermordet. Für mich ist er einfach nur ein Mörder.«

Das waren Theatermonologe, sie standen auf einer Bühne, Anne und sie.

Einige Male war Terese der Gedanke gekommen, dass Anne eine gewisse Ähnlichkeit mit ihrer Mutter besaß. Die Tagebücher waren voll von Übertreibungen. Sylvia hatte Maria ganz anders beschrieben, eine fröhliche, junge Frau, die immerzu laut lachte, doch die Tagebücher zeichneten ein ganz anderes Bild. Unter der glatten, sonnenstrahlglitzernden Oberfläche verbarg sich ein brodelndes, dunkles Gewässer. Und das, obwohl sie selbst Mutter und Vater gehabt hatte.

Dienstags hatte Terese früh Schulschluss und fuhr ohne Anne nach Hause. Das weiße Haus am Ende der Straße war groß und prächtig und frisch renoviert, vermutlich von dem Geld, das sie für die Pflegekinder bekamen. Bald würden die Kletterpflanzen und Bäume im Garten grünen und blühen. Aber es war wenig einladend. Wäre Anne nicht gewesen, hätte sie dieses Haus möglicherweise richtig gehasst. Marianne und Birger waren zwar ganz lieb, sie ließen einen in Ruhe, aber ohne Anne wäre es wahnsinnig einsam gewesen. Und Einsamkeit war am allerschlimmsten. Sie bohrte sich tief ins Fleisch wie eine miese Krankheit.

Bald war sie achtzehn. Dann konnte sie eine Wohnung für sich allein bekommen. Ob sie sich da einsam fühlen würde? Schon möglich. Aber dann war es nur ihre Einsamkeit, dann stand sie nicht im Schatten eines Zuhauses, das eigentlich gar nicht ihres war, oder einer Familie, die sich nur um sie kümmerte, weil es eine Arbeit war, die man sich bezahlen ließ.

Sie holte die Post aus dem Briefkasten, so wie immer. Das gehörte zu ihren Pflichten im Haushalt. Anne tat das nie, aber Terese deckte sie. Sie sollten beweisen, dass sie in der Lage waren, Verantwortung zu übernehmen, um mit achtzehn ihre eigene Wohnung zu bekommen, und Terese wollte Anne helfen, auch aus der Pflegefamilie rauszukommen.

Sie blätterte den Stapel mit Fensterbriefumschlägen und Werbepost durch und schreckte zusammen, als ihr Blick auf ein Kuvert fiel, auf dem die Adresse von Hand geschrieben war. Der Name sprang ihr sofort ins Auge. *Terese Andersson.* Während sie auf ihren Brief starrte, tastete sie in ihrer Tasche nach dem Schlüsselbund und schloss die Haustür auf. Dann ging sie durch den Flur, ohne sich die Schuhe auszuziehen, setzte sich gleich aufs Küchensofa und öffnete den Umschlag nur mit den Fingern.

*Hallo Terese* stand in der ersten Zeile.

Sie hielt ein weißes, liniertes Briefpapier in der Hand, in der unteren Ecke eine Girlande aus blauen Blumen. Das Blatt sah ganz altmodisch aus, und erst dachte Terese, der Brief sei von Greta. Sie blickte nach unten und las die allerletzte Zeile.

Da stand als Unterschrift *Kjell.*

Die Handschrift war richtig schön, ganz anders, als Männer üblicherweise schreiben. Terese überflog die Worte und bekam heiße Wangen und einen schnellen Puls. Dann las sie den Brief noch mal von vorn. In Ruhe. Wort für Wort.

*Ich hab keine Ahnung, was du von mir hältst. Vielleicht findest du, ich bin ein Idiot, und da hast du wohl recht. Ich hätte es wirklich kapieren müssen. Aber ich hab deiner Mama nichts angetan. Ich erinnere mich noch gut an dich, als du klein warst. Ich hab dich sehr gemocht. Aber ich hab ja nicht gewusst, dass ich dein Vater bin. Vielleicht ist es jetzt zu spät, aber ich hätte sehr gern Kontakt zu dir. Vielleicht können wir uns mal verabreden. Bitte glaub mir, dass ich deine Mama nicht umgebracht habe.*

*Viele Grüße*
  *Kjell*

Sie las den Brief immer wieder. Ihr Puls schlug jedes Mal höher. Dann ließ sie ihn schnell in der Bauchtasche ihres Hoodies verschwinden. Sie musste daran denken, was Anne dazu sagen würde, sie konnte schon ihre Stimme hören, als stände sie neben ihr. Dieser Brief hatte etwas an sich, dieser Tonfall, diese klare, reine Sprache, das war so anders als da draußen, wo er sie angesprochen hatte. So derb und breiig der Dialekt, mit diesen abgehackten Endungen. Sie nahm den Brief noch einmal in die Hand und hatte sofort den Satz gefunden, den sie suchte. *Ich hab dich sehr gemocht.*

Noch einer, der meinte, er hätte das kleine Mädchen auf den alten Fotos so gemocht, in denen sie sich selbst überhaupt nicht wiederfand. Noch eine Wurzel, die in der Erde steckte, in dieser feuchten, schwarzen Unterwelt, die ihr so fremd war.

Sie ging in ihr Zimmer, legte den Brief unter die Matratze und betrachtete noch einmal das Foto auf dem Nachttisch. Die Sommersprossen auf der Nase dieser jungen Frau, die runden Bäckchen des kleinen Kindes unter dem Sonnenhut. Was liegt da in ihrem Blick, als sie auf ihr Kind hinuntersieht, ist es Liebe? Dieser blinzelnde Blick war unscharf, aber etwas Liebevolles hatte er wohl.

Den Brief zeigte sie Anne besser nicht. Zumindest einstweilen. Erst einmal musste sie sich entscheiden, ob sie darauf antworten wollte. Anne würde sie bestimmt als naiv abstempeln. *Dass sie ihn freilassen, heißt doch noch lange nicht, dass er unschuldig ist! Das weiß man doch, Frauen werden immer von den Ex-Männern umgebracht, hab ich dir das nicht erklärt?*

Terese schaltete den Fernseher ein und schaute sich Wiederholungen von *Melrose Place* an, doch die Filme flimmerten nur an ihr vorbei. Ihre Gedanken wanderten unentwegt zu dem Brief, den Tagebüchern und zu dem Foto auf ihrem Nachttisch. Ihr ganzes Ich bestand aus einer diffusen Sammlung: Fotos ohne Datum, ohne Kommentar, lediglich zusammenhangslose Worte und Bilder. In gut einer Woche war ihr achtzehnter Geburtstag, dann war sie auf einen Schlag erwachsen und würde die Tür des Hauses ihrer Pflegefamilie für allezeit hinter sich schließen. Dann konnte sie ganz für sich sein und endlich sie selbst.

# 19.

ERSTER MAI. IHR Geburtstag. Kjell hatte ihn noch im Kopf, gerade weil es der erste Mai war.

»Eine richtige Arbeiterin«, hatte er damals zu Maria gesagt. »Ein super Datum. Da kann sie immer auf die Demo mitgehen.«

Doch Maria war nie bei irgendeiner Kundgebung dabei gewesen. Vielleicht war sie damals einfach noch zu jung gewesen. Die kommt aus einer anderen Zeit, hatte Hasse immer gesagt. Bei uns war das was anderes.

Kjells letzte Maiumzüge lagen inzwischen auch schon viele Jahre zurück. Meist hatte er etwas vorgeschoben, den dicken Kopf nach den Walpurgisnachtfeiern und dem Fest in Mårtesbo. Das war beschämend und schändlich, und seine Mutter schimpfte jedes Mal mit ihm, nannte ihn sogar konservativ, aber in den letzten Jahren hatte sich das gelegt. Der Rücken bereitete ihr zunehmend Probleme, also blieb sie schön zu Hause in Smedjebacken und verfolgte den Umzug, der mit jedem Jahr dünner wurde, von ihrem Balkon aus und schämte sich, obwohl sie nichts dafür konnte.

An diesem Tag war Terese also auf die Welt gekommen. Und bald war sie achtzehn. Ein erwachsener Mensch.

Sie hatte auf seinen Brief nicht geantwortet. Aber vielleicht schrieb man sich heute auch keine Briefe mehr. Wäre es besser gewesen, sie anzurufen?

Inzwischen war eine knappe Woche verstrichen. Wie ein Schießhund hockte er vor dem Telefon. Vielleicht rief sie ja an. Oder sein Anwalt. Oder die Polizei.

Nettan und Rolf waren zu Besuch gekommen. Hatten ein Sixpack Bier dabeigehabt.

»Nicht zu fassen«, hatte Nettan gesagt. »Wie können die dir so was anhängen?«

Einer muss es ja gewesen sein, hatte er sich gedacht, aber hatte den Mund gehalten. Er konnte sich vorstellen, dass sie nun insgeheim triumphierten, dass er beschuldigt wurde. Er, der Göran in keiner Weise Rückhalt gegeben hatte. Jetzt bekam er selbst zu spüren, wie gut es tat, wenn jemand einem den Rücken stärkte, so dachten sie wahrscheinlich. Konnte er sich vorstellen.

»Wahrscheinlich ist das das Naheliegendste.«

»Quatsch«, sagte Nettan kurz und drückte ihn.

Tereses Name fiel gar nicht, obwohl er merkte, dass sie es wussten. Nettans Blick blieb viel länger als gewohnt an seinem Gesicht hängen. Seine Mutter hatte sich überhaupt nicht bei ihm gemeldet. Hockte wahrscheinlich daheim und schämte sich für ihren Sohn.

Er hatte Kaffee gekocht, und Sylvia hatte Gebäck aufgetischt. Sie unterhielten sich über die Walpurgisnacht und ihre Aufräumaktion im Schuppen. Es fiel ihm schwer, sich auf solchen Small Talk zu konzentrieren.

»Vielleicht könnten wir oben jetzt auch ein bisschen entrümpeln?«, schlug Sylvia vor. »Und das demnächst mal in Angriff nehmen?«

Das sagte sie ganz selbstverständlich, als ob sie nicht erst vor einem Monat wieder eingezogen war. Ihm war auch klar, dass er vor gar nicht langer Zeit selbst noch so empfunden hatte. Er hatte sich in ihre Beziehung gestürzt, als ob sie einfach da weitermachen konnten, wo sie stehen geblieben waren.

Jetzt reagierte er immer öfter empfindlich, wenn sie gewisse Dinge von sich gab, wie, dass das Haus ihnen beiden gehöre, als ob es sonnenklar sei, dass sie den Rest ihres Lebens miteinander verbringen würden. Aber neuerdings grübelte er wieder darüber, was sich damals zugetragen hatte. Da war sie von einem auf den anderen Tag einfach gegangen, und plötzlich war es nur noch sein Haus gewesen.

Er schob es auf die Tage in der Zelle, den Schock über die Vaterschaft, es war so viel auf ihn eingestürzt, er kam gar nicht mehr mit.

»Ja, gebt einfach Bescheid, wenn ihr den Hänger braucht«, sagte Nettan.

Rolf sprach kein einziges Wort, er hielt sich im Hintergrund

und versuchte, sich mit seinem großen Körper irgendwie unsichtbar zu machen. Dann gingen die zwei.

Erster Mai. Da wäre doch ein Geschenk angebracht. Auch wenn sie auf seinen Brief nicht reagiert hatte. Bei Teenagern musste man sicher ein bisschen Geduld aufbringen. Leider hatte er nicht die geringste Ahnung, was man einer Achtzehnjährigen schenken konnte.

Zudem war es möglich, dass sie, wie Greta, davon ausging, dass er ihre Mutter erschlagen hatte, dann würde sie sich über ein Geschenk von ihm wohl kaum freuen.

Wenn er damals Sylvias Drängen nachgegeben hätte. Eingewilligt hätte, sie zu sich zu nehmen. Dann wäre er ja vermutlich eine Art Vater für sie gewesen. Und diese Neuigkeit hätte einfach nur Freude ausgelöst.

Jetzt spürte er einen Schmerz an den Schläfen, also schenkte er sich aus der Thermoskanne Kaffee ein und setzte sich an den Küchentisch. Es war bedeckt und nur um die zehn Grad. Das war zu kalt, um sich rauszusetzen. Sylvia machte einen Spaziergang mit Snoffi. Buster zog ihr zu stark an der Leine.

Sylvia schien sich ganz sicher zu sein. Sie war gekommen, um zu bleiben. Aber war das beim ersten Mal nicht auch schon so gewesen? Er hatte das Gefühl, er brauchte etwas Zeit für sich, nach allem, was geschehen war. Sie war pausenlos um ihn herum, und es schien, als wollte sie noch irgendetwas loswerden. Er fragte sich, ob sie Verständnis hätte, wenn er sie um eine Auszeit bat, ein paar Wochen jeder für sich, er musste die Ereignisse erst einmal verdauen.

Und wie fröhlich sie war. Schob einfach alles auf die Zeit. *Sie braucht ein bisschen Zeit*, sagte sie, wenn es um Terese oder Greta ging. *Gib ihnen ein bisschen Zeit. Zeit heilt alle Wunden. Alles hat seine Zeit.* Das regte ihn auf.

Er fand es ein wenig sonderbar, wie wortlos sie es hinnahm, dass er Tereses Vater war. Er hatte sie noch recht hitzköpfig in Erinnerung, sie konnte ausrasten und sich mit ihm um Kleinigkeiten richtig streiten. Jetzt schien sie die Ruhe selbst zu sein, und das irritierte ihn.

Er war von der heilenden Kraft der Zeit nicht so überzeugt

wie sie. Im Gegenteil, er hatte das Gefühl, dass es sie langsam einholte, dieses große Stück Zeit, diese fünfzehn Jahre, die sie getrennt voneinander gelebt hatten. Es war eine Illusion zu meinen, man könne einfach weitermachen, als hätte es diese Jahre nicht gegeben.

Neben der Vase mit den Weidenkätzchen, deren gelbe Samen nun überall auf der Tischdecke lagen, befand sich die Tasche mit den Fotos, die Sylvia zum Entwickeln gegeben hatte. Er griff danach, nahm die glänzenden Bilder, die aus einem anderen Leben stammten, heraus. Sah die Kleine jetzt mit ganz anderen Augen.

Da saß sie auf der großen Steintreppe neben einer Mama, die aufreizend lächelte und nachsichtig auf ihre Tochter blickte, die ihr übertriebenes Milchzahngrinsen in die Kamera hielt. Den Mittsommerkranz im Haar, die braune Latzhose und ein gestreifter Pulli mit Löchern am Hals. Holzclogs.

Auf jedem Bild hochgezogene Mundwinkel. Offenbar hatte sie gerade gelernt, dass man lächeln sollte, wenn man fotografiert wurde. Oder sie hatte es sich von der Mama abgeguckt. Sie stand im Flur, in der Hand ein Glas mit einer rosafarbenen Flüssigkeit. Sylvia, wie sie neben ihr hockte, völlig absorbiert von dem Kind. Die Erwachsenen an der langen Tafel, noch ohne Spuren des Alters oder Sorgenfalten von jahrelanger Trauer. Hasse mit platt gedrückten Haaren von seiner Schirmmütze, das Gesicht rotverquollen und die Augen vom Alkohol glänzend. Kjell selbst mit der Kappe, auch er mit solch glänzenden Augen. Der Maibaum, davor die Kinder.

So viele Jahre hatte die Filmrolle da oben gelegen.

Dann kamen die zwei Bilder, die Sylvia von dem Kleiderständer im ersten Stock gemacht hatte. Die legte Kjell beiseite und sah sich noch einmal den großen Stapel Fotos an. Fuhr mit den Fingerspitzen sanft über Tereses Gesicht.

Ein Kind. Und er hatte es nicht haben wollen. Da schoss ihm ein Bild in den Kopf, wie die Kleine in der Küchentür gestanden und mitbekommen hatte, was Sylvia gesagt hatte. Dass er sie nicht haben wollte. Ob sie sich daran noch erinnern konnte? Hatte man eine Erinnerung an etwas, was geschehen war, als man drei war? Setzten sich diese Erinnerungen im Körper irgendwo fest und blieben, obwohl man im Grunde gar nichts mehr wusste?

Er griff nach dem nächsten Foto, da stand sie im Berghof im Flur, und irgendwas störte ihn an diesem Bild. Er verstand es nicht. Ein ungutes Gefühl, irgendwas stimmte da nicht. Er betrachtete das Mädchen, aber die Kleine sah aus wie immer, Sylvia hockte neben ihr, die Hände gerade angehoben, um den Kranz auf dem Kinderkopf zurechtzurücken.

Sein Blick fiel auf die Bilder, die Sylvia gemacht hatte, um den Film voll zu knipsen, und da sah er es.

Er nahm das Foto vom Flur und legte es neben eins der Bilder aus ihrem Obergeschoss.

Ein beiger Mantel mit großem Kragen. Auf beiden Bildern.

*Sind Sie dann runter in Marias Haus gegangen und haben ihre Jacke und das Portemonnaie mitgenommen?*

Das hatte Torstensson ihn gefragt. Es war aber gar keine Jacke gewesen. Was gefehlt hatte, war ein Mantel. Ein beigefarbener. Mit großem Kragen.

Da saß er und starrte wie gelähmt auf die Spüle und auf den Herd vor seinen Augen. Das passte doch nicht zusammen. Er bekam es mit der Angst zu tun. Sylvias schwammige Antwort auf seine Frage, ob sie wirklich gesehen hatte, dass er da lag und schlief.

Er sprang auf und rannte die Treppe hinauf, nahm immer zwei Stufen auf einmal. Der erste Stock. Er war schon gelegentlich oben gewesen. Hatte Dinge hochgeräumt, die die eine oder andere Frau vergessen hatte. Den Kleiderständer hatte er für Anna-Stina gezimmert. Jacken und Mäntel. Damengrößen. Er war noch nicht dazu gekommen, das Zeug wegzuschmeißen.

Da hing der beigefarbene Mantel, und er jagte ihm Angst ein. Er fuhr mit der Hand über den Stoff, hielt die Nase daran. Er roch aber nur muffig nach Dachboden. Kein anderer Duft war geblieben.

Kjell sank zu Boden. Angestrengt überlegte er, in welchen Mänteln er Anna-Stina gesehen hatte. War da ein beigefarbener Mantel mit großem Kragen dabei gewesen? Es ploppte kein

Bild auf, allerdings war er auch nicht der Mensch, der der Kleidung seiner Freundinnen viel Beachtung schenkte. Vermutlich gab es solche Mäntel zuhauf.

Er saß ganz ruhig auf dem Boden und hörte seinem eigenen Atem zu, schwer, röchelnd.

Da hatte er eine Eingebung, stand auf und fuhr mit der Hand in die Manteltasche. Erst in die eine. Da war nichts. Ein paar ausgetrocknete Tabakreste blieben an seinen Fingerspitzen hängen. Aber in der anderen Tasche tastete er etwas. Es war viereckig und weich.

Die Angst überkam ihn.

Er riss den Gegenstand heraus, aber er musste ihn gar nicht ansehen, um zu wissen, was das war.

Ein Portemonnaie. Aus schwarzem Kunstleder.

Eine Weile hielt er es nur in der Hand, dann öffnete er es. Hinter einer dünnen Kunststofffolie strahlte ihn Tereses kleines Babygesicht an.

# 20.

WÄHREND DES SPAZIERGANGS konnte Sylvia an nichts anderes denken, als dass es heute so weit war. Überall um sie herum war zu spüren, wie der Frühling Einzug hielt. Sie sah ihn im Flügelschlag des Zitronenfalters, im Bächlein, das zwischen den Moossteinen hindurch plätscherte und hörte ihn im rhythmischen Zwitschern der Kohlmeisen. Zi-zi-beeh, zi-zi-beeh.

Heute würde sie es ihm sagen.

Er hatte nie den Kopf frei gehabt, doch jetzt konnte sie es nicht länger aufschieben. Die frohe Neuigkeit würde ihm auch einen Grund liefern, wieder nach vorn zu schauen. Er war noch so sehr in der Vergangenheit verstrickt, und das Kind war doch ein Zeichen der Zukunft, es würde ihm helfen, sich von dem Alten zu lösen.

Sie brachte die Hündin zurück in den Zwinger zu Buster. Drehte noch eine Runde durch den Garten, die ersten lilafarbenen Krokusse waren aus der Erde gekommen und öffneten nun im Sonnenschein ihre kelchartigen Blüten. Jeder Tag brachte neue Facetten des Frühlings zutage. Wenn es so warm bliebe und sie keinen Nachtfrost mehr bekämen, wäre bald alles schön grün.

Kjell hockte am Küchentisch, als sie hereinkam, und sie merkte gleich, dass etwas nicht stimmte. Sein Gesicht war fahl und die Kiefer verkniffen. Erst dachte sie, er solle zurück ins Gefängnis, vielleicht gab es neue Beweise, doch dann sah sie in seine Augen.

Er saß da, zwei Fotos in der Hand. Die grüne Fototasche neben ihm auf dem Tisch.

»Setz dich«, sagte er.

Sie gehorchte, in ihrem Mund breitete sich ein säuerlicher Geschmack aus. Er legte ihr die Fotos hin. Auf dem einen war Terese im Flur vom Berghof abgebildet. Sylvia selbst hockte neben ihr, der Teint noch jugendlich glatt auf dem alten Bild.

Das andere Foto war eins, das sie gemacht hatte, um den Film abzuknipsen.

Sylvia schüttelte den Kopf, begriff nicht, was er meinte.

Er zeigte auf ein Kleidungsstück, das hinter Tereses bekränztem Kopf auf einem Bügel hing. Etwas Beigefarbenes. Mit dem anderen Finger, an dem der Dreck so fest saß, dass selbst eine grobe Bürste nichts half, wies er auf ein Kleidungsstück auf dem zweiten Foto. Es hing an dem selbst gebauten Kleiderständer im Obergeschoss seines Hauses.

Und da sah sie es.

Eine längst verdrängte Erinnerung kam hoch. So tief verscharrt, dass Sylvia schon geglaubt hatte, sie sei nicht mehr da. Doch dieser Mantel war es noch.

*Es bringt gar nichts, immer nur Pläne zu machen, Sylvia. Du musst auch mal was anpacken. Nur von Hirngespinsten verändert sich gar nichts.*

Wer hatte das immer zu ihr gesagt? Ihre Mutter? In ihrem Kopf klang es eher nach einer Männerstimme. Dann war es ihr Vater gewesen?

Da bemerkte Sylvia, dass neben Kjell auf dem Küchensofa etwas lag. Zusammengeknüllt, ganz verknittert. Der Mantel von den Fotos.

»Hast du es getan, Sylvia?«, fragte er.

Sie antwortete nicht, schüttelte nur den Kopf, heftig, blieb in der Bewegung hängen, konnte gar nicht mehr aufhören. Er sah sie an wie eine Geisteskranke, und diesen Blick kannte sie von ihrer Mutter nur allzu gut, war kurz davor, sich zu unterwerfen.

Dann legte er das Portemonnaie auf den Tisch, öffnete es so, dass das Foto der kleinen Terese zum Vorschein kam. Sie war damals höchstens ein Jahr alt gewesen. Sylvia erkannte beides sofort. Das Portemonnaie und das Foto. Spürte noch das Gewicht des Geldbeutels in ihrer Hand. Jetzt war alles wieder präsent.

»Du hast es getan«, sagte er, und jetzt war es keine Frage mehr.

Sie dachte an Göran, da im Wald, an seine Spuren im Schnee,

seinen misslungenen Versuch, vor ihr wegzurennen, und die vielen Tränen. Hätte sie nur kein Mitleid bekommen. Das war ein Fehler gewesen. Sie hätte gleich die Polizei rufen sollen. Vielleicht hätten sie ihn verhaftet. Vielleicht hätte er dann im Gefängnis gesessen, und alle wären zufrieden gewesen, keiner hätte nachts wach gelegen und sich den Kopf zermartert, keiner hätte angefangen zu suchen.

An Kjells Kiefer bewegte sich ein Muskel, schob die Kieferpartie vor und zurück. Das kam ihr bekannt vor, auch das hatte sie verdrängt, diesen aufgestauten Zorn. Sie geriet unter Hochspannung. Gleich würden die Fäuste auf die Tischplatte schlagen, und Geschirr würde zu Bruch gehen. Ob er sie schlagen würde? So weit war er bislang nie gegangen. Aber jetzt konnte er sich vielleicht nicht mehr beherrschen? Diese Energie, die in jedem Mann schlummerte, musste raus.

Doch die Wut fiel von ihm ab, und sein Gesicht verlor die Spannkraft.

»Warum, Sylvia? Warum nur?«

Sie streckte ihre Hand aus und legte sie auf seine. Eine Sekunde lang reagierte er nicht, dann zog er sie weg, als täte ihre Berührung weh.

»Du musst dich der Polizei stellen, Sylvia. Du musst ein Geständnis ablegen.«

Und dann sagte sie es, es war ihr Rettungsanker, der letzte Versuch zu verhindern, dass ihr ihre Zukunft mit dem Boden unter ihren Füßen wegbrach.

»Ich bin schwanger.«

# 21.

AM LIEBSTEN HÄTTE ER sie geschlagen. Mitten ins Gesicht. Nur der Gedanke an Terese hielt ihn davon ab. Die Polizei würde das gegen ihn verwenden.

Ein zertrümmertes Frauengesicht.

Marias Mantel hatte hier gehangen. Fünfzehn Jahre.

Hätte sie ihn nicht vernichten können? Es wäre so leicht gewesen, ihn loszuwerden. Ihn zu verbrennen. Oder einfach sonst wo in die Mülltonne zu werfen. Was auch immer. Doch sie hatte ihn einfach hier hängen lassen. In seinem Haus.

Was, wenn die Polizei damals mit einem Durchsuchungsbeschluss gekommen wäre? Oder jetzt. Nachdem die Tagebücher aufgetaucht waren? Die Beweise, die noch fehlten, hingen bei ihm im ersten Stock.

Wie oft hatte er am Tisch gehockt und sich den Kopf zerbrochen. Diese Heidenangst, was er womöglich getan haben könnte, aber nicht mehr wusste. Und dann waren ihm Sylvias Worte wieder eingefallen. *An so was erinnert man sich.* Und da war der Gedanke zum ersten Mal aufgetaucht. Es kam ihm immer noch völlig verrückt vor, doch es konnte niemand anderes gewesen sein.

Vermutlich hatte sie den Mantel irgendwo versteckt, und Anna-Stina hatte ihn beim Aufräumen gefunden und aufgehängt. Hatte ihn vielleicht ganz hübsch gefunden und ihn aufgehoben für den Fall, dass sie ihn selbst tragen könnte, wenn es ihr je gelang, die überzähligen Kilos loszuwerden.

Sylvia saß vor ihm, mit ihrem kleinen, hageren Gesicht, und er fragte sich, ob sie auch die Möglichkeit sah, die wie ein hungriges Raubtier zwischen ihnen lauerte. Der Mantel hing hier bei ihm. Er hatte diese große Erinnerungslücke. Und sie verschaffte ihm ein Alibi.

Doch sie ergriff die Gelegenheit nicht. Stattdessen sagte sie etwas ganz anderes, und das löste in ihm den Impuls aus, sie schlagen zu wollen.

»Ich bin schwanger.«

Es konnte selbst nicht sagen, woher diese Wut kam. Das war nicht logisch, sie bäumte sich in ihm auf wie ein viel zu lange unterdrücktes Gefühl. Wer war sie eigentlich? Was hatte sie getan? Und wie konnte sie es wagen, anzukommen und ihm mitzuteilen, dass sie schwanger war?

Er fühlte sich eingesperrt, als ob er wieder in der Zelle saß und die grauen Betonwände sich langsam auf ihn zubewegten.

Er stieß sich vom Tisch ab, sah, wie die Tischplatte an den unteren Rand ihrer Rippen prallte, er griff nach der Vase mit den verblühten Weidenkätzchen und schmiss sie hin. Sie krachte auf den Türrahmen, und Wasser und Glasscherben stoben über den Boden. Er blieb stehen und blickte Sylvia an. Sie hatte den Kopf unter den Armen vergraben, die Ellenbogen standen spitz ab, das Haar hing über ihrem Gesicht.

Dieses Gesicht. Wie hatte er es geliebt. Noch so viele Jahre, als sie schon längst nicht mehr Teil seines Lebens war.

Er wollte sie anbrüllen, doch die Worte kamen nicht zustande, die Gedanken verflogen, da waren gleich die nächsten, noch bevor er seine Sätze formulieren konnte, und in ihm drin drehte sich alles.

In der nächsten Zorneswelle riss er das Radio von der Arbeitsplatte. Es knallte auf den Boden, und die Kassettenklappe brach ab. Er schlug Kochbücher und Vogelbücher vom Regal, fegte die Topfblume vom Fensterbrett. Tonscherben und Erde und zerfetzte Buchrücken.

Sylvia saß noch in derselben Stellung da und schluchzte. Ihr Rücken war bucklig, die Knie dicht vorm Körper.

Schließlich nahmen die Worte Gestalt an, und es war wohl die ehrlichste Frage von allen, auch wenn er sich später Vorwürfe machen würde, dass er sie tatsächlich gestellt hatte. Dass er tief in seinem Inneren wünschte, er hätte es nie erfahren, dass die Wahrheit am besten im feuchten Moos und im Waldboden geblieben wäre.

»Warum hast du diesen verfluchten Mantel nicht vernichtet?«

In dem Moment schaute sie auf, ihr Blick auf einmal hoffnungsvoll.

»Ich ... ich hab den dann irgendwie vergessen ...« Sie klang jämmerlich, wie ein kleines Kind, und das machte ihn noch wütender, wütender auf sich selbst und auf sie auch. Doch in seiner Reichweite befand sich nichts mehr, das er zertrümmern konnte. Er machte ein paar Schritte vor, und die Scherben der Vase schnitten in seinen Fuß und bohrten sich ihm ins Fleisch. Sofort blutete es heftig. Er starrte sie an.

»Dass du es warst. Ausgerechnet du. Du hast Terese die Mutter genommen. Und Greta die Tochter.«

Sie nuschelte etwas, was er nicht verstand, und er ging auf sie zu. Er erhob nicht die Hand gegen sie, doch sie deutete es wohl so, denn ihre Arme fuhren wieder schützend über ihren Kopf, das war reiner Instinkt, und er fragte sich, ob Maria wohl genauso ausgesehen hatte, bevor sie ihr den Stein gegen den Kopf geschlagen hatte.

»Was hast du gesagt?«

Von draußen hörte er das Hundegebell und das Rasseln des Maschendrahtzauns, als die Tiere dagegen sprangen.

»Sie war keine besonders gute Mutter«, sagte Sylvia. »Wir hätten uns doch um Terese kümmern können.«

Jetzt ließ sie ihre Arme sinken und sah ihn trotzig an, ihre Augen wirkten dunkel, die Pupillen riesig weit.

»Wenn du eingewilligt hättest. Aber das hast du nicht.«

Er starrte sie nur an. Dann wandte er sich ab, das hielt er nicht mehr aus.

Langsam ging er in den Flur zur Spiegelkommode, nahm den Telefonhörer in die Hand und wählte die Nummer.

Sein Blick hing konzentriert an dem Spalt der Küchentür, er sah schon vor sich, wie sie hinauskam mit verzerrtem Gesicht, einer Waffe in der Hand, einer Scherbe von einem Topf oder vom Radio. Er war vorbereitet, hätte sich sofort ducken oder auf sie stürzen können. Doch nichts geschah, aus der Küche drang nur ihr Schluchzen. Das Weinen eines schutzlosen Kindes. Plötzlich wurde er weich, spielte mit dem Gedanken, wieder aufzulegen, zu ihr zu gehen und sie in die Arme zu nehmen. Da holte ihn eine energische Frauenstimme im Hörer in die Realität zurück.

»Ich brauche Hilfe«, sagte er, und dann wusste er nicht mehr weiter, wie sollte er sich ausdrücken, das war nicht zu erklären, wo sollte er beginnen. Ein Seitenblick in die Küche, er lauschte dem leisen Weinen. In dem Moment, wenn es verstummte, musste er auf der Hut sein.

»Was ist denn passiert?«, wiederholte die Frau an seinem rechten Ohr mechanisch.

»Sie ist ermordet worden«, sagte er. »Meine Freundin hat sie umgebracht. Sie müssen eine Streife schicken.«

Und dann ging es weiter mit der Frau in der Leitung, die ihm Rückfragen stellte, auf die er keine Antwort wusste. Sie gab Auskunft, wo sich Krankenwagen und Polizei gerade befanden, und er kam gar nicht dazu, zu sagen, dass sie keinen Krankenwagen brauchten, dass es um einen Mord ging, der vor vielen Jahren verübt worden war, dass sie einfach nur kommen sollten.

Er ließ sich auf den Stuhl neben der Kommode fallen, sein Adrenalinspiegel sank wieder, und er hörte das Weinen von der Küche und ihre Worte *Ich bin schwanger*, und er wusste überhaupt nicht, was jetzt passieren würde, und er dachte, jetzt hatte er überstürzt gehandelt und würde es vielleicht für den Rest seines Lebens bereuen.

Dann schließlich kamen sie. Er hörte die Autos, das Bellen der Hunde und das Klopfen an der Tür. Er blickte nur auf und hätte beinahe gesagt *Kommen Sie rein*, doch das brachte er nicht über die Lippen, also blieb er still.

Die Polizisten, die dann ins Haus kamen, hatten die Waffen gezogen, und sie sahen das Blut von seinen Fußabdrücken und interpretierten es falsch. Sie legten ihm Handschellen an, und als er murmelte, sie habe es getan, zogen sie auch Metallringe über ihre schmalen Handgelenke.

Das Blaulicht der Streifenwagen brach sich in der Fensterscheibe und warf sonderbare Maserungen auf den Boden. Draußen im Zwinger drehten die Hunde langsam durch.

Kjell leistete keinen Widerstand. Als die Sanitäterin seinen Fuß untersuchte und die Glasscherben zog und die Wunde mit Kompresse und Verband versorgte, wäre er der Frau am liebsten in die Arme gefallen und hätte sich wie ein kleines Kind von ihr trösten lassen. Als sie fertig war, strich die Sanitäterin ihm flüchtig über den Arm, als könne sie nachfühlen, wie es ihm ging, doch er war ja schon groß – und das wusste er selbst –, da gab es für ihn keinen Kindertrost mehr. Sie kannte solche Situationen wohl nur zu gut, in denen große, starke Männer am liebsten wieder ganz klein gewesen wären.

Er musste die Schuhe anziehen und stöhnte auf, als er den verletzten Fuß in den Stiefel schob. Humpelnd folgte er dem Polizeibeamten, der ihn am Arm fasste und hinaus zum Wagen führte.

Die Hunde tobten, sie bellten und sprangen gegen den Zaun, und Kjell fragte, ob er ihnen noch Futter geben dürfe, doch das erlaubten sie nicht. Ob sie dann jemandem Bescheid geben könnten, fragte er weiter, und da willigten sie ein. Er nannte ihnen Nettans Telefonnummer und wiederholte mehrmals, welche Mengen die Tiere brauchten und dass es wichtig sei, das Futter vorher einzuweichen, und der Polizeibeamte nickte zwar, aber machte sich keine Notizen, und das beruhigte Kjell überhaupt nicht.

Als er hinten im Wagen saß, die Arme auf den Rücken gebunden, sodass es wehtat, begann er zu weinen. Es war ein stilles Weinen, doch es durchspülte seinen Körper wie ein Waldbach, wie klares Wasser, das reinigte.

Sie fuhren an Gretas und Hasses Haus vorbei. Kjell konnte sie nicht sehen, aber er wusste genau, dass sie da drinnen am Küchenfenster standen und rausschauten und sich fragten, was da los war, und dann dachte er, dass es nun endlich vorbei war für die zwei. Und Greta endlich aufhören konnte zu suchen.

# 22.

SIE WÜRDEN beim Umzug am Sonntag helfen, das hatten sie ihr versprochen. Also waren sie pünktlich zur Stelle. Hasse hatte extra einen Hänger ausgeliehen, rumpelnd fuhr er vor dem Haus vor. Sie wollten auch gemeinsam die Möbel kaufen. Doch kaum hatte Terese in ihre Gesichter gesehen, wusste sie, dass etwas passiert sein musste.

Sie war davon ausgegangen, dass es durch war. Dass jetzt Beweise vorlagen. Dass sie ihre Worte von der Raucherecke wiederholen musste, nun in der Gewissheit, die Wahrheit auszusprechen: »Ein Vater war er ja nie. Und dann hat er meine Mutter ermordet.«

Hasse stieg aus dem Wagen und nickte nur kurz zur Begrüßung, kaum ein Lächeln kriegte er für sie hin.

»Wo sind deine Sachen?«

Sie zeigte auf den Flur, und er ging ins Haus, begrüßte Marianne und Birger und nahm Tereses Taschen in die Hand. Trug ihr Hab und Gut nun in ein Leben in Freiheit. Vielleicht auch in die Einsamkeit, aber vor allem in die Freiheit. Anne hockte auf der Treppe und starrte vor sich hin. Terese konnte sie nicht ansehen.

Ihr ging durch den Kopf, dass sie auf den Brief, den sie ganz unten in der blauen Adidas-Tasche verstaut hatte, jetzt auch nicht mehr antworten, sich nicht mehr den Kopf zerbrechen musste, was sie schreiben könnte und wie sie es ausdrückte, dass es nicht völlig übertrieben oder saublöd klang. Hasse warf das Gepäck in den Kofferraum und nickte ihr dann zu, sie könne einsteigen.

»Kjell war es nicht«, sagte er, als sie im Auto saßen.

»Was?«

Greta saß mit gekrümmtem Hals auf dem Beifahrersitz, und Hasse suchte Tereses Blick im Rückspiegel.

»Kjell war es nicht, er hat nichts gemacht«, sagte er.

Erst glaubte sie, sie hätte sich wieder verhört. Als sie schließlich begriff, was er gesagt hatte, kam eine Erleichterung über sie wie ein Feuerwerk und verteilte sich in ihr mit leuchtenden Farben wie in ein weit verästeltes Wurzelwerk.

Sie wollte mehr wissen, woher sie das wussten, ob die Polizei jetzt den Schuldigen gefunden hatte oder es neue Beweise gab, die Kjell eindeutig entlasteten. Doch sie traute sich nicht, zu fragen.

Sie hielten vor Tereses Wohnung, und Hasse holte ihr Gepäck aus dem Kofferraum und hängte sich über jede Schulter eine Tasche. Schon im Treppenhaus stank es nach Hund, und im Aufzug war es noch schlimmer.

Hasse stellte ihre Sachen auf den Boden. Die Wohnung war ganz leer. In der Küche und auf dem Klo war Licht, ansonsten waren die Räume kalt, jeder Schritt hallte.

Sie hatte nicht gewusst, dass sie so viele Dinge brauchen würde. Lampen, Fernseher, Kaffeemaschine, Töpfe. Sie hatte gedacht, ein Bett und ein Nachttisch, mehr nicht. Und einen Küchentisch, an dem sie mit Anne sitzen und Kaffee trinken und drinnen rauchen konnte und sich über ihre neu gewonnene Freiheit freuen. Sie dachte daran, wie traurig Anne da auf der Treppe im Haus ihrer Pflegefamilie gehockt hatte, vielleicht hatte sie Angst, Terese würde jetzt aus ihrem Leben verschwinden? Terese stellte sich ihre leuchtenden Augen vor, wenn sie sie nach der Schule fragte, ob sie mit zu ihr kommen wolle. Alles wäre wie immer, nur viel besser.

»Oh«, sagte Hasse und schien ebenfalls überrascht. »Hier fehlt ja 'ne Menge.«

Er sah seine Frau an, wartete auf ihren Lösungsvorschlag, doch sie schüttelte den Kopf.

»Wir fahren später noch mal los und kaufen ein. Erst müssen wir reden. Vielleicht setzen wir uns am besten irgendwo draußen hin.«

Sie gingen wieder runter, liefen einmal ums Haus herum und kamen zu einem Spielplatz. Eine junge Mutter stand an den Schaukeln und gab ihrem Kind Anschwung, es saß in einem Autoreifen, der an Ketten aufgehängt war. Der kleine Junge lachte jedes Mal laut, wenn die Schaukel auf sie zuschwang.

Greta ließ sich auf einer Bank vor dem Sandkasten nieder, und Hasse und Terese setzten sich daneben. Ein eigenartiges Gefühl war es, da wie die Hühner auf der Stange zu hocken, doch auf die Art mussten sie sich nicht ins Gesicht schauen. In der Luft lebhaftes Vogelgezwitscher, die Wiese hinter dem Spielplatz ein Teppich aus Buschwindröschenblüten. Jetzt war es richtig Frühling geworden. Bald würde der Sommer ihr Leben im Sturm erobern.

»Woher wisst ihr, dass Kjell es nicht war?«, fragte Terese letztendlich, denn weder Greta noch Hasse machten den Mund auf.

Greta blickte hinab auf ihren Schoß. »Weil sie es war.«

»Sie?«

»Ja. Sylvia.«

Sie saßen da mit eingefallenen Schultern, ihre Körpersprache schwieg, als hätte man ihnen die Luft rausgelassen, und nun waren nur ihre Hüllen übrig, schlapp und hohl.

»Aber ...«

»Sie hat gestanden«, sagte Greta, und an der Form ihrer Mundwinkel war abzulesen, dass sich jeder Einwand verbat.

»Die ... die Sylvia, die sich so um mich gekümmert hat?«

Greta verstand ihre Irritation falsch.

»Ja, das konnten wir doch nicht wissen. Das hätten wir ihr niemals zugetraut.«

Sie waren gemeinsam rund um den Biskensee spaziert, und Terese hatte in Sylvia, der besten Freundin ihrer Mutter, einen kleinen, versteckten Pfad gesehen, der sie doch noch zu ihrer Mutter führen konnte, obwohl sie nicht mehr am Leben war. Terese hatte sie sympathisch gefunden. Was sie erzählt hatte, hatte ihr gefallen. Sylvia war einer der wenigen Menschen, über die Maria in ihren Tagebüchern nichts Gehässiges geschrieben hatte.

»Nein, ich meine doch nur ... warum hat sie das getan?«

Hasses Blick ging über den Spielplatz, über die Schaukeln und den Sandkasten, die rote Plastikrutsche, womöglich hatte er seine Tochter vor Augen, wie sie als Kind fröhlich über einen Spielplatz gehüpft war.

»Das wissen wir nicht. Aber sie hat gestanden.«

»Und Kjell?«

»Er hat die Polizei gerufen.«

Da kam ihr der Brief wieder in den Sinn. Sie hätte gedacht, dass Sylvia ihm gesagt hatte, er soll ihr schreiben. Der einzige Mensch, der sich um die kleine Tochter, die übrig geblieben war, kümmern wollte.

»Aber sie waren doch beste Freundinnen ...«

»Man weiß von den Menschen so wenig«, sagte Greta, und sie strich über den Stoff ihrer Hose, ganz sanft, als fahre sie einem Tier durchs Fell oder einem Baby über den flaumigen Kopf. »Sie konnte ja manchmal schon sonderbar sein, aber ...«

»Maria hat sie gemocht. Das steht in ihrem Tagebuch.«

»Stimmt«, sagte Hasse. »Wir haben sie alle gemocht.«

Schweigend hockten sie da, Tereses Hände ineinander verkrampft. So viele Fragen im Kopf, sie wollte noch viel mehr von ihnen wissen, doch sie bekam kein Wort heraus.

»So«, sagte Greta und schlug sich die Hände auf die Schenkel. »Wollen wir jetzt losfahren und deine Möbel kaufen? Schließlich können wir hier ja nicht den ganzen Tag rumsitzen. Jetzt weißt du es. Morgen steht es bestimmt in der Zeitung.«

Sie stiegen ins Auto und fuhren zum Secondhand-Laden der Kirche, und Greta suchte alle Sachen aus, die Terese fehlten, das konnte sie ganz ohne Liste, Greta hatte die Dinge im Kopf, sie wusste genau, was ein Haushalt brauchte. Dann trugen sie alles hoch in Tereses Wohnung, Greta kochte Kaffee, den sie mitgebracht hatte, und stellte die neuen blauen Secondhand-Porzellantassen auf den Tisch. Sie ließen sich vom Alltag einnehmen und machten einfach weiter, obwohl sie gerade erst erfahren hatten, wer ihre Tochter ermordet hatte. Und Tereses Mutter.

Terese hätte gedacht, dass man mit so etwas irgendwie ehrfurchtsvoll umging. Aber vielleicht half einem der Alltag am besten darüber hinweg. Man ging weiter im Leben, das jetzt ein anderes war. Sie würde auf seinen Brief antworten. Eine Wurzel treiben, die tief in die Erde wachsen und sie festhalten konnte, jetzt, da eine neue Zeit begann.

# 23.

IN GEDANKEN WANDERTE SYLVIA DURCH den Wald, den hatte sie jetzt vor Augen.

Die Borke der Kiefern wie alte, gegerbte Haut, der Preiselbeerreis unter den Tannenröcken, das Säuseln des Windes, das die Baumkronen einfingen. Das Geräusch von den Stiefeln, bevor der Moosboden es schluckte. Flechtenbart an den Tannenzweigen. Immer, wenn das andere ihr zu viel abverlangte, begab sie sich von ganz allein zurück in ihren Wald.

Sie lag einfach nur da. Den Blick stur an die Decke gerichtet, so konnte sie besser ausblenden, wie nah die Wände waren. Die Hände still neben ihren Hüften, sie auf den Bauch zu legen, hätte sie nicht ertragen.

Wahrscheinlich würden sie sie nach Hinseberg bringen. Allzu viele Jahre würden es wohl kaum werden, hatte ihr Anwalt sich geäußert, aber als sie es genauer wissen wollte, hatte er gesagt, er rechne mit zehn. Auf keinen Fall lebenslänglich, hatte er hinzugefügt. Sie würden den Totschlag sicherlich durchkriegen, und da war mit mindestens sechs Jahren zu rechnen. Aber von zehn ging er aus.

Noch wusste er nicht, dass sie schwanger war. Sie rechnete nach. Bald war sie in der zwölften Woche. Ab da verringerte sich das Risiko einer Fehlgeburt, das am Anfang der Schwangerschaft noch bei einem Fünftel lag, deutlich.

Im Gefängnis ein Kind zur Welt bringen. Was wohl aus solchen Kindern wurde?

Da, wieder der Wald. Sonnenstrahlen, die sich durch den dichten Nadelwald kämpften, Kanonenputzer in den Feuchtgebieten, kriechendes Sumpfdeckelmoos an den Steinen und die vertrockneten Tannennadeln, die darin stecken geblieben waren. Ein Ereignis. Zwei Kinder ohne Mutter.

Es war ein Unglücksfall gewesen. Eine Handlung im Affekt. So hatte sie es dem Anwalt gegenüber bezeichnet, und er hatte es nicht infrage gestellt. Hatte sie nur gebeten, weiterzuerzählen.

Und bitte die Wahrheit, hatte er gesagt. Es sei wichtig, dass sie ihm die Wahrheit sage.

Ein fremder Mann mit weißem Haar und rechteckiger Brille war also der Mensch, dem sie die Wahrheit sagen sollte. Aber er hatte etwas Nettes an sich. Er regte sich nicht auf. Sie wünschte, er könnte der Vater ihres Kindes werden. Oder vielleicht sogar ihr eigener Vater.

Kjell hatte sie nach dem Warum gefragt. Der Anwalt tat das nicht. Wenn sie verstummte, fragte er nur, *Und was geschah dann?*, und sein Gesicht verriet auch nicht mehr.

Diese blinde Wut, die plötzlich da war. Die da gelauert hatte, ohne dass sie es gemerkt hatte, so eine Wut war ihr neu. Eine blinde Wut wie die der Männer, die ihr immer solche Angst einjagten.

Sie war auf Maria wütend gewesen. Vielleicht hatte sie das gar nicht richtig begriffen, aber es war wirklich Wut gewesen. Um ein Haar wäre Terese im Fluss ertrunken. Auch wenn sich das nur in ihrer Fantasie abgespielt hatte, es hätte ja wirklich sein können, und Maria hatte die Verantwortung für ihre Tochter getragen.

Womöglich hatte Maria ihre unterschwellige Wut gespürt, obwohl sie so betrunken gewesen war. Sylvia hatte es so hingenommen, dass das, was geschehen sollte, geschehen war. Das Schicksal hatte es so gewollt, auch wenn sie selbst es nicht gewollt hatte. So vieles hatte ihr in die Karten gespielt. Dass sie zufällig am Abend vorher die Tagebücher entdeckt hatte. Dass sich keiner erinnern konnte, dass sie die Letzte war, die das Fest verließ.

Als hätte es das Schicksal so eingefädelt. Als hielte eine andere Instanz die Fäden in der Hand. Der Wald, die hundert Jahre alten Bäume und deren uraltes Wurzelwerk, das Wasser, das sich einem inneren Kompass folgend verteilte, das weiterfloss, obwohl der Mensch die Seen zerstörte, in die es mündete. Als gäbe es da einen Plan, für den Sylvia nicht verantwortlich war.

So versuchte sie es sich zu erklären. Die Vorstellung, dass sie die Kontrolle verloren und im Affekt etwas verbrochen hatte, war viel zu banal. Und zu schwer auszuhalten. Der Gedanke, sie sei nur ein Werkzeug in einer Kette von Ereignissen gewesen, über die höhere Mächte bestimmt hatten und denen man nicht entrinnen konnte, sagte ihr eher zu, wie ein Orkan im Wald, der die Bäume umknickte.

Es war Marias Idee gewesen, zum Trollstein hochzulaufen. Sie war betrunken gewesen, war gestolpert und hingestürzt, schon da, wo der Weg noch breit war, die Tannenzweige hatten an ihrem türkisfarbenen Kleid gerissen, sie hatte Schürfwunden am Knie und blutete. Trotzdem war Sylvia ihr gefolgt, hatte nicht versucht, sie von dieser dummen Idee abzubringen und sie nach Hause ins Bett zu lotsen. Als hätte das Schicksal gewusst, was passieren würde, und als hätte es sollen sein.

Dann hatte Maria angefangen mit dieser Geschichte. Hatte vom Jahr 1979 erzählt und was im Keller des Hauses, in dem Sylvia nun selbst wohnte, passiert war. Das Entsetzen spürte sie am ganzen Körper. So was hätte sie nie gedacht. Nicht von Kjell. Auch nicht von Maria.

Noch nie war Sylvia auf sie eifersüchtig gewesen. Hatte sich wegen Maria nie Sorgen gemacht wie Thorhild, und Nettan vielleicht auch. Maria wickelte alle Männer um den kleinen Finger, verzauberte sie mit ihrer Aura von Leichtigkeit und guter Laune.

»Kjell ist Tereses Papa. Und außer dir weiß es keiner.«

So hatte sie es formuliert. Und davor noch so hämisch gelacht. Als wollte sie dieses Besondere, das Kjell und Sylvia miteinander teilten, mit einem Satz zunichtemachen.

Dann hatte sie ganz genau beschrieben, was sie da im Keller gemacht hatten, sie war stockbetrunken und drückte sich vulgär aus, sagte sogar, sie habe Mitleid mit Sylvia, dass sie mit dem Typen ins Bett gehen musste.

Sylvia hatte sich schon umgedreht und wollte zurückgehen, doch Maria hatte sie an der Bluse festgehalten, war laut geworden und hatte fiese Dinge über Kjell und Sylvia geschrien, und Sylvia hatte versucht loszukommen, doch Maria war kräftig, ihre Nägel krallten sich tief in Sylvias Haut. Dann war Sylvias Blick auf diesen Stein gefallen. Ihr einziger Ausweg. Sie war außer sich, völlig panisch. Wollte einfach nur loskommen. Hätte

Maria da von ihr abgelassen, wäre Sylvia einfach wieder runter ins Dorf gelaufen, hätte sich vermutlich auf dem Weg bereits wieder beruhigt, vielleicht ein bisschen geweint, aber dann wäre sie ins Bett gegangen. Vielleicht hätte sie sich den Kopf zerbrochen, ob Maria in dem Zustand noch allein nach Hause gefunden hätte, vielleicht wäre sie noch mal hoch in den Wald gegangen und hätte ihr geholfen, sie nach Hause gebracht, sie ins Bett befördert. Am nächsten Tag noch mal nach ihr geschaut. Hätte Greta mit Terese an der Hand kommen sehen. Hätte das Kind übernommen, ihre neue Rolle angenommen. Ab da Stiefmutter zu sein.

Sylvia verstummte, und der Verteidiger sah sie an, vermutlich so, wie er alle Klienten ansah, woher sollte Sylvia das wissen. Vor ihr saß ein Mann, der auf ihrer Seite stand, das würde sich nicht ändern, ganz egal, was sie ihm erzählte.

»Und was geschah dann?«, fragte er, und sie fuhr fort.

Die hohen Tannen, das erste Morgenlicht, das auf die blassgraue Nacht fällt. Dann der Stein, auf einer Seite spitz, die andere liegt perfekt in ihrer Hand.

Maria, die sich an ihr festkrallt wie ein Tier, der Blick vom Alkohol vernebelt, die Stimme gehässig. Sylvia hebt den Stein hoch und schlägt zu. Ein lautes Knacken. Sie denkt nicht nach, lässt den Instinkt übernehmen.

»Die massive Gewalteinwirkung auf den Kopf«, sagte der Anwalt. Sylvia starrte ihn an.

»Ich wollte doch nur loskommen.«

Der Anwalt warf einen Blick in seine Unterlagen, dann wiederholte er seine Worte.

»Und was geschah dann?«

Sie ließ den Stein liegen, und sie ließ Maria liegen, und sie ging nach Hause.

Saß im Morgengrauen am Küchentisch, lauschte dem Schnarchen des Mannes, den sie liebte, und nun holte es sie ein. Was er getan hatte. Und sie.

Und dann schossen ihr jede Menge Gedanken durch den Kopf, welche Möglichkeiten es gab, um die Tat zu vertuschen. Die ja nie geplant gewesen war, aber möglicherweise Schicksal. Die Antwort hatte sich ihr ja bereits offenbart, am Tag vor dem Mittsommerfest, und sie dachte, dass es die Vorsehung gewesen war, die ihr raunend den Weg gewiesen hatte.

»Und was geschah dann?«, fragte der Strafverteidiger.

Sie war runter zum Berghof gegangen. Es war nicht das erste Mal, dass sie in der Stunde zwischen Nacht und Morgen im Dorf unterwegs war, deshalb machte ihr das Geräusch ihrer Schuhe auf dem Schotterweg auch keine Angst. Sie holte die Tagebücher hervor. Überflog sie hastig. Sie hatte ja nicht die Zeit, genau zu lesen, die erstbeste Passage, die sich anbot, musste es tun. Auch das war ein Zeichen, dass das, was geschehen war, nur zum Besten aller war. Maria hatte die Tochter nie gewollt. Das hatte sie ja selbst hingeschrieben. Niemand hatte sie dazu zwingen müssen. Eigentlich wollte sie ja weg, auch das stand in ihrem Buch.

Sylvia hatte sich zu helfen gewusst. Inzwischen hatte sich der Morgen verfinstert, und auf die Dachziegel fiel Regen, während sie da oben im ersten Stock des Holzhauses auf dem Boden hockte und in den Geheimnissen eines anderen Menschen kramte. Sie hatte die Tagebücher an sich genommen, den herausgerissenen Zettel auf die Arbeitsplatte in der Küche gelegt, ein bisschen an die Seite, dass er einem nicht gleich ins Auge stach, aber auch nicht so versteckt, dass man ihn übersah.

Dann den Mantel und das Portemonnaie aus Marias Handtasche.

»Warum haben Sie nicht gleich die Handtasche genommen?«, fragte der Anwalt nach, und sie stolperte darüber, dass er das Fragewort plötzlich änderte, das brachte sie raus, sie verstummte, begab sich wieder in den Wald, tauchte in die Geräuschkulisse der Waldvögel ein, sortierte sie der Reihe nach so wie auf den Bildern in Kjells abgegriffenem Vogelbuch.

Der Anwalt wiederholte seine Frage, und sie zuckte mit den Schultern.

Das hätte sich nicht richtig angefühlt, mehr gab es nicht zu sagen. Sie hatte Bücher und Mantel mit nach Hause genommen und alles nach oben gebracht, war dabei so unter Strom gewesen, dass sie nicht mal die Stiefel ausgezogen hatte. Den Mantel, mit dem Portemonnaie in der Tasche, hatte sie zusammengeknüllt in der untersten Schublade der Kommode verstaut. Darüber alte Bettlaken gezogen. Die Tagebücher hatte sie in ihren blauen Koffer getan. Sie hüteten das Geheimnis, das Maria ihr verraten hatte. Bis auf Weiteres mussten sie dort liegen bleiben. In dem Moment war keine Zeit, sie irgendwo sicher zu entsorgen, der Tag brach schon an. Dann hatte sie sich aufs Küchensofa gelegt und war in eine Art Halbschlaf gefallen.

Am Tag danach war sie an den Ort, an dem es passiert war, zurückgekehrt. Maria lag noch exakt an derselben Stelle, doch sie war nicht mehr da. Das, was da lag, war nur noch ein Körper. Was die Sache wesentlich einfacher machte. Sylvia zog sie zur Felsspalte und gab ihr einen Schubs. Der Körper war unerwartet schwer, schwerer als ein Mensch, der schlief. Sylvia hatte Reisig vor den Spalt gelegt und den Stein, der vom Blut dunkel verfärbt war, mitgenommen und sich auf den Heimweg gemacht. Unterwegs hatte sie den Stein weit weggeworfen, in der Hoffnung, dass das Blut bald weggewaschen sein würde.

»Und was geschah dann?«

Dann hatte Greta angerufen, und sie hatte es schon gewusst, ihr Mutterschoß hatte es gespürt. Nur Greta hatte sie nicht überzeugen können. Wenn sie doch nur Marias Reisepass gefunden hätte. Dann hätte sie den mitnehmen können. Das wäre viel besser gewesen. Aber womöglich besaß Maria gar keinen Pass.

Sylvia musste an das Leben, das in ihr heranwuchs, denken und fragte sich, ob jede Mutter gespürt hätte, was Greta gespürt hatte. Greta hatte es gleich gewusst, dass ihre Tochter nicht mehr lebte. Dann musste Sylvia an Hinseberg und an die vielen Pflegefamilien denken, in denen Terese groß geworden war. An das Schicksal, das jetzt dem kleinen Menschen in ihrem Bauch bevorstand.

Der Anwalt fuchtelte mit seinem Stift herum und blickte sie an, er musste seine Frage gar nicht wieder stellen. Sie erzählte von alleine weiter.

Schließlich hatten sie Marias Körper gefunden. Es war ein Schock für sie gewesen zu hören, dass so gut wie nichts mehr von ihm übrig gewesen war. Dass der Wald sich alles geholt hatte, was er verwerten konnte.

Erst in diesem Moment hatte sie begriffen, was geschehen war. Dass Maria tatsächlich weg war. Sie hatte selbst schon geglaubt, sie sei nur verreist.

Dazu die Tochter, um die Kjell sich nicht kümmern wollte. Und Sylvia, am Boden zerstört.

»Aber Sie haben ihm nicht mitgeteilt, dass er der leibliche Vater war?«

Nein. Hatte sie nicht. Dann hätten sie ihn ja verhaftet. Und die Spur hätte zu ihr geführt. Das war noch viel zu frisch.

Als sie die Entscheidung gefällt hatte, Kjell zu verlassen, war sie wütend auf ihn gewesen. Weil er ihr damit die Chance verwehrt hatte, ihre Tat dem Mädchen gegenüber wiedergutzumachen.

Der Verteidiger stellte nun dieselbe Frage wie Kjell, fast als wäre er auch enttäuscht, dass sie die Spuren nicht vollständig beseitigt hatte.

»Warum haben Sie die Dinge denn nicht weggeschmissen?«

Im Brillenglas des Mannes reflektierte das Leuchtstoffröhrenlicht, sie konnte seine Augen nicht sehen.

Sie hatte die Tagebücher bemerkt, als sie ihren Koffer gepackt hatte, um Kjell zu verlassen, schon Wochen, bevor sie es wirklich getan hatte. Aber richtig nachgedacht hatte sie darüber nicht. So wie sie den Mantel ganz vergessen hatte, der zusammengeknüllt in der Kommode lag, so hatte sie auch nicht mehr an die Tagebücher gedacht. Sie hatte die Tagebücher und den Mantel im Koffer verstaut und sich vorgenommen, alles zu vernichten, sobald sie dieses Haus verlassen hatte. Aber als sie dann nach der Beerdigung ihren Koffer heruntergeholt hatte, war sie außer sich gewesen. Dass Kjell so gewissenlos sein konnte, ihr zu verschweigen, dass sie Terese in eine Pflegefamilie gegeben hatten, alles nur, damit er keine Verantwortung übernehmen musste, dass er so egoistisch sein könnte, hätte Sylvia nie gedacht. So einfach sollte er nicht davonkommen, die Welt sollte erfahren, dass er seine eigene Tochter fortgeschickt hatte. Aber solange sie selbst noch im Haus war, war es noch zu früh. Die Tagebücher sollten lieber zu einem späteren Zeitpunkt gefunden werden.

Dafür bot sich Marias Haus an, damit keine Spur zu ihr führte. Sylvia wusste, dass die Polizei den Berghof bereits durchsucht hatte. Aber sie kannte einen heimlichen Platz, wo bestimmt niemand nachgesehen hatte. Den Maria ihr einmal gezeigt hatte, aber nur ihr. Also war Sylvia runter in den Berghof gegangen und hatte die Tagebücher auf den Ziegelstein, der im gemauerten Kamin hervorstand, gelegt. Wenn irgendwann neue Mieter dort einzögen und den Schornstein kehrten, würden sie darauf stoßen. Und dann wäre Sylvia längst aus der Gegend verschwunden. Niemand würde mehr an sie denken. Alle wären mit Marias Geheimnis beschäftigt.

Den Mantel mit dem Portemonnaie hatte sie auf dem Dachboden liegen lassen. Darüber sollte das Schicksal entscheiden. So wie das Schicksal auch über Marias Leben bestimmt hatte. Sylvia hatte keine Kontrolle über das, was passiert war. Der Anwalt blickte hinter seiner Brille hervor.

»War es Ihnen egal, dass der Mordverdacht dann auf Ihren Freund fallen würde?«

Dieser Tonfall erinnerte sie sofort an die Stimme ihrer Mutter. Mit dir stimmt doch was nicht. Sylvia seufzte. So hatte sie das gar nicht gesehen. Es war fünfzehn Jahre her. Die Tagebücher hatten sie nie gefunden. Sie dachte, vielleicht seien sie verbrannt. Und das Schicksal habe wieder entschieden. Mit der Zeit hatte sie sie beinahe vergessen.

Der Anwalt sah nach unten auf seinen Block und machte ein paar Notizen. Sylvia vermutete, er wollte vor allem sein Gesicht verbergen.

»Haben Sie ein schlechtes Gewissen?«, fragte der Jurist, und sie schloss die Augen und musste an ihre Bilder denken, die sie seitdem nur noch in dunklen, unklaren Farben malen konnte, aus denen am Ende immer kriechende Schatten wurden. Die erste Zeit, nachdem sie Maria gefunden hatten, war furchtbar gewesen. Sie hatte versucht, es wiedergutzumachen. Terese das zu geben, was sie nicht mehr bekommen konnte. Doch das hatte Kjell unterbunden.

Sie hatte ihn verlassen, alles hinter sich gelassen, auch die Grübeleien. Das Gewissen jedoch hatte nichts vergessen, und so hatte sie nicht mehr malen können.

Als sie schwanger geworden war, hatte sie geglaubt, jetzt würde das Leben ihr eine zweite Chance geben, nun schien das Schicksal ihr einen neuen Weg zu weisen. Vor ihren Augen drehte sich alles.

»Ich bin schwanger«, sagte sie zu ihrem Anwalt, machte einen Schritt aus dem Wald heraus und saß in ihrer grauen Anstaltskleidung im Vernehmungszimmer, wo sie einen Mann im eleganten anthrazitfarbenen Anzug anblickte, der jetzt zum ersten Mal überrascht aussah.

»Könnte das das Strafmaß beeinflussen?«

Mitfühlend lächelnd sah er sie an.

»Leider nein. So etwas wird vom Strafvollzugsgesetz nicht berücksichtigt.«

Er stand auf, steckte seinen Notizblock in die braune Aktentasche, versprach, in Kürze wiederzukommen, und dann ging er und ließ sie allein.

# 24.

SIE WAR BLASS, die Fältchen rund um die Augen erschienen ihm tiefer, und als er sie ansah, verspürte er erstaunlicherweise keine Wut.

Er spürte nur Trauer. Eine Art Mitgefühl.

Die grauen Gefängniskleider standen ihr nicht, in ihnen war sie so farblos, dass sie jeden Moment mit dem Hintergrund verschmelzen konnte. So wollte Kjell sie nicht in Erinnerung behalten. Sylvia, mit ihren energischen Pinselstrichen auf den großen Leinwänden: immer nur starke Farben. War das alles nur Kosmetik gewesen?

»Es war keine Absicht«, sagte sie. »Ich war in Panik. Und wütend. Sie hat mich festgehalten. Ich wollte nur loskommen.«

Er sagte kein Wort dazu. Er wusste, wie sie aussah, wenn sie wütend war, dann blitzte es schwarz in ihren Augen auf. Aber ein Wutanfall, der so heftig war, dass sie einem anderen Menschen den Schädel zertrümmerte. Das konnte er sich nicht vorstellen.

Er rief sich in Erinnerung, dass er sie eigentlich nur ein, zwei Jahre kannte, wenn er alles zusammenzählte. Was eigentlich nicht besonders lange war.

»Du hast gewusst, dass ich Tereses Vater bin, und hast kein Wort gesagt.«

Sie schnaubte. »Ich bin davon ausgegangen, dass du das wusstest. Das konntest du dir doch an fünf Fingern abzählen.«

Darauf hatte er keine Antwort, und es verwirrte ihn so, dass er fast vergaß, warum er hergekommen war. Erst wollte er das auch gar nicht. Eigentlich hatte er sie nie wiedersehen wollen. Hatte ihre Beziehung genauso hinschmeißen wollen, wie sie es damals getan hatte, als sie einfach in den Wagen gestiegen war und er sie nach Grängesberg kutschieren sollte, wo sie in der Wohnung ihrer Mutter verschwand, um ihn dann fünfzehn Jahre lang allein zu lassen und sich nicht ein einziges Mal zu melden.

Aber sie hatte einen Köder in sein Fleisch ausgeworfen, der saß jetzt fest, er kam nicht mehr los. *Ich bin schwanger.*

Er wusste, dass er nicht umhinkam, sie zu fragen, doch es wäre ihm am liebsten, wenn es dabei bliebe: nur ein paar gedankenlos hingeworfene Worte im Affekt. Wenn sie das jetzt nicht wiederholte, konnte er davon ausgehen, dass es nicht stimmte.

»Dabei wolltest du doch immer Terese zu uns holen. Wenn du mir gesagt hättest, dass ich ihr Vater bin, dann hätte ich ja gar nicht anders gekonnt, als die Verantwortung zu übernehmen ...«

Sie sah zerstreut aus, in ihrem Blick lag etwas wie Gleichgültigkeit.

»Aber dann hätten sie dich verdächtigt. Hätten dich verhaftet. Vielleicht *mich* auch.«

»Dann ging es dir eigentlich gar nicht um das Kind?«

Da blickte sie ihn an, und ihre Augen funkelten auf.

»Du warst derjenige, der sich nicht um sie kümmern wollte.«

»Wenn ich gewusst hätte ...«

»Du wusstest es doch, Kjell«, sagte sie. »Hör doch auf, mir zu erzählen, du hast es nicht gewusst. Das kannst du doch nicht auf mich abwälzen.«

Ihre Stimme war kratziger als sonst. Lag das an der Last der Schuld oder der Wahrheit? Was sie sagte, stimmte, doch was sie getan hatte, erschloss sich ihm dennoch nicht.

»Ich hab getan, was ich konnte«, sagte sie.

»Du hast ihre Mutter getötet.«

Sie zuckte mit den Schultern, und er wollte sie rütteln und schütteln. Verstand sie überhaupt, was sie getan hatte?

»Alles hätte gut werden können«, sagte sie. »Wenn du dich drauf eingelassen hättest, Terese großzuziehen.«

Er wusste nicht, was er erwartet hatte. Dass sie sich an seiner Schulter ausheulen würde, dass sie eine Art Erklärung abgeben würde, die ihn zufriedenstellte, an der er sich festhalten und ihr dann vergeben konnte?

»Du bist ja krank«, sagte er. »Mit dir stimmt was nicht.«

Ihre Schultern zuckten. »Das sagt meine Mutter schon immer. Aber mein Anwalt glaubt nicht, dass mir das jemand abnimmt.«

War ihm das früher schon mal aufgefallen? Ihre sonderbare Wahrnehmung der Wirklichkeit, die Gleichgültigkeit Menschen gegenüber. Hatte er sich von ihrer Liebe zur Natur und zu den Tieren blenden lassen? War er davon ausgegangen, dass ein Mensch, der die Namen und Laute jedes noch so kleinen Waldvogels kannte, nicht in der Lage war, auszurasten und gewalttätig zu sein?

Er ballte die Fäuste im Schoß und atmete einmal tief durch, schlug die Augen nieder, und dann sprach er es aus.

»Du hast gesagt, du bist schwanger.«

»Bin ich auch.« Ihr Blick dabei trotzig.

»Du konntest also doch schwanger werden?«

»Dann wird es wohl an dir gelegen haben.«

»An mir?«

»Du bist nicht der Vater.«

Er saß staunend da, und in dem Moment begriff er, wie blöd er gewesen war. Ihr Fundament war eingebrochen, alles konnte erfunden sein. Sie war mit ihm zusammen gewesen am Tag, nachdem sie einen Menschen umgebracht hatte. War mitgekommen und hatte geholfen, Maria zu suchen. Hatte versucht, ihn zu trösten, als er Marias sterbliche Überreste gefunden hatte. Hatte ihm sanft über die Stirn gestrichen, während er versucht hatte, das Bild von den grüngrauen, nassen Strippen, die Marias Haar gewesen waren, abzuschütteln.

Am Tag nach dem Mittsommerabend war sie auf ihn böse gewesen. So hatte er es zumindest verstanden. Dass er etwas falsch gemacht hatte. Sie war böse gewesen, weil sie erfahren hatte, dass er Tereses Vater war. Sie war nicht im Ausnahmezustand, weil sie einen Menschen umgebracht hatte.

Er hätte wissen müssen, dass er ihr nicht glauben durfte, und dennoch hatte er es getan. Kein einziges Wort von ihr je infrage gestellt.

»Ich wünschte, es wäre dein Kind«, sagte sie. »Aber das ist es nicht. Ich hatte gehofft, wir könnten dieses Kind gemeinsam bekommen und in deinem Haus am Waldrand aufziehen. Dass alles doch noch so kommen würde, wie wir es uns von Anfang an gewünscht haben.«

»Aber an mir hat es nicht gelegen«, erwiderte er. »Terese ist ja meine Tochter.«

Sie wandte den Blick ab. Er suchte nach Tränen in ihrem Gesicht, doch fand keine. Er schwieg, hatte nichts mehr zu sagen und nichts mehr zu fragen.

»Ihr Vater wird sich dann um sie kümmern. Aber er ist kein guter Mensch. Deshalb hatte ich mich für dich entschieden.«

»Weißt du schon, dass es ein Mädchen wird?«

»Nein, aber das kann gar nicht anders sein.«

Als sie das sagte, räumte die Gleichgültigkeit in ihrem Gesicht den Platz, und eine tiefe Traurigkeit kam zum Vorschein, und er dachte, dass er jetzt wohl zum ersten Mal in ihr echtes Gesicht sah.

Lange blickte er sie so an, spielte mit dem Gedanken, sie zu berühren, nur mit der Hand, doch er brachte es nicht fertig. Vielleicht war sie krank und vielleicht auch böse, aber als er aufstand, um zu gehen, sah sie nur traurig aus, wie ein Häufchen Elend. Er fand, jetzt sah sie aus wie ein ganz normaler Mensch.

# Epilog

*Mittsommernacht 1983*

DIE GRÄSER um ihre nackten Füße, sie kitzelten.

Maria war erfüllt von einem ganz besonderen Gefühl, eine Mischung aus Verbundenheit und Zuneigung. Das lag am Alkohol, aber nicht nur. Sie dachte an die Panik, die sie ergriffen hatte, als sie Terese nicht gleich finden konnten. Die Panik, die auch Sylvia ins Gesicht geschrieben stand. Sie hatten das Gefühl miteinander geteilt, die Angst, dieses Kind zu verlieren.

Sie hielt Sylvia an der Hand, sie war schmal und trocken.

Sie liebt meine Tochter genauso wie ich, dachte Maria, und dann stolperte sie über eine Baumwurzel auf dem Weg und schlug hin. Sie rollte sich auf den Rücken, die hohen Wipfel der Kiefern, die Fichten und der helle graublaue Himmel, wie eine Spiegelung einer Himmelsleiter. Der Wald war über hundert Jahre alt. So sagte Hasse jedes Mal, wenn sie über diesen Trampelpfad liefen.

Sylvia half ihr, wieder auf die Füße zu kommen, fragte, was sie hier eigentlich suchten, im Wald, und meinte, dass es doch besser sei, wieder zurückzugehen.

»Wirst schon sehen«, sagte Maria. »Das wirst du schon noch sehen.«

Es war ein bedeutsamer Ort für sie. Der Trollstein. Wie oft sie den besucht hatte, als sie noch ganz klein war. Hier ganz in der Nähe auf dem Bondeberg hatte auch der Berghof gestanden, bevor er umgesiedelt wurde. Hasse und Greta hatten ihr die Geschichte immer wieder erzählt, sobald sie oben angekommen waren, und als sie selbst damals in den Berghof eingezogen war, hatte sich der Kreis geschlossen.

Zumindest für sie, dachte Maria. Für sie hatte sich der Kreis geschlossen.

Immer erzählten sie davon, wie der Wohlstand aufs Land und in die Wälder gekommen war, denn hier verliefen die Erzadern, und hier wuchsen die Bäume. Doch Maria hatte sich diesen Ort nicht ausgesucht. Hatte nicht Teil eines Kreises sein wollen, der sich schloss.

Am Ende war es doch so gekommen. Sie war im Berghof gelandet.

Und jetzt waren sie zu dem großen Trollstein auf dem Bondeberg unterwegs. Bei dem Gedanken, wie symbolträchtig ihre Geste war, musste sie kichern.

Das war der erste Schritt auf dem Weg, ihrem Kind endlich einen Vater zu geben. Und eine Stiefmutter, die sie bereits tief ins Herz geschlossen hatte.

Sylvia war kein Mensch, der andere verurteilte. Sie hatte Maria nie danach gefragt, wer Tereses Vater war. Sie liebte den Wald, und sie liebte Symbolik. Und sie hatte den Felsen schon oft mit Maria und Terese besucht. Genau der richtige Platz, um sie in das große Geheimnis einzuweihen.

Maria zog Sylvia auf den schmalen Trampelpfad, und schließlich kamen sie am Felsen an. Da drehte sie sich zu Sylvia um, nahm ihre Hände, aber krümmte sich dann vor Lachen. Sylvia schien gar nicht begeistert, aber sie hatte ja auch keine Ahnung, was das Ganze eigentlich sollte. Wusste nicht, dass es eine Art Pakt war, den sie hier miteinander schließen würden.

Und dann sagte sie es einfach frei heraus. Mitten im Lachen.

Sylvia wurde sauer. Dabei war sie doch noch nie eifersüchtig gewesen. In ihrer Naivität entging ihr völlig, wie Kjells Augen ständig zu dem verbotenen Areal auf Marias Körper hinabglitten. Maria wusste, dass er sich für Sylvia entschieden hatte, doch sie konnte ihm ansehen, wie er zu kämpfen hatte.

»Wie bitte?«, fauchte Sylvia, und ihre Augen sahen wieder so aus wie schon früher an diesem Abend. Dieses Entsetzen, das ihr ins Gesicht geschrieben stand, als sie zum Berghof zurückkam, die Hosenbeine klitschnass vom Fluss.

Doch das war gar kein Entsetzen gewesen, das begriff Maria jetzt.

Es war die blanke Wut.

»Willst du sie nicht mehr haben? Deine eigene Tochter? Und deshalb erzählst du mir das jetzt?«

Da wurde auch Maria wütend, aber sie lachte noch immer.

»Oder willst du in Wahrheit nur Kjell?«

»Kjell? Spinnst du? Das war der schlechteste Sex, den ich je hatte. Du tust mir echt leid, dass du mit dem ins Bett musst.«

Da drehte Sylvia einfach um und lief wieder zum Pfad. Maria fand, dass ihr Rücken unter der weißen Bluse ganz dunkel und hohl aussah.

»Ich will doch nur einen Vater für meine Tochter!«, brüllte sie Sylvia hinterher.

Maria versuchte, ihr hinterherzurennen, doch sie war so betrunken, dass sie kopfüber fiel. Sie dachte an Terese, an ihre Gefühle, als das Kind unauffindbar war. Sie allein genügte einfach nicht. Das Kind brauchte auch seinen Vater. Sie blickte auf zum Trollstein, wo sie selbst als Kind so oft gewesen war und den sie nun mit ihrem eigenen Kind besuchte.

Dann hörte sie die Schritte. Eilig. Sie blickte auf, und obwohl sie Sylvia erkannte, bekam sie furchtbare Angst. Da war wieder diese Wut in Sylvias Augen. In der Hand hielt sie einen Stein, und den hob sie jetzt über ihren Kopf, weit in die Luft. Maria dachte wieder an Terese, hörte ihr fröhliches Lachen. Dann spürte sie einen stechenden Schmerz in die rechte Schläfe fahren, und im nächsten Augenblick hatte sich ihr Kreis geschlossen, und der Wald nahm sie mit in seine stumm erzählte Geschichte.

# Dank

ZUALLERERST will ich mich bei meinen Testleserinnen bedanken, die mir beim Schreiben so unwahrscheinlich geholfen haben: Susanne Apel, für deine Fähigkeit zu erkennen, wo etwas nicht funktioniert, und deine Ehrlichkeit, es mir auch zu sagen, Malin Wiberg, für deine Begeisterung und dein klares Gespür für die Szenen, die noch fehlten, sowie Josefine Arlesten, für dein dramaturgisches Fingerspitzengefühl und den Blick für die Details – herzlichen Dank für eure Vorschläge und dass ihr euch so viel Zeit genommen habt. Auch Sara Hjernberg danke ich sehr, die den Roman in einem späteren Stadium gelesen und mich immer aufgebaut hat, wenn mich die Zweifel plagten.

Ein Riesendankeschön an meine Verlegerin Elise Karlsson, dass du mit deiner Professionalität und Kreativität immer eine Lösung wusstest, wie ich einzelne Szenen und das ganze Manuskript noch verbessern kann. Ich bedanke mich auch herzlich bei meiner Lektorin Åsa Sandzén fürs akribisch genaue Lesen, fürs Motivieren und die vielen guten Vorschläge für bessere Formulierungen.

Ebenso danke ich all den Menschen um mich herum, die immer für mich da waren, um meine Fragen zum Zeitgeist, zu Dialektausdrücken und bestimmten Milieus zu beantworten. Meine Eltern Inga und Karl Hedin waren an der Stelle ganz besonders wichtig.

Und schließlich möchte ich mich bei meiner Familie bedanken, für all die Unterstützung und Motivation und dass sie mir immer die Zeit zum Schreiben geschenkt haben: Omar, Selma und Kristin. Ich liebe euch.

Dickes Dankeschön euch allen!

Malin